할머니의 야구공

전리오 장편소설

할머니의 야구공

초봄책방

일러두기

* 본 작품은 소재의 특성상 일본식 연호^{年號}를 자주 사용하고 있다. 그중에서도 쇼와^{昭和}는 서기 1926년 12월 25일부터 1989년 1월 7일까지를 일컫는다. 예를 들어, 쇼와 16년은 1941년, 쇼와 20년은 1945년이다.
* 일제 강점기의 학제^{學制}는 요즘의 교육 과정과 달랐으며, 그 기간에도 몇 차례나 바뀌었다. 본 작품에 등장하는 '중등학교^{中等學校}'는 현재의 중학교와 고등학교가 합쳐진 5년제 중등교육 기관이었다.
* 본 작품은 작가의 상상력으로 만들어 낸 허구의 이야기이다.

차 례

추천사

If you hold it, she will come!

제게 야구는 식권입니다. 야구 덕분에 그동안 밥을 먹고 살아왔고, 현재도 야구 덕에 가족을 부양하고 있습니다. 앞으로도 야구에 큰 신세를 져야 할 게 분명합니다. 그런 의미에서 야구를 소재로 다룬 이 소설 『할머니의 야구공』이 참 반갑고 감사합니다.

찬란한 무지개를 보려면 쏟아지는 비를 견뎌야 하지요. 작가가 이 책을 쓰실 때 얼마나 거센 비를 맞으며 인내하셨을지 상상이 갑니다. 그 덕에 읽으면 읽을수록 웅장해지는 내용에 점점 더 깊이 몰입되었습니다. 저뿐만이 아니라 독자들도 이 책을 읽으며 느낀 서로의 감정과 감동을 공유하는 '무지개' 같은 장면이 연출되리라 생각하니, 원고를 읽으면 읽을수록 기대감 역시 높아졌습니다.

사랑 없는 삶은 여름이 사라진 야구장과 같다고 생각합니다. 그 처절한 역사 속 주인공들의 이야기는 격동의 시대를 살아간 이들의 가슴 아픈, 하지만 감동적인 순애보였습니다. 거기다 "야구란 공의 외피에 새겨진 시대의 기록이자, 역사이다"라는 명제 역시 작가가 온 힘을 다해 증명하고 있지요.

이 소설을 읽는 내내 제가 좋아하는 야구 영화 「꿈의 구장^{Field of Dreams}」이 생각났습니다. 주인공인 농부 레이는 어느 날 자신의 옥수수밭에서 "그것(야구장)을 지으면, 그들이 올 것이다"라는 계시를 듣게 됩니다. 이를 통해 그는 옥수수밭에 야구장을 지으면 죽은 아버지의 우상이던 전설적인 야구 선수 조 잭슨이 오리라고 믿게 됩니다. 그래서 남들의 만류에도 옥수수밭을 갈아엎고 야구장을 만들지요. 그러자 정말 조 잭슨을 비롯한 야구의 유령들이 레이의 야구장으로 찾아옵니다. 유령 중에는 젊은 시절 야구 선수였던 레이의 아버지도 있었는데요. "그것을 지으면, 그들이 올 것이다"라는 계시의 주인공은 바로 레이의 아버지였던 것입니다.

레이가 그랬듯 이 책 『할머니의 야구공』에서도 주인공이 할머니의 유품인 '야구공'을 손에 쥐자, 그녀와 그가 찾아옵니다. 주인공은 다큐멘터리 PD답게 그들의 목소리를 허투루 흘려듣지 않고 차근차근, 그리고 치밀하게 그들의 행적을 쫓습니다. 바로 옆에서 이 과정을 낱낱이 지켜보는 독자들 또한 숨을 멈추고 그들의 이야기에 집중하게 될 것입니다.

작가의 상상에서 시작한 이야기가 독자의 상상에서 끝나는 최고의 소설! 이 책을 쥐는 순간, 당신에게도 그녀와 그가 찾아올 것입니다.

박동희 (스포츠 칼럼니스트, 스포츠춘추 대표 이사)

1부

할머니의 야구공

제27회 전국중등학교우승야구대회 개최

본지인 오사카大阪 아사히신문사朝日新聞社가 매년 주최하는 전국중등학교우승야구대회全国中等学校優勝野球大会가 쇼와昭和 16년* 8월 13일부터 8월 20일까지 8일간 효고현兵庫県 무코군武庫郡 나루오무라鳴尾村**에 위치한 고시엔甲子園 구장에서 개최됩니다.

금년으로 27회를 맞은 이번 여름 고시엔 대회에는 총 22개교가 출전할 예정입니다. 특히나 금년에는 대만, 조선, 만주의 지역 예선에 출전하는 중등학교들의 기량이 예년과 비교해 월등하게 향상된 것으로 알려진 가운데, 외지外地에서 선발되는 야구부들이 내지內地 학교들과의 치열한 접전을 이룰 것으로 기대되고 있습니다. 독자 제위 및 야구를 사랑하는 황국신민들의 많은 관심을 바랍니다.

『오사카 아사히신문』, 쇼와 16년 4월 7일

---

* 1941년.
** 1951년에 현재의 니시노미야시(西宮市)로 편입.

1

그 야구공은 할머니의 유품이었다.

"안에 담긴 물건들 확인해 보시겠어요?"

울산시 울주군 벽지^{僻地}에 위치한 요양병원의 간호사가 윤경에게 내민 것은 이 병원에서 5년을 넘게 보낸 윤경의 외할머니가 남긴 결과물이었다. A4용지 한 박스 크기의 상자 안에는 구십이 넘는 기나긴 삶의 흔적들이 소박하게 담겨 있었다. 하기야, 한 세기에 가까운 시간을 견뎌내 온 육신도 화장 후에는 조그만 항아리 하나에 담기는 것을 목격한 게 불과 엊그제의 일이었다. 윤경은 안내데스크 위에 놓인 상자를 물끄러미 바라보았다. 할인용품점 같은 곳에서 대량으로 샀을 것 같은, 아무 무늬도 없는 평범한 갈색의 종이 상자였다. 윤경은 뚜껑을 들어 옆에다 내려놓았다. 그리고 외할머니가 남긴 생의 자취를 조심스럽게 엿보듯 들여다보았다.

맨 먼저 소박한 개인 물품들이 보였고, 그 밑에는 소설책 크기의 노란색 사진첩이 놓여 있었다. 펼쳐보니 외손녀인 윤경의 어린 시절 사진을 비롯해 윤경의 가족사진, 할머니가 윤경을 안고 있는 사진 등이 있었다. 그리고 생전의 외할아버지와 함께 찍은 사진도 있었다. 그 사진 속에서는 외할아버지가 외할머니의 어깨에 살포시 손을 얹고 있었는데, 뒤쪽으로는 파리의 에펠탑을 본떠 만든 붉은색의 철제 타워가 햇빛을 받아 환하게 빛나고 있었다. 일본에 여러 번 다녀온 윤경은 그것이 도쿄 타워임을 단번에 알아보았다. 그리고 도쿄의 길거리에 가득한 인파를 찍은 사진도 보였다.

사진첩 뒤표지 안쪽 포켓에는 종이봉투가 하나 꽂혀 있었다. '언양사 진관'이라는 상호가 인쇄된 그 종이봉투의 내부에는 칸칸이 나뉜 반투명한 비닐 파일이 여러 번 접혀 있었고, 그 안에는 다시 갈색의 기다란 비닐 조각이 각각의 칸에 끼워져 있었다. 방송국에서 다큐멘터리 피디로 일하는 윤경은 그것이 현상된 필름임을 쉽게 알 수 있었다. 비닐 파일을 들어 살며시 빛에 비춰보니 그녀의 외조부모가 일본으로 여행 갔을 당시에 찍은 필름으로 보였다. 그 필름을 굳이 요양병원의 사진첩에 보관하고 있는 이유는 알 수 없었지만, 아마도 일본 여행을 추억하기 위한 것이라고만 짐작했다.

그리고 상자 구석에는 주먹만 한 주머니가 놓여 있었다. 처음에는 얼핏 눈에 잘 띄지 않는 물건이었다. 어쩐지 사진첩과 개인 소지품에 떠밀려 구석으로 처박힌 것 같다는 느낌이 들었다. 벨벳 소재의 주머니는 입구에 조임용 끈도 달려 있어 마치 요즘 여성들이 가지고 다니는 화장품 파우치처럼 보였다. 다만 화장품 파우치와 다른 점이 있다면, 그 주머니가 불룩한 무언가를 안에 담고 있는 듯이 보였다는 것이다.

윤경은 주머니를 집어 들었다. 그러자 주머니는 중력을 거스르며 사뿐하게 들려 올라왔다. 묵직하거나 육중한 느낌은 전혀 아니었다. 윤경은 리본 모양으로 묶여 있는 끈을 풀었다. 얼핏 보기에 무언가 둥그렇고 허연 물체가 들어 있었다. 오른손을 집어넣어 물건을 꺼내어 들었다.

야구공이었다.

야구에 관해서는 잘 모르는 윤경이었지만, 그것이 야구공이라는 사실은 틀림이 없었다. 그런데 야구공이라니, 윤경은 쉽사리 이해할 수 없었다.

'혹시 외할아버지 물건인가?'

윤경은 태어나서 지금까지 야구공을 그렇게 눈앞 가까이에서 본 적이 없었다. 주위에 야구를 좋아한다거나 관심을 둘 만한 사람들이 거의 없었기 때문이다. 남동생이 한 명 있긴 했지만, 그는 전형적인 너드[nerd]였으며 육체를 사용하는 활동보다는 기계나 컴퓨터를 갖고 노는 걸 훨씬 더 좋아했다. 그러니까 만약 남동생이 야구를 한다면 그것은 태양이 작열하는 운동장에서 글러브와 배트를 들고 뛰는 게 아니라, 시원한 냉방기가 가동되는 실내에서 키보드나 조이스틱을 만지며 즐기는 컴퓨터 게임일 가능성이 컸다.

그리고 어머니는 할머니가 뒤늦게 낳은 외동딸이라 윤경의 외가 쪽으로는 다른 사촌들도 없었다. 대학에서 영문학을 가르치는 아버지는 전형적인 모범생 스타일이어서 아버지가 스스로 먼저 나서서 스포츠 이야기를 하는 걸 본 적은 없었다. 그녀가 어렸을 적 기억하는 아버지의 모습은 거실에서 신문을 보거나 혼자 방에서 책을 읽거나 하는 모습이 전부였다.

보통의 사람 중에 야구공을 가지고 있기는 고사하고, 과연 야구공을 만져본 사람이 얼마나 될지 생각해 보았다. 아마 많지 않으리라고 생각했다. 할머니 또래의 여성이라면 더더욱 그랬을 것이다. 그렇기에 윤경은 할머니의 유품 상자에서 발견된 이 야구공의 정체가 더욱 궁금했다.

우연히 주운 것일까? 우연히 주웠다고 하더라도 그걸 굳이 보관하고 있어야 할 필요가 있었을까? 이게 무슨 대단히 가치 있는 물건이라도 된다는 말인가? 그도 아니면 과거의 비밀이라도 들여다볼 수 있는 마법의 수정구슬 같은 것이라도 되는 걸까?

윤경은 다시 한번 야구공을 가만히 들여다보았다.

그런데 할머니의 유품 상자 안에서 나온 그 야구공은 사람들이 흔히 생각하는 야구공과는 어쩐지 조금 달랐다. 우선 그 야구공은 표면이 반들반들하게 윤기가 돌았다. 그리고 야구공 주변으로 흉터처럼 꿰매어져 있는, 그걸 뭐라고 부르는지 윤경은 정확히 알지 못했지만 아무튼 그 꿰매진 매듭마저도 가지런하게 마무리가 잘 되어 있음을 알 수 있었다. 그런데 한 가지 이상한 것은 할머니의 유품 상자에서 나온 야구공에서는 어쩐지 새것이라는 느낌이 들지는 않았다는 점이다. 낡고 오래되었지만 매우 관리가 잘 되어 있는, 마치 골동품과도 같다는 생각이 들었다. 그랬다. 낡았지만 깨끗했다. 바꿔 말하자면 깨끗하게 낡았다, 뭐 그런 느낌이었다.

그리고 야구공에는 여기저기에 한자가 적혀 있었다. 그중 한 곳에는 세로 방향으로 이런 한자가 적혀 있었다.

石井正義.

중학생도 읽을 수 있는 한자였다.

'석정정의. 돌과 우물은 정의이다?'

말이 될 리가 없었다. 그렇지만 윤경은 자기가 모르는 사자성어이거나 아니면 다른 의미가 있으리라고 생각했다. 그리고 그 반대편에는 역시나 세로 방향으로 이런 한자가 적혀 있었다.

第二六回全国中等学校優勝野球大会.

사실 윤경은 이과 출신이었지만 그래도 방송국 입사를 위한 언론고시를 준비하면서 기본적인 한자는 공부했기에 이 정도라면 앞뒤의 글자까지 참고해 충분히 해석할 수 있었다.

'제26회 전국중등학교우승야구대회. 중학교 야구 대회에서 사용한 공인가?'

그런데 윤경은 여기에 쓰인 한자들이 한국에서 일반적으로 사용하는 정체자正體字가 아니라 약자略字라는 점이 눈에 띄었다. 그러니까 한국에서 주로 사용하는 '全國'이 아니라 '全国', '學校'가 아니라 '学校', '大會'가 아니라 '大会'라고 표기되어 있었다. 사소한 점이기는 하지만 호기심이 강한 윤경은 이런 사실이 적잖이 신경 쓰였다.

"확인 다 하셨으면 여기에 서명해 주시겠어요?"

간호사가 내민 종이에는 '유품 인수 확인서'라고 적혀 있었다. 거기에는 방금 윤경이 직접 눈으로 확인한 물품들의 이름이 차례대로 적혀 있었다. 그리고 리스트 끝에는 분명히 '야구공'이라는 항목이 기재되어 있었다. 역시나 자신이 알고 있던 할머니와는 어울리지 않는 물품이었다.

"저기요, 혹시."

컴퓨터 모니터 화면을 쳐다보던 간호사가 윤경을 올려다보았다.

"저기요, 혹시. 이 야구공은 뭔가요? 저희 할머니 물건이 아닌 것 같은데요."

간호사는 윤경이 들어 보인 야구공을 보고는 확인서에 적힌 물품 리스트와 대조하는 듯 보였다.

"여기 보시면 아시겠지만, 김순영 님 물품 맞습니다."

"제가 글자를 읽을 줄 몰라서 그러는 게 아니라, 할머니가 이런 걸 가지고 계셨을 리가 없어서 드리는 말씀이에요."

그러자 간호사가 인터폰을 들었다. 간호사는 잠시 수화기 너머의 응답을 기다렸다.

"지현 선생님, 잠깐 안내데스크로 와 볼래?"

간호사가 인터폰을 내려놓고는 다시 모니터 화면을 응시했다. 잠시후 '김지현'이라는 이름표를 가슴에 부착한 간호사가 안내데스크로 다가왔다.

"무슨 일이에요?"

"지현 선생님이 812호 김순영 환자분 담당이었지?"

"네."

"이쪽이 김순영 님 가족분이신데, 유품에 관해 물어보고 싶다고 하셔서 말이야."

윤경은 김지현이라는 이름의 간호사와 간단히 인사를 주고받았다.

"이 야구공은 아무래도 저희 할머니 물품이 아닌 것 같아요. 혹시나 다른 분 물건이 저희 쪽으로 넘어온 건 아닌지 걱정이 되네요."

김지현 간호사는 야구공을 바라보더니 환한 미소를 지어 보였다.

"아니요, 이거 김순영 환자분 물품 맞아요. 가끔 꺼내어 보시면서 닦으시곤 하셨거든요."

윤경은 다시금 야구공을 바라보았다.

'어쩐지 야구공이 반들반들했던 데에는 이유가 있었구나.'

어쨌거나 이 야구공이 할머니의 물품이라고는 해도, 의문은 거기에서 풀리지 않았다. 그녀가 알기로 할머니는 거의 평생을 고향인 경상남도 영산과 이곳 울주에서 살았다. 그런 곳에서 야구 경기를 구경하기란 쉽지 않았을 것이고, 그렇기에 야구공을 보는 것도 어려운 일이었을 테다. 더군다나 그런 야구공을 할머니가 가지고 있었다는 것은 쉽게 납득할 수 있는 일이 아니었다. 윤경의 기억으로는 할머니의 집에서 야구공을 본 적도 없었거니와, 야구가 연상되는 그 무엇도 목격한 적이 없었다.

"혹시 이 병원에 계시는 동안 다른 분에게 받으셨던 건가요?"

김지현 간호사는 잠시 허공을 응시하며 회상하는 듯했다.

"아니요, 아마 입원하실 때 같이 가지고 들어오셨던 것 같아요. 그때가 5년 전쯤이었나? 제가 여기에 막 신입으로 왔을 때라 잘 기억하고 있어요. 야구공을 소중하게 다루시는 어르신이라니, 흔한 일은 아니잖아요? 그래서 처음부터 눈에 띄었죠."

윤경은 김지현 간호사에게 감사하다는 말을 건넸다. 간호사는 깍듯한 태도로 답례 인사를 한 후 다시 자신의 업무 공간으로 뒤돌아 걸어갔다.

유품 인수 확인서에 서명하는 것으로 요양병원에서의 절차는 모두 마무리되었다. 윤경은 유품함을 요양병원 측에서 건네준 네모난 종이 가방에 넣었다. 그리고 요양병원 현관에 정차해 있는 택시를 잡아타고 울산역으로 향했다. 서울행 KTX 열차를 기다리며 그녀는 엄마에게 전화를 걸었다. 원래는 할머니의 유품을 챙기러 이곳까지 함께 오고 싶어 했으나, 당신의 어머님을 잃은 슬픔에 기력이 쇠진했기에 윤경의 엄마는 지금 집에서 휴식을 취하고 있었다.

"응, 우리 딸. 잘 끝냈어?"

수화기 너머 엄마의 목소리에는 여전히 힘이 없었다.

"엄마, 할머니가 혹시 야구 좋아했어?"

윤경은 다짜고짜 질문을 던졌다.

"야구? 갑자기 그게 무슨 말이야?"

"아니, 할머니 유품에 야구공이 있어서 말이야."

"야구공?"

"응, 야구공."

엄마는 잠시 말이 없었다.

"글쎄다. 야구는커녕, 운동 자체를 좋아하시는 걸 못 봤는데."

'할아버지'라는 단어가 윤경의 머릿속에서 번뜩 떠올랐다. 할머니가 소중하게 간직했던 물건이라면 외할아버지와 관계된 물건일 가능성이 크다는 생각이 들었다.

"그럼, 혹시 외할아버지가 야구를 하셨나?"

"아니, 평생 야구하시는 건 못 봤는데? 너희 외할아버지는 등산하는 걸 좋아하셨지. 직접 야구하시는 건 구경도 못 했다, 얘."

"그렇지? 맞지? 그런데 야구공이 왜 여기에 있는 거지?"

"병원에서 잘못해서 섞인 거 아니니?"

"아니래. 할머니가 처음 여기에 입원할 때부터 담당했던 간호사 선생님에게도 물어봤는데, 처음부터 이 야구공을 갖고 계셨대."

전화기 너머로 얕은 한숨이 느껴졌다.

"글쎄, 잘 모르겠네. 너희 할머니가 야구공이라니."

"알겠어. 엄마는 모른다는 거지?"

"응."

"알았어. 별거 아니겠지 뭐. 몸은 좀 어때?"

"괜찮아. 며칠 잠을 못 자서 조금 피곤할 뿐이야."

서울까지 조심해서 잘 올라오라는 엄마의 당부를 끝으로 둘은 통화를 마무리했다. 그다음으로 윤경은 아버지에게 전화를 걸었다. 연결 시간은 길지 않아서 아버지는 금세 전화를 받았다. 윤경의 아버지는 어떤 상황에서도 딸의 전화를 잘 받아주었다.

할머니의 야구공

"응, 우리 딸. 어디야?"

"아빠. 혹시 '석정정의'가 무슨 뜻이야?"

윤경은 이번에도 역시나 거두절미하고 다짜고짜 질문을 던졌다. 대학교수인 아빠는 빙모상(聘母喪)으로 받은 경조 휴가 기간이 끝나 학교로 복귀해 있었다. 지금 시간에는 연구실에 혼자 있으리라고 확신했기에 윤경은 머뭇거리지 않고 용건을 말했다. 그녀의 아빠는 그런 상황에 익숙한 듯 자연스럽게 되물었다.

"석정정의?"

"응, 석정정의. 돌 석, 우물 정, 바를 정, 옳을 의. 사자성어인 것 같은데 무슨 말인지 모르겠어서 말이야."

"글쎄다. 아빠도 그런 사자성어가 있는지는 잘 모르겠는데?"

"에이, 교수님께서 모르시면 안 되지!"

윤경은 다그치듯이 아빠를 몰아붙였다. 수화기 너머에서 허허하는 웃음소리가 들려왔다.

"아빠는 영문학과잖니."

"에이, 그래도 이과 출신인 나보다는 사자성어를 많이 알 거 아니야."

다시 한번 가벼운 웃음소리가 들려왔다.

"그런데 갑자기 그건 왜 묻는 거니?"

"할머니 유품에서 나온 야구공에 그런 한자가 적혀 있었어."

"야구공이라고?"

그녀의 아버지도 놀라기는 마찬가지였다. 그 역시 '한자'보다 '야구공'이라는 단어에 훨씬 더 놀랐다는 사실이 전화기 너머로도 고스란히 전해졌다.

"응, 야구공. 병원에도 확인해 봤는데, 할머니가 계속 갖고 계셨대."

"그거참 의외구나."

"아빠도 이 야구공에 관해서는 짐작 가는 게 없는 거야?"

"글쎄다. 지압이나 안마 같은 걸 할 때 사용하셨나?"

"그런 건 아닌 것 같아. 담당 간호사 선생님 말로는 굉장히 소중하게 다루셨대."

전화기 너머에서 잠깐 침묵이 있었고, 잠시 뒤에 아빠가 다시 윤경에게 물었다.

"거기에 사자성어가 적혀 있었다고 했지? 어떤 한자였니?"

"아, 잠깐만. 내가 이거 사진으로 찍어 보내줄게. 끊어."

윤경은 상자를 열고 주머니를 집어 들었다. 그리고 안에서 야구공을 꺼내어 '석정정의'라는 글자가 잘 나오도록 방향을 잡았다. 그녀는 휴대전화 카메라로 사진을 찍은 후 메신저 애플리케이션을 통해 아빠에게 전송했다. 그리고 잠시 뒤, 대기실 의자에 앉아 있던 윤경이 깜빡 잠들려 하는 사이에 아빠에게서 다시 전화가 걸려 왔다.

"응, 아빠."

"윤경아, 이거 할머니 유품이라고 했지? 병원에서 확인한 거지?"

"응. 그래서 석정정의가 무슨 뜻인데?"

긴 한숨 소리가 전화기 너머에서 이곳까지 새어 나오는 것 같았다.

"윤경아, 이건 사자성어가 아닌 것 같다."

"사자성어가 아니라고?"

"그래, 사자성어가 아니야. 이런 사자성어는 없어."

"그럼, 대체 뭘까?"

"하, 그게 말이지. 이게 아무래도 사람 이름인 것 같구나."

"사람 이름?"

윤경은 그제야 무언가 이해되는 듯 천천히 고개를 끄덕거리며 말을 이었다.

"사람 이름이었구나. 어쩐지 해석이 잘 안되더라니."

그러나 윤경의 뇌리에 곧바로 또 다른 의문이 떠올랐다.

"그런데 이게 사람 이름이라면 성이 석정이고 이름이 정의라는 건데, 석정이라는 성이 있나? 아니면 성이 석이고 이름이 정정의인가?"

"성이 석 씨인 사람은 있지만, 석정이라는 성 씨는 나도 들어본 적이 없는 것 같다. 그리고 성이 석 씨라고 해도 이름이 정정의라는 것도 조금은 이상하고 말이야."

"그렇지? 그러면 사람 이름이 아닌 거 아니야?"

"그게 말이다. 이게 어쩐지 일본식 이름인 것 같단 말이야."

뜻밖의 이야기였다.

"일본식 이름이라고?"

"그래, 일본에서는 이름이 보통 네 글자잖니. 사전을 찾아보니깐 석정石井이라는 한자는 일본어 음독音読으로 읽으면 '샤쿠쇼오'인데, 훈독訓読으로 읽으면 '이시이'라고 하는구나. 그리고 정의正義는 음독으로 읽으면 '세이기'인데, 훈독으로 읽으면 '마사요시'야. 그러니까 이 한자를 우리 식으로 읽으면 '석정정의'지만, 일본어 음독으로 읽으면 '샤쿠쇼오 세이기'이고, 훈독으로 읽으면 '이시이 마사요시'가 되는 거지. 그런데 일본어에서는 한자를 읽는 방식이 워낙 다양해서 정확한 독음은 틀릴 수도 있어. 그래도 아빠 생각에 이건 훈독으로 '이시이 마사요시'라고 읽는 게 맞는 것 같구나."

"이시이 마사요시."

윤경은 그 이름을 마음속으로 몇 번 더 되뇌어 보았다. 그러면서 그녀의 머릿속에서는 소프트뱅크^{SoftBank}를 설립한 손정의^{孫正義} 회장의 일본식 이름이 '손 마사요시'라는 사실이 떠올랐다. 그래서 아빠의 말대로 다른 독음보다는 '이시이 마사요시'라는 이름이 훨씬 더 자연스럽게 발음되는 것 같았다. 아무튼 아빠와의 통화는 그렇게 마무리되었다. 그렇지만 윤경의 궁금증까지 모두 사라진 건 아니었다.

'도대체 누굴까? 이시이 마사요시는? 할머니는 왜 그런 이름이 적힌 야구공을 간직하고 있었을까?'

그렇게 윤경의 호기심이 뭉게뭉게 피어오르던 무렵에 때마침 열차가 도착했다. 할머니의 임종을 지키고 장례를 치르느라 며칠 동안 잠을 제대로 이루지 못했던 탓인지, 서울로 올라오는 기차 안에서 윤경은 깜빡 잠이 들고 말았다. 그리고 꿈을 꾸었다.

꿈속에서 윤경은 어느 대학교 교정의 운동장에 있었다. 그녀가 다닌 대학교였다. 운동장에서는 야구 경기가 펼쳐지고 있었다. 운동장 한가운데에 어떤 남자가 서 있었는데, 윤경은 그 남자가 어쩐지 낯설지 않다는 생각이 들었다. 그리고 웬일인지 윤경은 돌아가신 할머니와 함께 관중석에 앉아 시합을 구경하고 있었다. 며칠 전에 돌아가셨다는 사실 같은 건 꿈에서는 전혀 의식되지 않았다. 할머니는 윤경이 어릴 적에 보았던, 그녀가 기억하는 가장 건강했던 할머니의 모습으로 윤경의 옆에 앉아 있었다.

한창 경기가 진행 중이던 가운데 타자가 친 공이 두 사람의 앞으로 데굴데굴 굴러왔다. 공은 마침내 할머니의 발 앞에 멈추었고, 할머니가 가녀린 손으로 공을 집어 들었다. 툭툭 하고 먼지를 털어낸 할머니는 소매 춤으로 야구공을 몇 번 쓰다듬었다. 그러자 희미하게 어떤 글자 같은 것이 두드러져 보였다. 무슨 글자인지는 가까이 들여다보지 않아도 알 것 같았다.

그런데 갑자기 그들의 앞으로 유니폼을 입은 그 남자가 다가와서 야구공을 달라고 요구했다. 윤경은 고개를 들어 남자의 얼굴을 바라보았다. 그러나 어쩐 일인지 익숙하다고 생각했던 그 남자는 그녀가 전혀 모르는 시커먼 얼굴을 하고 있었다. 할머니는 야구공을 품에 안으셨다. 그러자 이번에는 그 남자의 등 뒤로 운동장에 있던 다른 선수까지 모두 몰려들었다. 다들 야구공을 내놓으라고 한마디씩 외쳐댔다. 할머니는 주위를 둘러보았다. 누군가를 찾는 듯한 모습이었다. 그러고는 간절한 눈빛으로 옆에 있는 윤경을 바라보았다. 공을 내놓으라고 닦달하는 선수들의 목소리는 점점 커져만 갔다. 그들은 마침내 할머니와 윤경을 겹겹이 에워쌌다. 물리력을 동원해서라도 공을 가져가고야 말겠다는 의지가 강하게 읽혔다. 할머니는 끝내 야구공을 내놓지 않고 버텼다. 그리고 윤경은 울음을 터트리고야 말았다.

눈을 떠보니 차창의 왼쪽으로 석양이 비치고 있는 가운데, 어느새 기차는 한강을 건너고 있었다. 묘한 꿈이었다. 윤경은 왠지 할머니와 야구공 사이에 뭔가 말 못 할 사연이 있는 건 아닐까, 하는 생각이 들었다. 그게 무엇이 되었든 간에 그 이야기를 누군가가 알아주길 바란다는 듯이, 마치 할머니의 유언과도 같이 꿈속에서 윤경에게 전달된 건 아니었을까 하는 느낌이 들었다.

영산상업, 고시엔 대회에 조선 대표로 출전

영남의 명문 학교인 영산상업^{榮山商業}이 제27회 전국중등학교우승야구대회(여름 고시엔)의 조선 지방 예선 대회에서 우승하여, 8월 13일부터 20일까지 개최되는 고시엔 대회 본선에 조선 대표로 진출하게 되었다. 다이쇼^{大正} 6년[*]에 야구부를 창단한 영산상업은 7월 12일 부산공설운동장^{釜山公設運動場}의 야구장에서 펼쳐진 조선 지방 예선 대회 결승에서, 강력한 경쟁 상대였던 부산제일^{釜山第一}을 7대 0의 점수로 누르고, 작년에 이어 2년 연속으로 고시엔 본선행을 확정 지었다. 특히 이 시합에서 투수로 나섰던 4학년 오우치 히데오^{大内英雄} 선수는 9회까지 홀로 마운드를 지키며 부산제일의 타선을 상대로 단 한 점도 허용하지 않고 막아내며 승리 투수가 되었다.

『영산매일신보^{榮山每日新報}』, 쇼와 16년 7월 13일

---

* 1917년.

2

"야구공이요?"

석현이 아이스 커피 잔을 내려놓으며 눈을 반짝였다. 석현은 윤경이 소속된 「오! 다큐」라는 다큐멘터리 전문 채널과 함께 일하는 외주 촬영 업체의 카메라 감독이었다. 그리고 석현은 고등학교 때까지 야구를 했던 선수 출신이었다. 그래서 윤경이 할머니의 야구공에 관한 이야기를 꺼내자마자 호기심을 발산했다.

윤경과 석현은 함께 지방 촬영을 다녀오던 길에 잠시 국도변의 휴게소에 들러 식사를 마친 뒤 음료를 마시고 있던 참이었다. 나이가 같은 두 사람은 오랫동안 함께 일하면서 친해졌고, 이제는 거의 친구처럼 격의 없이 대하는 가까운 사이가 되었다. 그런 친분 때문에 석현은 그의 회사를 대표하여 서울에서 멀리 마련된 윤경의 외조모 빈소에까지 직접 조문을 왔었다.

"외할머니께서 야구를 좋아하셨는지는 몰랐네요?"

언제나 그렇지만 석현은 다른 주제보다도 본인이 제일 좋아하는 야구와 관련된 이야기를 나눌 때 가장 활기가 넘쳐 보였다.

"그건 아니에요. 이 야구공을 할머니가 왜 가지고 계셨는지 아직 잘 모르겠어요. 뭔가 사연이 있으실 것 같다는 생각이 들어요."

"혹시 야구 경기를 보러 가셨다가 파울볼이나 홈런볼을 잡으신 거 아닐까요?"

"별로 그런 것 같진 않아요. 운동 경기는커녕 뭘 보러 가시는 걸 본 적이 없거든요. 엄마가 그러셨어요."

"근처에 있는 학교에서 야구하는 아이들이 있었을 수도 있죠."

"그래서 찾아봤는데, 울주군 내에서는 초중고를 통틀어서 야구부가 있는 학교가 없었어요. 야구공을 구할 수 있는 곳도 없었던 것 같고요."

"그런가?"

그러면서 석현은 잠시 허공을 응시하며 자신이 알고 있는 고등학교 야구부를 떠올려 보았다.

"그러고 보니 근처의 울산에는 공고에 야구부가 하나 있긴 한데 울주에는 없는 것 같네요."

그러더니 손가락을 딱 하고 튕기면서 말을 이었다.

"상당히 흥미로운데요? 제가 그 공을 한번 봐도 될까요? 직접 보면 어떤 단서를 찾을 수 있을지도 모르잖아요."

"지금은 집에 있어서 안 돼요."

그때 문득 윤경은 아빠에게 보내주기 위해 휴대전화로 야구공 사진을 찍어 두었던 게 생각이 났다.

"잠깐만요."

윤경은 휴대전화를 꺼내어 사진 폴더를 열었다. 다행히도 엊그제 찍어 둔 그 사진을 금방 찾을 수 있었다.

"이거예요."

할머니의 야구공

윤경은 전화기를 바로 옆에 앉은 석현에게 내밀었다.

"잠시만 제가 볼게요."

석현은 마치 재미있는 퍼즐이라도 푸는 듯한 표정으로 싱글거리며 전화기를 건네받았다.

"어? 이거 이상한데요?"

사진을 들여다본 지 1초도 채 되지 않아서, 석현은 즉각적인 반응을 내놓았다.

"뭐가요? 뭐가 이상한데요?"

윤경은 석현에게로 몸을 기울이면서 사진을 함께 들여다보았다.

"이거, 우리가 쓰는 일반적인 야구공이 아닌 것 같아요."

"그걸 어떻게 알아요?"

"우선, 이거요."

석현은 손가락을 벌려서 사진을 확대했는데, 그중에서도 특정한 부분이 잘 보이도록 위치와 크기를 조절했다.

"이거, 여기 이 부분. 가죽을 붙여 꿰맨 부분을 실밥이라고 하는데요. 보통 우리가 쓰는 야구공은 이 실밥이 붉은색이에요. 근데 이건 붉은색이라기보다는 차라리⋯."

"핑크색인 것 같은데요?"

"맞아요. 핑크색에 가깝죠. 저는 솔직히 이런 야구공은 태어나서 처음 봐요. 적어도 정식 시합용 공은 아닌 것 같아요."

"그런가? 또 다른 건요?"

"가죽 표면의 색깔도 그래요. 요즘 공은 대부분 하얗게 표백된 가죽을 쓰거든요. 타자들 눈에 잘 보이라고 말이죠. 그런데 이 야구공은 하얗다기보다는 조금 노르스름한 색이잖아요. 근데 이게 원래 그런 건지,

오래되어 그런 건지는 잘 모르겠어요. 미국 메이저 리그에서 쓰는 공인구는 일부러 진흙을 칠해서 색깔이 어두워지기도 하는데, 이건 또 그런 것 같지도 않아요. 표면이 이렇게 반들반들한 걸로 봐서 원래부터 이랬던 게 아닐지 싶어요."

"그렇구나. 확실히 야구를 아는 사람이 보니깐 그런 게 보이는구나."

석현은 사진을 자세히 들여다보며 설명을 이어갔다.

"그리고 시합에서 사용했던 공은 확실히 아닌 것 같아요."

"왜 그렇죠?"

"야구공에 흠집이 하나도 없어요. 야구공은 배트에 맞거나 땅바닥에 닿으면 자연스럽게 흠집이 생기거든요. 그래서 시합할 때 투수들이 사용하는 공을 수시로 새 걸로 바꿔줘요. 그런데 이 공은 흠집이 하나도 없는 걸로 봐서 실제로 사용하지는 않은 것 같아요."

그러더니 석현은 사진을 좀 더 확대해 구석구석 자세히 들여다보았다.

"이것도 조금 이상해요. 이 한자는 뭐예요?"

"아, 공에 그렇게 쓰여 있더라고요."

"손으로 쓴 거예요, 아니면 프린트가 되어 있는 거예요?"

"아, 그게 말이죠."

윤경은 잠시 기억을 되살려 보려고 애를 썼다.

"프린트라고 보기는 어려웠는데, 그렇다고 손 글씨도 아니었던 것 같고… 잘 모르겠어요. 아무튼 손으로 직접 썼다면 굉장히 잘 쓴 글씨라고 생각해요."

"제 생각에도 그래요. 야구공 표면의 가죽은 기본적으로 매끄러워야 해서 인두 같은 걸로 낙인을 눌렀을 리는 없었을 거예요. 그렇다면 손으로 썼거나 했을 텐데 이렇게 매끄러운 표면에 이처럼 훌륭한 필체로,

그것도 하나의 삐침도 없이 글자를 쓰는 건 쉽지 않았을 거예요."

"그러니깐 말이에요. 글씨가 큰 것도 아닌데 말이죠."

"아마 스탬프 같은 걸로 찍었을 거예요."

석현은 다시 공의 전체적인 모습을 볼 수 있도록 사진의 크기를 조절하면서 말을 이었다.

"그런데 야구공의 표면에 이렇게 프린트를 하는 경우는 두 가지로 볼 수 있어요."

"뭔데요?"

"하나는 야구공을 만든 제조사의 이름이거나."

"다른 건?"

"특별히 만든 기념구이거나. 둘 중 하나죠."

윤경은 석현의 이야기에 적잖이 감탄하며 그의 얼굴과 화면을 번갈아 바라보았다.

"이런 야구공을 만드는 제조사가 있어요?"

윤경의 눈빛에는 어떤 기대감 같은 것이 있었다.

"제가 알기로는 없어요."

석현의 대답에 윤경의 눈빛은 실망감으로 바뀌었다. 윤경은 자세를 고쳐 앉았다.

"그럼 어떤 제조사들이 있는데요?"

"프로야구로만 한정해서 말하자면, 나라별로 리그에서는 '공인구'라는 걸 쓰고 있어요. 미국 메이저 리그에서는 롤링스 제품을 쓰고 있고, 일본 프로야구는 미즈노, 한국 프로야구는 스카이블루 제품을 공인구로 쓰고 있죠. 그런데 군이 프로야구 공인구가 아니더라도 저는 이런 브랜드의 야구공은 본 적이 없어요."

"공인구가 아니면 어떤 브랜드가 있는데요?"

석현은 잠시 허공을 응시하며 머릿속으로 야구공들의 이미지를 떠올려 보았다.

"음… 스카이라인, 맥스, 윌슨, 비엠씨, 데상트, 프랭클린… 뭐, 이 정도인 것 같은데요?"

"와, 감독님은 그런 걸 어떻게 다 알아요?"

그러자 석현의 얼굴에 웃음기가 번지며 윤경에게 질문을 되던졌다.

"명품 가방 브랜드에는 어떤 게 있죠?"

"에르메스, 샤넬, 루이비통, 프라다, 구찌, 버버리, 지방시, 발렌티노… 뭐 대충 이런 거?"

"뭐, 그런 거랑 비슷한 거죠."

석현이 당연하다는 듯한 제스처를 보이자, 윤경도 피식하고 웃을 수밖에 없었다.

"아무튼 이게 에르메스나 샤넬 같은 건 아니라는 거잖아요. 그렇다고 중저가의 보급형 브랜드도 아니라는 거고."

"뭐, 그런 셈이죠."

윤경은 다시 생각에 빠졌다. 그렇게 잠시 침묵이 흘렀다.

"혹시 수제인가요? 왜 가방 같은 것도 공방에서 직접 만들어 내는 게 있거든요."

석현은 고개를 절레절레 흔들었다.

"야구공 실밥을 꿰매는 일을 사람 손으로 한다는 이야기는 들었는데, 그래도 집에서 혼자 만들기는 힘들 걸요? 야구공에는 정식 규격이라는 게 있거든요. 크기와 무게는 기본적으로 규정된 기준 안에 있어야 하고, 실밥의 개수까지 108개로 일정해야 해요. 그런데 야구공 규격 중에서도 가장 까다로운 게 있는데, 그건 바로 반발력이라는 거예요. 반발력을 일정한 수치 안에서 유지하는 게 사람 혼자서 하기에는 쉽지 않을 거예요. 커다란 제조회사 안에서도 반발력 유지만을 전담하는 부서가 있어야 할 걸요?"

윤경은 가만히 고개를 끄덕이며 계속해서 석현의 이야기를 들었다.

"그렇다고 야구공이 무슨 공예품 대접을 받는 것도 아니고, 가까운 마트에만 가도 쉽게 구할 수 있는 걸 굳이 집에서 만드는 사람은 없을 거예요."

"그럼 그냥 기념구 같은 건요? 우리 회사 박 부장도 자리에 박찬호 선수 메이저 리그 100승 기념구를 갖고 있거든요."

박두수 부장은 윤경의 회사 직속 상사인데, 방송국 내에서는 못 말리는 야구광으로 소문이 자자했다. 그리고 야구라는 공통 분모 덕분에 적지 않은 나이 차이에도 박 부장은 외주 업체의 촬영 감독인 석현과도 매우 친하게 지냈다. 두 사람이 평소에도 야구장을 함께 다니는 건 기본이고, 사석에서는 서로를 형 동생이라고 부를 정도로 친하게 지낸다는 풍문이 있을 정도였다. 그런 석현이 대답했다.

"저도 그럴 가능성이 크다고 생각해요. 야구에서 기념구를 만들 때는 다시 두 가지 경우로 나눌 수 있어요.

"뭔데요?"

어쩐지 점점 더 야구 이야기에 호기심을 느끼고 있는 윤경이었다.

"하나는 어떤 사람을 기념하는 거예요. MVP나 홈런왕 등 기념비적인 성적을 거둔 선수라던가, 유명한 선수가 은퇴할 때 이렇게 특별히 기념구를 만들어서 나누어 주기도 해요. 두수 형님이 갖고 있는 박찬호 100승 기념구가 그런 거죠."

석현과 박 부장이 호형호제한다는 소문은 사실이었다. 무심결에 그 사실을 들킨 석현은 잠시 어색한 표정을 지으며 시선을 다른 곳으로 돌렸다. 윤경은 아무렇지도 않은 척 대화를 이어갔다.

"그럼 다른 경우는요?"

"어떤 이벤트를 기념하는 거죠. 리그에서 우승했을 때 이런 기념구를 흔히 만들곤 해요. 그리고 월드시리즈나 국제 대회 같은 경우에는 그걸 위해 특별히 제작된 공을 만들어요. 물론 공에 그 대회의 이름을 프린트해서 말이죠."

그 말을 듣는 즉시 윤경은 야구공의 다른 쪽에 적혀 있던 문구가 떠올랐다. 제26회 전국중등학교우승야구대회第二六回全国中等学校優勝野球大会. 그것까지 사진으로 찍어 두지는 않았지만, 그 내용은 분명하게 기억하고 있었다. 애초의 예상대로 그 야구공은 중학교 야구 대회에서 사용되었던 공이 맞으리라는 확신이 들었다. 그리고 아마도 그 대회에서는 어떤 사람을 기념하는 행사가 열렸을 수도 있겠다는 생각이 들었다. 그런데 휴대전화의 야구공 사진을 이리저리 살펴보던 석현이 미간을 찌푸리며 윤경에게 말했다.

"그렇긴 하지만 이 공의 정체는 잘 모르겠어요. 도대체 이 글자가 무슨 뜻인지를 모르겠으니 말이죠."

"제가 그럴 줄 알고 저희 아빠한테 물어봤어요. 아빠 말이 아무래도 사람 이름인 것 같대요."

"그렇군요. 역시 사람 이름이었어."

"아빠가 그러는데 일본식 이름이고, 아마도 이시이 마사요시가 될 거래요."

"이시이 마사요시라 이거죠? 그렇다면 이시이 마사요시라는 사람을 기념하는 야구공일 가능성이 크네요. 저는 일본 야구는 잘 모르지만 우리 사회인 야구 팀원들에게도 한번 물어볼게요. 이 사진 저한테도 보내주세요."

석현으로부터 전화기를 돌려받으며 윤경이 말했다.

"감독님이랑 이야기하니깐 뭔가 실마리가 풀리는 느낌이에요. 그리고 이 야구공이 누굴 기념하는 공이었는지 알게 되면, 왜 우리 할머니가 이 공을 가지고 있었는지를 알아내는 데도 많이 도움이 될 것 같아요."

석현은 어깨를 한번 으쓱해 보이고는 남은 커피를 마저 마시기 위해서 잔을 들었다.

제27회 전국중등학교우승야구대회 취소 공고

금년 개최 예정이던 제27회 전국중등학교우승야구대회(여름 고시엔)는 취소되었음을 공고합니다. 대회를 고대하던 황국의 모든 신민과 선수는 이제 일상의 최전선으로 복귀하여, 대동아 공영의 과업을 이룩하기 위해 각자의 위치에서 본업에 만전을 기하길 바랍니다.

『도쿄 아사히신문 조간 東京朝日新聞朝刊』, 쇼와 16년 7월 16일

3

윤경이 지방 촬영을 마치고 집에 도착했다. 그녀의 어머니 신혜는 거실 소파에서 사진첩을 보고 있었다.

"엄마, 나 왔어. 뭐해?"

윤경이 털썩하고 옆자리에 앉고서야 딸이 도착한 걸 깨달은 엄마는 가만히 보고 있던 앨범을 덮었다.

"뭐 하고 있었어?"

"그냥 옛날 사진들 보고 있었어."

엄마가 사진첩을 탁자 위에 내려놓으려는데, 윤경이 그녀의 옆으로 다가와 앉으며 그 사진첩을 집어 들었다.

"혹시 외할머니 사진이야?"

윤경의 물음에 엄마는 말없이 고개를 끄덕거렸다. 사진첩 속 흑백사진에는 정갈한 옷차림을 한 젊은 여성이 단아한 표정으로 정면을 응시하고 있었다. 사진 속 그 여인은 아무런 말도 하지 않았지만, 서글서글한 눈망울에서는 보는 사람을 끌어들이는 묘한 흡인력吸引力이 있었다. 그리고 무언가 서늘하면서도 아련한 그리움과 함께 쓸쓸함도 느껴지는 분위기를 풍기고 있었다. 그런데도 그 사진은 그대로 유서 깊은 사진관의 쇼윈도에 내어 걸어도 될 만큼 사진 속 여성은 고고한 매력을 발산하고 있었다.

그리고 무엇보다도 젊은 시절의 할머니는 윤경의 현재 모습과 많이 닮았다는 걸 그녀 자신도 알 수 있었다. 다른 사람들로부터 편안한 호감을 끌어내는 서글서글한 얼굴은 물론이고, 풍성한 머리칼과 전체적인 체형도 비슷했다. 그리고 언젠가 외가의 행사에 참석했을 때 외할머니 집안의 먼 친척에게서 들은 바로는, 윤경의 얼굴은 물론이고 목소리까지도 외할머니의 젊은 시절과 똑같다고 했었다. 그래서 그 어르신이 윤경의 두 손을 잡고는 거의 울먹이는 듯한 표정으로 한참이나 그녀의 두 눈을 빤히 들여다보던 모습이 기억났다.

윤경은 그 사진첩을 훑어보듯 넘겨보았다. 페이지를 몇 장 더 넘기자 세월이 흘러 어느덧 나이가 지긋해진 할머니가 말끔한 도심의 거리를 배경으로 찍은 컬러 사진이 모여 있었다. 그중에 어느 사진의 뒤쪽 배경에는 도요타 택시가 도로의 왼쪽 차선에서 달리고 있었다. 윤경은 그 컬러 사진들이 요양병원에서 가져온 유품함 속에서 보았던 도쿄타워의 사진과 비슷한 시기에 찍었으리라고 생각했다. 윤경은 문득 궁금했다.

"할머니랑 할아버지는 언제 일본에 다녀오셨던 거야?"

그러자 엄마는 기억을 되살리느라 잠시 골똘히 몰두했다. 그리고 뭔가 생각해 낸 듯한 표정을 지었는데, 곧이어 크게 탄식을 내쉬며 이렇게 말했다.

"나 원 참, 난리도 그런 난리가 없었다."

"난리?"

엄마는 사진첩 속 사진들을 들여다보며 말을 이었다.

"어느 날 갑자기 너희 할머니가 혼자서 일본에 가겠다고 하시는 거야."

"어느 날 갑자기?"

"그래. 그때가 아마도 서울올림픽이 끝난 다음의 겨울이었을 거야."

윤경은 머릿속으로 연도를 되뇌며 말했다.

"그러면 1988년인가? 나 태어나기도 전이었네?"

"그래, 엄마랑 아빠가 아직 신혼일 때 말이야. 어느 날 겨울에 갑자기 너희 외할아버지가 우리 신혼집으로 전화를 걸어와서는 여권은 어떻게 만드는 거냐고 물어보시지 뭐니?"

"갑자기 여권을?"

"그래. 그런데 우리도 그런 건 잘 몰랐어. 그때는 외국에 마음대로 나갈 수 있었던 것도 아니어서 여권 자체가 드물었지. 그래서 너희 아빠가 좀 알아봤는데, 그게 좀 복잡한 일이 아니더라고. 요즘에야 동네 구청에만 가도 쉽게 만들 수 있지만, 그때는 여권이라는 게 보통 사람들이 쉽게 만들 수 있는 게 아니었어. 신청이랑 발급도 광화문에 있는 외무부에서만 했고, 젊은 사람들은 아예 만들 수도 없었단다. 엄마랑 아빠도 그래서 신혼여행을 제주도로 갔다 왔던 거야."

"그런 시절이 있었구나."

"그런데 갑자기 너희 외할아버지가 여권을 만들어야겠다는 거야. 왜 그러시냐고 물어보니깐 너희 외할머니가 일본에 가고 싶다고 하신다는 거야. 그것도 지금 당장 말이야. 그런데 요즘도 며칠씩 걸리는 여권이 그때라고 해서 금방 나왔겠니? 그리고 당시에는 반공 교육이라는 걸 받아야 여권을 신청할 수 있었어."

"반공 교육?"

"그래. 외국 나가면 공산권 사람들을 마주칠 수도 있다고 해서 그때만 해도 그렇게 국민한테 정신 교육을 시킨 거야. 실제로 일본에만 가도 조총련* 같은 단체가 있잖니."

"그랬구나. 신기하네."

윤경은 왠지 그 시절의 이야기를 다큐멘터리 소재로도 쓸 수 있겠다는 생각이 들었다. 일종의 문화사^{文化史} 탐구 프로그램처럼 만들면 재밌을 것 같았다. 엄마의 설명이 이어졌다.

"아무튼 그렇게 설명해 드렸더니 할아버지가 알겠다고 하시면서 전화를 끊으셨어. 그런데 엄마는 전화를 끊고 나서도 참 이상한 일이다 싶었지."

"왜?"

"너희 외할머니 때문이지 뭐겠니? 평생을 단 한 번도 자기 욕심이라는 걸 부려본 적이 없으신 분인데, 그때는 기어코 일본에 다녀와야겠다고 부득부득 우겼으니 말이야. 그것도 처음에는 혼자서만 다녀오겠다고 하셨는데, 사람들한테 들어보니깐 그러면 여권을 발급받지 못할 수도 있다고 그러더라. 그래서 외할아버지랑 같이 부부 동반으로 여행을 간다고 신청해서 겨우 여권을 발급받았어. 다행히 외할아버지가 그때 고등학교 교장 선생님으로 재직하고 계셔서 신분이 확실했던 것도 나름의 도움을 받았지."

그녀의 외조부모가 무사히 여권을 발급받았다는 엄마의 말에 윤경은 왠지 모를 흐뭇한 표정을 지으며 물었다.

"그래서 일본 여행이 재미는 있으셨대?"

---

* 재일본조선인총연합회(在日本朝鮮人総聯合会).

그러자 엄마는 고개를 절레절레 저으면서 대답했다.

"그건 모르겠고, 한국에 돌아오시자마자 할머니가 드러누우셨던 건 기억난다."

"아프셨던 거야?"

"응. 귀국하자마자 심하게 앓으셨어. 처음에는 그냥 몸살감기 정도로만 생각했는데, 갈수록 기침이 더 심해지시면서 온몸이 펄펄 끓어오르시는 거야. 그때 일본에서 한창 독감이 유행하고 있었다는데, 아무래도 여행지에서 감염되셨던 것 같아. 그래서 화들짝 놀란 너희 외할아버지가 서둘러 병원에 데리고 가셨어. 그렇게 병원에만 거의 일주일 정도 입원해 치료를 받으셨어. 다행히 독감이 나았기에 망정이지, 그때는 하마터면 진짜 무슨 일이라도 생기는 줄 알았다. 그런데 어느 정도 회복해서 퇴원하신 다음에도 그리 상태가 좋지는 않으셨어. 식음을 거의 전폐하면서 한동안 넋이 나간 것처럼 무기력하게 멍하니 계시곤 했어. 아마 그렇게 한 달 넘게 누워 계셨던 것 같다. 덕분에 우리도 그렇지만 특히나 너희 외할아버지가 마음고생을 많이 하셨지."

윤경은 고개를 끄덕거리며 당시에 찍었다고 하는 그 사진들을 천천히 훑어보았다. 그리고 다시 사진첩을 앞으로 한 장씩 넘겨보다가 어느 페이지에서 멈추었다.

"우와, 할머니 결혼사진이다."

윤경은 자신이 그 사진을 세상에서 제일 처음 발견한 사람처럼 아예 사진첩을 들어서 신혜의 얼굴에 들이밀었다. 물론 그녀의 엄마는 지금까지 살아오면서 그 사진을 이미 여러 번 보아 왔을 터였다. 엄마의 반응이 영 신통치 않았지만, 윤경은 엄마의 축 처진 마음을 북돋워 주기 위해서 일부러 더욱 활발하게 분위기를 이어갔다.

"여기 다 같이 찍은 사진에 날짜도 나와 있어. 어디 보자."

흑백사진의 아래쪽 공간에는 그 사진이 찍힌 날짜가 1959년 4월 26일임을 손 글씨로 알려주고 있었다.

"1959년이면 할머니가 몇 살에 결혼하신 거야? 할머니가 몇 년생이시지?"

윤경이 곰곰이 생각하고 있으려니, 엄마가 곧 그 답을 알려줬다.

"할머니는 1925년에 태어나셨어."

"아, 그렇구나."

다시 사진첩에 관심을 집중하려던 윤경이 다시금 엄마를 바라보며 물었다.

"그러면 할머니가 결혼한 나이가 만으로 서른넷, 우리 나이로 서른다섯 살이었다는 거잖아? 요즘도 서른다섯 살이면 노처녀라는 소리 듣는데, 울 할머니는 왜 이렇게 늦게 결혼하셨대?"

엄마는 딸의 질문에 쉽게 대답을 내어줄 수가 없었다. 엄마인 신혜가 학교에 다녔던 어린 시절, 학부모들이 학교에 오는 날이면 그녀는 다른 친구들의 젊은 어머니들과 비교해 나이가 한참 많은 자신의 어머니를 맞이하는 걸 창피하게 여겼던 적이 많았기 때문이다.

"엄마는 왜 이렇게 나이가 많아?"

국민학교* 4학년쯤이었던 걸로 신혜는 기억하고 있었다. 학부모들의 참관 수업이 있었던 날, 수업이 끝나고 집으로 돌아온 신혜는 어머니에게 따지듯이 물었다. 부엌에서 일을 하고 있었던 어머니는 딸아이의 질

---

* 현재의 초등학교

할머니의 야구공

문에는 대답하지 않고, 그저 가만히 딸의 얼굴을 들여다볼 뿐이었다.

"아이들이 막 놀린단 말이야. 왜 엄마가 아니라 할머니가 왔냐고 말이야!"

같은 반 친구들의 엄마 중에서 나이가 자신의 엄마보다 많은 사람은 남희네 엄마 딱 한 명뿐이었다. 그나마 남희는 구 남매 중에서 여덟째, 딸 중에서는 막내였다. 아들을 고집하는 집안의 분위기 때문에 아이를 계속해서 낳다 보니 늦은 나이에 남희를 낳게 되었던 것이다. 하지만 신혜는 달랐다. 그녀는 외동딸이었다. 제법 나이를 먹고 본인도 아이를 낳고서야 본인의 부모가 자신을 얼마나 사랑으로 감싸며 키웠는지 비로소 이해하게 되었지만, 어렸을 적만 하더라도 사소한 것에서 친구들과 비교당하는 일이 있으면 어린 마음에 적지 않은 상처를 받곤 했다. 그런데도 그녀는 자신의 어머니에게서 속 시원히 납득할 만한 대답을 들을 수 없었다.

신혜의 어머니, 그러니까 윤경의 외할머니 순영은 결혼하게 될 사람을 집안 어른의 소개로 만났다고 한다. 서른넷의 겨울 초입에 맞선을 보고, 서른다섯의 따뜻한 봄날에 결혼식을 올렸다. 요즘에야 결혼하지 않는 사람도 많지만, 당시만 하더라도 여자가 서른이 넘도록 결혼하지 않는다는 것은 좀처럼 흔한 일이 아니었다. 결혼 당시 남편의 나이는 만 스물아홉으로 무려 다섯 살 연하였다. 당시에는 스물아홉이라는 나이 역시 남자의 결혼 나이로써도 절대 어리지 않았음을 고려하면 순영의 나이가 결혼 나이로써 얼마나 늦은 것이었는지를 짐작할 수 있다.

신혜는 언젠가 자신의 아버지에게서 들은 이야기를 윤경에게 들려주었다. 어느 날 밤인가, 동료 선생님들과 회식 자리에서 거나하게 한잔 걸치고 들어오신 아버지는 술에 불콰하게 물든 얼굴로 옛날이야기를 들려주었던 적이 있었다. 당시 어느 고등학교에서 교편을 잡고 있던 신혜의 아버지는 어느 날 우연히 순영을 보게 되었다. 학교에서 어느 학급의 수업을 마치고 교무실로 향하던 그가 복도 창문 너머로 우연히 그녀를 발견한 것이다. 순영은 운동장 한가운데에 가만히 홀로 서 있었다. 아직 뜨거운 열기가 가시지 않은 무더운 늦여름 날이었다고 한다. 그런데 그곳은 남자고등학교였고 학교에 근무하는 여자 교직원은 없었다. 그렇다고 고등학생을 자녀로 둔 학부모라고 보기에는 그녀가 너무 젊었다.

그리고 순영은 아름다웠다. 신혜의 아버지는 단번에 사랑에 빠졌다. 그리고 그녀와 결혼하겠노라고 결심했다. 그런데 한동안 가만히 서 있던 그녀가 갑자기 빠른 걸음으로 운동장을 빠져나갔다. 마침 다음 시간에 수업이 없었던 그는 순영의 뒤를 쫓아갔다. 그리고 순영이 터미널에서 버스를 타고 시골로 떠나는 걸 저만치서 지켜보았다. 그 뒤에 그는 버스의 행선지를 바탕으로 수소문 끝에 순영의 집안사람과 연락이 닿게 되었고, 본인의 부모님을 설득해 그녀와의 맞선을 성사할 수 있었다.

"그러니까 외할아버지가 외할머니한테 첫눈에 반했던 거네?"

가만히 이야기를 듣고 있던 윤경의 눈이 초롱초롱 빛났다. 신혜는 특히 그렇게 반짝이는 딸의 예쁜 눈매가 자신의 어머니 순영을 많이 닮았다고 생각했다.

후에 윤경의 외할아버지는 그날의 일을 아내인 순영에게 들려주었다고 한다. 학교 운동장에서 우연히 그녀의 모습을 발견하고는 첫눈에 사랑에 빠졌다고 말이다. 배우자의 기분을 좋게 해주려는 선의의 의도에서 꺼낸 말이었지만, 할머니는 어쩐지 그날 그 고등학교에 갔던 일을 부정했다고 한다. 기억하지 못하는 것이 아니라 한사코 그런 적이 없었노라고 했다는 것이다. 그녀는 그 고등학교에 간 일이 없으며, 심지어는 다

큰 여자가 집에서 먼 읍내를 혼자 돌아다니는 건 상상도 못 할 일이라고 답했다고 한다.

하지만 외할아버지는 정확히 기억하고 있었다. 할머니가 입었던 치마의 색깔과 신발의 종류까지도 생생하게 기억하고 있었다. 학교 일과가 끝난 뒤 버스터미널로 찾아가서는 외할머니가 탔던 그 버스를 운전했던 기사를 수소문해 찾은 뒤 막걸리까지 대접하면서 할머니가 버스에서 내린 정류장이 어디인지 확인까지 했었다고 한다. 즉 외할아버지가 헛것을 본 것은 아니었다는 말이다. 하지만 그날 할머니가 왜 남자고등학교 운동장에 서 있었는지에 관해서 할머니는 끝내 아무에게도 그 이유나 사연을 말하지 않았다.

"잠깐만!"

윤경이 순간 무릎을 탁하고 쳤다. 그 소리에 엄마의 청각세포가 깜짝 깨어날 정도였다.

"두 분이 결혼할 때 외할아버지가 근무했던 학교가 어디야?"

엄마는 기억을 되살리려 골몰히 집중해 보았다.

"너희 할아버지가 자주 전근을 다녀서 잘은 모르겠다."

그러자 윤경은 어느새 사진첩을 다시 집어 들었다.

"왠지 여기에 있을 것 같아."

윤경은 사진첩을 넘기며 날짜들을 확인하기 시작했다.

"여기 외할아버지 사진들도 있네. 두 분이 처음 만난 게 1958년이니까… 음."

가만히 날짜들을 확인하던 윤경의 손가락이 어느 한 장의 사진 위에서 멈추었다.

"여기 있다."

학급 전체가 함께 찍은 단체 사진이었다. '3학년 2반 42회 졸업생들과 함께'라고 적힌 사진에는 1959년 2월 6일이라는 날짜가 찍혀 있었다. 사진 속에는 학교 본관 건물을 뒤로 하고 60여 명의 학생이 열을 지어 모여 있었다. 그리고 배경에 보이는 학교 본관 건물의 위쪽에는 '榮山商業高等學校'라는 현판이 걸려 있었다. 그러자 사진을 본 엄마가 기억을 떠올렸다.

"영산상고구나. 그래, 그러셨던 것 같다. 그 앞을 지나갈 때면 이 학교에 근무했었다고 말씀하셨던 기억이 나."

그러자 윤경의 뇌리를 잽싸게 스치는 생각이 있었다.

"혹시 영산상고에 야구부가 있지 않을까? 잠깐만."

윤경은 탁자 위에 있던 자신의 휴대전화를 들어서 잠시 만지작거렸다.

"그렇지!"

윤경이 쾌재를 불렀다.

"이거 봐, 엄마."

윤경은 자신의 휴대전화 화면을 엄마의 얼굴 앞으로 들이밀었다.

"봐봐. 지금은 야구부가 없어졌지만 영산상고가 원래 옛날에는 야구로 되게 유명했었대."

휴대전화의 화면을 확인한 후 엄마는 윤경을 바라보았다.

"그러고 보니 너희 외할아버지께서 그런 말씀도 하셨던 것 같구나. 요즘 영산상고 야구하는 게 예전만 못하다고 종종 푸념하셨던 기억이 나."

"이제 조금 실마리를 잡은 것 같지 않아?"

윤경은 흐뭇한 미소를 지으며 신혜를 바라보았다.

"뭐가 말이니?"

"할머니가 야구공을 간직하고 있었던 이유 말이야."

엄마는 처음에는 딸이 하는 말의 의미를 알아듣지 못했다. 그런 눈치를 확인한 윤경이 팔을 들어서 텔레비전 옆을 가리켰다. 거기에는 윤경이 요양병원에서 가져온 유품 상자가 놓여 있었다.

"아, 야구공."

엄마는 잠시 뭔가를 골똘히 생각하는 듯했다.

"그러니까 너희 할머니가 그때 영산상고에 가서 저 야구공을 가지고 왔다는 말이니?"

윤경은 어깨를 으쓱하며 말했다.

"뭐, 그럴 가능성도 생각해 보자는 말이지."

그러나 엄마는 쉽게 납득하지 못하는 표정이었다.

"하지만…."

"하지만 뭐?"

"너희 할머니는 단 한 번도 야구에 관심을 보이신 적이 없었어. 내가 알기로는 말이지."

아마도 엄마뿐만이 아니라 온 집안 식구가 모두 그녀의 말에 동의했을 것이다. 그러나 외할머니의 사후에 그들이 알지 못했던 순영의 비밀이 그 야구공을 통해 조금씩 그 흔적을 드러내고 있는 것인지도 모른다. 그런데 신혜가 불쑥 혼잣말처럼 이렇게 말했다.

"그나저나 나는 그게 궁금하네. 너희 할머니는 도대체 그날, 거기에서 뭘 하고 계셨던 걸까?"

윤경과 엄마는 말없이 생각의 터널 속으로 빠져들었다. 쉽게 답이 찾아지지는 않는 문제였다.

"게다가 저 야구공은 대체 뭐람. 괜히 신경 쓰이네. 이상한 건 아니겠지, 설마."

사실 신경이 더 쓰이는 쪽은 엄마보다는 윤경이었다. 한번 호기심이 생기면 그것이 풀리기 전까지는 좀처럼 참지 못하는 성격이었기 때문이다. 윤경은 고민에 빠진 얼굴을 하고는 사진첩을 고이 닫아 책장에 잘 꽂아두었다.

그리고 다음 날, 윤경은 촬영 감독인 석현으로부터 연락을 받았다.

할머니의 야구공

중등야구 유망주 출신 오우치 히데오 선수,
도쿄 교진군 입단

중등야구의 유망주였던 오우치 히데오 선수가 본지의 자매 구단인 도 쿄 교진군東京巨人軍에 입단했다. 오우치 선수는 제26회 전국중등학교우 승야구대회(여름 고시엔)에서 소속 학교인 영산상업을 이끌고 본선에 진출했으며, 제27회 대회의 조선 지역 결승에서는 부산제일의 타선을 상 대로 노히트 노런ノーヒット・ノーラン의 역투를 펼치며 야구 관계자들로부터 크 게 관심을 받아왔다.

『요미우리신문読売新聞』, 쇼와 22년* 3월 23일

---

* 1947년.

4

사무실 책상 위에 있는 휴대전화가 부르르 떨며 진동했다. 휴대전화 화면에는 '권석현 촬영 감독'이라는 이름이 떠 있었다.

"네, 감독님."

"피디님, 알아냈어요."

"뭘 알아냈다는 거예요?"

"그 야구공 말이에요."

윤경은 하던 일을 멈추고 자세를 고쳐 앉았다.

"뭔데요? 말해 봐요! 빨리!"

"흠."

석현은 잠시 목을 가다듬는 듯했다.

"먼저 야구공에 쓰여 있던 글자에 대해서요."

"네."

"아버님 말씀대로 그건 이시이 마사요시가 맞아요."

"역시, 우리 아빠."

윤경은 흐뭇한 미소를 지으며 되물었다.

"그래서 이시이 마사요시가 누군데요?"

"음, 그게 우선은 사람 이름은 맞아요."

"우선은? 왜 '우선은'이예요?"

"왜냐하면 그게 야구공 브랜드거든요. 설립자가 일본인인 이시이 마사요시래요."

윤경은 머릿속으로 생각을 정리하며 말했다.

"그 말은 그러니까, 이게 일본산 야구공이라는 거군요."

"네, 맞아요. 그런데 조금 특이한 게 있어요."

"뭔데요?"

"제가 저번에 말했지만, 요즘 일본 프로야구에서 쓰는 공인구는 미즈노 제품이에요."

"그럼 이시이 마사요시는요?"

"놀라지 마세요."

"네."

"제가 인터넷에서 찾아보니깐 이시이 마사요시는 1930년대 말부터 40년대까지 생산된 야구공이었대요."

잠시 시간이 멈춘 것 같았다. 윤경은 다시 생각을 정리할 시간이 조금 필요했다.

"1940년대까지라면, 40년대 후반은 아닌 거죠?"

석현은 윤경이 던진 질문의 의도를 정확히 잘 알고 있었다.

"그게 말이죠, 아마도 1945년을 걸치고 있는 것 같아요. 그런데 저도 생산이 중단된 시기는 정확히 모르겠어요."

그러자 문득 어떤 한 가지 가설이 윤경의 머릿속에서 떠올랐다.

"우리나라에서 야구를 처음 시작한 게 언제예요?"

"미국인 선교사가 YMCA 야구단을 만든 게 1904년인가 그래요. 왜, 배우 송강호가 나온 영화 있잖아요? 「YMCA 야구단」 말이에요."

윤경은 그런 영화가 있다는 건 알고 있었지만, 야구에 그다지 관심이 없었기에 굳이 챙겨 보지는 않았다. 석현의 설명이 이어졌다.

"아무튼 우리나라에 처음 야구를 들여온 건 미국이었지만 야구를 본격적으로 전수한 건 일본이었다고 알고 있어요. 주로 고등학교와 실업팀을 통해 야구를 가르쳐 줬다고 하더라고요. 그래서 예전에 선생님들한테 듣기로는 제가 다녔던 고등학교 야구부도 일제 시대에는 고시엔 대회에 나가고 그랬대요."

고시엔. 야구는 잘 모르지만 일본 문화에는 친숙한 윤경도 들어본 적 있는 명칭이었다. '고시엔'이란 한자로는 '갑자원甲子園'이라고 쓰는 일본의 전국 고등학교 야구 대회다. 일본 만화나 영화를 보면 일본의 고등학교 야구 선수들이 고시엔 대회에 출전하는 장면을 심심치 않게 만날 수 있다. 윤경이 석현에게 물었다.

"일본의 고등학교 야구 대회에 당시 우리나라 학교들도 나갔다는 말이에요?"

"네, 맞아요. 저희처럼 역사가 오래된 학교들은 그랬다고 하더라고요. 이름만 대면 웬만한 사람이 다 아는 그런 유명한 학교들은 최소한 한 번씩은 다 나갔을 거예요."

그때 윤경의 머릿속을 스치는 무언가가 있었다.

"영산상고는요? 영산상고는 어땠어요?"

"영산상고도 오래되지 않았나요? 잘 모르겠네요."

"잠시만 전화 끊어 봐요."

전화를 끊은 윤경은 데스크톱 컴퓨터로 '영산상고'를 검색해 보았다.

그 결과 중 위키백과는 다음과 같은 내용을 보여주고 있었다.

영산상업고등학교는 현 대영고등학교의 옛 이름으로, 1917년 영산 개성학교로 창립되었다. 지금과는 학제가 달랐던 일제 강점기에는 영산상업고등보통학교로 불리다가 1938년 학제가 개편되면서 영산 상업중등학교로 이름이 바뀌었다. 그리고 해방 이후 1948년 중학교 과정이 분리되어 나가면서 영산상업고등학교로 개칭하였으며, 1998 년 현재의 대영고등학교로 교명을 확정 변경하였다.

윤경은 다시 '영산상고 야구부'로 검색해 보았다. 그러자 영산상고 야 구부의 역사를 간략하게 정리한 웹페이지 하나를 찾을 수 있었다.

영산상고 야구부는 영남 지역에서 가장 오래된 야구부 가운데 하나 였다. 일제 강점기인 1940년에는 조선 지역 예선을 뚫고 고시엔 본선 에도 진출했다. 전성기라고 할 수 있는 20세기 중반까지는 여러 전국 대회에서 여러 번 우승을 차지했다. 그러나 1980년대에 들어 성적이 하락하기 시작했으며, 부원의 수도 감소하면서 결국 2020년에 해체 했다.

그리고 이번에는 '고시엔'이라는 단어를 검색했다. 결과 페이지에 나온 위키백과의 링크를 클릭하자 한글로 작성된 '전국고등학교야구선수권대회'라는 페이지로 연결되었다. 윤경은 혹시나 하는 생각이 들어 해당 페이지의 언어 설정을 일본어로 바꾸어 보았다. 그러자 한국어 설명보다 훨씬 더 많은 분량의 방대한 페이지가 새로 열렸다. 흔히 말하는 '스크롤의 압박'이 느껴질 정도였다. 일본어는 잘 모르지만 그래도 언론고시를 준비하며 익힌 한자 실력을 바탕으로 천천히 그 내용을 훑어 나갔다.

그러자 기다란 페이지의 중간을 조금 지나서 '역사歷史'라는 항목 아래에 유난히 눈에 띄는 글자가 있었다. '1940年(第26回大会)'라는 항목이었다. 윤경은 그 문구가 유달리 눈길을 끌었던 이유를 금세 알 수 있었다. 할머니의 야구공에도 분명히 '제26회 대회'라는 글자가 적혀 있었기 때문이었다. 그 글자에 걸린 하이퍼링크를 클릭하자 위키백과의 또 다른 페이지로 연결되었다. 그리고 그 페이지의 제목은 '第二六回全国中等学校優勝野球大会'였다. 할머니의 야구공에 적혀 있던 것과 글자 하나까지 모두 정확히 일치하는 항목이었다.

그런데 윤경은 잠시 혼란스러운 마음이 들었다. 자신이 무언가 착각했나 싶었던 그녀는 '뒤로 가기' 버튼을 눌러 이전 페이지로 돌아가 보았다. 거기에는 분명히 한자로 '전국고등학교야구선수권대회'라고 적혀 있었다. 그리고 '앞으로 가기' 버튼을 누르니 다시 한자로 '제26회 전국중등학교우승야구대회'라고 적힌 페이지로 연결되었다. 윤경은 자신이 실수한 것이 아님을 확인했다. 윤경은 무언가 짐작 가는 바가 있었기에, 새 창을 띄워 일제 강점기 때의 학제學制에 관한 정보를 찾아보았다. 그녀의 짐작이 맞았다. 윤경이 실수한 게 아니라, 그 당시의 학제가 지금과 달랐던 것이었다. 해당 페이지에는 당시의 중등학교가 지금의 중학교와 고등학교가 합쳐진 중등 교육 기관이었다는 설명이 있었다.

윤경은 다시 제26회 대회의 위키백과 페이지로 돌아갔다. 제목 아래에 적힌 간략한 설명에는 연도와 날짜가 모두 아라비아 숫자로 표기되어 있었기 때문에 그 내용을 비교적 쉽게 파악할 수 있었다. 그에 따르면 제26회 대회는 1940년 8월 12일부터 8월 19일까지 개최되었다. 그리고 그 바로 아래에는 출전 학교의 명단이 있었다. 제26회 대회에는 모두 22개의 학교가 출전했는데, 그중에서도 무언가 강력한 자기장에라도 끌리듯 그녀의 시선을 강하게 잡아당기는 이름이 있었다. 바로 조선^{朝鮮} 대표로 출전한 영산상업^{靈山商業}이라는 학교였다.

윤경의 머릿속에서 갑자기 거센 회오리바람이 휘몰아치는 것 같은 기분이 들었다. 윤경은 모니터에서 잠시 시선을 거두고 옆쪽에 놓여 있던 취재 노트를 펼쳤다. 노트의 빈 페이지에 메모하면서 생각을 정리하는 건 그녀의 오래된 버릇이었다. 윤경은 지금까지 알게 된 내용을 하나하나 적어 내려가며 생각을 정리해 보았다.

'할머니의 유품 상자에서 나온 야구공은 1940년경에 사용하던 일제 야구공이었다. 그 공은 일본의 전국 고등학교 야구 대회인 고시엔의 제26회 대회에서 사용되었다. 당시의 대회에는 식민지 조선의 대표로 영산상업이 출전했다. 그리고 경상남도 영산은 할머니의 고향이다.'

윤경의 생각은 계속해서 이어졌다. 1940년에 설마 그녀의 할머니가 직접 야구를 하지는 않았을 것이다. 그렇다면 그 공은 당시 제26회 고시엔에 출전했던 영산상업의 누군가가 기념으로 가져와서 할머니에게 건넨 것이라는 생각이 들었다.

윤경은 사무실 밖으로 나와 휴대전화로 다시 석현에게 전화를 걸었다. 업무와는 관계없는 이야기이기도 했고, 사무실의 다른 사람들이 그

대화를 엿듣는 것도 원하지 않았기 때문이다. 석현은 금세 전화를 받았고, 그녀는 별다른 인사말 없이 곧바로 용건을 물었다.

"혹시, 야구공이 비싼가요?"

다소 뜬금없는 질문이었지만, 석현은 그런 대화가 익숙한 듯 곧장 대답했다.

"네, 저렴하진 않아요. 한국 프로야구에서 사용하는 공인구는 한 개에 2만 원 정도 해요. 그리고 메이저 리그 공인구는 하나에 우리 돈으로 3~4만 원 정도 하고요."

윤경은 자신의 추측이 옳다는 생각이 들면서도 다소 의외라는 느낌을 받았다.

"아니, 지나가다 가끔 보면 야구공을 관중석으로 던져 주고 그러던데, 그러면 그 비싼 걸 그냥 막 관중들한테 주는 거예요?"

"네, 그렇죠. 어차피 야구공은 배트에 맞거나 땅바닥에 구르면 흠집이 생기고 실밥이 터져서 시합에 다시 사용할 수 없어요. 그래서 시합에 사용한 공들만 따로 모아 연습용으로 쓰거나 아니면 후원하는 중고등학교 야구부에 보내주기도 하고 그래요."

"옛날에도 비쌌겠죠?"

"물가로 따지면 아마 훨씬 더 비쌌을 거예요. 옛날에는 실밥을 하나하나 손으로 직접 꿰맸다고 들었어요. 아무래도 요즘처럼 대량 생산 시스템이 잘 갖춰져 있지도 않았을 테니까요. 그만큼 야구공이 귀한 거였죠. 그래서 예전에는 파울볼을 잡아도 관중들이 가져가는 걸 금지했대요. 그리고 옛날 야구를 소재로 한 영화들을 보면 선수들이 터진 야구공 실밥을 직접 꿰매서 다시 사용하는 장면도 심심치 않게 나오고 그래요."

전화기 사이에서는 잠시 침묵이 있었다.

할머니의 야구공

"있잖아요."

"네."

윤경이 화제를 바꾸어서 대화를 이어갔다.

"아무래도 울 할머니가 야구에 관심이 있었던 것 같아요."

"그래요? 신기하네요. 그런데 그걸 어떻게 알아내셨어요?"

윤경은 부모에게도 털어놓지 않은 이야기들을 석현에게 꺼내놓기 시작했다. 그 작은 야구공 하나에 담긴 이야기가 자기 혼자 보관하고 있기에는 점점 더 부담스러울 정도로 묵직해지고 있었기 때문이었다. 그렇지만 어쩌면 할머니가 평생을 감추어왔을 비밀인지도 모르는 이야기를 직계 가족에게 털어놓기란 쉽지 않았다. 오히려 관계는 전혀 없지만 말이 잘 통하는 제삼자에게 이야기하는 게 더 편하다는 느낌이 들었다.

"외할아버지랑 외할머니가 처음 만난 곳, 아니 외할아버지가 외할머니를 처음 마주친 날, 아무튼 외할아버지가 외할머니를 우연히 보고는 순식간에 사랑에 빠졌대요."

"네."

"그날 두 분이 계셨던 곳이 영산상고였어요."

"영산상고? 아까 물어보셨던 그 학교요?"

"네, 맞아요. 그 영산상고. 외할아버지가 그 학교 선생님이셨거든요."

"외할머니는요?"

"그냥 시골에서 혼자 지내셨던 것 같아요."

"그런데 왜 그 학교에 계셨던 거예요?"

"그게 미스터리예요. 심지어 할머니는 자기는 거기에 간 적이 없다고 하셨대요."

다시 침묵이 이어졌다. 정적을 깬 건 석현이었다.

"어쩌면 그 학교에서 야구 시합이 있었을 수도 있어요. 정식 대회가 아니라고 해도 고등학교에서는 다른 학교 야구부랑 연습 경기 같은 걸 자주 하니깐요. 부산이랑 경남에만 해도 경남고나 부산고, 부산상고처럼 야구부가 있는 학교가 많잖아요. 학교끼리의 연습 경기는 아마 그때도 자주 했을 거예요."

"그런가요? 학교 행정 기록이나 야구부 일지 같은 게 남아 있다면 확인하기가 수월할 텐데 말이죠."

잠시 침묵의 시간이 흘렀다. 이번에도 먼저 말을 꺼낸 건 석현이었다.

"그런데 저도 선수 출신이고 여전히 야구에 관심이 아주 많기는 하지만, 그렇다고 해서 일부러 고등학교 야구부 연습 경기까지 찾아가서 보진 않아요."

"그런가요?"

"피디님 외할머님 댁이 울주였죠? 울주에서 영산상고까지는 상당히 멀지 않나요?"

"그렇긴 한데, 결혼 전에는 영산에 사셨어요. 비록 읍내가 아니라 시골이었긴 하지만 그래도 마음만 먹으면 찾아갈 수 있는 거리였겠죠."

"그렇군요. 그렇지만 당시에는 교통수단도 편치 않았을 텐데, 영산의 시골에서 읍내까지 일부러 야구 경기를 보러 간다고요? 무슨 국가대표 경기 같은 것도 아니고 고등학교 야구부 연습 시합을 보러?"

"그러게요. 이상하긴 하네요."

"이상하죠? 그렇죠? 어지간한 야구 광팬도 그러기 힘들었을 거예요. 그나마 학부모님들이나 프로팀 스카우트 정도는 돼야 그렇게 할 수 있을걸요?"

"그렇담 울 할머니는 왜 거기에 계셨던 걸까요?"

전화기를 두고 양쪽에서 다시 한번 침묵이 이어졌다. 그러다 사무실 출입문이 열리며 누군가 윤경을 부르는 소리가 들렸다.

"저 이만 끊어야 할 것 같아요. 나중에 다시 통화해요. 정말 고마워요, 감독님."

전화를 끊은 윤경은 다시 사무실로 향했다. 전화기를 쥔 오른손에는 어쩐지 힘이 들어가 있었다. 아직은 확실치 않지만, 그녀의 얼굴에는 그래도 무언가 하나씩 실마리를 풀어나가고 있다는 확신의 표정이 떠오르고 있었다.

오우치 히데오, 노히트 노런 달성

요미우리 자이언츠의 특급 투수 오우치 히데오 선수가 프로야구에서 마침내 노히트 노런을 달성했다. 오우치 선수는 지난 11일 고라쿠엔구장後樂園球場에서 개최된 일본 프로야구NPB 센트럴리그セントラル·リーグ 오사카 타이거즈大阪タイガース와의 홈경기에서 선발 투수로 출전하여 9회 마지막까지 역투를 펼쳤다. 그는 마지막 타자를 아웃시킬 때까지 단 하나의 안타나 득점도 허용하지 않고 승리를 거두며 노히트 노런이라는 대기록을 작성했다. 다만 야수 실책 1개로 주자가 출루하며 안타깝게도 완전 시합完全試合 달성에는 실패했다.

『요미우리신문』, 쇼와 29년* 5월 12일

---

* 1954년.

5

그날 저녁, 윤경은 엄마 신혜와 함께 거실에서 텔레비전을 보고 있었다. 어떤 남성 배우가 어릴 적 첫사랑을 찾는 프로그램이었다. 어린 시절 지방의 같은 도시에 살며 조금씩 가까워지다가 갑자기 서울로 전학을 가는 바람에 연락이 끊긴 동갑내기 여학생이었다고 했다. 그녀와의 풋풋한 에피소드에 관한 상황극 재연이 끝난 후, 이제 본격적으로 리포터가 여학생의 이후 행적을 추적하기 시작했다.

우선은 여학생이 다니던 학교에 가서 예전의 생활기록부를 확인했다. 다행히도 그녀가 전학 간 학교명이 적혀 있었고, 리포터는 다시 서울에 있는 그 학교를 찾아갔다. 서울의 학교에 가서 다시 한번 생활기록부를 확인한 리포터는 거기에 기재된 그녀의 주소를 확인했다. 그리고 그 주소로 찾아간 리포터는 그녀의 부모가 아직도 그 집에 살고 있음을 시청자들에게 보여주었다. 화면에 비친 남성 배우의 눈에는 어느새 눈물이 그렁그렁하게 맺혀 있었다. 과연 그 배우는 마침내 자신의 첫사랑을 만날 수 있을까?

텔레비전 화면을 들여다보고 있던 그때, 윤경의 뇌리에서 빠르게 어떤 생각 하나가 스치듯이 지나갔다. 왠지 할머니가 그날 영산상고에 갔던 목적을 알아낼 만한 어떤 아이디어가 떠오른 것이었다. 그녀는 소파에서 벌떡 일어나 자신의 방으로 들어갔다. 책상 앞에 앉은 윤경은 노트북 컴퓨터의 전원을 켰다. 그리고 웹브라우저를 열어 구글에 접속했다. 다시 한번 '영산상고 야구부'를 검색한 뒤에 이번에는 오래된 신문기사 위주로 결과를 정렬했다.

그렇게 정리된 결과의 항목 하나가 윤경의 시선을 강하게 잡아끌었다. 제목은 「그때 그 시절 – 1958년」 일본 야구 영웅, 모교인 영산상고에서 강습회 개최」였다. 1958년, 영산상고, 야구, 일본. 이 네 개의 키워드는 할머니의 유품 상자에서 발견된 야구공의 비밀을 대표하는 단어들이었다. 이런 키워드들이 정확히 일치하는 정보는 절대로 우연히 합쳐질 수 있는 조합은 아니라는 생각이 들었다. 윤경의 등골 한가운데로 식은땀이 흘렀다.

윤경은 링크를 클릭해서 해당 사이트로 들어가 보았다. '그때 그 시절'이라는 건 영산의 지역 일간지인 해당 신문사가 과거에 자신들의 지면에 실렸던 흥미로운 기사를 발굴하여 소개하는 시리즈였다. 윤경은 그 아래의 기사를 천천히 읽어 내려갔다.

영산상고 출신 일본 야구 영웅 오우치 히데오
모교에서 야구 강습회 개최

일본 프로야구의 특급 투수로 활약했던 오우치 히데오 선수가 고

할머니의 야구공

국을 방문한다. 일본 『요미우리신문』의 보도에 의하면 오우치 히데오 선수가 오는 9월 모교인 영산상고에서 후배들을 위해 야구 강습회를 개최할 예정이라고 한다. 오우치 히데오 선수는 1947년 일본 프로야구의 최고 명문 구단인 요미우리 자이언츠에 투수로 입단하여 작년에 은퇴하기까지, 선수로 활약하는 동안 통산 210승에 방어율 1.90이라는 뛰어난 기록을 작성하며 최고의 투수로 평가받아 왔다.

그는 본래 조선에서 태어나고 자란 한국인으로, 한국 이름은 서영웅徐英雄이었다. 그는 영산상고를 다니며 이 학교 야구부 최고의 에이스로 활약을 펼쳤다. 1940년에는 영산상고를 이끌고 갑자원甲子園이라고 부르는 일본 전국고등학교야구선수권대회의 본선에 진출했고, 1941년에는 같은 대회의 지역 예선에서 영산상고 야구부를 우승시키며 다시 한번 조선 대표로 갑자원의 출전권을 따냈다. 하지만 제2차 세계 대전의 영향으로 그해의 갑자원 대회가 취소되는 바람에 본선에서 활약하지는 못했다.

그때부터 고국이 해방될 때까지 그의 행적에 관해서는 자세히 알려지지 않았지만, 그는 당시에 일본으로 건너가 줄곧 그곳에 머물렀던 것으로 전해진다. 해방 이후에도 그는 고국으로 돌아오지 않는데, 일찍이 양친을 여의고 형제도 없는 고아였던 데다 물려받은 재산도 전혀 없이 가난했던 탓에 어쩔 수 없이 일본에서의 야구 선수 생활을 선택했던 것으로 알려졌다. 참고로 그는 작년에 일본으로 정식 귀화해서 일본 국적을 취득했다.

하지만 그는 고국과 영산을 늘 그리워했다고 한다. 특히 그는 자신의 재능을 길러 준 영산상고의 야구 후배들에게 조금이나마 보답할 방법이 없는지를 모색하고 있었다. 그러던 차에 일본에서 활동하는 한국계 기업인들이 이런 소식을 전해 들었고, 그들이 한국의 고교야구협회와 논의하여 재외동포인 그를 초청하는 형식으로 본 강습회가 열리게 되었다고 한다.

『요미우리신문』에 의하면 오우치 히데오 선수의 강습회는 오는 9월 12일 영산상고 야구부 운동장에서 오전 10시부터 진행된다고 하며, 일반인들에게도 행사를 공개할 예정이라고 한다.

『영산매일신문』, 1958년 6월 30일

오우치 히데오는 끝내 한국으로 돌아오지 않고 1989년 1월에 사망했다고 위키백과에서 알려주고 있었다. 그는 부모가 모두 일찍 세상을 떠나는 바람에 어릴 적부터 고아로 자랐다고 했다. 그러다 그의 남다른 재능을 일찍이 눈여겨본 일본인 교사의 권유로 현재의 초등학교에 해당하는 소학교에 다니면서 야구에 입문했다고 한다. 게다가 그는 평생 결혼하지 않고 독신으로 살았기에 유족이나 후손도 없다고 알려졌다. 그리고 평생 고국을 그리워하면서 쓸쓸히 도쿄에서 생을 마감했다고 적혀 있었다.

윤경은 문득 할머니의 사진첩에서 보았던, 파리의 에펠탑을 닮은 화려한 구조물이 떠올랐다. 햇빛을 받아 아름답게 빛나던 그 철제 타워가 어느 도시에 있는 것인지는 윤경도 잘 알고 있었다. 뜨겁게 울컥하는 어떤 느낌이 그녀의 복부에서부터 밀려 올라와 견딜 수 없을 지경이었다. 할머니의 야구공에 숨은 사연은 수십 년을 그렇게 가죽과 실밥에 의해 정령처럼 봉인되어 있다가 이제야 비로소 마법이 풀리며 세상으로 뛰어

할머니의 야구공

나오려는 것 같았다.

　1958년의 늦여름에서 초가을로 넘어가던 어느 날, 그녀의 외할머니는 영산상업고등학교의 운동장에 홀로 서 있었을 것이다. 그날 외할머니가 왜 그곳에 있었던 것인지에 관해서는 이제 이 세상 그 누구도 정확한 사연을 알고 있는 사람은 없을 것이다. 외손녀인 윤경은 왠지 자신이 그 비밀을 풀어야 한다는 생각이 들었다.

—
2부
—

돌아가는 연락선

노태우 대통령 방일 후 귀국

(뉴스 영상 및 아나운서 멘트) 지난 5월 24일부터 3일간 국빈 자격으로 일본을 공식 방문했던 노태우 대통령이 모든 일정을 무사히 마치고 귀국했습니다. 노태우 대통령은 일본의 가이후 도시키海部俊樹 총리와 두 차례 정상 회담을 갖고 동아시아를 비롯한 국제 정세 및 재일한국인의 법적 지위 문제 등 다양한 사안에 관해 폭넓게 의견을 나누었습니다. 노태우 대통령은 일본 의회 연설에서 한일 양국이 다양한 분야에서 서로 긴밀히 교류하고 협력해야 한다고 강조했습니다.

(인서트 영상 - 노태우 대통령 일본 의회 연설 장면) "이제부터 한일 양국은 동북아시아의 평화와 번영을 위한 공동의 노력을 본격적으로 펼쳐 나가야 할 것입니다. 나는 1988년 유엔 총회에서 동북아평화협의회를 제안한 바 있습니다. 이 협력체의 실현에는 북한의 태도 변화 등 정치적 여건의 성숙이 심히 필요하게 될 것입니다. 그러나 이를 실현하기 위해 가능한 나라, 가능한 분야로부터 공동의 이익을 실현할 협력 관계를 발전시켜 나아가야 할 것입니다."

(뉴스 영상 및 아나운서 멘트) 한편, 방일 첫날 마련된 공식 환영 만찬에서 일본의 아키히토明仁 국왕은 자국의 과오로 인하여 한국의 국민이 겪었던 과거의 불행과 고통에 대하여 '통석의 염痛惜之念'을 금할 수 없다며 사죄의 뜻을 밝혔습니다.

「대한영상뉴스」, 1990년 5월 27일

6

십사리 잠이 오지 않는 밤이었다. 문득 윤경은 기막힌 아이디어가 떠올랐다. 그래서 자리를 박차고 일어나 책상 앞에 앉아 노트북을 켜고 밤새 자료를 찾으며 그 내용을 정리했다. 그리고 다음 날 아침, 그녀가 다니는 회사인 「오! 다큐」 채널에 출근하자마자 자신의 직속 상사인 박두수 부장을 찾아갔다. 윤경의 손에는 밤잠을 설치며 작성한 프로그램 기획안이 들려 있었다.

박두수 부장은 회사의 간판 프로그램인 「한국인의 술상」을 최초로 기획한 당사자이자 책임 프로듀서였다. 그리고 그 프로그램을 성공시킨 능력을 인정받아 「오! 다큐」 채널의 제작 부서를 책임지는 중간 관리자 역할도 맡고 있었다. 그런 그의 책상 위에는 늘 어김없이 한두 개의 야구공이 굴러다니고 있었고 서랍 맨 밑에는 야구 글러브도 들어 있었다. 글러브는 언제나 최소한 두 개를 구비하고 있었는데, 마음이 맞는 사람들과 회사 뒤편의 작은 공터에서 언제든지 캐치볼을 하기 위하여 마련해 둔 것이었다. 그만큼 박두수 부장은 회사 내에서도 소문이 자자한 야구광이었다. 오죽하면 처음 만난 사람들에게 자신의 이름을 '박두수'

가 아니라 '박투수'라고 농담처럼 소개할 정도였다. 영민한 윤경은 바로 그 점을 파고들었다.

윤경이 내민 프로그램 기획안을 받아 든 박 부장의 시선이 문서의 제목에 잠시 가만히 고정되었다. 그녀가 제시한 프로그램의 가제는 「식민지 조선의 야구 소년들」이었다. 윤경은 박 부장이 기획안 제목을 처음 볼 때부터 표정이 심상치 않았다는 점을 놓치지 않았다. 그리고 그녀는 표지를 넘기면 나오는 첫 페이지에 박 부장이라면 결코 지나칠 수 없는 포인트를 한 가지 더 넣어놓았다. 바로 '고시엔'이라는 단어였다. 회사 내에서도 가끔은 못 말리는 야구광 취급을 받던 박 부장은 아침부터 후배 피디가 난데없이 기획안을 들이민 것도 갑작스러운 일이었지만, 스포츠에는 전혀 관심도 없어 보였던 여자 후배가 작성한 기획안 아이템이 야구이며, 그것도 하필이면 고시엔이라는 사실이 믿을 수 없다는 표정이었다. 박 부장은 그런 의아한 눈빛으로 윤경을 올려다보며 물었다.

"고시엔이라고? 혹시 갑자원을 말하는 거야?"

그녀가 작성한 기획안에는 분명히 '甲子園'이라는 한자도 병기해 두었기에 박 부장의 질문은 지금 그 단어의 뜻을 묻는 것이 아니었다.

"네, 맞습니다. 그 고시엔. 우리식으로 읽으면 갑자원이죠."

여전히 놀라운 기색을 감추지 못한 박 부장이 이번에는 마치 윤경에게 따지듯이 되물었다.

"그러니까, 일본의 고등학교 야구 대회인 갑자원을 말하는 거냐고?"

"네, 맞습니다. 정식 명칭은 전국고등학교야구선수권대회죠."

박 부장의 표정이 놀라움에서 호기심으로 바뀌었다.

"알아, 갑자원. 한신 타이거즈의 홈구장이 갑자원이잖아. 그래서 거기에서 해마다 열리는 일본의 고등학교 야구 대회를 구장의 이름을 따서

할머니의 야구공

갑자원이라고 부르지. 야구 관련 만화나 영화 같은 거 보면 많이 나와."

역시나 야구광인 박 부장이 고시엔을 모를 리가 없었다. 윤경의 의도가 먹혀들고 있었다. 박 부장이 다시 기획안 표지의 제목을 살펴보며 물었다.

"그런데 그게 식민지 조선이랑 무슨 관계가 있다는 거야?"

윤경은 자신이 박 부장을 제대로 낚았다고 생각했다. 그래서 박 부장을 똑바로 바라보며 회심의 일구를 날렸다.

"일제 시대에는 바로 그 고시엔에 우리나라의 고등학교도 출전했거든요."

그러자 박 부장의 동공이 확장되며 두 눈이 커지는 게 훤히 보였다. 회심의 일구가 제대로 먹혔음을 알 수 있었다. 척 보아하니 야구광인 박 부장도 그런 사실까지는 차마 모르고 있었던 게 분명했다. 윤경은 애써 태연한 표정을 유지하며 자신이 작성한 기획안의 요지를 간략하게 설명했다.

"고시엔 대회에 출전했던 식민지 조선의 야구 소년들에 관한 이야기를 풀어보고 싶습니다. 일제의 통치를 받았던 식민지 야구 소년들이 일본 현지에서 열리는 전국대회에 출전할 때 어떤 심정이었을까요? 그들은 본인을 일본의 고등학생이라고 생각했을까요? 아니면 조선의 학생이라고 생각했을까요? 그리고 같은 나라의 다른 학교를 상대한다고 생각했을까요, 아니면 조선의 학교와 일본의 학교가 맞붙는다고 생각했을까요? 그렇다면 그들은 야구로라도 일본을 이기고 싶었을까요, 아니면 그냥 야구 선수로서 상대 팀을 제압하고 싶었을까요? 뭐 그런 문제의식을 염두에 두고 있는데, 실제로 특정한 학교와 특정 선수에 대한 자료가 남아 있다면 당시 소년들의 생각과 행적 등을 구체적으로 추적해 볼 생각입니다."

윤경의 설명을 들으며 박 부장은 그녀가 작성한 기획안을 빠르게 훑어보았다. 불과 하룻밤 새에 작성한 기획안이었기에 그 내용이 완벽하진 않았지만, 적어도 야구팬인 박 부장의 마음을 흔들어 놓기에는 충분했다.

"재밌네."

기획안을 내려놓은 박 부장의 첫 마디 소감이었다.

"그런데 갑자기 어떻게 이런 아이템을 발굴해 낸 거야? 야구를 웬만큼 좋아한다고 생각하는 나조차도 잘 모르고 있었던 내용을 말이야."

그건 박 부장이 야구광이어서 묻는 말이 아니라, 윤경을 아는 사람이라면 누구나 당연히 가질 수 있는 의문이었다. 평소의 그녀는 야구를 좋아하기는커녕 관심조차 보이질 않았기 때문이다. 그러나 밤새 기획안을 작성하면서 박 부장의 그러한 반응도 어느 정도 예상했기에 이미 나름의 대답을 준비한 윤경이었다.

"권석현 촬영 감독이랑 대화하다가 우연히 고시엔에 관한 이야기가 나왔습니다. 그래서 호기심에 조금 찾아봤는데 괜찮은 아이템이라는 생각이 들었습니다."

권석현은 그녀와 친한 외주 영상 업체의 촬영 감독으로, 멀리 있던 외할머니의 빈소까지 직접 찾아와 조문하고 간 사람이었다. 그리고 그는 고등학생 때까지 야구를 했던 선수 출신으로, 윤경의 상사인 박 부장과는 처음 만나자마자 야구를 매개로 친해져 이제는 평일에도 가끔 함께 야구장을 찾을 정도로 돈독한 관계가 되었다. 일부에서는 두 사람이 적지 않은 나이 차이에도 사석에서는 서로 호형호제한다는 소문까지 있을 정도였는데, 그건 이미 윤경도 확인한 사실이었다. 덕분에 '권석현'이라는 이름을 꺼내는 것만으로도 박 부장의 의구심을 일축하기에 충분했다. 박 부장이 허공을 응시하며 잠시 뭔가를 생각했다. 그리고 이렇게 말을 이었다.

"그러고 보니 「카노」라는 영화가 있어. 그 영화도 일본의 식민지였던 대만의 고등학교 야구부가 갑자원에 출전하는 걸 그린 작품이야. 그 영화가 실화를 바탕으로 만든 건데, 그러고 보면 당시에는 조선의 고등학교들도 마찬가지였을 거 아냐?"

역사나 야구에 관한 거라면 거의 백과사전 수준으로 지식이 풍부한 박 부장이었다. 다만 고시엔 대회에 조선의 학교들도 출전했다는 사실만 모르고 있었다는 게 조금은 신기할 정도였다. 박 부장은 다시 한번 잠시 무언가를 곰곰이 생각하더니 윤경에게 고개를 들어서 물었다.

"윤경 피디, 이제 7년 차인가?"

"네."

그가 상체를 뒤로 기대며 말했다.

"이걸로 입봉해."

'입봉'이란 자신이 메인 피디가 되어 처음으로 직접 하나의 완성된 작품을 만드는 것을 의미하는 미디어 업계의 은어隱語이다. 그러나 윤경은 이 단어가 원래 '잇폰一本'이라는 일본어에서 유래된 표현으로, 여기에는 '수습 과정을 마친 정식 게이샤藝者'라는 의미가 들어 있다고 대학 수업에서 배운 적이 있었다. 언론사 시험을 준비하는 차원의 일환으로 수강했던 당시 수업에서 해방 후 수십 년이 지났는데도 한국 사회에는 아직도 이런 식의 일본식 은어가 수두룩하게 남아 있다는 이야기를 들었던 기억이 떠올랐다. 일제의 강점强占은 기록으로만 존재하는 과거의 역사가 아니라, 사람들의 일상과 의식 속에도 이러한 잔재의 형태로 알게 모르게 깊이 스며들어 여전히 남아 있는 오늘의 현실이기도 하다.

아무튼 입봉은 연출자로서 본격적으로 데뷔하는 것이라고 할 수 있으며, 모든 주니어 피디가 꿈꾸는 순간이기도 하다. 그래서 윤경은 박부장의 반가운 제안에 활기차게 화답했다.

"감사합니다."

"그런데 아이템은 좋은데 기획안은 아직 조금 부실해. 그러니까 좀 더 내용 보강하고, 취재 일정이랑 예산안도 짜서 정식으로 결재 올려. 위에는 내가 미리 말해놓을 테니깐 걱정하지 말고. 그리고 「한국인의 술상」 서브^{sub}는 오래 했으니까 그만두고 이제부터 이거 만들어. 일본 현지로 촬영하러 가는 거라면 이것저것 준비할 게 많을 것 같으니까 말이야. 내가 담당 피디한테 잘 말해놓을게. 그러니까 이 좋은 아이템 망치지 말고, 제대로 한 번 만들어 봐."

윤경은 속으로 쾌재를 불렀다.

"알겠습니다."

"그런데 잠깐만!"

그렇게 인사하고 돌아서려는데 박 부장이 그녀를 불러 세웠다. 박 부장은 자신의 컴퓨터로 잠시 무언가를 확인했다. 그러더니 나지막하게 안타까운 탄식을 내뱉으며 윤경을 향해 말했다.

"갑자원이 해마다 8월에 열리는 걸로 알고 있어서 찾아봤는데, 아니 나 다를까 올해는 이미 지난달에 끝났네. 야, 진짜 아깝다. 잘하면 갑자원에서 선수들이 경기하는 장면을 직접 화면에 담을 수도 있었을 텐데 말이야."

윤경은 무덤덤한 표정으로 박 부장을 바라보며 말했다.

"그건 괜찮을 것 같습니다. 이 작품은 과거 고시엔에 출전했던 조선의 고등학생들에 관한 이야기이기 때문이에요. 그리고 고시엔의 실제 경기 영상이 필요하다면 정식 경로를 통해 자료 화면을 구매하도록 하겠습니다."

그러자 박 부장은 가만히 고개를 끄덕였다. 그러더니 잠시 머뭇거리면서 한 가지 조언을 덧붙였다.

"그런데 잘 알겠지만, 회사 여건상 해외 취재까지 빵빵하게 지원해 줄 정도로 예산은 많이 못 내줄 거야. 그러니까 될 수 있으면 인력 구성도 최소로 해. 이야기 들어보니까 「걸어서 세계 속으로」는 피디 한 명이 외국에 나가서 혼자 촬영도 하고 드론도 날리고 다 한다더라."

이 시점에서 박 부장이 굳이 다른 방송국의 유명 프로그램을 언급하는 건 그것이 회사 경영진이 허용할 수 있는 가이드 라인이라는 메시지를 넌지시 전달하려는 의도였다. 이것도 어느 정도 예견했던 일이었고, 윤경 역시 어차피 수많은 제작진을 데리고 갈 수 있으리라고 생각하지는 않았다. 어찌 보면 아이템이 긍정적으로 받아들여진 것만 해도 감지덕지할 일이었는지도 모른다.

"알겠습니다."

윤경이 혹시라도 섭섭해하리라고 생각했는지 박 부장은 이렇게 덧붙였다.

"그래도 촬영 감독은 괜찮은 친구로 붙여줄게. 석현이랑 친하지? 석현이가 촬영 감독으로 실력도 좋지만, 야구 선수 출신이라서 이것저것 많이 알 거야. 이번 아이템도 둘이 이야기하다 나왔다며? 그러니까 둘이 한번 잘 만들어봐."

그러니까 일본으로 현지 촬영을 떠날 인력 규모는 피디인 자신과 촬영 감독, 이렇게 두 명으로 한정하라는 의미였다. 윤경이 방송국에 7년 동안 다니면서 체득한 것 중 하나는 그러한 비즈니스적인 언어의 표면적인 텍스트를 해석하여 그 기저에 미묘하게 녹아 있는 진짜 의중을 파악하는 능력이었다. 윤경은 어깨를 으쓱하며 대답했다.

"네, 알겠습니다."

그렇게 간단히 대답하고 곧바로 돌아섰지만, 사실 그녀는 회사의 지원을 받아 본인의 연출 데뷔작을 만들 수 있다는 생각에 마음이 콩닥콩닥 뛰기 시작했다. 윤경은 그렇게 들뜬 마음을 박 부장이나 다른 동료들에게 들키지 않도록 조심하며 자신의 자리로 돌아왔다.

오전 내내 일상적인 업무를 이것저것 처리하다 보니 그사이에 점심시간도 지나고 어느덧 사무실의 시계가 오후 2시를 넘어가고 있었다. 탕비실에서 커피를 한 잔 따라온 윤경은 자리에 앉아 기지개를 켠 후 본격적으로 자료 조사를 하기 시작했다. 그녀는 다른 무엇보다도 '오우치 히데오'라는 사람에 대해 눈에 불을 켜고 파고들었다. 인터넷에서 한국어로 된 자료는 쓸 만한 내용이 없었다. 그리고 번역 프로그램과 사전을 동원해 일본어로 된 자료들도 찾아봤지만, 아쉽게도 오우치 히데오에 대한 일본어 검색 결과에서도 그다지 건질만한 게 없었다. 위키백과도 마찬가지였다. 이미 그녀가 알고 있는 단편적인 정보이거나 야구 선수로서의 경력에 대한 기록들이 전부였다. 뭔가 윤경의 호기심을 더욱 자극하거나 아니면 궁금증을 해소해 줄 만한 내용을 찾아야 했다.

윤경은 혹시나 하고 '서영웅 일본 야구 선수'라고 한글로 검색해 보았다. 구글은 7페이지의 결과를 보여주었다. 첫 페이지 대부분은 그녀가 찾고자 하는 서영웅과는 관련 없는 내용이었다. 전혀 관계도 없는 일본 애니메이션 「아따아따ママは」의 한국어판 캐릭터인 나영웅을 보여주는 결과도 있었다. 관련된 내용이 있어도 역시나 윤경이 이미 파악하고

있는 정보들이었다. 그녀에게는 새로운 것이 필요했다. 두 번째 페이지도 마찬가지였다. 그렇게 별 기대 없이 세 번째 결과 페이지로 넘어가서 다시 천천히 스크롤을 내렸다. 이번 페이지에서도 아무런 소득이 없을 거라 예상하던 그때, 결과 페이지의 아래쪽에서 상당히 이례적인 단어가 강하게 눈길을 잡아끌었다.

친일인물사전.

윤경은 여기에 뭔가 있을 것 같은 직감이 들었다. 그 항목을 클릭하니 새로운 탭이 열리면서 어느 인터넷 언론사의 웹사이트로 연결되었다. 페이지 제목은 『친일인물사전』 수록 대상자 약 5,000명 명단 공개'였다. 이미 몇 년 전에 작성된 기사였는데, 제목 아래로는 명단 공개의 취지가 짤막하게 설명되어 있었다. 기사에 의하면 그 명단은 『친일인물사전』의 편찬을 추진하고 있는 어느 민간 단체가 명부를 출간하기에 앞서 이의 신청을 받기 위해 공개한 것이라고 했다. 그리고 그 밑으로는 수천 개의 이름이 끝없이 나열되어 있었다.

윤경은 키보드의 컨트롤^{Ctrl} 키와 에프^{F} 키를 함께 눌렀다. 웹브라우저의 오른쪽 위에 검색창이 열렸다. 윤경은 거기에 '서영웅'을 입력하고 엔터^{Enter} 키를 눌렀다. 그러자 페이지의 아래쪽으로 화면이 빠르게 이동했다. 거기에는 서 씨 성을 가진 다른 여러 사람의 이름 사이에서 '서영웅'이라는 글자가 주황색으로 강조되어 있었다. 그에 따르면 서영웅은 '체육' 분야에서 친일한 것으로 분류되어 있었다. 서영웅이라는 이름과 체육이라는 분류 항목만으로도 윤경은 거기에 적힌 이름이 자신이 찾고 있는 사람과 동일인일 거라는 강한 확신이 들었다.

윤경은 혹시나 하는 마음으로 회사 인트라넷^{intranet}에 접속해 '친일인물사전'을 검색해 보았다. 다행히도 사내 자료실에 그 명부가 소장되어 있음을 확인할 수 있었다. 조금 전 확인한 몇 년 전의 인터넷 기사에서 조만간 출간될 예정이라고 소개했던 바로 그 책자를 회사가 소장하고 있었던 것이다. 아마도 회사의 경영지원팀이 샀을 거라고 생각되었는데, 윤경은 슬며시 안도의 한숨을 내쉬었다. 만약에 사내 자료실에 없었다면 광화문의 대형 서점이나 여의도의 국회도서관에 직접 찾아가서라도 그 내용을 살펴볼 작정이었기 때문이다.

윤경은 4층 자료실로 잽싸게 이동해 『친일인물사전』을 찾아보았다. 다행히 그 명부는 '역사' 분야에서 쉽게 찾을 수 있었다. 명부는 총 3권으로 구성된 상당히 방대한 분량의 서적이었다. 윤경은 그중에서 'ㅅ' 항목이 들어 있는 두 번째 권을 꺼내 열람석에 앉았다. 그녀는 우선 '서' 씨 성을 찾았고, 그다음에는 '영'으로 시작하는 이름을 찾았다. 그리고 마침내 '서영웅'이라는 이름을 발견했다. 그 사전에서 '서영웅'이라는 이름을 가진 사람은 단 한 명뿐이었다.

서영웅에 관한 내용을 읽은 윤경은 왠지 모르게 마음이 무겁고 착잡한 기분이 되었다. 어쩌면 그는 외할머니 순영이 처음으로 마음을 주었던 사람이었을지도 모른다. 그리고 어쩌면 그도 외할머니에게 마음을 품었을 가능성이 있었다. 제26회 고시엔 대회에서 가져온 야구공을 할머니가 간직하고 있었다는 사실이 그런 가능성을 뒷받침하고 있었다. 그러나 외할머니는 다른 사람과 결혼했고, 그는 일본에서 독신으로 살다가 쓸쓸히 생을 마감했다.

윤경은 외할머니와 그 남자가 서로 이루어지지 못했던 결정적인 이유가 바로 『친일인물사전』에 기록된 내용 때문인지도 모르겠다는 생각이 들었다. 윤경은 책자 맨 뒤에 실려 있는 편찬위원회 명단을 살펴봤다. 혹시라도 이 내용과 관련하여 자문하거나 인터뷰를 할 만한 사람이 있는지를 찾아보기 위해서였다. 윤경이 이미 알고 있거나 이름을 들어본 적이 있는 유명한 사람이 여러 명 눈에 띄었다. 그렇게 손가락으로 가리키며 편찬 위원의 명단을 살펴보던 중에 어딘가 익숙한 이름이 하나 눈에 들어왔다.

정회성, 영남역사문화연구소 소장.

'누구였더라?'

그의 이름 옆에는 그가 경상도 출신의 친일파에 대한 자료를 조사했다는 짤막한 역할 소개가 붙어 있었다. 아마도 서영웅에 대한 자료를 조사하고 내용을 작성한 것도 이 사람일 가능성이 높았다. 그런데 윤경은 갑자기 영남역사문화연구소라는 명칭과 그 사람의 이름을 최근에 다른 곳에서 본 기억이 떠올랐다.

'명함!'

얼마 전 치렀던 할머니의 장례식에서 어떤 초로初老의 남성이 홀로 찾아왔었다. 윤경은 그 남성이 자신에게 건네준 명함에 분명히 영남역사문화연구소라고 적혀 있던 것이 생각났다. 윤경은 곧장 자리로 돌아와 명함철을 뒤졌다. 그리고 역시나 예상했던 대로 거기에 정회성의 명함이 들어 있었다. 비교적 최근에 받은 명함이었기에 명함철의 위쪽에서 금방 찾을 수 있었다. 윤경은 책상에 놓인 업무용 전화기를 들어 명함에 적힌 번호로 조심스럽게 전화를 걸었다.

『친일인물사전』
서영웅(徐英雄), 1925-1989, 체육

1925년 5월 17일 충청남도 부여에서 태어났다. 본관本貫은 부여扶餘. 어린 나이에 부모를 모두 여읜 후 일본인 교사를 따라 경상남도 영산으로 이주했다. 영산상업고등학교에 재학 중이던 1940년 자발적으로 오우치 히데오大内英雄로 창씨개명創氏改名 하였으며, 동급생들에게도 창씨개명을 적극적으로 권유하였다.

1940년 8월 오사카에서 개최된 제26회 일본 전국고등학교야구선수권대회全国高等学校野球選手権大会에 영산상고가 조선 대표로 출전하였고, 그는 전체 참가선수단 대표로 히로히토에게 충성을 맹세하는 선서를 하고 만세삼창을 하였다.

1943년 4월 일본 육군에 자원하여 입대한 이후 일제가 패망할 때까지 복무하였다. 병과兵科는 통신병이었으나, 1945년 8월부터는 일본 해군의 전함을 건조하는 미쓰비시중공업三菱重工業의 조선소造船所를 경비하는 임무도 맡았다.

해방 후 1947년 3월에 프로야구 도쿄 교진군(현 요미우리 자이언츠)에 입단하여 투수로 뛰었고, 1957년 11월에 일본으로 정식 귀화하였다. 현역 은퇴 후에도 일본에서 살다가 1989년 1월에 사망하였다.

[참고문헌]
『일본 고교 야구 100년사日本高校野球100年史』, 2014, 『그해 여름, 신기루 고시엔その年の夏, 楼気蜃の甲子園』, 2000, 서영웅의 「병적전시명부兵籍戦時名簿」, 『요미우리 자이언츠의 역사読売ジャイアンツの歴史』, 1974, 『일본 프로야구 70년사日本プロ野球70年史 인물 편人物編』, 2004

7

윤경의 외할머니가 돌아가신 당일. 그녀의 할머니는 임종 직전에 하나뿐인 외손녀의 손을 꼭 부여잡고는 한 가지 특별한 부탁을 남기셨다. 다름이 아니라 자신의 빈소에 조용필이 부른 「돌아와요 부산항에」라는 노래를 틀어 달라고 요청했던 것이다. 생의 마지막에 건네는 부탁치고는 상당히 특이하다고 생각했지만, 그래도 자신을 끔찍이도 예뻐해 주셨던 할머니께서 특별히 남기신 요청이었기에 그녀는 그 부탁을 반드시 들어드리겠다고 약속했다. 그래서 윤경은 할머니가 돌아가시고 나서 가족들이 장례를 준비하는 사이에 잠시 짬을 내어 해당 음원을 다운로드한 다음에 블루투스 스피커로 틀어 놓았다.

이틀 밤을 지새우는 동안에도 빈소에는 문상객이 많지는 않았다. 조용필의 노래만이 그러한 쓸쓸함과 적막함을 구슬프게 달래주고 있었다. 그런데 둘째 날 점심 무렵에 윤경의 회사에서 동료가 찾아왔다. 외조모 상이어서 별다른 기대를 하진 않았는데 뜻밖에도 동료 피디 한 명이 회사 대표 자격으로 직접 울주의 장례식장까지 내려왔다. 그런데 그의 옆에는 역시나 뜻밖의 동행이 있었는데, 외주 촬영 업체인 '사이영상'이라는 회사의 촬영 감독인 권석현이었다. 윤경은 사이영상의 대표가 일부러 멀리 이곳까지 그를 보냈으리라고 생각했다. 아무래도 윤경은 방송사의 피디였고, 그가 소속된 회사는 외주 협력 업체였기 때문이다. 그래도 매번 검은색 후드티와 점퍼 차림에 거의 늘 야구모자를 쓰고 있던 모습만 보다가 이렇게 말쑥하게 정장을 차려입은 모습을 보는 것이 새롭게 느껴졌다.

석현은 일반인치고는 키도 크고 체격도 상당히 다부진 편이었는데 몇 년 전 술자리에서 윤경이 그에게 혹시 운동했냐고 물어본 적이 있었다. 그랬더니 석현은 고1 때까지 야구 선수였다고 대답했다. 그는 고1 때 갑작스러운 부상으로 주전 경쟁에서 밀렸고, 그러다 가혹한 체벌 때문에 선배들에게 대들었다가 징계를 받은 뒤에 야구부를 그만두었다고 했다. 그래도 야구라는 운동 자체를 싫어하게 된 건 아니어서 20대 중반 무렵에는 사회인 야구에 발을 들여놓게 되었다. 사회인 야구팀의 형님들은 선수 출신인 석현을 격렬히 환영했고, 덕분에 석현은 투타와 수비에서 맹활약했다. 석현은 그때부터 비로소 야구하는 재미를 느끼게 되었다고 말했다. 그래서 석현은 자신이 몰고 다니는 자동차에도 야구 배트와 글러브 등의 장비들을 싣고 다녔으며, 촬영지에서 잠시 휴식 시간이 생기면 공터에서 동료 스태프들과 캐치볼 하는 장면도 심심치 않게 볼 수 있었다.

그리고 석현은 윤경의 직속 상사이자 야구광으로 널리 소문난 박두수 부장과도 상당히 친하게 지냈다. 적지 않은 나이 차이에도 서울에서 프로야구 시합이 있으면 두 사람은 종종 경기장에 함께 가서 관람했으며 끝난 뒤에는 뒤풀이까지 한다고 했다. 그게 정말 석현이 마음으로부터 진심으로 우러나와서 하는 행동인지는 모르겠지만, 적어도 석현의 회사가 외주 업체로 윤경의 방송사와 꾸준히 일을 할 수 있는 데에는 나름의 일조를 하고 있으리라고 생각했다. 식사를 마치고 장례식장 밖으로 나와 시원하게 그늘진 벤치에서 윤경과 잠시 이야기를 나눈 조문객 일행은 작별 인사를 한 뒤에 마침 정류장에 정차해 있던 택시를 타고 떠났다.

그렇게 다시 빈소는 고요한 분위기에 휩싸였다. 윤경은 벌써 며칠째 밤을 지새우고 있던 엄마 신혜를 아빠와 함께 빈소 뒤편에 마련된 휴게실에 거의 강제로 밀어 넣었다. 그렇게라도 휴식을 취해야만 내일 예정된 발인과 화장까지 버틸 수 있기 때문이었다. 할머니가 영면할 공간은 외할아버지가 모셔져 있는 울주의 봉안당 옆자리에 이미 마련되어 있었다. 내일 오전에 발인하고 화장까지 하고 나면 이 모든 절차가 끝날 것이다. 물론 마음속에서 할머니를 떠나보내기까지는 훨씬 더 오랜 시간이 걸릴 테지만 말이다.

그렇게 적막한 오후의 시간이 흘러가고 있었다. 빈소 입구에서 부의함을 지키고 있는 남동생도 피곤했는지 꾸벅꾸벅 졸고 있었다. 윤경이 틀어 놓은 「돌아와요 부산항에」만이 무한 반복되어 재생되고 있을 뿐이었다. 더는 찾아올 만한 조문객은 없으리라고 생각하고 있을 때, 갑자기 어떤 사람이 장례식장 출입구를 열고 할머니의 빈소 쪽으로 뚜벅뚜벅 걸어오는 게 보였다. 초로의 남성이었는데 단정치 못하고 희끗희끗한 머리카락에 어딘지 어색해 보이는 진회색 정장을 입고 있었다.

윤경이 흠흠 하는 헛기침을 했고, 예상치 못했던 조문객의 인기척에 깜짝 놀란 남동생이 자리에서 벌떡 일어섰다. 그 모습을 슬며시 웃으며 지켜본 윤경은 휴게실에서 쪽잠을 자고 있던 부모님을 조용히 깨웠다. 부의함에 조의금 봉투를 넣고 방명록에도 몇 글자를 적은 초로의 조문객이 신발을 벗고 빈소의 제단으로 걸어왔다. 윤경의 부모님은 옷매무새와 머리를 매만지면서 가만히 제단 옆에 윤경과 나란히 서서 그를 맞이했다. 윤경의 남동생도 어느새 끄트머리에 와서 나란히 서 있었다.

남성은 향에 불을 붙여 향로에 꽂은 후 군더더기 없는 동작으로 가볍게 두 번 절을 올렸다. 그리고 윤경의 가족을 향해 몸을 돌린 후에 상주들과 서로 맞절했다. 인사를 마친 남성은 텅 비어 있는 접객실 한 곳에 자리 잡고 앉았다. 상조회사에서 파견된 직원이 그에게 육개장과 공깃밥을 비롯하여 반찬 일체를 가져다주었다. 남성은 테이블에 놓여 있던 소주를 한 병 열어 종이컵에 따라 마시는 것으로 식사를 시작했다. 그 모습을 멀리서 가만히 지켜보던 윤경이 엄마의 옆구리를 팔꿈치로 쿡쿡 찌르며 귓속말로 물었다.

"엄마, 혹시 누구신지 알아?"

그러나 신혜도 고개를 저으며 나직이 말했다.

"아니, 나도 모르겠는데? 아빠랑 아시는 분 아닌가?"

그러면서 가족들의 시선이 모두 아빠에게로 모였는데, 아빠도 고개를 가로저으며 모른다는 신호를 보냈다. 맨 끝에 있던 남동생의 지인일 리도 만무했다. 그렇다면 단 하나의 가능성만이 남는다. 윤경은 그가 할머니의 지인일 것으로 생각했다. 부모님과 남동생이 다시 원래의 자리로 되돌아가고 윤경은 초로의 남성에게 남모를 호기심이 일었다. 차림새가 아주 고급스럽지는 않았지만, 그래도 나름 최대한 예의를 갖추어 단정하게 차려입은 것으로 보였다. 그리고 다부지거나 당당한 체격은 아니었지만 그래도 몸의 움직임과 동작이 단정하고 절제되어 있었다. 말 그대로 군더더기가 없는 그런 사람이었다. 만약 옛날이었다면 초야에 묻혀 사는 가난한 선비라고 할 만한 중장년의 남성이었다.

할머니의 야구공

윤경의 날카로운 눈매는 남성의 앞에 놓인 접시 하나가 비워진 것을 놓치지 않았다. 그녀는 준비실에서 그 반찬이 든 접시를 챙겨 들고는 남성이 앉은 테이블 위에 올려놓았다. 그리고 혹시 더 필요한 게 없으신지 물어보았다. 술잔을 내려놓던 남성이 윤경을 올려다보았다. 그 순간 윤경은 그 남성이 자신의 두 눈을 뚫어져라 쳐다보면서 아주 나지막한 탄식을 내뱉었다고 생각했다. 그 남자가 입을 열더니 이렇게 물었다.

"따님은 아닌 것 같고, 혹시 손녀분이신가요?"

그 신사는 윤경을 손녀라고 추정했다. 고인인 할머니의 시점에서 가족 관계를 추측하고 있던 것이다.

"네, 외손녀입니다."

남성이 윤경에게서 시선을 거두지 않은 채 고개를 끄덕이며 말을 이었다.

"그렇군요. 할머님을 정말 많이 닮으셨군요."

그러더니 다시 테이블 위로 시선을 떨어트렸다. 그는 할머니의 살아생전 모습을 알고 있었다. 윤경의 추측대로 그 남자는 역시 할머니의 지인임이 분명했다. 윤경은 그 미묘한 찰나를 놓치지 않고 이렇게 물어보았다.

"혹시 실례가 안 된다면, 저희 할머니랑 어떤 관계였는지 여쭤봐도 될까요?"

남성은 다시 시선을 들어 윤경의 얼굴을 쳐다보았다가 고인이 안치된 곳으로 시선을 돌렸다. 제단 방향을 바라보며 잠시 가만히 생각하던 그가 다시 시선을 돌리며 이렇게 말했다.

"이 노래는 고인께서 틀어달라고 요청하신 건가요?"

제단 쪽에서는 윤경이 틀어 놓은 「돌아와요 부산항에」가 나지막이 계속해서 반복되고 있었다.

"네, 할머니께서 당신이 가는 마지막 길에 틀어달라고 제게 직접 부탁하셨어요."

"하아, 그렇군요."

남자는 낮게 탄식하면서 고개를 살짝 좌우로 흔들었다. 그리고 소주를 한 잔 더 따라 마신 후에 이렇게 말을 이었다.

"예전에 제가 몇 번 김순영 선생님을 찾아가서 뵌 적이 있었습니다."

남자는 윤경의 할머니를 '김순영 선생님'이라고 불렀다. 태어나 지금까지 다른 누군가가 할머니를 선생님이라고 부르는 건 처음 들었다. 조급한 마음이 들었던 윤경은 남성의 맞은편에 아예 눌러앉았다.

"저희 할머니를 알고 계셨어요?"

궁금한 건 좀처럼 참지 못하는 윤경이었다. 아마도 그래서 다큐멘터리 피디가 되었는지도 모른다. 그러나 남성은 아무런 말이 없었다. 술을 한 모금 더 들이켠 그가 다시 입을 열었다.

"정확히 말하자면 제가 할머님을 조금 귀찮게 해드렸습니다."

그러더니 남성은 재킷의 안쪽 주머니에서 명함을 하나 꺼내어 윤경에게 내밀었다. 거기에는 '영남역사문화연구소 소장 정회성'이라고 적혀 있었다.

"저는 영남 지역의 근현대사를 연구하는 향토사학자입니다."

그리고 다시 술을 한 잔 더 따랐다. 별다른 부연 설명은 없었다. 조금 안달이 난 윤경이 그에게 물었다.

"저희 할머니에게 여쭤볼 게 있으셨던 건가요?"

술잔을 들어 올리던 남자가 잠시 동작을 멈추고는 술잔 너머로 윤경을 가만히 바라보았다. 아니 어쩌면 노려보았다고 표현하는 것이 더 정

할머니의 야구공

확했을지도 모른다. 그리고 그는 잔을 꺾어 술을 마신 후 그걸 테이블에 내려놓았다. 안주에는 손을 대지도 않은 채 정회성이라는 초로의 향토사학자는 이렇게 입을 떼었다.

"혹시 할머님에 대해서 얼마나 알고 계시나요?"

알 듯 모를 듯한 질문이었다. 윤경이 할머니의 생애를 아주 잘 안다고는 할 수 없었다. 그녀의 기억 속 할머니는 쭉 경상도에 살고 있었고, 윤경은 태어나서부터 줄곧 서울에 살았다. 윤경이 아주 어렸을 적 엄마 신혜의 건강이 한동안 좋지 않아 남동생과 함께 외할머니댁에 가서 몇 달 동안 함께 살았던 적이 있었지만, 그 이외에 할머니와는 1년에 몇 차례 울주를 찾아가 뵙는 것이 전부였다. 윤경이 알고 있는 할머니의 생애는 일찍이 부모님을 여의고 남자 형제들과는 헤어져 생사도 모른 채 홀로 외롭게 살았다는 것, 그리고 늦은 나이에 고등학교 선생님이었던 외할아버지를 만나 결혼했다는 것, 외할아버지가 돌아가시자 울주의 자택에서 홀로 지내다 말년에 건강이 쇠약해지면서 요양병원에 입원하여 마지막 몇 년을 보냈다는 것 정도로 요약할 수 있었다.

그렇지만 초면의 이 남성에게서 다소 예상치 못한 질문을 받은 윤경은 순간적으로 적절한 대답을 찾아내지 못했기에 아무런 답변을 할 수가 없었다. 두 사람 사이에는 잠시 어색한 침묵이 이어졌다.

"죄송합니다. 제가 괜한 말을 한 것 같군요."

소주를 반병 정도 마신 남자가 자리를 털며 몸을 일으켰다. 윤경도 덩달아 자리에서 일어났다. 남자는 키가 크지 않았기에 윤경과 거의 같은 높이에서 얼굴을 마주 보았다. 잠시 망설이던 남성이 어렵게 말을 꺼냈다.

"혹시라도 할머님에 대해 궁금한 게 있으시거든 명함에 있는 번호로 연락을 주십시오. 제가 조금은 도움을 드릴 수 있을 겁니다."

　그러더니 가볍게 묵례를 마친 남자가 빈소의 출구로 걸어가 간결한 동작으로 신발을 신고는 장례식장 밖으로 걸어 나갔다. 알 수 없는 질문을 던지고 순식간에 빠져나간 그 모습을 한동안 멍한 표정으로 지켜보던 윤경은 손에 명함이 들려 있는지를 다시 한번 확인했다. 그것은 분명히 물리적인 형태로 그녀의 손에 쥐어져 있었다.

부관연락선 부활

16일 오전 8시경, 승객 234명과 자동차 30대를 싣고 일본의 시모노세키를 출발한 훼리칸푸^{フェリー関釜}호가 해무^{海霧}를 뚫고 부산항 제2부두에 모습을 드러냈다. 1945년 폐쇄되었던 부관연락선^{釜關連絡船}이 25년 만에 부활하는 순간이었다. 부산과 시모노세키 사이에는 1905년부터 연락선이 오가기 시작했으나, 1945년 일제가 패망하고 우리나라와의 국교가 단절되면서 부관연락선을 비롯한 모든 항로가 끊겼다. 그러다 1965년 한일협정이 체결되었고, 이후 1967년부터 시작된 한일경제각료회의에서 부관연락선 항로 개설에 대한 논의가 이루어졌다. 그 결과 한일 양국은 이 노선을 공동으로 운항하기로 합의하였고, 1969년 교통부가 부산-시모노세키 항로를 사전 승인했다. 그리하여 해방 전에 부관연락선이라 불리던 노선이 부관페리라는 이름으로 부활하게 되었다. 부관페리는 이후 정기적으로 부산과 시모노세키를 오가며 양국의 교류에 이바지할 예정이다.

『영남중앙신문^{嶺南中央新聞}』, 1970년 6월 17일

8

『친일인물사전』의 내용을 확인하고 나서 이틀 뒤, 윤경은 석현의 자동차를 타고 부산으로 향했다. 원래는 윤경의 회사에서 촬영용 자동차를 배차받으려 했지만, 취재 인원이 두 명뿐이라는 말에 석현이 본인의 차로 이동하자고 제안했던 것이다.

"방금 촬영 하나를 마치고 오는 참이라 마침 제 차에 촬영 장비들이 그대로 실려 있거든요. 카메라를 싣고 내리는 게 생각보다 번거롭기도 하고요. 대신에 유류비랑 고속도로 통행료만 나중에 정산해 주세요."

그래서 아침 일찍 석현이 윤경의 집 앞으로 와서 그녀를 픽업했다. 그런데 석현이 자동차 시동을 걸자마자 자동차 내부의 스피커에서 갑자기 음악이 흘러나오기 시작했다. 영화 「분노의 질주」의 주제곡을 한국의 걸 그룹이 리메이크한 노래였다. 그러자 석현은 흠칫 놀라서 운전석 옆 컵홀더에 넣어둔 자신의 휴대전화를 더듬었다. 아무래도 이곳에 도착하기 전까지 듣고 있던 노래 같았는데, 시동으로 차의 오디오 시스템이 켜지면서 석현의 스마트폰과 자동으로 동기화되며 그 음악이 다시 재생된 것 같았다. 윤경은 음악을 멈추기 위해 허둥대고 있는 석현을 만류했다.

"그냥 두세요. 저도 이 노래 좋아해요."

그렇게 두 사람은 흥겨운 노래를 들으며 부산으로 출발했다. 차가 신호에 멈춰 서자 윤경은 살짝 장난기가 발동했다. 그래서 석현에게 물었다.

"혹시 걸 그룹 좋아해요?"

그러자 방금까지만 하더라도 음악을 멈추려고 허둥지둥하던 석현의 태도가 돌변하여 다소 뻔뻔한 얼굴로 되물었다.

"그럼 피디님은 걸 그룹 안 좋아해요?"

그렇게 조금은 능청스러운 표정을 보고 있자니 윤경은 어쩔 수 없이 웃음이 나올 수밖에 없었다. 그리고 신호등의 불빛이 파란색으로 바뀌면서 석현이 다시 부드럽게 자동차를 출발시켰다. 사실 윤경은 걸 그룹보다는 보이 그룹을 좋아했다. 그녀가 좋아하는 가수들은 주로 영어권의 보이 밴드들이었다. 그중에서도 특히 웨스트라이프^{Westlife}와 원 디렉션^{One Direction}으로 이어지는 영국과 아일랜드 쪽의 보이 밴드들을 좋아했다. 그리고 그들 가운데에서도 윤경이 가장 좋아하는 가수는 바로 원 디렉션 소속의 해리 스타일스^{Harry Styles}였다. 참고로 윤경은 대학 시절에 1년 동안 영국 런던으로 어학연수를 다녀온 적이 있었는데, 어학연수의 국가를 군이 영국으로 고른 것도 해리 스타일스를 비롯한 영국 뮤지션들의 공연을 직접 보기 위해서였다. 그리고 그녀가 일본 여행을 자주 가는 이유도 주로 그런 외국 가수들의 방일 콘서트를 보기 위함이었다.

아무튼 그렇게 몇 시간을 달린 끝에 두 사람은 목적지에 도착했다. 영남역사문화연구소는 구덕운동장 건너편 골목에 들어선 3층짜리 낡은 건물의 2층에 자리하고 있었다. 연구소 입구는 이중문으로 되어 있었는데, 바깥쪽의 철문은 활짝 열린 채 바닥에 스토퍼로 고정되어 있었다. 윤경은 '미세요'라는 스티커가 붙은 안쪽의 유리문을 밀고 안으로 들어갔다. 유리문 위쪽에 달린 도어벨이 딸랑거리는 소리를 냈다.

"실례합니다."

실내에 발을 들여놓자마자 은근히 눅눅한 냄새가 풍겨왔다. 항구 도시에서 맡을 수 있는 특유의 바다 내음이 아니라, 마치 헌책들을 사고파는 중고 서점에서 맡을 수 있는 퀴퀴한 냄새였다. 그것은 세월의 흐름이 켜켜이 쌓이고 발효되며 숙성된 시간의 향취였다. 윤경은 유리문을 붙잡아 촬영 장비를 짊어진 석현이 들어올 수 있게 도와주었다. 그곳은 오래된 건물이어서 창문이 크지 않은 데다 그마저도 높다란 책장들이 벽면을 따라 다닥다닥 붙어 절반 정도를 가리고 있었다. 게다가 실내에는 자연광이 거의 들어오지 않았고 실내등도 켜져 있지 않아서 전체적으로 어둑어둑했다. 늦여름의 한낮 시간이라 바깥이 상당히 더운 날씨였는데도 이곳의 실내는 약간 시원한 느낌이 들었다. 출입구의 유리문을 닫아놓은 걸로 봐서는 냉방기가 가동되고 있는 것 같았다.

그리고 기다란 테이블 뒤쪽, 그나마 볕이 잘 드는 또 다른 창가에 놓인 책상의 뒤편에는 초로의 남성이 의자에 앉아 오른손에는 펜을 들고 얼굴에는 돋보기안경을 쓴 채로 두꺼운 책을 집중해서 들여다보고 있었다. 지난번 할머니의 빈소에서 처음 인사를 나누었던 정회성 소장이었다. 그의 오른편에는 역시나 연식이 오래되어 보이는 기다란 스탠드 선풍기가 조용하게 달그락거리며 돌아가고 있었다. 그는 누군가 도어벨을 딸랑거리며 실내에 들어왔다는 사실을 아직 눈치채지 못한 것 같았다.

"안녕하세요. 엊그제 전화 드렸던 「오! 다큐」 채널의 최윤경 피디라고 합니다."

그제야 사람의 인기척을 느낀 초로의 남자가 고개를 들고 안경 너머로 정면을 응시했다. 윤경의 얼굴을 확인한 그는 자신의 오른쪽 벽에 걸린 시계를 바라봤다. 그러고는 오른손에 들고 있던 펜을 책상에 펼쳐놓은 두꺼운 책 중간에 끼워놓고 자리에서 일어섰다.

"아, 죄송합니다. 시간이 벌써 이렇게 된 줄 몰랐습니다."

윤경은 정 소장에게 촬영 감독으로 함께 온 석현을 소개했다.

"반갑습니다. 그쪽 테이블에 편하신 자리에 앉으세요."

윤경은 책상과 가까운 테이블 끝에 자리를 잡고는 등에 메고 있던 백팩과 어깨에 걸치고 있던 DSLR 카메라 가방을 옆자리에 내려놓았다. 석현도 바닥에 짐을 내려놓고는 윤경의 한 칸 건너 옆자리에 앉았다. 그들의 맞은편에 자리를 잡은 정회성 소장이 먼저 윤경에게 말을 꺼냈다.

"저에게 물어볼 것이 있으시다고요?"

"아, 네. 잠시만요."

윤경은 옆에 내려놓았던 백팩을 열어 플라스틱 파일 케이스를 꺼냈다. 그녀는 그 안에서 종이 한 장을 꺼내어 정 소장의 앞에 내려놓았다. 엊그제 윤경이 찾은 『친일인물사전』의 한 페이지를 회사 사무실에서 복사한 것이었다. 정 소장은 목에 걸어두었던 돋보기안경을 다시 걸치고는 그 종이를 집어 들었다. 종이의 정체를 단숨에 파악한 정 소장의 미간에 골짜기가 깊게 팼다.

"할머님에 관한 내용으로 저를 찾아오신 줄 알았는데, 이것 때문이었군요."

"네, 이 사람을 조사하고 있었는데, 『친일인물사전』에 이름이 등재된 걸 보고 깜짝 놀랐습니다. 그래서 관련된 설명을 자세히 듣고 싶어서 이렇게 찾아뵙게 되었습니다."

정 소장은 안경을 벗고 손에 들고 있던 종이도 내려놓았다. 그리고 의자에 등을 기대었다. 분위기가 살짝 경직되었다.

"이 사람을 왜 조사하시려는 건지 물어봐도 될까요?"

윤경은 솔직하게 말했다.

"사실은 일제 시대의 고등학교 야구 선수들에 대한 다큐멘터리를 만들고 있습니다. 일종의 문화사文化史라고 봐주시면 좋을 것 같습니다. 그러다 우연히 오우치 히데오라는 일본 프로야구의 유명한 선수가 식민지 조선 출신이었다는 사실을 알게 되었어요. 자신이 다니던 조선의 고등학교 야구부를 이끌고 일본의 전국 고교야구대회에 출전하기도 했고요. 그래서 이 사람을 주인공으로 삼아 다큐멘터리의 서사를 끌어가려고 생각하고 있었습니다. 그러던 도중에 이 사람의 이름이 『친일인물사전』에 등재된 걸 발견했고, 그래서 선생님께 직접 이야기를 들어보고 싶었습니다. 필요하다면 친일과 관련된 부분도 다큐멘터리에서 충분히 다루겠습니다."

정 소장은 한 손으로 턱을 괴고 잠시 생각에 잠겼다.

"알겠습니다. 카메라를 보면서 이야기하면 됩니까?"

"네, 감사합니다. 그럼 빨리 준비하겠습니다."

그러자 석현은 재빠르게 짐을 풀어헤쳐 삼각대를 설치하고 그 위에 카메라를 얹었다. 윤경도 자신의 카메라 가방을 열어 테이블 위에 미니 삼각대를 펼치고 그 위에 DSLR 카메라를 올렸다. 그리고 자신의 앞에 무선 핀 마이크를 꺼내어 놓고, 마이크 수신기를 DSLR 카메라에 연결했다. 그러는 사이에 정회성 소장은 사무실을 돌아다니며 관련 자료와 문헌들을 찾아냈다. 석현이 촬영용 간이 조명등을 설치하고 카메라의 화이트 밸런스white balance까지 맞추고 나니 촬영을 위한 준비가 모두 끝났다. 그러자 윤경이 카메라 앵글이 모두 잡히는 지점에서 크게 박수를 한 번 쳤다. 그리고 윤경은 다시 정 소장의 맞은편에 앉아 질문지와 취재 노트를 펼친 후 인터뷰를 시작했다.

"그럼 시작하겠습니다. 우선 오늘은 이 사람을 한국식 이름인 서영웅으로 통일해서 지칭하도록 하겠습니다. 먼저 서영웅의 친일 행적에 관한 내용입니다. 『친일인물사전』을 보면 서영웅의 친일 행위는 크게 세 가지입니다. 첫째는 본인의 창씨개명 및 주변에 적극적 권유, 둘째는 히로히토 앞에서 충성을 선서한 것, 셋째는 일본군 자원입대, 이렇게 세 가지입니다. 이 부분은 정회성 소장님이 자료 조사와 집필을 하신 걸로 알고 있는데요. 이에 대해 자세히 설명을 부탁드리겠습니다."

정 소장은 약간 못마땅한 표정을 지으며 대답했다. 카메라를 그다지 의식하지 않는 눈치였다.

"먼저 말해둬야 할 부분이 있습니다. 제가 『친일인물사전』의 조사와 집필에 참여한 것은 사실이지만, 명단의 선정에까지 관여하지는 않았다는 겁니다. 저는 역사학자입니다. 철저하게 사료와 근거를 기초로 해서 저 자신의 통찰력으로 역사를 해석하는 사람입니다."

그는 헛기침으로 목을 가다듬은 뒤에 다시 말을 이었다.

"서영웅에 관한 내용은 제가 작성한 게 맞습니다. 그리고 당연히 기록으로 남아 있는 근거들에 기초해서 내용을 작성했습니다."

"네, 알겠습니다. 그러면 다시 하나씩 여쭤보도록 하겠습니다. 그가 창씨개명을 했던 것에 대해 자세히 말씀해 주시겠어요?"

그는 입술을 살짝 씰룩하며 설명을 시작했다.

"역시나 먼저 말해둬야 할 게 있습니다. 많은 사람이 '창씨개명'을 한 가지 의미로만 알고 있다는 겁니다. 우리식 이름을 일본식으로 바꿨다는 정도로만 말이죠. 그런데 '창씨개명創氏改名'이라는 용어에는 사실 두 가지 의미가 들어 있습니다. '창씨創氏'와 '개명改名'이 합쳐진 것이죠. '창씨'

는 '일본식 성씨를 새로 만든다'라는 뜻이고, '개명'은 말 그대로 '이름을 바꾼다'라는 의미입니다. 서영웅이 자신의 성을 서徐 씨에서 오우치大内라는 일본식 성씨로 바꿨기 때문에 '창씨'를 한 것은 맞지만, 한자 이름은 그대로 영웅英雄을 유지했기 때문에 엄밀히 말하면 '개명'을 한 것은 아니었습니다. 비슷한 사례로는 히라누마 토오쥬平沼東柱로 역시 '창씨'만 했던 윤동주尹東柱 시인이 있습니다."

윤경은 노트에 윤동주라는 이름을 적었다. 그리고 그 짧은 찰나의 순간에도 그녀의 머릿속에서는 몇 년 전 교토京都를 여행할 때 윤동주 시인의 흔적을 우연히 마주쳤던 기억이 재빠르게 스쳐 지나갔다. 정 소장의 설명은 계속 이어졌다.

"그런데 사실 창씨개명을 했다는 것만으로 친일을 했다고 보기는 어렵습니다. 그렇다면 당시 조선인의 5분의 1이 친일파로 분류되었을 테니까요."

윤경은 깜짝 놀랐다.

"창씨개명을 한 사람이 그렇게나 많았나요?"

정 소장은 또 한 번 입술을 씰룩이며 대답했다.

"당시 창씨와 개명을 강요했던 일본의 악랄한 억압을 생각하면 오히려 생각보다 훨씬 더 적은 겁니다. 가문과 혈통을 중시하는 유교 사회였던 조선 사람들의 저항 수준이 일본의 예상보다 훨씬 더 강했거든요. 그나마 창씨를 한 사람 대부분은 일본식 성씨로 바꾼 게 아니라 본인들의 원래 한자 성에다 본관本貫의 지명을 더해 성을 두 글자로 늘리는 눈가리고 아웅 하는 방식이 많았습니다. 해남海南 김金 씨를 금해金海로 바꾸는 식이었죠. 그런데도 서영웅과 윤동주가 모두 일본식 성씨로 '창씨'를 한 건 엄연히 기록에 남아 있는 사실입니다."

정 소장은 다시 한번 목을 가다듬은 뒤에 설명을 이었다.

"그런데 그 부분도 전혀 이해할 수 없는 건 아닙니다. 두 사람 모두에게는 공통적인 사정이 있었습니다. 혹시 그게 뭐였을 것 같으세요?"

갑작스러운 질문에 윤경은 살짝 동요했다. 그런데 바로 그 순간 그녀의 영특한 두뇌가 재빠르게 회전하기 시작했다. 궁지의 상황에 몰리면 생존 본능이 깨어나며 발휘되는 다소 특이한 능력이었다. 그녀가 학창 시절에 배운 내용과 언론고시를 준비하며 공부했던 일반 상식 과목에 의하면 윤동주 시인은 대륙인 간도間島의 용정龍井에서 태어났고, 섬나라인 후쿠오카福岡의 차디찬 형무소에서 세상을 떠났다. 그리고 윤경은 교토에 놀러 갔을 때 어느 한적한 대학교의 교정에서 윤동주의 시비詩碑를 본 기억이 떠올랐다. 그런 사실들을 조합하여 윤경의 영민한 두뇌 회로가 반짝이며 가동했고 그렇게 불과 몇 초 만에 그 결과를 내놓았다.

"일본으로 건너가야 했군요."

정 소장은 놀라움과 흐뭇함이 뒤섞인 표정으로 윤경을 바라보며 대답했다.

"맞습니다. 두 사람 모두 바다를 건너 일본으로 가야 했죠. 윤동주 시인은 1942년에 도쿄東京의 릿쿄대학立教大学에 입학했고, 이후에 다시 교토의 도시샤대학同志社大学으로 학교를 옮겼습니다."

그러자 윤경은 자신이 윤동주의 시비를 목격했던 대학교의 이름도 도시샤대학이었다는 사실이 기억났다. 정 소장의 설명이 이어졌다.

"그리고 아까 일본의 전국 고교야구대회를 말씀하셨는데, 그게 갑자원 맞죠?"

"네, 맞습니다."

"제가 조사한 바에 따르면, 서영웅도 1940년 오사카에서 열리는 갑자원 대회에 출전하기 위해 일본을 방문했습니다. 그런데 일본은 1930년대부터 일본 본토에 들어오는 사람들에 대한 허가 제도를 시행했습니다. 그래서 외지에서 일본에 입국하기 위해서는 도항증명서^{渡航證明書}라는 게 필요했습니다."

윤경은 노트에 그 단어를 적으며 물었다.

"도항증명서요?"

"네, 도항증명서. 지금으로 치면 일종의 입국비자 같은 겁니다. 그런데 일본식 이름을 갖지 않은 사람에게는 이 도항증명서가 발급되지 않았습니다. 윤동주는 일본에 유학하기 위해 도항증명서를 받아야 했을 것이고, 그래서 어쩔 수 없이 창씨해야만 했을 겁니다. 서영웅도 바다 건너의 중요한 야구 대회에 출전하려면 그래야 했을 거고요. 그가 같은 학교의 야구부원들에게 창씨개명을 독려했다는 증언도 어쩌면 그런 맥락에서 나왔을지도 모릅니다."

잠시 정적이 흘렀다. 윤경은 잠시 펜을 만지작거리다가 다른 질문을 던졌다.

"알겠습니다. 그러면 그다음으로 서영웅이 히로히토 앞에서 선서했다는 내용에 관해 설명해 주시겠습니까?"

그러자 정회성 소장은 기다렸다는 듯이 윤경에게 자료철에 들어 있던 종이 두 장을 내밀었다.

"그건 관련 문헌에 사진과 기록이 남아 있습니다. 이건 그 책의 내용을 카피한 사본이고요, 그리고 이건 그걸 제가 한국어로 번역한 내용입니다."

윤경은 두 장의 종이를 받아 테이블 위에 나란히 내려놓았다. 왼쪽 복사본에는 흐릿한 흑백사진이 인쇄되어 있었다. 사진에는 한눈에 봐도 키가 상당히 큰 까까머리의 새카만 소년이 서 있었다. 그 소년은 바로 십 대 후반의 서영웅이었다. 그는 하얀색 유니폼을 입은 채 두 팔을 똑바로 들어 커다란 흰 종이를 들고 엄숙한 표정으로 그걸 바라보고 있었다. 그의 앞에는 기다란 막대기가 여러 개 세워져 있었고, 그 위쪽에는 묵직한 덩어리의 물체가 주렁주렁 매달려 있었다. 비록 또렷하지 않은 옛날 흑백사진임에도 방송국 피디인 윤경은 그 물체가 무엇인지 금세 알아보았다. 그것은 구형 다이내믹 마이크였다. 옛날 영화나 드라마에서 가끔 볼 수 있는 오래된 마이크가 그의 앞에 서너 개 정도 매달려 있었다. 사진 밑으로는 일본어로 무언가가 적혀 있었다. 윤경은 자연스럽게 자신의 오른쪽에 있는 번역문으로 시선을 옮겨갔다. 거기에는 다음과 같은 내용이 적혀 있었다.

(사진 설명) 조선의 오우치 히데오 선수가 천황 히로히토 앞에서 선수단 대표로 선서하고 있는 모습

선서

하나. 우리는 무사도의 정신으로 당당하게 시합에 임하고, 중등학교 야구의 투혼을 최대한 보여주리라고 맹세한다.
하나. 우리는 현 시국의 중대함을 깊이 고려하여, 야구를 통해 심신을 갈고 닦아 학생으로서의 본문을 다하고 제국의 당당한 재목으로 성장하리라고 맹세한다.
하나. 우리는 천황 폐하에게 충성을 다하고 황국의 번영과 발전을

위하여 최선을 다할 것을 맹세한다.

쇼와 15년 8월 12일
제26회 전국중등학교우승야구대회 참가 선수단 대표
영산상업중등학교 3학년 오우치 히데오

텐노헤이카반자이天皇陛下万歳! 반자이万歳! 반자이万歳!

윤경은 잠시 숨이 턱 하고 막혔다. 서영웅은 히로히토 앞에서 그에게 충성을 맹세하고 그의 만수무강을 기원하는 만세삼창을 외쳤다. 그것은 그녀가 이미 『친일인물사전』을 통해 파악하고 있던 사실이었는데도 이렇게 사진을 통해 그 당시의 장면을 직접 눈으로 보고 있자니 그의 육성이 귀에 생생히 들리는 것 같았다. 윤경은 잠시 아무런 말을 할 수가 없었다. 어떤 반응을 보여야 할지 그 어떤 생각도 나지 않았다. 그러다 윤경은 왠지 그에게 심한 배신감을 느끼기 시작했다. 그는 어쩌면 할머니의 첫사랑이었을 수도 있었다. 그리고 어쩌면 할머니가 평생을 두고 그리워했던 사람이었을 수도 있었다. 그런 사람이 조선을 침략한 일본의 천황에게 충성을 다짐하는 선서를 하고 만세삼창을 외쳤다는 사실을 받아들이기 어려웠다. 할머니가 좋아했던 남자가 그런 사람이었다는 사실을 믿을 수 없었다. 설령 그것이 사실이라 하더라도 강하게 부정하고 싶었다.

사무실 분위기가 급격히 냉랭해진 가운데 그렇게 얼어붙은 분위기

할머니의 야구공

를 녹인 것은 의외로 정회성 소장이었다.

"이것도 사실 전혀 이해 못 할 부분은 아닙니다. 당시 여기에 일본 전역에서 모인 야구 소년만 수백 명이 넘었을 겁니다. 그런데 식민지 조선 출신의 일개 고등학생이 대표로 선서를 하겠다고 저 스스로 먼저 주최 측을 찾아가지는 않았을 겁니다. 그렇게 주장한다고 해서 그런 요구가 쉽게 받아들여지지도 않았을 테지만 말입니다. 아무튼 그는 외지인이었고, 더구나 지금의 고등학교 1학년 정도에 불과한 어린 선수였습니다."

그러한 설명을 들으니 윤경은 그녀의 마음속에서 자신도 모르게 증폭되어 있었던 오우치 히데오를 향한 적개심이 조금은 누그러지는 게 느껴졌다. 정 소장의 설명이 이어졌다.

"아마도 대회 주최 측이 시켜서 한 거겠죠. 당시 일본은 내선일체內鮮一体 사상을 더욱 강조하면서 부족한 병력 자원을 보충하기 위해 조선인까지도 징집하고 있었습니다. 그러니 천황이 참석한 행사에서 조선의 학생이 선서하는 모습은 선전용으로 활용하기에 아주 적절했을 거라고 이 책에서도 설명하고 있습니다."

정회성 소장은 손가락으로 윤경의 앞에 놓인 사진을 가리키며 설명하고 있었다. 그런데 윤경은 조금 전에 정 소장이 그 사진의 페이지를 어떤 책에서 복사한 것이라고 말했던 게 생각났다. 윤경은 아까부터 정회성 소장이 언급하고 있는 그 책의 정체가 궁금했다.

"혹시 지금 말씀하시는 그 책이 어떤 건가요?"

그러자 정 소장이 『친일인물사전』이 인쇄된 종이의 참고문헌 부분을 가리키며 말했다.

"이 책입니다. 『그해 여름, 신기루 고시엔』. 서영웅과 관련된 내용을 작성하면서 많은 도움이 되었습니다."

윤경은 고개를 끄덕이며 그 책의 제목을 노트에 적었다. 그리고 그녀는 이제 새로운 화두를 꺼냈다.

"그렇다면 다음 주제로 넘어가 볼게요. 서영웅이 일본군에 입대해 복무했다는 것에 대해서 말씀해 주시겠어요?"

정회성 소장은 이번에도 한쪽 입술을 씰룩이면서 설명했다.

"그 점에 관해 설명하기 전에, 제가 먼저 한 가지 질문을 드릴게요. 원래 일본군에는 조선인이 입대할 수가 없었습니다. 그러다 1938년부터 조선인에 대한 특별지원병特別志願兵 제도가 시행되면서 가능해진 거죠. 그렇다면 당시 일본군에 지원한 조선인이 몇 명이나 되는지 아십니까?"

그러더니 정 소장은 그녀를 빤히 바라보았다. 그는 대답을 기다리고 있는 것 같았다. 윤경은 아무래도 이런 식으로 상대방에게 갑작스러운 질문을 던지는 것이 정회성 소장 특유의 대화법이라는 생각이 들었다. 어쨌거나 이번에도 불시에 예상치 못한 질문을 받은 윤경은 잠시 머뭇거리다 나름의 추산을 거쳐 대답을 내놓았다.

"글쎄요, 몇천 명 정도 되지 않았을까요?"

그녀의 대답을 들은 정 소장은 무미건조한 어조로 이렇게 대답했다.

"20만 명이 넘었습니다."

윤경의 머릿속이 아찔해졌다.

"20만이라고요?"

정 소장은 그런 반응을 예상했다는 듯 무덤덤하게 설명을 이어갔다.

"네, 연구에 따라 구체적인 숫자가 조금씩 다르기는 하지만 대략적인 규모는 비슷합니다. 엄청난 숫자죠. 그런데 당시에는 아무리 신체 건강한 남성이더라도 먹고 살기도 어려웠고 변변찮은 일자리를 구하기도 힘들 때였습니다. 그래서 다른 생계 수단이 없었던 젊은이들이 어쩔 수 없

할머니의 야구공

이 숙식이 보장되고 월급도 주는 군대를 선택하는 경우가 대부분이었습니다. 그렇기에 일본군에 지원했거나 입영했다는 사실만으로 전부 친일했다고 분류하기에는 무리가 있습니다. 간도특설대間島特設隊 정도는 돼야 거기에 복무했다는 사실만으로도 친일로 간주할 수 있을 겁니다."

윤경은 노트에 그 단어를 적으며 물었다.

"간도특설요?"

정 소장이 고개를 끄덕이며 설명했다.

"네, 만주에서 활약하던 동북항일연군東北抗日聯軍과 같은 세력을 토벌하기 위해 조직된 특수 부대였습니다. 그런데 이 간도특설대의 부대원은 거의 모두가 조선인이었어요. 그러니까 조선인이 같은 조선의 항일독립군을 소탕하러 다닌 겁니다."

정회성 소장이 테이블 위에 놓인 종이를 가리키며 물었다.

"이거 『친일인물사전』에서 복사하신 거죠?"

윤경이 고개를 끄덕이며 대답했다.

"네, 맞습니다. 저희 회사에 있더라고요."

"『친일인물사전』의 편찬위원회는 원래 일본군에 입대했어도 장교 이상의 계급으로 복무했던 사람만 친일한 것으로 간주했습니다. 그런데 간도특설대에 복무했던 사람은 장교건 사병이건 모조리 친일 행위를 했다고 분류했습니다. 그 정도로 죄질이 악랄했다고 판단한 거죠."

그러자 윤경은 궁금증이 들었다.

"그러면 서영웅도 장교로 복무했던 건가요?"

정 소장은 고개를 가로저으며 대답했다.

"아뇨. 서영웅의 최종 계급은 상등병上等兵이었습니다. 현재 우리나라 군대의 상병 정도에 해당하죠."

"그러면 장교가 아니라 사병 아닌가요? 그런데 왜 서영웅은 『친일인물사전』에 등재된 거죠?"

정 소장이 조금은 난감한 표정을 지으며 대답했다.

"제가 선정 위원은 아니어서 정확히는 모르겠지만, 아마 여기에 적힌 여러 가지 정황을 종합해서 판단했던 것 같습니다. 어느 한 가지 항목만으로 판단하지는 않았을 겁니다. 그리고 당시 친일파 선정위원회에서 1차로 이 명단을 작성한 다음에 한동안 온라인에 공개해 두었습니다. 이의 제기를 받기 위해서였죠. 그런데 서영웅에 대해서는 아무런 민원도 들어오지 않았던 걸로 알고 있습니다. 아마 그래서 최종적으로 명단에 실렸던 것 같습니다. 사실 개인적으로는 조금 애매한 케이스라고 생각합니다. 어떻게 보면 소극적인 형태로 친일을 한 것 같기도 하고, 또다르게 보자면 겨우 이 정도만 가지고 친일파였다고 분류하기에는 조금 부족하다는 생각도 듭니다."

그러자 윤경은 가만히 고개를 끄덕이면서 정 소장에게 조심스레 물었다. 사실 그 질문은 윤경이 『친일인물사전』의 내용을 확인했을 때부터 지금까지 줄곧 궁금했던 부분이었다.

"그렇다면 서영웅이 일본군에 입대한 이유는 뭐였을까요?"

정 소장이 의자에 등을 기대며 대답했다.

"그것까지는 기록이 남아 있지 않아서 정확히 파악할 수는 없었습니다. 아마 그도 다른 청년들처럼 먹고살기 힘들어서 일본군에 지원했을 수도 있습니다. 물론 그렇지 않을 수도 있고요. 그렇지만 어쨌든 서영웅이 일본군에 지원하여 복무했다는 것은 엄연하게 기록에 남아 있는 사실입니다. 참고로 말씀드리자면 그는 1943년 나가사키에 있는 부대로 입영했습니다."

"나가사키요? 일본의 나가사키?"

"네, 일본의 나가사키요."

"군이 왜 거기까지 갔을까요? 조선에서는 입대할 수 없었나요?"

정 소장은 난감한 표정을 지으며 대답했다.

"그것도 역시 잘 모르겠습니다. 그런데 피디님 말씀처럼 당시에는 조선 땅에서도 얼마든지 일본군에 지원해서 입영할 수 있었습니다. 하지만 그가 왜 군이 일본의 나가사키에 건너가서 군에 지원했는지는 관련 기록이 남아 있지 않아서 잘 모르겠습니다. 다만 일본군의 기밀문서에는 그가 나가사키에서 입영했다고 분명하게 기록되어 있습니다."

그의 말에 윤경은 또 다른 궁금증이 일었다.

"일본군의 기밀문서라고요?"

정 소장은 또 다른 종이 두 장을 윤경에게 내밀며 대답했다.

"병적전시명부 兵籍戰時名簿 라는 기록입니다. 이건 현재 우리나라 군대의 병적기록표 兵籍記錄表 같은 거라고 볼 수 있습니다. 이게 일본어 원본 자료이고, 이쪽은 역시 제가 직접 번역한 문서입니다. 이건 당연히 대외비이고, 일본군의 내부 문서이기 때문에 쉽게 접근할 수 없었던 기록입니다. 그런데 1990년 5월에 노태우 전 대통령이 일본을 공식 방문했습니다. 그 자리에서 한국 정부가 일제 시대 조선인 피해자와 징용자에 대한 자료를 넘겨달라고 요구했고, 일본 정부가 그 요청을 받아들여서 관련 자료들을 전해주기 시작했습니다. 그래서 1993년 10월에 과거 일본군에 복무했던 조선인들의 병적전시명부도 전달받았습니다. 저는 정부 조사단 일원으로 참여하면서 관련 기록을 열람할 수 있었는데 지금은 자료들이 전산화되어 국가기록원에 보관되어 있습니다."

윤경은 한 사람의 인생 일부가 냉담하게 기록된 그 종이를 찬찬히 들여다보았다. 그런데 거기에는 다소 놀라운 내용이 담겨 있었다.

"서영웅이 탈영을 했었네요? 그러다 검거되어 수형 생활까지 했고요."

정 소장은 고개를 끄덕이며 그녀의 말을 받았다.

"당시 조선의 젊은이 가운데에는 그렇게 탈출하는 청년이 종종 있었습니다. 훗날 대한민국 국회의원이 된 장준하^{張俊河} 선생이나 고려대학교 총장을 지내셨던 김준엽^{金俊燁} 선생도 그렇게 일본군에 소집되었다가 탈영하신 분들입니다."

윤경은 가만히 고개를 끄덕이면서 김준엽과 장준하라는 이름을 노트에 적었다. 그리고 서영웅의 병적전시명부를 다시 한번 천천히 들여다보았다. 군대에 대해서는 잘 모르지만, 윤경은 분명히 그 안에서 범상치 않은 일들이 벌어졌다는 생각이 들었다.

병적전시명부兵籍戰時名簿

역종役種: 현역現役

병종兵種: 통신병通信兵

입대종별入隊種別: 특별지원特別志願

본적本籍: 충청남도忠淸南道 부여군扶餘郡 부여면扶餘面 현북리顯北里 52번지

주소住所: 경상남도慶尙南道 영산군嶺山郡 영산읍嶺山邑 읍내리邑內里 274-1번지

성명名前: 오우치 히데오大內英雄

생년월일生年月日: 다이쇼大正 14년 5월 17일

계급官等級:

　– 쇼와 18년 4월 5일 이등병二等兵

　– 쇼와 19년 1월 25일 일등병一等兵

　– 쇼와 20년 1월 14일 상등병上等兵

이력履歷:

　– 쇼와 18년 4월 5일 나가사키지구사령부長崎地区司令部 입영

　– 동일 제1전신중대第一電信中隊 제2통신소대第二通信小隊 편입

　– 쇼와 19년 4월 25일 제2통신소대 이나사야마수신소稻佐山受信所 편입

군무 이탈軍務離脫 **정황조서**情況調書:

　– 쇼와 20년 8월 9일 정오 미쓰비시중공업三菱重工業 나가사키조선소長崎造船所 인근의 경계 근무를 위해 신병 교육 중이던 이등병과 함께 2인 1조로 제5소초 근무 투입

　– 동일 오후 2시 이나사야마수신소에 급히 확인할 것이 있다며 소초를 이탈하여 30분이 넘도록 복귀하지 않았음

- 함께 근무하던 이등병은 부대 인근의 소초들을 순회하고 있던 나카타 준페이中田淳平 오장伍長에게 이 사실을 보고함
- 해당 이등병에 의하면 당시 오우치는 38식 보병총三八式步兵銃 1정과 다수의 탄약, 그리고 97식 수류탄九七式手榴彈 1정을 휴대하고 있었다고 함
- 나카타 오장은 부대로 즉시 복귀하여 나가사키지구 사령관에게 이를 보고함
- 나가사키지구 사령관의 명령으로 가용 병력을 총동원하여 인근을 수색하였으나 아무런 흔적을 확인하지 못함
- 나가사키지구 사령관은 오우치가 탈영脫營했다고 판단하여 상급 부대인 구루메사관구久留米師管区에 이 사실을 보고함
- 구루메사관구는 이 사실을 제16방면군第一六方面軍에 통보하고 협조를 요청하여 쇼와 20년 8월 10일 오전 8시 규슈九州 전역에 수배령 선포
- 제16방면군은 이 사실을 다시 제2총군第二総軍에 보고하여 8월 10일 정오를 기하여 주고쿠中国 지역 일대로까지 수배령 확대
- 쇼와 20년 8월 12일 오전 8시경 오우치로 추정되는 남성이 후쿠오카현 하카타博多 항구 인근을 배회하던 것을 수상하게 여긴 후쿠오카현 경찰부福岡県警察府 소속의 모 순사巡査가 불심 검문을 시도하자 이에 불응하고 도주. 당시 그를 마주친 순사의 증언에 의하면 오우치는 무장하지 않은 상태였다고 함. 따라서 탈영할 때 갖고 있었던 무기는 어딘가에 폐기하거나 은폐했을 가능성이 있음
- 쇼와 20년 8월 13일 오후 6시경 야마구치현 시모노세키 항구 인근을 서성이던 것을 야마구치연대구山口連隊区 산하 시모노세키 헌병대下

関憲兵隊에 의해 발각되어 헌병대가 체포를 시도했으나 재차 도주, 해당 헌병들의 증언에 의하면 역시나 오우치는 무장하지 않은 상태였다고 함

- 쇼와 20년 8월 25일 오후 4시 20분 시모노세키 항구 선착장에서 시모노세키 수상 경찰下関水上警察에 의해 검거, 동일 오후 6시 시모노세키 헌병대에 신병 인계, 익일 오전 9시 나가사키 헌병대長崎憲兵隊로 압송하여 헌병대 영창營倉에 수감

- 쇼와 20년 9월 2일 오우치 히데오 나가사키지구사령부 군법 회의軍法会議에 기소, 담당 육군법무관陸軍法務官은 오우치에게 육군 형법陸軍刑法에 따라 전시戰時 군무 이탈軍務離脫 혐의를 적용하여 2년 형 구형

- 쇼와 20년 9월 15일 나가사키지구사령부 군법 회의에서 오우치 히데오에게 1년 6개월 형 선고, 선고 직후 나카사키지구사령부 영내의 육군형무소陸軍刑務所에 수감

※ 이하 제1복원성第一復員省에 의한 추가 기재:

- 쇼와 20년 11월 30일 자로 연합국군최고사령관총사령부連合国軍最高司令官総司令部, GHQ의 명령에 따라 일본국의 육군성陸軍省과 해군성海軍省이 해체되어 각각 제1복원성第一復員省과 제2복원성第二復員省으로 재편

- 일본국의 군대가 해체되어 각 군의 군사형무소軍事刑務所가 폐지, 이에 오우치 히데오는 쇼와 20년 12월 1일 일반 형무소인 후쿠오카형무소福岡刑務所로 이감移監

- 쇼와 22년 3월 14일 후쿠오카형무소에서 오우치 히데오 만기 출소

9

윤경은 화제를 바꿔서 정회성 소장과의 인터뷰를 이어갔다.

"사실은 이번 다큐멘터리에서 당시 조선의 고등학생들이 고시엔에 출전했던 이야기를 좀 더 자세히 따라가 보려고 합니다. 조선의 예선 경기부터 일본 현지의 본선 경기까지 말이죠. 그리고 가능하다면 그들이 일본에서 어디에 묵었고 어떤 음식을 먹었는지 같은 것까지도 말입니다. 그렇지만 우선은 당시의 학생들이 조선에서부터 일본의 오사카까지 어떻게 건너갔는지 궁금합니다. 그때는 비행기를 이용할 수도 없었을 텐데 말이죠."

정회성 소장은 머뭇거림 없이 곧바로 대답을 내놓았다.

"부관연락선釜關連絡船을 타고 갔을 겁니다."

"부관연락선이요?"

"네, 부관연락선이요. 조선의 부산과 일본의 시모노세키 사이를 오가던 연락선입니다. 시모노세키의 한자 표기가 '하관下關'인데, 부관연락선은 부산釜山의 '부'와 시모노세키의 '관'을 따서 붙인 이름입니다. 그런데 사실 부산은 일본의 대륙 진출에 있어 일찍부터 아주 중요한 교두보

할머니의 야구공

이자 관문 역할을 했습니다. 당시 일본의 운수 정책을 한마디로 말하자면 선차연락^{船車連絡}이라는 것인데, 간단히 말해서 일본과 대륙을 철도와 항로를 이용해 하나로 연결한다는 개념입니다. 이건 직접 지도를 보면서 설명해 드리겠습니다."

정회성 소장은 자신의 노트북을 가져와 모니터 화면을 윤경이 잘 보이도록 돌리고는 구글 지도를 열었다. 그는 부산을 보여주는 지도의 기본 화면을 줌 아웃_{zoom out}하여 한국과 중국, 일본이 모두 한 번에 보일 때까지 확장했다. 그리고 마우스 포인터로 이곳저곳 가리키며 설명을 계속했다.

"당시 대륙과 일본을 연결하는 주요한 경로는 크게 세 개가 있었습니다. 첫째는 야마구치현^{山口県}의 시모노세키에서 랴오둥^{遼東} 반도의 다렌^{大連}을 거쳐서 이렇게 남만주철도^{南滿州鉄道}까지 연결되는 경로였습니다. 둘째는 이곳 후쿠이현^{福井県}의 쓰루가^{敦賀}에서 곧바로 러시아의 블라디보스토크를 거쳐서 시베리아철도까지 연결하는 루트였습니다. 그런데 러일 전쟁 이후 원만한 관계를 유지하던 일본과 러시아의 관계가 만주사변을 계기로 1930년대부터 급격히 경색되면서 이 경로는 사실상 폐지됩니다. 그리고 마지막으로 세 번째가 바로 시모노세키로부터 부산을 거쳐 경부선과 경의선을 이용하여 만주까지 연결되는 노선이었습니다. 그리고 일본과의 해상 거리가 가장 가까운 이 루트가 일본의 대륙 진출에 있어서 가장 핵심적인 경로가 됩니다. 그래서 이미 일본의 조선 침략이 본격화된 1905년부터 일찌감치 부산과 시모노세키 사이에 연락선이 운행되기 시작했는데, 이게 바로 부관연락선입니다. 동북아시아와 태평양에서 전쟁이 벌어지면서 전략 요충지로서 부산의 중요성은 더욱 커졌고, 일제 말기인 1943년에는 부산과 이곳 후쿠오카^{福岡}의 하카타^{博多}

항구를 연결하는 부박연락선釜博連絡船도 생겼습니다. 그런데 두 노선은 모두 태평양전쟁이 막바지로 치닫던 무렵에는 미국의 공습과 잠수함 공격 때문에 사실상 운항이 중단되었습니다."

지도를 보며 정회성 소장의 설명을 듣고 있자니 마치 대항해 시대의 선원이 되어 거친 바다 위를 가로지르는 느낌이 들었다. 윤경은 확인을 위해 질문을 던졌다.

"그러면 1940년 고시엔 대회에 출전했던 영산상업의 선수들도 이 부관연락선을 이용했을까요?"

정회성 소장은 고개를 끄덕이며 대답했다.

"그랬을 겁니다. 요즘에야 비행기를 타고 한 시간이면 일본까지 갈 수 있지만, 당시에는 한반도에서 일본을 왕래하는 가장 편리한 교통수단이 바로 부관연락선이었으니까요. 아마 부산에서 출발해 시모노세키에 도착한 다음에는 다시 기차로 갈아타고 오사카까지 갔을 겁니다. 돌아올 때는 그 반대로 갈아탔겠죠."

윤경은 노트에 부관연락선, 시모노세키, 기차, 오사카라는 단어를 적었다. 윤경이 메모할 수 있도록 잠시 여유를 준 정회성 소장이 갑자기 질문을 던졌다.

"그런데 참고로 이 부관연락선이 가사의 소재로 사용된 노래가 있습니다. 아주 유명한 노랜데, 혹시 뭔지 아시겠습니까?"

그 순간 윤경의 뇌리에 저도 모르게 스치는 노래가 하나 있었다. 그것은 바로 얼마 전 치렀던 할머니의 장례식장에서 윤경이 틀어 놓았던 곡이었다. 그 노래의 가사를 떠올리며 윤경이 조심스럽게 되물었다.

"혹시 「돌아와요 부산항에」인가요?"

정회성 소장은 고개를 끄덕이며 설명하기 시작했다.

"네, 맞습니다. 그 노래에 등장하는 연락선이 바로 부관연락선입니다. 일제가 패망하고 해방이 되자 일본으로 끌려갔던 사람 대부분은 부관 연락선을 타고 부산항으로 돌아왔습니다. 당시 부산항에서는 그렇게 다시 살아서 돌아온 동포들에게 먹을거리를 공짜로 나눠줬고, 경부선 기차도 무료로 태워줬다고 합니다. 그러나 모든 사람이 꿈에 그리던 고향으로 돌아왔던 건 아닙니다. 그중에는 미처 돌아오지 못한 사람도 많았거든요. 그래서 조용필이 부른 그 노래도 바로 해방 후 일본에서 돌아오지 못한 사람들을 그리워하는 내용입니다."

그러자 윤경은 갑자기 뒤통수를 망치로 세게 얻어맞은 느낌이 들었다. 할머니가 자신의 빈소에 그 노래를 틀어달라고 한 이유가 단지 당신의 마지막 길을 위로하기 위함이 아닐지도 모른다는 생각이 들었기 때문이다. 그것은 어쩌면 응답이 돌아오지 않으리라는 걸 알면서도 누군가 들어주기를 바라며 허공에 발신하는 메시지였을 수도 있었다. 잠시 어안이 벙벙해하는 윤경을 본 정회성 소장이 그러한 의식의 흐름을 눈치챈 듯 말을 이었다.

"김순영 선생님, 그러니까 외할머님의 빈소에 이 노래를 계속 틀어놓으셨죠?"

윤경은 말없이 고개만 끄덕였다.

"저도 빈소에 찾아갔을 때 그 노래가 흘러나오는 걸 듣고는 상당히 놀랐습니다."

"왜죠?"

"선생님이 이 노래의 의미를 알고 일부러 틀어달라고 했을 것 같다는 생각이 들어서요. 아마 선생님도 누군가를 그리워하며 기다리고 계셨던 건지도 모르겠습니다."

윤경은 왠지 할머니가 기다렸던 사람이 누구인지 어렴풋이 짐작할
수 있을 것 같았다. 그는 부관연락선을 타고 일본의 전국 고등학교 야구
대회에 참석했을 것이며, 대회가 끝난 뒤에는 다시 부관연락선을 타고
돌아와서 그 대회의 공인구를 할머니에게 선물했을 것이다. 그리고 일
제 말기에는 다시 한번 부관연락선을 타고 건너가 일본군에 자원입대
했을 것이다. 그러나 해방 뒤 조선인들을 싣고 일본에서 돌아오는 부관
연락선에는 그가 타고 있지 않았을 것이다. 그는 그렇게 한동안 생사를
알지 못하다가 십여 년이 흐른 1958년이 되어서야 영산상고의 교정에
불쑥 나타났을 것이다. 그러나 무슨 이유인지는 모르겠지만 그는 다시
곧장 일본으로 돌아갔을 것이다. 그리고 평생 결혼하지 않고 독신으로
살다가 1989년 바다 건너의 섬나라 수도에서 홀로 쓸쓸히 생을 마감했
을 것이다.

그런데 가만히 무언가를 생각하던 정회성 소장이 윤경에게 질문을
던졌다.

"갑자원에 출전했던 식민지 조선 소년들의 행적을 취재하신다고 하
셨죠?"

"네."

"그러면 실제로 당시에 그들이 이동했던 동선을 그대로 따라 움직이
면서 취재해 보시는 건 어떻습니까?"

윤경은 괜찮은 아이디어라고 생각했다. 일본은 일찍부터 기차 문화가
발달해 있었으니까, 당시의 경로를 거의 그대로 따라서 이동할 수 있을
것 같다는 생각이 들었다. 하지만 정작 부산에서 시모노세키까지의 구
간이 문제였다.

'김해공항에서 비행기를 타고 기타큐슈공항으로 가야 하나? 운행하

는 항공편이 없으면 어쩌지? 그럼 후쿠오카공항으로 가야 하나?'

그녀는 그런 속마음을 솔직하게 털어놓았다.

"부산에서 시모노세키까지 어떻게 이동할지가 문제네요."

그런데 정회성 소장은 이번에도 뜻밖의 이야기를 꺼냈다.

"부관연락선을 타시면 되죠. 당시 소년들의 행적을 똑같이 따라가려면 말이죠."

"부관연락선을… 타면 된다고요? 부관연락선이 지금도 다니나요?"

정회성 소장은 미소 지으며 부드러운 목소리로 대답했다.

"네, 지금도 다닙니다. 해방 이후 국교가 단절되면서 사라졌다가 1965년 한일 협정이 체결되면서 다시 복원되었습니다. 다만 지금의 이름은 부관연락선이 아니지만요. 지금은 '부관페리Pukwan Ferry'라는 여객선이 부산과 시모노세키를 매일 운행하고 있습니다. 이왕 서울에서 부산까지 내려오셨으니 부산항에 가서 직접 배편까지 알아보고 가시면 되겠네요. 여기에서 부산항까지는 자동차로 10분 정도밖에 안 걸립니다."

윤경은 고개를 끄덕이며 노트에 부관페리라는 단어를 적어 넣었다. 그러고 나서 추가로 몇 마디의 대화를 나눈 뒤에 정회성 소장과의 인터뷰는 종료되었다. 그렇게 장비를 챙겨 연구소 문을 나서려는데 정회성 소장이 윤경을 불러 세웠다. 그리고 정확한 의미는 알 수 없지만 묵직한 무게가 담긴 말을 한마디 던졌다.

"당시 야구 소년들의 행적을 추적하는 것도 나름의 의미가 없지는 않겠지만, 최 피디님의 가족에 대해서도 좀 더 관심을 가지는 게 좋을 것 같습니다. 부디 건투를 빕니다. 저에게 궁금한 것이 있으면 언제든 연락을 주시고요."

여전히 그 진정한 의미를 알 수 없는 묘한 발언이었다.

정회성 소장의 말처럼 연구소부터 부산항까지의 거리는 멀지 않았다. 거대한 여객선을 닮은 부산항 국제여객터미널에는 편의점과 은행 등을 비롯한 각종 편의 시설과 함께 여러 항로를 운항하는 여객선의 창구가 늘어서 있었다. 그리고 크루즈 여객선 창구 바로 옆에 '부관페리'라는 간판이 달린 창구가 있었다. 마침 창구에 여러 사람이 줄을 서서 티켓을 사고 있었는데, 창구 유리창의 위쪽에 운행 관련 정보들이 표시된 안내판이 보였다. 윤경과 석현은 그곳으로 가까이 가서 살펴봤다. 그에 따르면 부관페리는 매일 저녁 9시에 부산항을 출발하여 다음 날 오전 8시에 시모노세키에 도착한다고 안내되어 있었다. 그리고 시모노세키에서도 매일 저녁에 출발하여 역시나 다음 날 아침에 부산에 도착하는 배편이 있음을 알 수 있었다. 그러니까 두 대의 여객선이 매일 교대로 두 도시를 오가고 있던 것이다.

윤경은 지금으로부터 약 80년 전, 북새통 같았던 이 부두의 인파를 헤치고 부관연락선에 오르던 까까머리의 새카만 고등학생들을 떠올려 보았다. 그들은 난생처음 바다를 건넌다는 생각에 잔뜩 설레어 마음이 마치 거대한 풍선처럼 부풀어 올랐을까? 아니면 험난한 파도를 헤치고 시커먼 바다를 건너야 한다는 공포 때문에 두려워하고 있었을까? 그것도 아니면 이제 곧 식민지 조선을 대표하여 일본의 고등학생들을 상대로 일대 결전을 치러야 한다는 생각으로 비장한 마음가짐이었을까? 그들은 비좁은 선실에서 간신히 쪽잠을 취하며 며칠 뒤에 치를 중요한 경기를 위해 몸 컨디션을 조절하고 있었을까? 아니면 짭조름한 바닷바람에 습기가 스며들지 않도록 값비싼 가죽 글러브와 나무 방망이를 애지중지 잘 끌어안고 있었을까?

윤경은 자신의 다큐멘터리가 그렇게 이곳 부산항에서 출발하는 모습으로 시작하는 장면을 머릿속에 그려보았다. 그리고 윤경의 사고는 이미 그들이 일본에 도착하고 난 뒤 그 옛날 조선의 야구 소년들이 거쳐 갔던 경로를 그대로 따라 기차를 타고 오사카까지 이동하는 장면으로 자연스럽게 이어졌다. 그러자 왠지 모르게 윤경은 이 다큐멘터리가 잘될 것 같은 느낌이 들었다. 그건 7년 차 방송국 피디로서의 촉이고 감이었다. 화면의 구성과 편집까지 자연스럽게 머릿속에서 떠올랐다. 옆을 보니 석현도 비슷한 생각을 하고 있는지 캠코더로 이곳저곳을 비춰보며 모니터 화면을 확인하고 있었다. 이 다큐멘터리의 구성과 흐름은 어쩌면 그녀가 식민지 야구 소년들의 자취를 따라가기로 마음을 먹었던 순간에 그렇게 이미 방향이 정해져 있었던 것인지도 모른다.

3부

해저 2만 리

전략정보국^{Office of Strategic Services}
워싱턴D.C.^{Washington, D.C.}

1945년 3월 24일

발신: 존 쉬언^{John Sheehan} **요원**
수신: 윌리엄 도노반^{William J. Donovan} **국장**
제목: 자바맨^{Javaman} **작전 검토 및 승인 요청**

간몬해협^{Kanmon Straits}은 일본의 본섬인 혼슈^{Honshu}와 남서쪽의 규슈^{Kyushu} 사이에 가장 가까이 인접한 지점으로, 태평양전쟁에서 일본의 해군^{IJN}과 남방군^{SEAG}에 물자와 병력을 보급하는 데 있어 매우 중요한 역할을 하는 통로입니다.

이러한 전략적 중요성을 이미 인지하고 있었던 우리 미국은 1944년 말부터 간몬해협에 다량의 기뢰^{mine}를 투하하여 혼슈와 규슈를 오가는 해상 통로를 완전히 봉쇄했습니다. 그러나 혼슈와 규슈 사이의 군수 수송 체계가 완전히 단절되지는 않았는데, 그 이유는 바로 일본이 1942년 11월에 개통한 간몬철도터널^{Kanmon Railway Tunnel} 때문입니다.

이러한 이유로 미국의 해군과 공군은 간몬철도터널을 파괴하기 위하여 오래전부터 주요한 공격 목표로 설정해 두고 있었습니다. 그러나 해상으로의 접근은 (a) 겐카이나다^{Genkai Sea} 해역의 섬들에 구축된 견고한 수비망과, (b) 가미카제^{Kamikaze} 공격의 우려로 인하여 불가능할 것으로 판단되었습니다. 그리고 공군이 터널의 양쪽 입구를 폭격하기는 했으나 완전히 파괴하지는 못했습니다.

한편, 일본은 기존의 30만 명 규모이던 육군 병력의 규모를 오는 8월까지 90만 명으로 증강할 계획인 것으로 파악되고 있습니다. 이렇게 모집된 병력의 상당수는 간몬철도터널을 통해 규슈의 남쪽으로 이동하여 오키나와 등지로 증파되어 연합국의 본토 공격을 저지할 것으로 판단됩니다. 따라서 간몬철도터널을 최대한 빨리 파괴해야 하는 상황입니다.

이에 본 요원은 전략정보국의 주도하에 간몬철도터널을 파괴한다는 계획을 수립했습니다. '자바맨'이라고 명명한 이 작전을 개략적으로 설명하자면, (1) 일본의 어선으로 위장한 무선조종 소형 선박에 폭발물을 탑재하여 해당 해협에 투입한 다음, (2) 간몬철도터널이 해저 면에서 가장 얕게 파묻힌 지점에 폭발물을 가라앉혀서 리모컨으로 폭파하는 것입니다. 위와 같은 내용의 계획을 제출하오니 검토하여 승인해 주시기를 바랍니다.

전략정보국 아시아-태평양 전담 요원 존 쉬언

첨부: 자바맨 작전 계획안, 간몬철도터널 구조 단면도

1979년 6월 1일, 중앙정보국^{Central Intelligence Agency}**에 의해 기밀 해제**

10

부관페리는 저녁 9시 정각에 부산항 선착장에서 닻을 올렸다. 그러자 'YEONHEE'라는 이름이 표시된 선체의 옆면을 자그마한 예인선^{曳引船}이 열심히 밀어서 커다란 여객선의 방향을 돌려주었다. 윤경과 석현은 2층 데크에 있는 일등실을 예약했다. 그곳은 객실 하나에 2층 침대가 놓여 있는, 마치 기숙사 같은 모습이었다. 객실 창밖으로 어느덧 어둠이 내려앉은 가운데 화려한 야경에 싸인 부산항과 도심이 점점 더 멀어져 갔다. 무지개색으로 물들어 빛나고 있는 부산항 대교의 난간에 설치된 분수에서는 시원한 물줄기가 쏟아져 내렸다. 그렇게 한참을 달리다 보니 어느덧 창밖이 완전히 까매졌다. 멀리 바다 위에 떠 있는 다른 선박들의 불빛만이 간간이 지나갈 따름이었다.

두 사람은 부산항 선착장과 여객선 이곳저곳을 돌아다니며 승객들이 탑승하고 배가 출발하는 과정부터 새카만 밤하늘 아래의 칠흑처럼 어둡고 광활한 바다로 나가기까지의 과정을 카메라에 열심히 담아냈다. 그리고 밤바다와 밤하늘이 구분되지 않을 정도로 창밖이 어두워지자 석현은 2층 침대 위층에 자신의 짐을 올려놓고는 잠시 선내의 편의점에 다녀오겠다며 자리를 비웠다. 아래층에 자리 잡은 윤경은 이불 위에 베개를 올려놓고 그 위에 머리를 대고 누웠다. 그리고 앞으로의 일정을 머릿속으로 그려보았다. 일본에 도착하면 어떤 이야기들이 기다리고 있을지 생각하자 그녀도 살짝 설레는 마음이 들었다. 쉬이 잠이 들 것 같지 않은 그런 밤이었다.

그렇게 얼마의 시간이 흘렀을까. 눈을 떠보니 객실의 창밖이 희미하게 밝아 오고 있었다. 윤경은 머리맡에 놓아둔 휴대전화 화면을 켰다. 오전 5시를 조금 넘긴 시각이었다. 그런데 스마트폰 통신사 이름이 일본의 NTT DOCOMO로 바뀌어 있었다. 그녀는 자리를 박차고 일어나 창밖을 확인했다. 그들이 탑승한 여객선이 항구에 정박해 있음을 알 수 있었다. 자세히 보니 선착장 주변의 희미한 불빛에 비치는 안내판들이 일본어로 표기되어 있었다. 윤경이 설핏 잠이 든 사이에 그들은 어느덧 시모노세키 항구에 도착했던 것이다. 그런데 항구의 터미널로 보이는 건물에는 불이 들어와 있지 않은 걸로 봐서 아직 수속 업무를 개시하지는 않은 것 같았다.

위쪽 침대에는 아무도 없었다. 촬영용 카메라도 보이지 않았다. 윤경은 석현에게 메신저 애플리케이션으로 전화를 걸었다. 전화를 받은 석현은 갑판 위에 나와 있다고 말했다. 윤경은 그가 있는 위치를 물은 다음 자신도 DSLR 카메라를 들고 갑판으로 나갔다. 석현은 운항 스케줄을 살펴보면서 여객선이 시모노세키 항구에 들어오는 과정을 찍었다고 했다. 그리고 지금은 동이 트는 장면을 촬영하기 위해 대기하고 있었다.

"피디님, 마침 잘 오셨어요. 태양이 정확히 몇 시에 어느 방향에서 뜨는지 좀 알아봐 주세요. 서서히 여명이 밝아 오는 과정부터 태양이 떠올라 수면에 햇빛을 비추는 장면까지 연속해서 찍으려고요."

그러자 윤경은 스마트폰을 꺼내 히노데^{Hinode}라는 애플리케이션을 실행했다. 윤경은 「한국인의 술상」 연출팀으로 일하면서 주로 카메라 감독인 석현과 짝을 맞춰 전국 각지를 돌아다녔다. 그러면서 각 지역의 일출과 일몰, 그리고 월출과 월몰 장면을 촬영할 일이 많았다. 윤경은 그럴 때마다 태양과 달이 뜨고 지는 시각과 방향을 미리 알면 좋을 것 같다는 생각이 들었다. 그러다 마침 그녀의 필요에 딱 맞는 히노데라는 애플리케이션을 발견해서 지금까지 아주 유용하게 잘 쓰고 있었다. 윤경은 검색 지역을 현재 위치인 시모노세키로 설정하고 오늘의 일출 시각과 방향을 확인했다. 그 결과 오늘은 거의 정동 쪽에서 오전 5시 58분에 태양이 떠오를 예정임을 알 수 있었다. 그리고 이번에는 스마트폰의 나침반 애플리케이션으로 정동 쪽이 어디인지 확인한 다음 석현에게 일출 시각과 방향을 알려주었다. 그렇게 무사히 일출 장면을 촬영하고 나자 밤새 꿈나라로 향했던 선내의 편의 시설도 하나둘 잠에서 깨어나기 시작했다.

오전 8시가 되자 객실 통로가 부산스러워지기 시작하면서 승객들의 하선이 시작되었다. 수많은 사람이 몰려나와 출구에 길게 줄을 섰는데, 그 많은 사람이 모두 밤새 어디에 숨어 있다가 이렇게 집결했는지 조금은 신기할 정도였다. 윤경과 석현도 장비와 짐을 챙겨 하선한 뒤 줄을 서서 입국 수속을 모두 마치고 수하물을 찾아 터미널의 입국장으로 나왔다. 터미널 2층의 열린 창문 사이로 바깥의 풍경이 얼핏 내다보였는데, 도시에 내리쬐는 아침의 햇빛이 어찌나 깨끗하고 맑은지 출입문을 열고 밖으로 나가면 그 찬란한 풍경이 쨍그랑거리며 산산이 부서질 것만 같았다.

로비의 한가운데에는 그런 햇살의 한 자락을 받으며 어떤 젊은 여성

　　　　할머니의 야구공

한 명이 서 있었다. 윤경과 눈을 마주친 그녀가 마치 오랜 친구를 다시 만나기라도 한 것처럼 반갑게 손을 흔들며 가까이 다가왔다. 윤경은 그녀가 나미선이라는 걸 알 수 있었다. 윤경은 출장 일정을 계획할 당시 일본 현지에서 코디네이터 역할을 하고 통역을 해줄 사람을 구하기 위해 오사카 한인회에 문의했다. 이때 윤경은 야구에 대해 잘 아는 사람으로 알아봐 달라고 부탁했는데, 그렇게 해서 연결된 사람이 바로 미선이었다. 그녀는 오사카에서 나고 자란 재일교포 4세였는데, 오사카에 있는 고등학교에 다니던 시절 야구부 매니저로 활약했다는 이야기를 들었다. 그리고 도쿄에서 대학을 나온 뒤에는 주로 한국인 관광객들을 안내하는 여행가이드 일을 하고 있었다.

미선은 밝은색 청바지에 깔끔한 연두색 셔츠를 입고 있었다. 그리고 어딘지 선해 보이는 인상이었는데 말투와 몸짓에서는 상당히 다부진 성품이 느껴졌다. 그녀는 새벽 일찍 오사카에서 출발하는 신칸센을 타고 시모노세키에 도착했다고 말했다. 입국장 로비에 있는 의자에 앉아 그들은 몇 가지 간단한 내용과 일정 등에 대해 논의했다. 이야기를 마치자 미선은 두 사람을 1층 주차장에 세워 둔 렌터카로 안내했다. 미선이 미리 빌려놓은 자동차는 흰색의 중형 SUV였다. 미선이 문을 열어주었고 일행은 트렁크에 촬영 장비와 여행 가방을 차곡차곡 집어넣었다.

운전석 옆자리에 오른 윤경은 미선에게 미리 약속해 둔 모지도서관門司図書館으로 가 달라고 부탁했다. 윤경의 일행이 오늘 그곳으로 향하는 이유는 『그해 여름, 신기루 고시엔その年の夏、楼気蟹の甲子園』이라는 책의 저자인 기타노 유키오北野幸男 작가를 인터뷰하기 위해서였다. 그는 주로 근현대 시기의 잘 알려지지 않은 역사적인 소재들을 발굴해 글을 쓰는 작가로, 책에 소개된 작가의 정보에 의하면 그가 기타큐슈에 거주하고 있다는

걸 알 수 있었다. 다행히도 그는 흔쾌히 인터뷰 요청을 수락했는데, 그가 지정한 장소가 바로 기타큐슈의 모지에 있는 작은 도서관이었다.

시동을 걸고 움직이기 시작한 차는 시모노세키 국제여객선 터미널을 출발해 본격적으로 시모노세키의 시내를 주행하기 시작했다. 도로의 오른쪽 위에는 시모노세키 여객터미널의 2층에서부터 시내로 쭉 연결된 도보 데크가 머리 위로 지나가고 있었다. 그들은 곧바로 나타난 사거리에서 우회전했는데, 앞쪽에 마치 우주선처럼 보이는 높다란 건물이 윤경의 눈에 띄었다. 윤경은 휴대전화로 지도 애플리케이션을 열어 그 건물의 이름이 카이쿄유메타워Kaikyo Yume Tower라는 것을 확인했다.

자동차는 그곳을 지나 계속 직진했는데, 오른쪽에 대관람차가 보이는 지점에 이르자 나지막한 건물들 사이로 멀리 저 너머에 육중한 철제 대교가 허공을 가로지르고 있는 게 보였다. 거리는 조금 멀리 있었지만 상당히 규모가 거대해 보이는 현수교懸垂橋라는 걸 알 수 있었다. 거기에서 그대로 좌회전한 다음 곧바로 크게 우회전해서 더욱 넓은 도로로 합류했다. 그렇게 잠시 이리저리 방향을 바꾸어 가며 달려가다 보니 도로의 중간에 갑자기 요금소가 나타났다. 미선이 속도를 늦추며 설명했다.

"간몬터널関門トンネル 요금소예요. 시모노세키에서 기타큐슈의 모지門司로 넘어가려면 이 해저 터널을 지나가야 하는데, 유료 터널이라서 요금을 내야 해요. 보통차普通車는 160엔이라고 적혀 있네요."

윤경은 잽싸게 백팩에 들어 있는 지갑에서 미리 환전해 놓은 엔화 동전을 꺼내어 미선의 왼손에 쥐여줬고, 미선은 운전석 창문을 내려 오른쪽 요금소에 대기하고 있는 직원에게 동전을 건넸다. 그렇게 요금소를 지나자 도로가 조금씩 아래로 내려가기 시작하면서 터널의 입구가 나타났다. 연한 하늘색 페인트로 칠한 터널 입구에는 커다란 복어 두 마

할머니의 야구공

리가 그려져 있었다. 곧 어둑한 터널이 이어졌는데 창문을 모두 닫았는데도 어쩐지 자동차 안쪽까지 눅눅한 기운이 느껴지는 것 같았다. 그렇게 몇 분 정도 달리자 저 멀리 출구의 환한 불빛이 보이기 시작했고 마침내 사방이 탁 트이면서 일행의 자동차는 다시 지상으로 빠져나왔다.

"어서 오세요. 여기는 기타큐슈의 모지입니다."

미선이 마치 내비게이션 음성처럼 안내를 해주는 바람에 윤경과 석현은 깔깔거리며 웃었다. 덕분에 만난 지 한 시간도 되지 않은 그들 사이의 분위기가 한결 더 편안해졌다. 터널을 빠져나온 지 얼마 지나지 않은 곳에서 자동차가 좌회전하여 작은 골목길로 진입했다. 골목의 초입에 있는 오래되어 보이는 건물의 입구에는 모지시민회관^{門司市民会館}이라고 적힌 파란색 간판이 걸린 기둥이 서 있었다. 조용한 골목길의 왼쪽에는 소박한 상점가와 주택이 모여 있었고 오른쪽에는 아름드리나무들이 서 있는 조그만 공원이 보였다. 미선은 그 공원을 오른쪽으로 끼고 우회전했다. 그리고 차분한 분위기의 한산한 도로를 따라 조금 더 달려가니 마침내 목적지에 도착했다.

모지도서관은 도로 바로 옆에 공원을 바라보고 있는 3층짜리 낡은 건물이었는데, 그 모습이 마치 한국의 조용한 시골에 있는 정감 어린 면사무소처럼 보였다. 미선은 그 옆의 자그만 공터처럼 보이는 주차장에 차를 세웠다. 시모노세키 항구에서 출발해 30분 정도 소요된 것 같았다. 일행은 자동차에서 내려 공원을 바라보고 있는 도서관의 입구 쪽으로 다가가 보았다. 기타큐슈시립모지도서관^{北九州市立門司図書館}이라는 세로 현판이 걸린 입구의 아래쪽에는 운영 시간에 관한 사항이 적혀 있었는데, 평일에는 오전 9시 30분에 문을 연다고 안내하고 있었다. 윤경은 휴대전화를 꺼내어 시간을 확인했다. 오전 9시를 막 넘어가고 있었다. 그리고 오늘 약속 시각은 오전 10시였다.

그들은 약속 시각이 되기 전까지 잠시 주변의 풍광을 스케치하듯 촬영하기로 했고, 카메라를 챙겨 자연스럽게 눈앞에 보이는 운동장으로 걸어 들어갔다. 평일 오전 시간이어서 그런지 운동장은 텅 비어 있었다. 그런데 바닥에는 흰색 분말로 라인을 그려놓았던 흔적이 보였다. 그리고 그 라인이 끝나는 곳의 뒤쪽으로는 철망이 둘러쳐져 있었다. 자세히 보니 그 철망 앞에는 두 개의 네모 칸이 간격을 두고 그려져 있었고, 그 사이에는 오각형의 흰색 판자가 바닥에 박혀 있었다. 그리고 그곳으로부터 운동장의 가운데 쪽으로 조금 떨어진 곳에는 낮은 높이로 둥그렇게 흙무더기가 조성되어 있었다. 석현이 소리쳤다.

"야구장이에요!"

그곳은 야구장이었다. 규모가 작아서 아이들이 사용하는 곳처럼 보였지만, 어쨌든 나름의 형식을 갖춘 야구장이었다. 오각형의 흰색 판자는 홈플레이트였고, 둥그런 흙무더기는 마운드였다. 그리고 바닥에 흰색 분말로 그려놓은 것은 파울 라인이었다. 일행은 자연스럽게 파울 라인을 넘어서 마운드로 걸어간 다음 홈플레이트 쪽을 바라보았다. 윤경은 그곳에서부터 홈플레이트까지의 거리가 멀다면 멀어 보이기도 했고 가깝다면 가까워 보인다고 생각했다. 바로 그때, 석현이 일행에게 갑작스럽게 제안했다.

"캐치볼 하실래요?"

"캐치볼?"

곁에 있던 미선도 깜짝 놀라는 눈치였다.

"캐치볼이요?"

"네, 어차피 인터뷰 시간도 아직 많이 남았잖아요. 아침 운동하는 셈치고 잠깐만 해요."

윤경은 흔쾌히 고개를 끄덕였다.

"그러죠 뭐. 그런데 야구공이랑 글러브는 있어요?"

"베이스볼 이즈 마이 라이프 Baseball is my life! 야구는 제 삶이에요. 제 가방에 있으니깐 잠시만 기다리세요."

그러더니 석현은 미선에게 자동차 열쇠를 건네받은 뒤 차를 세워놓은 주차장 방향으로 잽싸게 뛰어갔다. 윤경과 미선은 야구장 옆쪽에 놓여 있는 벤치에 나란히 앉았다. 윤경은 미선에게 석현이 고등학생 때까지 야구 선수였고, 지금도 사회인 리그에서 활동하고 있다고 설명했다. 미선은 상당히 흥미롭다는 표정을 지으며 가만히 고개를 끄덕였다. 잠시 후 운동장으로 석현이 환하게 웃으며 달려오는 모습이 보였다. 그런데 일행에게 다가온 석현은 뒤늦게 난감한 표정을 지어 보였다.

"그나저나 글러브가 두 개밖에 없어서 어쩌죠?"

그러자 미선이 어깨를 움직이면서 대답했다.

"저도 오랜만에 야구공을 던져보고 싶지만, 오늘은 어깨가 아파서 안 될 것 같아요. 저는 그냥 여기서 지켜볼게요. 두 분이 하세요."

그 말을 듣고 표정이 약간 풀어진 석현은 윤경에게 글러브를 착용하는 방법과 공을 던지는 요령을 간단하게 알려주었다. 그런데 석현이 공을 던지는 시늉을 하는 걸 보고 윤경은 상당히 의외라는 생각이 들었다. 왼손잡이인 그가 오른손으로 공을 던지고 있었기 때문이다. 글러브도 자신과 마찬가지로 왼손에 착용하고 있었다.

"왼손잡이 아니었어요?"

윤경의 살짝 놀란 표정을 본 석현이 어깨를 으쓱하며 대답했다.

"아, 제가 우투좌타예요."

"우투좌타면, 던지는 건 오른손으로 던지고 치는 건 왼손으로 친다는 건가요?"

"네, 맞아요. 저 말고도 공을 던질 때랑 공을 때릴 때 사용하는 손이 다른 선수는 꽤 있어요. 이종범 코치님의 아들인 이정후 선수도 저처럼 우투좌타, 그러니까 던질 때는 오른손으로 던지고 때릴 때는 왼손으로 쳐요. 그리고 코리안 몬스터 류현진 선수는 반대로 좌투우타, 그러니까 던질 때는 왼손으로 던지고 때릴 때는 오른손으로 쳐요. 그리고 메이저 리그 타격왕과 도루왕과 MVP를 동시에 차지했던 스즈키 이치로^{鈴木一朗} 역시 우투좌타였고요. 그러니까 칠 때랑 던질 때랑 사용하는 손이 다른 게 그렇게 이상하거나 특이한 사례는 아니에요."

그러자 윤경이 고개를 끄덕이며 말했다.

"그러니까 밥 먹는 손이랑 글씨 쓰는 손이 다른 거와 비슷한 거네요."

그녀의 대답에 석현이 크게 웃음을 터트렸다. 그리고 윤경에게 말했다.

"네, 그렇게 볼 수도 있겠네요. 그러면 이제 본격적으로 캐치볼을 해볼까요?"

윤경이 입을 앙다물고 고개를 끄덕였다. 윤경은 아무도 시키지 않았는데도 자연스럽게 마운드로 걸어가 그 위에 자리를 잡았다. 마운드까지 함께 걸어온 석현은 윤경의 글러브에 야구공을 넣어주고는 홈플레이트 쪽으로 걸어가 윤경을 바라보고 마주 섰다. 석현은 윤경에게 어깨 힘을 빼고 편하게 던져보라고 말했다. 윤경은 왼쪽 다리를 들어 올리며 상체를 오른쪽으로 약간 비틀었다. 그런 다음에 석현이 글러브를 벌리고 서 있는 방향을 향해 왼쪽 다리를 빠르게 뻗으며 지면에 내려놓았다. 그러면서 상체를 다시 왼쪽으로 비틀어 숙이는 것과 동시에 오른팔은 크게 원호를 그리며 공을 던졌다.

할머니의 야구공

획.

공은 깔끔한 포물선을 그리며 날아갔다.

픽.

석현은 그 자리에 가만히 선 채로 윤경이 던진 공을 받았다. 글러브를 움직일 필요도 없었다. 벤치에 앉아 그 모습을 가만히 지켜보던 미선이 환호성을 터트리면서 손뼉을 쳤다. 석현은 조금 놀랐는지 글러브를 오므린 채 아무런 말이 없었다. 윤경이 물었다.

"왜요?"

"생각보다 훨씬 더 잘 던져서요. 노모 히데오^{野茂英雄}를 보는 것 같았어요."

히데오^{英雄}라는 이름을 들은 윤경의 의식이 자연스럽게 반응했다.

"노모 히데오?"

"네, 박찬호랑 같이 LA 다저스에서 뛰었던 일본인 투수요. 방금 피디님의 투구 동작이 노모 히데오의 디셉션^{deception}* 동작이랑 똑같았어요."

윤경은 그가 무슨 말을 하는 건지는 알아듣지 못했지만 그래도 대수롭지 않다는 듯 말했다.

"지금 칭찬인 거죠? 제가 생각보다 운동 신경이 상당히 좋아요."

그녀의 말은 사실이었다. 윤경은 어렸을 때부터 다른 아이들과 비교해 운동 신경이 상당히 좋은 편이었다. 달리기가 특별히 빠른 건 아니었지만, 순간적인 움직임이나 반사 신경을 요구하는 운동에서는 같은 반에서 윤경보다 실력이 뛰어난 친구가 거의 없었다. 그런데 윤경이 어렸을 때부터 스스로 조금 의아하게 생각했던 건 자신의 그런 운동 능력

---

* 투수가 투구하는 동작에서 타자에게 공이 보이지 않도록 몸으로 가리는 기술.

을 누구에게 물려받았느냐 하는 것이었다. 아빠와 엄마는 둘 다 공부는 잘했지만 운동에는 전혀 소질이 없었던 것 같다. 엄마는 어렸을 때 태권도를 잠깐 배웠다고 하는데 실력을 키우는 것보다는 태권도복을 예쁘게 꾸며서 입는 것에 더 관심이 많았다고 한다. 공붓벌레였던 아빠도 마찬가지였는데, 요즘에도 동료 교수들이랑 골프라도 치러 나가면 내기에서 늘 돈을 잃고 오는 것 같았다. 그런 운동치運動癡의 유전자는 남동생 기원에게도 고스란히 전달되어 기원 역시 운동에는 그다지 관심도 없었다. 기원은 어렸을 때부터 몸을 쓰는 운동보다는 비디오 게임과 컴퓨터에 푹 빠진 너드nerd였고, 그래서 지금도 그의 방에는 정체를 알 수 없는 온갖 부품과 장비가 가득했다.

아무튼 윤경과 석현은 그렇게 서로 공을 주고받으며 이야기를 나누었다. 그러면서 윤경은 석현에게 그 전부터 궁금했던 질문을 던졌다.

"야구는 왜 그만뒀어요?"

획, 픽.

"전에 말씀드렸잖아요. 선배들한테 대들었다고요."

획, 픽.

"선배들한테는 왜 대들었어요?"

획, 픽.

그런데 공을 잡은 석현은 잠시 아무런 말이 없었다. 그렇게 한참을 머뭇거리던 석현이 글러브에서 공을 꺼내며 마지못해 대답했다.

"핑계가 필요했던 것 같아요."

획, 픽.

"핑계라니, 어떤 핑계요?"

획, 픽.

"야구를 그만둘 핑계요."

휙, 퍽.

이번에는 윤경이 공을 잡고는 아무런 말이 없었다. 그녀는 잠시 무언가를 곰곰이 생각하더니 다시 공을 던졌다.

"그러면 그 전에 이미 야구를 그만둘 생각이었던 거네요."

휙, 퍽.

"네, 맞아요. 다만 핑계가 필요했던 거죠."

휙, 퍽.

"그럼, 야구를 그만두려고 했던 진짜 이유는 뭐예요?"

휙, 툭, 데구루루.

이번에는 석현이 공을 잡지 못했다. 공은 글러브의 바깥쪽 손날 부분을 맞고 바닥에 떨어졌다. 흙바닥 위의 라인을 따라 천천히 굴러가는 그 공을 석현은 허리춤에 두 손을 올린 채 가만히 바라보고 있었다. 멀리서 새들의 울음소리가 들렸다. 꾀꼬리였을까, 아니면 찌르레기였을까. 공원을 둘러싼 산책로에 자전거가 연달아 지나가는 소리가 들리더니 이어서 나뭇가지가 흔들리고 푸드덕하는 소리와 함께 몇 마리의 새가 하늘로 날아오르는 게 보였다.

"입스, 때문이었어요."

그러더니 석현은 허리를 숙여 바닥의 공을 주웠다.

"아, 입스."

윤경은 '입스'라는 단어를 언론사 시험을 준비하던 당시에 상식 과목에서 지나가듯 보았던 기억이 났다.

입스[vips]. 운동선수가 명확한 원인을 알 수 없는 심리적 요인에 의해 평소의 기량을 발휘하지 못하는 것. 야구에서는 일명 '스티브 블래스[Steve

^{Blass} 증후군'이라 부르며, 선수가 원하는 곳에 공을 던지지 못하는 것을 가리킨다. 윤경은 자신의 기억력에 스스로 소름이 돋았다. 이른바 언론 고시라는 것을 준비할 때 어찌나 열심히 공부했는지 일반 상식 교재의 한 페이지 구석에 있던 내용이 머릿속에서 고스란히 되살아났다.

석현은 윤경의 어깨너머 어딘가를 응시하며 말을 이었다.

"중학생 때까지는 저도 나름 괜찮은 선수였어요. 그런데 고등학교에 올라갔더니 괴물 같은 선수만 모여 있는 거예요. 저희 학교가 야구 명문이어서 전국에서 좋은 선수가 몰려오는 그런 고등학교였거든요. 거기에는 청소년 국가 대표에서 활약하는 선배들도 있었고, 이미 프로 구단에서 드래프트 이야기가 나오는 선배들도 있었어요. 심지어 메이저 리그 스카우트들도 종종 찾아왔을 정도였죠. 그런데 저는 같이 입학한 신입생 사이에서도 타격이나 투구에서 실력이 하위권이었어요. 그래서 수비라도 열심히 해야겠다고 마음먹었는데, 3학년 주전 유격수 선배가 수비하는 걸 보니깐 저는 그냥 어린애더라고요. 선배의 수비를 보면 공이 저절로 그 선배 앞으로 굴러가는 것 같았어요. 그런데 선배는 타자가 친 공이 운이 좋아서 자기 앞으로 굴러오는 게 아니라, 자기가 미리 그 지점을 예상해서 그곳의 길목을 지키고 있는 거라고 말했어요. 야구장 안에서 벌어지는 모든 상황을 머릿속에 다 파악하면서 움직였던 거예요. 그 이야기를 듣는 순간 저는 안 되겠다는 걸 비로소 깨달았어요. 기본적인 피지컬과 야구하는 센스도 저보다 훨씬 뛰어난 사람이 눈에 보이지 않는 그런 모든 것까지 꿰뚫고 있다면 제가 절대로 그 선배를 뛰어넘을 수 없겠다는 생각이 들더라고요. 그런데 아무리 그래봐야 저희는 아직 고등학교 야구부였어요. 지금은 괴물 같아 보이는 저 선배도 프로에 가면 그저 햇병아리 내야수에 불과하겠다는 생각이 들었어요.

그러자 정말로 머릿속은 하얘지고 눈앞은 캄캄해지는 기분이었어요. 아무리 노력해도 나는 절대로 성공할 수 없겠다는 생각이 들더라고요. 그래서 그 이후로는 연습할 때도 잔뜩 주눅이 들었어요. 마음먹은 대로 움직이질 않고 실수가 잦아졌죠. 신입생들이 그런 모습을 보일 때마다 선배들은 우리를 집합시켜 구타하고 얼차려를 시켰어요. 그러면 잘하는 동기들한테도 눈치가 보였죠. 그러다 보니 더욱 기가 죽을 수밖에 없었어요. 입학하고 나서 그렇게 겨우 두어 달은 간신히 버텼는데, 5월쯤 되면서 몸이 뭔가 이상해지기 시작했어요. 그런데 야구 훈련 중에 펑고^{fungo}라는 게 있어요."

"펑고요?"

"네, 코치님이 타석에서 공을 때리면 야수들이 그걸 캐치해 1루로 던지는 훈련이에요. 그런데 어느 날은 그 훈련을 하다가 평범한 땅볼을 잡았는데 글러브에서 공이 빠지지 않더라고요. 처음에는 그저 뭔가 타이밍이 맞지 않아서 그랬으리라고 생각했어요. 코치님에게는 또 엄청나게 혼났죠. 그리고 곧바로 다음에 또 공을 받았는데, 이번에는 글러브 속에 들어온 공을 만지는 순간 알았어요. 제가 이 공을 1루로 던지지 못할 거라는 걸 말이죠. 이걸 정확히 설명하기는 어려운데, 제 몸에 이상이 생긴 건 아니었어요. 다만 1루수의 글러브에 정확히 던지지 못할 거라는 건 확실히 알 수 있었어요. 그러다 보니 글러브에서 공을 꺼낼 수 없었어요. 코치님에게도 혼나고 주장 선배에게도 혼났어요. 그다음에는 공을 받아서 이를 꽉 깨물고 무작정 던져보았어요. 1루수 키를 훌쩍 넘어 학교 담장 밖으로 날아가더라고요. 그래서 확실히 알게 됐어요. 아, 이게 바로 말로만 듣던 입스구나. 그런데 입스라는 건 마음에 병이 든 거라서 코치님들이나 동료들이 도와줄 수 있는 게 거의 없어요. 오히려 야구하기 싫어서 농땡이를 피운다거나, 아니면 꾀병을 부린다고 욕을 먹을 게 뻔히 보였어요. 엎드려뻗쳐서 흠씬 두들겨 맞을 게 눈에 선하게 보였죠. 그래서 제가 어떻게 했는지 아세요?"

열심히 이야기를 듣고 있던 윤경이 곧바로 반응했다.

"어떻게 했어요?"

석현은 그제야 비로소 윤경에게 눈을 맞추며 이야기를 이어갔다.

"오른손 어깨를 글러브로 감싸면서 넘어졌어요. 마치 다친 것처럼 말이죠. 다행히 제 연기가 통했는지 일단 병원에 가서 진단받았어요. 당연히 외과적으로는 아무런 이상 소견도 없었어요. 그래서 다음날부터 또다시 곧바로 훈련에 참가해야 했어요. 그런데 마음의 병이라는 게 하루아침에 없어지는 게 아니잖아요? 코치님이 때려주는 공을 받으려고 대기하는 데, 이번에도 저는 1루에 공을 던질 수 없다는 걸 알았어요. 등에서는 식은땀이 흐르고 사지가 덜덜 떨리기 시작했어요. 너무나도 공포스러웠어요. 제 앞으로 타구가 굴러오는 게 끔찍하게 느껴졌어요. 그런 기분은 직접 겪어보지 않은 사람은 전혀 상상하지 못할 거예요. 제발 나에게 땅볼이 굴러오지 않게 해줄 수 있다면 악마에게 영혼이라도 팔 수 있을 것 같았어요. 그런데 그렇게 얼굴이 파랗게 질려서는 온몸을 사시나무처럼 덜덜 떨고 있는 모습을 제 친구가 발견하고는 괜찮냐고 물어봐 주더라고요. 중학교에서 함께 야구했고 같이 그 고등학교로 진학한 친구였어요. 그러자 저도 모르게 다리에 힘이 풀리면서 그 자리에 그대로 쓰러졌어요."

"어머, 세상에."

"그런데 별로 다치진 않았어요. 이후에는 잘 기억이 나지 않지만, 깨어나 보니 학교 양호실이더라고요. 아까 그 친구가 침대 옆에서 저를 지켜보고 있었어요. 이야기를 들어보니 제가 기절을 했대요. 그런데 그 친구는 제가 그 전날 글러브에서 공을 빼지 못하는 순간에 이미 제가 입스라는 걸 눈치챘대요. 중학교 내내 같이 야구했던 사이니깐 그런 게 한눈에 보였겠죠. 그래서 저도 그 친구에게 그런 것 같다고 순순히 시인했어요. 그랬더니 아까 야구장에서 느꼈던 무시무시한 공포가 사르르 풀리는 느낌이 들었어요. 아마도 다른 야구부원들은 없고 편하게 지내는 친구와 단둘이 있어서 그랬던 것 같아요. 그리고 그날은 감독님께 말씀드려서 야구부 숙소가 아니라 부모님 댁으로 가서 모처럼 편히 쉬었어요. 그런데 다음 날 아침에 일어나서 다시 학교에 가야 한다고 생각하니 또다시 눈앞이 캄캄해지는 기분이었어요. 어제 야구장에서 느꼈던 그 어마어마한 공포를 다시는 경험하고 싶지 않았어요. 정말이지 말로는 도저히 표현할 수 없는 무서운 공포였거든요. 뭐랄까, 제가 실패자라는 걸 만천하에 낱낱이 드러내는 거라고 해야 할까요? 저 이외의 세상 모든 사람이 저의 그런 무능력한 모습을 보면서 손가락질하고 욕할 것만 같은 그런 기분이랄까요? 도대체 이 세상에서 하등의 가치라고는 없는 쓸모없는 벌레로 취급될 것만 같은 그런 기분이었어요. 그래서 온종일 그냥 집 근처 PC방에 가서 놀다가 다시 부모님 집으로 갔어요. 부모님은 그제야 저에게 무슨 일이 일어났다는 걸 눈치채셨어요. 저는 솔직하게 말씀드렸어요. 야구를 그만두고 싶다고 말이죠. 선배들의 폭력이나 입스 같은 이야기는 입 밖에도 꺼내지 않았고요. 그랬더니 아버지께서 놀랍게도 이렇게 말씀하시더라고요. 지금까지 제가 좋아서 야구를 하는 줄 알았는데, 사실은 그게 아니었다는 걸 이제야 깨달으셨다고 말이죠. 아버지는 저에게 미안하다고 하셨어요. 어머니도 비슷한 말씀을 하셨고요. 처음에는 엄청나게 혼날 줄 알았는데, 부모님의 그런 의외의 반응을 보니까 오히려 마음이 후련해지더라고요. 고맙기도 하고요. 아버지는 제가 야구를 그만둬도 어떻게든 살아갈 수 있을 거라고 용기를 주셨어요."

"좋으신 분들이네요."

"네, 저도 그렇게 생각해요. 제가 복 받은 거죠. 그런데 아버지가 한 가지 조건을 내걸었어요. 야구를 그만두겠다는 결정은 제가 직접 야구부원들과 감독님에게 말해야 한다고 말이죠. 그런데 그건 제가 직접 할 수 있을 것 같았어요. 펑고 훈련에서 1루로 공을 던지는 건 죽기보다도 힘들었지만, 그 정도 이야기를 하는 건 얼마든지 할 수 있을 것 같았어요. 그렇지만 마지막 한 방울의 자존심은 남아 있어서, 제가 실력이 부족하다거나 입스가 와서 야구를 그만두는 것처럼 보이고 싶지는 않았어요. 그래서 다음 날 아침 야구부 숙소에 찾아가 선배들이 모여 있는 자리에서 그동안의 체벌과 폭력에 대해 크게 항의했어요. 일부러 큰 소리를 내고 기물을 집어 던지면서 소란을 피웠죠. 그 모습을 보고 깜짝 놀란 제 친구가 처음에는 저를 말리려고 하더라고요. 그런데 어느 순간 이 친구도 선배들의 강압적인 분위기에 말려 욱해서는 선배 한 명의 가슴을 머리로 들이박더라고요. 저도 이때다 싶어 선배들에게 몸을 날렸죠. 그래서 잠시 주먹다짐이 일어났고, 코치님이 와서야 상황이 정리됐어요. 아무튼 그 일로 저랑 그 친구는 학교 폭력으로 징계를 받았어요. 학교에서는 우리가 선배들로부터 폭력을 당해왔다는 걸 알고 있으면서도 저희에게만 징계를 내리더라고요. 다행히 근신 처분이라서 심각한 건 아니었지만, 덕분에 저랑 제 친구는 야구부를 그만둘 좋은 핑곗거리가 생긴 셈이었죠. 그걸로 끝! 선수로서 저의 야구 인생은 그렇게 모두 끝이 났습니다."

할머니의 야구공

휙, 픽.

윤경은 갑자기 날아온 공을 당황하는 기색도 없이 잡아냈다.

"그러면 그 친구는 어떻게 됐어요? 같이 선배들을 들이받았던 그 친구분이요."

휙, 픽.

"한국야구협회에서 기록원으로 일하고 있어요."

휙, 픽.

"기록원이요?"

휙, 픽.

석현은 이번에도 잠시 동작을 멈추고 조금은 구구절절한 사연을 이야기하기 시작했다.

"이 친구도 원래 저처럼 야구장 쪽은 아예 쳐다보지도 않을 생각이었어요. 심지어 선배들도 마주치기 싫다면서 학교도 자퇴하고 고등학교는 검정고시를 쳐서 졸업했어요. 그리고 겨우 수도권에 있는 대학교에 들어가긴 했는데, 저처럼 공부에는 별다른 재주가 없었어요. 그래도 그냥저냥 군대도 다녀오고 어떻게 졸업하긴 했는데, 취직을 할 수가 없었어요. 그냥 1~2년 정도 이런저런 아르바이트를 전전했었죠. 그러다 어느 날 우연히 야구 기록원 양성 아카데미에서 수강생을 모집한다는 공고를 발견했어요. 그 공고문을 본 이 친구는 바로 이거라고 생각했대요. 야구에 대해서는 일반인들보다 훨씬 더 잘 알고 또 좋아하니깐 잘할 수 있을 것 같았대요. 그렇게 아카데미에 등록하고 3개월 정도 다녔나? 자기가 20명 정도 되는 수강생 중에서 최상위권이었대요. 그 말이 진짜인지는 모르겠지만, 자기 말로는 1등으로 수료했대요. 어쨌든 아카데미에서 이 친구에게 추천서를 써주었고, 결국 몇 달 있다가 야구협회의 기록원으로 특별채용 됐어요. 이제는 시즌이 되면 거의 매일 전국의 야구장을 정신없이 바쁘게 돌아다니는데, 그래도 재미있게 사는 것 같더라고요."

휙, 퍽.

"다행이네요."

휙, 퍽.

"뭐가 다행이에요?"

휙, 퍽.

"두 분 다 야구를 사랑하는 것 같은데, 그런 야구를 편한 친구로 받아들인 것 같아서요. 이렇게 평소에도 캐치볼을 하는 걸 보면 그런 마음이 느껴져요."

휙, 퍽.

"듣고 보니 그런 것 같네요."

휙, 퍽.

"지금도 제가 받기 편하라고 이렇게 일부러 부드럽고 정확하게 던져주시는 거죠?"

휙, 퍽.

"아, 그런 게 느껴지시는구나. 이건 캐치볼이잖아요. 저는 캐치볼이 야구공을 매개로 나누는 일종의 대화라고 생각해요. 가는 말이 고와야 오는 말이 곱듯이, 캐치볼 역시 제가 상대방에게 부드럽게 말을 건네면 상대방도 저에게 친절한 말로 되돌려 준다고 생각해요. 실제로도 사람들과 캐치볼을 해보면 그 사람의 성격을 대충 짐작할 수 있어요. 아무리 캐치볼이라고 해도 서로의 리듬에 맞춰 대화가 즐겁게 진행되는 사람들이 있고, 반면에 일방적으로 자기 말만 하고 상대 말은 제대로 듣지 않으려는 사람도 있어요."

할머니의 야구공

휙, 퍽.

"흠. 그럼 지금 우리는 대화가 서로 잘되고 있는 건가요?"

휙, 퍽.

"더할 나위 없이요."

휙, 퍽.

그렇게 두 사람은 한참이나 서로 열심히 야구공을 주고받았다. 그러다 어느 순간 운동장 옆의 벤치에 앉아 있던 미선이 자리에서 일어나 두 사람을 부르며 손을 흔들었다. 두 사람이 동시에 돌아보자 미선은 자신의 손목시계를 가리켰다. 어느덧 약속했던 인터뷰 시각이 다가오고 있었다.

간몬터널 개통 소식

1952년(쇼와 27년) 공사가 재개된 간몬국도터널^{関門国道トンネル}이 마침내 오늘 1958년(쇼와 33년) 3월 9일 개통되었습니다. 본래 더 일찍 완공될 예정이었던 간몬국도터널은 전쟁의 발발로 인하여 자금이 부족해진 데다 자재와 노동력 공급까지 제한되면서 결국 1945년(쇼와 20년) 6월 공사가 전면 중단되었습니다. 종전 이후에도 높은 물가와 임금 급등으로 인하여 적정한 예산을 편성하지 못하면서 공사의 진행은 지지부진했고, 터널은 전쟁 전에 시굴^{試掘}해 놓은 상태로 머물러 있었습니다. 그러다 1952년 도로정비특별조치법^{道路整備特別措置法}에 의하여 유료 도로로 건설한다는 방침이 정해지면서 전격적으로 공사가 재개되었습니다. 그리하여 약 57억 엔^円이라는 막대한 비용이 투입되었고, 처음 시굴이 이루어진 이후 무려 20년 만에 혼슈와 규슈를 연결하는 최초의 도로가 완성되었습니다. 본 터널은 해저 약 58미터 위치에 2층 구조로 건설된 아주 독특한 형태입니다. 루프쉴드^{ルーフシールド}라는 특수한 공법으로 건설되어 튜브^{チューブ} 형태를 취하고 있는 이 터널의 위층에는 폭 7.5미터의 2차선 자동차 도로가 조성되었고 아래층에는 폭 3.85미터의 인도가 갖춰져 있습니다. 해저부의 길이는 총 750미터입니다. 터널의 자동차도로는 혼슈와 규슈 방면의 국도에서 곧장 진입할 수 있으며, 인도는 혼슈의 시모노세키^{下関}와 규슈의 모지^{門司}에 설치된 엘리베이터를 이용하여 내려갈 수 있습니다. 이날 터널의 공식 개통 행사에는 수많은 관광객이 몰려들어 해저 산책이라는 진귀한 경험을 즐겼습니다.

NHK 야마구치방송국^{山口放送局}, 1958년 3월 9일

11

10시 정각에 맞춰 도서관 현관에 대기하고 있으니, 공원 쪽에서 청바지와 하얀색 운동화에 카키색 캐주얼 재킷을 입고 오른쪽 어깨에 백팩을 멘 남성이 도서관으로 걸어왔다. 나이는 40대 중반 정도로 보였는데 우람한 체격은 아니었지만, 군살 없이 날씬한 몸매였고 움직임도 가벼웠다. 윤경은 그가 인터뷰하기로 약속한 기타노 유키오 작가라는 걸 직감했다. 그리고 그 남자도 입구 옆에서 기다리고 있던 윤경 일행을 단번에 알아보았다. 그들은 그렇게 현관문 앞에서 서로 인사를 나누며 명함을 주고받았다. 기타노 작가에게서는 별다른 경계심이나 적의 같은 것이 느껴지지 않았다.

기타노 작가는 일행을 도서관 안쪽으로 안내했다. 도서관 입구에 들어서자 안내데스크가 마련되어 있었는데, 기타노 작가가 거기에 앉아 있는 직원과 스스럼없이 자연스럽게 이야기를 나누었다. 그들의 대화를 곁에서 듣고 있던 미선이 그 내용을 윤경에게 설명해 주었다.

"작가님이 회의실에서 한국에서 온 촬영팀과 인터뷰를 진행할 거라고 안내 직원에게 설명해 주고 계세요."

윤경은 기타노 작가가 건넨 명함을 다시 한번 살펴봤다. 그러자 작가作家라는 타이틀 밑에 조그만 글씨로 '門司図書館運営委員'이라는 한자도 적혀 있었다. 그는 이 소박한 도서관의 운영위원이기도 했던 것이다.

'아, 그래서 이곳으로 오라고 했구나.'

윤경은 첫인상에서부터 그가 상당히 적극적이며 추진력이 강한 사람이라는 느낌을 받았다. 윤경에게는 고맙게도 기타노 작가는 굳이 자신이 나서지 않아도 될 이런 일까지 모두 처리하면서도 전혀 대가를 바라지도 않았고 그다지 생색을 내지도 않았다. 그는 그렇게 자신이 직접 나서서 적극적으로 일 처리를 하는 것이 몸에 습관처럼 배어 있는 사람이었다. 기타노 작가는 윤경 일행을 2층에 있는 소회의실小会議室로 안내했다. 미선이 기타노 작가와 잠시 이야기를 나누고 있는 사이에 카메라 감독인 석현과 윤경이 부지런히 움직여 촬영을 위한 준비를 마쳤고, 본격적으로 인터뷰가 시작되었다. 윤경은 우선 『그해 여름, 신기루 고시엔』을 집필하게 된 동기를 설명해 달라고 부탁했다.

"저는 원래 야구를 그다지 좋아하는 사람은 아닙니다. 야구는 왠지 계산적이며 속임수에 능한 것 같다고 할까요? 굳이 말하자면 저는 달리기와 자전거를 좋아합니다. 단순하고 솔직하면서도 그야말로 자신의 온전한 육체적 능력을 활용하는 스포츠니까요."

그의 체형이 날렵하고 움직임이 가벼운 데에는 나름의 이유가 있다고 생각하면서 윤경이 다시 물었다.

"그래도 고시엔은 알고 계시지 않았나요?"

"그렇죠. 웬만한 일본 사람이라면 고시엔에 대해서는 어느 정도 알고 있습니다. 프로 리그도 아닌 고등학교 야구 대회를 텔레비전으로 생중계 해주니까 말입니다. 그래서 저도 어릴 적부터 그게 뭔지는 알고 있었

할머니의 야구공

습니다만, 일부러 챙겨보거나 그러진 않았습니다. 그런데 2011년 히가시도쿄東東京 지역 예선에서 불상사가 발생했습니다. 도쿄다이이치고등학교東京第一高等學校와 슈토쇼고고등학교首都商業高等學校 시합에서 벤치 클리어링bench clearing이 벌어진 겁니다."

"벤치 클리어링이요?"

"아, 네. 양 팀 선수들끼리 그라운드로 몰려나와 집단 난투亂鬪가 벌어지는 걸 벤치 클리어링이라고 부르더군요. 저도 그때 그 사건을 접하면서 처음 알게 된 용어입니다. 그런데 야구에서 그런 난투는 종종 벌어지기 때문에 벤치 클리어링이 시작될 때까지만 해도 그다지 심각한 사건은 아니었습니다."

"그런데 이후에 더 심각한 일이 벌어졌나요?"

기타노는 고개를 끄덕이며 말을 이었다.

"네, 관중석에서 시합을 응원하던 두 학교의 학생들이 스탠드의 난간을 넘어 경기장으로 난입하기 시작한 겁니다. 그렇게 그라운드에서 대규모 폭력 사태가 벌어지면서 경기는 중단되었고, 상황은 더욱 걷잡을 수 없이 유혈 사태로 전개되면서 급기야 200명의 시위 진압 경찰이 출동해서야 겨우 현장을 정리할 수 있었습니다. 그리고 두 학교 모두 대회에서 실격 처리됐습니다. 당시 이 사건으로 중경상을 포함해서 무려 29명이 다쳤고 84명의 학생이 체포됐으며 그중에서 폭력 행위를 주도한 12명의 학생이 기소됐습니다. 아주 충격적인 사건이었죠. 야구에 대한 순수한 열정과 아마추어 정신으로 미화되는 어린 학생들이 그런 끔찍한 난투극을 벌였다는 것에 많은 사람이 믿을 수 없었습니다."

기타노가 다시 한번 호흡을 가다듬은 뒤에 설명을 이었다.

"그걸 보면서 역사 연구자인 저는 개인적으로 궁금했습니다. 고교 야구 역사에서 이런 난투극을 벌였던 사례가 또 있었는지 알고 싶었죠. 그래서 자료를 찾아보았어요. 그랬더니 아주 드물기는 했지만 과거에도 그런 사례가 몇 번 있었다는 사실을 발견했습니다. 1969년 고시엔 대회의 나가노^{長野} 예선에서도 양 팀 선수와 관중들이 그라운드에서 난투를 벌이는 바람에 30분 동안 경기가 중단되면서 경찰이 출동하는 사건이 있었습니다. 그리고 1941년에는 특이하게도 조선의 지역 예선에서도 비슷한 사건이 있었다는 걸 발견했습니다."

1941년의 조선이라는 단어를 듣자마자 윤경의 몸이 움찔하며 반응했다.

"조선이요?"

윤경은 적잖이 놀라는 표정을 지으며 물었지만, 기타노 작가는 그다지 동요하지 않고 답변을 이어갔다.

"네, 그렇습니다. 경상남도 영산에서 일어났던 일이었습니다."

경상남도 영산이라는 말에 이번에는 윤경의 머릿속에서 찌릿한 전류가 흐르는 것 같았다.

"영산이라고요?"

"네, 맞습니다. 그런데 그 사건은 그라운드에서 벌어진 난투가 아니었습니다. 1941년에는 야구장에서 일어났던 갈등이 빌미가 돼서 야구장 밖에서 사건이 벌어졌습니다. 당시 부산제일과 영산상업이 고시엔의 조선 예선 최종전에서 맞붙었는데, 부산제일이 완패를 당합니다. 그런데 패배에 굴욕감을 느끼고 앙심을 품은 부산제일의 일부 선수가 밤중에 몰래 영산상업의 야구부 합숙소를 습격해서 집단 린치^{lynch}를 가한 겁니다. 폭력을 휘두른 거죠. 그 일로 인해 영산상업 야구부원이 여러 명 다쳤다고 합니다. 그런 사건이 있었다는 사실은 저도 당시 조선의 신문을 찾아보고 알게 된 겁니다."

영산상업이 연관되었다는 사실에 윤경은 갑자기 마음이 무거워졌다. 당시의 선수들이 많이 다치지는 않았는지 걱정됐다. 특히 영산상업의 에이스 투수가 무사했는지 알고 싶었다. 그녀는 그런 궁금증을 겨우 억누르며 계속해서 기타노 작가에게 질문을 던졌다.

"그래서 어떻게 됐나요?"

"다음 날 아침에 이 사건을 신고받은 경찰이 수사에 나서 주동자들을 체포했습니다. 그런데 오전에 연행된 학생들이 전부 그날 오후에 훈방 조치되며 석방됐습니다."

"이유가 뭐죠?"

"전부 일본인 학생이었거든요. 피해 학생은 모두 조선인이었고요. 일본 경찰이 청소년 사이에 벌어질 수 있는 흔한 다툼이라고 판단해서 주의 처분만 하고 내보낸 겁니다."

윤경은 말문이 막혀 잠시 아무런 이야기도 할 수 없었다. 기타노 작가가 설명을 이어갔다.

"그런데 관련 문헌을 조사하다가 우연히 발견한 사실인데, 그 전년도에는 인근의 부산에서 심각한 사건이 있었습니다."

"심각한 사건이라고요?"

"네, 1940년 11월에 부산의 조선인 학생들이 대규모 시위를 벌였습니다. 당시에 부산의 고등학생들이 경남 지역의 일본군 위수사령관衛戍司令官이었던 노다이 켄지乃台兼治 육군 대좌의 관사로 몰려가서 가옥을 파괴하고 심지어 노다이 대좌를 집단 폭행하기까지 했습니다."

"왜 그랬던 거죠?"

"이 사건의 계기도 운동 경기였습니다. 당시 부산공설운동장에서 경남학도전력증강국방경기대회魔南学徒戦力増強国防競技大会가 개최되었는데 이건 일종의 학교 대항 체육 대회였습니다. 그런데 이 대회에서 주최 측이 일본인 학교들에 심한 편파 판정을 내려서 결국엔 일본계 고등학교가 우승을 차지합니다. 그러자 이에 격분한 조선의 고등학교 학생들이 대규모 시위를 일으켰습니다. 듣기로는 시위대의 규모가 1,000명을 넘었다고 합니다."

"그런데 육군 대좌의 관사는 왜 쳐들어간 거죠?"

"노다이 대좌가 이 대회의 심판위원장이었거든요. 대회를 주최한 일인장교단日人將校団의 일원이었습니다."

"그래서 어떻게 됐나요?"

"200명이 넘는 조선인 학생이 경찰에 체포됐습니다. 그중에서 시위를 주도한 15명이 구속되었고, 14명이 실형을 선고받았습니다. 그리고 시위에 참여한 학생 수십 명이 각자 소속된 학교에서 퇴학이나 정학 등의 징계를 받았습니다."

윤경은 잠시 아무런 말도 할 수 없었다. 사실 그녀는 적잖은 충격을 받았다. 한국 사람인 그녀도 처음 듣는 이야기였기 때문이다. 윤경은 천천히 심호흡하며 겨우 마음을 가다듬었다. 그리고 다시 일상적인 어조로 인터뷰를 계속 이어 나갔다.

"다시 야구 이야기로 돌아가 보겠습니다. 그러니까 고등학생 야구 선수들의 난투극 덕분에 선생님이 전쟁 시기의 고시엔 대회에까지 관심을 가지게 된 거군요?"

기타노 작가는 담담한 표정으로 대답했다.

"맞습니다. 그런데 당시 기록을 보면서 저는 고시엔 대회에 조선의 학교들이 출전했다는 점이 신선한 충격으로 다가왔습니다. 상당히 흥미로웠습니다. 그러다 저는 문득 이런 생각이 들었습니다. '고시엔 대회에 식민지 조선이 출전했다면, 다른 식민지들도 출전하지 않았을까?' 하고 말입니다. 그래서 좀 더 관련 기록을 찾아보았습니다. 그랬더니 제 추측이 맞았습니다. 고시엔 대회에는 조선은 물론이고 대만과 만주의 고등학교들도 출전했다는 사실을 확인한 겁니다. 그러자 저의 관심은 더욱 커졌습니다. 그 시기가 역사적으로는 상당히 암울한 시대였을지 모르지만, 야구라는 소재가 접목되면 연구적인 측면에서 매우 흥미로운 소재라고 판단했습니다. '야구에 목숨을 걸었던 소년들은 과연 전시 총동원 시기에 무엇을 했을까'라는 주제로 말입니다. '식민지 소년들은 야구를 계속했을까, 아니면 야구를 계속할 수는 있었을까, 고시엔 대회는 어떻게 진행됐을까'와 같은 질문이 끊임없이 떠올랐습니다. 그런 질문들에 대한 답안을 찾는 것만으로도 충분히 책 한 권을 저술할 수 있을 것 같았습니다. 그래서 본격적으로 이곳 도서관에 틀어박혀 관련 자료와 서적들을 파헤치기 시작했습니다. 그 결과물이 바로 『그해 여름, 신기루 고시엔』입니다."

고시엔에 관한 책을 쓴 이유에 대해 충분히 들었다고 판단한 윤경은 이제 다음 주제로 넘어가기 위해서 다른 화두를 꺼냈다. 이번 질문은 마치 그녀가 작가에게 던지는 회심의 직구 같은 것이었다.

"혹시 오우치 히데오 선수에 대해 알고 계십니까?"

기타노는 잠시의 머뭇거림도 없이 대답했다.

"알고 있습니다. 아까 말씀드렸던 영산상업의 투수이지 않습니까?"

"네, 맞습니다. 저희는 사실 오우치 히데오 선수를 중심으로 조선인 고교생들이 고시엔에 출전했던 이야기를 취재하고 있습니다. 혹시 그 선수에 대해 특별히 기억나는 사항은 없으신가요?"

기타노는 잠시 무언가를 생각하는 표정을 지으며 대답했다.

"몇 가지 떠오르는 게 있습니다."

"어떤 건가요?"

"우선 오우치 선수는 전쟁으로 중단되기 전 마지막으로 개최된 제26회 고시엔 대회에서 전체 참가선수단 대표로 선서를 했습니다. 그리고 영산상업은 개회식에 이어 진행된 공식 개막전에 나섰는데, 오우치가 그 시합에 선발 투수로 출장했습니다. 카이소중학海草中学과 영산상업의 대결이었죠."

오우치 히데오가 선수단 대표로 히로히토 앞에서 선서했다는 사실은 윤경도 이미 알고 있는 내용이었다. 그런데 기타노 작가가 굳이 개막전을 언급한 이유는 알 수 없었다.

"공식 개막전에 나선 게 왜 특별히 여겨지는 건가요?"

"그 경기가 텐란지아이天覽試合였거든요."

"텐란지아이요?"

"천황天皇이 직접 관람觀覽하는 무도나 스포츠 경기를 텐란지아이라고 부릅니다."

윤경은 고개를 끄덕이며 텐란지아이라는 단어를 취재 노트에 적었다. 그리고 윤경은 그 단어를 통해 히로히토가 그해 고시엔의 개회식은 물론이고 이어서 진행된 개막전까지 관전했음을 알 수 있었다. 기타노의 설명이 이어졌다.

"그런데 정확한 기록은 남아 있지 않지만, 당시 대회 실무자의 증언에 의하면 쇼와昭和 천황이 카이소중학과 영산상업의 시합을 직접 보고 싶어 했다고 합니다."

그러자 윤경은 뭔가 서늘한 느낌이 들었다.

"히로히토가요?"

"네. 그런데 마침 이러한 주장을 뒷받침하는 간접적인 근거가 하나 있습니다."

"어떤 건가요?"

"시합 일정이 갑자기 바뀐 겁니다. 당초 카이소중학과 영산상업의 경기는 원래 대회 이틀째인 8월 13일 오전 9시에 시작하는 걸로 예정되어 있었습니다. 그런데 두 학교의 대결이 대회 시작 며칠 전에 갑자기 12일 오후 2시에 시작하는 공식 개막전으로 일정이 바뀌었습니다. 원래 예정되어 있던 개막전과 서로 일정을 맞바꾼 겁니다."

"그건 조금 이상하네요."

기타노가 고개를 끄덕이며 말을 이었다.

"그래서 이번에는 혹시나 하고 천황의 당시 일정을 조사해 봤습니다. 일본에서는 천황이 황거皇居 외부로 행차行幸했을 때에는 그 목적과 내용을 관보官報에 게재하게 되어 있습니다. 그래서 관보에 게재된 기록을 확인해 보니, 쇼와 천황은 1940년 8월 12일에 고시엔의 개회식과 개막전에 참석했고, 다음날인 13일에는 야마구치현山口縣에서 개최된 전국풍어대회全国豊漁大会에 참석했습니다. 그런데 전국풍어대회는 매년 개최되는 행사이고 관례로 천황 내외가 매번 참석해 왔기 때문에 일정을 변경하기가 힘들었을 겁니다."

"그래서 천황이 보고 싶어 하는 시합을 12일 개막전으로 일정을 조정한 거군요."

"저도 그렇게 생각합니다. 대회 주최 측이 가능한 일정에 맞춰서 천황이 보고 싶어 하는 시합을 배치했을 가능성이 있습니다. 그런데 이날의 개회식과 공식 개막전에는 조금은 특이한 일이 몇 가지 있었습니다."

"특이한 일이요?"

"네, 우선은 쇼와 천황이 대단히 이례적인 행동을 했습니다."

"어떤 거였나요?"

"오우치 선수에게 회중시계懷中時計를 선물한 겁니다."

군주제에 익숙하지 않은 윤경은 이번에도 선뜻 납득이 되지 않았다.

"그게 그렇게 이례적인 행동인가요? 한 나라의 국왕이면 자국민에게 무언가를 줄 수도 있는 것 아닌가요?"

기타노는 손가락을 흔들어 보이며 대답했다.

"그렇긴 한데, 이날의 행동이 특이한 이유는 따로 있습니다. 당시 천황이 오우치 선수에게 하사한 선물이 온시노긴토케이恩賜の銀時計라는 은시계였거든요."

"온시노긴토케이?"

"천황이 사람들에게 어떤 물품을 하사하는 걸 온시恩賜라고 부릅니다. 그리고 온시노긴토케이는 천황이 하사하는 은시계였고요. 물론 순은純銀으로 제작된 시계는 아니었지만, 그래도 이 시계는 특별한 사람들에게만 주는 황실의 특별한 하사품御賜品이었습니다."

"어떤 특별한 사람들에게 주는 거였나요?"

"유명 대학을 수석 또는 차석으로 졸업하는 성적 우수자들에게 천황이 포상獎章으로 수여하던 겁니다. 그리고 주로 제국대학이나 사관학교 등의 졸업생들에게만 자격이 주어졌습니다. 당시 졸업생들은 은시계를 하사받는 걸 대단한 명예이자 영광으로 여겼다고 합니다. 그래서 은시계를 하사받은 사람들만 가입할 수 있는 긴토케이구미銀時計組라는 클럽이 창설될 정도였습니다."

"그런데 천황은 왜 일개 식민지의 고등학생에게 그런 걸 선물로 준

건가요?"

"관보의 기록에 의하면 그건 고시엔 개회식에서 그가 선수단 대표로 선서를 한 것에 대한 보답이었다고 합니다. 뭐, 충분히 그럴 수 있다고 생각합니다. 그리고 천황은 스포츠 경기를 관람하면 자신의 앞에서 텐란지아이를 치른 선수들에게 노고에 대한 보답으로 하사품을 나눠주곤 했습니다. 그래서 그날도 개막전이 끝난 뒤에 양 팀 선수들에게 미야게가시_{土産菓子}라는 과자를 나누어줬다고 합니다."

윤경은 고개를 끄덕거리면서 질문을 던졌다.

"조금 특이하긴 하네요. 그러면 그것 말고 또 이상한 건 뭐였나요?"

"쇼와 천황이 갑자기 고시엔을 떠났다는 겁니다. 당시 언론 보도와 주최 측의 증언에 의하면, 원래 천황은 이 경기를 끝까지 관람할 예정이었습니다. 그런데 시합이 한창 진행 중이던 6회에 천황이 갑자기 귀빈석을 떠났다고 합니다."

"무슨 급한 일이 생긴 건가요?"

기타노는 고개를 가로저으며 대답했다.

"관보에는 그냥 6회까지 관람했다고만 기록되어 있기에 자세한 내막은 알 수 없습니다. 다만 예정과 다르게 천황이 너무 일찍 자리를 뜨는 바람에 대회의 고위 관계자들이 다소 황망해 했다는 소문이 있습니다. 그런데 당시 현장 소식을 전하는 언론 보도에 의하면 그날 쇼와 천황이 시합의 내용을 보면서 상당히 불만족스러워했다고 합니다."

"왜 그랬던 거죠?"

"오우치 선수 때문이었어요. 당시 그는 이미 일본 내지에까지 그 실력과 명성이 자자했거든요. 그랬던 오우치가 1회에 물러난 겁니다. 그는 아웃카운트를 단 하나도 잡지 못하고 선제점을 내준 뒤에 내려갔다고 합니다. 결과적으로 이 시합에서는 오우치의 이런 부진 때문에 영산상 업이 3대 0으로 패했습니다. 그래서 쇼와 천황이 그런 시합 내용에 적 잖이 실망해서 6회까지만 보고 자리를 떴다는 소문이 있습니다."

윤경은 문득 호기심이 들었다. 조선을 넘어 일본의 내지에까지 소문 이 자자할 정도로 뛰어난 실력을 가졌던 오우치 히데오가 왜 갑자기 부 진했던 것인지 그 이유를 알고 싶었다. 그녀는 그날의 경기 내용을 자세 히 들여다보고 싶다는 생각이 들었다. 그러나 당시는 1940년이었기 때 문에 시합을 촬영해 놓은 영상 같은 게 남아 있으리라고 기대하기는 힘 들었다. 그런 아쉬움을 속으로 곱씹고 있는데 기타노 작가가 뜻밖의 화 두를 꺼냈다.

"그런데 사실 오우치가 개회식에서 전체 선수단 대표로 선서를 했다 는 사실도 조금 석연치 않은 부분이 있습니다."

"그게 왜 석연치 않은 건가요? 혹시 그가 일본인이 아니라서 그런 건 가요?"

기타노 작가는 고개를 저으면서 대답했다.

"아닙니다. 그가 선수단 대표로 선정된 방식 때문입니다. 참가 선수 대표는 원래 출전 고교의 주장이 모두 모인 자리에서 추첨을 통해 결정 합니다. 그런데 제26회 대회에서는 이례적으로 지명에 의해서 선수 대 표가 결정되었습니다. 그렇게 지명된 선수가 바로 오우치 선수였죠."

윤경은 뭔가 싸늘한 느낌이 들었다.

"어떤 특별한 이유 같은 게 있었나요? 일단은 내선일체內鮮一體를 홍보 하는 데 도움이 되었을 거라고 추측이 됩니다만."

"그런 이유도 당연히 있었을 겁니다. 왜냐면 대회 주최 측이 일부러 조선에서 출전한 영산상업을 지목해서 그 학교의 주장에게 선서를 시

할머니의 야구공

키려고 했기 때문입니다. 그런데 당시 영산상업의 주장은 야나기하라 쇼오키치楊原正吉라는 5학년 선수였습니다. 오우치는 이제 겨우 3학년이었죠. 그래서 주장인 야나기하라 선수가 개회식을 준비하고 있었는데 갑자기 선서를 맡을 대표 선수를 오우치 선수로 교체하라는 지시가 내려왔습니다."

"어디에서 지시가 내려온 거죠?"

기타노는 잠시 머뭇거리며 대답했다.

"당시 대회 관계자의 비공식 증언에 의하면 오우치 선수로 바꾸라고 지시한 사람이 다름 아닌 쇼와 천황이었다고 합니다."

히로히토가 오우치 히데오를 지목했다는 이야기를 미선의 통역으로 전해 듣던 윤경은 마른침을 꿀꺽하고 삼켰다. 기타노가 설명을 계속했다.

"이건 정식 기록으로 남아 있는 내용이 아니라 어디까지나 근거가 불확실한 소문과 증언에 의한 것이긴 합니다만, 당시 쇼와 천황이 영산상업의 선수 명단을 우연히 보더니 그중에서 오우치 히데오의 이름을 가리키면서 이 선수가 대표로 선서를 하는 게 좋겠다고 말했답니다."

"오우치 히데오라는 이름만 보고 그 선수를 지목했다는 건가요?"

기타노는 고개를 끄덕이며 말을 이었다.

"네, 그렇습니다. 그래서 저는 다른 것도 아닌 이름만 보고 지명했다는 이야기가 과연 신빙성이 있는지를 검토해 봤습니다. 우선 저는 쇼와 천황이 아무래도 성씨를 보고 판단했을 것이라는 가설을 세웠습니다. 그래서 혹시나 하고 오우치大內라는 성씨에 대해 조사해 봤습니다. 그런데 조사를 시작한 지 얼마 지나지도 않아 뜻밖에 놀라운 사실을 알 수 있었습니다."

"어떤 사실이었나요?"

"오우치라는 성씨가 백제百濟 왕실의 후손을 자처하는 도래인渡来人 가문이라는 겁니다."

도래인이란 고대에 한반도에서 일본으로 건너간 사람들을 말하는 것이다. 백제가 멸망한 후에 일본으로 건너간 유민遺民들이 존재한다는 이야기는 알고 있었지만, 윤경은 기타노 작가가 말하는 설명의 의도를 선뜻 이해하기 어려웠다.

"그게 왜 놀라운 건지 잘 이해가 되지 않습니다만."

기타노는 의외로 덤덤한 어조로 대답했다.

"일본 황실도 백제와 관련이 있기 때문입니다. 대표적인 사례를 들자면, 교토로 천도遷都하며 헤이안 시대平安時代를 연 간무桓武 천황의 생모가 백제 무령왕武寧王의 후손이라는 기록이 있습니다. 이건 「속일본기續日本紀」라는 일본의 정사正史에 엄연히 기록된 내용이고, 쇼와 천황의 아들이자 현 나루히토德仁 천황의 아버지인 아키히토明仁 상황上皇도 예전에 기자 회견 자리에서 본인의 입으로 그 사실을 직접 언급한 적이 있습니다."

윤경은 기타노의 이야기를 하나하나 차분하게 정리를 해보았다.

"그러니까 현재 일본 황실이 우리 백제 왕실과 연관되어 있다는 말씀인 거죠?"

기타노는 고개를 끄덕이며 대답했다.

"기록으로 보자면 그렇습니다."

"그리고 오우치大内라는 성씨도 백제 왕실의 후손인 거고요."

"오우치 가문의 족보에 그렇게 기록되어 있습니다."

윤경은 비로소 기타노 작가가 하고 싶은 말을 온전히 이해하게 되었다.

"그러니까 히로히토가 자신과 같은 백제 왕실의 성씨를 가진 선수를 지목했다는 건가요?"

할머니의 야구공

기타노는 천천히 고개를 끄덕이며 대답했다.

"네, 제 생각에는 그렇습니다. 그걸 뒷받침하는 객관적인 기록이 없어서 어디까지나 추정에 불과한 것이긴 하지만요. 그렇지만 저의 추정에는 커다란 허점이 존재합니다. 오우치 히데오가 원래 그 선수의 이름이 아니라는 겁니다. 분명히 원래 조선의 이름이 있었을 것이고, 오우치 히데오는 일본식으로 바뀐 이름이기 때문에 그가 백제의 왕실과는 전혀 관계가 없었을 가능성이 큽니다."

그러자 윤경의 머릿속에서 문득 오우치 히데오의 본적^{本籍}에 관한 기억이 떠올랐다. 그가 일본군에 입대하여 복무한 기록에 그의 본적과 주소지가 기록되어 있었기 때문이다. 윤경은 기타노 작가에게 잠시 양해를 구한 뒤 백팩에서 노트북을 꺼냈다. 컴퓨터의 전원이 들어오자 오우치 히데오의 병적전시명부^{兵籍戰時名簿}를 찾아서 열었다. 영남역사문화연구소의 정회성 소장에게 받은 자료를 회사에서 스캔해 놓은 파일이었다. 그걸 보고 자신의 기억이 옳다는 것을 확인한 그녀는 일본어 원본을 스캔한 파일을 열어 기타노 작가에게 보여주었다. 일본어로 작성된 기록이었기에 기타노 작가는 그 내용을 어렵지 않게 파악할 수 있었다.

"일본의 예전 기록이네요? 아, 이 기록은 오우치 히데오의 병적전시명부군요!"

윤경은 고개를 끄덕였다.

"네, 한국의 국가기록원에 보관된 문서입니다."

대답을 마친 윤경은 자신의 휴대전화로 재빨리 오우치 히데오의 본명인 서영웅의 본관^{本貫}에 대한 정보를 찾아보았다. 그러는 동안 기타노 작가는 나직이 감탄사를 뱉어내며 기록을 좀 더 자세히 살펴봤다.

"그런데 그의 본적지가 충청남도 부여라고 적혀 있네요. 부여라면 백제의 유적이 있는 지역 아닌가요?"

윤경은 고개를 끄덕이며 대답했다.

"네, 맞습니다. 백제의 마지막 수도가 있었던 도시죠. 그리고 그의 원래 조선 이름이 서영웅이었는데, 본관도 부여입니다. 부여 서씨였던 거죠. 그리고 제가 지금 찾아보니 부여 서씨도 백제 왕실의 후손이라고 합니다. 어쩌면 오우치 히데오 선수는 진짜 백제 왕실의 후손이었을 가능성도 있을 것 같습니다."

"그랬을 수도 있겠네요. 그런데 오우치 선수가 과연 그런 것까지 감안하고 이름을 바꾼 건지는 잘 모르겠습니다. 그리고 쇼와 천황이 오우치 히데오의 원래 이름과 본관까지 파악하고 그 선수를 지목했을 것 같지는 않습니다."

"그렇겠죠."

윤경도 거기에 동의했다. 그런데 기타노 작가는 병적전시명부를 띄워 놓은 모니터 화면에서 눈을 떼지 않았다. 오히려 스크롤을 아래로 내리며 더욱 뚫어져라 쳐다보기 시작했다. 그러다 그가 상당히 놀라는 표정을 지으며 물었다.

"오우치가 나가사키에서 탈영을 했네요? 결국엔 검거되긴 했지만 말이죠."

"네, 그렇습니다."

윤경이 고개를 끄덕이며 대답했다. 그녀도 오우치 히데오가 탈영했다는 기록을 봤을 때 상당히 의외라고 생각했었다.

"그가 탈영한 이유는 뭔가요? 군대 내에서 가혹 행위 같은 게 있었나요?"

윤경은 고개를 저으며 대답했다.

할머니의 야구공

"아뇨. 그것까지는 저도 잘 모르겠습니다."

기타노는 다시 문서를 정독하며 말을 이었다.

"그런데 탈영을 감행한 날짜가 쇼와 20년 8월 9일인데, 쇼와 20년이면 서기 1945년이잖아요. 그리고 1945년 8월 9일이라면 미국이 히로시마에 이어 일본에 두 번째 원자 폭탄을 투하한 날입니다. 나가사키에 말이죠. 그런데 오우치는 바로 그 당시 나가사키에서 복무하다가 하필이면 원자 폭탄이 투하된 당일 오후에 탈영을 했습니다. 혹시 이것과 탈영 사이에 연관성이 있었나요?"

윤경은 전혀 생각지도 못했던 뜻밖의 지적이었다. 일본군의 문서는 그녀에게 익숙하지 않은 일본식 연호로 기록되어 있었기에 쇼와 20년이 서기 1945년이라는 사실에 대해 깊게 주의를 기울이지 않았던 것이다. 아무튼 기타노 작가의 말대로 1945년 8월 9일 오전에 미국은 나가사키에 원자 폭탄을 투하했고, 하필이면 그날 오후에 오우치 히데오는 나가사키 병영에서 탈주했다. 이는 단순히 우연의 일치로만 치부하고 지나가기에는 석연치 않은 것이었으며, 시기적으로도 상당히 기묘한 일치였다. 기타노 작가의 말대로 두 사건 사이에는 적잖은 개연성이 숨어 있을지도 모른다. 자신의 철저하지 못했던 준비성을 속으로 자책하며 윤경은 고개를 가로저었다.

"그것까지는 아직 확인 못 했습니다."

기타노 작가는 턱을 괸 채로 잠시 생각에 잠겼다. 그리고 윤경은 펼쳐 놓은 취재 노트에 그 내용을 잘 적어 놓았다. 잠시 후 기타노 작가가 말을 이었다.

"이 부분은 반드시 한 번 확인해 보시는 게 좋을 것 같습니다. 저도 별도로 자료를 찾아보도록 하겠습니다."

기타노 작가는 다시 화면을 들여다보며 문서를 좀 더 꼼꼼히 읽었다. 그런데 그가 갑자기 미간을 찌푸리며 고개를 갸우뚱하는 모습이 관찰되었다.

"그런데 사실 이 부분도 쉽게 이해되지 않습니다."

나머지 부분은 윤경도 여러 차례 확인했지만 그녀의 기억에 특별히 이상한 내용은 없었다. 오우치 히데오는 탈영했다가 체포돼서 군사 법원에서 유죄를 선고받아 수감되었고, 일본의 군대가 해체되면서 민간 형무소로 이감된 뒤 만기를 채우고 출소했다. 조금 특이한 사례이긴 하지만, 당시의 정황을 고려하자면 충분히 상식적인 전개라고 이해할 수 있었다. 그래서 윤경이 다시 물었다.

"뭐가 이상한가요?"

"이 당시에 이게 가능한 건지 잘 모르겠어요."

그러면서 그는 더 이상 부연 설명을 하지 않았다. 윤경은 조금 애가 탔지만, 기타노 작가는 아무런 대답도 하지 않고 화면을 들여다보면서 뭔가를 골똘히 생각하는 것처럼 보였다. 그러더니 재킷 안주머니에서 수첩과 볼펜을 꺼내어 그 내용을 꼼꼼히 옮겨 적었다. 그런 다음에는 다시 재킷의 다른 쪽 주머니에서 휴대전화를 꺼내더니 어딘가로 전화를 걸었다. 그렇게 그는 잠시 수화기 건너편의 상대방과 화기애애한 분위기에서 이야기를 나누었다. 통화를 마친 그가 윤경을 바라보며 이렇게 말했다.

"아무래도 이건 제가 직접 현장에 가서 설명해 드리는 게 나을 것 같습니다."

기타노 작가의 발언에 윤경은 깜짝 놀랐다.

"현장이라뇨?"

"가시죠. 이 근방 최고의 절경지로 안내하겠습니다."

그는 자리에서 일어서더니 윤경 일행에게 어서 함께 나가자고 손짓했다. 인터뷰를 진행하고 있었다는 사실은 전혀 개의치 않는 것 같았다. 그런데도 윤경은 그가 안내하는 장소에서 뭔가 중요한 정보를 발견할 수 있으리라는 직감이 들었다.

12

윤경 일행은 기타노 작가를 따라 도서관의 밖으로 나왔다. 미선이 자동차의 운전석에, 그리고 기타노 작가가 보조석에 올라탔고 윤경과 석현은 뒷좌석에 탑승했다. 기타노 작가가 미선에게 그들이 가야 하는 목적지를 알려주었고, 미선은 그곳의 지명을 내비게이션에 입력했다. 곧바로 시동을 걸고 출발한 차는 도서관 뒤쪽에 바로 접한 도로를 따라 북쪽으로 달리기 시작했다. 그리고 국경国境의 긴 터널을 빠져나오자 수국水国이었다. 자동차는 지금 거대한 다리를 따라 바다를 건너고 있었다. 다리의 왼쪽 아래로는 윤경이 몇 시간 전에 일본으로 입국하면서 보았던 카이쿄유메타워Kaikyo Yume Tower가 보였다. 그리고 그들이 건너고 있는 이 다리는 오늘 아침 카이쿄유메타워를 지나면서 저 멀리 보였던 육중한 현수교懸垂橋라는 사실을 깨달았다. 운전석 옆자리에 앉은 기타노 작가가 이렇게 말했다.

"지금 우리는 규슈에서 혼슈로 넘어가고 있습니다. 그리고 눈앞에 보이는 시모노세키에 오늘의 1차 목적지가 있습니다."

기타노 작가는 '1차 목적지'라고 말했다. 그것은 분명히 다른 방문지가 더 있다는 의미였다. 현수교를 건너 혼슈에 무사히 안착한 자동차는 왼쪽 차선으로 이동해 출구^{出口}라고 표시된 도로를 따라 내려갔다. 요금소를 빠져나와 시모노세키 시내를 통과하자 다소 가파른 산길이 이어졌다. 도로 위에는 다른 차량도 없었다. 그렇게 구불구불하게 이어진 길을 따라 한참을 계속 올라가니 마치 흙을 쌓아 올린 토성^{土城}처럼 보이는 주차 타워가 나타났다. 나선형으로 이어진 약간 어둑한 내부의 통로를 따라 올라가자 시야가 탁 트이면서 옥상 주차장이 모습을 드러냈다. 평일이라 그런지 주차장은 한산했고, 미선은 차가 거의 없는 곳에 능숙한 솜씨로 차를 세웠다.

석현이 트렁크에서 카메라를 꺼내는 동안 기타노 작가는 이곳에 온 이유를 간단히 설명했다. 윤경은 DSLR 카메라를 꺼내며 그의 이야기를 들었다.

"이곳은 히노야마^{火ノ山}라는 곳입니다. '불의 산'이라는 이름은 예전에 화산 폭발이 있었기 때문에 붙여진 것이 아니라, 오래전 이곳에 봉수대^{狼煙台}가 있었기 때문입니다. 그런데 제가 여러분을 이곳으로 모셔 온 이유는, 우리가 궁금해하는 미스터리를 풀 수 있는 실마리를 찾기 위해서입니다. 저쪽에 있는 전망대로 가 보시면 저의 의도를 단번에 알아차리실 수 있을 겁니다."

카메라 점검을 마친 윤경 일행은 기타노 작가의 안내를 받으며 전망대라고 쓰인 표지판을 따라 계단을 올라갔다. 전망대에 오르자 눈앞에 믿을 수 없는 장관이 드러났다. 말문이 막힐 정도로 멋진 광경이 광활하게 펼쳐져 있었다. 머리 위에는 시퍼렇게 멍이라도 든 게 아닐까 싶을 정도로 파아란 하늘이 드리워져 있었다. 그리고 그 아래에는 마치 에메랄드라도 풀어놓은 듯 연푸른색으로 은은한 빛을 발산하는 바다가 드넓게 펼쳐져 있었다. 그리고 그렇게 시퍼런 하늘과 푸른 바다 사이의 공간을 녹음 가득한 섬들이 채워 이 압도적인 풍광을 완성하고 있었다.

윤경은 아래쪽 풍경을 좀 더 자세히 내려다보았다. 가장 먼저 눈에 들어온 것은 거대한 다리였다. 윤경이 있는 쪽의 육지와 건너편의 땅을 연결하고 있는 회색의 육중한 현수교였다. 윤경은 그 다리가 자신들이 방금 건너온 해상 대교라는 걸 알 수 있었다. 그 다리의 아래로는 컨테이너를 실은 대형 화물선이 바다 건너편에서 왼쪽을 향해 지나가고 있었고, 맞은편으로는 그것보다 규모가 약간 작은 화물선이 오른쪽으로 지나가고 있었다. 주변의 바다에는 많은 배가 그 거대한 다리의 밑을 오가고 있었는데, 자세히 보니 눈에는 보이지 않지만 수면 위에 마치 차선이라도 존재하는 듯 모든 선박이 중앙선을 사이에 두고 우측통행을 하는 것 같았다.

기타노 작가가 윤경 일행을 주목시킨 뒤 본격적으로 설명을 시작했다.

"저쪽 아래로 보이는 곳은 간몬해협關門海峽입니다. 오늘 제가 여러분을 이곳에 모신 이유는 바로 어떤 문장 때문이었습니다."

윤경이 물었다.

"어떤 문장이요?"

"바로 오우치 히데오의 병적전시명부에 적혀 있는 내용입니다."

그는 재킷의 안쪽 주머니에서 수첩을 꺼내더니 아까 도서관에서 메모한 페이지를 들여다보며 그 내용을 읽었다.

"쇼와 20년 8월 12일 오전 8시경 오우치로 추정되는 남성이 후쿠오카현 하카타博多 항구 인근을 배회하던 것을 수상하게 여긴 후쿠오카현 경찰부福岡県警察府 소속의 모 순사巡査가 불심 검문을 시도하자 이에 불응하고 도주하였다."

할머니의 야구공

그는 수첩을 아래로 내리고 바다 건너편의 육지를 가리키며 말했다.

"저쪽 건너편 땅이 바로 후쿠오카현입니다. 하카타 항구는 여기서부터 직선거리로 60킬로미터가 넘는 곳에 있어서 시야에 들어오진 않지만, 아무튼 저쪽 너머에 있습니다. 1945년 8월 12일 아침 이른 시각에 오우치 히데오는 저쪽 너머의 어딘가에 숨어 있었을 겁니다. 군대를 탈영했으니 당연히 그랬을 겁니다. 그런데 이상한 건 바로 그다음 줄에 있는 기록입니다."

기타노 작가는 다시 한번 수첩을 들어 그 내용을 읽었다.

"쇼와 20년 8월 13일 오후 6시경 야마구치현 시모노세키 항구 인근을 서성이던 것을 야마구치연대구山口連隊区 산하 시모노세키헌병대下関憲兵隊에 의해 발각되어 헌병대가 체포를 시도했으나 재차 도주하였다."

윤경도 알고 있는 내용이었다. 기타노 작가가 수첩을 아래로 내리고 설명을 이어갔다.

"지금 우리가 서 있는 이 도시가 바로 야마구치현의 시모노세키입니다. 그리고 저쪽에 보이는 곳이 바로 시모노세키 항구입니다."

기타노 작가가 전망대의 오른쪽에 있는 육지의 끄트머리 쪽을 가리켰다. 아침 일찍 부관페리를 타고 시모노세키 항구에 도착했을 때 눈여겨보았던 대관람차와 카이쿄유메타워가 희미하게 보였다.

"이곳 시모노세키는 혼슈本州에 있고, 눈앞에 보이는 저 너머는 기타큐슈北九州입니다. 규슈九州라는 말이죠."

기타노 작가가 하려는 말의 의도가 무엇인지를 가장 먼저 눈치챈 이는 열심히 통역하던 미선이였다. 일본에서 태어나고 자랐기에 일본에 대한 지리적인 감각이 자연스레 내재해 있었기 때문이다.

"바다를 건너야 하네요!"

기타노가 고개를 끄덕였다.

"맞습니다. 일본에서 세 번째로 큰 섬인 규슈에서 가장 큰 섬인 이곳 혼슈로 건너와야 하는 겁니다. 그래서 오늘의 이야기 주제는 바로 '오우치 히데오는 어떻게 저 바다를 건넜을까'입니다. 그 미스터리를 풀기 위해 제가 오늘 이렇게 여러분을 굳이 여기까지 모셔 온 것입니다. 어쩌면 이 소재 하나만으로도 충분히 60분 분량의 다큐멘터리를 만들 수도 있을 겁니다."

미선은 그 말을 통역하며 살며시 손뼉을 쳤다. 잔뜩 기대하고 있는 표정이었다. 윤경도 뭔가 게임 속에 들어와 있기라도 한 것처럼 살짝 긴장되었다. 기타노가 말을 이었다.

"그렇다면 여러분에게 본격적으로 질문을 하나 드리겠습니다. 오우치 히데오는 1945년 8월 12일부터 13일 사이의 어느 시점엔가 규슈에서 혼슈로 넘어왔습니다. 그렇다면 그는 어떻게 저 바다를 건넜을까요?"

윤경은 어쩐지 뻔한 질문이라고 생각했지만, 그래도 이렇게까지 준비한 기타노 작가의 성의에 보답하기 위해 오른손을 들었다. 기타노 작가는 윤경을 가리키며 답을 해보라는 손짓을 보냈다. 윤경은 저 아래쪽에 내려다보이는 커다란 다리를 가리키며 말했다. 그들이 자동차를 타고 건너온 현수교였다.

"저거 아닌가요? 해상 대교."

기타노 작가는 윤경이 가리킨 곳으로 잠시 고개를 돌렸다가 이내 시선을 거두었다.

"간몬교關門橋! 1973년에 지어진 다리입니다."

기타노 작가는 오답이라고 말하지 않고 윤경이 가리킨 다리의 이름과 완공 시기만을 말했다. 그러자 윤경은 어쩐지 슬그머니 약이 오르며 더더욱 답을 맞히고 싶다는 오기가 생겼다. 때마침 윤경은 아까 아침에 시모노세키에서 기타큐슈의 모지로 건너갈 때 통과했던 터널이 생각났다.

"그럼 간몬터널^{關門トンネル}이 아닐까요? 사실 아까 모지도서관을 찾아갈 때 그곳을 지나갔거든요."

기타노 작가가 고개를 가로저으며 대답했다.

"간몬터널이 개통된 건 1958년입니다. 오우치 히데오가 해협을 건넌 지 무려 13년 뒤의 일이죠."

그런데 그런 기타노 작가의 대답을 통역하는 미선은 어쩐지 연신 싱글벙글한 표정을 짓고 있었다. 왠지 자신은 이미 정답을 알고 있다는 눈치였는데, 윤경은 그 모습을 보니 살짝 약이 올랐다. 그때 문득 윤경은 다음 촬영 일정을 위해 시모노세키에서 오사카로 이동하려고 예약해두었던 신칸센 열차가 떠올랐다. 그들은 신시모노세키역에서 출발할 예정이었지만, 그곳은 신칸센 노선의 시작점이 아니었다. 그들이 타고 갈 열차는 후쿠오카의 하카타역을 기점으로 하는 산요신칸센^{山陽新幹線}이었다. 그렇다면 분명히 해협의 저쪽에서부터 이곳으로 열차 노선이 연결되어 있어야 하는데, 눈앞에 펼쳐진 바다의 그 어디에도 철교^{鐵橋}는 보이지 않았다. 저 바다 어딘가에 비밀의 통로가 있는 게 분명했다. 그렇다면 열차가 지나갈 수 있는 곳은 한 군데밖에 없었다. 윤경은 자신의 추리에 뿌듯해하면서 다시 한번 더 손을 들었다. 기타노가 답을 요청하는 손짓을 했다.

"열차가 지나는 해저 터널이 있을 겁니다."

그러자 미선이 먼저 깜짝 놀랐고 기타노 작가 역시 상당히 놀라는 표정이었다. 작가는 윤경에게 엄지를 추켜세우면서 좀 더 자세한 설명을 요청했고, 윤경은 자신이 추리한 내용을 논리정연하게 설명했다. 기타노 작가는 그 내용을 조용히 고개를 끄덕이면서 듣더니 상당히 진지한 표정으로 윤경에게 말했다.

"우선 피디님의 추론에 상당히 감명받았다는 사실을 말씀드리고 싶습니다. 그렇지만 신칸센 열차가 통과하는 신 간몬터널^{新関門トンネル}은 1975년에 개통했습니다."

기타노 작가의 정중한 태도에도 윤경은 더욱 오기가 생겼다. 그러자 윤경의 두뇌가 저도 모르게 생존모드로 빠르게 가동되기 시작했다.

"잠시만요. 방금 '신 간몬터널'이라고 말씀하셨죠?"

그러자 기타노 작가가 즉시 고개를 끄덕였고 윤경은 곧바로 말을 이었다.

"신^新 간몬터널을 뚫었다는 건 구^舊 간몬터널이 존재한다는 말씀이잖아요!"

그러자 미선이 먼저 화들짝 놀랐다. 그 통역을 듣는 기타노 작가의 표정에서는 그가 윤경의 추론 능력을 감탄하고 있음이 다시 한번 느껴졌다. 기타노 작가가 말을 이었다.

"대단하십니다. 맞습니다. 간몬철도터널^{関門鉄道トンネル}이 있습니다. 지금도 산요혼센^{山陽本線} 열차가 운행되고 있고요."

미선이 윤경을 향해 작은 동작으로 손뼉을 쳤다. 그런데 잠시 흐름을 멈추었던 기타노 작가는 뜻밖의 말을 꺼냈다. 그 소리를 들은 미선은 뭔가 어리둥절한 표정이었다.

"그런데 이 간몬철도터널은 전쟁의 막바지이던 1945년 6월에 파괴되었습니다. 미국의 전략정보국^{戰略情報局}이 비밀리에 자바만^{ザバマン} 프로젝트라는 파괴 공작을 벌여서 폭파했거든요. 그래서 전쟁이 끝나고 일본 정부는 파괴된 이 터널을 복구하기 위해 막대한 비용과 인력을 투입해야

할머니의 야구공

했습니다."

분위기가 가라앉았다. 조용한 적막이 그들의 주위를 감쌌다. 종류를 알 수는 없지만 꾀꼬리라고 생각되는 새의 울음소리가 들렸다. 때마침 더위를 식혀주며 지나가는 바람에 나뭇가지들이 흩날리는 소리도 들렸다. 윤경은 다시 한번 저 아래쪽의 간몬해협을 바라보았다. '바다의 비좁은 길목'이라는 뜻을 가진 해협海峽답게 규슈와 혼슈의 땅이 아주 가까이에서 서로를 마주 보고 있었다. 잘하면 헤엄쳐서 건너갈 수도 있겠다는 생각이 들 정도로 가까운 거리였다. 그런 생각에 이르자 윤경은 조그만 소리로 혼잣말처럼 중얼거렸다.

"헤엄을 쳐서 건널 수 있지 않을까요?"

이야기를 잘 듣지 못한 기타노 작가가 윤경에게 다시 말해달라고 요청했다.

"거리가 꽤 가까워 보이는데, 수영 실력이 좋다면 충분히 헤엄쳐 건널만하다고 생각해요."

이번에도 기타노 작가는 윤경의 직관력을 인정하는 분위기였다. 그는 아래쪽을 가리키며 말했다.

"맞습니다. 저기 보이는 간몬교가 놓여 있는 지점이 규슈와 혼슈 사이에서 가장 가까운 지점입니다. 하야토모노세토早鞆の瀬戸라고 부르는데, 그 거리가 불과 600미터 정도밖에 되지 않습니다. 올림픽 수영의 자유형 종목에 800미터와 1,500미터의 경기가 있다는 사실을 생각해 보세요. 그러니 장거리 수영 선수라면 충분히 도전해 볼 수 있는 거리입니다."

잠시 목을 가다듬은 기타노 작가는 분위기를 바꾸어 말을 이어 나갔다.

"그런데 문제는 간몬해협의 거칠고 강한 조류潮流입니다. 사방이 탁 트인 거친 바다는 마음 놓고 헤엄칠 수 있는 잔잔한 수영장이 아닙니다. 게다가 이곳 간몬해협은 물살이 빠르기로 악명이 높습니다. 하야토모 노세토는 간몬해협에서도 육지 사이의 거리가 가장 가깝기도 하지만, 가장 비좁은 곳이라 물살의 세기가 가장 빠른 곳입니다. 이곳의 조류는 다른 지점보다도 더욱 거칠어서 유속이 때로는 최대 10노트^{knot}, 그러니까 시속 약 18킬로미터를 넘어가기도 합니다. 이 정도의 유속이라면 제아무리 훌륭한 수영 선수라도 조류에 휩쓸려 무기력하게 세토내해^{瀬戸内}^海로 떠내려갈 겁니다."

분위기가 다시 한번 잠잠해졌다. 그런 적막함을 깬 것은 마치 퀴즈쇼의 진행자 역할을 하고 있는 기타노 작가였다.

"그런데 저는 사실 최 피디님의 생각이 전혀 불가능한 것은 아니라고 생각합니다. 타이밍을 잘 맞추기만 한다면 말이죠."

윤경은 귀가 솔깃했다.

"타이밍을 잘 맞춘다는 게 무슨 뜻이죠?"

"간몬해협의 물살이 아주 거칠고 빠른 것은 맞습니다. 그런데 이곳의 조류가 한 방향으로만 흐르지는 않습니다. 이쪽저쪽으로 물의 흐름이 바뀌거든요."

"물의 흐름이 바뀐다고요?"

"네. 간몬해협의 조류는 대략 6시간을 주기로 물의 흐름이 정반대로 뒤바뀝니다. 그 말은 즉, 6시간마다 조류의 속도가 0노트가 되는 때가 찾아온다는 의미입니다."

"물의 흐름이 멈추는 거군요!"

"맞습니다. 거칠게 물살 치는 바닷물이 한순간 잔잔해지는 겁니다. 그때를 잘 맞춘다면 아마추어 수영 선수 수준의 실력으로도 충분히 이곳을 건널 수 있을 겁니다. 문제는 그 시점을 어떻게 알아내느냐 하는 겁니다."

윤경은 왼손으로 이마를 문지르며 말했다.

"그러게요. 이 거대한 바다의 흐름을 어떻게 알 수 있을까요? 위에서 바람에 의해 파도치는 방향과도 다를 테고, 바닷속을 들여다본다고 물의 흐름이 눈으로 보이는 것도 아닐 테고 말이죠."

윤경은 잠시 생각에 잠겼다. 그런데 기타노 작가가 침묵을 깨고 말했다.

"그런데 그걸 눈으로 확인할 수 있는 방법이 있습니다."

작가의 말에 윤경은 조금 놀랐다.

"어떻게 확인할 수 있다는 거죠?"

그는 다시 한번 해협 방향의 아래쪽을 손가락으로 가리키며 말했다.

"혹시 저기 아래에 있는 작은 신호등 같은 거 보이시나요?"

윤경은 작가가 손끝으로 가리키는 방향을 열심히 눈으로 따라가 보았다. 그러자 수풀 사이로 바닷가에 있는 건물의 회색 지붕이 얼핏 보였고, 그 앞으로 어렴풋하게 철탑처럼 생긴 구조물이 보였다. 윤경은 좀 더 자세히 관찰하기 위해 DSLR 카메라를 들어 렌즈를 그곳으로 향하고 줌으로 당겨보았다. 구조물에는 여러 개의 전등이 달려 있었는데, 주기적으로 불빛이 켜졌다 꺼지기를 반복하고 있었다. 그것은 마치 도로 위에서 공사를 할 때 우회하라는 화살표를 깜빡이기 위해 세워놓는 임시 가설물처럼 보였다. 윤경은 셔터를 눌러 그 구조물을 촬영한 뒤 카메라의 LCD 화면에 그 사진을 띄워 기타노 작가에게 보여주며 물었다.

"혹시 이거 말씀하시는 건가요?

기타노 작가는 윤경의 순간적인 재치에 또 한 번 감탄하며 화면을 확인했다.

"네, 맞습니다. 혹시 이게 뭔지 아시겠어요?"

윤경은 첫 번째 들었던 느낌을 그대로 말했다.

"도로 위에서 공사할 때 설치하는 임시 신호등처럼 보여요."

기타노 작가가 엄지를 척 세우며 말했다.

"비슷합니다. 저것의 정체는 바로 조류신호소^{潮流信号所}라는 것입니다."

"조류신호소?"

"네, 정식 명칭은 히노야마시타 조류신호소^{火ノ山下潮流信号所}인데, 일종의 교통 안내판 같은 거라고 보시면 됩니다. 저기 간몬교가 놓인 하야토모노세토의 조류에 대한 정보를 알려주는데, 해류가 흐르는 방향과 속도를 실시간으로 저렇게 점멸등^{点滅灯}으로 표시하는 겁니다. 그래서 하야토모노세토 주변의 선박들은 저걸 확인하면서 안전하게 운항을 할 수 있습니다."

"저쪽 건너편에서도 보일까요?"

"조류의 흐름은 주변의 어선들과 주민들에게도 중요한 정보이기 때문에 건너편에서도 당연히 확인할 수 있게 만들었습니다."

윤경은 문득 한 가지 의문이 들었다.

"그런데 저런 전광판이 1945년에도 있었을까요?"

기타노는 좋은 질문을 던졌다는 표정을 지으며 대답했다.

"없었습니다. 저런 전광판은 말이죠. 그렇다고 조류신호소가 없었다는 건 아닙니다. 이곳 간몬해협에는 메이지^{明治} 시대, 그러니까 정확히 말해서 1909년에 조류신호소가 설치되었습니다. 저기 보이는 것처럼 유속의 숫자까지 보여주는 전광판은 아니었고, 조류의 방향을 알려주기 위해 일종의 표지판을 사용했다고 합니다. 조류의 방향에 따라 네모 또는 동그라미가 그려진 표지판을 세워놓는 겁니다. 그리고 밤에는 전등의 불빛 색깔을 다르게 해서 정보를 알려줬다고 하고요. 그러니까 표지판을 주의해서 지켜보면 조류의 흐름이 바뀌는 순간, 그러니까 유속이 제로가 되는 시점을 알 수 있었겠죠."

윤경은 천천히 고개를 끄덕였다.

"그렇다면 오우치 히데오는 결국 헤엄쳐서 이곳으로 건너왔을까요?"

기타노 작가는 살짝 고개를 저었다.

"그런데 중요한 문제가 더 남아 있습니다. 1945년에 헤엄을 쳐서 이곳 바다를 건너려면 목숨을 걸 정도로 대담함을 갖추고 있어야 했거든요. 설령 그가 대담하게 바닷물에 뛰어들었더라도 일본 육군이 구축한 시모노세키요새^{下関要塞}의 철통같은 감시망을 피하기는 쉽지 않았을 겁니다. 종전 직전 시모노세키요새는 규슈 측에 포대^{砲台} 다섯 곳과 보루^{保塁} 세 곳, 그리고 혼슈 측에는 포대 아홉 곳과 보루 두 곳, 그리고 인근 겐카이나다^{玄界灘} 해역의 섬들에 포대 여섯 곳이 설치되어 있었다고 합니다. 그러니까 당시에 모두 합해서 20개의 포대와 5개의 보루가 이곳 간몬해협에 언제든 대포와 기관총을 쏟아내기 위해서 불철주야 감시하며 대기하고 있었던 겁니다. 다시 말해서 만약 무모하게 바다를 헤엄쳐 건너가려 했다간 일본 육군의 기관총 세례를 받아 세토내해의 물고기 밥이 되었을 겁니다."

윤경은 기타노 작가가 기타큐슈를 중심으로 활동하는 역사학자답게 이 지역에 대한 배경지식이 매우 탄탄하다는 사실을 알 수 있었다. 그렇지만 여전히 궁금증은 해소되지 않았고 오히려 더 미궁으로 빨려 들어가는 느낌이었다. 도대체 오우치 히데오는 이 바다를 어떻게 건넜던 것일까? 윤경은 설마 그가 예수님처럼 물 위를 걷지는 않았으리라고 생각했다. 그러자 오히려 문득 그가 정말로 바다 위를 건넜을지도 모른다는 생각이 들었다. 예수님처럼 두 발로 걸어서는 아니고, 그가 배를 타고 건넜을 가능성은 아직 남아 있었다. 윤경은 기타노 작가에게 그런 자신의 생각을 말했다.

"배를 타고 건넜던 건 아닐까요?"

이번에도 기타노 작가는 그런 답변을 예상했다는 듯 곧바로 대답했다.

"그 역시 힘들었을 겁니다. 왜냐하면 당시에 인근 해역이 미국 공군의 폭격기와 해군의 잠수함에 의해 거의 완벽하게 봉쇄되어 있었기 때문입니다. 수중에도 기뢰機雷가 잔뜩 설치되어 있었기에 비교적 수심이 얕은 이곳에서는 그 위를 스치기만 해도 기뢰가 터졌을 겁니다. 그러니까 배를 통해 이곳을 건너는 건 자살행위나 다름없었습니다. 당시 미군의 B29 폭격기가 일본의 근해에 투하한 기뢰만 해도 약 1만 1,000개로 추정되는데, 그중에서도 거의 절반에 가까운 5,000개를 바로 이곳 간몬해협에 집중해 투하했습니다. 그만큼 이곳은 선박을 운항하기에는 극도로 위험천만한 곳이었습니다. 실제로 종전 직전까지 미군이 투하한 기뢰 때문에 일본 측에서는 모두 113척의 배가 침몰당하였습니다. 기뢰로 인한 문제가 어찌나 심각한지, 종전 후 일본 해상자위대가 기뢰를 제거하는 작업을 꾸준히 벌여왔지만, 아직도 약 1,700개의 기뢰는 처리되지 못했다고 합니다. 더군다나 이곳에는 아까 말씀드렸던 시모노세키요새의 삼엄한 감시망도 작동하고 있었던 상황입니다. 그런 상황에서 수배령이 떨어진 탈영병이 태연하게 배를 타고 이곳 해협을 건널 수는 없었을 겁니다."

다시 모두 깊은 침묵에 빠졌다. 아무리 따져보아도 이 의문의 미스터리는 풀릴 기미가 보이지 않았다. 그런데 그때 갑자기 통역을 하던 미선이 손을 번쩍 들더니 이렇게 말했다.

할머니의 야구공

"터널이 하나 더 있어요!"

기타노 작가가 미선을 향해 두 손의 엄지를 척 펼쳐 보였다. 그러자 미선이 의기양양한 표정으로 한국인 일행에게 설명했다.

"간몬터널 밑에 사람이 걸어서 건널 수 있는 인도 터널이 있어요! 예전에 방송에 나오는 걸 보면서 신기하게 생각했던 기억이 나요! 혼슈에서 규슈까지 바다 밑으로 걸어갈 수 있다니, 엄청 신기하지 않아요?"

그녀가 이 내용을 다시 기타노에게 일본어로 전했다. 그러자 이번에도 기타노 작가는 그런 질문을 예상했다는 듯이 다소 무덤덤하게 대답했다. 미선은 약간 풀이 죽은 표정으로 다시 그의 설명을 통역했다.

"간몬터널인도關門トンネル人道입니다. 미선 씨 말처럼 사람이 직접 걸어 다닐 수 있는 인도 터널입니다. 그런데 그 인도 터널은 사실 간몬터널과 2층 구조로 함께 만든 쌍둥이 터널입니다. 위층은 자동차가 다니는 도로 터널이고, 아래층은 사람이 직접 걸어 다닐 수 있는 인도 터널인 거죠. 그러니까 그 인도 터널이 개통된 시기도 도로 터널과 마찬가지로 1958년입니다. 역시나 오우치 히데오가 해협을 건넌 지 무려 13년 뒤의 일이란 말입니다."

도저히 해답이 보이지 않았다. 그렇게 한동안 모두가 말이 없었다. 때마침 뒤쪽에서 웅성거리는 소리가 들렸다. 주차장 반대편에서 한 무리의 사람이 깃발을 든 여성의 설명을 들으며 가장 전망 좋은 이곳을 향해 떼를 지어 걸어오고 있었다. 기타노 작가는 마치 기다렸다는 듯 일행에게 말을 건넸다.

"그래서 이제 제가 생각하는 마지막 가능성을 여러분에게 보여드리고 싶습니다. 저의 견해가 과연 말이 되는지를 여러분이 함께 이동해서 직접 눈으로 확인해 보시기 바랍니다."

그는 그렇게 주차장으로 걸어가기 시작했고 나머지 일행도 터벅터벅 그를 따라갔다. 그들이 비우고 떠난 자리는 이제 가이드의 안내를 받는 단체 여행객이 차지했다. 예상했던 대로 모두 감탄과 환호성을 터트리면서 너도나도 카메라를 꺼내 드는 모습이 보였다. 윤경 일행이 탑승한 자동차는 주차장을 출발하여 부드럽게 미끄러지기 시작했고, 그들은 마치 놀이기구를 타듯 춤을 추면서 구불구불한 산비탈을 내려갔다.

할머니의 야구공

야마타니연못山谷堤池에서 구식 소총 발견

기록적인 가뭄으로 바닥을 드러낸 연못의 바닥에서 오래된 소총이 발견되어 경찰이 조사에 나섰다. 규슈 전역이 금년 들어 극심한 가뭄으로 고통받는 가운데, 사가현佐賀県 니시마쓰우라군西松浦郡 아리타초有田町에 있는 야마타니연못山谷堤池도 지난 7월 27일 거의 바닥을 드러내고 있었다. 그런데 이 마을의 어느 주민이 물기가 거의 없는 연못의 한가운데에 총기로 보이는 수상한 물체가 수직으로 꽂혀 있는 걸 발견하고는 곧바로 경찰에 신고했다. 이에 신고를 받고 출동한 경찰이 해당 총기를 수거하고 현장 주변을 조사했으나 특별히 수상한 점은 발견하지 못했다. 당시 현장에 출동했던 경찰의 말에 따르면 해당 총기는 전쟁 당시 육군과 해군에서 제식용으로 지급하던 종류의 소총이라고 하는데, 현장에서 발견된 소총은 노리쇠 뭉치가 제거되어 있어 특별한 위험은 없었다고 한다. 경찰의 또 다른 관계자는 익명을 조건으로, 전쟁이 끝난 뒤에 일본군이 무장해제를 당하는 과정에서 일부 무기를 그렇게 미즈니나가스水に流す 하면서 스스로 자신의 과거를 청산하는 경우가 종종 있었다고 덧붙였다. 경찰은 이 총기에 공안 관련 혐의가 없는 것으로 최종 확인되면 곧바로 폐기할 예정이다.

『사가매일신보佐賀毎日新報』, 헤이세이平成 6년* 7월 28일

---

* 1994년.

13

기타노 작가는 거대한 간몬교를 떠받치고 있는 육중한 기둥 근처에 있는 어느 건물의 노상 주차장에 차를 세워달라고 미선에게 부탁했다. 석현이 카메라를 내리는 사이 윤경은 건물을 살펴보았다. 4층 정도 되는 건물 입구의 빨간색 현관 위에는 흰색 바탕에 파란색 글씨의 간판이 설치되어 있었다. 간판의 맨 위에는 '関門トンネル人道入口'라는 글자가 적혀 있었고, 그 밑에는 '간몬터널 인도 입구'라는 한글 안내 문구도 표기되어 있었다. 아무래도 기타노 작가는 일행을 이곳으로 데려가려는 것으로 보였는데, 윤경은 그 의도가 궁금했다.

"그런데 아까 간몬터널은 1958년에 개통됐다고 하지 않으셨어요?"

기타노 작가는 재킷의 안주머니에서 휴대전화를 꺼내며 대답했다.

"네, 맞습니다. 그런데 사실 그건 정식으로 개통된 시기가 1958년이라는 거지, 터널이 뚫린 게 1958년이라는 말은 아닙니다."

그의 대답은 윤경을 더욱 아리송하게 만들었다.

"그게 무슨 말이죠?"

"터널이 이미 뚫려 있었다는 말입니다."

할머니의 야구공

그러더니 기타노는 휴대전화로 누군가에게 전화를 걸었다. 그리고 잠시 통화를 나눈 뒤 전화를 끊고는 대답을 이었다.

　　"이 터널은 그 전에 이미 뚫려 있었습니다. 그것도 1944년에 말이죠."

　　그가 대답을 마치는 것과 동시에 '간몬터널 인도 입구'라는 간판 아래로 통통한 체격의 남성이 손을 흔들며 나타났다. 30대 중후반 정도로 보이는 나이에 안경을 쓰고 작업복 점퍼와 안전모를 쓴 차림이었는데, 한 손에는 여러 개의 안전모를 주렁주렁 들고 있었다. 그 남자는 우선 기타노 작가와 떠들썩하게 인사를 나누었는데, 윤경은 기타노가 아까 도서관에서 전화를 걸었던 사람이 바로 저 남자임을 알 수 있었다. 그는 기타노 작가의 소개를 받아 윤경 일행과도 인사를 나누었다. 윤경이 받아 든 명함에 의하면 그의 소속과 직함은 '서일본도로공사西日本道路公社 시설1과장施設一科長'이었고 이름은 '大野和宏'라고 적혀 있었다. 그리고 윤경은 그가 자신을 소개할 때 '오노 카즈히로'라고 말하는 것을 들을 수 있었다. 서로 다른 언어로 인사말을 나누었을 뿐이었는데도 윤경은 오노 과장이 상당히 유쾌한 사람임을 알 수 있었다. 오노 과장은 일행에게 손에 주렁주렁 들려 있던 안전모를 하나씩 건넸다.

　　"우선 모두 이걸 착용하십시오. 그래야 시설을 견학하실 수 있습니다."

　　모두 안전모를 착용하고 나자 기타노 작가가 오노 과장에게 질문을 던졌다.

　　"아까 전화로 통화할 때 1944년에 뚫린 터널이 존재한다고 말씀하셨는데, 그게 어디에 있습니까?"

　　오노 과장은 야릇한 미소를 지으며 대답했다.

　　"사실 이곳에는 일반인은 거의 모르시는 비밀의 터널이 하나 있습니다."

　　윤경은 자신도 모르게 미선이 통역하는 그 단어를 나지막하게 따라 외쳤다.

"비밀의 터널!"

"네, 말 그대로 비밀의 터널입니다. 저를 따라오시죠."

일행이 오노 과장의 안내를 받으며 건물 뒤쪽으로 돌아가니 뒷마당 같은 공간이 나왔다. 잡초가 이곳저곳에 삐져나와 있는 시멘트 바닥의 구석에 아이보리색의 자그마한 종탑 같은 게 세워져 있었다. 그리고 종탑의 옆면으로는 꼭대기까지 철제 계단이 이어져 있었는데, 사실 그 계단은 비좁고 가팔라서 오히려 사다리라고 부르는 게 더 적절해 보였다. 오노 과장은 일행을 그 철제 계단의 아래쪽 벽면에 있는 은색 철문으로 안내했다.

"이곳은 미즈누키타테코水抜立坑입니다."

"미즈누키타테코?"

"네, 타테코立坑는 수직 갱도를 말합니다. 그러니까 미즈누키타테코는 간몬터널의 물을 빼내기 위한 수직 갱도이지요. 그리고 이 타테코 아래쪽에 사람들이 모르는 비밀 터널 하나가 저쪽의 규슈까지 연결되어 있습니다."

그러더니 오노 과장이 은색 철문을 열었다. 그러자 놀랍게도 최신식 엘리베이터가 나타났다. 오노 과장은 상당히 즐거워하는 표정으로 일행에게 손짓하며 안내했다.

"자, 내려가시죠."

엘리베이터는 생각보다 커서 일행 다섯 명이 넉넉하게 탈 수 있었다. 잠시 후 일행은 해저에 도달했다. 엘리베이터 문이 열리자 마치 탄광처럼 보이는 야트막한 동굴이 모습을 드러냈다. 동굴의 천장에는 일정한 간격으로 전등이 설치되어 공간을 비춰주었고, 동굴 벽면에는 검은색의

할머니의 야구공

육중한 파이프와 케이블이 매달려 있었다.

"이곳이 바로 미즈누키타테코 터널입니다."

오노 과장의 입에서는 분명하게 '터널'이라는 단어가 튀어나왔다. 한눈에 살펴봐도 그곳은 끝이 잘 보이지 않는 기나긴 터널임을 분명히 알 수 있었다.

"이곳은 지하수와 해수를 터널 밖으로 배출하는 역할을 하고 있습니다. 간몬터널에는 지하수와 해수가 조금씩 유입되기 때문에 이곳을 통해서 주기적으로 간몬터널의 물을 지상으로 빼내고 있습니다. 그래서 배수 터널이라고 부르는 것이죠. 미즈누키타테코는 시모노세키와 모지, 이렇게 두 군데에 설치되어 있습니다."

동굴을 둘러보는 일행은 그 신비한 광경에 모두 경탄을 멈출 수 없었다. 오노 과장은 더욱 신이 나서 안내를 계속했다.

"사실 이곳은 간몬터널의 파일럿^{pilot} 터널입니다."

"파일럿 터널이요?"

"네, 그러니까 간몬터널을 실제로 건설할 수 있는지를 알아보려고 시굴^{試掘}했던 곳이죠."

그 순간을 놓치지 않고 기타노 작가가 빠르게 질문했다.

"시굴했던 게 언제쯤입니까?"

"1939년입니다. 시굴해 보니 문제가 없는 것 같아서 곧바로 본갱^{本坑} 굴착에 착수했고요."

"그럼 본갱 굴착은 언제 완료가 되었습니까?"

"1944년 12월입니다. 그때 본갱으로 관통된 것이 바로 지금 보시는 이 터널입니다. 그런데 본갱을 파기 시작했다는 건 원래 여기를 간몬터널로 사용하려고 했다는 겁니다. 그렇지만 지질 조사에서 문제점이 발견됐고 여기는 그대로 방치되었습니다. 현재 사용되고 있는 간몬터널은 종전 후에 다시 공사를 시작해서 1958년에 개통된 겁니다."

이번에는 윤경이 질문했다.

"1944년에 관통해서 방치되어 있었다고 말씀하셨는데, 그렇다면 그동안 누군가 이곳을 통해 규슈와 혼슈를 오갈 수 있었을까요?"

그러자 오노 과장은 살짝 미간을 찡그리고는 위쪽을 바라보며 무언가를 골똘히 생각하면서 대답했다.

"불가능하지는 않았을 겁니다. 당시에는 전시 총동원령이 내려져서 물자가 부족했던 때라 철과 같은 쇠붙이는 전부 징발徵發해서 가져가는 바람에 여기도 그냥 두꺼운 나무판자로 막아났다고 했거든요. 마치 우물처럼 말이죠. 그러니 누군가 마음만 먹으면 얼마든지 문을 부수고 들어올 수 있지 않았을까요?"

오노 과장은 의문문으로 대답했지만 그것은 완전한 부정이 아니었다. 사실 그는 지극히 상식적인 수준에서 답변한 것이다. 반드시 열어야 하는 절박함이 있었다면 목제 출입구 같은 건 얼마든지 부술 수 있었을 것이다. 윤경은 한 가지 더 궁금한 점이 떠올랐다.

"그러면 엘리베이터는 언제 설치된 건가요? 1944년에도 이런 엘리베이터가 있었을 것 같지는 않은데요?"

"네, 맞습니다. 이곳의 엘리베이터는 터널을 본격적으로 개통하는 공사를 하던 1953년에 처음 설치되었습니다. 그런데 처음 설치된 건 공사장에서 볼 수 있는 그런 임시 엘리베이터였다고 알고 있습니다. 지금과 같은 현대식 엘리베이터는 이후 보수공사 때 교체된 것이고요."

"그럼 1944년에는 어땠을까요? 그때도 위아래로 사람이나 자재들을 실어 날라야 했을 것 같은데 말이죠."

할머니의 야구공

오노 과장은 이번에도 골똘히 생각하는 표정을 지으며 대답했다.

"그때의 수직 갱도에는 일종의 리프트^{lift}인 윈치^{winch}와 사다리 정도만 설치되어 있었다고 알고 있습니다."

"수직 갱도의 높이는 얼마나 되나요?"

오노 과장의 표정은 어느새 열심히 공부하는 학생의 모습을 흐뭇하게 바라보는 선생님의 얼굴이 되어 있었다.

"67미터입니다."

윤경은 고개를 끄덕이며 머릿속으로 빠르게 계산해 보았다. 사다리를 타고 아파트 20층가량의 높이를 오르락내리락하는 일이 결코 쉽지는 않겠지만, 그래도 전혀 불가능하지는 않을 것 같다고 판단했다. 더구나 혈기 왕성한 스무 살의 건장한 남성이었다면 충분히 그럴 수 있었을 것이다.

"그럼, 터널을 한 번 건너가 보실까요?"

오노 과장은 다시 계속해서 일행을 터널의 반대편으로 이끌었다. 터널의 중간에는 가끔 방범창처럼 생긴 것이 있어서 도로 터널을 내다볼수 있었고, 그곳을 통해 도로 터널을 오가는 차량을 아주 가까이에서 확인할 수 있었다. 그렇게 음습한 바다 밑을 한참이나 걸어가서 그들은 마침내 터널 끝에 도착했다. 그러자 오노 과장이 활짝 웃으며 일행에게 말했다.

"방금 여러분은 간몬해협을 건너오셨습니다. 환영합니다. 이곳은 규슈의 모지입니다."

터널 끝에는 역시 엘리베이터가 설치되어 있었다. 엘리베이터를 타고 위층에 도착하니 밝은 빛이 느껴졌다. 건물 밖으로 지상의 풍경이 펼쳐져 있었다. 건물 출구에서 오노 과장이 마지막으로 안내 사항을 전달했다.

"이곳에서 옆쪽으로 돌아가시면 시민들이 이용하는 인도 터널 입구가 있습니다. 이곳 규슈를 마음껏 즐기신 다음에는 인도 터널을 통해서 다시 혼슈로 걸어와 보세요. 조금 전과는 다르게 아주 쾌적한 해저 여행이 될 겁니다."

윤경은 이렇게 성심성의껏 최선을 다해 일행을 안내하고 친절하게 설명까지 해준 오노 과장에게 진심으로 감사를 전했다. 기타노 작가도 마찬가지였다. 일행은 모두 안전모를 벗어서 반납했다. 그렇게 그들은 서로 인사를 나누고 오노 과장은 다시 지하로 내려갔다. 일행은 건물 밖으로 나왔다.

실외로 나온 그들의 시선에 가장 먼저 들어온 것은 왼쪽 머리 위로 하늘을 가로지르고 있는 거대한 간몬교였다. 간몬교에서는 철제 이음새가 서로 마찰하면서 들썩거리는 요란한 소음이 쉴 새 없이 들려왔다. 그리고 일행의 바로 앞에 놓인 왕복 2차선 도로 바닥에는 횡단보도가 그려져 있었고, 그 맞은편에는 정류장의 위치를 알리는 표지판과 신사神社의 입구를 의미하는 토리이鳥居가 세워져 있었다. 토리이 너머로는 간몬 해협이 펼쳐져 있었고, 해협의 건너편으로 방금까지 머물러 있었던 시모노세키의 모습이 보였다. 히노야마 산의 전망대도 어렴풋이 보였고, 조류신호소의 전광판은 아주 또렷하게 잘 보였다.

날씨가 화창해서 그런지 규슈 방면에서 바라본 바다 건너편의 시모노세키가 더욱 가까이 보였다. 간몬해협은 오히려 서울 한가운데를 가로지르는 드넓은 한강보다도 폭이 더 좁아 보였다. 그래서 정말이지 조류가 잔잔하고 군대의 감시망을 피할 수만 있다면 얼마든지 헤엄쳐서 건너갈 수도 있을 것 같았다. 그런데 누군가 만약 윤경의 일행이 둘러본 비밀 해저 터널에 대해 알고 있었더라면 굳이 위태로운 모험에 도전하지는 않았을 것이다. 문제는 오우치 히데오가 일본 사람들도 잘 모르고 있는 미완성의 그 터널에 대해 알고 있었을까 하는 점이었다.

"오우치 히데오가 과연 이 터널의 존재를 알고 있었을까요? 알고 있었다면 대체 어떻게 알게 된 걸까요?"

윤경의 질문에 기타노 작가는 어깨를 으쓱해 보였다.

"그건 기록으로 남아 있지 않아서 저도 잘 모르겠습니다."

윤경은 주변을 둘러보았다. 인도 터널 입구의 주변에는 별다른 건물이나 시설도 보이지 않고 의외로 한산했다. 왼쪽으로 시선을 돌리니 길 건너 맞은편에 빨간색 자판기가 눈에 들어왔다. 거기에는 커다란 느티나무 한 그루가 서 있었다. 그 나무는 어쩐지 많은 사연을 품고 있을 것 같은 분위기를 풍기고 있었다. 그 시원한 나무 그늘에는 소박한 시골풍의 가게가 자리를 잡고 있었는데, 그 모습이 마치 커다란 느티나무에 파묻혀 있는 것 같았다. 가게의 처마 밑에는 나무판자에 흰 글씨로 '欅飯屋'라는 한자가 적힌 간판이 보였고, 그 밑에는 노렌^{暖簾}* 이 걸려 있었다. 영업하고 있다는 의미였다. 윤경은 그제야 자신이 아침 일찍부터 제대로 된 식사를 하지 못했다는 사실을 깨달았다. 그녀와 함께 갑자기 이곳까지 부랴부랴 이동해 온 다른 두 사람도 마찬가지였다. 그런 허기를 눈치채고 있기라도 하듯 기타노 작가가 반가운 제안을 했다.

"배고프지 않으세요? 우리 저기에서 식사라도 하실까요? 사실 저래 보여도 현지인들과 관광객들이 즐겨 찾는 맛집입니다."

모두 적극적으로 고개를 끄덕였다. 그들은 길을 건너 노렌이 걸린 가

---

* 가게 입구의 처마에 늘어트려 걸어 놓는 천으로 우리말로는 포렴(布簾)이라고 한다.

게로 걸어갔다. 때마침 불어온 바람에 커다란 느티나무가 좌라락 하는 소리를 내며 흔들렸다. 그 모습은 마치 느티나무가 크게 두 팔을 벌려 윤경의 일행을 환영하는 것처럼 보였다.

할머니의 야구공

기타큐슈 아나바시니세[穴場老舗]* 탐방 3탄
케야키메시야[欅飯屋]

1934년 창업하여 오는 8월, 어느덧 60주년을 맞이하는 케야키메시야는 지역 주민들 사이에서 이미 오랫동안 많은 사랑을 받아온 가게이다. 그리고 1958년에는 간몬터널인도가 개통되면서 모지 주민들뿐만 아니라 해협 건너 시모노세키의 시민들도 많이 찾는 이른바 간몬해협의 명소가 되었다.

딸랑거리는 미닫이문을 열고 안으로 들어가면 가장 먼저 소박하고 정겨운 분위기가 따뜻하게 손님을 맞이한다. 좌석 수는 홀의 테이블과 카운터를 합해서 모두 25석 정도인데, 주말의 점심때가 되면 빈자리를 찾기가 힘들 정도로 관광객이 몰려드는 바람에 서로 모르는 손님들끼리도 합석[合席]하는 것이 이곳의 특별한 문화라고 한다.

이곳의 대표 메뉴는 정식[定食]인데, 주인장의 말에 의하면 그중에서도 단골손님들에게 가장 인기가 많은 메뉴는 생선구이정식[焼き魚定食]과 오뎅정식[おでん定食]이라고 한다. 모든 메뉴는 300엔에서 500엔 정도의 가격으로, 식사 비용도 상당히 저렴한 편이다.

필자는 1934년 이 자리에서 처음 가게를 열고 60년째 같은 위치에서 계속 영업을 해오고 있는 오카모토 케이지[岡本桂司] 사장과 이야기를 나누어 보았다. 1906년에 태어난 그는 어느덧 아흔 살을 바라보고 있는 고령인데도 여전히 건강한 모습을 자랑하고 있었다.

오랫동안 지역 주민들과 관광객들에게 사랑받아 왔는데, 이 가게만의 비결은 무엇인가요?

"우리는 다른 것에는 관심이 없고, 다만 신선한 재료를 사용하는 걸 가장 중요하게 생각합니다. 신선한 재료에 정성을 더하면 건강한 맛이 저절로 우러납니다."

개업 이후 이곳 한자리에서만 꾸준히 영업을 해왔는데, 그 이유는 무엇인가요?

"제가 이 집에서 태어났기 때문입니다. 보시면 아시겠지만, 이곳은 예전부터 바람이 거세고 물살이 들이쳐 사람들도 잘 살지 않는 곳입니다. 저희 부모님이 이 뒤에 있는 메카리신사和布刈神社에서 잡부雜役로 일하며 이곳에 작은 집을 지으셨고, 그래서 제가 여기에서 태어났습니다. 이곳은 저의 생가이고 터전이기에 다른 곳으로 이사 간다는 건 전혀 생각하지 않았습니다."

오랫동안 장사를 했으니 수많은 손님을 상대했을 것 같은데, 특별히 기억에 남는 손님이 있나요?

"아마도 전쟁이 끝날 무렵에 쇼와 천황이 옥음 방송玉音放送**을 하기 이틀 아니면 사흘 전이었던 걸로 기억합니다. 영업이 끝나 문을 닫으려는 가게 앞에 허름한 군복을 입은 남자 한 명이 쓰러져 있었어요. 그래서 제가 그에게 밥을 먹여서 보냈던 기억이 납니다. 키도 크고 체격도 좋은 남자였어요. 그런데 그 사람이 수십 년이나 지난 몇 년 전에 다시 찾아왔었습니다. 세월이 많이 지났으니 당연히 나이가 들어 있었는데, 한눈에 봐도 상당히 병약한 모습이었어요. 예전의 우람했던 모습은 없었죠. 아니나 다를까, 자기는 지금 시한부 인생이라고 그래요 (옆자리에 있던 주인의 손자가 그 사람이 당시에 말기 암 환자였다고 덧붙였다). 그러면서 수십 년 전의 그 은혜에 대해서 죽기 전에 꼭 감사 인사를 드리고 싶었대요.' 그 말을 들으니 오히려 제가 다 눈물이 날 것처럼 감사하더군요. 그래서 그 손님이 유독 기억에 많이 남습니다. 아마도 지금은 세상을 떠났겠지요."

앞으로도 가게를 직접 운영하실 건가요?
"당연히 제 몸이 건사하는 한 계속 장사를 할 겁니다."

주인의 다부진 약속은 공언이 아닐 것이다. 그리고 가업을 잇기 위해 옆자리에서 열심히 일을 배우는 손자의 모습을 보고 있자니, 이 가게는 앞으로도 대를 이어 무사히 계속 영업할 수 있으리란 생각이 들었다.

「주간 규슈구르메 九州グルメ」, 1994년 7월 12일

---

* 숨겨진 노포(老鋪).
** 히로히토가 제2차 세계 대전에서 항복한다는 사실을 알렸던 방송으로, 1945년 8월 15일 정오에 NHK 라디오로 방송되었다.

14

"이랏샤이마세^{いらっしゃいませ!}!"

일흔 살 정도 되어 보이는 장년의 남성이 카운터에서 일어서며 윤경 일행을 반갑게 맞이했다. 점심시간을 넘긴 시간이라 그런지는 몰라도 가게 안은 한산했다. 내부에는 창틀과 테이블 곳곳에 꽃병과 화분이 놓여 있어 전체적으로 밝고 화사한 분위기를 자아내고 있었다. 가게의 차림표는 간단했고, 덕분에 각자 원하는 메뉴를 쉽게 고를 수 있었다. 음식이 나오기를 기다리면서 윤경은 미선에게 가게의 이름에 관해 물었다. 미선은 가게의 이름이 케야키메시야^{欅飯屋}인데, 케야키^欅가 느티나무를 뜻하는 한자라고 대답했다. 그래서 케야키메시야라는 말을 한국말로 옮기면 '느티나무 밥집' 정도가 될 거라고 알려주었다. 윤경은 커다란 느티나무가 가게를 포근하게 감싸 안고 있는 풍경이 아주 잘 어울리는 자연스럽고도 소박한 이름이라고 생각했다.

급하게 결정되어 허겁지겁 진행된 일정이었지만 전반적으로 모두가 만족스럽게 식사를 마쳤고, 밥값은 취재비 예산으로 윤경이 계산했다. 그리고 밖으로 나가려는데 기타노 작가가 가게 입구의 벽면에 걸려 있

할머니의 야구공

는 액자 하나를 집중해서 들여다보고 있는 모습이 눈에 들어왔다. 윤경이 그쪽으로 다가가자 그녀의 시선을 느낀 기타노 작가가 손가락으로 그 액자를 가리켰다. 그건 「주간 규슈구르메九州グルメ」라는 잡지의 오래된 인터뷰 기사를 스크랩해서 액자에 넣어놓은 것이었다. 미선이 윤경을 위해 그 기사를 한국어로 해석해 주었는데, 거기에는 전쟁이 끝나기 직전에 가게 앞에 쓰러져 있던 남성이 수십 년이 지나서 다시 찾아왔다는 내용이 들어 있었다. 윤경과 기타노는 서로 눈을 마주치며 고개를 끄덕였다. 기타노 작가가 카운터에 앉아 있는 주인에게 그 액자에 관해 물었다.

"혹시 이 기사에서 인터뷰하신 분이 사장님이신가요?"

주인은 고개를 저으며 대답했다.

"아뇨, 저희 조부祖父십니다. 이 가게를 개업하신 분이죠. 오래전에 돌아가셨습니다."

"그렇다면 옆자리에 앉아 있던, 손자라고 언급된 분이 혹시 사장님인가요?"

주인은 이번엔 고개를 끄덕이며 대답했다.

"네, 맞습니다. 조부께서 잡지사와 그런 인터뷰를 했다는 사실도 잊어버리고 있다가 가게에 우편으로 잡지가 발송되고 나서야 다시 생각나긴 했지만요."

그 말을 들은 윤경이 나서서 물었다.

"혹시, 이 기사에 언급된 이 손님이 기억나시나요?"

주인은 다시 고개를 저으며 대답했다.

"죄송하지만 자세히는 기억나질 않습니다. 그나마 기억에 남는 거라면 그 손님이 한쇼도로보半鐘泥棒*였다는 겁니다. 키는 무척 컸는데 몸은 비쩍 말라서 금방이라도 쓰러질 것 같았고, 눈과 볼은 움푹 들어가고 얼굴은 새까맣게 변해서 마치 우미보우즈海坊主**처럼 보였습니다. 이야기를 들어보니 말기 암 환자라고 해서 그런가 싶은 생각이 들면서도 무척이나 측은한 마음이 들었던 기억이 납니다."

주인이 기억하는 그 손님의 모습은 거기까지였다. 주인은 자신의 조부가 그 손님과 나누었던 자세한 이야기나 사연에 대해서는 떠올리지 못했다. 윤경은 감사하다는 인사를 전하고 주인에게 허락을 받은 뒤 스마트폰을 꺼내어 액자에 보관된 신문 기사를 카메라에 담았다. 그리고 일행은 주인에게 다시 한번 정중히 인사하고 가게를 나왔다.

그들은 가게 옆의 자판기에서 음료수를 하나씩 산 뒤, 간몬해협이 가까이에서 훤히 보이는 자리에 계단 형태로 조성된 칸조테라스観潮テラス라는 곳에 나란히 걸터앉았다. 바닷물이 힘차게 일렁이는 모습이 온몸으로 생생하게 느껴졌다. 누군가 설명해 주지 않는다면 그 거센 물결 아래로 신칸센 열차가 지나가고 있고, 화물차와 승용차가 달리고 있으며, 마치 산책하듯 편안하게 걸어 다니는 사람들도 있다는 사실을 짐작조차도 못 할 것 같았다.

조금 전 식당에서 본 옛 주인의 인터뷰 내용에 등장하는 기억에 남는 손님이 과연 오우치 히데오였을까? 여러 가지 정황을 보자면 그 사람이었을 가능성이 상당히 높았다. 덩치가 큰 남성이었고, 허름한 군복을 입고 있었으며, 1945년 8월 12일 또는 13일에 이곳에서 탈진해 쓰러져 있었다. 그리고 1980년대 말에는 병환으로 죽음을 앞두고 있었다.

---

* 껑다리.
** 시커먼 허깨비.

할머니의 야구공

오우치 히데오 이외에 그런 조건을 모두 갖춘 다른 사람을 찾기는 쉽지 않을 것이다. 만약 이곳에 쓰러져 있던 사람이 오우치 히데오였다면 그가 이 가게 앞에 도착한 날은 8월 12일이었을 것이다. 그는 가게 앞에 쓰러져 있었다. 아마 사흘 동안 거의 아무것도 먹지 못했을 것이다. 그러고도 그런 몸 상태로 이 거친 해협을 건너가려고 했다.

그 순간 윤경의 뇌리에 '비밀의 터널'이라는 단어가 스치고 지나갔다. 조선 출신의 오우치 히데오는 비밀의 터널이 존재한다는 사실을 몰랐을 것이다. 그러나 터널 입구에 있는 케야키메시야의 주인이라면 당연히 그 존재를 알고 있었을 것이다. 윤경은 오우치 히데오에게 비밀의 터널에 대한 정보를 알려준 사람이 어쩌면 케야키메시야의 주인이었을 수도 있다고 생각했다. 그렇다면 그는 위험천만한 바닷물에 목숨을 걸고 몸을 내던지는 대신에 바다 밑의 터널을 터벅터벅 걸어갔을 것이다.

해협의 건너편에 있는 조류신호소의 전광판이 깜빡이는 모습이 눈에 들어왔다. 점심을 먹기 전과는 화살표의 방향이 어느새 반대로 바뀌어 있었다. 이제 본질적인 의문을 풀어야 할 차례였다. 윤경은 기타노 작가에게 질문을 던졌다.

"오우치 히데오는 왜 여기까지 와서 이 위험천만한 해협을 건너가려 했던 걸까요?"

기타노 작가는 팔짱을 끼고 한 손으로 턱을 만지며 대답했다.

"음, 해답은 어쩌면 그 전날의 행적과 맞물려서 생각해 보면 도출할 수도 있을 것 같습니다. 그가 전날 어디에 있었나요?"

"후쿠오카요."

"네, 맞습니다. 그는 후쿠오카의 하카타 항구에서 목격되었습니다. 그리고 다음 날에는 시모노세키의 항구에 출몰했습니다. 이 두 지점에 대해 잘 생각해 봐야 합니다. 분명히 뭔가 연관되는 점이 있을 겁니다. 그렇다면 혹시 하카타와 시모노세키의 공통점이 뭐가 있을까요?"

그런데 지금까지 거의 침묵을 지키고 있었던 석현이 불쑥 대답했다.

"둘 다 항구죠."

너무나 당연한 대답을 하는 바람에 미선이 웃음을 터트렸다. 그런데 윤경은 왠지 그 너무나도 당연한 대답에 지나치게 명백한 진실이 담겨 있는 것 같았다. 기타노 작가가 석현의 대답에 엄지를 척 들어 올리며 말을 이었다.

"네, 저도 그렇게 생각합니다. 그는 항구를 기웃거리고 있었습니다. 그런데 항구는 이곳 말고 다른 데도 많이 있습니다. 우선 그가 군 복무를 하고 있었던 나가사키에도 항구가 있고, 인근의 사세보^{佐世保}에도 항구가 있습니다. 단순히 배를 타고 바다로 나가려던 거라면 굳이 목숨을 걸고 규슈를 종단해서 하카타까지 올 이유도 없었을 것이고, 또 굳이 목숨을 내놓고 간몬해협을 건널 이유도 없었을 겁니다. 그가 가야 할 곳은 여느 항구가 아니라, 바로 저기 있는 시모노세키 아니면 하카타 항구여야만 했습니다. 그 이유가 대체 뭐였을까요?"

잠시 적막이 흘렀다. 그리고 갑자기 윤경의 머릿속에서 번개가 번쩍였다. 적잖이 더운 날씨였는데도 윤경의 등줄기에 식은땀이 흘렀다. 그가 목숨을 걸고라도 이곳 간몬해협을 건너 시모노세키로 가야 했던 이유를 알 것 같았기 때문이다. 윤경은 잠시 모골이 송연해졌지만 애써 태연한 표정을 지으며 덤덤하게 대답했다.

"조선으로 돌아가려 했군요."

기타노 작가는 천천히 고개를 끄덕이며 말했다.

"저도 그렇게 생각합니다. 그는 부산으로 건너가려 했던 겁니다."

할머니의 야구공

윤경은 조선이라고 말했지만 기타노는 부산이라고 대답했다. 그러나 윤경은 그가 향했던 목적지가 단순히 부산은 아니었으리라고 생각했다. 기타노 작가가 설명을 이어갔다.

"이곳 시모노세키에는 부산을 오가는 부관연락선이 운항하고 있었습니다. 그리고 후쿠오카의 하카타 항구에서도 마찬가지로 부산을 오가는 부박연락선이 운항하고 있었습니다. 오우치 히데오는 고시엔에도 참가해 봤고, 또 나가사키에 있는 부대로 입영하는 과정에서도 배를 타고 일본으로 건너왔을 겁니다. 그래서 부관연락선과 부박연락선에 대해 잘 알고 있었을 겁니다. 그런데 아까 말씀드렸다시피, 전쟁의 막바지에 이르렀을 무렵 이곳 인근 해역은 미군의 잠수함과 폭격기에 의해 거의 완전히 장악되어 있었습니다. 그래서 부관연락선도, 부박연락선도 사실상 운항이 전면 중지된 상태였습니다."

윤경은 저도 모르게 안타까운 마음에 한숨을 내쉬었다.

"세상에. 그럼 헛걸음을 했던 건가요?"

기타노는 고개를 끄덕이며 말을 이었다.

"오우치는 그런 사실을 잘 모르고 있었을 가능성이 큽니다. 일개 육군 상등병이 해군의 전황까지 자세히 알지는 못했을 테니까요. 그래서 그는 일단 나가사키로부터 상대적으로 가까운 하카타 항구로 갔을 겁니다. 그가 나가사키에서 거기까지 가는 데 겨우 만 사흘도 걸리지 않았습니다. 그런데 자동차나 기차로 이동하지는 못했을 겁니다. 기차를 탔다면 단번에 헌병에게 발각되어 체포됐을 거고, 자동차를 얻어 탄다 해도 사람들은 허름한 군복을 입고 서성이는 젊은 남성을 수상하게 여겨서 태우지 않았거나 설령 태웠다고 해도 신고했을 겁니다."

"걸어갈 수밖에 없었겠네요."

그러자 통역을 마친 미선이 불쑥 끼어들었다.

"그런데 나가사키에서 하카타까지면 같은 규슈라고 해도 상당히 멀지 않나요?"

기타노는 고개를 끄덕이며 대답했다.

"네, 맞습니다. 그래서 방금 구글 지도로 그 거리를 재봤습니다. 그런데 놀라지 마세요, 육로로 이동하려면 그 거리가 무려 150킬로미터에 달합니다. 그것도 현재의 잘 정비된 도로를 따라서 이동하는 경우에 말이죠."

이야기를 들은 모두의 눈이 휘둥그레졌다.

"150킬로미터?"

"사흘 만에?"

"그것도 걸어서?"

기타노는 고개를 끄덕이더니 말을 이었다.

"네, 제 생각은 그렇습니다. 더 놀라운 건 오우치가 그러고 나서도 다시 60킬로미터를 더 이동해서 이곳 모지까지 왔다는 겁니다."

그러자 석현이 가만히 고개를 끄덕이면서 이렇게 말했다.

"아마 체력은 상당히 튼튼했을 것 같아요. 야구 투수들은 로드 워크_{road work}라는 훈련을 하니까 그는 평소에도 거의 매일 달리기를 했을 겁니다. 그리고 군대에서도 아마 행군을 자주 해서 어렵지는 않았을 겁니다. 게다가 기록을 보면 군장_{軍裝}도 없었으니까 훨씬 더 홀가분하게 이동할 수 있었을 것 같아요."

기타노 작가는 석현의 말을 대단히 흥미롭게 들었다.

"한국 남성은 다들 군대에 간다고 그러던데, 확실히 잘 아시는군요."

석현은 멋쩍게 뒤통수를 긁었다. 그러나 윤경은 그가 아무리 체력이

할머니의 야구공

뛰어났다고 하더라도 이곳까지 두 발로 걸어서 도착했다면 결국엔 바닷가 식당 앞에 쓰러질 수밖에 없었으리라고 생각했다. 왠지 모르게 안쓰러운 마음이 들었다. 기타노가 말을 이었다.

"어쨌든 그는 사흘 동안 다른 사람들의 눈길을 피해서 아마 주로 야간에 산길을 걸었을 겁니다. 그리고 기록에 의하면 하카타 항구에서 목격된 그는 소총을 들고 있지 않았다고 합니다. 눈에 잘 띄고 커다란 무기를 갖고 이동하는 게 부담스러워서 아마 중간의 어딘가에 버렸을 겁니다. 아무튼 그렇게 죽을힘을 다해 하카타 항구에 도착했지만 부박연락선이 운행하지 않는다는 걸 알게 됩니다. 그러면 그의 다음 목적지는 어디였을까요?"

"당연히 시모노세키 항구겠네요."

"맞습니다. 그래서 목숨을 걸고 간몬해협을 건넌 겁니다. 그렇지만 시모노세키에서도 부관연락선은 운행하지 않습니다. 오우치는 아마 상당히 처참한 심정이었을 겁니다."

왠지 일행의 분위기가 숙연해졌다.

"제가 도출해 낼 수 있는 '왜?'라는 질문에 대한 답변은 여기까지입니다. 그가 목숨을 걸고 탈영하여 역시나 엄청난 위험을 무릅쓰고 간몬해협을 건넌 이유는 바로 부산으로 돌아가기 위해서였다고 말입니다."

윤경은 오우치 히데오의 병적전시명부에 기록된 날짜를 떠올려 보았다. 그가 탈영을 감행했을 당시는 종전이 코앞으로 임박해 있던 시점이었다.

"그런데 8월 15일에 일본이 연합국에 항복하지 않았나요?"

기타노가 고개를 끄덕이며 말했다.

"맞습니다. 정확히는 8월 14일에 먼저 항복 의사를 전달했고, 8월 15

일에는 항복의 조건이 명시된 포츠담 선언^{Potsdam Declaration}을 수용한다고 발표했습니다. 그렇게 전쟁이 끝난 거죠. 아무튼 그래서 종전 직후부터 다시 부관연락선이 운항을 재개하기 시작했습니다. 이후 일본과 한국의 국교가 단절되는 바람에 아주 한시적으로 운행되기는 했지만 시모노세키에서는 일본에 있는 조선인들을 부산으로 실어 날랐고, 부산에서는 조선 반도에 있었던 일본인들을 시모노세키로 데려오느라 정신이 없었다고 합니다."

"그렇다면 오우치 히데오는 어떻게 했을까요?"

"오우치 역시 부관연락선에 승선하려고 시도했던 것 같습니다. 그러다 붙잡혔겠죠."

윤경은 갑자기 궁금한 사항이 생겼다.

"오우치 히데오의 병적 기록을 보면 그가 시모노세키 항구에서 수상 경찰에 체포됐다고 나와 있습니다. 그런데 저는 이해가 잘되지 않는 점이 있는데, 그가 왜 헌병대도 아니고 일반 경찰도 아닌 수상 경찰에 검거됐던 걸까요?"

기타노 작가가 고개를 저으며 대답했다.

"음, 그 부분은 저도 잘 모르겠습니다. 아마 당시에 출입국 관리를 경찰이 담당했던 것으로 기억하는데, 저도 그 부분에 대해서는 정확히 모르겠습니다. 대신 제가 이 분야를 잘 아는 다른 전문가를 소개해 드릴 수는 있습니다. 혹시 도쿄 쪽으로 취재를 가는 일정이 있으신가요?"

윤경은 고개를 끄덕이며 대답했다.

"네. 내일 오사카로 이동해서 취재하고, 그다음에 도쿄로 향할 예정입니다."

"다행이네요. 근현대 시기 일본과 한국의 교류 관계에 정통한 대학교수가 한 명 있습니다. 특히 전후 조선인들의 지위 문제와 민간 교류 분야가 전문인데, 그래서 외국인 등록이나 출입국 관리에 대해서도 잘 알고 있습니다. 그 사람한테 물어보면 좀 더 명확하게 답변을 들을 수 있을 것 같습니다. 그 교수가 가나가와현神奈川県에 살고 있는데, 도쿄에서는 자동차나 열차를 타고 충분히 이동할 수 있는 거리입니다. 제가 그 사람에게 전화해서 먼저 의사를 물어본 다음에 연락처를 알려드릴 테니, 그다음에 직접 일정을 조율해 보시면 될 것 같습니다."

"알겠습니다. 감사합니다."

그리고 그들은 잠시 아무 말 없이 간몬해협을 바라보았다. 그러는 사이에 윤경은 오우치 히데오가 목숨을 걸고 영산으로 돌아가려 했던 이유에 대해 곰곰이 생각해 보았다. 그가 탈영했던 날, 나가사키에는 두 번째 핵폭탄이 투하되었다. 그는 세상의 종말이 찾아온 것 같은 무시무시한 폭발을 저 멀리에서 직접 목격했을 것이다. 그는 나가사키 상공에서 번쩍이는 섬뜩한 섬광을 직접 목격하고는 일제의 패망을 직감했을지도 모른다. 그러자 그는 자신이 떠나온 곳에 남아 있는 어떤 사람이 몹시 걱정됐을 것이다. 어쩌면 조선 땅에도 저런 지옥불이 휘몰아치고 있을지도 모른다는 생각이 들었을 것이다. 그래서 그는 그 사람이 무사한지를 직접 확인하고 싶었을 것이다. 그 사람을 반드시 지켜내야 한다는 생각이 들었을 것이다. 그래서 그는 처벌을 각오하고 부대의 담장을 뛰어넘었을 것이고, 거친 바다 밑 숨 막히는 터널을 빠져나왔을 것이다. 만약 영산에 있는 그 사람이 무사했다면 그 사람의 손을 잡고 안전한 곳으로 도주했을지도 모른다. 그 당시에 안전한 곳이 대체 어디인지는 알 수 없었다 할지라도, 일단은 그 사람의 안전을 시급히 확보하는 것이 급선무였을 것이다. 그래서 그는 목숨을 걸고 탈영했을 것이다. 그러나 아쉽게도 그의 목표는 이루어지지 않았다. 그가 막판에 결국 시모노세키의 수상 경찰에 체포되었기 때문이다. 그런 생각에 이른 윤경은 무척이나 안타까운 마음이 들어서 저도 모르게 한숨을 내쉬었다.

그것으로 그날의 모든 공식적인 일정은 마무리되었다. 머리 위에서는 여전히 거대한 간몬교가 들썩거리며 자동차들이 지나는 요란한 소리가 들렸다.

4부

신
기
루
고
시
엔

전국고교야구선수권대회
스코어 노트 전산화 작업 개시

본지인 아사히신문사와 일본고교야구연맹이 공동으로 주최하는 전국 고등학교야구선수권대회(이하 고시엔)가 올해로 100회를 맞이하는 가운데, 대회를 운영하고 주관하는 고교야구연맹이 과거에 진행된 대회의 스코어 노트^{スコアシート}를 전산화하여 보존하기로 결정했다. 야구에 청춘을 바친 소년들이 벌인 열전의 기록을 후대에 남기는 것이 그 목적이다. 전산화의 대상이 되는 스코어 노트는 고시엔구장에서 진행된 본선 대회는 물론이고, 가능하면 지역별로 진행된 예선 경기까지 모두 포함할 예정이다. 그리고 전전^{戰前}에는 조선, 대만, 만주 지역의 고교들도 고시엔에 참여했던 사실을 고려하여 해당 지역에서 진행된 예선 경기의 기록까지 최대한 확보하기로 했다. 연맹은 현재 쇼와^{昭和} 시대 초기의 기록까지 확보한 것으로 전해졌다.

이 사업을 책임지고 있는 고교야구연맹에 따르면, 과거의 기록에 대한 전산화 작업은 앞으로 2년 안에 1차로 완료할 예정이라고 한다. 그리고 전산화 작업을 마친 스코어 노트는 PDF 파일 형태로 저장하여 일반인들에게도 공개될 예정이며 연도별, 지역별, 학교별, 선수별로 검색할 수 있도록 데이터베이스를 구축하는 방안도 함께 추진한다.

『아사히신문』, 헤이세이^{平成} 30년, 서기 2018년 7월 30일

15

오전 9시가 조금 안 돼서 숙소로 사용하는 비즈니스호텔의 1층 로비에 내려가 보니 미선이 윤경을 알아보고 반갑게 손을 흔들었다. 그들은 시모노세키에서의 촬영을 마치고 어제 밤늦게 신칸센을 타고 오사카에 도착했다. 고시엔구장을 취재하기 위해서였다. 일본 촬영에서 현지 코디네이터와 통역을 맡고 있는 미선은 오사카에 살고 있었기 때문에 숙소에는 함께 머물지 않고 집에서 휴식을 취한 뒤 아침이 되자 자신의 승용차를 끌고 다시 호텔로 찾아왔다. 미선의 자동차는 흰색의 작은 경차였고 호텔 지하 주차장에 세워져 있었다. 그런데 윤경은 차에 올라타려 하지 않고 이렇게 말했다.

"저는 고시엔구장까지 혼자서 전철로 가볼게요. 옛날 학생들은 전차를 타고 그곳까지 갔을 것 같거든요. 어떤 느낌인지 조금 궁금해서요."

그러자 트렁크에 짐을 싣던 석현이 그중에서 비교적 작은 카메라 가방 두 개를 다시 꺼냈다.

"피디님이 그렇게 이동하신다면 촬영 감독도 함께 움직여야죠."

그렇게 그들은 고시엔구장에서 만나기로 하고 미선을 먼저 출발시켰다. 그리고 두 사람은 숙소로부터 멀지 않은 우메다역梅田駅에서 한신전차阪神電車 혼센本線 노선을 타고 서쪽으로 향했다. 그런 식으로 계속 가서 열 정거장쯤 지나자 두 사람은 고시엔역甲子園駅에 도착했다. 고시엔역 서쪽 출구西改札口로 나오니 고가도로가 보였다. 인도를 따라 그 밑을 지나 좀 더 걷자 야트막한 건물 너머로 조명탑이 보이기 시작했다. 그들은 한눈에 그곳이 야구장임을 알아볼 수 있었다. 그곳을 향해 계속 걸으니 옅은 황토색 벽돌로 쌓아 올린 벽면에 담쟁이들이 타고 올라간 야구장 건물이 나타났는데, 그 모습이 마치 유서 깊은 오래된 대학교 기숙사처럼 보이기도 했다. 한신 타이거스의 홈경기가 없는 날이라 경기장 주변은 한낮의 주택가처럼 한산했다.

오늘 그들이 첫 번째로 들러야 하는 목적지는 고시엔 역사관이었다. 야구장 건물 외벽에는 고시엔 역사관의 위치를 알려주는 세로 현수막이 연달아 걸려 있었기에 목적지까지는 어렵지 않게 찾아갈 수 있었다. 둥그렇게 휘어진 야구장 담벼락을 따라 돌아가니 널찍하게 펼쳐진 광장이 나왔고, 광장과 도로의 경계 부근에는 '야구탑野球塔'이라고 적힌 기념비가 세워져 있었다. 그리고 야구장 외벽에서부터 작은 도로 건너편에 있는 건물까지 구름다리가 연결되어 있었는데, 그 건물의 위쪽에는 '고시엔플러스KOSHIEN+PLUS'라는 알파벳 현판이 걸려 있었다. 그 건물의 에스컬레이터를 타고 2층 데크에 올라가니 비로소 '甲子園歷史館'이라는 한자 현판이 눈에 들어왔다. 이곳이 바로 고시엔의 역사를 정리하여 전시하고 있는 고시엔 역사관이었다. 윤경이 휴대전화의 화면을 통해서 보니 오전 9시 50분이었다. 다행히 약속 시각에 늦지 않게 잘 맞춰서 도착했다. 역사관 입구 앞에는 먼저 도착한 미선이 서 있었다.

"고시엔에 대한 촬영 허가와 인터뷰 약속은 제가 전화로 구장 측에

　　　　할머니의 야구공

미리 확인받아 두었습니다. 안내데스크에 말하면 담당 직원이 나올 거라고 하더라고요. 그러면 들어가실까요?"

미선을 따라 일행은 입구로 들어가 안내데스크 직원에게 방문 목적을 이야기했다. 그러자 안내 직원이 전화기를 들어 누군가와 통화했다. 수화기를 내려놓은 그녀가 미선에게 잠시만 기다려 달라고 말했다. 잠시 뒤 깔끔한 흰색 셔츠에 단정한 검은색 정장을 착용한 젊은 여성이 안쪽에서 걸어 나왔고, 미선과 일본어로 인사를 나누면서 명함을 주고받았다. 그리고 미선의 소개로 한국에서 온 촬영팀과도 인사를 나누었다.

"이분은 다나카 유우키田中優木 씨, 고시엔구장 홍보팀에서 일하고 계신답니다."

"유우키라고 불러 주십시오."

그녀가 불쑥 한국말로 그렇게 요청했다. 윤경의 일행이 깜짝 놀라는 반응을 보이자 그녀는 다시 일본말로 미선에게 설명했는데, 한국에서 찾아온 손님들을 맞이하기 위해 그녀가 특별히 준비한 인사말이라고 전했다. 그러자 이번에는 윤경도 서툰 일본어로 간단한 인사를 건네면서 그녀와 명함을 교환했다. 덕분에 분위기가 한껏 밝아졌고, 유우키가 친절한 미소를 지으며 이렇게 설명했다.

"고시엔 역사관에는 두 개의 전시관이 있습니다. 이곳은 '플러스 에어리어'라는 곳이고, 저쪽 연결 통로를 따라 구장으로 건너가면 '스타디움 에어리어'라는 곳이 있습니다. 플러스 에어리어는 주로 한신 타이거스 관련 내용을 전시하는 곳이고, 고시엔 대회에 관한 내용은 거의 다 스타디움 에어리어 쪽에 있습니다. 그리고 이렇게 방문객을 안내할 때는 플러스 에어리어부터 보여주는 게 규정으로 정해진 순서이지만, 오늘은 촬영차 오셨으니 바로 다음 구역으로 안내하겠습니다."

"아, 그렇군요. 알겠습니다. 그러면 부탁드리겠습니다."

윤경의 대답을 들은 유우키가 가벼운 발걸음으로 일행을 바깥으로 안내했다. 그리고 아까 밖에서 볼 수 있었던 2층의 구름다리를 통해 고시엔구장 쪽으로 건너갔다. 석현은 카메라를 들고 일행의 앞뒤를 오가면서 주변을 촬영했다. 구장 쪽의 전시실에 들어서자 '고시엔으로 가는 길甲子園への道'이라는 코너가 마련되어 있었는데, 거기에는 고시엔의 역사를 담은 오래된 사진들이 벽면을 따라 파노라마처럼 펼쳐져 있었다. 그리고 과거 시합 영상이 재생되고 있는 어두운 공간을 지나자 널찍한 공간이 나타났는데, 그곳의 벽면 전체에는 셀 수 없을 정도로 많은 야구공이 도배되어 있었다.

"지금까지 고시엔에 출전한 모든 고등학교의 이름을 새긴 야구공입니다."

유우키의 설명이었다. 여기 있는 야구공은 모두 4,253개인데, 역사관이 원래 있던 곳에서 이곳으로 이전할 때 가장 손길이 많이 갔던 전시물이라고 했다. 그러자 윤경의 머릿속에 강한 호기심이 일었다.

"혹시 조선의 학교들도 있을까요?"

그 말을 전해 들은 유우키가 확신에 차서 고개를 끄덕이며 대답했다.

"네, 있습니다. 그렇지 않아도 한국에서 취재를 오신다고 해서 미리 조선 학교의 이름이 새겨진 야구공들의 위치를 파악해 두었습니다."

윤경은 손님을 맞이하는 유우키의 철저한 준비성과 커다란 친절에 새삼 감탄했다. 유우키는 이곳저곳에 있는 야구공을 하나하나 가리키면서 해당하는 조선 학교의 이름을 일본어로 말해주었다. 그러자 뒤쪽에서 따라오던 석현이 어느새 유우키가 손으로 가리키는 야구공들을 클로즈업으로 담아내기 시작했다. 윤경은 유우키가 가리키는 야구공의

　　　　할머니의 야구공

겉면에 인쇄된 한자를 통해 경성중학, 인천상업, 평양일중, 경성상업, 부산상업, 휘문고보, 부산중학, 대구상업, 선린상업, 용산중학, 신의주상업이라는 이름을 확인했다. 그리고 마지막으로 영산상업의 이름도 찾을 수 있었다. 윤경은 석현에게 영산상업이라는 한자가 새겨진 야구공을 특별히 잘 담아달라고 부탁했다.

역사관은 고시엔에 관심이 별로 없는 사람이라도 충분히 재미를 느낄 수 있도록 아기자기하게 잘 구성이 되어 있었다. 영화 속에서나 볼 수 있을 것 같은 아주 오래된 글러브와 배트, 유니폼 등을 볼 수 있었고, 그런 용품들이 시대별로 어떻게 변천되고 발전해 왔는지도 쉽게 확인할 수 있었다. 거기에는 당연히 시기별로 사용되었던 실제 야구공들도 전시되어 있었다. 그리고 전쟁 전이었던 쇼와 10년대*에 사용되었다는 설명이 붙은 야구공들이 있었는데, 그 표면에 '石井正義'라는 한자가 적혀 있다는 사실을 확인했다. 윤경은 석현에게 말해서 그 야구공도 클로즈업으로 찍어달라고 부탁했다.

그다음 칸에는 어두운 전시실 사이에서 널찍하고 환하게 불이 밝혀진 공간이 나타났는데, 그곳의 이름은 '만화와 고시엔まんがと甲子園'이었다. 거기에는 유명 만화 속에서 고시엔이 등장하는 장면들을 벽면에 그대로 옮겨 놓고 있었다. 그중에는 윤경이 읽었던 만화책도 보였는데, 바로 아다치 미츠루あだち充의 『H2』라는 작품이었다. 대학 시절 만화 카페에서 읽었던 『H2』는 윤경이 고시엔이라는 단어를 처음 접한 작품이었는데, 윤경은 문득 그 만화의 주인공 이름도 역시 히데오英雄**였다는 사실이 기억났다.

그렇게 실내 전시실을 모두 구경하고 나자 갑자기 탁 트인 바깥 풍경이 보이면서 파아란 하늘이 나타났다. 그들은 어느새 야외에 나와 있었다. 유우키는 이곳이 고시엔구장의 외야 백스크린이라고 했다. 윤경은 야구는 잘 모르지만 그래도 지금 자신이 서 있는 이곳이 야구장 전체가 아주 잘 보이는 외야 스탠드 한가운데의 명당자리임을 알 수 있었다. 그런데도 이곳에는 단 한 개의 좌석도 없었다. 심지어 간이 의자 같은 것조차도 보이지 않았다. 윤경은 유우키에게 이렇게 입지가 뛰어난 구역에 왜 단 한 개의 좌석도 설치하지 않고 텅 비워놓았는지 물었다. 유우키의 대답은 간결했다.

"원래 야구장에는 이곳 백스크린 쪽에 아무런 시설도 설치할 수 없도록 규정하고 있습니다. 왜냐하면 이곳이 홈플레이트에서부터 마운드를 지나는 일직선의 연장선에 놓여 있기 때문입니다."

윤경은 유우키의 설명이 선뜻 이해되지 않았다. 그러자 유우키가 좀 더 쉽게 설명했다.

"타자가 타석에 서서 투수를 바라보면 그 뒤쪽에 정면으로 보이는 곳이 바로 여기예요. 그래서 야구 규정에서는 혹시라도 타자의 타격에 방해가 될까 봐 이곳에는 관중들을 앉히지 못하게 하고 있습니다. 심지어 광고판도 설치해서는 안 됩니다. 타자의 신경이 거슬려서는 안 되거든요. 그래서 이곳 백스크린에는 타자의 눈을 현혹하는 건 아무것도 놓을 수 없습니다."

유우키의 설명은 거침없으면서도 명쾌했다. 윤경은 유우키가 이런 모든 지식을 원래부터 알고 있었던 것인지, 아니면 직업이기 때문에 공부해서 습득한 내용인지 하는 의문이 들었다. 그런데 부지런히 야구장 전

　　　　할머니의 야구공

경을 촬영하고 있던 석현이 유우키의 설명에 덧붙여 조금은 색다른 이야기를 들려주었다.

"야구는 원래부터 거의 모든 면이 타자에게 유리하게 설계된 스포츠예요. 심지어 초창기에는 투수가 공을 던질 때도 타자가 원하는 코스에 원하는 빠르기로 정직하게 공을 던져줘야 했대요. 투수가 변화구를 던지는 것 자체가 반칙이었죠. 그래서 현대의 야구에서도 타자의 타격을 방해하는 행위는 거의 전부 금지하고 있어요."

유우키와 석현의 설명을 들은 윤경은 흥미롭다는 표정을 지으며 고개를 끄덕거렸다. 왠지 이번 취재를 하면 할수록 야구라는 스포츠에 점점 더 관심이 커지는 윤경이었다. 아무튼 고시엔은 아주 오래전에 지어진 야구장임에도 아주 깔끔하게 관리가 잘 되어 있는 시설이라는 걸 알 수 있었다. 그라운드의 외야 잔디에서는 스프링클러가 돌아가고 있었고, 내야에서는 두 대의 작은 차가 뒤쪽에 무언가 묵직한 물체를 끌고 다니면서 황토색 흙을 고르게 다지고 있었다. 그런데 생각해 보니 윤경은 이렇게 제대로 된 야구장에 직접 들어와 보는 게 태어나서 처음이었다. 그래서 이곳이 다른 야구장과 어떻게 다른지 조금 궁금했다. 윤경이 석현에게 물었다.

"석현 감독님은 이 야구장이 어떤 것 같아요? 한국에서도 상당히 유명한 야구장으로 알고 있는데, 뭐 좀 특별한 게 있나요?"

그러자 석현이 다시 한번 야구장 전체를 천천히 둘러보더니 이곳저곳을 가리키며 말했다. 미선은 석현의 이야기를 유우키에게 통역해서 들려주었다.

"음, 일단 내야에 잔디가 전혀 없고 전부 흙으로 깔려 있는 게 특징이라면 특징이네요. 그런데 그라운드의 모양이 조금 특이해요. 우선은 홈플레이트부터 좌우에 있는 파울 폴$^{foul\ pole}$까지의 거리가 짧아요. 그리고 지금 우리 앞에 보이는 센터까지의 거리도 짧은 것 같아요. 그런데 희한하게 좌익수와 우익수가 수비하는 위치의 외야 펜스는 마치 풍선이 부풀어 오른 것처럼 불룩하게 나와 있는 것 같아요. 그래서 제 생각에 여기는 수비하는 팀에게 조금은 유리한 구장일 거예요."

석현의 말을 들으며 야구장을 둘러보던 윤경은 만약 고시엔구장을 하늘에서 내려다본다면 이곳이 마치 키세스^{Kisses} 초콜릿을 반으로 잘라놓은 단면처럼 보일 것 같다고 생각했다. 그런데 미선을 통해 석현의 이야기를 듣던 유우키가 느닷없이 석현에게 질문을 던졌다.

"카메라 감독님이 야구에 대해 잘 아시는 것 같으시네요. 그렇다면 문제 하나 낼게요. 저희 고시엔에는 일본의 다른 프로팀 야구장과 다른 독특한 특징이 하나 있습니다. 혹시 그게 뭔지 아시겠어요?"

그러자 석현은 질문에 대한 해답을 찾으려고 야구장 구석구석을 들여다보기 시작했다. 윤경과 미선도 혹시라도 힌트를 얻을 수 있을까 싶어 여기저기 둘러봤다. 그런데 야구에 대해 잘 모르는 윤경은 그렇다 쳐도, 고등학생 때 야구부 매니저를 했던 미선이나 직접 야구 선수로 뛰었던 석현도 마땅한 단서를 찾지는 못한 것 같았다. 석현이 머리를 긁적이며 유우키에게 말했다.

"잘 모르겠습니다."

그러자 유우키는 환하게 눈웃음을 보이며 대답했다.

"저희 고시엔구장의 독특한 점은 바로 일본 프로팀의 다른 야구장들과는 다르게 남향^{南向}으로 지어졌다는 겁니다. 홈플레이트에서 외야의 중간 지점인 이곳을 바라봤을 때 거의 정확하게 남쪽입니다."

유우키의 답을 들은 석현이 고개를 갸웃거리며 다시 물었다.

할머니의 야구공

"그게 왜 독특한 거죠? 제가 알기로는 서울에 있는 잠실야구장도 남향인 것 같은데요?"

"한국은 잘 모르겠지만, 일본 내의 다른 야구장들은 일반적으로 남향이 아니거든요. 그런데 「공인 야구 규칙公認野球規則」이라는 규정집을 보면 '홈플레이트에서 투수판을 거쳐 2루로 향하는 선은 동북동쪽으로 향하는 것이 이상적'이라고 되어 있습니다."

그러자 석현이 가만히 고개를 끄덕이며 다시 물었다.

"혹시 태양의 각도 때문에 그런 건가요?"

유우키가 조금 놀라는 표정을 지으며 대답했다.

"네, 맞습니다. 오후에는 태양이 남서쪽에 있기 때문이에요."

그런데 두 사람이 이야기하는 걸 옆에서 듣고 있던 윤경은 온통 선문답禪問答 같은 이들의 대화를 도무지 이해할 수 없었다. 그래서 유우키에게 좀 더 쉽게 설명해 달라고 부탁했다. 유우키는 윤경에게 미안하다고 말한 뒤에 이렇게 설명했다.

"야구 역사의 초창기에는 조명 시설이 따로 없었기 때문에 경기를 주로 야외에서 낮에 진행했습니다. 그러다 보니 여름에는 뜨거운 태양 아래에서 힘들게 경기해야 했습니다. 그런데 조금 전에 카메라 감독님이 그러셨잖아요. 야구는 원래부터 타자에게 유리하도록 설계된 스포츠라고요. 그래서 야구장의 방향을 조정해서 타자가 태양을 등지고 타격할 수 있게 배려한 겁니다. 반면에 마운드에서 공을 던지는 투수나 그라운드에서 수비하는 선수들은 눈부신 햇빛을 정면으로 맞으면서 경기를 해야 했죠. 그런데 야구 관계자들은 이런 방향 배치가 의외의 장점이 있음을 알게 되었어요. 홈플레이트 뒤에 앉은 관중들이 시원한 그늘에서 경기를 관람할 수 있게 된 겁니다. 그래서 미국에서 처음 편찬된 「공인 야구 규칙」에서도 야구장을 동북동쪽으로 짓는 게 좋다고 권고한 겁니다. 정확히는 동쪽으로부터 북쪽으로 22도 틀어진 방향을 권장하고 있어요."

윤경은 유우키의 설명을 듣고 나서야 비로소 야구장의 방향이 갖는 의미를 이해했다. 그나저나 윤경은 유우키가 적어도 야구장에 대해서는 모르는 것이 없는 전문가라는 생각이 들었다. 유우키는 덧붙여서 설명을 이어 나갔다.

"그런데 이건 반드시 따라야만 하는 강제적인 조항이 아니라 권고 사항이기 때문에 남향으로 지어도 규정을 위반하는 건 아닙니다. 그래서 약 100년 전에 지어진 저희 고시엔도 그냥 남향으로 지은 겁니다. 일본 프로팀의 구장 가운데 저희 고시엔처럼 남향으로 지어진 야구장은 라쿠텐 이글스楽天イーグルス의 홈구장인 미야기구장宮城球場 정도밖에 없습니다. 두 구장 모두 다른 일반적인 건물을 지을 때처럼 풍수지리를 고려해서 남향으로 지었다는 소문이 있습니다."

그 말을 듣고는 모두 한바탕 웃음을 터트렸다. 유우키가 설명을 이어 갔다.

"그래서 저희 고시엔구장은 온종일 그라운드에 햇빛이 잘 비치는 편이고, 여름 고시엔을 진행할 때는 상당히 무더운 편입니다. 특히나 정오가 지나면 3루 쪽의 원정팀 더그아웃으로 거의 오후 내내 햇볕이 따갑게 들어가기 때문에 원정팀으로부터 원성을 자주 듣는 편입니다."

윤경은 야구에 대해서는 잘 모르지만 그래도 상당히 재밌는 이야기라고 생각했다. 그리고 석현은 고시엔구장의 관계자로부터 흥미로운 정보를 직접 들었다는 사실이 뿌듯했는지 만족스러운 표정을 지으며 고개를 끄덕거리고 있었다.

할머니의 야구공

그렇게 모든 투어를 마친 일행은 유우키를 따라 구장의 운영사무실에 있는 회의실로 안내되었다. 촬영을 위한 준비가 모두 끝나자 유우키를 따라 홍보팀장이 들어왔는데, 그는 배가 불룩 나오고 뿔테 안경을 쓴 40대 남성이었다. 그들은 미리 주고받은 질문지를 바탕으로 인터뷰를 진행했다. 그는 고시엔구장과 고시엔 야구 대회의 역사에 대해서, 그리고 그것이 일본 국민에게 얼마나 중요한 의미를 갖는지에 대해 이야기했다. 구장에서 홍보를 책임지는 팀장답게 그는 여러 가지 질문에 대해 막힘없이 술술 말했다. 준비된 질문을 모두 마치자 갑자기 무언가 생각난 윤경이 추가로 질문했다.

"2차 세계 대전 당시에 고시엔구장은 어땠나요?"

미선을 통해 질문의 내용을 전해 들은 홍보팀장의 표정이 미묘하게 경직되는 것을 윤경은 감지할 수 있었다. 홍보팀장이 카메라 프레임에 들어오지 않는 구석에 앉아 있던 유우키를 슬쩍 바라보았다. 그러더니 목소리를 가다듬고는 형식적인 대답을 했다. 당시의 시설에 대한 자료들은 남아 있지 않아서 공식적으로 답변을 드리기가 힘들다고 말이다. 그러나 나중에 유우키에게 얼핏 들은 바로는 제2차 세계 대전 말기에 전시 총동원령이 내려지면서 고시엔구장에 있는 거의 모든 쇠붙이가 뜯겨 반출되었다고 한다. 철제 지붕까지도 모두 철거돼서 그야말로 황폐화한 상태였다고 유우키는 설명했다.

그렇게 공식적인 인터뷰는 끝이 났고, 홍보팀장은 회의실 밖으로 나갔다. 윤경은 석현을 도와 촬영 장비들을 정리하기 시작했다. 그런데 회의실 밖에서 홍보팀장이 고갯짓하더니 유우키를 밖으로 불러내는 장면이 얼핏 보였다. 잠시 뒤에 돌아온 유우키는 어쩐지 약간 풀이 죽은 모습이었다. 그렇게 취재 물품들에 대한 정리가 거의 끝나갈 무렵이었다.

그런데 갑자기 유우키가 궁금한 게 있는지 윤경에게 질문했다.

"아까 전시실에서 특정 학교의 이름이 새겨진 야구공 하나를 유달리 오래 찍으신 이유가 뭔가요?"

윤경이 석현의 짐 정리를 도우면서 대답했다.

"그 학교가 고시엔에 출전한 이야기를 추적하고 있거든요."

"그렇군요. 영산상업이었나요?"

"맞습니다."

그런데 가만히 고개를 끄덕이던 유우키가 이번에도 갑자기 무슨 생각이 난 모양이었다. 그녀가 미선을 붙잡고 무언가를 이야기했다. 윤경은 그들의 대화 내용이 궁금해서 미선을 바라보았고, 그걸 의식한 듯 곧바로 미선이 유우키의 이야기를 전해주었다.

"영산상업의 스코어 노트가 있을 거라고 합니다. 그래서 혹시 그걸 보시겠냐고 묻는데요?"

윤경이 미선에게 되물었다.

"스코어 노트가 뭐죠?"

"그게, 음… 경기 내용을 자세히 적어두는 종이를 말하는 건데, 잠시만요, 한국말로는 뭐라고 하더라?"

그들의 이야기를 들으며 장비를 챙기던 석현이 갑자기 동작을 멈추고 미선에게 말했다.

"기록지! 기록지를 말하는 거 같은데요?"

아주 잠시 난감해하던 미선이 반가운 표정을 지어 보였다.

"네, 맞아요. 기록지! 고시엔의 본선과 지역 예선 경기들을 기록해 놓은 기록지가 이곳에 보관되어 있대요."

기록지가 뭔지 모르는 윤경은 대답 대신에 석현을 바라보았고, 윤경

할머니의 야구공

과 눈이 마주친 석현은 이렇게 설명했다.

"기록지라는 건 그 경기에서 일어난 모든 일을 한 장의 종이에 자세하게 정리해 놓은 문서예요. 저도 직접 본 적은 없는데, 영상으로 보여주는 자료로는 꽤 괜찮은 그림이 나올 것 같아요."

석현의 설명을 들은 윤경이 유우키의 제안을 반갑게 받아들였다.

"네, 볼게요. 그러면 영산상업의 기록지를 볼 수 있을까요?"

그 말을 들은 유우키가 반가운 표정으로 대답했다.

"아주 초창기 대회의 기록은 유실돼서 사라졌지만 쇼와 시대 초기, 그러니까 1930년경부터는 지역 예선의 기록까지 상당수가 남아 있습니다. 제가 가서 찾아보겠습니다."

그러더니 유우키는 재빠르게 회의실을 빠져나갔다. 그런데 유우키는 예상보다 훨씬 더 빨리 돌아왔다. 불과 5분도 걸리지 않은 것 같았다. 그래서 윤경은 당연히 그녀가 부정적인 소식을 들려주리라고 생각했다. 하지만 뜻밖에도 그녀의 손에는 두툼한 A4 용지 뭉치가 들려 있었다. 그녀는 그것을 윤경이 앉아 있는 테이블 위에 내려놓았다.

"이게 영산상업의 경기 기록지입니다. 지역 예선과 본선까지 합해서 모두 열두 경기가 기록으로 남아 있었습니다."

기록지라는 단어를 처음 들었을 때, 윤경은 그것이 경기의 진행 상황을 시간 순서대로 간략하게 글로 요약해 놓은 문서일 거라고만 생각했었다. 그러나 지금 자신의 눈앞에 놓인 종이는 마치 200자 원고지나 모눈종이처럼 작은 네모 칸으로 나뉘어 있었고, 거기에는 알 수 없는 외계어나 아이들 낙서 같은 기호들이 지저분한 방식으로 잔뜩 휘갈겨 있었다. 윤경은 적잖이 난감한 심경이었다.

"이게 경기의 기록이라고요?"

"네, 그렇습니다. 사실 저도 이 기록지를 해석할 수는 없지만, 경기의 내용을 기록한 건 확실합니다."

윤경은 다시 석현을 바라보며 물었다.

"이거 혹시 해석할 수 있을까요?"

그러나 석현은 미안한 표정을 지으며 고개를 가로저었다. 아무리 고1 때까지 야구 선수로 뛰었다고 해도 전문적인 기록지에 대해서까지는 따로 공부하지 않기 때문이다. 윤경은 잠시 미간을 잔뜩 찌푸리면서 기록지의 암호들을 뚫어져라 쳐다보았다. 그러자 윤경의 두뇌가 생존모드로 빠르게 가동되기 시작했다. 그리고 때마침 그녀의 뇌리를 스치는 인물이 있었다.

"석현 감독님의 고등학교 친구는 어떨까요? 기록원이라면서요?"

그러자 짐을 챙기던 석현이 화들짝 놀라며 돌아섰다. 그의 표정이 한껏 밝아져 있었다.

"아, 맞다! 제 친구가 있었죠! 일단 나가서 제가 한국으로 전화해 볼게요!"

그러자 윤경의 얼굴도 다시 환하게 밝아졌다. 그녀는 유우키에게 거듭 감사하다는 말을 전했다. 그런데 윤경은 갑자기 궁금해졌다. 지금 그녀의 손에 들려 있는 건 옛날 기록의 원본이 아니라 A4 용지에 양면으로 출력한 사본이었다. 그리고 유우키는 영산상업의 기록을 찾아달라는 요청을 듣고 불과 5분 만에 모든 기록을 이렇게 직접 출력해서 가지고 왔다. 윤경은 고시엔 대회의 기록지가 데이터베이스 형태로 관리되고 있다는 강한 확신이 들었다. 그래서 유우키에게 제 생각이 맞는지 물어봤다. 유우키는 윤경의 그런 추리에 적잖이 감탄하면서 그렇다고 대답했다.

할머니의 야구공

"2018년에 고시엔 100회를 기념해서 과거 기록을 전산화하는 작업을 진행했는데, 그중에서도 특별히 역점을 두어 확보한 게 바로 실제 시합의 기록지였습니다. 경기의 기록지만 봐도 그 시합이 어떻게 진행되었는지를 거의 그대로 재구성할 수 있으니까요. 그래서 대회의 관계자 모두가 2년 동안 전국의 자료 보관소들을 돌아다니면서 기록지들을 최대한 확보했고, 그렇게 모은 기록지들은 모두 PDF 파일로 스캔해 놓았습니다."

그러자 순간적인 번뜩임이 윤경의 뇌리를 스치고 지나갔다. 윤경은 잽싸게 가방의 주머니에 넣어 다니는 USB 메모리를 꺼냈다.

"잠시만요, PDF 파일로 스캔했다고 하셨죠? 그럼 그걸 여기에 저장해 주실 수 있으신가요?"

"네, 그럼요. 이 자료는 누구든지 이용할 수 있도록 공개되어 있습니다. 야구의 발전을 위해서 당연히 그렇게 해야 한다고 판단했던 겁니다. 잠시만 기다리세요."

윤경이 전혀 상상하지 못했던 뜻밖의 횡재에 잠시 어안이 벙벙해 있는 사이, 유우키는 윤경의 메모리를 들고 가뿐히 회의실을 빠져나갔다. 잠시 뒤에 돌아온 그녀는 여전히 친절한 미소를 지으며 그 소중한 기록이 든 메모리를 윤경의 두 손에 꼬옥 쥐여주었다.

중등 야구부 집단 린치 사건

영남 지역을 대표하는 명문 중등학교의 야구부원들이 경쟁 학교의 학생들을 집단 린치^{リンチ}하는 사건이 벌어졌다.

지난 13일 새벽 2시경, 경상남도 영산군 영산읍 읍내리 소재의 영산상업 중등학교 야구부 숙소에 십여 명의 괴한이 야음을 틈타 침입하여 잠을 자고 있던 선수들을 무차별 폭행했다. 당시 괴한들은 야구 방망이를 들고 있던 것으로 알려졌으며, 이 사건으로 영산상업 야구부원 십여 명이 크고 작은 상해를 입어 읍내의 진료소 등으로 후송되었다.

아침에 이 사건을 신고받아 조사에 착수한 경찰은 피해 학생들의 구체적인 진술에 의거하여 괴한의 정체를 부산의 모 중등학교 야구부원들로 특정하였고, 낯선 학생들이 영산 터미널 인근에 모여 있다는 현지 주민들의 제보를 입수한 뒤 곧바로 현장에 출동하여 가해 용의자들을 체포했다.

조사 결과 용의자들은 영남 지역을 대표하는 명문 중등학교의 야구부원으로, 지난 12일 치른 영산상업과의 야구 경기에서 대패한 것에 격분하여 충동적으로 일을 벌인 것으로 드러났다. 경찰은 다만 가해 학생들의 평소 품행이 올바른 데다 과오를 뉘우치고 있으며, 또한 나이가 어린 점을 감안하여 적절한 선에서 주의를 주고 훈방 조치했다.

『영남매일신문』, 쇼와 16년[*] 7월 15일

---

* 1941년.

16

고시엔 취재를 마친 윤경 일행은 미선의 차를 타고 오사카 남쪽 와 카야마和歌山에 있는 코오요고등학교向陽高等学校를 찾아가기로 했다. 그전에 우선 석현은 미선의 자동차에 짐을 실은 뒤 한국으로 전화를 걸어 자 신과 고등학교 때까지 함께 야구를 했다던 친구와 통화했다. 잠시 뒤 통 화를 마친 석현이 반가운 이야기를 전했다.

"기록원으로 일하는 제 친구가 기록지를 한 번 살펴봐 주겠답니다."

윤경은 석현과 기쁨의 하이파이브를 나누었다. 그리고 구장 인근의 라멘 전문점에서 간단하게 식사를 마친 그들은 다시 미선의 차를 타고 와카야마로 출발했다. 고시엔에서 코오요고등학교까지는 대략 1시간 40분 정도가 소요되었다. 학교는 와카야마 인터체인지IC를 빠져나오자 마자 드러나는 한적한 주택가 한가운데에 자리 잡고 있었다. 그들이 도 착한 시점은 마침 하교 시간이어서 교복을 입은 많은 학생이 교정을 빠 져나가고 있었다.

윤경 일행이 이 낯선 고등학교를 찾은 이유는 이 학교의 옛 이름이 카이소중학海草中学이었기 때문이다. 카이소중학의 야구부는 1939년과

1940년 여름 고시엔 대회에서 2년 연속으로 우승을 차지했던 전설적인 강팀이었다. 또한 1940년 개최된 제26회 여름 고시엔 대회의 기록을 보면 카이소중학은 개막전에서 조선 대표로 출전한 영산상업을 상대로 3대 0의 승리를 거두었다. 그리고 이 대회는 전쟁 전에 치러진 마지막 대회였다. 이후 태평양전쟁이 본격화되면서 적국(敵國)의 스포츠였던 야구가 전면적으로 금지되었기 때문이다.

전설 속의 야구 명문고를 찾아간다고 생각해서 뭔가 대단히 위압적이며 커다란 규모의 학교일 거라고 기대했지만, 그런 예상과는 다르게 코오요고등학교는 시골의 소박하면서도 평범한 고등학교로 보였다. 누군가 자세히 말해주지 않는 한, 설마 이런 학교가 그 어렵다는 여름 고시엔에서 2년 연속으로 우승했다는 사실은 쉽게 상상하기 힘들 것 같았다. 미선은 학교 본관 앞 주차장에 차를 세웠고, 일행은 촬영 장비를 챙겨 본관 건물로 들어섰다.

건물 현관에는 학교의 역사를 알려주는 다양한 기념품과 사진이 전시되어 있었다. 학교의 개교 연도와 교명이 바뀐 것을 알려주는 주요한 연혁 사이에서도 1939년과 1940년에 전국고등학교야구선수권대회에서 우승을 차지했다는 기록이 당당하게 굵은 글씨로 자리를 차지하고 있었다. 그리고 반대편 벽면에는 그때 받았던 우승 트로피 2개가 진열대에 전시되어 있었고, 당시 실제 사용했던 것으로 보이는 누런색의 낡은 야구공도 놓여 있었다. 그 야구공 표면에서도 윤경은 '石井正義'라는 한자를 읽을 수 있었다. 그리고 그 옆에는 당시 우승 소식을 전하는 신문 기사가 액자에 보관되어 있었다. 전쟁이 일어나기 전에 열렸던 마지막 대회에서 맹활약하며 카이소중학에게 두 번째 우승을 안겨주었던 다부진 체격의 투수가 흑백 사진 속에서 포효하며 동료 선수들과 뒤엉켜 있었다.

 미리 연락해 둔 덕분에 학교 사무직원이 야구부가 연습하는 뒤쪽의 운동장으로 안내해 주었다. 야구 연습장은 본관 뒤편에 조성되어 있었는데, 그곳은 야구장이라기보다는 차라리 넓은 공터라고 부르는 편이 더 어울릴 듯 보였다. 온통 흙바닥으로만 되어 있는 그라운드에는 뿌연 먼지가 날리고 있었고, 바닥에는 흰색 가루로 삐뚤삐뚤 라인이 그어져 있었는데 그마저도 군데군데 지워져 있어 듬성듬성했다. 운동장 부지 모양도 반듯하지 않아서 홈에서부터 좌측과 우측 펜스까지의 거리가 눈으로 보기에도 확연하게 차이가 많이 났다. 홈플레이트 뒤쪽에 설치해 놓은 그물망은 군데군데 구멍이 나서 기워놓은 흔적이 있었다. 조선의 최강팀을 꺾었던 야구부가 이런 모습이라니, 윤경은 왠지 모르지만 조금 분하기도 하고 허탈하기도 했다.

 그라운드에서는 짧은 머리카락에 유니폼을 입은 학생들이 연습하고 있었다. 홈플레이트 타석에서는 코치로 보이는 중년 남성이 방망이를 휘둘러 공을 때렸고, 그라운드에 줄지어 서 있는 학생들이 차례로 그 공을 받아 1루로 던지고 있었다. 그리고 3루 파울라인 밖에서는 투수와 포수로 보이는 선수들이 서로 마주 보고 투구 연습을 하고 있었다. 사무직원이 백네트 뒤쪽으로 걸어가더니 타석에서 방망이를 휘두르던 사람을 불렀다. 뒤를 돌아서 직원에게 고개를 끄덕여 아는 체를 한 그는 내야에서 준비 자세를 취하고 있던 학생 한 명을 타석으로 부르더니 자신이 쥐고 있던 배트를 넘겨주었다. 학생은 글러브를 벗어 옆에 두고는 배트를 받아 타석에 섰다. 그리고 조금 전까지 코치가 하던 땅볼 훈련을 대신해서 이어 나갔다.

 연습을 진행하던 코치는 윤경 일행이 지켜보고 있던 백네트의 뒤쪽으로 걸어왔다. 미선이 윤경과 석현을 그에게 소개하고, 자신들이 이곳을 방문한 이유를 설명했다. 그러자 코치로 보였던 그 사람은 학교에 방문하신 걸 환영한다고 말하면서, 자신을 코오요고등학교 야구부 감독이자 수학 교사인 와타나베 류타로渡辺龍太郎라고 소개했다. 윤경은 깜짝 놀라서 이렇게 물었다.

"수학 선생님이요? 전업 감독님이 아니시고요?"

와타나베 감독은 머리를 긁적이며 허허 웃으면서 대답했다.

"저희 학교 야구부는 그저 아이들이 취미 활동으로 즐기는 정도입니다. 예전에는 뭐 고시엔에서 우승하기도 했다지만, 지금은 다 옛날 일이 되었죠. 그래서 다른 부활동처럼 야구부도 현직 교사들이 번갈아 가면서 코칭을 해주고 있습니다. 그나마도 연식軟式 야구부가 별도로 있어서 오늘처럼 야구장을 저희가 마음대로 쓰며 활동할 수 있는 것도 쉬운 일은 아닙니다."

그런 이야기를 듣고 다시 보니, 어쩐지 그는 엄격한 지도력으로 강인하게 훈련시키는 운동부 감독이라기보다는 오히려 교단에 서서 아이들에게 어려운 수학 문제를 친절하게 알려주는 것이 더 어울리는 푸근한 인상이었다. 윤경은 야구부가 연습하는 장면을 촬영해도 되는지를 물었다. 그러자 푸근한 인상의 와타나베 선생님은 편하실 대로 하라며 웃어 보였다. 오히려 아이들이 더 좋아할 거라면서 말이다. 그 말을 들은 석현이 삼각대 위에 카메라를 얹고 내야에서 훈련하는 학생들을 촬영하기 시작했다. 윤경은 와타나베 선생님에게 지금 하는 이 훈련이 어떤 거냐고 물었다.

"놋쿠ノック라는 겁니다. 수비 능력을 기르기 위해 수시로 실시하는 것이죠."

할머니의 야구공

낯선 용어를 들은 윤경이 되물었다.

"놋쿠요?"

"네, 영어의 노크^{knock}라는 단어에서 나온 건데, 한국이랑 미국에서는 아마 평고^{fungo}라고 부를 겁니다."

윤경은 평고라는 단어를 어제 모지도서관 앞 운동장에서 석현과 캐치볼을 할 때도 들었던 기억이 났다.

"다른 야구부도 이런 연습을 하는 건가요?"

"네, 그럼요. 유소년 야구팀은 물론이고 성인 프로팀에서도 이 연습은 거의 매일 빠지지 않고 하는 훈련입니다. 야구가 시작된 이래로 아마 거의 변하지 않는 장면 가운데 하나일 겁니다."

"그러면 저쪽의 투수들은 이 훈련을 안 하나요?"

"이 훈련이 끝나면 투수들을 불러 연습할 겁니다. 다른 내야수들과 함께 번트 대비 연습과 1루를 커버하는 훈련을 할 예정입니다"

윤경은 설명을 들으며 가만히 고개를 끄덕거렸다. 아마 식민지 시절의 조선에서도 이런 광경이 펼쳐지고 있었을 거라고 상상했다. 10분쯤 지나 감독이 외야 쪽에 있던 투수들을 불러들였고, 좀 전에 미리 설명한 훈련을 시작했다. 그러더니 한참 뒤에 와타나베 선생님이 마침내 훈련 종료를 선언했다. 그러자 아이들은 바구니를 들고 운동장 여기저기에 흩어져 있던 수많은 야구공을 주워 담기 시작했다.

그렇게 코오요고등학교 야구부의 훈련 촬영을 마친 후 일행은 다시 본관 건물로 이동했다. 마지막으로 그곳을 둘러보던 윤경은 마치 무언가에 홀리기라도 하듯 카이소중학의 고시엔 우승 소식을 스크랩 해놓은 액자를 들여다보았다. 그런데 그녀는 액자에 담긴 옛날의 그 신문에서 아까는 미처 눈치채지 못했던 걸 발견했다. 기사 본문의 오른쪽 아래에 네모 칸으로 둘러싸인 상자 기사가 있었는데, 누군가를 인터뷰한 내용으로 보였다. 윤경은 자신의 DSLR 카메라로 그 신문을 촬영한 뒤에 스마트폰으로도 다시 한번 더 찍어 저장했다. 그리고 자동차로 돌아와 자리에 앉은 그녀는 자신의 스마트폰에 저장된 그 인터뷰 기사를 미선에게 보여주며 내용을 해석해달라고 부탁했다.

고시엔 우승 주역 나카타 준페이 선수 인터뷰

제26회 고시엔에서 카이소중학을 다시 한번 우승시키며 대회 최우수 선수에 선정된 4학년 나카타 준페이中田淳平 선수를 만나서 이야기를 나누었다. 다음은 나카타 군과의 일문일답이다.

먼저 우승을 축하한다. 소감을 말해 달라.
"많이 좋습니다. 한 번 우승하기도 힘든 고시엔에서 저희 학교가 2연패를 달성했다는 사실을 저 자신도 믿기 힘들 정도입니다."

팀의 우승도 당연히 축하할 만한 일이지만, 대회 최우수 선수로 선정되었다. 소감이 어떤가?
"열심히 노력한 덕분이지만, 운도 좋았다고 생각합니다. 저희 학교가 우승했기 때문에 제가 최우수 선수에 선정된 것이지, 제가 전국 최고의 투수라고 생각하지는 않습니다. 이번 대회를 통해 저는 더욱 열심히 분발해야겠다고 마음을 다지는 계기가 되었습니다."

기자는 나카타 군의 이 발언이 그가 개막전에서 상대한 영산상업의 오우치 히데오 군을 의식한 것으로 판단했다. 조선의 초고교급 선수로 평가받고 있는 오우치 군이 이끄는 영산상업은 이번 대회 최대의 다크호스로 불리며 고시엔 관계자는 물론이고 야구계 전체에서 많은 주목을 받았다. 오우치 군은 이 시합에 선발로 등판하여 1회에 연속 사사구四死球를 남발하는 등 크게 흔들렸지만, 7회부터는 2이닝을 완벽하게 막아내며 충분한 가능성을 보여주었다. 그래서 기자는 나카타 군에게 우회적으로 오우치 군에 대해 질문을 던져보았다.

개막전 경기가 끝나고 상대 팀의 더그아웃으로 찾아가 그날 선발로 나왔던 투수와 잠시 이야기를 나누는 장면을 보았다. 상당히 이례적인 행동이었는데, 당시에 그 선수와 무슨 이야기를 나누었나?
"더 열심히 노력해서 내년에 다시 도전하라고 말했습니다. 그리고 저도 이곳 고시엔에서 기다리고 있겠다고 말했습니다."

그가 뭐라고 대답하던가?
"꼭 그러겠다고 대답했습니다."

기자는 다시 본론으로 돌아갔다.

예선은 물론이고 본선에서도 모든 경기에 선발 출장해 역투를 펼쳤다. 남다른 체력의 비결이 뭔가?
"평소에 열심히 훈련한 덕분입니다. 하지만 그건 열심히 노력하면 누구나 할 수 있는 일입니다. 제가 특별히 뛰어나서 그런 것은 아닙니다."

오늘 인터뷰에 응해주셔서 감사하다. 앞으로도 뛰어난 활약 기대하겠다.

"감사합니다."

「아사히신문」, 쇼와 15년 8월 20일

미선에게서 휴대전화를 건네받은 윤경은 인터뷰 기사를 촬영한 화면을 다시 한번 집중해서 들여다보았다. 그런데 윤경은 어쩐지 나카타 준페이中田淳平라는 그 소년의 이름이 낯설지 않았다. 그러자 그녀의 뇌리에 어떤 문서의 내용이 마치 텔레비전 영상의 한 장면처럼 스쳐 지나갔다. 윤경은 노트북을 꺼내어 무릎에 올린 후 전원을 켰다. 그리고 윈도 탐색기를 실행시켜 이번 취재를 위해 만들어 놓은 폴더를 열었다. 거기에는 그녀의 머릿속을 스치고 지나간 문서의 파일이 들어 있었다. 그것은 바로 오우치 히데오의 병적전시명부였다. 그리고 윤경은 그 문서에서 자신이 기억하고 있었던 그 이름을 찾아냈다.

- 동일 오후 2시 이나사야마수신소에 급히 확인할 것이 있다며 소초를 이탈하여 30분이 넘도록 복귀하지 않음
- 함께 근무하던 이등병은 부대 인근의 소초들을 순회하고 있던 나카타 준페이中田淳平 오장伍長에게 이 사실을 보고함

고시엔에서 우승하고 인터뷰했던 카이소중학의 나카타 준페이 선수와 오우치 히데오의 병적전시명부에 등장하는 나타카 준페이 오장은 우연히 같은 이름을 가진 동명이인이었을까? 윤경은 오우치 히데오와 관련 있는 사람들이 한자 표기까지 똑같은 이름을 갖는 것은 확률이 희박하다고 생각했다. 윤경이 운전석에 앉아 있는 미선에게 물었다.

"혹시 나카타 준페이 선수에 대해 아세요?"

미선은 고개를 가로저었다.

"아뇨, 저는 잘 모르는 이름이에요."

그러자 윤경은 미선에게 인터넷에서 카이소중학 출신의 나카타 준페이에 관해 찾아봐 달라고 부탁했다. 미선은 운전석 옆 수납 칸에 놓아두었던 휴대전화를 집어 들어 모바일 웹브라우저에 그의 이름을 한자로 입력했다. 그리고 스마트폰의 결과 화면을 들여다보며 미선은 이렇게 말했다.

"마침 위키백과에 관련 항목이 있네요."

"그러면 그것 좀 살펴봐 주실래요?"

"잠시만요."

미선은 검지로 링크를 눌러서 나카타 준페이에 관한 일본어 위키백과 페이지를 열었다. 그리고 거기에 적힌 정보를 하나씩 알려주었다.

"1924년생 야구 선수래요. 카이소중학 출신으로 고시엔에서 두 번 우승했다고 되어 있어요. 그 뒤에는 요미우리 자이언츠에서 활약했고요."

요미우리 자이언츠라는 단어가 윤경의 귀에 확 꽂혔다.

"요미우리 자이언츠에서는 언제 뛰었나요?"

미선은 엄지로 화면을 위아래로 이동시키며 대답했다.

"음, 1945년 12월에 입단해서 53년까지 뛰었네요. 여덟 시즌을 뛰면서 통산 37승에 방어율은 6.98이었으니 프로에서 아주 뛰어난 활약을 펼치진 못했던 것 같아요. 그래서 저도 그 이름을 잘 모르고 있었던 것 같아요."

1945년 12월 입단이라면 그는 오우치 히데오보다 1년 3개월 전에 요미우리 자이언츠에 들어갔다는 뜻이다. 아마 전쟁이 끝난 뒤에 곧바로 입단했을 것이다. 그리고 오우치 히데오가 입단한 1947년부터 1953년까지는 같은 팀에서 한솥밥을 먹었다. 그것이 과연 우연이었을까?

"그 외에 다른 건요? 야구 말고 그 사람 개인에 대한 다른 내용은 없나요?"

미선은 화면을 더 아래로 내리더니 어떤 항목을 보면서 대답했다.

"아, 전쟁 시기에 육군으로 복무했다고 하네요."

"혹시 복무했던 부대 이름도 알 수 있나요?"

미선은 화면을 이리저리 살펴보면서 대답했다.

"아뇨. 부대 이름까지는 잘 모르겠어요. 그냥 나가사키에서 근무했다고만 나와 있어요."

나가사키. 카이소중학 출신의 나카타 준페이는 제2차 세계 대전 당시에 나가사키에서 육군으로 복무했다. 윤경은 자신의 추측이 옳다고 생각했다. 카이소중학의 나카타 준페이 선수와 나가사키의 나카타 준페이 오장은 우연히 이름이 같은 동명이인이 아니라, 동일인이었기에 이름이 같았던 것이다. 따라서 카이소중학의 나카타 준페이와 오우치 히데오는 제2차 세계 대전 당시에 같은 부대에서 복무하고 있었던 것이다. 이게 과연 우연이었을까?

1940년에 나카타 준페이는 카이소중학의 4학년이었고, 오우치 히데오는 영산상업의 3학년 학생이었다. 나카타 준페이 선수가 한 살 더 많

할머니의 야구공

왔기에 학교도 더 빨리 졸업했을 것이다. 그리고 당시 일본인 남성에게는 병역 의무가 있었기에 그는 군 복무 문제를 해결해야만 했을 것이다. 그래서 그는 육군에 입대했을 것이고 나가사키로 배치되었을 것이다. 그리고 1943년 4월 오우치 히데오는 조선 땅을 놔두고 굳이 바다 건너 나가사키에 있는 부대에 자원입대했다. 그런데 하필이면 그 부대에 고시엔 개막전에서 맞붙었던 나카타 준페이가 복무하고 있었다. 이게 과연 순전히 우연이었을까?

그러다 1945년 8월 상등병이었던 오우치 히데오는 나가사키 부대에서 탈영했다. 그리고 나카타 준페이 오장은 그의 탈영 사실을 나가사키 지구 사령관에게 보고했다. 나카타 준페이는 전쟁 중에 같은 부대에서 도망친 오우치 히데오를 겁쟁이라고 생각했을까? 아니면 비겁한 배신자라고 비난했을까? 윤경은 아마도 그러지는 않았을 거라고 판단했다. 그로부터 다시 1년 반 뒤 군대에서 도망친 탈영병이었던 오우치 히데오와 그의 탈영 사실을 사령관에게 보고했던 사람이 같은 팀에서 함께 야구를 하게 되었기 때문이다. 이 모든 것이 과연 우연이었을까?

윤경의 결론은 하나였다. 그녀는 오우치 히데오의 일본행을 이끈 인물이 바로 나카타 준페이였을 거라고 판단했다. 오우치 히데오가 굳이 조선 땅을 놔두고 일본 나가사키에서 입영했던 이유는 아마도 나카타 준페이 때문이었을 것이다. 아마도 나카타 준페이가 편지를 보내 오우치 히데오를 나가사키로 불러들였을 것이다. 그리고 나카타 준페이는 전쟁이 끝난 뒤 먼저 요미우리 자이언츠에 입단했고, 그러면서 형무소에 수감된 오우치 히데오가 풀려나기를 기다렸을 것이다. 그리고 나카타 준페이는 그가 형기를 마치고 출소하자마자 다시 한번 오우치 히데오의 손을 끌어주었을 것이다.

윤경은 만약 자신의 이런 생각이 사실이라면 나카타 준페이는 대체 왜 그랬던 것일까, 하는 의문이 들었다. 나타카 준페이는 대체 왜 오우치 히데오를 나가사키로 불러들였을까? 자신과 같은 부대에서 함께 야구를 하기 위해서였을까? 윤경은 그러지는 않았으리라고 생각했다. 당시 일본 전역에서 야구가 적국의 스포츠라는 이유로 전면 금지되었던 상황에서, 바로 그 스포츠를 탄생시킨 적국과 최전선에서 맞서 싸우는 군대에서 태연히 야구를 즐길 수는 없었을 것이다. 아마 입 밖으로 야구라는 단어를 꺼내는 것조차도 금기시되었을 것이다. 윤경은 단 한 가지 결론을 내릴 수밖에 없었다.

나카타 준페이는 오우치 히데오를 보호하려 했던 것이다.

나카타 준페이는 당대 최강팀의 에이스인 자신과 자웅을 겨룰 수 있는 뛰어난 실력을 가진 오우치 히데오의 신변을 보호하려 했을 것이다. 만약 그를 그대로 내버려 두었다면 조선의 가난한 고아였던 오우치 히데오는 영산상업을 졸업하더라도 별다른 일자리를 구하지 못했을 것이다. 기껏해야 날품팔이 허드렛일을 하면서 천부적인 재능을 허비하고 있었을 것이다. 그것도 아니면 식민지의 신체 건강한 젊은이를 가만 놔둘 리 없는 일제에 의해 동원되어 어쩌면 태평양이나 만주의 최전선에서 강제 노역을 했을지도 모른다. 만약 그런 곳에 끌려갔더라면 다른 식민지의 청년들이 그러했듯이 그의 안전과 생사는 전혀 보장되지 않았을 것이다.

나카타 준페이는 그래서 오우치 히데오를 나가사키로 불러들였을 것이다. 전쟁 중에 가장 안전한 곳은 군대라는 이야기가 있다. 막강한 수비 태세를 갖추고 있기 때문이다. 더구나 나가사키는 일본 본토에 있는 후방이었다. 병적전시명부에 의하면 오우치 히데오는 1943년 4월 5일

할머니의 야구공

에 입대했다. 그리고 일본의 학기제에 의하면 오우치 히데오는 1943년 3월에 졸업했을 것이다. 따라서 나카타 준페이는 오우치 히데오가 영산상업을 졸업하자마자 그에게 편지를 보냈을 것이다. 아니 어쩌면 그들은 오우치 히데오가 졸업하기 전부터 이미 서로 연락을 주고받았을지도 모른다. 아무튼 그는 나가사키 지역을 방어하는 후방 부대로 오우치 히데오를 초청했을 것이다. 나카타 준페이는 그렇게 자신이 근무하는 부대로 오우치 히데오를 데려와 그를 안전하게 보호했을 것이다.

이러한 생각에까지 이르자 윤경은 나타카 준페이라는 사람이 무척이나 궁금해졌다. 그녀는 미선에게 물었다.

"나카타 준페이는 혹시 아직 살아 계신가요?"

그가 1924년생이기에 그다지 기대하진 않았지만, 혹시라도 그가 살아 있다면 만나볼 수도 있지 않을까 하는 생각이 들었던 것이다. 아니면 유족들을 만나 생전의 이야기를 들어볼 수도 있을 것이다. 그러나 스마트폰의 화면을 확인하던 미선은 다소 의외의 대답을 들려주었다.

"아뇨. 1954년에 사망했대요."

윤경으로서는 조금 놀라운 사실이었다. 혈기 왕성한 젊은 남성이 지금의 그녀와 비슷한 나이에 세상을 떠났기 때문이었다.

"원인은요? 사고라도 당했던 건가요?"

미선은 스마트폰에 시선을 고정한 채 고개를 저으며 대답했다.

"아뇨. 급격히 건강이 악화되더니 갑자기 돌아가셨대요. 사망 원인은 다발성 장기부전이고요."

다발성 장기부전多發性臟器不全. 어떤 원인에 의해 신체의 여러 장기가 갑자기 동시에 기능을 제대로 하지 못하는 것을 의미한다. 그러나 엄밀히 말해서 그것은 원인이 아니라 상태를 가리키는 용어였다. 약간 비약해서 말하자면 '건강이 전반적으로 갑자기 악화되었다'라는 뜻으로 해석할 수도 있었다. 윤경은 나카타 준페이에게 다발성 장기부전을 일으킨 원인이 무엇이었는지가 궁금했다. 그러나 위키백과에서는 그 이상의 자세한 내용까지는 알려주지 않았다. 아무튼 이른 나이에 세상을 떠난 나카타 준페이는 결혼하지 않았기에 후손도 없었다고 했다. 윤경은 왠지 착잡한 기분이 들었다.

미선이 자동차의 시동을 걸었다. 하늘이 주황색 노을로 물들어 가고 있는 가운데 코오요고등학교의 본관 건물 뒤편으로 수십 마리의 철새가 V자 모양으로 무리를 지어 날아가고 있는 게 보였다. 세상에 서서히 어스름이 깔리기 시작하는 가운데 그들은 그렇게 다시 오사카 시내로 향했다.

17

오사카 시내 숙소에 도착한 윤경은 미선을 집으로 돌려보내고 객실에서 휴식을 취하고 있었다. 그러자 옆방에 있던 석현으로부터 전화가 걸려 왔다. 그는 낮에 고시엔 역사관에서 얻어온 기록지의 내용을 알아낼 수 있다는 반가운 소식을 전했다. 그래서 윤경은 기록지의 출력물을 들고 석현의 객실로 찾아갔다. 그의 객실은 촬영 장비들과 짐 가방을 제외하면 사용한 흔적이 거의 없을 정도로 깔끔했다. 가만 보니 그는 침대 옆 협탁 위에 노트북을 펼쳐놓고 있었는데, 화면에는 낮에 보았던 기록지가 띄워져 있었다. 아마도 방에 들어온 이후 노트북으로 계속해서 그 기록지들을 들여다보고 있었던 것 같았다.

"이쪽으로 앉으세요."

그는 낮은 테이블 옆에 있던 쿠션 의자를 끌어와 윤경에게 권했다. 그리고 지금까지의 진행 상황을 간략하게 설명했다. 자신의 고등학교 친구는 지금 광주 경기를 기록하기 위해 출장 가 있는데, 예정되어 있던 경기가 우천으로 취소되는 바람에 일찌감치 숙소로 돌아왔다고 한다. 그래서 석현이 보내준 파일을 열어보았는데, 처음부터 난관에 부딪혔다고 한다.

"왜요?"

"한국에서 사용하는 기록이랑 달랐기 때문이에요. 기록지가 생긴 모양은 거의 비슷한데, 그 안에 표기하는 기호들이 완전히 다르대요. 그렇게 막막하던 차에 숙소에서 같은 방을 쓰는 나이 많은 고참 선배님에게 혹시나 하고 보여드렸더니 단번에 '일본 기록지네?'라고 하시더라는 거예요."

"그 고참 선배가 이걸 해석하실 수 있는 건가요?"

"네, 그런 것 같아요. 그분이 일본야구협회에서 1년 동안 연수를 하셨고, 그래서 일본의 기록 규정이나 기록 방식에 대해 잘 알고 계시대요. 지금 그 선배님이랑 기록지를 살펴보고 있는데, 친구에게서는 금방 전화가 올 거예요. 듣자 하니 이거 도와주는 대신에 그 친구가 선배님에게 오늘 밤에 한턱 쏘기로 한 모양이에요."

그의 말이 끝남과 동시에 석현의 전화기 화면이 밝아지면서 벨 소리가 울렸다. 전화를 받자마자 석현은 전화기를 모니터 옆 협탁 위에 내려놓고 스피커폰 버튼을 눌렀다. 시작부터 친구가 욕설에 가까운 거친 인사말을 꺼냈다.

"지금 스피커폰 켰어."

그러자 친구의 말투가 금세 공손해졌다. 그렇게 오사카에 있는 두 사람과 광주에 있는 두 사람까지 모두 네 명이 서로 전화기 너머로 인사를 나누었다. 윤경은 감사하다는 말과 함께 한국에 돌아가면 꼭 찾아뵙고 인사를 드리겠다고 약속했다. 혹시나 필요하다면 야구 기록 전문가와 인터뷰하거나 자문을 구해야 할 수도 있었기 때문이다. 아무튼 그녀의 감사 인사 덕분에 분위기가 밝아졌다. 그런데 기록원 고참 선배가 무심하게 툭 던지듯 이렇게 물었다.

"이거 일제 시대 기록지죠?"

선배는 그것이 고시엔의 옛날 기록지라는 것까지 이미 파악하고 있었다. 기록지에 경기가 진행된 일시와 장소가 기록되어 있었기 때문이다. 윤경은 살짝 긴장하며 그렇다고 말했다.

"이야아, 용케도 이런 걸 찾아내셨네요. 대단하십니다."

윤경은 대단한 건 자신이 아니라 고시엔 측이라고 말하려다 참았다. 기록원 선배는 별다른 말 없이 곧바로 설명을 이어갔다. 기록지에는 날씨, 심판원, 관중의 수, 종료된 시각과 특이한 사항까지도 기록해 둔다고 말하며 그런 게 전부 한국의 기록 규정과 동일하다고 설명했다. 문제는 플레이를 기록하는 기호였는데, 그 기호가 한국과 일본이 완전히 다르다고 말했다. 그렇지만 그 선배는 일본에서 연수를 받았기 때문에 윤경이 얻어온 기록지를 해석하기에 별다른 어려움이 없다고 덧붙였다.

"그런데 유독 두 경기가 상당히 특이했습니다."

"어떤 경기죠?"

기록원 선배는 흠흠 하며 목을 가다듬은 뒤 말을 이었다.

"우선 쇼와 15년* 8월 12일에 열린 해초중학과 영산상업의 경기가 아주 많이 이상했습니다."

기록원 선배가 말하는 해초중학이란 오늘 낮에 다녀온 카이소중학海草中学을 말하는 것이었다. 학교 이름을 한국식 독음으로 읽은 것이다. 그리고 그 선배가 가리키는 시합은 바로 카이소중학과 영산상업의 개막

---

* 1940년.

전 경기였다. 그 시합에서 영산상업은 오우치 히데오가 선발투수로 나섰지만 카이소중학에게 3대 0으로 패배했다.

"이 시합이 왜 아주 많이 이상한가요?"

"그건 기록지의 내용을 함께 들여다보면서 설명하는 게 좋을 것 같습니다. 파일 이름이 'Showa15_0812'라고 시작하는 기록지를 열어보시겠어요?"

석현이 해당하는 파일을 찾아서 열었다. 기록지 위쪽에 한자로 쇼와 15년 8월 12일이라고 적혀 있었다.

"네, 열었습니다."

"이날 시합은 오후 2시에 시작했는데 상당히 무더웠던 것 같습니다. 구름 한 점 없는 맑은 날씨였는데, 기온이 무려 섭씨 34도였다고 적혀 있어요. 아마 선수들이 고생을 많이 했을 겁니다."

하긴 8월 중순의 한여름이었으니 당연히 찌는 듯한 더위에서 경기를 치러야만 했을 것이다. 기록원 선배가 말을 이었다.

"그런데 이날 시합의 비고備考란에 특이한 내용이 적혀 있습니다."

"그게 뭐죠?"

"이 경기를 천황이 관람한 것 같습니다. 천람시합이라고 기록지에 적혀 있거든요."

그의 말대로 오른쪽 아래의 비고 사항을 적는 칸에 '天覽試合'이라는 한자가 적혀 있었다. 선배의 설명이 이어졌다.

"제가 2014년에 일본야구협회에서 1년 동안 기록원 연수를 했는데, 당시 도쿄돔에서 사회인 야구 결승전이 열렸습니다. 그런데 그 경기를 당시 아키히토明仁 천황 내외가 귀빈석에서 관람했습니다. 그때 일본야구협회 기록원이 기록지에 이 글자를 적는 걸 봤습니다. 그래서 그 기록원에게 그 단어의 뜻을 물어봤더니 천황이 직접 관람하는 경기라고 대답하더군요. 그래서 저도 이 단어가 기억에 남았습니다."

윤경은 엊그제 기타노 유키오 작가가 영산상업과 카이소중학의 개막전이 텐란지아이로 개최되었다고 설명한 게 기억났다. 선배가 설명을 계속했다.

"그런데 이 경기의 기록원이 그 아래에 짧은 설명을 덧붙여 놓았습니다. 보이시나요?"

그의 말대로 그 아래쪽에 '陛下6回まで觀覽'이라는 손 글씨가 적혀 있었다. 윤경은 거기에 적힌 한자를 토대로 그 의미를 추정해 보았다. 그리고 기타노 유키오 작가에게서 들은 내용도 떠올리며 그 의미를 거의 완벽하게 해석해 냈다.

"천황이 6회까지 관람했다는 뜻인가요?"

"네, 맞습니다. 아마 6회까지 관람하고 자리를 뜬 것 같습니다. 뭐, 경기와는 크게 관계없지만 아무튼 그랬다는 걸 알려드리고 싶었습니다."

그러고 보니 엊그제 기타노 작가도 일본 관보에 기재된 내용을 찾아보고 천황이 6회까지 관람했다고 설명해 주었다. 기록원 선배가 흠흠하면서 목을 가다듬고는 설명을 이어갔다.

"이제 본격적으로 시합 내용으로 들어가 보겠습니다. 야구의 기록지는 쉽게 말해서 야구장의 전광판과 비슷한 시스템입니다. 전광판에는 공격하는 선수의 타순을 위에서부터 차례로 보여주는데, 기록지도 마찬가지입니다. 왼쪽 부근에 위쪽부터 순서대로 나열된 것이 이날 경기에 출전한 선수들의 타순입니다."

석현은 마우스 포인터로 윤경에게 네 번째에 있는 이름을 가리켜 보였다. 오우치 히데오가 영산상업의 4번 타자였음을 알 수 있었다.

"그리고 타자의 이름 왼쪽에 숫자가 기록되어 있는데 이건 그 선수의 수비 위치입니다."

이번에는 석현이 대답을 받았다.

"역시, 그런 것 같았습니다."

"아, 전화 받으시는 친구분이 선수 출신이라고 하셨죠? 그러면 잘 아시겠네요. 이 숫자가 무슨 의미인지 말이죠."

"네, 알고 있습니다. 숫자 1이 투수, 2는 포수, 3은 1루수, 4는 2루수, 5는 3루수, 6은 유격수, 7은 좌익수, 8은 중견수, 9는 우익수죠."

석현은 대화에서 소외될 수도 있는 윤경을 위해 일부러 자세히 말하면서 기록원 선배에게 확인했다.

"네, 맞습니다. 그래서 1번 타자 옆에는 7이라는 숫자가 적혀 있으니까 이 친구는 좌익수로 출전한 겁니다."

그런데 윤경은 4번 타자의 이름 옆에 이상한 숫자가 적혀 있음을 확인했다.

"음, 그런데 기록지에는 영산상업의 4번 타자에 181이라는 숫자가 적혀 있는데요?"

"아, 그건 중요한 내용이니까 제가 잠시 후에 자세히 설명해 드리겠습니다."

"알겠습니다."

"그런데 사실 특이한 건 뒷면입니다."

석현이 마우스를 스크롤해서 2번째 페이지로 넘겼다.

"기록지는 원래 양면이 한 장으로 돼 있습니다. 앞면에는 초공격, 뒷면에는 말공격을 기록합니다. 그리고 야구에서는 보통 원정팀이 초공격을 하고 홈팀이 말공격을 합니다."

할머니의 야구공

윤경은 초공격과 말공격이라는 단어를 처음 들었지만, 그것이 양 팀의 공격 순서를 의미한다는 것을 금세 깨달았다. 선배가 설명을 계속했다.

"아무튼 이날 시합은 영산상업이 초공격, 해초중학이 말공격을 했습니다. 영산상업이 원정팀이고 해초중학이 홈팀이었던 거죠. 그런데 뒷면의 내용이 아주 많이 이상합니다."

"어떤 게 이상한 거죠?"

"타자의 이름 오른쪽으로 네모 칸이 연달아 있는 게 보이죠? 그리고 그 칸들의 맨 위에 옆쪽으로 1부터 차례대로 숫자가 기입되어 있고요. 이곳은 이닝을 의미하는 겁니다. 그러니까 타자의 이름과 이닝의 숫자가 서로 교차하는 칸에 무언가가 기록되어 있다면, 그 타자가 해당하는 이닝에서 타석에 섰다는 뜻입니다. 그리고 조그만 칸에 그 타석에서 일어났던 일들을 자세히 적어 놓습니다. 그런데 타석의 내용을 기록하는 그 칸을 보면, 그곳이 다시 여러 개의 작은 구역으로 나뉘어 있는 게 보이실 겁니다."

그의 말대로 그 작은 구역의 왼쪽 부분이 비좁고 가느다란 세로 칸으로 구분되어 있었고, 오른쪽에는 좀 더 넓은 정사각형 모양이 있었다. 그 오른쪽의 네모 칸에는 한가운데에 마름모꼴이 있었고, 그 마름모꼴의 모서리부터 정사각형의 각 변까지 선으로 연결되어 다시 네 개의 구역으로 나뉘어 있었다. 윤경은 벌써 머리가 지끈거리기 시작했다.

"그런데 이 경기의 기록지에서 다른 건 보실 필요 없고요. 왼쪽에 좁게 나뉘어 있는 세로 칸을 보시면 됩니다. 여기에는 해당 타자의 타석에서 투수가 던진 공의 결과를 기록합니다."

윤경은 그제야 난수표와도 같은 이 기록지의 내용이 조금씩 눈에 들어오기 시작했다. 기록원 선배가 설명을 이어갔다.

"역시나 다른 건 신경 쓰실 것 없고, 1번 타자의 투구 칸에 점 4개가 차례로 찍혀 있는 게 보이실 겁니다."

정말로 그 가느다란 세로 칸에 까만색 점(•)이 위에서부터 차례대로 4개가 표기되어 있었다. 인쇄된 형태가 아니라 분명히 사람이 펜을 사용해 일부러 찍은 점이었다.

"일본 야구에서는 투수가 던진 공이 스트라이크가 아니라 볼로 판정이 되었을 때 이렇게 점을 찍어서 표시합니다."

석현이 작은 감탄사를 내뱉으며 질문했다.

"아, 그러면 지금 이 1번 타자는 볼넷이군요?"

"그렇습니다. 볼 네 개가 연속으로 들어왔으니까 스트레이트 볼넷입니다."

석현은 윤경에게 야구에서는 타자가 볼넷을 얻으면 자동으로 1루에 나간다고 설명해 주었다. 기록원 선배가 설명을 이어갔다.

"그런데 이 투수가 그 뒤로도 네 명의 타자를 더 스트레이트 볼넷으로 내보냅니다. 스무 개의 볼을 던지는 동안 스트라이크는 단 한 개도 기록하지 못했습니다. 그렇게 다섯 명의 타자를 연속 볼넷으로 내보내면서 결국 밀어내기로만 2점을 내줬습니다. 이 선발투수는 그렇게 두 점을 내주고 무사 만루의 위기까지 만들어 놓은 상태에서 결국엔 강판당합니다. 투수가 바뀐 거죠. 감독으로서는 당연한 선택이었을 겁니다. 선발 투수가 볼 컨트롤이 전혀 안 되고 있었기 때문이죠."

'입스^{vips}'

그 순간 윤경의 뇌리에서 입스라는 단어가 스치고 지나갔다. 야구에서는 흔히 '스티브 블래스$^{Steve Blass}$ 증후군'이라 부르며, 선수가 원하는 곳에 공을 던지지 못하는 것을 가리킨다. 엊그제 기타큐슈 모지도서관 앞

　　　　　할머니의 야구공

운동장에서 석현과 캐치볼을 하며 들었던 단어였다. 윤경은 고시엔에 출전한 오우치 히데오가 막대한 중압감을 감당하지 못해서 어쩌면 입스가 찾아왔을지도 모른다고 생각했다. 윤경이 머릿속으로 그런 상상을 하고 있는데, 전화기 너머의 선배 기록원이 갑자기 이런 말을 내뱉었다.

"그런데 이 부분에서 조금 특이한 게 있습니다."

"어떤 게 특이한 거죠?"

"투수가 시합에서 아예 빠진 게 아니라 중견수와 수비 위치만 바꿨습니다. 투수가 중견수 자리로 가고, 중견수가 투수로 올라온 겁니다. 그런데 이것도 뭐 조금 특이하긴 하지만 아마추어 경기에서는 종종 볼 수 있는 모습이고, 프로 경기에서도 아주 가끔 이런 비슷한 경우를 볼 수는 있습니다. 그리고 영산상업의 타순을 보니 이 선발 투수가 4번 타자더군요. 팀의 주축 타자다 보니 감독이 이 시합에서 쉽게 뺄 수는 없었던 것 같습니다. 비록 투구는 엉망이었지만 타격에서라도 제대로 한몫하길 바랐던 거겠죠. 그래서 일단은 저도 그냥 그러려니 하고 넘어갔습니다. 다행히도 바뀐 투수가 후속 타자를 땅볼로 처리했고, 유격수가 이 타구를 잘 처리해서 병살을 잡아냈습니다."

그러자 윤경이 물었다.

"병살이요?"

"네, 한 번에 두 개의 아웃카운트를 올리는 플레이를 병살이라고 합니다."

"아, 그렇군요. 죄송합니다. 제가 야구를 잘 몰라서요. 계속 설명 부탁드립니다."

"제가 좀 더 쉽게 설명하도록 노력하겠습니다. 아무튼 두 개의 아웃카운트를 올리는 사이에 3루에 있던 주자가 홈을 밟았습니다. 해초중학이 한 점을 더 올려서 3대 0이 된 거죠. 그런데 이때부터 영산상업이 꽤 선전을 했습니다. 몇 차례 위기가 찾아오긴 했지만 더 이상의 실점은 하지 않았거든요."

그러자 석현이 물었다.

"그런데 선발 투수가 초반에 흔들려서 강판당했고, 중견수랑 수비 위치를 바꿨다는 거 말고는 그다지 특이한 것 같지는 않은데요?"

"6회까지는 그렇죠. 그런데 7회 말이 되니까 아주 특이한 일이 벌어집니다."

"아주 특이한 일이요?"

"네, 투수와 중견수가 다시 한번 수비 위치를 변경한 겁니다. 6회까지 던졌던 투수가 다시 중견수의 위치로 물러나고, 1회에 무려 다섯 개의 볼넷을 남발해 마운드를 내려갔던 선발 투수가 다시 등판한 겁니다. 그래서 아까 이 선수의 수비 위치가 181이라고 표시되어 있던 겁니다. 투수^{1}에서 중견수^{8}로 갔다가 다시 투수^{1}로 올라왔다고 표시해 놓은 겁니다."

석현이 저도 모르게 "헐"이라는 감탄사를 내뱉는 소리가 들렸다. 그러더니 이렇게 말했다.

"저도 고등학생 때까지 야구를 했지만 이런 경우는 태어나서 한 번도 못 봤습니다. 말씀하신 것처럼 투수와 야수가 수비 위치를 바꾸는 경우는 저도 종종 봤습니다. 하지만 이렇게 또다시 수비 위치를 바꾸는 건 저희 사회인 야구에서도 안 하는 겁니다. 만약 그렇게 했다가는 상대 팀을 농락하는 거 아니냐고 욕을 먹을 것 같습니다. 무슨 만화에서나 나올법한 상황인 것 같은데요?"

기록원 선배가 말을 이어받았다.

할머니의 야구공

"저도 그렇게 생각합니다. 그런데 사실 이렇게 하는 것 자체가 규정 위반은 아닙니다. 허용은 되는 거죠. 다만 친구분이 말씀하신 것처럼 상대 팀에 대한 매너가 아니라는 지적을 들을 수는 있습니다. 야구는 더군다나 신사의 스포츠라고 불릴 정도로 예의를 중요시하는 종목입니다. 그래서 더더욱 이런 파격적인 수비 위치 변경을 선택했다는 사실이 쉽게 납득이 가지 않습니다. 게다가 이 투수는 1회 말에 볼넷을 연속으로 다섯 개나 남발했을 정도로 볼 컨트롤이 엉망이었단 말입니다. 오히려 선발 투수를 대신해서 올라온 구원 투수가 겨우겨우 잘 버텨주고 있었죠. 그런데 무실점으로 잘 막아내고 있는 이 투수를 내리고, 컨디션이 최악인 그런 투수를 다시 올린다? 말이 안 되는 거죠. 그것도 갑자원 본선에서 말입니다."

윤경도 이제 조금씩 이 시합이 상당히 특이하다는 걸 이해하기 시작했다. 기록원 선배가 다시 한번 목을 가다듬은 뒤에 설명을 이어갔다.

"그런데 7회부터의 기록을 보면 그게 또 이해가 됩니다."

"이해가 된다고요?"

"네, 7회 말 해초중학의 첫 타자 칸을 보시죠. 이 타자의 투구 기록 칸을 한 번 봐주세요. 뭐가 보이시나요?"

석현이 마우스 포인터를 그곳으로 이동해서 해당하는 구역을 확대했다. 그러자 엑스(×) 표기가 위에서부터 차례로 3개가 표시되어 있었다. 그걸 확인한 석현이 말했다.

"엑스 표시가 3개 있습니다."

"맞습니다. 이건 스트라이크입니다."

석현은 이번에도 뜻 모를 감탄사를 작게 토해냈다.

"삼구 삼진이군요. 아웃이에요."

"네, 맞습니다. 삼구 삼진입니다. 그것도 루킹^{looking} 삼진이죠. 1회 말에는 그렇게도 볼넷을 남발하면서 강판당했던 투수가 7회에는 아예 다른 사람으로 변신한 것 같습니다. 그러면 다음 타자의 기록을 한 번 보시겠어요? 새로운 기호가 하나 보일 겁니다."

석현이 해당 부분을 확대했다. 이번에는 엑스 표시 외에도 사선으로 한 줄을 더 그려 넣은 것 같은 겹엑스 표시도 보였다. 윤경은 그게 마치 일본어 가타카나의 '키(キ)'라는 글자처럼 보인다고 생각했다.

"엑스 표시에 줄이 하나 더 그어져 있는 기호가 보입니다."

"네, 맞습니다. 이건 펜을 잘못 놀려서 실수한 게 아닙니다. 일본 야구의 기록지에서 이건 헛스윙 표시입니다. 타자가 한 차례 배트를 휘둘렀지만 헛스윙을 한 거죠."

윤경의 전신에 갑자기 싸늘한 기운이 감싸고돌았다. 석현이 기록원 선배의 말을 이어 받았다.

"그러니까 이번에도 삼진을 당한 거네요."

"네, 맞습니다. 두 타자 연속 삼구 삼진이죠. 그런데 그 뒤로도 놀라운 일이 벌어집니다. 7회부터 8회까지 해초중학 타자들의 타격 기록을 한 번 보세요. 상당히 특이하거든요."

석현이 마우스 포인터를 움직여서 기록지에서 해당하는 부분을 쭉 훑어봤다.

"이럴 수가. 전부 스트라이크 아니면 헛스윙 표시밖에 없어요."

"그렇죠. 그렇게 7회부터 8회까지 이 투수가 여섯 명의 타자를 상대하면서 던진 투구의 개수는 겨우 열여덟 개에 불과합니다."

석현이 알 수 없는 탄식을 내뱉고는 윤경을 바라보며 이렇게 설명했다.

"타자 한 명당 겨우 세 개의 공을 던졌고, 전부 삼구 삼진으로 아웃을 시켰어요. 1이닝에 세 명의 타자를 그렇게 아웃시켰고, 8회까지 같은 방식으로 모두 여섯 명을 삼진 아웃 처리했어요. 그러니까 18개의 투구가 전부 스트라이크였던 거예요."

전화기 너머에서 두 사람의 대화를 듣고 있던 기록원 선배가 설명을 이어받았다.

"맞습니다. 1이닝에 공을 9개밖에 안 던졌어요. 그러니까 적어도 7회와 8회만 놓고 보면 이 투수는 퍼펙트 게임을 한 겁니다. 그것도 전부 스트라이크만 던져서 말이죠. 심지어 타자들의 방망이에 투구가 스치지도 않았습니다. 제 생각에는 만약 경기가 9회 말까지 진행됐다면, 그때도 아마 비슷한 일이 벌어졌을 겁니다. 해초중학이 점수를 리드하고 있었기 때문에 9회 초에 경기가 끝나서 실제로 확인할 수는 없겠지만 말이죠. 아무튼 아무리 메이저 리그를 씹어 먹는 특급 투수라 하더라도 이렇게는 못 던집니다."

그의 말을 들은 석현이 고개를 갸우뚱하며 물었다.

"그런데 1회에는 왜 그렇게 엉망으로 던졌을까요?"

"음, 제 생각에는 아마도 몸이 덜 풀렸던 것 같습니다. 아무래도 중요한 대회이다 보니 심리적 부담이 적지 않았을 거예요. 그래서 컨디션 난조를 보인 것 같아요. 그러다 중견수 위치에서 수비를 하면서 몸과 마음의 긴장이 조금씩 풀린 것 같아요."

7회부터의 투구 기록을 보면 오우치 히데오는 그야말로 흠잡을 데 없는 완벽한 투수였다. 그런 그가 1회에는 왜 그렇게 흔들렸던 것인지 윤경은 쉽게 이해되지 않았다. 마지막으로 기록원 선배가 이렇게 덧붙였다.

"아무튼 이 경기는 1회 말의 제구력 난조와 볼넷 남발을 제외하고는 끝날 때까지 거의 투수전 양상으로 전개되었습니다. 상당히 빠르게 진행돼서 경기 소요 시간이 2시간 55분밖에 안 걸렸다고 적혀 있어요."

윤경은 뭔가 비밀스러운 암호를 풀어가는 이 과정이 상당히 흥미진진하게 느껴졌다. 그런 생각을 하며 윤경이 전화기 너머의 기록원 선배에게 질문을 건넸다.

"말씀하신 것처럼 상당히 신기하네요. 그런데 아까 두 경기가 특이하다고 하셨죠? 또 다른 시합은 어떤 건가요?"

"아, 그거요? 잠시만요."

수화기 너머에서 컴퓨터 자판과 마우스가 딸깍거리는 소리가 들렸다.

"이 시합은 방금 것보다 더 많이 이상한데요, 역시 기록지의 내용을 함께 들여다보면서 설명하는 게 좋을 것 같습니다. 쇼와 16년* 7월 12일에 열린 부산제일중학과 영산상업의 경기입니다. 파일 이름이 'Showa16_0712'라고 시작하는 기록지고요."

"잠시만요."

석현이 기록지 왼쪽 맨 위에 한자로 쇼와 16년 7월 12일이라고 적힌 파일을 열었다. 준비됐다는 석현의 말에 기록원 선배가 설명을 이어갔다.

"경기가 열린 곳이 부산공설운동장인데, 여기가 어디냐면 예전에 구덕야구장이 있었던 자리입니다. 우리나라 프로야구 초창기에 자이언츠가 홈구장으로 사용하기도 했지만, 지금은 부산시민체육공원으로 완전히 바뀌어서 부산 지리에 익숙하지 않은 분들은 여기가 야구장이었다는 것도 잘 모를 겁니다."

---

* 1941년.

정말로 날짜 옆에 한자로 '釜山公設運動場'이라고 적혀 있었다. 기록원 선배가 설명을 계속했다.

"기록지를 보면 부산제일이 홈팀 자격으로 말공격을 한 것 같습니다. 그런데 상대 팀인 영산상업의 선발투수 이름이 우리가 방금 살펴본 경기에서 초반에 많이 흔들렸던 그 선수와 똑같더군요."

석현이 페이지 아래쪽에 투수 이름이 적힌 부분을 가리켰고, 역시 오우치 히데오라는 이름을 발견할 수 있었다.

"그런데 이 경기도 부산제일의 1회 말 선두 타자 공격부터 뭔가 이상합니다."

"어떤 게 이상한 거죠?"

"1번 타자에게 던진 투구 기록을 보세요."

석현이 마우스 포인터를 움직여 해당 부분을 확대했다. 거기에는 위에서부터 연속으로 까만색 점(•)이 네 개 찍혀 있었다. 그 부분을 마우스 포인터로 가리키며 석현이 말했다.

"이번에도 볼넷이네요. 스트레이트 볼넷."

"맞습니다. 그런데 조금 이상한 건 그다음의 2번 타자와 3번 타자도 상황이 똑같다는 겁니다."

정말로 2번 타자와 3번 타자의 투구 칸에도 똑같이 연속으로 네 개의 점이 찍혀 있었다.

"1회부터 세 타자 연속 스트레이트 볼넷입니다. 투수가 경험이 적거나 배짱이 없다면 1회부터 이렇게 흔들릴 수 있습니다. 아무래도 큰 대회니까 말이죠. 저도 처음에는 그러리라고 생각했습니다. 얼핏 보면 방금 살펴봤던 시합과도 비슷합니다. 그래서 저는 이 투수가 중요한 시합에서 초반에 심하게 흔들리는 징크스가 있는 것 같다는 생각이 들었습니다. 그래서 이번에도 볼넷을 남발하면서 점수를 내주리라 예측했죠. 아무튼 그렇게 무사 만루의 상황에서 4번 타자의 타순이 됩니다. 아시겠지만 4번 타자는 팀 내에서 가장 실력이 뛰어난 타자입니다. 힘이 좋아서 큰 거 한 방이나 장타를 날릴 수 있는 타자죠. 그런데 지금까지 세 타자를 연속으로 스트레이트 볼넷으로 내보낸 투수가 이번에는 아예 다른 사람으로 변신합니다. 4번 타자의 투구 기록 칸을 보세요. 뭐가 보이시나요?"

석현이 마우스 포인터를 그곳으로 이동해서 해당하는 구역을 확대했다. 그러자 엑스(×) 표기가 위에서부터 차례로 3개가 표시되어 있었다. 그걸 확인한 석현이 작은 감탄사를 토해내며 말했다.

"삼구 삼진이네요."

"맞습니다. 루킹 삼진이에요. 그것도 4번 타자를 말이죠. 더군다나 무사 만루의 상황에서요. 공 3개만으로 스트라이크 아웃을 시켜버린 겁니다."

윤경은 왠지 모르게 가슴이 뛰기 시작했다. 노트북의 하얀 화면에 있는 까만 기호들을 보고만 있을 뿐인데도 기록원 선배의 설명을 듣고 있다 보니 어쩐지 80여 년 전 야구장의 광경이 눈앞에 입체 영상으로 생생하게 펼쳐지는 것 같았다.

"투수는 웬일인지 각성을 한 것 같습니다. 그 뒤에 타석에 들어선 5번 타자와 6번 타자도 삼구 삼진으로 돌려세웠거든요."

역시나 그들의 투구 기록 칸에도 엑스 표시만 연달아 세 개가 표기되어 있었다.

"여기까지만 봤을 때도 저는 1회를 시작하면서 잠깐 흔들렸던 투수가 제 컨디션을 찾은 것 같다고 생각했습니다. 실제로 영산상업의 투수는 2회 말에 상대 타자들을 삼자범퇴로 돌려세웠습니다. 삼구 삼진은 아니었지만 그래도 전부 삼진이었어요. 그렇게 3회 말에 부산제일은 다시 1번 타자부터 공격이 시작됩니다. 선두 타자가 1번이니까 부산제일로서는 상당히 괜찮은 타순입니다. 그런데 3회 말에 다시 똑같은 상황이 벌어집니다. 기록을 보시면 1회 말이랑 거의 완전히 똑같습니다. 한번 보세요."

그의 말대로 부산제일은 1번부터 3번 타자까지 이번에도 모두 스트레이트 볼넷으로 출루했다. 또다시 무사 만루가 되었고, 이번에도 그 상황에서 4번 타자가 타석에 들어섰다. 그리고 마치 복사해서 붙여넣기라도 한 것처럼 그는 또다시 삼구 삼진을 당했다. 5번 타자와 6번 타자도 마찬가지였다.

"이닝이 그대로 종료됩니다. 이제 제가 뭔가 이상하다고 생각했던 의심이 점점 더 강한 확신으로 바뀌기 시작합니다. 부산제일의 4회 말 공격은 이번에도 삼자범퇴입니다. 다만 이번에는 전부 내야 땅볼로 1루에서 아웃이 됩니다. 그런데 저는 이게 영산상업의 투수가 일부러 맞춰 잡은 것 같습니다."

"왜 그런 생각을 하시는 거죠?"

"투수가 체력을 아끼고 있는 것 같거든요. 타자들이 전부 첫 번째 아니면 두 번째 투구에서 타격했어요. 기록지에는 투구의 구종이나 코스까지는 기록하지 않기 때문에 정확히는 알 수 없지만, 아마 낮은 코스로 유인구를 던져서 땅볼을 유도했을 겁니다."

"그렇군요."

"선발 투수가 체력을 아끼려는 건 당연합니다. 더구나 이렇게 중요한 경기에 선발로 나섰다면 팀의 에이스였을 거고, 그런 에이스 투수라면 최대한 길게 던져주는 게 팀에도 보탬이 되는 거거든요. 그런데 이렇게 한편으로는 아주 합리적으로 행동하는 투수가 유독 상위 타선에서는 이상한 행동을 계속합니다. 투수는 5회 말에도 1번부터 세 명의 타자를 연속으로 스트레이트 볼넷으로 내보내서 만루를 만듭니다. 그리고 역시나 무사 만루의 상황에서 또다시 4번 타자를 상대하는 거죠. 그런데 이번에는 상황이 조금 다릅니다. 혹시 보이시나요?"

석현이 해당 부분을 확대했다. 이번에는 엑스 자에 사선으로 한 줄을 더 그려 넣은 것 같은 겹엑스 표시가 위에서부터 연달아 3개가 표시되어 있었다. 석현이 대답했다.

"헛스윙 삼진. 세 차례 배트를 휘둘러서 모두 헛스윙을 했어요."

윤경은 순간 모골이 송연해지는 느낌이 들었다. 기록원 선배가 말을 받았다.

"네, 맞습니다. 타자는 어떻게든 공을 쳐보려고 방망이를 휘둘렀는데 공을 건드리지도 못한 겁니다. 그것도 4번 타자가 말입니다. 어쨌든 이번에도 무사 만루에서 4, 5, 6번을 전부 삼진으로 돌려세웁니다. 5번과 6번 타자도 방망이를 몇 번 휘둘렀지만 그럴 때마다 역시 헛스윙이었습니다."

확인을 해보니 실제로 엑스 표시와 헛스윙 표시가 번갈아 가며 표기되어 있었다.

"그런데 참고로 앞면을 보시면 영산상업은 1회와 3회에 점수를 내면서 5점을 앞서가고 있습니다. 자, 다시 뒷면으로 돌아와서 이제 5이닝이 끝났습니다. 선발 투수가 승리 투수의 요건을 채운 겁니다. 그런데 영산상업의 투수는 기행을 멈출 생각이 없는 것 같습니다. 6회 말에도 상대 타선을 삼자범퇴로 처리하고 7회 말에는 다시 선두 타자부터 세 명을 연속으로 스트레이트 볼넷을 내줘서 무사 만루가 됩니다. 그리고 4번 타자가 들어서는데, 이번에도 또 다른 기호가 하나 등장합니다. 한 번 보시겠어요?"

석현이 해당 부분을 확대하니 위에서부터 차례로 겹엑스 표시가 두 개 있었고, 그다음에는 세모(△) 모양의 기호가 두 개, 그리고 마지막으로 다시 겹엑스 표시가 기록되어 있었다.

"세모가 두 개 있네요?"

"네, 맞습니다. 이건 파울입니다. 두 개의 공을 헛스윙한 타자가 세 번째에도 방망이를 휘둘렀는데 이번에는 파울이 됐습니다. 네 번째에도 파울을 만들었죠. 아마도 타자가 공을 치려고 최선을 다한 것 같습니다. 그렇지만 다섯 번째 공을 헛스윙하면서 이번에도 결국 삼진을 당했습니다. 5번과 6번 타자들도 헛스윙 삼진을 당해서 이닝이 종료됩니다."

경기는 9회 말까지 거의 똑같은 양상으로 진행되었다. 8회 말 삼자범퇴, 그리고 9회 말에는 또다시 세 타자 연속 스트레이트 볼넷을 내줘서 무사 만루에 4번 타자가 등장했다. 기록원 선배의 설명이 이어졌다.

"그런데 여기에서 투수가 마지막으로 한 단계 더 각성한 것 같습니다. 이번에는 아예 배트에 공이 스치지도 못하게 하려고 했던 것 같습니다. 4번 타자가 다시 세 번 헛스윙해서 삼진을 당하거든요. 아마도 7회 말에 자신의 공을 두 번이나 파울로 걷어냈던 것에 대해 상당히 분하게 생각했던 것 같습니다. 그것이 설령 파울이었다고 하더라도 자신의 공을 건드린 걸 용납할 수 없었던 걸까요? 아무튼 이 투수는 이날 9회 말에 자신이 보여줄 수 있는 최고의 피칭을 했을 겁니다. 어떻게든 공을 쳐보려는 상대 팀의 4번 타자를 헛스윙으로 돌려세웠으니까요. 아무튼 남은 두 타자가 역시나 삼구 삼진으로 물러나면서 부산제일의 마지막

공격도 그렇게 마무리가 됩니다."

그러는 사이에 영산상업은 7회 초의 공격에서 2점을 더 얻어 최종 스코어는 7대 0이 되었다. 영산상업의 승리였다. 그렇게 경기의 내용 파악을 마무리하려는 찰나에 기록원 선배가 한 마디 덧붙였다.

"그런데 이렇게 아주 특이한 경기에서도 주목해야 하는 매우 중요한 사실이 하나 더 있습니다. 이 시합에서 영산상업의 괴짜 투수는 비록 볼넷을 무려 열다섯 개나 남발하긴 했지만, 안타는 단 한 개도 맞지 않았다는 겁니다. 점수도 전혀 내주지 않았고요."

그러자 석현이 무릎을 탁 치면서 외쳤다.

"노히트 노런!"

"맞습니다. 그래서 특이 사항을 적는 비고備考 칸에도 분명하게 '노히트 노런ノーヒットノーラン'이라고 적혀 있는 걸 확인할 수 있습니다. 아무리 고교 야구라지만 엄청난 기록을 세운 거죠. 그것도 부산제일을 상대로 노히트 노런을 기록했다니, 이 괴짜 투수는 분명히 대단한 선수였을 겁니다."

오우치 히데오의 실력이 고등학교 때부터 얼마나 대단했는지를 다시 한번 더 확인할 수 있는 대목이었다.

"그래서 제가 더더욱 이해할 수 없는 것은, 이 투수가 이 시합에서 대체 왜 그렇게나 많은 볼넷을 내주었을까 하는 겁니다."

석현도 그 점이 궁금한 것 같았다.

"그러니까요. 왜 그랬을까요?"

"제 생각으로는 영산상업의 투수가 아무래도 고의사구를 내준 것 같습니다."

그러자 석현이 고개를 갸우뚱하며 질문했다.

"고의사구라고요? 그런데 조금 이상한데요? 보통은 실점 위기에서 1

루가 비었을 때 중심 타선을 피하려고 고의사구를 내주지 않나요? 그런데 만약 이게 고의사구라면, 투수가 노아웃 상황에서 일부러 베이스를 꽉 채웠다는 건가요?"

"맞습니다. 저는 이 투수가 일부러 위기 상황을 만든 것 같아요. 그것도 상대 팀에서 실력이 가장 뛰어난 4, 5, 6번 앞에서 말이에요. 중심 타선을 이렇게 모두 완벽하게 삼진으로 셧아웃시킬 수 있었다면 당연히 1, 2, 3번 타자도 충분히 제압할 수 있었을 겁니다. 하지만 계속해서 일부러 고의사구를 내줬단 말이에요. 이건 스스로 위기 상황을 만든 거라고밖에 생각이 들지 않습니다."

"그렇다면 일부러 스스로 위기 상황을 만든 이유는 뭘까요?"

석현이 물었다.

"이건 어디까지나 저의 추측이긴 합니다만."

그러자 잠시 정적이 흘렀다. 기록원 선배가 설명을 이어갔다.

"상대 팀의 중심 타선에게 일부러 최고의 기회를 만들어 주려고 했던 것 같습니다."

그러자 석현이 빠르게 되물었다.

"혹시 일부러 져주려고요? 승부 조작이라도 하려던 걸까요?"

그러자 수화기 너머에서 희미한 탄식을 들을 수 있었다.

"아뇨, 그 정반대의 상황인 것 같습니다. 일부러 져주려고 했던 거라면 오히려 외야 플라이나 심지어 내야 땅볼만 쳐도 실점할 수 있는 이런 엄청난 위기에서 중심 타자들을 너무나도 완벽하게 제압했던 상황이 말이 안 되거든요. 오히려 이 투수는 이렇게 해도 이길 수 있다는 걸 보여주려던 것 같습니다. 그러니까 상대 팀의 중심 타선에게 만루의 상황을 만들어 줘도 자신이 얼마든지 제압할 수 있다는 걸 보여주고 싶었던 것 같아요."

석현의 입에서 다시 한번 감탄사가 흘러나왔다. 기록원 선배가 설명을 계속했다.

"저도 이런 기록지는 생전 처음 봅니다. 야구 기록은 원래 굉장히 무미건조합니다. 경기에서 일어났던 일들을 최대한 간단하게 객관적으로 적어 놓는 겁니다. 그래서 대부분 기록지에서는 별다른 감흥이 느껴지지 않습니다. 물론 류현진 선수가 한 경기에 17개의 탈삼진을 기록하면서 한국 신기록을 수립한 시합과 같은, 역사에 남을 명경기의 기록지를 보면 살짝 흥분되기도 하지만 대부분 기록지는 그냥 기록일 뿐이고 데이터에 불과합니다. 그런데 친구분이 보내주신 기록지에서는 일반적인 기록지에서는 느낄 수 없는 어떤 감정이 느껴집니다."

"어떤 감정이 느껴지시나요?"

수화기 너머에서 잠시 옅은 한숨 소리가 느껴진 뒤에 선배의 설명이 이어졌다.

"이 투수 말입니다, 굉장히 악에 받쳐 있는 게 느껴져요. 부산제일은 지금도 아주 유명한 야구 명문고이고 역사와 전통이 있는 학교이기 때문에 당시에도 그리 만만한 팀이 아니었을 겁니다. 절대로 한 타자 한 타자를 가볍게 볼 수 없는 거죠. 절대로 동네 꼬마들을 상대로 놀이하듯이 경기를 풀어갈 수는 없었을 거란 말입니다. 그런데 지금 이 투수는 그런 부산제일의 타자들을 전부 손바닥 위에 올려놓고 마치 농락하듯이 시합하고 있습니다. 그중에서도 특히나 부산제일의 중심 타선에게 아예 망신을 주려고 작정을 한 것 같습니다. 봐라, 너희들이 얼마나 형편없는 놈들인지를! 봐라, 너희들이 얼마나 쓸모없는 녀석들인지를! 봐라, 너희들이 얼마나 무능력한 인간들인지를! 뭐, 그런 걸 보여주려고 한 것 같단 말이죠. 그리고 경기 기록에서 보면 알 수 있듯이 이 투수는 상대 팀 전체를 농락하는 건 물론이고 중심 타선의 타자들에게 완벽하게 망신을 줬습니다. 제 생각처럼 망신을 주려던 게 목적이었다면 그야말로 대성공을 거두었을 겁니다. 아마 제가 부산제일의 타자들이었다면 시합이 끝나고 한동안은 부산 시내에서 얼굴을 들고 돌아다닐 수가 없었을 겁니다. 기록지를 보면 당시에 이 시합을 관람한 관중 수가 3천 명이 넘었다고 적혀 있습니다. 부산 시민 수천 명 앞에서 부산을 대표하는 고등학교의 야구 선수들이 엄청난 굴욕을 당한 겁니다. 속된 말로 아주 개망신을 당한 겁니다. 그러니 한동안은 쪽팔려서라도 부산의 길거리를 함부로 나다닐 수가 없었을 겁니다."

윤경은 여러 가지 면에서 상당히 큰 충격을 받았다. 우선은 암호가 해독되었기 때문이다. 이 알 수 없는 기호들로 가득 찬 수수께끼의 암호문에서 당시의 시합을 거의 완벽하게 해석하고 눈앞에 생생히 재현해 낸 기록원 선배의 뛰어난 능력이 놀라웠다. 자리에 함께 있었다면 벌떡 일어서서 크게 환호성을 지르며 손뼉이라도 쳐주고 싶은 심정이었다.

그리고 그녀는 또한 기록지에 드러난 어떤 사람의 일면 때문에 커다란 충격을 받았다. 다름 아닌 영산상업의 투수 때문이었다. 그녀는 압도적으로 뛰어난 실력을 가진 운동선수가 자신이 사랑하는 운동에 엄청나게 커다란 악의를 품었을 때 어떤 사태가 벌어질 수 있는지를 얼핏 들여다본 것 같았다. 그는 악마의 재능을 가진 야구 선수였다. 그리고 대회의 공식 기록지에 고스란히 기록된 이날의 시합은 건전하거나 신성한 스포츠의 현장이 아니었다. 그곳은 삼엄한 심판장이었고 서슬 퍼런 처형장이었다. 분노의 불길이 활활 타오르는 지옥이었다. 윤경은 저도 모르게 나지막한 한숨을 내쉬었다.

바다를 사이에 두고 멀리 오사카와 광주 사이의 원격 대화는 그렇게 종료되었다. 윤경은 이렇게 물심양면으로 자신을 도와준 기록원 일행에게 반드시 사례하겠다는 약속과 함께 다시 한번 감사를 전하고는 통화를 끝냈다. 그리고 나서 자신의 객실로 돌아온 윤경은 털썩하고 쓰러지듯 자리에 누웠다. 그렇지만 도무지 잠을 이룰 수 없었다. 두 눈을 감고 있어도 그녀의 머릿속에서는 방금 복기復棋한 야구 경기의 장면들이 마치 눈앞에서 지켜보기라도 한 것처럼 생생하게 재현되고 있었다.

그러다 문득 그녀는 이런 생각이 들었다. 오우치 히데오에게 실력으로 무릎을 꿇은 상대 팀의 선수들은 아마도 자신들에게 굴욕을 안긴 그 투수에게 앙갚음하기 위해 복수의 칼날을 갈고 있었을지도 모른다고 말이다. 그리고 이 정도의 수치를 당하고도 가만히 있을 사람은 거의 없을 것이라는 확신이 들었다. 더구나 피가 펄펄 끓는 청춘들이라면 말이다. 그러자 갑자기 어제 기타노 유키오 작가에게 들었던 이야기가 떠올랐다. 윤경은 자리에서 벌떡 일어났다. 그리고 자신의 DSLR 카메라를 꺼내 기타노 작가의 인터뷰 영상을 재생했다. LCD 화면에서 기타노 작가가 설명하고 있었다.

"그런데 그 사건은 그라운드에서 벌어진 난투가 아니었습니다. 1941년에는 야구장에서 일어났던 갈등이 빌미가 돼서 야구장 밖에서 사건이 벌어졌습니다. 당시 부산제일과 영산상업이 고시엔의 조선 예선 최종전에서 맞붙었는데, 부산제일이 완패를 당했습니다. 그런데 패배에 굴욕감을 느끼고 앙심을 품은 부산제일의 일부 선수가 밤중에 몰래 영산상업의 야구부 합숙소를 습격해서 집단 린치^{lynch}를 가한 겁니다. 폭력을 휘두른 거죠. 그 일로 인해 영산상업 야구부원이 여러 명 다쳤다고 합니다. 그런 사건이 있었다는 사실은 저도 당시 조선의 신문을 찾아보고 알게 된 겁니다."

"그래서 어떻게 됐나요?"

"다음 날 아침에 이 사건을 신고받은 경찰이 수사에 나서 주동자들을 체포했습니다. 그런데 오전에 연행된 학생들이 전부 그날 오후에 훈방 조치 되며 석방됐습니다."

"이유가 뭐죠?"

"전부 일본인 학생이었거든요. 피해 학생은 모두 조선인이었고요. 일본 경찰이 청소년 사이에 벌어질 수 있는 흔한 다툼이라고 판단해서 주의 처분만 하고 내보낸 겁니다."

거기에서 윤경은 일시 정지 버튼을 눌렀다. 기타노 작가가 언급한 1941년 고시엔 조선 지역의 최종 예선은 그들이 아까 한국과 원격으로 통화하면서 살펴본 그 기록지의 시합을 말하는 것이었다. 당시 현장을 적어둔 기록지를 통해 확인할 수 있었던 것처럼 부산제일은 그 경기에서 굴욕적인 수모를 당했다. 그리하여 부산제일 학생들은 그날 밤에 영산상업의 야구부 숙소를 기습해서 선수들을 폭행했다. 폭력은 용서할 수 없는 것이며, 그런 폭력을 행사한 부산제일 학생들은 분명히 잘못을 했다. 그러나 이는 어찌 보면 오우치 히데오가 야구장에서 상대 학교를 향해 악의를 품었기 때문에 시작된 사건이었다. 대체 왜 오우치 히데오는 이 경기에서 그렇게 소름 끼치는 악의를 품게 되었을까? 대체 왜 그는 부산제일의 중심 타선에게 절대 씻을 수 없는 엄청난 굴욕을 안기고 싶었던 것일까?

윤경은 계속해서 영상을 재생했다. 화면 속의 기타노 작가가 설명을 이어갔다.

"그런데 관련 문헌을 조사하다가 우연히 발견한 사실인데, 그 전년도 에는 인근의 부산에서 심각한 사건이 있었습니다."

"심각한 사건이라고요?"

"네, 1940년 11월에 부산의 조선인 학생들이 대규모 시위를 벌였습 니다. 당시에 부산의 고등학생들이 경남 지역의 일본군 위수사령관 衛成司令官이었던 노다이 켄지乃台兼治 육군 대좌의 관사로 몰려가서 가 옥을 파괴하고 심지어 노다이 대좌를 집단 폭행하기까지 했습니다."

"왜 그랬던 거죠?"

"이 사건의 계기도 운동 경기였습니다. 당시 부산공설운동장에서 경 남학도전력증강국방경기대회慶南学徒戦力増強国防競技大会가 개최되었는 데 이건 일종의 학교 대항 체육 대회였습니다. 그런데 이 대회에서 주 최 측이 일본인 학교들에 심한 편파 판정을 내려서 결국엔 일본계 고 등학교가 우승을 차지합니다. 그러자 이에 격분한 조선의 고등학교 학생들이 대규모 시위를 일으켰습니다. 듣기로는 시위대의 규모가 1,000명을 넘었다고 합니다."

"그런데 육군 대좌의 관사는 왜 쳐들어간 거죠?"

"노다이 대좌가 이 대회의 심판위원장이었거든요. 대회를 주최한 일 인장교단日人将校団의 일원이었습니다."

윤경은 그 부분에서 영상을 멈추었다. 조금 전 기록지를 통해 복기를 해봤던 부산제일과 영산상업의 경기가 펼쳐졌던 장소는 부산공설운동장이었다. 그런데 인터뷰 영상 속 기타노 작가가 설명하는 대규모 시위가 촉발된 장소도 역시 부산공설운동장이었다. 윤경은 두 사건 사이에 어떤 연관성이 있지 않을까 하는 느낌이 들었다. 그리고 부산제일의 야구부원은 모두 일본인이었고, 영산상업의 야구부원은 모두 조선인이었다는 설명이 마음에 걸렸다. 그녀는 노트북 컴퓨터를 꺼내어 전원을 켜고 웹브라우저를 열었다. 그리고 검색창에 '영산상고'라는 단어를 입력했다. 그러자 검색 결과들 가운데에서 그녀가 예전에 확인했던 위키백과 페이지의 제목이 보였다. 윤경은 그 페이지를 다시 한번 클릭해서 들어가 보았다.

영산상업고등학교는 현 대영고등학교의 옛 이름으로, 1917년 영산 개성학교로 창립되었다. 지금과는 학제가 달랐던 일제 강점기에는 영산상업고등보통학교로 불리다가 1938년 학제가 개편되면서 영산 상업중등학교로 이름이 바뀌었다. 그리고 해방 이후 1948년 중학교 과정이 분리되어 나가면서 영산상업고등학교로 개칭하였으며, 1998년 현재의 대영고등학교로 교명을 확정 변경하였다.

그런데 문득 예전에는 미처 살펴보지 못했던 것이 그녀의 날카로운 시선에 포착되었다. '고등보통학교'라는 단어에 또 다른 링크가 걸려 있던 것이다. 해당 링크를 클릭하여 들어가니 아래와 같은 설명을 확인할 수 있었다.

일제 강점기에 존재했던 중등교육 기관으로, 일본어를 모국어로 사용하지 않는 조선인들이 주로 다니는 학교였다.

윤경은 혹시나 하는 마음에 이번에는 새로운 탭을 열어 검색창에 '부산제일고등학교'라는 단어를 입력하여 검색해 보았다. 모니터에 표시된 결과의 목록 가운데 맨 위에 있는 위키백과의 링크를 클릭해서 들어갔다. 거기에 기록된 그 학교에 대한 개요는 이러했다.

1915년 부산제일학교라는 명칭으로 개교한 부산의 공립 고등학교이다. 지금과는 학제가 달랐던 일제 강점기에는 부산제일중등학교로 개칭되었다가, 해방 이후인 1948년 학제가 개편되면서 부산제일중학교와 부산제일고등학교로 분리되어 오늘날에 이르고 있다.

위키백과에 기록된 학교의 연혁을 살펴보니, 부산제일고등학교는 100년이 넘는 역사를 통틀어서 '고등보통학교'라는 이름으로 불린 적이 없었다. 영산상업이 고등보통학교라고 불리던 시절에도 부산제일은 중등학교라는 이름을 갖고 있었다. 그리고 추가적인 검색을 통해 그녀는 일제 강점기 내내 중등학교라는 교명을 갖고 있던 학교들은 '일본어를 모국어로 사용하는 학생들'이 다니던 곳이라는 것을 알 수 있었다. 다시 말해서 1940년 전후의 영산상업과 부산제일은 모두 중등학교라는 이름으로 불리긴 했지만, 실상은 같은 성격의 학교가 아니었던 것이다. 그러니까 영산상업은 조선인 학교였고, 부산제일은 일본인 학교였다.

윤경은 다시 한번 취재 노트를 꺼내어 빈 곳에 자신이 파악한 내용들을 적으며 머릿속을 정리해 보았다. 1940년 11월 부산공설운동장에서 일본군 장교의 편파 판정에 항의하는 조선인 학생들의 대규모 시위가 일어났다. 그 일로 15명이 구속되고 수십 명이 징계를 받았다. 그로부터 8개월 뒤 같은 장소에서 조선인 학교와 일본인 학교의 야구 경기가 열렸다. 그리고 조선인들이 다니던 영산상업의 오우치 히데오는 일본인들이 다니던 부산제일 야구부를 처참하게 짓밟았다. 그리고 그날 밤, 영산상업의 야구부원들은 부산제일의 학생들로부터 불시에 기습을 당했다. 일부는 병원에 실려 가야 했을 정도로 심각하게 다쳤다. 오우치 히데오 역시 폭행을 피하지는 못했을 것이다.

그런 생각에까지 이른 윤경은 왠지 모를 착잡한 기분이 들었다. 그리고 오우치 히데오라는 사람에 대해 알아가면 알아갈수록 오히려 점점 더 멀어지면서 좀처럼 이해할 수 없다는 생각이 들었다. 여러 가지로 복잡한 심경이었다. 그래서 역시나 그날 밤도 그녀는 쉬이 잠을 이룰 수 없었다.

그런데 그녀는 미처 눈치채지 못했지만, 오사카의 하늘에는 칠흑 같은 먹구름과 세찬 비바람이 새까맣게 밀려오고 있었다.

5부

피카의 독화살

18

아침 일찍부터 오사카의 호텔 창밖에는 거센 비바람이 몰아치고 있었다. 윤경이 객실 텔레비전을 틀어보니 NHK 채널에서 날씨 관련 특보를 전하고 있었다. 일본어 방송이라 자세히 알아들을 수는 없었지만, 아무래도 태풍이 발생한 것 같았다. 윤경은 노트북 전원을 켜고 웹브라우저를 열어 한국의 기상청 사이트에 접속했다. 그러자 태풍이 발생했으니 안전에 각별히 유의를 당부한다는 팝업창이 떴다. 팝업창을 닫으니 동북아시아 지도 위에 태풍의 예상 이동 경로를 보여주고 있었다. 그에 따르면 난마돌Nanmadol이라는 이름이 붙은 그 태풍은 현재 규슈의 후쿠오카를 지나고 있었으며, 오사카의 북쪽을 거쳐 혼슈를 따라 북동쪽으로 이동할 것으로 예측되었다. 그 태풍은 기묘하게도 지금까지 일본에서 윤경이 취재하며 이동한 경로를 뒤쫓아 오고 있는 것처럼 보였다.

토카이도신칸센東海道新幹線은 오사카의 신오사카역新大阪駅에서 출발한다. 오전 11시 30분에 출발하여 예정대로라면 2시간 반 정도가 소요될 것이고 오후 2시쯤에 도쿄역東京駅에 도착할 것이다. 윤경 일행은 노조미のぞみ호의 그린차グリーン車에 촬영 장비와 여행용 케이스를 싣고 좌석을 찾아

할머니의 야구공

앉았다. 비행기의 비즈니스 클래스가 연상되는 널찍하고 편안한 좌석이었다. 석현은 진행 방향 우측 열의 통로 쪽 좌석에 앉았고, 맞은편 왼쪽 좌석에는 미선이 창가에, 그리고 윤경이 통로 쪽에 앉았다.

이번 도쿄 취재 일정에는 오사카 촬영에 도움을 준 미선이 계속 동행하며 코디네이터와 통역을 맡아 줄 예정이었다. 원래는 오사카와 도쿄의 거리가 제법 멀기 때문에 도쿄에서는 별도의 코디네이터를 구할 생각이었으나, 도쿄에서 인터뷰할 사람이 누구인지를 전해 들은 미선은 윤경에게 자신을 꼭 데려가 달라고 요청했다. 사실 그건 요청이라기보다는 거의 요구에 가까웠다. 고등학교에 다닐 때 야구부 매니저를 할 정도로 야구에 열광하는 미선으로서는 일본 야구의 전설적인 영웅을 직접 만나볼 기회를 놓치고 싶지 않았을 것이다.

윤경이 이번 일본 취재 일정에서 가장 신경 써서 섭외한 그 사람은 바로 가네다 세이이치金田淸一였다. 가네다 세이이치는 일본 프로야구에서 통산 400승이라는 믿을 수 없는 기록을 남긴 전설적인 투수였다. 현역으로 맹활약하던 시절 그의 별명은 덴노天皇, 그러니까 천황이었다. 그의 인기와 명성이 어찌나 대단했는지, 사람들이 쇼와昭和 천황은 몰라도 가네다 천황은 안다는 우스갯소리까지 나올 정도였다. 그녀가 가네다를 인터뷰하기로 결심한 결정적인 이유는, 원래 코쿠테츠 스왈로스国鉄スワロー ズ 팀으로 입단해 활약하던 그가 1957년 요미우리 자이언츠로 이적했기 때문이었다. 오우치 히데오가 1957년 시즌을 끝으로 요미우리 자이언츠에서 은퇴했으니, 가네다 세이이치와 오우치 히데오는 한 시즌 동안 같은 팀의 동료로 한솥밥을 먹었을 것이다.

그리고 두 사람에게는 한국계라는 공통점이 있었다. 한 사람은 식민지 조선에서 태어나 일본으로 건너왔고, 또 한 사람은 일본 본토에서 조선인으로 태어나 일본으로 귀화했다. 한 사람은 식민지 조선에서 야구를 평정한 뒤 일본 프로야구의 명문 구단에서 에이스로 활약한 사람이었고, 또 한 사람은 '천황'으로 불리며 일본 야구의 전설로 등극한 사람이었다. 1925년생인 오우치 히데오와는 여덟 살의 나이 차이가 있기는 하지만, 두 사람 사이에는 다른 동료들과는 구별되는 어떤 모종의 유대감이 있었을 것이다. 분명히 가네다 세이이치가 오우치 히데오에 대해 기억하는 점이 있으리라고 생각했다.

아무튼 미션이 쉽지 않은 일정임에도 그를 인터뷰하는 자리에서 자신이 직접 통역하겠다고 나설 만했다. 그렇다, 가네다 세이이치와의 인터뷰 자리에는 통역이 필요했다. 아무리 월등한 실력을 가진 선수라고는 해도 일본에서 조선인으로 살아간다는 것은 쉽지 않았을 것이다. 조선식 이름과 조선의 말을 사용한다는 이유만으로도 온갖 차별과 억압과 핍박이 따라왔던 시절이었다. 그는 결국 이름까지 일본식으로 바꾸며 일본으로 정식 귀화해 일본인처럼 보이기 위해 노력했다. 그는 한국 문화와 언어와 습관을 떨쳐버리기 위해 필사적으로 애를 썼다고 한다. 재일한국인들과의 만남도 최대한 자제했다는 일화는 유명했다. 그러는 사이에 가네다는 자연스럽게 자신의 모국어를 거의 잊어버렸다는 소문이 자자했다.

게다가 인터뷰 요청 또한 쉽지 않았다. 무엇보다도 가네다 세이이치는 대중적인 행보를 극도로 꺼리는 인물이었다. 야구와 직접적으로 관련된 일이라면 그 누구보다도 적극적이며 헌신적이었지만, 그가 다른 사안으로 언론과 인터뷰를 한다거나 공개 석상에 나서는 모습은 거의 찾아볼 수 없었다. 경기를 마친 뒤 신문이나 방송국과 인터뷰를 갖는 자리에서도 그는 최대한 발언을 자제하며 기자의 질문에만 아주 짧게 답변하는 걸로 악명이 높았다. 현역 시절에 미모의 여배우와 염문설이 있었는데도 끝내 그녀와 결혼하지 않은 이유도 자신에게 세간의 이목이 쏠리는 게 부담스러웠기 때문이었다는 소문이 있을 정도였다.

처음에 서울에서 윤경이 미선을 통해 그의 사무실에 연락했을 때도 그 제안은 단숨에 거절당했다. 당시 분위기를 전하는 미선의 말에 의하면, 그의 개인 비서가 일본식 예절을 최대한 갖추어 응대하긴 했지만 인터뷰는 곤란하다는 입장을 절대로 굽히지 않았다고 한다. 스스로 귀화하여 평생을 살아온 일본 언론에도 그리 녹록하게 인터뷰를 허락하지 않는데, 자신이 국적을 버린 나라의 유명하지도 않은 케이블 방송국에게 만남을 불허하는 건 어찌 보면 쉽게 예상할 수 있었던 건지도 몰랐다.

그래서 윤경은 전략을 바꾸기로 했다. 한가운데로 정직하게 들어가는 직구 대신 구석으로 날카롭게 파고드는 변화구를 던지기로 선택한 것이다. 윤경은 미선을 통해 그의 비서에게 오우치 히데오에 관해 물어볼 것이 있다는 메시지를 전달했다. 그리고 원한다면 인터뷰를 '오프 더 레코드off the record*'로 진행해도 된다고 덧붙였다. 그러자 이번에는 단박의 거절이 아니라 개인 비서로부터 잠시 뒤에 연락을 주겠다는 대답이 돌아왔다. 윤경은 서울의 사무실에서 오사카에 있는 미선의 연락을 초조하게 기다렸다. 한참 뒤에 미선으로부터 연락이 왔다. 가네다 세이이치가 인터뷰를 수락했다는 소식이었다. 윤경은 자신도 모르게 기쁨의 함성을 질러 주위 동료들을 깜짝 놀라게 했다. 다만 가네다 세이이치는 윤경이 제안한 것처럼 오프 더 레코드로 인터뷰를 진행하겠다고 답했다.

---

* 취재원이 어떤 사안에 대해 비공개를 전제로 발언하는 것.

다큐멘터리를 제작하는 피디 입장에서는 상당히 아쉬운 부분이었지만, 그래도 유용한 정보를 얻을 가능성은 남아 있었다.

열차는 예상했던 대로 오후 2시쯤 도쿄역에 도착했다. 도쿄의 하늘에도 짙은 먹구름이 가득 끼어 있는 가운데 노조미호의 차창에는 빗방울이 잔뜩 맺혀 있었다. 열차에서 내린 일행은 지하에 있는 야에스八重洲 상가로 내려갔다. 그곳에서 미선이 예약한 렌터카를 빌렸는데, 오사카에서 미선이 몰고 다니는 것과 비슷한 크기의 작은 경차가 아니라 이번에는 제법 커다란 중형 SUV였다. 그녀는 촬영 장비 때문에 짐이 많은 윤경과 석현을 고려해 좀 더 큰 차를 빌렸다고 말했다.

"오사카에서는 조그만 차에 끼워 타느라 고생하셨죠? 적어도 도쿄에서만큼은 편하고 안락하게 모실게요."

그녀는 마치 직업 운전기사라도 된 듯 멋쩍게 웃으며 말했다. 오사카에서와 마찬가지로 윤경이 앞쪽 보조석에 앉았고, 석현이 뒷자리에 올라탔다. 야에스 지하상가를 빠져나온 차는 잠시 북쪽을 향하더니 수도고속도로首都高速道路 토신칸조센都心環状線을 타고 서쪽으로 방향을 틀었다. 거센 비바람이 자동차의 앞 유리를 때리는 바람에 와이퍼를 쉴 새 없이 가동해야만 겨우 시야가 확보되었다. 운전석의 미선이 진행 방향 오른쪽을 가리키며 이렇게 말했다.

"여기에서 오른쪽으로 조금만 가면 도쿄돔이에요."

도쿄돔이라면 오늘 만나기로 약속한 가네다 세이이치가 활약했던 구단의 홈구장이다. 그리고 비록 현재의 돔구장은 아니었겠지만, 오우치 히데오 역시 예전에는 그곳에서 야구를 했었다. 윤경은 미선이 가리키는 방향을 응시했지만 빌딩숲과 비바람에 가려 야구장의 모습은 보이지 않았다. 오우치 히데오의 자취는 이처럼 어디에서든 쉽게 그 흔적을 드러내지 않는다는 생각이 들었다. 윤경이 그렇게 상념에 빠져 있는 사이에 잠시 비바람이 잦아들면서 왼쪽 창밖으로 시야가 탁 트이기 시작했다. 그리고 도로의 왼쪽 건너편에 무성한 수풀이 펼쳐져 있는 게 보였다. 윤경은 그전에도 도쿄에 여러 번 와 봤고 요요기 공원代々木公園이나 우에노 공원上野公園과 같은 곳에도 들러봤지만, 도쿄의 한가운데에 이렇게 울창하고 거대한 숲이 있는 줄은 미처 알지 못했다. 그리고 이 드넓은 녹지의 일대에는 해자垓字처럼 보이는 연못이 둘러싸고 있었다. 그런데 해자는 일반적으로 성城을 방어하기 위해 조성하는 인공적인 연못이지만, 그곳에는 성으로 여겨지는 건물이 보이지 않았다. 윤경은 운전석에 있는 미선에게 물었다.

"저긴 뭔가요? 공원이에요? 아니면 성의 유적?"

빼곡하게 늘어선 차량 행렬을 응시하고 있던 미선은 윤경을 돌아보지도 않고 대답했다.

"비슷해요. 에도성江戸城의 유적이니까요. 그런데 지금은 황거皇居예요. 일본어로는 '고오쿄'라고 하는데, 일본의 천황이 거주하는 곳이죠. 원래 일본의 황거는 교토에 있다가 메이지明治 천황이 여기로 옮겨왔어요. 그래서 지금도 교토에 가면 예전의 황거가 남아 있는데, 이곳 도쿄의 황거와 구분하기 위해서 그곳은 교토고쇼京都御所라고 부르고 있어요."

거의 문화해설사 수준의 설명이었다. 윤경은 미선의 원래 직업이 한국인들의 일본 관광을 전문적으로 안내하는 가이드라는 사실을 잠시 잊고 있었다. 그러고 보니 윤경도 예전에 교토에 갔을 때 그곳에 들렀던 생각이 났다. 그녀는 교토고쇼를 반듯하고 말끔하게 정리되어 있는 정갈한 궁전으로 기억하고 있었다. 윤경은 문득 이곳 황거의 현재 거주자가 누군지 궁금했다.

"그럼 지금도 천황이 여기에 실제로 살고 있는 거예요?"

"그럼요. 지금은 나루히토德仁 천황이 살고 있어요. 연호는 레이와令和를 쓰고 있고요."

"나루히토라면, 혹시?"

미선이 아주 잠시 뜸을 들인 뒤에 침착한 어조로 대답했다.

"네, 맞습니다. 쇼와昭和 히로히토裕仁의 손자예요."

"그럼 히로히토도 이곳에서 살았었나요?"

"네, 그럼요. 히로히토는 인근의 아카사카赤坂에 있는 도오구우고쇼東宮御所에서 태어났고, 즉위한 뒤에는 이곳에서 살다가 이 안에 있는 후키아게오미야고쇼吹上大宮御所에서 사망했어요. 1989년에요."

"1989년이요? 생각보다 최근까지 살았네요? 완전히 옛날 사람인 줄 알았는데 말이죠."

"그렇죠. 꽤나 장수한 편이죠. 재위한 기간도 62년을 넘겼으니 상당히 긴 편이었어요."

윤경은 미선의 해박한 지식이 놀라웠다.

"그런데 미선 씨는 어떻게 그런 걸 다 알고 있어요?"

"한국에서 오신 나이 지긋한 어르신들 모시고 이 근처에 오면 거의 빼놓지 않고 자주 물어보시더라고요. 그래서 이렇게 입에서 술술 흘러나올 정도로 외우게 됐죠, 뭐."

자동차 앞 유리에 다시 거대한 빗줄기들이 쏟아지기 시작했다. 차는 다시 도쿄의 번화한 시가지로 진입했다. 그렇게 일행은 예약해 둔 신주쿠역 인근의 비즈니스호텔에 도착해서 간단하게 여장을 풀고 곧바로 다시 호텔을 나섰다. 자동차에는 카메라를 비롯한 촬영 장비들이 그대로 실려 있었다. 비록 오프 더 레코드로 인터뷰를 진행하기로 약속했지만,

할머니의 야구공

윤경은 만약의 경우를 대비해 카메라와 조명을 갖고 가자고 석현에게 말했다.

가네다 세이이치의 사무실은 시부야의 타워레코드タワーレコード 근처에 있었다. 길거리에 세찬 비바람이 몰아치는 가운데, 그들은 타워레코드 맞은편 골목에 있는 코엔토리 빌딩公園通りビル이라는 협소한 건물의 지하 주차장에 차를 세웠다. 그리고 엘리베이터를 타고 5층으로 올라갔다. 엘리베이터에서 내리니 굳게 닫힌 철제 출입문이 나타났고, 그 옆에는 가네다 사무소金田事務所라는 세로 간판이 내걸려 있었다. 가네다라는 이름을 확인한 미선은 그 앞에서 잠시 걸음을 멈추고 호흡을 가다듬었다. 자신의 영웅을 눈앞에서 직접 만나기 직전에 잠시 숨을 고르는 일종의 의식으로 보였다. 노크를 한 뒤에 문을 열고 들어가니 사무실 직원 2명이 앉아 있었다. 그중에 한 명이 바로 윤경의 일행과 만남 일정을 조율했던 개인 비서였다. 윤경은 일단 석현에게는 촬영 장비와 함께 그곳에 있는 소파에서 대기해 달라고 부탁했다.

윤경과 미선은 개인 비서의 안내를 받아 안쪽 집무실로 들어갔다. 가네다의 집무실은 아주 넓지는 않았지만 창문이 널찍하게 뚫려 있어 채광과 전망이 꽤 좋을 것 같았다. 다만 오늘은 날씨가 궂은 탓에 실내 전등을 모두 환하게 밝혀두고 있었다. 한쪽 벽면에는 각종 상패와 트로피, 액자들이 보관된 진열장이 있었다. 그리고 가네다 세이이치는 맨 안쪽의 널찍한 원목 책상에 앉아 있었다. 일행이 들어서자 그가 두 사람을 빤히 쳐다보면서 자리에서 일어났다. 상당한 고령인데도 여전히 위풍당당한 체구였다. 그는 반가움인지 경계심인지 아니면 호기심인지 정확히 알 수 없는 그런 표정을 지으며 걸어 나왔다.

윤경이 그에게 명함을 내밀며 자기소개를 했다.

"한국에서 온 최윤경이라고 합니다. 잘 부탁합니다."

바로 옆에서는 미선이 그 말을 일본어로 통역했다. 그러자 가네다 세이이치는 고개를 획 돌려 그런 미선을 노려보았다. 그는 윤경을 바라보지도 않은 채 명함을 낚아채서는 테이블 상석에 앉았다. 그러더니 윤경의 명함을 자신의 앞에 내려놓고는 윤경과 미선에게도 자리에 앉기를 권하는 손짓을 보냈다. 윤경과 미선이 자리에 앉자마자 그는 이렇게 말했다.

"한국에서 오셨다고? 여기까지 찾아오시느라 수고들 많으셨소. 가네다 세이이치요."

놀랍게도 그는 한국말로 이야기했다. 일본식 말투의 흔적이 묻어나긴 했지만 그래도 상당히 매끄러운 한국어를 구사했다. 그가 한국말을 잊어버렸다는 이야기는 헛소문에 불과했다.

"일본에서 오래 지내셨는데 여전히 한국말을 유창하게 잘하시네요?"

가네다는 여전히 경계심인지 호기심인지 모를 묘한 표정을 지으며 윤경을 바라보았다.

"그럼 내가 한국 사람인데 한국말을 하는 게 당연하지 않겠소?"

그를 둘러싸고 있는 쌀쌀하면서도 냉랭한 분위기가 히말라야 빙벽처럼 어찌나 두텁고 단단한지 쉽사리 깨질 것 같지 않았다. 하지만 윤경도 사실 그리 만만치 않은 상대였다. 방송국 피디로 몇 년 동안 일하며 전국 각지의 다양한 사람을 인터뷰하다 보니, 아무리 까다로운 사람이라도 상대방의 경계를 허물고 방어벽을 내리게 하는 데에는 점점 더 도가 트였던 것이다. 좋게 말하자면 넉살이 좋아진 것이었고, 나쁘게 말하자면 비위 맞추기의 선수가 된 것이었다. 긍정적으로 표현하자면 대담해진 것이었고, 부정적으로 표현하자면 뻔뻔해졌다고도 할 수 있었다. 즉 그녀는 연차가 거듭될수록 점점 더 수읽기와 묘수의 달인이 되어가고 있었다. 윤경은 순간적으로 지금 가네다가 빠른 직구를 기다리고 있다는 판단이 들었다. 어서 빨리 용건을 말하고 용무가 끝나는 대로 빨리 나가라는 무언의 압박을 가하고 있었다. 그래서 그녀는 가네다의 타이밍을 빼앗으면서 동시에 허를 찌르는 변화구를 던지기로 했다.

그녀가 생각하는 변화구는 바로 통역사이자 코디네이터인 미선이었다. 미선은 지금 윤경의 옆자리에서 두 손을 가지런히 모으고 앉아 눈물이 그렁그렁한 눈망울로 앉아 있었다. 가네다 세이이치가 한국말을 할 줄 안다는 다소 놀라운 사실에도 그리 동요하지 않은 듯했다. 그저 자신이 꿈에 그리던 영웅의 실물을 눈앞에서 영접하고 있다는 사실만이 중요한 것으로 보였다. 지금 미선의 역할은 바로 가네다의 안쪽 코스에 절묘하게 꽂히는 변화구가 되는 것이었다. 윤경이 해야 하는 일이라고는 그저 그 공을 툭 하고 던지는 것뿐이었다. 윤경은 미선의 손등에 자신의 손을 얹으며 가네다에게 말했다.

"선생님, 이쪽은 이번 취재를 도와주고 있는 나미선 코디네이터입니다."

미선의 손이 움찔하는 것이 느껴졌다. 그래서 이번에는 미선에게 시선을 돌리며 말했다.

"미선 씨, 선생님께 인사드리세요."

그러자 미선이 자리에서 벌떡 일어서더니 허리를 깊숙이 굽히며 자기소개를 했다. 그렇게 회심의 일구가 던져졌다. 윤경은 그 공이 과연 자신이 원하는 위치에 파고들어 스트라이크로 꽂히는 지를 지켜봤다.

윤경의 의도는 적중했다. 그녀가 던진 필살의 변화구는 스트라이크 존의 안쪽 낮은 곳 구석에 정확하게 걸치며 포수의 미트에 날카롭게 꽂혔다. 미선은 마치 세계적인 팝스타를 눈앞에서 만나기라도 한 것처럼 흥분해서 정신을 차리지 못하고 있었다. 윤경은 영국 런던에서 해리 스타일스의 공연을 생전 처음 직접 관람할 때의 자신도 분명히 저런 모습이었으리라고 생각했다. 미선은 감격에 겨워 가네다의 뛰어난 업적을 칭송하는 것으로 이야기를 시작했다. 그녀는 가네다 세이이치의 대기록을 줄줄 외우고 있었다. 언제 처음으로 노히트 노런을 기록했는지, 언제 퍼펙트 게임을 달성했는지, 몇 년도에 200승을 돌파했고, 몇 년도에 대망의 400승을 달성했는지는 기본이었다. 통산 방어율과 한 시즌 역대 최소 방어율, 그리고 통산 탈삼진 수치를 비롯해 무실점 연속 이닝 기록까지 입에서 술술 흘러나왔다. 그렇게 10여 분 동안 미선은 거의 혼자서 가네다를 존경하는 열렬한 팬의 마음을 그 자리에서 신나게 쏟아냈다. 그러자 처음에는 신기한 사람을 구경하듯 가만히 듣고만 있던 가네다도 조금씩 맞장구를 치며 응수하기 시작했다. 자신을 흠모하는 팬을 싫어하는 스타는 없다. 그의 표정이 점차 풀어지기 시작했다. 예상치 못한 코스로 깊숙이 파고드는 변화구에 허를 찔린 것이 분명했다. 얼음이 녹아내리고 있었다.

"방송국에서 왔다고 하지 않았소? 그런데 촬영할 카메라는 어디에 있는 거요?"

얼굴에 화색이 돌기 시작한 가네다가 뜻밖의 말을 꺼냈다. 원래는 오프 더 레코드로 진행하기로 했던 인터뷰 약속을 언급한 것이다.

"멀리 한국에서 이렇게 오셨는데, 빈손으로 돌아가게 할 수는 없지 않겠소? 어차피 오늘은 나도 미리 마음속에 준비한 생각들이 있으니 조심스럽게 한 번 촬영을 해봅시다."

"알겠습니다, 감사합니다."

윤경은 가네다의 마음이 바뀌기 전에 앞쪽 사무실에 대기하고 있던 석현을 얼른 불러들였다. 그리고 석현과 윤경이 재빠르게 촬영을 준비하는 사이에도 미선은 가네다와 활발하게 대화를 나누었다. 덕분에 가네다 세이이치는 이제 확실히 경계의 방어벽이 내려간 모습이었다. 그렇게 모든 세팅이 완료되었고, 본격적인 인터뷰가 시작되었다. 윤경은 준비해 온 질문지와 취재 노트를 펼쳐놓고 질문을 시작했다. 윤경은 우선 오우치 히데오를 처음 만났던 당시에 대해 말해달라고 부탁했다.

"요미우리 자이안츠에 입단해서 처음 만났소. 당시에 형님이 조금 나이가 많기는 했지만, 그래도 여전히 자이안츠의 에이스였지."

윤경은 그가 오우치 히데오를 '형님'이라고 부른다는 사실에 주목했다. 그는 계속해서 말을 이었다.

"그전에도 경기장에서 오가며 서로 얼굴을 마주친 적은 있었지만, 원체 말수가 적은 분이라서 친분을 다질 기회는 전혀 없었소. 리그 경기에서도 어쩐 일인지 서로 상대해서 맞붙은 적은 없었소. 그러다 입단식 기자 회견을 마치고 로카시츠^{ロッカー室}*에서 내 자리를 배정받았는데, 영웅 형님 바로 옆 칸이었소. 같은 조선인이라고 구단에서 배려를 해주었던 거요."

그는 오우치 히데오를 한국식 이름인 '영웅 형님'이라고 지칭했다.

"처음에는 그저 데면데면했소. 형님이 구단의 에이스이긴 했지만 리다^{リーダー}는 아니었소. 도무지 소통을 해야 말이지, 안 그렇겠소? 경기에 필요한 부분이 아니면 좀처럼 동료들과 대화를 나누는 법이 없었소. 나한테도 마찬가지였지. 같은 조선인이라고 해서 특별히 살갑게 대하는 법

---

* 라커룸(locker room).

이 없었소. 구장에서 만나면 그냥 서로 가볍게 묵례하는 정도였지. 그러다 어느 날 시즌 전에 오키나와沖繩 캠푸キャンプ에서 자체 겐페이캇센을 했소."

"겐페이캇센?"

"아, 미안하오. 나도 모르게 그만. 그러니까 코하쿠지아이를 했소."

"코하쿠지아이?"

윤경이 알아들을 수 없는 용어가 연달아 나오자 옆에 있던 미선이 거들었다.

"자체 청백전을 말하는 거예요. 그걸 일본에서는 코하쿠지아이紅白試合라고 하고, 겐페이캇센源平合戦이라고도 해요."

가네다는 두 손을 모아 미안함을 표하며 말을 이었다.

"미안하오, 미안해. 그래 한국말로는 청백전이라고 하지. 아무튼 팀 내에서 청백전을 하는데, 그날은 영웅 형님과 내가 서로 상대편이 돼서 스타팅구スターティング로 맞붙었소. 그런데 우리 자이안츠는 세리그セリーグ니까 디엣치ディーエッチ가 없어서 핏차ピッチャー도 밧타복쿠스バッターボックス에 들어서야 하잖소?"

가네다는 한국말과 일본말과 일본식 영어를 뒤섞어서 윤경으로서는 쉽사리 알아들을 수 없는 말을 했다. 그가 한국말을 할 줄 모르게 되었다는 소문이 괜히 나온 말은 아닌 것 같았다. 그러자 옆에 있던 미선이 자연스럽게 추임새를 넣으며 대화를 원활하게 이끌었다.

"아, 그쵸. 요미우리 자이언츠는 센트럴 리그 소속이니까 지명 타자 제도가 없어서 투수도 타석에 들어서야 하죠. 가네다 선생님과 오우치 선생님이 선발 투수로 나와서 타자로도 상대를 했다는 거군요?"

지금까지 주로 윤경과 대화를 나누던 가네다는 이제 미선과 윤경을 번갈아 보며 이야기를 이어가기 시작했다.

할머니의 야구공

"맞소. 그런데 혹시 그거 아시오? 나는 전형적인 츠으피치^{ツーピッチ} 핏 차였소."

이번에도 미선이 거들었다.

"맞습니다. 선생님은 투 피치^{two-pitch} 투수로 유명하셨죠."

"그렇소, 스토레이토^{ストレート}와 카아부^{カーブ}, 그렇게 두 가지 구종만 주로 던졌소."

"이야기 많이 들었습니다. 직구와 커브가 끝내주셨다고 말이죠."

가네다는 더욱 신이 나서 이야기를 이어갔다.

"그런데 이게 좀 내 자랑 같긴 하지만, 내가 생각해도 내 카아부는 그야말로 일품이었소. 12시 방향에서 6시 방향으로 정말이지 타키^{たき}처럼 급강하했거든."

"그야말로 폭포수처럼 뚝 떨어졌죠."

"일본 야구에서 날고 긴다 하는 밧따^{バッター}들이 그 카아부보루에 맥을 못 추었소. 아무튼 우리는 둘 다 핏차니까 밧팅구오오다^{バッティングオーダー}에서 라스토밧타^{ラストバッター}로 이름이 올라가 있었소."

"일반적으로 투수들은 배팅오더^{batting order}에서 마지막 타순에 올라가니까요."

"그래서 3회에 형님이 먼저 밧타복쿠스에 들어섰소. 그런데 우리는 그전까지 리그에서 서로 맞붙은 적이 없었기 때문에 사실 그날 투수와 타자로도 우리 둘이 서로 처음 상대하는 거였소. 나는 그냥 처음부터 무작정 스토레이토를 던졌지. 그런데 형님이 그걸 방망이로 툭 하고 쳐서 힛토^{ヒット}를 만드는 거요."

"안타를 치셨다고요?"

"그렇소. 의외이긴 했지만, 그래도 처음에는 그럴 수 있다고 생각했

소. 어차피 핏차들도 밧팅구^{バッティング} 연습을 하고, 가끔은 힛토를 치기도
하니까. 우연히 휘둘러서 힛토가 나왔겠거니 하고 생각했소. 그런데 이
형님이 그다음에도 또 힛토를 치는 거 아니겠소? 스토레이토 초구에 밧
토^{バット}를 휘둘러서 또다시 힛토를 쳤소. 이번에도 그럴 수 있다고 생각
했소. 내 공을 알고서 상대하면 치기 힘들지만, 그냥 무턱대고 휘두르면
우연히 맞출 수도 있다고 말이오. 어쨌든 그날 시합은 그렇게 끝났고,
며칠 뒤에 다시 또 청백전에서 스타팅구로 맞붙었소. 이번에는 혹시나
하고 형님에게 초구로 카아부를 던져봤소. 그런데 나의 일품 카아부를
형님이 완벽한 타이밍구^{タイミング}로 받아치는 거요. 마치 노리고 있었다는
듯이 말이오. 센타아^{センター} 앞에 떨어지는 깨끗한 힛토였소."

이번에도 미선이 거들었다.

"중견수 앞에 떨어지는 깨끗한 안타면 정말로 완벽한 타이밍으로 커
브를 노리고 있었던 걸 수도 있겠네요."

"그렇소. 나도 그때부터는 이게 우연이 아닐 수도 있겠다는 생각이
들기 시작했소. 그래서 다음에 형님이 밧타복쿠스에 들어왔을 때, 한
가지를 시험해 보기로 했소. 캿차^{キャッチャー}가 초구부터 정중앙에 스토레
이토를 던지라고 했는데, 나는 고개를 저었지. 스토레이토로 보루^{ボール}
하나를 빼보고 싶은 거요."

"포수가 한가운데 직구를 던지라고 했는데, 직구로 볼을 하나 빼보
고 싶으셨다고요."

"그렇소. 영웅 형님이 내 공을 알고 치는 건지 아니면 그냥 휘두르는
건지를 확인해 보고 싶었소. 만약에 아무거나 치는 거라면 무조건 밧토
를 휘두를 텐데, 그런다고 해도 스위토스포토^{スイートスポット}에는 맞추지 못
할 거요."

"그렇겠네요. 타이밍은 맞을 수 있어도 코스를 벗어난 빠른 볼이기 때문에 헛스윙을 하거나 아니면 맞아도 기껏해야 파울이 되겠죠."

가네다는 미선을 손가락으로 가리키며 말을 이었다.

"그렇지. 그런데 만약에 카아부를 노리고 있다면 밧토를 휘두르지 않을 거라고 생각했소. 그래서 나는 초구에 바깥쪽 낮은 곳으로 빠른 스토레이토를 던졌소. 그런데 형님은 밧토를 휘두를 생각도 하지 않았소. 아예 처음부터 밧토를 휘두르지 않기로 작정이라도 한 것처럼 말이오. 여하간 나는 이 초구로 두 가지의 사실을 알게 되었소. 뭔지 알겠소?"

곧바로 미선이 말을 받았다.

"첫째, 타자는 지금 아무 공에나 방망이를 막 휘두르는 것은 아니다. 둘째, 타자는 지금 커브를 노리고 있다."

가네다는 미선을 향해 가볍게 손뼉을 치더니 설명을 계속했다.

"그렇지. 잘 아는구먼. 그럼 그걸 확실히 확인하는 방법은 뭐겠소?"

"커브를 던져보면 되죠."

"그렇지, 그렇지. 카아부를 던져보면 되는 거요. 그런데 이번에는 바깥쪽 먼 코오스^{コース}로 스토라이크존^{ストライクゾーン}에 살짝 걸치게 던져보았소. 우선은 정말로 카아부를 노리고 있는 건지를 쳇쿠^{チェック}하고 싶었고, 그다음에는 형님이 정말로 휘두르더라도 파우루^{ファウル}가 되게 하려는 의도였소."

"그렇겠네요. 스트라이크 존의 바깥쪽 먼 공을 타격해서 파울라인 안에 들어가는 안타로 만들기는 쉽지 않으니까요. 상당히 기술적인 타격이 필요해요. 그렇지 않다면 공을 건드려도 파울이 될 가능성이 높겠죠."

"바로 그렇소. 그래서 완벽한 코오스로 뚝 떨어지는 카아부를 던졌소. 그런데 그 순간에 형님이 내가 던진 카아부를 아주 부드럽게 결대

로 밀어서 치는 거요. 그렇게 라인^{ライン}에 떨어지는 츠으베이스힛토^{ツーベース}^{ヒット}를 쳤소."

미선은 바로 눈앞에서 그 광경을 목격하기라도 한 것처럼 감탄하며 말했다.

"우와, 타이밍을 맞추기도 힘든 선생님의 커브를 부드럽게 밀어 쳐서 라인 선상 2루타를 쳤다고요? 그것도 투수가요?"

"그러게나 말이오. 나도 믿을 수 없었소. 나의 피칭구^{ピッチング}가 완전히 읽히고 있었소. 두 번의 게에무^{ゲーム}, 네 번의 앗토밧토^{アットバット}에서 네 개의 힛토."

"2차례의 경기에서 4타수 4안타."

"이건 이제 더 이상 우연이라고 할 수 없었소. 나는 영웅 형님이 곁눈질로 캿차의 사인^{サイン}을 훔쳐본다고 의심했소. 어차피 그 캿차도 형님과 함께 같은 구단에서 몇 년 동안이나 서로 호흡을 맞춰왔기 때문에 그까짓 사인을 읽어내는 게 일도 아니었을 거라고 생각했소. 그러지 않고서야 나의 공을 그렇게 척척 쳐 낸다는 게 말이 안 되기 때문이었소. 그래서 경기가 끝난 뒤에 로카시츠에서 형님에게 다짜고짜 물어봤소. '사인을 훔쳐본 거요?' 그러자 형님은 태연하게 아이싱구^{アイシング}를 하면서 대체 무슨 말을 하는 거냐는 표정으로 아무 말 없이 나를 바라보셨소. 그래서 내가 재차 물었지. 대체 내가 스토레이토를 던질 건지 카아부를 던질 건지를 어떻게 알고 있었느냐고 말이오. 그런데도 형님은 아무 말 없이 자기 짐을 챙기는 거지 뭐요. 그래서 내가 형님을 돌려세우고는 멱살을 잡았소. 도대체 어떻게 내 피칭구를 읽었는지를 설명하라고 윽박을 질렀소."

잠시 정적이 흘렀다. 윤경은 자신도 모르게 숨을 죽이며 침을 꿀꺽

할머니의 야구공

삼켰다. 미선도 두 주먹을 불끈 쥐고 있었다. 그런 상황에서 갑자기 가네다가 버럭 소리를 질렀다.

"바보 같은 놈!"

그 소리에 윤경과 미선은 깜짝 놀랐다. 석현의 카메라도 살짝 흔들렸다. 바깥에 있던 사무실 직원이 노크를 하고 슬며시 문을 열더니 무슨 일인지를 물어볼 정도였다. 가네다는 아무 일도 아니라며 손짓해서 그를 돌려보냈다. 가네다는 목을 가다듬은 뒤에 설명을 계속했다.

"미안하오. 나도 모르게 그때 그 순간이 눈앞에 훤해서 그만 실례를 하고 말았소. 그런데 나도 당신네처럼 그때 그 자리에서 깜짝 놀랐었단 말이오. 형님은 한국말로 나에게 욕을 하셨소. 뭐, 사실 욕이라고 할 수도 없는 거였긴 하지만. 하여튼 나는 그 소리에 놀라서 쥐고 있던 멱살을 풀었소. 그러자 형님이 나에게 피칭구 연습장으로 구로브^그로브와 공을 갖고 따라오라고 했소. 형님은 밧토를 한 자루 들고 가셨소. 그렇게 연습장에서 나는 마운도^마운드에 섰고, 형님은 밧타복쿠스에 들어섰소. 형님은 오른팔에 아이싱구를 하고 있었지만 좌타자라서 왼손에 밧토를 들고 좌타자 복쿠스에 서 계셨소."

오우치 히데오가 좌타석에 들어섰다는 말을 들은 윤경이 가네다의 설명을 중간에 끊고 이렇게 물었다. 엊그제 기타큐슈의 모지도서관 앞에서 캐치볼을 하면서 석현에게 들은 단어가 떠올랐던 것이다.

"잠시만요. 오우치 히데오 선수는 오른손 투수였다고 알고 있는데, 타석에서는 왼손으로 쳤다고요? 그럼 우투좌타였던 건가요?"

그러자 가네다는 환한 미소를 지으며 이렇게 대답했다.

"껄껄껄, 그런 단어도 알고 있소? 그렇소. 형님은 우투좌타였소."

잠시 흠흠 하며 목을 가다듬은 가네다가 다시 설명을 이어갔다.

"아무튼 형님은 내게 시합 때처럼 정식으로 아무거나 던져보라고 하셨소. 자신이 사인을 훔쳐본 게 아니라는 걸 입증해 보이겠다고 하셨소. 마침 연습장에는 포수가 없었기 때문에 완벽한 조건이었소. 그래서 나도 본때를 보여주겠다고 다짐했소. 형님은 왼손 하나로 바팅구 자세를 취하고 계셨소. 나는 우선 스토레이토를 던져보았소. 형님은 한 손으로도 가볍게 캇토カット를 해내더군."

"커트cut해서 파울을 만들었군요."

"그렇소. 그다음에는 카아부를 던졌소. 있는 힘껏 말이오. 정확하게 원하는 코오스로 뚝 떨어지는 완벽한 카아부였소. 그런데 이번에도 형님이 툭 하고 캇토를 하셨소. 한 손이었기 때문에 스위토스포토에는 정확히 맞지 않았지만 타이밍구는 완벽했소. 나는 내가 완벽하게 패배했다는 걸 깨달았소. 형님은 사인을 훔쳐본 게 아니었소. 내가 틀렸던 거요. 그래서 결국 나는 형님이 서 계신 밧타복쿠스 앞으로 걸어가서 무릎을 꿇고 두 손을 짚고는 머리를 땅바닥에 박았소."

그러자 미선이 헉하는 소리를 내면서 물었다.

"설마, 도게자土下座*를 하신 건가요?"

가네다는 천천히 고개를 끄덕였다.

"그렇소. 부끄럽지만 그렇소. 나의 완벽한 패배를 인정하고 아까의 무례함을 사죄하기 위한 것이었소. 나는 그렇게 엎드려서 북받치는 서러움을 이기지 못한 채 평평 눈물을 흘리고 있었소. 세상에서 처음으로 느껴보는 감정이었소. 완벽한 패배였소. 완벽한 무력감이었소. 야구를

---

* 일본식 석고대죄.

하면서 어렸을 때부터 늘 최고의 선수라는 이야기를 들어왔소. 그 누구에게도 쉽게 무릎을 꿇지 않았소. 자이언츠에 오기 전에 이미 스와로즈^{스와로즈}에서 일곱 시즌 동안 150승을 넘게 기록했소. 리그 최고의 핏쳐 가운데 한 명이었단 말이오. 그런 실력 때문에 일본 최고의 명문 구단에 스카우토^{스카우트}된 특급 선수였단 말이오. 나는 최고여야 했소. 다른 사람이 내 앞에서 무릎을 꿇는 일은 있어도 내가 다른 사람 앞에 무릎을 꿇는 일은 없어야 했소. 그런데 나는 그 자리에서 완벽한 패배감을 느꼈소. 거대한 절벽이 눈앞을 가로막고 있는 느낌이었소. 내가 다시 태어난대도 절대로 이 사람을 이길 수는 없을 거라는 생각까지 들었소. 완벽한 무력감이었소.”

잠시 정적이 흘렀다. 빗줄기가 창문을 때리는 소리가 조금씩 커지고 있었다.

“잠시 뒤에 형님이 나를 일으켜 세우셨소. 나는 마치 마리오넷토^{마리오넷트}처럼 힘없이 들려 올라갔소. 겨우 균형을 맞추고 서 있는 나의 얼굴을 똑바로 쳐다보면서 형님은 이렇게 말하셨소.”

그가 잠시 한숨을 들이키더니, 짧막하게 한 단어를 발음했다.

“쿠세^{くせ}.”

다시 정적이 흘렀다. 그는 분명히 ‘쿠세’라고 말했다. 미선은 윤경에게 쿠세^癖가 자신도 모르는 버릇을 뜻하는 말이라고 알려줬다. 가네다는 조용히 말을 이었다.

“충격이었소. 엄청난 대충격이었소. 나에게 쿠세가 있다니 믿을 수 없었소. 중학교와 고등학교에서 야구를 하던 시절에도, 프로 구단의 스카우토 앞에서 피칭구를 하는 동안에도, 스와로즈에서 일곱 시즌을 뛰는 동안에도, 자이언츠에 이적을 하는 과정에서도 나에게 쿠세가 있다고 말하는 사람은 단 한 명도 없었소. 그 이유가 뭐였겠소? 나에게 쿠세가 없었기 때문이오! 중학교에서 처음으로 핏차를 할 때부터 감독님과 코치님에게 지겹도록 들었던 이야기가 바로 쿠세에 대한 것이었소. 쿠세를 없애야 한다, 핏차는 쿠세가 없어야 한다, 모든 쿠세를 버려야 한다고 말이오. 그래서 중고등학교 6년 동안 야구를 배우면서 나는 철저하게 쿠세를 없앴소. 덕분에 고교 야구를 평정하고 프로 구단에 계약금도 두둑하게 받으면서 당당하게 입성했소. 프로에 와서도 신인 때부터 스타팅구로 활약하면서 리그 특급의 선수가 되었소. 내가 어떻게 그럴 수 있었겠소? 쿠세가 없었기 때문이오! 나에게는 단연코 그 어떤 쿠세도 없었소!"

가네다는 잠시 숨을 고른 뒤에 말을 이었다.

"그런데 눈앞에 있는 이 건방진 사내는, 내지 출신도 아니고 조선에서 건너온 이 남자는 지금 나에게 쿠세가 있다고 말하고 있었소. 처음에는 거짓말이라고 생각했소. 아니, 내가 잘못 들은 거라고 생각했소. 그래서 내가 되물었지. '쿠세라고요?' 그랬더니 형님으로부터 돌아오는 대답은 변함이 없었소. '그래, 쿠세다.' 믿을 수 없었소. 당연히 믿기 힘든 이야기였소. 그런데 형님의 표정은 절대로 농담하는 것 같지도 않았고, 그럴 양반도 아니었소. 그리고 이 사내는 두 번의 경기와 지금 이곳의 연습장에서 자기 말이 옳다는 것을 너무나도 명확하게 입증해 보였소. 나에게 쿠세가 있다는 것을 말이오. 그렇지 않고서야 내가 던질 구종을 미리 알 수가 없기 때문이오. 방금까지 절망스러운 감정에 빠졌던 나는 슬슬 호기심이 일기 시작했소. 그래서 약간은 따지는 듯한 말투로 형님에게 물었소. 나의 쿠세가 대체 뭐냐고 말이오. 그러자 형님이 왼손의 밧토를 들어서 나의 왼쪽 팔뚝을 가리켰소."

가네다는 자신의 왼팔을 들어 올리며 짧게 말을 이었다.

"젠완킨ぜんわんきん!"

곧바로 미선이 되물었다.

"전완근前腕筋 말인가요?"

"그렇소. 형님은 내 팔뚝의 젠완킨을 보면 알 수 있다고 하셨소. 잠시 실례하겠소."

그는 갑자기 일어서더니 입고 있던 재킷을 벗어 윤경의 맞은편 빈 의자에 내려놓았다. 그렇게 그는 반소매 셔츠 차림으로 진열장으로 걸어 가더니 거기에 전시되어 있던 야구공을 가져왔다. 그는 다시 자리에 앉아 왼손으로 윤경과 미선의 눈앞에 야구공을 들어 올렸다. 야구공에는 '四百勝記念球'라는 글자가 찍혀 있었다.

"내가 프로야구 통산 400승을 기록했을 때 제작한 기념구요. 이걸로 설명을 해보겠소."

그는 능숙한 동작으로 재빠르게 공의 그립grip을 잡아 보여주었다.

"이게 바로 나의 기본 구종인 스토레이토 구리푸グリップ요."

그는 그립을 잡은 손 모양 그대로 공을 이리저리 돌려가며 설명했다.

"공의 실밥이 가로로 오게 만든 다음 위쪽의 실밥에 검지와 중지를 살짝 벌려서 걸치고, 아래쪽의 실밥을 엄지의 날로 받치는 거요. 엄지가 야구공의 무게를 받치고, 검지와 중지가 고른 힘으로 균형을 잘 유지한 상태에서 실밥을 잡아채는 거요. 이게 스토레이토 구리푸의 정석이오."

그리고 다시 재빠르게 그립을 바꾸었다. 윤경은 그 모습이 마치 큐빅 퍼즐을 맞추는 것 같다고 생각했다.

"그리고 이게 나의 주 무기이자 전매특허인 카아부 구리푸요. 차이를 아시겠소? 우선 실밥이오. 스토레이토는 실밥을 가로질러서 손가락을 걸치지만, 카아부는 이렇게 중지를 실밥과 나란하게 걸치고 있소. 그리고 보다 중요한 차이는 바로 힘의 배분이오. 스트레이토는 엄지가 무게를 받치고 검지와 중지가 고르게 힘을 분산해서 유지하고 있소. 그런데 카아부는 사실 엄지와 중지만으로 야구공을 쥐고 있다고 할 수 있소. 이 상태에서 이렇게 검지를 떼도 야구공이 떨어지지를 않지. 자, 이제 아시겠소? 나조차도 몰랐던 내 쿠세의 정체를 말이오."

그가 친히 재킷까지 벗어가며 무려 400승 기념구를 만지면서 설명했지만 윤경의 그 의미를 도무지 알 수 없었다. 바로 그때, 뒤쪽에서 카메라를 잡고 있던 석현이 불쑥 끼어들었다.

"사용하는 근육이 다르죠!"

가네다가 갑자기 움찔하면서 고개를 돌려 석현이 있는 곳을 바라보았다. 지금까지 같은 공간에 있었지만 거의 존재감이 없었던 그였기에 마치 갑자기 나타난 귀신이라도 마주한 듯한 표정이었다. 사실 윤경도 상당히 의외였다. 촬영 감독은 원래 카메라 뒤에 완벽하게 숨어 있어야 한다. 특히나 다큐멘터리 프로그램에서는 더더욱 그렇다. 그렇지만 윤경은 지금의 이 장면을 나중에 편집할 때 잘 활용하면 왠지 현장감을 더욱 돋보이게 할 수 있을 것 같다고 생각했다. 가네다가 조심스럽게 말을 꺼냈다.

"그, 그렇소만. 그런데 자네는?"

가네다가 다시 경계 모드로 돌입하려는 찰나 윤경이 재빠르게 안심을 시켜주었다.

"야구 선수 출신입니다. 그래서 제가 일부러 데려왔습니다. 같은 야구인이에요."

잠시 석현의 위아래를 훑어본 가네다가 다시 설명을 이어갔다.

할머니의 야구공

"그렇소. 사용하는 근육이 다른 것이오. 야구공의 구리푸를 쥐는 동작에서는 손가락을 움직이게 되는데, 손가락을 움직이는 근육이 바로 팔뚝의 젠완킨이라는 거요. 그런데 스토레이토와 카아부의 구리푸는 손가락의 위치와 거기에 들어가는 힘의 세기가 다르지. 그중에서도 검지의 힘과 위치가 약간 다르단 말이오. 그런데 검지를 굽히는 근육은 젠완킨 중에서도 센시쿠킨 浅指屈筋 과 신시쿠킨 深指屈筋 이라는 근육이오. 미안하지만 한국말로 뭐라고 하는지는 나도 잘 모르겠소."

윤경은 미선 쪽으로 시선을 돌렸는데, 미선도 모른다는 표정을 지어 보였다. 윤경은 다시 가네다를 바라보면서 손으로는 노트에 '전완근'이라고 메모했다.

"그런데 보시다시피 내가 팔뚝 근육이 꽤나 좋소. 선수들 가운데에서도 상당히 좋은 편이고, 지금 현역으로 뛰고 있는 젊은 선수들과 비교해도 전혀 뒤지지 않는다고 자부하오. 어렸을 때부터 웨이토 ウエート 를 열심히 했기 때문이지."

실제로 그의 근육은 여든이 훌쩍 넘은 나이라는 사실이 무색할 정도로 탄탄하고 굵었다. 가네다는 그런 자신의 근육을 젊은 여성 두 명이 빤히 들여다보고 있다는 사실이 즐거운 듯 손가락에 힘을 주면서 근육을 울룩불룩하게 움직여 보였다. 미선은 자신의 영웅이 보여주는 일종의 퍼포먼스이자 팬서비스에 손뼉까지 치면서 좋아했다. 덕분에 살짝 긴장될 수도 있었던 인터뷰 분위기가 다시 조금은 더 부드러워졌다. 가네다는 야구공을 들고 계속해서 설명을 이어갔다.

"자, 그러면 다시 한번 더 보시오. 이게 스토레이토 구리푸요."

그는 그 동작으로 잠시 멈추었다가, 잽싸게 손가락 그립을 바꾸었다.

"그리고 이게 카아부 구리푸요."

그리고 그 자세로 또 잠시 멈추고는 석현을 향해서 눈짓했다. 석현은 이미 렌즈의 줌을 당겨 그의 팔뚝을 클로즈업으로 카메라에 담아내고 있었다.

"차이가 보이시오?"

그러고 보니 가네다가 그립을 바꿀 때마다 팔뚝 위의 근육이 꿈틀대며 움직여서 약간 다른 형태가 되었다.

"네, 정말 조금 다르긴 하네요. 그런데 이 차이를 타석에서 구별했다는 건가요?"

그러자 가네다가 껄껄 웃으면서 말했다.

"그게 대단하다는 거요. 이건 다른 프로야구 선수들이나 심지어 각 구단의 전력 분석 요원들도 눈치채지 못하는 것이었소. 그런데 이런 아주 미세한 차이를 영웅 형님은 금세 파악을 하셨던 거요. 그것도 18.44 메타^{メーター} 떨어진 곳에서 말이오. 시력이 얼마나 뛰어났으면 그러셨겠소만, 나중에 생각해 보니 아마도 오키나와의 눈부신 햇빛이 내 팔뚝에 진한 그늘을 만들어서 그 차이가 더 뚜렷하게 보였을 수도 있었던 것 같소. 아무튼 참으로 경천동지할 만한 일 아니오? 영웅 형님은 이미 그 시대에 인간의 신체에 대한 해부학적 지식까지 공부하셨던 거요. 일개 야구 선수가 말이오."

윤경은 경외심을 느꼈다. 그리고 두렵기도 했다. 악마의 재능을 타고난 사람이 초인적인 성실함으로 죽을힘을 다해 최선의 노력을 다했다. 도대체 그런 사람을 누가 감히 이길 수 있었을까. 지금 눈앞에 있는 일본 야구의 살아 있는 전설조차도 오우치 히데오에 대해서는 도저히 뛰어넘을 수 없는 거대한 절벽에 부딪히는 것 같았다고 말하지 않았는가.

그때 갑자기 뒤쪽에 있던 석현이 다시 한번 끼어들었다.

"그런데 실례지만, 조금 이상한데요?"

석현은 혼자서 직접 공을 던지는 동작을 취하면서 말을 이었다.

"투수들은 보통 공을 던지기 전에 이렇게 타자를 옆으로 보는 자세를 취하잖아요. 그러면 투구하는 팔이 이렇게 신체의 다른 부위에 가려지게 되지 않나요? 자연스럽게 어느 정도 디셉션^{deception}이 되는 거죠. 혹시나 투구하는 팔이 보인다고 해도 팔뚝 부위는 홈플레이트의 반대 방향이라 근육이 보이지는 않을 것 같은데요?"

그런데 갑자기 가네다가 석현을 바라보며 벌떡 일어섰다. 인터뷰를 시작하기 전에 윤경이 일러두었던 카메라의 앵글 따위에는 전혀 관심이 없어 보였다. 그러자 석현이 허겁지겁 카메라 뒤로 이동해서 가네다에게 앵글을 맞추었다. 윤경은 조금 당황스러웠지만 지금의 이 상황도 왠지 인터뷰 현장의 '날것' 같은 분위기를 전달할 수 있을 것 같다며 자신을 안심시켰다. 가네다는 아이처럼 신이 난 목소리로 투구 동작을 취하면서 설명했다.

"오호, 역시 선수 출신이라서 잘 아는구먼. 사실 나는 공을 던지기 전에 투구판을 밟고 이렇게 타자를 바라본 상태에서 구리푸를 잡았소. 그러니까, 자, 어떤가 보시오. 왼팔의 근육이 고스란히 타자에게 보였던 거요."

카메라를 잡고 있던 석현이 나지막한 감탄사와 함께 고개를 끄덕였고, 가네다는 만족스러운 표정을 지으며 다시 자리에 앉았다. 그러자 이번에는 미선이 끼어들었다.

"그러면 그건 어떻게 극복하셨나요? 근육을 없앨 수도 없고, 그렇다고 어렸을 때부터 오랜 세월에 걸쳐 형성된 루틴을 쉽게 바꿀 수도 없고 말입니다."

가네다가 껄껄 웃으며 대답했다.

"그렇지. 참 난감한 문제였지. 나도 그래서 영웅 형님에게 똑같이 하소연을 했지. 그랬더니 형님이 아주 간단한 해결책을 내놓으셨소."

"그게 뭔가요?"

"아무수리브アームスリーブ를 착용하면 되는 거였소."

"아하, 암 슬리브arm sleeve!"

"그렇소. 그래서 그다음부터는 검은색 아무수리브를 착용하기 시작했소. 그러니까 가까이에서 봐도 팔뚝의 근육이 움직이는 게 잘 보이지 않았소. 그렇게 하고선 영웅 형님과 재대결을 해보았는데 이번에는 형님도 내 공을 쉽게 건드리지 못했소. 나의 쿠세가 단번에 없어진 거지. 하마터면 커다란 약점이 될 수도 있었던 나의 쿠세를 사전에 아주 멋지게 해결했던 거요. 그래서 바로 그날 내가 형님에게 크게 한 턱 쐈지."

가네다는 자신의 400승 기념구를 다시 제자리에 갖다 놓았다. 그리고 옆자리에 던져놓았던 재킷도 다시 걸쳐 입었다. 그는 뭔가 홀가분하고 편안해진 모습이었다.

"그 뒤로는 내가 형님을 따르면서 점점 더 친해지게 되었소. 그런데 내 한국 이름이 원래 김경훈金慶勳이오. 그래서 형님이 나를 경훈이라고 부르기 시작했고 나도 그분을 영웅 형님이라고 부르기 시작했소. 물론 둘이 있을 때만 그랬고, 그렇게 사석에서는 서로 조선말로 대화를 했소. 그리고 서로의 집을 왕래도 하면서 정말 형제처럼 지냈소. 사실은 영웅 형님이 우리 집에 놀러 오는 경우가 훨씬 더 많았긴 했지만 말이오. 영웅 형님은 조선에서 고아로 자라서 혈혈단신으로 일본에 건너왔지만, 나는 일본에서 태어나서 줄곧 부모님과 함께 살고 있었기 때문이오. 그래서 우리 집에 오면 조선의 음식들을 실컷 맛볼 수 있었지. 우리 부모

할머니의 야구공

님도 원래부터 야구를 좋아하셨기 때문에 영웅 형님의 열렬한 팬이셨고, 그래서 영웅 형님이 오실 때마다 거하게 대접하곤 했소."

그러면서 가네다 세이이치가 당시를 회상하는 표정을 지으며 자리에 등을 기대고는 기다랗게 한숨을 내쉬었다. 그런데 바로 그 순간에 윤경은 가네다의 눈빛이 살짝 흔들리는 걸 포착했다. 그녀는 대화의 주제가 자연스럽게 전환되고 있음을 직감했다. 가네다에게서는 어느새 실내의 분위기를 순식간에 압도하면서 보는 이들의 숨을 막히게 만드는 어떤 먹먹한 분위기가 강하게 발산되고 있었다. 그리고 윤경은 사무실의 창문이 딜딜 떨리며 비바람이 몰아치고 있다는 사실을 다시금 깨달았다. 그들이 정신없이 이야기를 나누는 사이에 태풍이 더욱 가까이 접근했던 것이다. 자리에 기댄 가네다의 단전에서부터 깊은 탄식과도 같은 묵직한 목소리가 새어 나왔다.

"그렇게 천부적인 재능이 있었고 초인적인 노력을 하던 양반이었는데, 형님은 어느 날부터 갑자기 기량이 뚝 떨어지기 시작했소."

"어느 날부터 갑자기요?"

"그렇소. 알 수 없는 이유로 건강이 급격하게 악화되기 시작했던 거요. 그리고 머지않아 이치군軍*에서 제외됐고, 결국엔 그 시즌을 끝으로 프로야구에서 영원히 떠나고 말았소. 현역 선수로 바쁘게 지냈던 나도 그때부터 형님과의 왕래가 서서히 줄어들었소. 가끔 내가 형님의 건강이 괜찮은지 안부만 묻는 정도였는데, 그마저도 어느 순간이 되자 서로 간에 연락이 거의 끊기고 말았소. 그래서 한동안은 형님에 대해서

---

* 1군.

거의 완전히 잊고 지냈소."

계속해서 비바람이 사무실 창문을 요란하게 때렸고, 바깥에서는 건물 옆을 지나는 차량이 도로 위에 흐르는 빗물과 웅덩이를 가르는 소리가 들렸다. 그런 분위기 속에서 그는 뜻밖의 이야기를 털어놓기 시작했다.

"그러다 어느 날 갑자기 영웅 형님이 위독한 상태로 응급실에 후송됐다는 연락을 받았소."

위독한 상태로 응급실 후송이라니, 갑자기 너무나도 충격적인 단어들의 조합이었다. 우연이었는지는 몰라도 하필이면 바로 그 순간 건물 밖에서 자동차의 갑작스러운 경적 소리에 이어 차가 급제동하며 어딘가에 쿵 하고 부딪히는 소리가 들렸다. 사고였다.

할머니의 야구공

8월 6일

아침 다섯 시 반에 노시마能島 상의 트럭이 와서 소개疎開할 화물을 운반.
후루에마치古江町에서 섬광과 굉음. 히로시마広島 시가에서 분화噴火와 같
은 검은 연기. 돌아오는 길에 쿠사츠마치草津町로 나와서 배를 타고 미유
키교御幸橋 아래에 도착. 숙모는 무사, 숙부는 얼굴에 상처. 세기적인 대
사건이다. 그러나 전모全貌는 잘 모른다. 집이 15도 정도 기울었기 때문에
지금은 방공호의 입구에서 일기를 쓰고 있음.

이부세 마스지井伏鱒二, **『검은 비**黒い雨』

19

가네다 세이이치는 애써 무덤덤한 어조를 유지하며 설명하기 시작했다.

"지금도 똑똑히 기억하고 있소. 1989년 1월 초, 쇼와 텐노^{天皇}가 서거하기 하루 전이었소. 한낮에 갑자기 여기 사무실로 전화가 걸려 왔소. 자이안츠^{ジャイアンツ} 구단이었소. 오우치 히데오라는 노인이 코오쿄^{皇居} 근처에서 각혈을 하며 쓰러져서 응급실로 이송됐고, 아무래도 위급한 것 같다는 거요. 경찰이 가족 관계를 조회해 봤지만 형님에겐 가족도 없었고 보호자도 없었소. 그러다 현장에 있던 누군가가 형님의 이름을 확인하고는 야구 선수였다는 사실을 기억해 냈고, 그래서 구단에 전화를 걸어서 협조를 요청했던 거요. 청천벽력 같은 소식이었소. 사실 나도 그 당시에는 형님과 연락을 안 하고 지낸 지가 꽤 오래된 상태였소. 마지막으로 연락했던 때가 아마 10년도 더 됐을 거요. 아무튼 구단에서는 나보고 같이 가보자는 게 아니겠소? 그래서 병원이 어딘지를 물어보고 바로 그곳으로 달려갔지. 다행히 여기에서 그리 멀지 않은 도쿄테이신병원^{東京}^{逓信病院}이어서 택시를 타고 갔소."

가네다의 말투에서는 당시의 다급함이 생생하게 묻어났다.

"병원 응급실에 도착하니까 뼈만 앙상하게 남은 해골 같은 모습으로 형님이 레스피레타レスピレーター*를 단 채로 침상에 누워 있었소. 형님은 사경을 헤매고 있어서 나를 알아보지도 못했소. 기가 막힐 노릇이었지. 응급실 담당의에게 소견을 물어보았소. 의사는 한숨만 푹 쉬면서 소견을 말하는 게 전혀 의미가 없다고 했소. 응급실에 도착하자마자 우선 렌토겐レントゲン**을 찍었는데 내부가 온통 하얗게 보였고, 복부에 초음파 검사를 해봤는데 여기저기에 암으로 의심되는 덩어리가 보인다고 했소. 의사가 혀를 내두르더구먼. 세이켄生検*** 결과를 기다려 봐야 확실히 알 수 있겠지만, 온갖 암을 한꺼번에 다 걸린 것 같다고 했소. 아마 특정 부위의 암이 급속도로 여기저기에 전이된 것 같은데, 지금 이렇게 살아 있는 것 자체가 기적이라고 말했소. 그래서 내가 몇 개월이나 살 수 있냐고 물었더니, 의사가 어이없다는 표정으로 이렇게 대답했소. 몇 달이 아니라 당장 오늘 안에 죽을 수도 있다고 말이오. 지금은 연명 치료延命治療조차도 큰 의미가 없지만, 형님이 끔찍한 고통을 호소하기에 일단은 모루히네モルヒネ****를 투여했다고 했소."

가네다의 목소리에서 떨림이 느껴졌다. 그가 잠시 말을 멈추더니 호흡을 가다듬었다. 그리고 다시 말을 이었다.

"그렇게 나는 형님의 침대 옆에서 하룻밤을 보냈소. 의사는 당장 오늘 안에 죽을 수도 있다고 했지만 형님은 그 하루를 기적적으로 버텨내며 살아 있었소. 현생의 끈을 놓지 않기 위해서 그야말로 죽을힘을 다

---

* 인공호흡기.
** 엑스레이.
*** 조직검사.
**** 모르핀(morphine).

하는 것 같았소. 그러다가 창밖이 서서히 밝아 오고 있는데, 갑자기 병원 전체가 소란스러워졌소. 나는 무슨 사고라도 났나 싶었지. 그래서 대기실로 나가봤는데, 그 이른 아침에 테레비テレビ에서 긴급 속보가 나오고 있었소. 쇼와 텐노가 서거했다는 소식이었소. 그런데 텐노는 이미 예전부터 병세가 심각해지고 있었기 때문에 조만간 세상을 하직할 거라는 소문이 일찌감치 떠돌고 있었소. 충분히 예견된 일이었지. 바로 그때 갑자기 형님의 침상 쪽에서 끔찍하게 고통스러운 비명이 들리기 시작했소. 나는 헐레벌떡 그쪽으로 뛰어가서 다급하게 의료진을 불렀고, 간호사가 다시 한번 죠먀쿠츄샤靜脈注射*로 모루히네를 놓았소. 그렇게 30분 정도 흐르니까 형님의 신음이 조금씩 줄어들었소. 그러더니 형님이 희미한 목소리로 뭐라고 말하는 소리가 들렸소. 그래서 몸을 바짝 기울여서 귀를 대봤지. 그랬더니 형님이 다 죽어가는 흐릿한 목소리로 '쇼와'라고 말하는 것 같았소. 그래서 내가 '맞아요, 형님, 쇼와 텐노가 오늘 7일 새벽에 죽었대요' 그랬지. 그랬더니 형님이 고개를 가만히 끄덕이시더니 알 수 없는 묘한 표정을 지으셨소. 기가 막힐 노릇이었지. 지금 본인이 세상을 하직할 형국인데, 한가로이 남의 생사를 따지고 있다니 말이오. 그 직후에 형님은 다시 잠이 드셨소. 다행히도 그때는 당장에 위급한 징후가 없었소."

가네다는 의자에 등을 기댔다.

"그래서 나도 집에 들러서 잠시 눈을 붙였소. 응급실에는 자이안츠 직원이 남아서 상황을 지켜보고 있었소. 그렇게 무사히 하루가 흘러가

---

* 정맥 주사.

할머니의 야구공

는가 싶었는데, 오후에 병원에서 급하게 연락이 왔소. 형님이 갑자기 사라졌다는 거요."

"사라졌다고요?"

"그렇소. 자이안츠 직원이 잠시 화장실을 다녀오는 사이에 형님이 사라졌다는 거요. 그래서 곧바로 경찰에 신고를 했고, 경찰이 급히 주소지에 찾아가 보았는데 환자복이 바닥에 흩어져 있었소. 아마도 옷을 갈아입고 서둘러서 나간 것 같았다고 했소. 하지만 그런 몸 상태로 대체 어디를 간 건지는 도무지 알 수 없었소. 혹시 야구장에 갔을까 싶어서 자이안츠에 전화를 해보니깐 그쪽에는 오지 않았다고 했소. 그렇게 하루종일 형님이 갈 만한 곳을 열심히 찾아다녔지만 형님의 흔적은 찾을 수 없었소."

"행방불명이 된 건가요?"

"그렇소. 그러다 저녁이 됐는데, 이번에도 경찰에 신고가 들어왔소. 도쿄타와東京タワー 앞에서 노인 한 명이 쓰러졌다는 거요."

'도쿄타워!'

그 말을 듣는 순간 도쿄타워를 배경으로 찍은 어떤 사진 한 장이 윤경의 뇌리를 스치고 지나갔다. 1989년 1월 초에 그녀의 외조부모가 바로 그곳에 나란히 서서 사진을 찍었던 것이다. 그리고 오우치 히데오는 1989년 1월 7일 저녁 무렵 도쿄타워 앞에 쓰러져 있었다. 그것이 과연 우연이었을까? 그녀의 등줄기에 식은땀이 흐르기 시작했다. 그리고 서울로 돌아가는 즉시 그 사진을 다시 한번 확인해 봐야겠다고 다짐했다. 가네다가 설명을 이어갔다.

"형님은 그렇게 다시 테이신병원으로 후송되어 왔소. 나도 다시 급하게 병원으로 달려갔소. 나는 형님이 이미 죽었을지도 모른다고 생각했소. 그런데 형님이 의외로 멀쩡하신 거 아니겠소? 레스피레타도 떼고 편안한 표정을 짓고 계셨소. 심지어 내가 들어오는 걸 보자 손을 흔들면서 반갑게 웃어 보이셨소. 방금까지 그야말로 죽음과의 사투를 벌이던 사람이라는 사실이 믿기지 않았소. 병원에서 오진을 한 건가도 생각했소. 아무튼 그렇게 형님 옆에 앉아서 이런저런 이야기를 했소. 형님은 정말이지 믿을 수 없을 정도로 평온해 보였고 정신도 또렷하셨소. 나를 혼내시면서 나의 쿠세를 바로잡아 주셨던 30년 전의 일까지 정확하게 기억하고 계셨던 말이오. 우리는 그렇게 서로 웃으면서 한참이나 이야기를 나누었소. 정말로 오랜만에 느껴보는 훈훈한 감정이었던 것 같소. 그런데 갑자기 형님이 나에게 부탁할 것이 한 가지 있다고 하셨소."

"부탁이요?"

"그렇소. 자신이 죽고 나면 뒷정리를 부탁한다고 말이오. 그 말을 듣는 순간 나는 그만 밧토로 뒤통수를 얻어맞는 것 같았소. 나는 그때 커다란 착각을 하고 있었소. 형님의 건강이 기적적으로 나아졌다고 말이오. 그런데 그게 아니었소. 오히려 형님은 자신의 죽음이 목전에 닥쳤음을 직감하고 계셨던 거요."

가네다가 한숨을 내쉬더니 말을 이었다.

"혹시 가이코헨쇼回光返照라는 말을 아시오?"

윤경은 고개를 저었다.

"아니요."

"미안하지만 한국말로는 뭐라고 부르는지 모르겠소. 아무튼 글자 그대로는 빛을 돌이켜서 거꾸로 비춘다는 뜻인데, 해가 지기 직전에 하늘이 잠시 밝아지는 걸 말하오. 그리고 사람이 죽기 직전에 잠시 정신이 멀쩡하게 돌아오는 것을 비유해서 말하기도 하지. 형님이 바로 그 상태였소. 형님은 죽음을 직감하고 계셨던 거요. 그리고 지금 형님은 내게 유언을 하고 계셨던 거요. 나는 당장이라도 울음이 쏟아지려는 걸 겨우 참으면서 그러겠노라고 대답했소."

가네다는 길게 한숨을 내쉬고는 말을 이었다.

"이틀 뒤 오전에 결국 형님이 돌아가셨소."

그렇게 다시 한번 침묵이 이어졌고, 가네다 세이이치가 재차 한숨을 아주 길게 내쉬었다. 그의 표정이 훨씬 더 어두워져 있었다. 그리고 가네다는 윤경의 일행을 처음 만났을 때처럼 사뭇 엄숙한 어조로 말을 꺼냈다.

"이건 다른 사람들은 잘 모르는 사실이오."

가네다는 다시 한번 뜸을 들였다. 윤경은 자신도 모르게 침을 꿀꺽 삼켰다. 사무실에는 어느새 팽팽한 긴장감이 가득 메우고 있었다.

"사실, 영웅 형님이 원래부터 많이 아팠던 것 같소. 그래서 갑자기 기량이 뚝 떨어지기 시작했고, 예정했던 것보다 훨씬 일찍 은퇴해야만 했던 것 같소."

윤경은 팽팽한 긴장감이 더욱 조여 오는 느낌이었다.

"어떻게 아프셨나요? 혹시 다치기라도 하셨던 건가요?"

그런데 가네다는 대답 대신 자리에서 일어났다.

"보여줄 게 있소."

그러고는 책상 뒤편의 수납장에서 나무로 만든 상자를 하나 가져왔다. 그는 그것을 테이블에 내려놓았다. 그것은 가로 세로 높이가 각각 30센티미터 정도 되는 정육면체에 가까운 짙은 갈색의 나무상자였다. 위쪽은 경첩이 달린 뚜껑으로 덮여 있었고, 놋쇠처럼 보이는 걸쇠가 걸려 있었다.

"영웅 형님이 세상을 떠나신 후에 형님의 방에 마지막까지 남겨져 있던 물건들이오."

윤경은 가네다의 말에서 뭔가 이상한 표현이 있다고 생각했다.

"방금 형님의 '방'이라고 말씀하셨는데, 같이 사는 가족이 계셨던 건 가요? 저희가 조사한 바로는 미혼이셨다고 알고 있거든요."

가네다는 처량한 눈빛으로 윤경을 바라보며 대답했다.

"형님은 돌아가시기 전까지 혼자 사셨소. 나중에 찾아가 보니 돌아가시기 직전에는 사람 하나 누우면 거의 꽉 들어찰 정도로 협소한 에루디케^{LDK}*에 살고 계셨소. 형님의 방에는 세간 살림도 거의 없었소. 거기에는 그저 옷가지 몇 개와 조그만 냉장고, 그리고 코타츠^{炬燵} 정도가 전부였소. 그 흔한 테레비도 하나 없이, 라지오^{ラジオ}만 놓여 있었소."

윤경은 쉽게 이해가 되지 않았다. 그래도 일본 야구를 대표하는 명문 구단의 에이스였던 사람이 어떻게 그런 초라한 말년을 맞이하게 된 것인지 알 수 없었다. 사업을 하다 망한 것일까, 아니면 도박에 빠져 가산을 탕진했을까, 아니면 사기라도 당한 것일까. 가네다는 마치 그런 윤경의 생각을 읽기라도 하듯 이렇게 말했다.

"형님은 세상을 떠나기 전까지 평생을 가난하게 사셨던 것 같소. 당시 형님 방에 있던 대부분 세간은 폐기했지만, 여기 있는 것들은 차마 버리지 못하고 우리 집 창고에 보관하고 있다가 오늘 이렇게 가지고 와 봤소."

그 사이에 비바람은 더욱 거세져 건물 전체에 윙윙거리는 소리가 들

---

* 원룸.

할머니의 야구공

렸다. 바깥은 어느새 한밤중처럼 잔뜩 어두워져 있었다. 그러다 가끔 번개가 치면서 어두웠던 세상이 환하게 번쩍였고, 한참 뒤에 멀리에서 우르릉거리는 소리가 들려오기도 했다. 가네다가 말을 이었다.

"나도 이걸 보기 전까지는 몰랐소. 형님이 그토록 심하게 아팠었다는 사실을 말이오."

"어디가 어떻게 아프셨던 건가요?"

그러자 가네다는 대답 대신에 나무상자의 걸쇠를 돌린 후에 덮개를 위로 올려 상자를 열었다. 얼핏 보니 그 안에는 갖가지 물건이 들어 있었다. 가네다는 잠시 상자 안을 뒤적이더니 분홍색 수첩을 하나 꺼내 들었다. 그리고 수첩의 앞뒤를 확인한 뒤에 테이블 위에 그걸 조심스럽게 내려놓았다.

그때였다. 미선이 소스라치게 놀라며 외마디 비명을 질렀다. 그러는 바람에 윤경은 물론이고 촬영하고 있던 석현도 깜짝 놀랐다. 가네다 세이이치는 그런 반응을 어느 정도 예상했다는 표정이었다. 미선은 두 손으로 입을 틀어막은 채 두 눈을 커다랗게 뜨고는 아무 말도 하지 못하고 있었다. 윤경은 다시 테이블 위의 수첩으로 시선을 옮겼다. 얼핏 보기에는 특별할 게 없어 보이는 수첩이었다. 다만 표지가 옅은 분홍색이라는 점이 특징이라면 특징이었다. 표지의 상단에는 한자가 적혀 있었고 가운데 부분에는 네모난 구멍이 뚫려 있어서 속지의 내용 일부가 보였다. 윤경은 왠지 그 수첩이 한국의 건강보험증과 비슷하다는 느낌이 들었다. 윤경은 그 수첩을 자기 쪽으로 가져와서 반듯하게 놓았다. 가운데 뚫린 구멍으로 보이는 속지에는 숫자와 한자가 적혀 있었다. 숫자의 의미는 모르겠지만, 적어도 거기에 적힌 한자는 윤경이 지금까지 취재하면서 이미 수없이 많이 보았던 글자였다.

大内英雄.

그 수첩의 주인은 오우치 히데오였다. 어찌 보면 당연하다고 생각했다. 오우치 히데오의 물품에서 나온 수첩이었으니 그의 물건이라고 해서 전혀 이상할 건 없었다. 윤경은 이제 그 위에 적힌 수첩의 제목을 살펴봤다.

被爆者健康手帳.

단숨에 파악하지는 못했지만 그래도 앞뒤의 글자를 참고해서 충분히 해석할 수 있는 한자였다.

피폭자 건강 수첩.

바로 그때, 건물 바깥이 다시 한번 환하게 번쩍였고 가까운 거리에서 콰르릉거리는 소리가 들렸다. 그제야 윤경은 날벼락이라도 맞은 것처럼 정신이 번쩍 들었다. 그 자리에 있는 그 누구도 설명하지 않았지만, 그 수첩의 의미가 무엇인지를 너무나도 잘 알 것 같았기 때문이다. 윤경은 시선을 돌려 미선을 바라보았다. 그녀와 두 눈이 마주친 미선이 조심스럽게 고개를 끄덕였다. 윤경의 가슴에 천근만근 묵직한 돌덩이가 떨어져 내리는 기분이 들었다. 다시 고개를 돌려 가네다를 바라보았다. 그 시선을 기다리고 있었다는 듯 가네다가 차분한 어조로 말을 꺼냈다.

"자네 혹시, '피카노도쿠야니사사레루'라는 말을 알고 있소?"

그러자 옆에 있는 미선이 그 말을 알고 있다는 듯 일본어로 다시 읊었다.

"피카노도쿠야니사사레루ピカの毒矢に射される. 피카의 독화살, 그러니까 번쩍이는 독화살에 맞았다는 뜻이에요."

때맞춰서 다시 한번 가까운 거리에서 천둥 번개가 내리쳤다. 윤경은 자신의 머릿속에 거대한 낙뢰가 번쩍이는 느낌이 들었다. 피카의 독화살이라는 말을 듣는 순간 이미 어감으로부터 그것이 어떤 의미인지를 대충 짐작했다. 그리고 미선이 그 뜻을 풀이해 주자 자신의 해석이 옳다는 확신이 들었다. 피카의 독화살이라는 은유적인 표현이 가리키는 것만이 아니라, 무슨 일이 일어났었는지도 알 수 있을 것 같았다. 모든 것이 이해될 것 같았다. 자신의 이번 취재가 밝혀내고자 했던 것, 오우치 히데오의 행보에서 납득되지 않았던 점이 모두 하나로 연결되는 것 같았다. 그녀가 지금까지 뒤쫓고 있었던 사람은 너무나도 처절하게 고독하면서도 차마 말로 표현할 수 없을 만큼 고통스러운 삶을 살았다는 사실을 직감할 수 있었다.

그녀가 가네다에게 물었다.

"오우치 선생님이 가난하게 살았던 이유가 혹시."

가네다는 천천히 고개를 끄덕이며 대답했다.

"그랬던 것 같소. 선수 생활을 하면서 벌어놓은 돈을 전부 치료비로 탕진했던 것 같소. 다시 건강해지려고 최선을 다했을 테지. 형님이라면 당연히 그랬을 거요. 방에도 병원에서 처방받은 항암제와 진통제가 잔뜩 널려 있었소."

그런데 바로 그 순간 윤경의 뇌리를 스치는 이름이 하나 더 있었다. 다름 아닌 나카타 준페이中田淳平였다. 그는 1939년과 1940년에 카이소중학을 이끌고 그 어렵다는 여름 고시엔에서 2연패의 위업을 달성한 주역이었다. 그리고 1940년에 있었던 영산상업과의 개막전에서는 오우치 히데오와 선발 투수로 맞대결을 했으며, 경기가 끝난 뒤에는 영산상업의 더그아웃으로 직접 찾아가 내년에도 만나서 멋진 시합을 하자며 오우치 히데오의 투지를 더욱 자극했다. 그러나 태평양전쟁이 벌어지면서 적국의 스포츠였던 야구가 금지되고 고시엔이 중단되면서 그러한 약속은 지켜지지 못했다. 카이소중학을 졸업한 나카타 준페이는 병역의 의무를 이행하기 위해 육군에 들어가서 나가사키연대구로 발령받았다. 그리고 조선에 있던 오우치 히데오에게 연락해 자신이 근무하는 나가사키연대구에 입대하도록 유도했고, 이후에는 같은 부대 내에서 그를 관리하며 보호했다. 그러다 전쟁이 끝난 뒤에는 탈영병이었던 오우치 히데오가 출소하기를 기다렸다가 그를 요미우리 자이언츠에 입단시켰다. 그리고 악마의 재능을 타고난 오우치 히데오는 초인적인 성실함을 더해서 요미우리 자이언츠를 대표하는 투수로 뛰어난 활약을 거듭했다. 하지만 나카타 준페이는 두드러지는 활약을 보여주지 못하다가 1953년의 시즌을 끝으로 프로야구 선수 생활을 마감했다. 그리고 1954년에 급격하게 건강이 악화되더니 갑자기 세상을 떠났다. 사망 원인은 다발성 장기부전이었다. 그러나 그것은 정확한 사인^{死因}이 아니었을 것이다. 나카타 준페이를 불과 서른의 나이에 허망하게 세상을 떠나게 만든 근본적인 원인은 아마도 피카의 독화살이었을 것이다.

나카타 준페이와 같은 부대에서 복무하던 오우치 히데오 역시 나가사키에서 함께 피폭당했을 것이다. 지금 윤경의 눈앞에 놓인 피폭자 건강 수첩이 그것을 증명하고 있었다. 그러나 1945년 당시 원자 폭탄은 완전히 새로운 유형의 무기였고, 방사능이 무엇인지에 대해서도 일반인들은 거의 모르고 있을 때였다. 그래서 피폭당했지만 살아남은 많은 사람이 그런 사실도 모른 채 일상생활을 지속했고, 그들 가운데 일부는 훗날 뚜렷한 원인도 알지 못한 채 죽어갔다. 나카타 준페이 역시 그 당시에는 별다른 증상이 없어 자연스럽게 선수 생활을 지속했을 것이다. 그러나 언젠가부터 자기 몸이 예전 같지 않다는 것은 느꼈을 것이다. 1950년대에 들어서도 그의 나이는 아직 20대 후반에 불과했을 것이고,

체력과 경험치는 최고조에 달해서 가장 눈부신 성적을 거두어야 했을 것이다. 그러나 그는 왠지 모르게 무기력했고 점점 더 실력이 하락하다 결국 1953년에는 은퇴를 결정했을 것이다. 그리고 1954년에는 역시나 알 수 없는 이유로 쓰러져 갑자기 세상을 떠났을 것이다. 그의 갑작스러운 건강 악화의 원인을 정확히 파악할 수 없었던 담당 의사는 사망 진단서에 그의 사인을 그저 다발성 장기부전이라고 적어 놓을 수밖에 없었을 것이다.

그리고 나카타 준페이가 쓰러졌다는 소식에 오우치 히데오는 가장 먼저 그가 누워 있는 병원으로 달려갔을 것이다. 그는 자신이 가장 신뢰하며 따르던 나카타 준페이가 그렇게 갑자기 쓰러져 세상을 떠나는 모습을 보면서 적지 않은 충격을 받았을 것이다. 그러다 몇 년 뒤에 자신의 건강이 갑자기 악화되는 것을 느끼면서 다시 한번 나카타 준페이를 떠올렸을 것이다. 오우치 히데오와 나카타 준페이는 1945년 8월 9일 모두 나가사키에 있었다. 그래서 오우치 히데오는 자신도 그날 나가사키에서 나카타 준페이와 같은 병에 감염되었음을 비로소 깨달았을 것이다. 그리고 그것은 바로 사람들이 피카의 독화살이라고 부르는 병이었을 것이다.

난해한 수수께끼 같았던 그의 행보가 그렇게 차례로 꿰어맞춰지면서 이제는 그를 둘러싼 의문점이 하나둘 해소되기 시작했다. 무엇보다도 오우치 히데오가 영산상고 교정에서 오랜만에 마주쳤을지도 모르는 할머니를 놔두고 다시 일본으로 돌아간 이유를 어렴풋이 알 것 같았다. 그는 자신이 피카의 독화살에 맞았다는 사실을 다른 사람들에게 들키고 싶지 않았을 것이다. 가장 가깝게 지냈던 후배인 가네다 세이이치조차도 그 사실을 모르고 있었을 정도였다. 그래서 특하나 그 누군가에게는 자신의 피폭 사실을 들키고 싶지 않았던 것인지도 모른다. 아직 젊은 나이인데도 볼품없이 시들어 가는 자기 모습을 보여주기 싫었던 것인지도 모른다. 아무렇지도 않은 척 지내다가 갑자기 세상을 떠나 그 사람에게 커다란 슬픔을 안겨주기 싫었던 것인지도 모른다. 그럴 바에야 차라리 절연絶緣을 선택하는 것이 낫다고 판단했을 것이다. 그 사람이 행복한 미래를 선택할 수 있도록 떠나보내 주었을 것이다. 그래서 할머니는 망연자실한 표정으로 한동안 영산상고의 교정에 혼자서 덩그러니 서 있었을 것이다.

갑자기 건물의 바로 바깥쪽에 눈부신 낙뢰가 번쩍이는 것과 동시에 거대하게 콰광 하는 폭발음이 들렸다. 곧이어 건물이 심하게 흔들렸다. 태풍 난마돌이 혼슈의 중심부를 지나고 있었다.

8월 9일

서부군관구西部軍管区 사령부 발표. 8월 9일 오전 11시경, 적군의 대형 항공기 두 대가 나가사키 상공을 침입하여 신형 폭탄으로 보이는 것을 투하했다. 자세한 피해 사항은 아직 조사 중이지만, 비교적 경미할 것으로 예상된다.

이부세 마스지井伏鱒二, 『**검은 비**黒い雨』

20

천둥 번개의 빈도는 서서히 잦아들었지만 비바람의 강도는 여전히 강력한 기세를 유지하고 있었다. 창틀이 덜덜 떨리는 가운데 모두의 마음을 무겁게 짓누르는 실내의 분위기 속에서 인터뷰는 어렵사리 다시 진행되었다.

"오우치 선생님이 돌아가신 다음에는 어떻게 되셨나요? 혹시 무덤이나 납골당 같은 곳에 모셨다면 저희가 찾아가 볼 수 있을까요?"

가네다는 천천히 고개를 저었다.

"산코츠^{散骨}*를 했소. 형님께서 일본 땅에 일절 자신의 흔적을 남기지 말아 달라고 끝까지 강고하게 부탁하는 바람에 간단하게 소오레이^{葬礼}**를 치르고 나서 쓰시마토오^{対馬島}***에 가서 형님의 쇼코츠^{燒骨}****를 뿌렸소."

쓰시마^{対馬}라는 단어는 윤경도 알고 있는 일본어였다. 그래서 윤경은 가네다가 왜 그곳을 찾아갔는지 알 것 같았다.

"혹시 거기에서 한국 땅이 보이나요?"

가네다는 고개를 천천히 끄덕이며 말했다.

"그렇소. 거기에서 날씨가 좋으면 부산이 보인단 이야기를 들었소. 그래서 그 바다에 형님의 쇼코츠를 뿌려주었소. 그게 형님과의 진짜 마지막이었소. 어쩌면 거기에서 해류를 타고 꿈에도 그리던 고향을 찾아갔을지도 모르지."

가네다는 당시의 장면을 회상하며 크게 한숨을 내쉬었다. 잠시 모두가 아무런 말이 없었다. 윤경은 무심결에 시선을 돌려 여전히 탁자 위에 놓여 있는 유품함을 바라보았다. 그 안에는 작은 종이 상자가 하나 놓여 있었다. 선물을 담아 포장하는 데 쓰일 것 같은 그 상자는 오우치 히데오가 살았던 시절만큼이나 연식이 오래되어 보였다.

"혹시 이건 뭔가요?"

한동안 개인적인 회상에 젖어 있다가 불시에 잠에서 깨어난 듯 다시 현실로 되돌아온 가네다는 짐짓 무덤덤한 목소리로 말했다.

"열어보시오."

윤경은 그걸 상자에서 꺼내어 자신의 앞으로 가져와 가지런하게 놓은 다음 두꺼운 종이 덮개를 위로 들어 열었다. 그러자 두 개의 두툼한 편지 봉투가 나타났다. 윤경은 상자에서 그걸 꺼내어 살펴봤다. 둘 다 아주 오래된 편지 봉투였는데, 하나는 흰색이었고 다른 하나는 옅은 분홍빛을 띤 미색이었다. 두 통의 봉투에는 모두 겉면에 한국어와 일본어가 함께 쓰여 있었다. 그리고 둘 다 우표가 붙어 있었고 소인도 찍혀 있었다. 그것은 오래된 편지 봉투였다. 둘 다 안에는 묵직한 내용물이 들

---

* 화장한 유해를 자연에 뿌리는 일.
** 장례.
*** 대마도.
**** 화장 후의 분골.

어 있었다.

그중에 하나는 보내는 주소가 일본어로 쓰여 있었고 받는 주소는 한국어로 쓰여 있었다. 보내는 사람의 이름이 '徐英雄'이라고 적혀 있었다. 오우치 히데오가 아닌 서영웅이 보낸 편지였다. 그리고 편지를 받는 한국 주소와 수신인이 경상남도 영산군 의령면 내산리 23번지 '김순영'이라고 되어 있었다. 윤경은 그 편지가 자신의 할머니에게 보내진 거라는 사실을 단숨에 파악했지만, 애써 그런 티를 내지 않으려 노력했다. 다행히 석현도 역시 아는 체를 하지 않았다. 그런데 봉투는 개봉되지 않은 상태 그대로였다. 편지 봉투에는 '수취인 미거주'라는 붉은색 스탬프가 한글로 찍혀 있었는데, 1988년 12월 14일 자로 한국에서 반송 처리된 편지였다. 윤경은 그걸 손가락으로 가리키며 가네다에게 물었다.

"되돌아온 편지네요?"

가네다는 목을 가다듬고 대답했다.

"영웅 형님이 돌아가시기 전에 한국으로 보냈던 편지 같소. 보시다시피 반송되었지만 말이오."

윤경은 그 편지가 되돌아온 이유를 금방 알 수 있었다. 할머니가 그곳에 없었기 때문이다. 할머니는 당시 울주군에 살고 계셨다. 그래서 한국의 우체국에서 '수취인 미거주'라는 스탬프를 찍어서 일본으로 반송했던 것이다.

윤경은 이번엔 연한 분홍색 봉투를 살펴보았다. 이번에는 반대로 보내는 주소가 한국어였고 받는 주소가 일본어로 적혀 있었다. 그리고 보내는 사람은 경상남도 울주군에 사는 '김순영'이고, 받는 사람은 일본 도쿄에 사는 '徐英雄'이었다. 오우치 히데오가 아닌 서영웅에게 보내는 편지였다. 할머니가 일본으로 보낸 것으로 보이는 소인의 날짜는 1988년

할머니의 야구공

12월 24일이었다. 오우치 히데오가 세상을 떠나기 불과 보름 전이었다.

윤경의 외할머니 순영은 결혼 이후 주기적으로 전근 다녀야 했던 남편을 따라 몇 년마다 이사를 했다. 그래서 할머니의 고향으로 보냈던 첫 번째 편지는 반송됐을 것이다. 그 편지가 되돌아오는 걸 보고 적잖이 놀란 오우치 히데오는 아마 한국 사정을 잘 아는 지인에게 부탁하거나 아니면 흥신소興信所 같은 곳에 의뢰해서 할머니의 새 주소를 확보했을 것이다. 덕분에 두 번째 편지는 그녀의 할머니에게 정확히 전달됐을 것이고, 지금 윤경의 손에 들려 있는 것이 바로 그에 대한 답장으로 받은 편지일 것이다.

그런데 할머니가 일본으로 보낸 편지 봉투는 입구가 반듯하게 개봉되어 있었다. 아마도 봉투 칼 같은 걸로 조심스럽게 잘라낸 것 같았다. 자신의 할머니가 1988년 크리스마스이브에 우체국에 가서 직접 부친 것으로 보이는 편지지가 봉투의 안쪽에 곱게 접혀 들어 있는 게 보였다. 편지를 받은 사람이 봉투를 개봉해 그 내용을 읽었다는 의미였다. 윤경은 그 편지를 당장 꺼내 읽어보고 싶었다. 미친 듯이 읽어보고 싶은 거센 욕구가 일었다. 그러나 윤경은 그러한 충동을 간신히 억누르고 가네다에게 물었다.

"저에게 이걸 읽어보라고 보여주시는 건가요?"

가네다는 고개를 끄덕이는 건지 아니면 젓는 건지 알 수 없는 동작을 하면서 대답했다.

"형님은 아마도 죽음이 목전에 임박했음을 느끼고는 그 소식을 한국의 소싯적 친구에게 알리려 했던 것 같소. 처음에 형님이 떠나온 영산으로 편지를 보냈다는 걸 보고 그렇게 생각했소. 나도 그 편지를 열어서 읽어보진 않았는데, 만약에 궁금하다면 최 피디는 읽어봐도 되지 않을까 하는 생각이 들었소. 어쨌든 형님의 생애를 취재하고 있는 입장 아니오?"

그럴듯한 제안이었다. 너무도 매혹적인 제안이라 금방이라도 마음이 넘어갈 것 같았다. 그녀는 단숨에 편지를 열어 읽어보고 싶은 마음이 굴뚝같았다. 그러나 그 편지는 오우치 히데오의 유품이었다. 그리고 가네다 세이이치가 그 편지들을 용케 보관하고 있었긴 했지만, 그는 오우치 히데오의 유족도 아니었고 법적인 유산관리인도 아니었다. 그 편지의 공개 여부를 허가할 권리는 애초에 그에게 없었다. 그리고 윤경에게도 그 편지를 열어봐도 될 만한 타당한 사유나 적절한 권리가 없었다. 그 편지를 주고받은 당사자 중 한 명이 그녀의 할머니이긴 했지만, 그 편지는 엄연히 오우치 히데오의 유품이었다.

짧은 시간 동안 많은 고민이 윤경의 머릿속에서 뒤죽박죽 오고 갔다. 그 편지를 읽어보면 그녀가 지금까지 해결하지 못한 궁금증들이 순식간에 풀릴 수도 있었다. 오우치 히데오와 그녀의 할머니는 실제로 어떤 관계였을까? 그리고 1958년 영산상고 교정에서 두 사람은 다시 만났을까? 그렇게 재회한 그 두 사람은 무슨 이야기를 나누었을까? 또다시 헤어진 두 사람은 그 이후에도 가끔은 서로를 떠올렸을까? 두 사람은 서로를 그리워하며 살았을까, 아니면 완전히 잊고 있었을까?

신중한 고민 끝에, 윤경은 결국 그 편지들을 열어보지 않기로 결정했다. 그녀에게는 그 편지들을 열어볼 수 있는 어떠한 권한도 없었다. 그녀가 지금 이곳까지 올 수 있었던 이유는 최윤경 개인이 아니라 다큐멘터리 피디였기 때문이었다. 설령 김순영의 외손녀라는 자격을 들이밀더라도 그것은 오우치 히데오의 유품에 접근할 수 있는 제대로 된 요건이 되지 못한다. 만약 타당한 사유나 적절한 권한도 없이 그의 유품을 들취보고 그의 사생활을 엿본다면 그것은 엄연히 취재 윤리를 위반하는 것이며 자신의 양심도 거스르는 것이라고 판단했다. 개인적인 궁금증을 해소하는 것보다는 양심을 따르고 윤리를 준수하는 것이 우선이라고 생각했다. 그래서 많이 아쉽지만 그녀는 그 편지들을 열어보지 않기로 했다. 그녀는 두 통의 편지를 다시 오래된 종이 상자에 넣고 뚜껑을 덮었다. 그리고 가네다를 향해 종이 상자를 돌려주었다.

"제안은 감사하지만, 저에게는 이걸 읽어볼 수 있는 권리가 없는 것 같습니다. 고인의 사적인 대화 내용이고, 어쩌면 사생활에 관한 내용이 들어 있을 수도 있습니다."

가네다 세이이치는 천천히 고개를 끄덕이면서 그녀의 판단을 존중해 주었다. 그렇게 해서 시부야에서의 기나긴 인터뷰는 겨우겨우 끝이 났다. 가네다에게 감사 인사를 전한 윤경 일행은 촬영 장비들을 챙겨 숙소로 돌아왔다. 신주쿠의 호텔에서도 건물의 외벽을 두드려 대는 거센 비바람은 쉬이 멈출 것 같지 않았다. 태풍 난마돌은 그렇게 밤새 일본 전역을 뒤흔들다가 다음 날 오전 센다이^{仙台} 동쪽의 해상으로 빠져나가면서 온대저기압으로 기세가 약해졌다.

6부

재일본조선인총연합회

러시아연방대외정책문서보관소(АВПР) 극비문서

ЦАМО, ф.32, оп.11318, А.196, Л.232.

조선민주주의인민공화국 최고인민회의 상임위원회 위원 서진우 평정서

약력

1899년 충청남도 부여군 부여면 현북리의 가난한 프롤레타리아 가정에서 출생하였다.

1920년 혼자서 만주로 이주하였다.

1926년부터 혁명적 민족해방운동에 적극적으로 가담하였다.

1942년 소비에트연방으로 건너왔고 하바롭스크^{Хабаровск}시에서 88독립보병여단^{88-я отдельная стрелковая бригада} 예하 대대의 정보 담당 부대대장으로 복무하였다.

1945년 10월 김일성과 함께 북조선에 도착했다. 이후 북조선인민위원회 제5부위원장에 임명되었으며, 이 시기의 뛰어난 대남 활동을 통해 탁월한 정보 분석 능력과 우수한 첩보 역량을 직접 증명해 보였다.

1948년 9월 9일 조선최고인민회의 제1차 회기에서 조선민주주의인민공화국 정치보위국장에 임명되었다.

평정

공산주의 운동에 헌신하고 있다. 흠잡을 데 없는 능력을 보유하고 있다. 뛰어난 조직가이며 냉철한 분석가이다. 혁명에 대한 의지가 강하다. 반동

분자, 법률 위반자, 조선 인민의 적에 대하여 가차 없으며 무자비하다. 북조선을 책임지는 정치적 일꾼 사이에서 높은 권위를 갖고 있다. 소비에트연방에 대해 매우 우호적이다.

1948년 12월 25일

북조선 주재 소비에트연방 민정국장 Глава администрации

니콜라이 게오르기예비치 레베데프 Николай Георгиевич Лебедев

21

다음 날 아침. 태풍의 여파로 바람은 아직 거셌지만 하늘은 매우 맑고 깨끗했다. 신주쿠^{新宿} 비즈니스호텔에서 하루를 보낸 일행은 아침 일찍부터 서둘러 자동차에 올랐다. 미선은 내비게이션에 아시아평화연대^{ジア平和連帯}라는 장소를 입력해 목적지로 설정했다. 윤경 일행이 오늘 가야 할 곳은 도쿄 인근의 가나가와현^{神奈川県}에 위치한 오이소^{大磯}라는 도시였다.

며칠 전 간몬해협 일대를 취재할 당시 많은 도움을 주었던 기타노 유키오 작가가 윤경에게 근현대 시기 한국과 일본의 교류사^{交流史}를 연구하는 이시하라 미나미^{石原美波}라는 역사학자를 소개해 줬는데, 그녀가 소속된 단체가 바로 오이소에 위치한 아시아평화연대였다. 부지런히 서두른 덕분에 일찌감치 목적지에 도착한 일행은 촬영 장비를 챙겨 평화연대 건물로 들어갔고, 곧이어 회의실^{会議室}이라는 표지판이 붙은 곳으로 안내되었다.

그곳에 앉아 잠시 실내를 둘러보고 있는데 갑자기 회의실 출입문이 벌컥 열렸다. 동시에 봄바람 같은 싱그러운 향기가 훅하고 흘러들었다. 그렇게 꽃다발처럼 화사한 분위기를 몰고 누군가가 성큼 걸어 들어왔다. 깜짝 놀랄 정도로 아름다운 여성이었다. 그녀는 부드럽게 살랑거리는 연한 하늘색 반소매 셔츠에 약간 헐렁한 밝은색 청바지를 입고 있었는데, 일부러 코디해서 입었다기보다는 그냥 평소에 즐기는 스타일처럼 아주 자연스러워 보였다. 게다가 약간 컬이 들어간 기다란 생머리카락이 어깨 아래쪽으로 찰랑거리고 있었고, 수려한 얼굴에 피어난 화사한 미소가 더해져 전체적으로 생기 가득한 매력이 저절로 발산되고 있었다. 그리고 나이는 윤경보다 몇 살 많은 30대 중반 정도로 보였다.

세 사람은 자리에서 일어나 그녀와 인사를 나누었다. 미선이 그녀와 먼저 일본어로 인사를 나눈 다음에 윤경을 소개해 주었고, 그렇게 그들은 서로 명함을 교환했다. 그녀의 명함에는 '慶應義塾大学 総合政策学部 准教授 石原美波'라고 적혀 있었다. 윤경이 한자가 조금 어려워 가만히 쳐다만 보고 있자, 미선이 옆에서 '게이오기주쿠대학 종합정책학부 준교수 이시하라 미나미'라고 알려주었다. 윤경이 미선에게 물었다.

"게이오기주쿠대학? 게이오대학교랑은 다른 거예요?"

"아, 한국에서는 보통 게이오대학교라고 부르는 그 학교가 바로 여기예요. 게이오대학교의 캠퍼스 가운데 하나가 가나가와현에 있는 걸로 알고 있어요."

그러자 두 사람의 대화를 듣고 있던 이시하라가 뜻밖에도 한국말로 이렇게 이야기했다.

"우리 학교는 후지사와藤沢에 있습니다."

그 소리에 놀라 두 사람이 이시하라를 돌아보자, 그녀가 다시 한국말로 이렇게 덧붙였다.

"아, 저는 한국말을 아주 조금 할 줄 압니다. 읽는 것은 매우 더 잘하고요."

그러자 윤경이 밝은 미소를 지으며 이렇게 말했다.

"아, 그렇군요. 그럼 오늘 잘 부탁드립니다."

"네, 저도 잘 부탁합니다."

이어서 석현까지 모두 소개를 마쳤다. 그리고 재빨리 촬영 준비를 마친 뒤 인터뷰가 시작되었다. 그런데 그때부터는 이시하라가 일본어로 이야기했기 때문에 미선이 양측의 대화를 통역해 주었다. 이시하라의 설명에 의하면 그녀는 게이오대학교 교수로 재직하면서 아시아평화연대의 비상근 연구 위원도 겸직하고 있었다. 윤경은 미선을 통해 이번 취재의 의도를 설명했고, 그 과정에서 기타노 유키오 작가에게 그녀를 소개받았다는 사실도 설명했다. 그러자 이시하라 교수가 얼굴을 약간 찡그리더니 이렇게 말했다.

"그놈은 잘살고 있던가요? 갑자기 연락이 와서 깜짝 놀랐어요."

미선은 그녀의 말을 '그놈'이라고 통역했지만, 윤경은 이시하라의 입에서 '야로^{やろう}'라는 단어를 들었다. 자신의 말실수를 눈치챘는지 이시하라 교수가 이렇게 순순히 실토했다.

"사실 예전에 한때 제 이름이 기타노 미나미였어요. 그놈이랑은 몇 년 전에 이혼했고요. 그래서 결혼 전 이름으로 다시 돌아왔죠."

그녀의 설명에 의하면 두 사람은 같은 대학교 동갑내기 캠퍼스 커플이었다고 했다. 그 소리에 윤경은 깜짝 놀라며 물었다.

"동갑이라고요? 기타노 작가님이 40대라고 알고 있는데, 그럼 이시하라 교수님도 나이가 40대이신 거예요?"

그러자 이시하라가 멋쩍게 웃으며 대답했다.

"네, 그렇긴 한데 나이 이야기는 그만하죠."

이시하라 교수는 그렇게 손을 내저으며 만류하긴 했지만 기분이 썩

나빠 보이진 않았다. 그래도 덕분에 회의실 분위기는 한결 더 밝아졌다. 물론 그렇게 화기애애한 분위기의 상당 부분은 이시하라 미나미가 발산하는 매력 덕분이기도 했다. 윤경은 취재 노트를 펼쳐놓고 본격적으로 인터뷰를 시작했다. 그녀가 이시하라 교수에게 물었다.

"혹시 오우치 히데오라는 야구 선수를 알고 계십니까?"

이시하라 교수가 고개를 끄덕이며 대답했다.

"네, 알고 있습니다. 기타노의 책에서 읽었어요."

그녀는 기타노 유키오가 쓴 『그해 여름, 신기루 고시엔』을 읽었다고 말했다. 아마도 두 사람이 이혼하기 전이었을 것이다. 그녀가 말을 이어 갔다.

"그리고 기타노에게서 연락받고 이렇게 인터뷰 약속이 잡힌 다음에 그 사람에 대해 개인적으로 조사를 좀 해봤습니다."

윤경이 그녀에게 감사하다는 말을 전했다. 덕분에 인터뷰의 본론으로 좀 더 쉽게 접근할 수 있었다. 윤경은 이시하라 교수에게 미리 준비해 온 종이를 한 장 건넸다. 그것은 오우치 히데오의 병적전시명부였는데, 윤경이 어젯밤에 호텔 비즈니스 센터에서 인쇄한 것이었다. 이시하라 교수는 그 문서를 묵묵히 읽었다.

"흥미롭군요. 기타노가 아주 좋아했을 것 같은데, 아닌가요?"

"맞습니다. 여기에 적힌 겨우 몇 개의 문장만 가지고도 저희를 간몬 해협 일대의 여기저기로 데리고 다니며 몇 시간 동안이나 이야기하셨어요. 덕분에 저희가 제작하는 다큐멘터리가 훨씬 더 다채롭고 풍성해질 것 같습니다."

그러자 이시하라 교수가 코웃음을 치며 혼잣말처럼 이렇게 내뱉었다.

"바보 같은 자식, 아직도 그러고 다니네."

그녀의 표정을 보니 그날의 행적이 살짝 궁금한 모양이었다. 그래서 윤경은 엊그제 겪었던 이야기를 그녀에게 들려주었다. 모지도서관에서 인터뷰하던 도중에 그가 갑자기 시모노세키의 히노야마火の山로 데려간 것, 그리고 또 갑자기 간몬해협 해저에 있는 비밀의 터널로 데려간 것 등을 이야기했다. 그러자 이시하라 교수는 불평하는 투로 이렇게 말했다.

"하여간에 기타노, 여전히 자기 멋대로라니깐."

이야기는 그렇게 했지만 그녀의 얼굴은 왠지 즐거운 표정이었다.

"그렇게 마치 인디아나 존스처럼 돌아다닌 이유가 뭔가요?"

그렇게 질문하는 그녀의 두 눈이 반짝였다.

"오우치 히데오가 도저히 건널 수 없는 간몬해협을 건너기 위해 필사적이었다는 사실을 알아냈습니다. 그는 정말이지 목숨을 걸고라도 그곳을 건너가려 했습니다."

윤경은 기타노 작가와 함께 파악한 내용을 이시하라 교수에게 자세히 들려주었다. 이시하라 교수는 사뭇 진지한 표정으로 그녀의 이야기를 최대한 집중해서 들었다.

"상당히 흥미롭네요. 여기에 적힌 몇 줄의 기록만으로 그런 내용까지 알아내다니, 역시 기타노 답군요. 그런 부분은 솔직히 대단하다고 생각합니다."

그러자 윤경이 이시하라 교수에게 준비해 온 화제를 꺼냈다.

"그런데 이 문서에서 잘 이해되지 않는 대목이 몇 가지 있었습니다. 기타노 작가님께 질문을 드렸더니 이 분야의 전문가인 이시하라 교수님께 여쭤보는 게 좋겠다며 이렇게 소개해 주신 거고요."

"네, 잘 오셨습니다. 그런데 어떤 부분이 이해가 안 된다는 건가요?"

윤경은 문서의 한 부분을 가리키며 이야기했다.

할머니의 야구공

"우선 이 부분입니다. 병적전시명부의 내용을 보면 오우치 히데오가 시모노세키 수상 경찰에 의해 검거됐다고 기록되어 있거든요. 그런데 그가 수상 경찰에게 검거됐다는 사실이 조금 의아합니다. 당시 탈영병이던 오우치 히데오는 헌병대의 추적을 받고 있었습니다. 그리고 길거리에서는 일반 경찰이 검문하고 있었고요. 그런데 왜 헌병이나 일반 경찰이 아니라 수상 경찰에 체포됐을까요?"

그러자 이시하라 교수가 질문의 의도를 잘 알겠다는 듯 고개를 끄덕이며 이렇게 되물었다.

"오우치가 무단으로 출국을 시도했던 거죠? 기타노는 뭐라던가요?"

윤경은 이시하라 교수의 뛰어난 통찰력에 적잖이 놀랐다. 그녀는 감탄스러운 표정을 지으며 이시하라 교수에게 대답했다.

"네, 맞습니다. 당시 오우치 히데오는 시모노세키에서 출발하는 부관 연락선을 타고 부산으로 건너가려고 했던 것 같습니다. 기타노 작가님도 그렇게 생각하셨고요."

이시하라 교수는 고개를 끄덕이며 말했다.

"그래서 수상 경찰에 체포된 겁니다. 요즘의 일본에서는 출입국 관리를 출입국재류관리청_{出入国在留管理庁}에서 담당하지만, 당시에는 경찰의 소관이었죠. 그리고 당시 일본 내 항구에서 사람들의 출입국을 관리하던 기관은 수상경찰서였습니다. 그래서 오우치가 시모노세키 수상 경찰에 의해 검거된 겁니다. 무단으로 출국하려다 체포된 거겠죠."

"그렇군요."

윤경은 고개를 끄덕이며 다음 질문으로 넘어갔다. 그녀는 손가락으로 병적전시명부의 한 부분을 가리켰다. 거기에는 오우치 히데오가 검거된 날짜가 적혀 있었다. 사실 그전부터 그녀는 오우치 히데오가 탈영하여 검거되기까지 무려 열흘이 넘는 공백기가 존재한다는 게 적잖이 신경 쓰였다.

"그다음으로 궁금한 건 오우치 히데오가 8월 25일이 되어서야 검거됐다는 겁니다. 그는 왜 전쟁이 끝나고도 열흘이나 지나서야 부관연락선을 타려고 했을까요? 그리고 탈영 후 12일 동안 그는 대체 어디에서 뭘 했을까요?"

이시하라 교수는 가만히 고개를 끄덕이며 대답했다.

"음, 제 생각으로는 아마 시모노세키 항구의 인근에 숨어 있었을 겁니다. 그 이유는 아마도 마땅한 배편을 구하지 못했기 때문에 그랬을 거고요."

"조선으로 돌아가는 배를 구하지 못했다고요?"

"네. 부산으로 가는 배편을 구하기가 결코 쉽지 않았을 겁니다."

"왜 그랬을까요?"

"시모노세키 항구에 엄청나게 많은 인파가 몰렸기 때문입니다. 종전 직후 일본에서 조선으로 귀환한 사람의 수는 무려 140만 명이 넘었다고 합니다. 그렇게 엄청난 규모의 사람이 1945년 8월부터 1946년 1월까지 불과 대여섯 달 사이에 집중적으로 귀환했습니다. 그런데 시모노세키에서 부산까지 운행하던 정규 연락선은 코우안마루興安丸와 도쿠주마루德壽丸 정도밖에 없었습니다. 그리고 평상시 이런 배가 한 번에 실어 나를 수 있는 승객의 수는 2,000명도 되지 않았고요. 그러니 아무리 무리해서 한꺼번에 많은 승객을 탑승시킨다고 하더라도 구름처럼 몰려드는 사람들을 도저히 감당할 수 없었습니다. 이런 사정은 시모노세키만이 아니라 조선으로 향하는 항로가 존재하던 후쿠오카의 하카타 등지에서도 마찬가지였습니다. 오우치 역시 그렇게 많은 인파 때문에 부관

할머니의 야구공

연락선에 쉽게 오를 수 없었을 겁니다."

그러자 윤경은 문득 궁금한 생각이 들었다.

"혹시 돈이 없었기 때문은 아니었을까요? 그는 탈영병 신세였으니까 아마 주머니에 한 푼도 없었을 겁니다."

이시하라는 고개를 저으며 대답했다.

"당시 재일조선인들에 대한 계획 수송計劃輪送은 연합국 측 GHQ의 명령으로 일본의 후생성厚生省이 수행했습니다. 거기에 드는 비용도 모두 일본 정부가 부담했죠. 그러니 돈이 없었더라도 돌아갈 수는 있었습니다. 다만 부관연락선에 올라타는 게 문제였죠."

그녀의 설명을 들은 윤경의 머릿속에서는 또 한 가지 의문이 꼬리를 이었다.

"그렇다면 혹시 부관연락선 말고 다른 배편은 없었을까요?"

"말씀하신 것처럼 당시에는 밀선密船을 타고 조선으로 돌아간 사람도 상당히 많았다고 합니다. 하지만 오우치는 그럴 수 없었을 겁니다."

"왜죠?"

"아시잖아요. 돈이 없었기 때문이죠."

"아…."

"밀선을 구하려면 적지 않은 돈을 내야 했거든요."

윤경은 이번에도 잠시 아무런 말을 할 수가 없었다. 너무나도 당연한 이유였기에 할 말을 잃을 수밖에 없었다. 아무튼 그렇게 그는 십여 일 동안 시모노세키의 수많은 인파에 숨어 부관연락선에 탑승할 기회만 엿보았을 것이다. 비록 그렇게까지 죽을 고생을 했는데도 결국 승선을 시도하려던 마지막 순간에 수상 경찰에 체포되긴 했지만 말이다. 그러나 이시하라 교수의 명쾌한 설명에도 윤경에게는 아직도 쉽게 수긍할 수 없는 부분이 남아 있었다.

"한 가지 더 궁금한 게 있습니다."

이시하라 교수는 윤경의 쉴 새 없는 호기심이 오히려 반가운 듯 진지한 표정으로 대답했다.

"네, 말씀하시죠."

윤경은 병적전시명부의 다음 내용을 가리키며 말했다.

"보시다시피 기록에 의하면 그는 1947년 3월 14일 후쿠오카형무소에서 만기 출소했습니다. 그런데 그는 며칠 뒤 요미우리 자이언츠에 입단했어요. 이제 자유인의 신분이 되었는데도 그는 왜 조선으로 돌아가지 않은 걸까요? 이전에는 목숨을 걸고서라도 현해탄을 건너가려 했던 사람이, 왜 갑자기 1947년 3월에는 마치 아예 다른 사람이 된 것처럼 돌변해서 태연하게 프로야구 구단에 입단했던 걸까요? 그에게는 이제 고국으로 돌아가야 하는 이유가 사라져 버린 건가요? 자신의 고국인 조선에 대한 마음이 아예 떠났던 걸까요? 그곳에서 함께 살던 사람들이 그립지도 않았던 걸까요?"

윤경은 이런 질문을 하면서 자신도 모르게 감정이 약간 격앙되었다는 사실을 깨달았다. 이시하라 교수도 그런 분위기를 눈치챘는지 오히려 그녀를 위로하듯 차분하게 대답했다.

"아마 그러고 싶어도 그럴 수 없었을 겁니다."

"이유가 뭔가요?"

"종전 직후부터 연합국 사령부가 지휘하고 일본 정부가 담당했던 재일조선인 계획 수송이 1946년 12월에 모두 종료되었기 때문입니다. 그리고 아시다시피 이후에 일본과 한국의 국교는 단절되었습니다. 그런데 오우치 히데오는 그렇게 계획 수송이 중단된 직후인 1947년 3월에 출

할머니의 야구공

소했어요. 그러니 참으로 안타깝지만, 돌아가고 싶어도 돌아갈 수가 없었을 겁니다."

그러나 이번에도 윤경은 쉽게 물러서지 않았다.

"그래도 다른 방법이 있지 않았을까요? 제3국을 통해 돌아갈 수도 있었을 거 아네요? 중국이나 러시아, 아니면 미국을 경유해서라도 들어갈 수 있지 않았나요? 그러니까 조선으로 돌아가고자 하는 의지만 있다면 얼마든지 돌아갈 방법을 강구할 수 있지 않았느냐 하는 거죠. 전쟁이 끝나기 전에는 목숨을 걸고서라도 돌아가고자 했던 곳이었잖아요!"

윤경은 자신도 모르게 이례적으로 목소리를 높였다. 그녀는 이시하라 교수에게 질문하는 것이 아니라, 마치 자신의 눈앞에 1947년 3월의 오우치 히데오가 앉아 있기라도 하듯 공격적으로 따져 물었다. 이시하라 교수도 그녀의 그런 단호한 태도를 눈치챈 듯 이번에는 다소 강경한 어조로 대답했다.

"제3국을 경유해서도 돌아갈 수가 없었을 겁니다. 적어도 정상적인 경로로는 말이죠."

"왜죠?"

"당시 그에게 여권을 만들어 줄 국가가 없었기 때문입니다. 일단 일본부터 말하자면, 당시의 일본 정부는 그에게 여권을 만들어 줄 수 없었습니다."

윤경은 조금 전보다 목소리를 약간 낮추어서 되물었다.

"오우치 히데오가 일본인이 아니어서 그런 건가요?"

"네, 뭐 실질적으로는 그런 이유도 있지만 설령 일본 정부가 만들어 주고 싶다고 하더라도 그럴 수가 없었습니다."

"이유가 뭐죠?"

"일본이 패전국 신세였기 때문입니다. 전쟁에서 패배한 일본은 곧바로 주권을 상실했고 자국민에 대한 여권을 발급할 수 없게 되었습니다. 그리고 연합국군최고사령관총사령부連合国軍最高司令官総司令部, 줄여서 GHQ라고 부르는 기관이 일본 국민의 출국 자체를 허용하지 않았습니다. 일본의 일반 국민이 자유롭게 해외를 드나들 수 있게 된 건 그로부터 20년 가까이 흐른 1964년이나 되어서야 비로소 가능해진 일이에요."

그러자 윤경은 일본에 출장 오기 전에 한국에서 엄마에게 들은 이야기가 생각났다. 1980년대 말까지만 하더라도 한국 사람들은 여권을 만들기도 쉽지 않았고 자유롭게 외국으로 여행을 갈 수도 없었다는 이야기였다. 윤경은 한국과 일본 사이에 왠지 모를 묘한 평행 이론이 작동하는 것 같다는 생각이 들었다. 윤경이 이어서 질문을 던졌다.

"그럼 한국은요?"

이시하라 교수가 고개를 절레절레 흔들며 대답했다.

"불가능했습니다."

"이유가 뭘까요?"

"1947년 3월에는 여권을 발급해 줄 정부가 없었기 때문입니다. 대한민국이 정식으로 정부 수립을 선포한 건 1948년 8월 15일이고, 국제연합UN에 의해 합법적인 정부로 인정받은 건 그로부터 약 석 달 뒤인 12월이었습니다. 그러니까 1947년 3월에는 대한민국이라는 국가명이 표기된 여권을 발급해 줄 정부가 없었습니다."

윤경은 뭔가 뒤통수를 세게 얻어맞은 느낌이 들었다. 이시하라 교수가 설명을 이어갔다.

"그리고 추가로 설명해 드리자면, 이후 상황이 더욱 복잡해졌습니다. 오우치가 출소한 직후인 1947년 5월 2일에 쇼와昭和 천황이 외국인 등

할머니의 야구공

록령^{外国人登録令}이라는 칙령을 발표했습니다. 그 칙령의 제11조를 보면 종전 후 일본에 남아 있던 조선인과 대만인 모두 외국인으로 간주한다고 되어 있습니다. 식민지 시절에 갖고 있던 일본 국적을 하루아침에 상실한 거죠. 그런데 조선은 1945년 8월에 일제의 식민 통치로부터 해방되긴 했지만, 좀 전에도 말씀드렸다시피 아직 국제 사회로부터 합법적으로 인정받은 정부가 존재하지 않는 상태였습니다. 그런 상황에서 일본에 남아 있던 재일조선인들은 일본 정부에 의해 1947년 5월 2일부터 갑자기 외국인 취급을 받게 되었습니다. 그런데 그 외국이 어느 나라인지는 아무도 그들에게 알려주지 않았어요. 그러니 그들은 그때부터 갑자기 소속된 국가가 없는 기이한 무국적 상태에 놓이게 된 겁니다. 그래서 당시 그런 재일조선인들의 외국인 등록증에는 국적이 조선적^{朝鮮籍}으로 기재되어 있었어요. 그런데 아시다시피 당시에 조선이라는 국가는 없었습니다. 아주 희귀한 케이스였죠. 사실 제가 한국과 일본의 교류사에 본격적으로 관심을 갖게 된 이유도 바로 이런 기묘한 사례를 알게 되었기 때문입니다. 아무튼 그래서 당시에는 실체도 없었던 정부가 여권을 만들어 줄 수는 없었습니다. 참고로 북한, 그러니까 조선민주주의인민공화국도 1948년 9월이나 되어서야 정부 수립을 발표했으니 1947년 3월 오우치가 출소할 무렵의 한반도에는 그에게 여권을 만들어 줄 정부가 존재하지 않았던 거예요."

이시하라 교수의 설명은 완벽했다. 당시의 오우치 히데오가 조선으로 돌아가려면 밀항 루트를 알아보는 것 이외에 합법적인 경로를 통해 들어갈 방법은 전혀 없었다. 그런 생각에 이른 윤경은 저도 모르게 크게 한숨을 쉬었다. 그 모습을 유심히 지켜보던 이시하라 교수가 다시 설명을 이어갔다.

"그런데 오우치가 경찰에 체포되어 수감된 것이 개인으로서는 불행이었는지 몰라도, 야구 선수로서는 오히려 잘된 일이었는지도 모릅니다. 만약 그가 무사히 조선으로 건너갔더라면 이후에 다시 일본으로 입국할 수 없었을 겁니다. 혹시 왜 그런지 아십니까?"

윤경은 부산의 영남역사문화연구소에서 정회성 소장과 나눈 이야기가 떠올랐다. 정 소장은 당시에 외지인이 일본에 입국하려면 발급받아야 하는 서류가 있었다고 설명했다.

"도항증명서渡航證明書 때문 아닌가요?"

이시하라 교수는 약간 놀라는 표정을 지으며 말을 이었다.

"네, 맞습니다. 아마도 입국 허가를 받지 못했을 거예요. 그렇지만 시모노세키에서 체포된 덕분에 그는 일본에 남게 되었고, 1947년 3월 출소해서 다시 야구 선수로 활동할 수 있었을 겁니다."

그러나 윤경은 그게 과연 그에게 좋은 일이었는지 확신하지 못했다. 이시하라 교수의 말은 맞다. 오우치 히데오는 시모노세키에서 검거된 덕분에 일본에서 프로야구 선수로 대성공할 수 있었다. 그런데 만약 그가 헌병대의 추적과 경찰의 감시망을 따돌리고 은밀히 부관연락선에 올라탈 수 있었다면 고국의 영산으로 무사히 돌아갈 수 있었을 것이다. 그러나 고국에서의 생활은 결코 만만치 않았을 것이다. 야구는 고사하고 변변찮은 일자리도 구하기 힘들었을 것이다. 때문에 그는 자신이 검거됐던 상황에 대하여 아마도 양가적兩價的인 감정을 갖고 있었을 것이다. 그런데도 어쨌든 그는 고국으로 돌아가고 싶었으리라고 생각했다. 고국에는 그가 세상에서 가장 소중하게 여겼을지도 모르는 누군가가 살고 있었기 때문이다. 그런 윤경의 생각을 읽기라도 하듯 이시하라 교수가 말을 이었다.

"그런데 그가 조선으로 돌아가고자 했던 노력에 전혀 희망이 없었던 건 아닙니다."

윤경이 눈을 반짝이며 물었다.

"희망이 있었다고요?"

윤경의 남다른 호기심에 이시하라 교수가 미소를 지으며 설명했다.

"네, 양국의 국교가 단절되긴 했지만 두 나라 사이의 교류가 완전히 끊긴 건 아니었거든요. 우선 국교가 단절된 이후에도 양국의 외교사절들이 두 나라 사이를 드나들었어요. 주로 GHQ의 중재로 이루어졌죠. 그리고 1949년 1월에는 도쿄 긴자_{銀座}에 주일한국대표부_{駐日韓國代表部}도 설치되었습니다."

그녀의 말에 윤경은 의외라는 생각이 들었고, 취재 노트에 메모하며 물었다.

"주일한국대표부요?"

"네. 현재 주일한국대사관의 전신이라고 할 수 있죠. 1965년 수교를 맺은 뒤에 정식 대사관으로 승격되었어요."

"그러면 혹시 서울에도 일본대표부가 설치되었나요?"

이시하라 교수가 고개를 가로저으며 대답했다.

"아뇨, 그러지 못했습니다."

"이유가 뭔가요?"

"당시 한국의 이승만 대통령이 강경하게 반대했거든요. 사실 이승만 대통령은 반일 감정이 상당히 강한 인물이었습니다."

"그러면 주일대표부도 설치하지 말았어야 하는 거 아닌가요?"

이번에도 이시하라 교수가 고개를 저으며 대답했다.

"주일한국대표부는 일본에 남아 있는 조선인들을 지원하기 위해 필요하다고 판단해서 설치한 겁니다. 한국 정부가 필요해서 만든 거였지, 일본 정부 좋으라고 만들어 준 게 아니었어요."

윤경은 고개를 끄덕였고 이시하라 교수가 설명을 이어갔다.

"하지만 이승만 대통령이 그렇게 무조건 일본을 배척만 할 수는 없었습니다. 사실 두 나라가 서로 우호적으로 지내길 바라는 사람들이 있었거든요."

"혹시 미국인가요?"

이시하라 교수가 고개를 끄덕이며 대답했다.

"맞습니다. 당시의 미국은 동북아시아에서 공산주의 세력이 확산되는 걸 극도로 경계하고 있었습니다. 그런데 종전 직후에 소련이 38선까지 진주했고, 1948년에는 북한에 공산주의 정권이 들어섰습니다. 절묘하게도 비슷한 시기에 중국에서는 마오쩌둥^{毛澤東}이 이끄는 중국 공산당이 국공내전^{國共內戰}에서 전세를 역전하며 중국 대륙을 장악하기 시작했죠. 미국으로서는 상당히 초조할 수밖에 없었습니다. 그래서 한국과 일본이 자유주의 미국의 우방으로서 서로 원만하게 지내길 원했죠. 그런 배경에서 1949년에 GHQ의 중재로 일본 도쿄의 한복판에 한국대표부도 설치될 수 있었던 겁니다."

윤경은 고개를 끄덕이며 몇 가지 핵심적인 단어를 취재 노트에 적었다. 이시하라 교수의 설명은 이어졌다.

"그리고 한국전쟁이 끝난 뒤에는 민간 차원의 교류도 점차 활발해지기 시작했습니다. 주로 일본에 거주하며 사업하는 한국계 기업인들을 통해서였지요."

"혹시 샤롯데^{Charlotte} 그룹의 신규호^{辛圭浩} 회장 같은 분 말인가요?"

"네, 맞습니다. 잘 알고 계시네요. 그리고 스포츠를 통한 교류도 있었습니다. 이 부분은 기록을 보면서 말씀해 드릴게요."

그러더니 이시하라 교수가 청바지 뒷주머니에 들어 있던 스마트폰을 꺼내 테이블 위에 내려놓았다. 그리고 메모장 애플리케이션을 열었는데, 거기에는 일본어로 뭔가 잔뜩 적혀 있었다. 이시하라 교수가 그 내용을 보며 설명하기 시작했다.

"야구의 경우로 예를 들자면, 재일동포학생야구단在日同胞学生野球団이 1956년부터 매년 한국을 방문해서 시범 경기를 벌였어요. 그리고 아시아야구선수권대회アジア野球選手権大会를 치르기 위해 양국의 선수들이 서로 드나들었습니다. 이렇듯 일반인들이 자유롭게 오가는 건 어려웠지만, 특별한 경우에는 왕래할 수 있게 된 거예요. 심지어 양국 사이에는 당시에도 이미 여객기의 정기 노선이 개설되어 있었어요. 주로 노스웨스트Northwest 같은 미국 국적의 항공사들이었죠. 이런 정기 노선은 이미 1947년부터 운항을 시작했습니다. 주로 이용하던 고객들은 주일미군이나 주한미군이었고요. 그리고 필요한 경우에는 전세기를 띄우기도 했습니다. 예를 들자면, 1960년 한국학생문화사절단韓国学生文化使節団이 일본을 방문한 적이 있었는데, 당시 이들이 한국으로 돌아갈 때 전일본공수全日本空輸, ANA가 특별 전세기를 편성해서 서울 김포공항까지 실어 날랐어요. 그러니 기회만 된다면 오우치도 충분히 한국에 들어갈 수 있었을 겁니다."

그녀의 말을 듣던 윤경은 그가 1958년에 영산상고에 들렀다는 사실을 떠올렸다.

"교수님 말씀처럼 오우치 히데오가 1958년 한국에 들어온 적이 있었습니다. 사실 저는 양국의 국교가 단절된 상태에서 어떻게 그런 일이 가능했을까 의아했었는데, 교수님의 설명 덕분에 이제야 그간의 궁금증이 어느 정도 풀렸습니다."

그러자 이시하라 교수가 상체를 앞으로 기울이고는 윤경의 두 눈을 똑바로 들여다보며 말했다.

"그렇지 않아도 피디님이 오우치에 대해 저에게 물어볼 것이 있다는 연락을 받고 기타노의 책을 다시 읽어봤습니다. 그러면서 오우치 히데오라는 사람에게 개인적으로 흥미가 생겼어요. 그에게는 근현대 시기 일본과 한국 사이의 관계를 상징하는 수많은 요소가 한꺼번에 응축되어 있었거든요. 그래서 제가 어제 법무성과 외무성의 자료를 좀 찾아봤습니다. 그런데 그가 1957년 11월에 일본으로 귀화했더군요?"

윤경도 『친일인물사전』을 통해 알고 있는 내용이었다.

"네, 맞습니다."

이시하라 교수가 천천히 고개를 끄덕이며 말을 이었다.

"그런데 관련 자료를 좀 더 찾아보니 요미우리 자이언츠가 구단 차원에서 이미 몇 년 전부터 그의 귀화를 적극적으로 추진해 왔다는 걸 알아냈어요."

"구단 차원에서요? 군이 그렇게까지 나선 특별한 이유가 있었나요?"

"저도 그 점이 궁금해서 요미우리신문사에 있는 친구에게 전화를 걸어 물어봤습니다. 친구 찬스를 썼죠. 그리고 그 친구가 다시 요미우리 자이언츠 구단에 그 사실을 문의했고요. 그랬더니 다소 흥미로운 사실을 알게 되었습니다."

"흥미로운 사실이요?"

"네. 자이언츠 구단이 매년 시즌이 끝날 때마다 오우치가 다른 팀으로 이적하지 못하게 하려고 전전긍긍했다는 겁니다."

그러자 묵묵히 촬영하고 있던 석현이 한쪽 손을 들고 윤경을 바라보았다. 윤경이 그 모습을 확인하더니 이시하라 교수에게 설명했다.

"아, 저분이 고등학생 때까지 야구 선수였습니다. 뭔가 궁금한 게 있는 것 같은데, 한 번 들어봐도 될까요?"

이시하라 교수가 호기심 어린 두 눈을 반짝이며 석현을 바라보았다.

"네, 그렇게 하시죠."

그러자 석현이 설명을 시작했다.

"일반적으로 프로야구에는 'FA 제도'라는 게 있습니다. 자유 계약 선수 제도라는 건데, 실상은 신인 선수가 다른 팀으로 마음대로 이적할 수 없게 묶어 놓는 제도예요. 한국도 그렇고 일본도 그렇고 신인 선수는 입단 후 최소한 7년 정도는 한 팀에서 뛰어야 합니다. 그 팀이 좋든 싫든 말이죠. 그런데 오우치 히데오도 신인 선수였는데 왜 요미우리 자이언츠는 그가 다른 팀으로 이적할까 봐 걱정했던 거죠?"

그의 질문을 받은 이시하라 교수가 이번에는 세 사람을 번갈아 바라보면서 설명했다.

"요미우리신문사의 제 친구도 그렇게 말하더군요. 그래서 제가 일본 프로야구의 계약 관련 규정을 찾아봤습니다. 그리고 금세 그 이유를 알게 됐죠. 그 이유는 오우치가 일본인이 아니었기 때문입니다. 아까도 말씀드렸다시피 일본에 남아 있던 식민지 출신 국민은 1947년 5월에 일본 국적을 상실했습니다. 그러니까 오우치는 일본인이 아니었어요. 그는 조선적을 가진 외국인이었습니다."

그러자 곧바로 석현이 고개를 끄덕이며 그녀의 말을 받았다.

"외국인 용병이었군요. 외국인 용병에게는 FA 제도가 적용되지 않으니까요."

이시하라 교수가 흐뭇한 표정을 지으며 고개를 끄덕였다. 그리고는 다시 자신의 스마트폰과 윤경을 번갈아 바라보며 설명을 재개했다.

"게다가 오우치가 입단할 당시에는 그런 제도가 없었어요. 비슷한 것으로는 '10년 선수 제도'10年選手制度'라는 게 있었는데, 카메라 감독님이 말씀하신 FA 제도처럼 신인 선수를 10년 동안 다른 팀으로 이적할 수 없게 묶어 놓는 제도였습니다. 제가 찾아보니 오우치가 요미우리 자이언츠에 입단한 날짜가 1947년 3월 22일이더군요."

윤경이 고개를 끄덕이며 말했다.

"네, 맞습니다."

"그런데 10년 선수 제도가 도입된 날짜가 공교롭게도 1947년 4월 14일이었습니다. 오우치가 요미우리 자이언츠에 입단하고 나서 20여 일 뒤에 도입된 거죠."

"그래서 요미우리 자이언츠가 매년 재계약을 체결하기 위해 전전긍긍했던 거군요."

"네, 맞습니다. 그런데 방금 말씀드린 것처럼 자이언츠가 그와 계약을 체결한 직후에 10년 선수 제도라는 것이 도입되었습니다. 그러니 팀의 절대적 에이스인 오우치를 안정적으로 보유하기 위해서 요미우리 구단이 어떤 생각을 하게 되었을까요?"

윤경이 낮은 탄식을 내뱉으며 대답했다.

"그를 일본인으로 만들어야겠다고 생각하게 된 거군요."

"네, 맞습니다. 일본인으로 만들어서 10년 선수 제도로 묶어 놓으려 했던 거죠. 그래서 구단 차원에서 외무성과 법무성의 협조까지 얻어가며 그렇게까지 적극적으로 그의 귀화를 추진했던 겁니다. 그리고 일본 정부 역시 유명하고 인기도 많았던 그의 귀화를 상당히 반기면서 지지하는 입장이었다고 합니다."

이시하라 교수의 설명을 듣던 윤경은 한 가지 궁금한 게 생겼다.

할머니의 야구공

"그런데 조금 전에 교수님께서 오우치 히데오의 일본 귀화를 구단 차원에서 이미 몇 년 전부터 추진했다고 말씀하셨잖아요? 그러면 언제부터 그렇게 노력한 거죠?"

이시하라 교수가 고개를 끄덕이며 대답했다.

"제 친구의 말로는 1952년부터 요미우리 자이언츠가 오우치에게 적극적으로 귀화를 권유하기 시작했다고 합니다. 그런데 제 생각에는 1952년 4월 28일에 '일본국과의 평화조약日本国との平和条約*'이 발효되어 일본이 종전 후에 상실했던 주권을 다시 회복한 직후부터 그런 시도를 했던 것 같아요."

윤경은 노트에 일본국과의 평화조약이라는 용어를 적으며 물었다.

"그러면 오우치 히데오가 대략 5년 동안이나 구단의 제안에 응하질 않았던 거네요?"

"그렇죠. 그런데 종전 후 한국 내에서는 일본으로 귀화한 조선인들에 대한 인식이 별로 좋지 않았다고 하더군요. 그러니 오우치가 한국 동포들로부터 비판을 받으면서까지 굳이 일본으로 귀화할 이유는 없었을 겁니다."

"그런데 결국 1957년에 귀화를 결심한 이유는 뭘까요?"

이시하라 교수가 살짝 눈웃음을 보이면서 말을 이었다.

"아주 좋은 질문입니다. 사실 저도 그 이유가 매우 궁금했습니다. 5년 동안 버티다가 왜 하필이면 그 시점에 귀화를 결심했느냐 하는 거죠. 그래서 혹시나 하고 법무성과 외무성의 기록을 다시 한번 찾아봤습

---

* 샌프란시스코 강화 조약(Treaty of San Francisco).

니다. 그러다가 아주 흥미로운 사실을 발견했어요.”

“흥미로운 사실이요?”

“네, 상당히 특이한 기록이 있었습니다. 제가 조금 전에 일본과 한국 사이에 민간 차원의 교류가 있었다고 말씀드렸잖아요. 그래서 일본에 거주하는 민간인도 적절한 기회만 있으면 한국을 방문할 수 있었다고요. 그런데 당시에 재일한국인이 일본에서 한국으로 출국하려면 두 가지 서류가 필요했습니다. 우선 첫 번째로 일본 정부로부터 재입국허가서再入国許可書를 발급받아야 했습니다.”

“재입국허가서요?”

“네. 체류 자격을 보유한 외국인이 그 효력을 유지한 채 다시 입국할 수 있게 해주는 제도입니다. 참고로 한국이랑 미국도 비슷한 제도를 시행하고 있어요.”

윤경은 노트에 재입국허가서라는 단어를 적었다.

“아, 그렇군요. 그러면 두 번째로 필요한 서류는 뭐였나요?”

이시하라 교수는 의자에 등을 기대며 대답했다.

“도쿄에 있는 한국대표부에서 여행증명서旅行證明書를 발급받아야 했습니다.”

“여행증명서요?”

그러자 이시하라 교수가 고개를 끄덕이며 대답했다.

“네, 일종의 일회용 임시 여권 같은 거라고 보시면 됩니다. 그러니까 1950년대에 재일한국인이 일본에서 한국으로 출국하려면 이렇게 일본 정부가 발행한 재입국허가서와 한국 정부가 발행한 여행증명서가 필요했어요.”

윤경은 노트에 여행증명서라는 단어를 적으며 물었다.

할머니의 야구공

"조금 복잡하게 들리네요. 그런데 이 사실이 왜 흥미로운 건가요?"

이시하라 교수가 이번에도 살짝 눈웃음을 보이며 설명을 시작했다.

"오우치가 1952년부터 매년 11월이 되면 일본 법무성에 재입국허가서 발급을 신청했거든요. 그리고 그때마다 매번 발급받았어요."

그 이야기를 들은 윤경의 뒷덜미에 살짝 식은땀이 흘렀다.

"매년 11월이 되면 출국하려 했던 거군요!"

"네, 저도 그렇게 생각해요."

"그런데 왜 하필이면 매년 11월이었을까요?"

그러자 두 사람의 대화를 촬영하고 있던 석현이 이번에도 손을 번쩍 들었다. 윤경이 이시하라 교수에게 양해를 구하고 그에게 또 한 번 발언권을 주었다. 석현의 설명은 간단하면서도 명확했다.

"프로야구 시즌이 끝났으니까요."

그러자 이시하라 교수와 윤경이 모두 감탄 섞인 표정을 지으며 고개를 끄덕였다. 그러고는 윤경이 잽싸게 다시 이시하라 교수에게 물었다.

"그러니까 오우치 히데오가 매년 프로야구 시즌이 끝나면 한국으로 들어갔던 건가요?"

이시하라 교수가 고개를 가로저으며 대답했다.

"아뇨. 출입국재류관리청의 예전 기록을 살펴봤는데, 오우치 히데오의 출입국 기록은 단 한 건밖에 없었습니다."

"혹시 1958년인가요?"

이시하라 교수가 고개를 끄덕이며 대답했다.

"네, 맞습니다. 1958년 9월 11일 도쿄 하네다공항에서 한국으로 출국했다가 바로 다음 날인 9월 12일 김포공항에서 출발해 다시 일본으로 입국했어요."

이시하라 교수가 말한 1958년 9월 12일에는 영산상고에서 오우치 히데오의 모교 방문 행사가 있었다. 그리고 이시하라 교수의 설명에 의하면 오우치 히데오는 9월 12일에 곧장 다시 일본으로 돌아갔다. 오전 10시에 경상남도 영산에서 시작된 행사를 마치고 서울 김포공항에서 이륙하는 비행기에 탑승하려면 아마도 부지런히 서둘러야만 했을 것이다. 그가 행사를 마친 뒤 모교 교정에서 거의 한시도 지체하지 않았다는 의미였다. 오우치의 그러한 행적이 도무지 이해되지 않았지만, 지금 당장 윤경이 훨씬 더 궁금한 것은 따로 있었다.

"그런데 그는 1952년부터 매년 재입국허가서를 발급받았잖아요. 그건 왜 그랬던 걸까요?"

이시하라 교수가 다시 상체를 앞으로 기울이며 대답했다.

"제 생각으로는 오우치가 출국하려던 건 맞는 것 같습니다. 그냥 장난삼아서 재입국허가서를 발급받지는 않았을 거예요. 실제로 출국을 시도했을 겁니다."

"그런데 성공하지 못했던 걸까요?"

"저는 그렇게 생각합니다."

"이유가 뭘까요?"

"조금 전에 제가 당시 재일한국인이 일본에서 한국으로 출국할 때 뭐가 필요하다고 했죠?"

윤경이 취재 노트를 내려다보며 대답했다.

"재입국허가서와 여행증명서요."

"네, 바로 그거죠."

윤경은 이시하라 교수의 말을 비로소 이해했다.

"여행증명서가 없었던 거군요!"

할머니의 야구공

이시하라 교수가 고개를 끄덕이며 대답했다.

"네, 저는 그렇게 생각합니다. 오우치에게는 한국 정부가 발행한 여행증명서가 없었을 거라고 말이죠."

윤경은 이시하라 교수의 놀라운 추리력에 감탄했다. 이시하라 교수의 설명이 이어졌다.

"그런데 저는 그가 여행증명서 발급 신청은 했으리라고 생각합니다. 그러니까 매년 11월마다 일본 정부에 재입국허가서를 신청하고, 도쿄의 한국대표부에도 여행증명서 발급을 신청했을 겁니다. 하지만 한국 정부로부터는 매번 거부당했을 거예요."

윤경은 쉽게 납득할 수 없었다.

"한국 정부가 왜 오우치 히데오에게 여행증명서를 발급해 주지 않았을까요? 그는 엄연히 조선에서 태어나고 자란 한국인이었는데 말이죠."

그러자 이시하라 교수가 의자에 등을 기대며 대답했다.

"저도 그 부분이 궁금했습니다. 궁금해서 미칠 지경이었어요. 매우 특이하면서도 흥미로운 케이스였습니다. 솔직히 말하자면 의심되는 부분이 하나 있기는 해요."

"의심되는 게 있다고요?"

이시하라 교수가 고개를 끄덕이며 대답했다.

"네. 의심은 되지만 먼저 확인할 필요가 있었어요. 그래서 오우치의 여행증명서 발급이 거부된 사유가 무엇인지 한국 외교부에 있는 지인에게 기록을 찾아봐달라고 요청해 놨어요."

"한국 외교부요? 일본 외무성이 아니고요?"

그러자 이시하라 교수가 장난기 어린 표정을 지으며 되물었다.

"네, '한국' 외교부요. 이래 봬도 제가 근현대 일본과 한국 사이의 교류사를 연구하는 학자인데 설마 한국 외교부에 아는 사람이 한 명도 없겠어요?"

이시하라가 표정을 바꿔 다시 환하게 미소 지으며 말을 이었다.

"사실 박사 과정을 할 때 알게 된 친구예요. 그 친구가 한국 정부의 지원으로 저희 학교에 유학을 왔었거든요. 박사 학위를 취득한 다음에 저는 학교에 남았고, 그 친구는 다시 한국으로 돌아가서 정부 관료가 되었습니다. 그리고 이후에도 계속 연락하고 지내면서 이렇게 서로의 정보원 역할을 해주고 있어요. 그래서 다음에는 아마도 제가 그 친구의 부탁을 들어줘야 할 거예요. 아무튼 오늘 오전까지 답을 주기로 했는데, 아직 아무런 연락이 없네요."

바로 그때 테이블 위에 내려놓았던 이시하라 교수의 스마트폰이 진동음을 울리기 시작했다. 그녀가 슬쩍 스마트폰 화면을 확인했다. 그러더니 휴대전화 화면을 윤경에게 보여주며 이렇게 말했다.

"때마침 절묘한 타이밍에 그 친구에게 전화가 왔네요."

그러더니 윤경에게 양해를 구한 뒤 의자를 뒤로 돌려 통화를 시작했다. 참고로 그들은 일본어로 통화했다. 그녀는 가끔 일본인 특유의 감탄사를 내뱉기도 했고, 또 때로는 깔깔거리며 웃기도 했다. 그런데 갑자기 이시하라 교수의 표정이 차갑게 돌변했다. 그러더니 그녀가 윤경을 바라보며 펜으로 뭔가를 쓰는 시늉을 해 보였다. 윤경은 그녀가 메모해야 한다는 의미로 알아듣고 자신의 취재 노트와 펜을 곧장 이시하라 교수에게 건넸다. 그렇게 5분 정도 메모하며 진지하게 대화를 나눈 이시하라 교수는 다시 밝은 인사로 통화를 마무리 지었다. 그리고 스마트폰 카메라를 이용해 윤경의 취재 노트에 자신이 적은 메모를 촬영했다. 그녀는 취재 노트와 펜을 윤경에게 다시 돌려준 다음 스마트폰에 찍힌 메모를 바라보며 통화의 내용을 설명하기 시작했다.

"제 친구가 어렵사리 기록을 찾아냈다고 합니다. 무려 대전에 있는 국가기록원까지 찾아갔다고 하네요. 그러면서 자기를 이렇게 고생하게 했으니 다음에는 단단히 각오하라고 하더군요."

윤경은 괜스레 미안한 마음이 들었다.

"저희 때문에 너무 많은 수고를 하시네요."

이시하라 교수가 밝은 미소를 지으며 고개를 저었다.

"아닙니다. 제가 궁금해서 요청한 거였어요. 그리고 저희 둘 사이에는 이런 정도의 고생은 시켜도 된다는 암묵적인 룰이 있습니다. 대신 서로에게 절대로 공치사를 하거나 물질적인 사례를 해서는 안 된다는 명확한 룰도 있고요. 제가 다음에 이만큼의 서비스를 되돌려 주면 됩니다. 그러니 너무 걱정하지 않으셔도 돼요."

"알겠습니다. 그래도 제가 한국으로 돌아가면 직접 그분에게 감사 인사를 드리고 싶습니다. 혹시 인터뷰가 필요할 수도 있으니까요."

"네, 그렇게 하시죠. 제가 친구에게 미리 말해두고 연락처도 알려드릴게요."

그러고는 이시하라 교수가 의자를 테이블 쪽으로 바짝 당겨 앉았다. 이제 본격적으로 설명을 시작할 차례였다.

"그래서 제 친구의 설명에 의하면, 오우치가 한국 정부로부터 여행증명서 발급을 거부당한 사유가 당시 주일한국대표부 기록 문서에 다행히도 남아 있었다고 합니다."

윤경이 다급한 표정으로 물었다.

"사유가 뭐였나요?"

이시하라 교수가 숨을 한 번 크게 들이쉰 뒤 대답했다.

"놀라지 마세요. 제 의심이 맞았습니다. 당시 한국 정부는 오우치 히데오를 조총련 계열로 판단했다고 합니다."

조총련. 꿈에도 예상하지 못한 충격적인 단어였다. 마치 두뇌에 마취총이라도 맞은 것처럼 모든 사고가 일시적으로 중지되었다. 그녀는 잠시 아무런 말도 할 수 없었다. 회의실 내에는 모두 네 사람이나 있었지만, 실내에는 숨 막히는 적막만이 가득 채우고 있었다. 잠시 뒤에 그런 무거운 분위기를 조심스럽게 깨트리면서 이시하라 교수가 설명하기 시작했다.

"조총련. 정식 명칭은 재일본조선인총연합회在日本朝鮮人総聯合会라고 하죠. 아시겠지만 조총련은 자신들의 조국이 북한이라고 여기는 친북 단체입니다. 그러니까 당시 남한 정부는 오우치가 친북 성향이라고 판단해서 그에게 여행증명서를 발급해 주지 않은 거예요. 게다가 그가 처음 남한행을 시도하던 1952년에는 아직도 한국전쟁이 한창이었어요. 북한과 치열하게 전쟁을 벌이고 있는 상황에서 친북 성향으로 분류된 인사에게 버젓이 여행증명서를 발급해 줄 수는 없었을 겁니다. 전쟁이 끝난 뒤에도 마찬가지였을 거고요."

바로 그 순간 윤경의 머릿속에서 한 가지 의문이 들었다.

"그런데 한국 정부는 대체 왜 오우치 히데오를 조총련 계열로 판단했을까요? 그는 남한의 부여에서 태어나고 남한의 영산에서 자란 남한 사람이었습니다. 그런데 왜 그를 친북 인사로 분류했을까요?"

이시하라 교수가 고개를 가로저으며 대답했다.

"출신 지역이 중요한 게 아닙니다. 이념이나 사상이 더욱 중요한 판단 근거였죠."

그래도 윤경은 쉽게 납득할 수 없었다.

"그가 공산주의나 사회주의를 추종하기라도 했다는 건가요? 아니면

할머니의 야구공

북한 사람들이랑 어울리기라도 했다는 건가요? 대체 남한 정부는 왜 그를 조총련이라고 판단한 건가요?"

이시하라 교수는 고개를 절레절레 흔들며 대답했다.

"아쉽게도 그것까지는 기록에 남아 있지 않다고 하네요."

그러고는 이시하라 교수가 메모를 바라보며 윤경에게 물었다.

"그런데 제 친구가 그러는데 오우치의 한국 이름이 서영웅^{ソ・ヨンウン}이었다면서요?"

"네, 맞습니다."

"아무튼 제 친구가 혹시나 하고 서영웅이라는 이름으로 국가기록원의 데이터베이스를 검색하다가 아주 특이한 기록을 발견했다고 하네요."

"특이한 기록이요?"

"네. 아무래도 이 오우치 히데오라는 사람은 아주 특이한 것으로 가득한 생애를 살았던 것 같아요. 개인으로서는 불행이었겠지만, 연구 주제로서는 아주 흥미로운 케이스죠. 아무튼 제 친구가 발견한 기록은 역시나 놀랍게도 CIA의 사찰査察 기록이었다고 합니다."

이번에도 뜻밖의 단어였다.

"CIA요? 사찰이요?"

"네, 미국 중앙정보국이요. 당시 CIA가 오우치를 감시하고 있었던 것 같아요."

쉽게 납득할 수 없는 이야기였다.

"대체 왜 민간인이었던 일개 야구 선수를, 그것도 미국 중앙정보국이 감시하고 사찰했던 건가요?"

이시하라 교수가 크게 한숨을 쉬더니 메모 내용을 들여다보며 설명했다.

"그의 가족 중에 북한의 고위 인사가 있었던 것 같아요."

윤경은 선뜻 이해되지 않았다.

"하지만 그는 고아였어요. 부모님이 모두 어릴 때 일찍 돌아가셨다고요. 다른 형제나 자매도 없었고요."

이시하라 교수가 고개를 들어 윤경의 눈을 똑바로 바라보며 말했다.

"직계 가족은 아니었고요. 그의 숙부인 서진우ソ・ジンウ라는 사람이 북한의 고위 관료였다고 합니다."

윤경은 어안이 벙벙해서 아무 말도 할 수 없었다. 그러자 이시하라 교수가 메모한 내용을 들여다보며 설명을 이어갔다.

"CIA 기록에 의하면 서진우는 조선의 부여 출신이었는데 스무 살 무렵이던 1920년에 독립운동을 위해 만주로 건너갔대요. 그러다 일본 관동군関東軍에 쫓겨 연해주沿海州로 넘어갔고, 거기에서 88여단88旅團에 들어갔다고 합니다."

"88여단이요?"

"네, 김일성이 소속되어 있던 소련군 예하의 부대였어요. 그래서 그는 종전 뒤에 소련군을 따라 김일성과 함께 한반도 북쪽에 내려왔고, 거기서 북조선인민위원회 설립을 도왔대요. 그리고 북한 정부 수립과 동시에 정치보위국政治保衛局 국장으로 임명됐고요."

"정치보위국이요?"

"네, 북한의 초창기 정보기관입니다. 1949년 정치보위부政治保衛部로 격상됐고요. 그러니까 오우치의 숙부가 북한을 대표하는 첩보 기관의 수장이었던 거죠. CIA가 요주의 인물로 지정해 감시할 만했죠. 그리고 그러한 사찰 정보를 남한의 정보당국과도 공유했던 거고요. 그러니 남한 정부는 당연히 오우치를 조총련 계열이라고 의심할 수밖에 없었을 겁니다. 그래서 그에게 여행증명서를 발급하지 않았던 거예요."

유경은 순간 말문이 막혔고, 잠시 아무런 생각도 들지 않았다. 그녀는 의자에 등을 기대고 천장을 바라보며 크게 한숨을 내쉬었다. 참으로 어처구니가 없다는 생각이 들었다. 아무리 운이 없다 하더라도 이렇게까지 운이 없을까 하는 안타까움도 들었다. 윤경은 그가 야구 선수로서는 악마의 재능을 타고나는 천운을 지니고 있었는지 몰라도, 적어도 고국으로 돌아가는 일에 있어서는 마치 지독한 악귀에라도 씌어 있던 것 같다는 생각이 들었다. 그런 생각에까지 이르자 저도 모르게 깊은 한숨을 내쉬었다. 윤경은 다시 천천히 고개를 내리고 이시하라 교수를 바라보았다. 그러자 이시하라 교수가 설명을 재개했다.

"그래서 설명이 길어지긴 했지만, 아무튼 저의 결론은 그렇습니다. 오우치가 일본으로 귀화하기로 결심한 이유는 역설적이게도 한국으로 돌아가기 위해서였다고 말이죠."

윤경이 다시 한번 눈을 반짝이며 물었다.

"한국으로 돌아가기 위해 일본으로 귀화했다고요?"

"네, 제 생각에는 그렇습니다. 매년 거듭해서 입국이 불허된 오우치는 자신의 여행증명서 발급이 연달아 거부되는 이유를 언젠가는 알게 됐을 겁니다. 남한 정부가 자신을 조총련 계열이라고 의심한다는 걸요. 그리고 그도 당시에는 알고 있었을 겁니다. 조총련 계열의 자이니치[在日] 자격으로는 한국에 들어갈 수 없다고 말이죠. 그러나 일본인 신분이라면 이야기가 달라지죠. 조총련 계열이냐 아니면 그 반대편인 민단[民団]* 계열이냐의 판별 대상이 아니기 때문이에요. 때마침 요미우리 자이언츠

---

* 재일본대한민국민단(在日本大韓民国民団).

구단이 몇 년 전부터 계속해서 그에게 일본으로 귀화하라고 적극적으로 설득하고 있었습니다. 그래서 그는 마침내 구단의 제안을 수락합니다. 일본인이 되어 고국으로 돌아가기로 한 거예요."

이시하라 교수의 설명은 거의 완벽했다. 그래서 그는 1958년 일본인 신분으로 남한에 들어갔던 것이다. 그런데도 윤경의 머릿속 한구석에서는 한 가지 풀리지 않는 의구심이 있었다.

"그렇지만 1958년이면 아직 한국과 일본의 국교가 정상화되지 않았을 때입니다. 그런 상황에서 일본인이, 그것도 민간인이 어떻게 무사히 한국에 들어올 수 있었을까요?"

이시하라 교수가 고개를 끄덕이더니 그녀에게 설명했다.

"그렇지 않아도 제 친구가 전화 통화에서 그 부분도 설명해 주더군요. 참고로 이쯤 되니 제 친구도 오우치에 대한 궁금증이 생겨서 도저히 참을 수가 없었대요. 그래서 제 친구가 국가기록원의 마이크로필름 자료실에서 당시의 신문 기사를 찾아봤답니다. 말씀하신 1958년에 오우치가 한국의 모교를 방문하는 행사가 있었다면서요?"

"네, 맞습니다."

"당시 그가 이 행사를 위해 한국으로 들어갈 수 있었던 이유는 크게 두 가지 덕분이었다고 하네요. 첫 번째는 행사를 주최한 한국 고교 야구협회가 미리 한국의 외무부와 법무부에 협조 요청을 해서 행사의 지원을 약속받았기 때문이라고 합니다. 일본 프로야구에서 최고의 투수로 활약한 재일 교포를 한국으로 데려오려고 상당한 공을 들였다고 하네요. 그리고 또 하나는 샤롯데 그룹이 그의 고국 방문 행사를 적극적으로 후원해 주었답니다. 여기에 더해서 평소 야구에 관심이 많았던 샤롯데 그룹 신규호 회장이 개인적으로 그의 신원을 보증해 주었다고 합니다. 친구의 말에 의하면 신규호 회장이 한국에서 실업 야구단을 만들려고 계획하고 있었는데, 그 야구단에 오우치를 영입할 생각이었다고 합니다. 나중에는 감독까지 시키려고 했고요. 아무튼 그래서 1958년에는 도쿄의 한국대표부가 그에게 순순히 여행증명서를 발급해 주었을 겁니다. 다만 이번에는 한국인 신분이 아니라 일본인 국적이었죠. 기록에 의하면 오우치는 당시 일본의 외무성에서 발급받은 일본국日本国 여권을 갖고 있었어요."

윤경은 가만히 고개를 끄덕였다. 왠지 모르게 마음이 편안해졌다. 지금까지 줄곧 가슴 한구석을 무겁게 짓누르고 있던 거대한 의심이 사라졌기 때문이었다. 사실 오우치 히데오가 일본 국적을 취득한 이유가 무엇인지에 관한 질문은 윤경이 그의 이름을 처음 알게 된 순간부터 지금까지 줄곧 마음속에 품고 있던 가장 커다란 의문이었다. 솔직히 처음에는 일본으로의 귀화를 선택한 그를 쉽사리 용납할 수 없었다. 그러나 이시하라 교수의 명쾌한 설명을 들으니, 어쩌면 이제 윤경도 그를 조금은 이해할 수 있을 것 같다는 생각이 들었다. 그러한 선택을 했던 그를 그저 비난만 할 수는 없다고 느끼기 시작했다. 그런 시대였고, 그런 시절이었다. 그것이 전적으로 오우치 히데오라는 사람 개인의 잘못은 아니었을지도 모른다는 생각이 들었다. 적어도 자신의 할머니가 좋아했던 사람으로서 완전히 자격이 없는 건 아니라고 생각했다.

그것으로 이번 취재 과정에서 가장 궁금하게 여겼던 의문점 가운데 하나가 말끔하게 해소되었다고 생각했다. 그런데 잠시 의자에 등을 기대고 있던 이시하라 교수가 갑자기 무언가 생각난 듯 상체를 앞으로 벌떡 기울이며 테이블 위에 놓인 오우치 히데오의 병적전시명부를 한참이나 가만히 들여다보았다. 잠시 뒤 이시하라 교수가 혼자 가만히 고개를 끄덕이는 모습을 본 윤경이 그녀에게 물었다.

"뭔가 이상한 내용이 있나요?"

이시하라 교수가 고개를 가로저으며 대답했다.

"아뇨. 제가 뭔가 새로운 사실을 깨달은 것 같아서요."

"새로운 사실이요?"

"네. 제가 어쩌면 오우치가 일본으로 귀화한 또 다른 목적을 알아낸 것 같습니다."

윤경은 재빠르게 자세를 고쳐 앉았다.

"또 다른 목적이요?"

이시하라 교수가 설명을 이어갔다.

"네. 어제만 하더라도 저는 오우치가 일본으로 귀화했다는 사실을 그냥 대수롭지 않게 넘겼습니다. 일본에서 야구 선수로 뛰고 있었기 때문에 일본 국적을 갖는 게 여러모로 편했으리라고 생각했거든요. 세금 문제라던가 그런 부분에서 아무래도 일본인으로 사는 게 훨씬 더 혜택이 많았을 테니까요. 그런데 다만 저는 그의 귀화 과정이 궁금했어요. 당시에 그게 어떻게 가능했는지 궁금해서 절차적인 부분만 조금 알아봤죠. 그리고 오늘 이렇게 피디님과 이야기를 나누다 보니, 어쩌면 그가 한국으로 돌아가기 위해 역설적이게도 일본으로 귀화했을 거라는 결론에 이르렀어요. 그런데 오우치의 병적전시명부를 자세히 보니깐, 그게 그렇게 단순한 목적의 귀화가 아닐 수도 있겠다는 생각이 들었습니다."

"단순한 목적의 귀화가 아니라고요?"

그러자 이시하라 교수가 병적전시명부의 한 부분을 손가락으로 가리키며 조심스러운 태도로 말을 꺼냈다.

"여기에 보면 그는 쇼와 20년, 그러니까 서기 1945년 8월 9일에 나

할머니의 야구공

가사키의 병영에 있었습니다. 혹시 오우치가 피폭당하지 않았나요?"

윤경은 다시 한번 이시하라 교수의 뛰어난 통찰력에 감탄했다. 그러면서 윤경의 뇌리에는 오우치 히데오가 갖고 있던 분홍색 수첩의 이미지가 스쳐 지나갔다.

"네, 그랬던 것 같습니다. 오우치 히데오가 피폭자 건강 수첩을 가지고 있었거든요."

이시하라 교수는 고개를 끄덕이며 설명을 이어갔다.

"1957년 4월 일본에서 '원자 폭탄 피폭자의 의료 등에 관한 법률原子爆弾被爆者の医療等に関する法律'이 제정되었습니다. 줄여서 원폭의료법原爆医療法이라고 부르죠. 이러한 법률을 통해 히로시마와 나가사키의 원자 폭탄 피폭자들을 치료하는 일에 국가가 직접 개입하기 시작한 겁니다. 그런데 처음 제정할 당시만 하더라도 이 법률은 외국인들에게는 적용되지 않았습니다. 오우치도 피폭자였지만 외국인이었기 때문에 제외되었겠죠. 일본 정부가 피폭 한국인들에 대한 지원에 나선 것은 1990년 한일 정상회담 이후가 되어서야 그나마 조금씩 이뤄진 일입니다."

윤경은 마른침을 꿀꺽 삼켰다.

"그렇다면 오우치 히데오가 1957년에 일본으로 귀화한 또 다른 이유가 설마…"

이시하라 교수가 고개를 끄덕이면서 설명했다.

"네, 제 생각으로는 그렇습니다. 오우치가 일본으로 귀화한 목적에는 아마도 원폭의료법의 수혜 자격을 갖추기 위한 이유도 있는 것 같습니다."

윤경도 이시하라 교수의 추리에 일리가 있다고 생각했다. 가네다 세이이치의 설명에 의하면 그는 1957년 시즌 중반부터 건강이 급격하게 악화되기 시작했다. 그 당시 그는 어쩌면 몇 년 전 갑자기 쓰러져 허망하게 세상을 떠난 나카타 준페이를 떠올렸을지도 모른다. 그리고 자기 자신도 어느 날 그렇게 갑자기 죽을 수도 있겠다는 생각이 들었을 것이다. 그는 두려웠을 것이다. 그런데 때마침 1957년 4월 원폭의료법이 제정되었다. 그렇지만 그는 외국인이었기 때문에 이 법률의 적용을 받지 못했다. 그런 상황에서 요미우리 자이언츠 구단이 몇 년 동안 그에게 일본으로의 귀화를 적극 권유하고 있었다. 그는 살고 싶었을 것이다. 그는 건강하게 살고 싶었을 것이다. 그는 건강한 모습으로 당당하게 고국의 영산으로 돌아가고 싶었을 것이다. 그리하여 그는 구단의 제안을 받아들여 일본으로 귀화했을 것이다. 그렇게 그는 이후 30여 년 동안 피카의 독화살에 맞서 치열하고도 끈질기게 사투를 벌였을 것이다. 그 과정에서 때로는 일본 후생성의 도움을 받았을 것이고, 또 때로는 10년 동안 프로야구 선수로 활약하면서 벌어놓은 사비를 모조리 털어 넣었을 것이다. 그러나 수십 년에 걸쳐 진행된 그 싸움에서 그는 끝내 패배하고 말았다. 참으로 허망한 삶이었을 것이다.

윤경이 잠시 그런 상념에 젖어 있는데 이시하라 교수가 갑자기 손가락을 딱 하고 튕기면서 말했다.

"아, 맞다! 요미우리신문사에 있는 친구와 통화하다가 조금 기묘한 이야기를 들었습니다."

"기묘한 이야기라고요?"

"네. 제 친구가 사무실에서 요미우리 자이언츠 측과 통화하면서 오우치에 대해 이것저것 물어보고 있었는데, 그걸 가만히 지켜보던 부서의 상사가 제 친구를 부르더니 이상한 이야기를 들려주었다고 해요."

"어떤 이야기였나요?"

이시하라 교수가 자신의 스마트폰을 다시 한번 슬쩍 들여다보더니

할머니의 야구공

설명을 이어갔다.

"기록을 찾아보니까 오우치가 1989년 1월 9일에 사망했더군요."

"네, 맞습니다."

"그런데 제 친구의 상사 말로는 그가 사망하기 직전인 1월 6일에 경찰에 체포됐다는 거예요. 그것도 황거 앞에서 말이죠."

"황거 앞에서 경찰에 체포됐다고요?"

윤경은 아연실색했다. 전혀 생각지도 못했던 또 다른 충격적인 전개였기 때문이다. 이시하라 교수가 말을 이었다.

"제 친구의 말에 의하면 오우치가 황거를 향해 뭔가를 투척했다는 것 같아요."

"무언가를 투척했다고요?"

"네, 뭔가 묵직한 쇳덩어리 같은 걸 던졌다는 것 같아요. 그런데 황거를 향해 뭔가를 투척했다는 사실 자체도 상당히 놀랍지만, 그 시점이 너무나도 기묘합니다."

"히로히토가 사망하기 전날이라서요?"

이시하라 교수가 고개를 끄덕였다.

"네, 맞습니다. 공교롭게도 쇼와 천황이 서거하기 하루 전에 쇼와 천황이 누워 있는 황거를 향해 묵직한 무언가를 던졌다는 거죠. 이 정도의 사건이면 그냥 신문의 사회면에 몇 줄 실리고 마는 해프닝이 아니라 어쩌면 테러나 강력 사건이 될 수도 있고, 더 나아가서는 국가 체제에 대한 심각한 도전으로 다뤄질 수도 있는 사안입니다."

윤경은 이 충격적인 사건에 대해 보다 자세한 이야기를 듣고 싶었다.

"혹시 그 이야기를 해주신 요미우리신문사의 상사분을 저희가 직접 만나볼 수 있을까요? 사실 저희가 오늘 오후에 요미우리 자이언츠 사무실에 들를 예정이거든요. 그런데 요미우리 자이언츠 사무실이 요미우리신문사의 본사 사옥에 입주해 있더라고요. 그래서 기회가 된다면 겸사겸사 만나 뵙고 직접 이야기를 듣고 싶습니다."

이시하라 교수가 흔쾌히 고개를 끄덕이며 대답했다.

"네, 그렇게 하시죠. 제가 친구에게 전화해서 약속을 주선해 드릴게요."

그러한 부탁을 끝으로 기나긴 인터뷰가 겨우 마무리되었다. 너무나도 충격적인 내용을 한꺼번에 지나치게 많이 입력해서인지 윤경은 머리가 지끈거렸다. 인터뷰를 마친 이시하라 교수는 곧바로 요미우리신문사에 있는 친구에게 전화를 걸었고, 다행히도 그 친구의 상사와는 그날 오후 늦은 시간에 바로 약속을 잡을 수 있었다. 자신의 역할을 모두 마친 이시하라 교수는 윤경 일행을 따라서 평화연대 건물의 현관까지 배웅을 나왔다. 그녀가 화사한 미소를 지으며 윤경에게 인사를 건넸다.

"오늘 반갑고 재밌었어요. 그런데 사실 제가 한국 사람들을 좋아해요. 여러 분야에서 다양한 사람의 이야기를 듣는 게 즐겁기도 하고요. 그래서 피디님과도 친하게 지내고 싶어요. 마침 제가 연구하는 분야의 특성상 한국에 자주 갑니다. 기회 되면 같이 만나서 식사라도 하시죠."

윤경도 그에 화답했다.

"저도 일본에 자주 옵니다. 일 때문에 온 건 이번이 처음이지만 여행으로는 자주 와요. 다음에 올 때 미리 연락 한 번 드릴게요."

"저도 한국 가게 되면 그 전에 미리 연락드릴게요."

이시하라 교수가 청바지의 뒷주머니에서 불쑥 휴대전화를 꺼내더니 이렇게 말했다.

"혹시 와이어WIRE 쓰세요?"

그녀가 말하는 와이어라는 건 스마트폰을 가진 대부분 일본인이 사용하는 메신저였는데, 흥미로운 건 그게 한국의 인터넷 기업이 만든 애플리케이션이라는 점이었다. 한국이 만든 모바일 플랫폼을 통해 수많은 일본인이 의사소통한다는 사실이 뭔가 기묘한 메타포로 읽히기도 했다. 다행히 호기심이 강한 윤경은 메신저나 SNS 등을 이것저것 두루두루 사용하는 편이었다. 그리고 윤경이 한국에서 일본에 있는 미선과 취재 일정을 조율할 때 주로 사용하던 연락 수단도 바로 와이어였다.

"네, 저도 그거 사용합니다."

그렇게 그들은 서로의 와이어 아이디^{ID}를 교환하고 친구로 등록했다. 그러면서 윤경은 자연스럽게 이시하라 교수의 프로필을 봤는데, 거기에 등록된 사진은 그녀의 얼굴이 아니었다. 대신 거기에는 어느 젊은 백인 남성의 얼굴이 떠 있었다. 그리고 윤경은 그가 누구인지 단번에 알아봤다. 그는 바로 윤경이 가장 좋아하는 뮤지션인 영국의 해리 스타일스^{Harry Styles}였다. 그의 얼굴을 알아본 윤경이 저도 모르게 소리를 질렀다.

"해리 스타일스!"

그러자 이시하라 교수의 두 눈이 다시 한번 반짝였다. 두 사람의 공통점이 확인된 순간이었다. 이시하라 교수가 환하게 미소 지으며 윤경에게 말했다.

"저희끼리 공통된 화제가 생겼네요. 앞으로 종종 이렇게 서로 연락하고 지내요. 참고로 저는 한국말은 서툴지만, 그래도 영어는 꽤 잘하는 편이에요."

윤경도 영문학 교수인 아버지 덕분에 어렸을 때부터 자연스럽게 영어를 접했고, 게다가 대학 시절에는 영국으로 어학연수를 다녀왔기 때문에 영어를 상당히 능숙하게 구사하는 편이었다. 그래서 그런 자신의 출신 배경을 이시하라 교수에게 영어로 이야기했다. 그러자 그 말을 들은 이시하라 교수가 역시나 영어로 이렇게 대답했다.

"그럼 앞으로 우리끼리 있을 때는 서로 영어로 이야기해요."

"네, 좋습니다."

그렇게 그들은 현관 앞에 서서 한참을 영어로 이야기했다. 일본어 통역을 하던 미선과 카메라 가방을 짊어진 석현은 그들의 모습을 멀뚱멀뚱 쳐다볼 수밖에 없었다.

할머니의 야구공

전직 유명 야구 선수 황거 앞에서 경찰에 체포

경찰이 6일 오후 2시경 도쿄도 치요다구千代田区 황거皇居 서쪽 한조 보리半蔵濠에 위치한 전망대見晴らし台에서 수상한 행동을 하던 60대 남성을 체포했다. 이 남성은 그곳에서 황거를 향해 묵직한 물체를 던진 혐의를 받고 있다.

그런데 이 남성은 체포 당시 그 자리에서 각혈하며 쓰러졌고, 현장에 출동했던 경찰은 그를 인근의 도쿄테이신병원東京逓信病院 응급실로 긴급히 후송했다. 익명을 요구한 병원 관계자에 따르면, 현재 이 남성은 건강이 매우 위중한 상태라고 한다.

한편, 그는 본지의 자매 구단인 요미우리 자이언츠에서 활약했던 유명한 야구 선수 출신으로 알려졌다. 그리고 그가 던진 물체가 한조 보리에 빠졌다는 행인들의 증언에 따라 경찰이 이 해자垓字 일대에서 수색 작업을 펼치고 있다.

『요미우리신문』, 1989년 1월 7일

22

미선이 운전하는 자동차는 수도고속도로를 타고 도쿄 중심가로 접어들었다. 그렇게 그들은 황거를 빙 돌아 높다란 건물이 가득한 번화가 한가운데에 있는 요미우리신문 빌딩読売新聞ビル에 도착했다. 그리고 건물 뒤쪽으로 돌아가 미리 허가받아 놓은 지하 주차장에 차를 세운 다음 엘리베이터를 타고 26층으로 올라갔다. 그곳이 바로 일본 야구를 대표하는 명문 구단인 요미우리 자이언츠를 운영하는 주식회사 요미우리교진군読売巨人軍의 사무실이었다.

요미우리교진군의 사무실 입구에는 주황색의 알파벳 Y와 G가 겹친 요미우리 자이언츠 로고가 큼직하게 장식되어 있었다. 그리고 그 앞에는 요미우리교진군 홍보실의 모리야마 슌스케森山駿佑 과장이 윤경의 일행을 맞이하기 위해 대기하고 있었다. 서로 명함을 주고받으며 소개를 마친 뒤 윤경 일행은 모리야마 과장의 안내를 받아 사무실 안쪽으로 이동했다. 시즌이 한창 진행되고 있는데도 요미우리 자이언츠 본사 사무실은 비교적 차분한 분위기였다. 이동하던 도중에 모리야마 과장이 사무실을 둘러보며 이렇게 말했다.

할머니의 야구공

"이곳은 저희 요미우리 자이언츠의 프런트front*입니다. 그런데 야구단을 운영한다는 점만 다를 뿐이지, 사실 일반적인 보통의 회사들과 크게 다른 것은 없습니다. 그리고 현장 스태프와 선수들을 위한 공간은 저희의 홈구장인 도쿄돔 내부에 별도로 마련되어 있습니다."

모리야마 과장의 설명을 들으며 다시 한번 둘러보니 실제로 그곳은 한국의 일반적인 회사 사무실과도 크게 다르지 않아 보였다. 사무실 곳곳에 주황색과 검은색의 구단 엠블럼이 걸려 있지 않았다면 이곳이 설마 일본 프로야구를 대표하는 요미우리 자이언츠의 본사라는 사실을 쉽게 파악하기는 힘들 것 같다는 생각이 들었다. 회의실에 도착해 촬영 준비가 완료되자 윤경은 가장 먼저 오전에 이시하라 미나미 교수에게 들었던 이야기를 모리야마 과장에게 직접 확인했다.

"요미우리 자이언츠가 해마다 시즌이 끝나면 오우치 히데오와 계약을 갱신하기 위해 많이 애썼다고 들었습니다."

"네, 맞습니다. 그렇지 않아도 어제 요미우리신문에서 저희 쪽으로 오우치 선수에 대해 문의가 들어왔습니다. 그래서 문서 자료실을 살펴봤더니 예전 계약 관련 문서와 업무 보고서 등을 찾을 수 있었습니다. 그런데 계약서나 보고서는 회사의 기밀 자료라 직접 보여드릴 수는 없기에 죄송하지만 구두로 설명해 드리겠습니다."

"네, 괜찮습니다. 구단이 정식으로 확인해 주시는 것만 해도 저희에게는 많은 도움이 됩니다."

"이해해 주셔서 감사합니다. 아무튼 오우치 히데오는 1947년 3월 22

---

* 스포츠팀의 사무국.

일에 저희와 처음 계약했습니다. 그리고 이후로도 계약서를 매년 새로 작성했습니다."

"그렇군요. 그런데 1950년대에 구단 차원에서 오우치 히데오를 일본으로 귀화시키기 위해 열심히 노력했다는 이야기를 들었습니다."

모리야마 과장이 고개를 끄덕이며 대답했다.

"네, 그랬던 것 같습니다. 당시 경영진에게 올라온 보고서를 보면 그를 일본으로 귀화시키기 위해 1952년부터 회사 차원에서 전담팀을 꾸렸다는 사실을 알 수 있었습니다. 비록 시즌이 종료되면 한시적으로 가동되는 임시 조직이었긴 하지만요. 아무튼 그 이후부터 저희 구단이 그에게 꾸준히 귀화를 권유했습니다."

"그런데 오우치 히데오는 구단의 제의에 쉽게 응하질 않다가 1957년 11월에 결국 귀화를 결정했습니다."

"네, 맞습니다. 그래서 저희 구단의 전담팀도 주어진 임무를 완료했다는 보고서를 마지막으로 그해 11월 말에 해체되었습니다."

그러자 윤경은 그 이야기를 처음 들었을 때부터 가장 궁금했던 부분을 물어봤다.

"그런데 오우치 히데오는 1957년 시즌을 끝으로 은퇴했습니다. 그런데도 요미우리 자이언츠에서는 그의 귀화를 계속 적극적으로 지원해 줬던 건가요?"

모리야마 과장이 천천히 고개를 끄덕이며 대답했다.

"네, 그랬던 것 같습니다. 당시 구단주가 그의 귀화를 끝까지 지원하라고 특별히 신경 써서 지시했던 것 같습니다. 당시 업무 보고서에 '구단주의 특별 지시 사항'이라는 언급이 적혀 있었거든요. 비록 은퇴했어도 여전히 우리 자이언츠의 선수라고 여겼던 것 같습니다. 그리고 그런

문화는 사실 지금도 저희 구단에 고스란히 남아 있습니다. 단 하루라도 자이언츠에 몸을 담았다면 그 사람은 영원히 거인巨人인 거죠."

"잘 알겠습니다. 확인해 주셔서 감사합니다."

그러자 모리야마 과장이 테이블 위에 놓인 리모컨을 들고 본격적으로 이야기를 시작했다.

"피디님 쪽에서 얼마 전에 저희에게 오우치 히데오에 대한 자료가 남아 있는지를 문의하셨잖아요? 그래서 제가 부하 직원들과 함께 회사에 남아 있는 기록을 찾아봤습니다. 덕분에 오우치 히데오 선수가 실제로 경기했던 영상을 찾아낼 수 있었습니다. 기록을 살펴보니 원래는 마그네틱magnetic 테이프였는데, 1980년대에 예전 영상들을 이렇게 VHS 테이프로 백업해 놓았다고 합니다. 그래서 혹시 도움이 될까 싶어 부하 직원들을 시켜 이렇게 비디오 데크까지 가져다 놓았습니다."

회의실 맞은편 벽면에는 거대한 텔레비전이 설치되어 있었는데, 그 밑에는 VHS 테이프를 재생할 수 있는 비디오 데크가 놓여 있었다. 그런데 그건 이곳 회의실 분위기와는 어울리지 않는 투박한 기계 장치였고, 아마도 누군가 급하게 임시로 가져다 놓은 것으로 보였다. 그리고 모리야마 과장의 앞에는 오래된 VHS 테이프가 여러 개 놓여 있었다. 그 중 세 개의 테이프에는 일본어로 1954년 5월 12일 경기라는 라벨이 붙어 있었다. 모리야마 과장은 그 테이프에 담긴 영상이 니혼테레비日本テレビ의 중계방송이라고 말했다. 아마도 세 편으로 나누어 녹화했는지 라벨의 끝에 1, 2, 3이라는 숫자가 붙어 있었다. 모리야마 과장은 그것이 오우치 히데오 선수가 노히트 노런을 거둔 경기의 중계 영상이라고 설명했다. 상대 팀은 오사카 타이거즈大阪タイガース였다.

"이 시합 다음 날 거의 모든 일간지의 1면이 오우치 선수의 사진으로 도배됐다고 합니다."

　모리야마 과장은 텔레비전과 그 아래에 연결된 VHS 전용 비디오 데크의 전원을 켰다. 그러더니 모리야마 과장이 윤경에게 세 편의 테이프를 전부 볼 것인지 물었다. 그러자 윤경은 석현을 돌아보았고, 석현은 일단 마지막 9회 초만 보자고 제안했다. 그러자 모리야마 과장이 3번이라는 라벨이 붙은 테이프를 비디오 데크의 가로로 길쭉한 구멍에 넣었다. 비디오 데크는 달카닥하는 소리를 내며 마치 테이프를 꿀꺽 잡아먹듯이 집어삼켰다. 모리야마 과장이 재생 버튼을 누르자 처음에는 텔레비전 화면이 지직거리다가 잠시 후 오래된 야구장을 담은 흑백 화면이 보이기 시작했다. 모리야마 과장은 저기가 지금은 없어진 고라쿠엔구장^{後樂園球場}이며, 현재는 저 자리에 도쿄돔^{東京ドーム}이 들어서 있다고 설명했다. 그러더니 그는 빨리 감기 버튼을 눌러 화면을 빠르게 앞으로 돌렸다. 그리고 화면에서 왼쪽 위의 글자가 '9回表'로 바뀌는 순간에 다시 재생 버튼을 눌렀다. 그렇게 9회 초의 경기 상황이 화면에 나타났다. 마운드에는 등번호 27번의 투수가 서 있었다.

　"27번, 오우치 히데오 선수입니다."

　윤경이 보기에도 화면 속의 그 사람은 분명 오우치 히데오였다. 그런데 그의 모습을 사진에서 본 적은 있지만, 이렇게 살아서 움직이는 장면은 처음이었다. 윤경은 왠지 긴장되는 마음으로 초조하게 화면을 지켜보았다. 그는 역동적인 피칭을 내세워 두 명의 타자를 가볍게 내야땅볼로 잡아냈다. 그리고 마지막 타자는 연속으로 강력한 직구를 던져 삼구 삼진으로 돌려세웠다. 타자의 바깥쪽 무릎 높이에 꽂히는 마지막 패스트볼이 스트라이크로 판정 나자 그가 오른손을 불끈 쥐는 모습이 보였다. 그 장면을 지켜보는 회의실에서도 나지막한 탄성이 터져 나왔다.

중계진과 관중들의 환호성이 가득 울려 퍼지는 가운데 포수가 두 팔을 벌리며 마운드로 뛰어나왔다. 그리고 투수에게 마지막 승부를 결정지은 게임볼^{game ball}을 건네고는 그를 힘차게 와락 끌어안았다. 다른 야수들도 속속 마운드로 달려와 오우치의 대기록 수립을 축하했다. 화면은 어느새 전광판을 보여주는 카메라로 바뀌었다. 전광판의 윗줄이 모두 숫자 0으로 도배되어 있었다. 그 화면을 손으로 가리키며 모리야마 과장이 윤경에게 설명했다.

"대단한 시합이었죠. 저기 아랫줄의 E칸에 찍힌 1이라는 숫자만 없었다면 퍼펙트 게임이 되었을 겁니다. 8회 1사에 내야수의 실책이 있었다고 합니다. 아쉽지만 그래도 대단한 기록인 건 변함이 없습니다."

윤경은 이 영상을 다큐멘터리 자료 화면으로 사용해야겠다고 생각해서 자신의 취재 노트에 방송국의 이름과 그 날짜를 함께 적었다. 그러자 모리야마 과장이 또 다른 시합의 테이프 라벨을 보여주며 윤경 일행에게 말했다.

"이 시합도 오우치 히데오가 선발 투수로 나섰던 경기입니다. 참고로 이 테이프는 방송국의 중계 화면이 아니라 저희 회사가 직접 촬영한 영상이라고 합니다. 그런데 현장 스태프들이 전력 분석을 위해 소형 캠코더로 촬영하는 경우는 많지만, 이렇게 구단 차원에서 여러 대의 카메라를 동원해 어떤 시합을 처음부터 끝까지 전부 촬영하는 경우는 흔치 않습니다. 그렇지만 이날은 특별히 촬영했다고 하네요."

테이프의 라벨을 보니 1957년 6월 4일이라는 날짜가 적혀 있음을 알 수 있었다. 1957년이면 오우치 히데오가 프로야구 선수로서는 마지막으로 뛰었던 시즌이었다. 윤경이 모리야마 과장에게 물었다.

"이 시합을 특별히 촬영한 이유가 있나요?"

그러자 모리야마 과장이 두 눈을 크게 뜨며 대답했다.

"아, 네. 이 시합이 텐란지아이였기 때문입니다."

텐란지아이天覽試合. 윤경은 『그해 여름, 신기루 고시엔』을 쓴 기타노 유키오 작가에게서 그 단어를 들은 기억이 났다. 기타노 작가의 설명에 의하면 텐란지아이는 천황이 현장에서 직접 관람하는 스포츠 경기를 일컫는 표현이었다. 그리고 1940년 고시엔 개막전에서 영산상업이 카이소 중학과 맞붙었던 경기도 텐란지아이였다. 모리야마 과장이 덧붙여 설명했다.

"영상의 앞부분을 보면 경기를 시작하기 전에 쇼와 천황이 귀빈석에 도착하는 장면이 보일 겁니다."

모리야마 과장이 테이프를 넣고 재생 버튼을 누르자 경기 시작 전의 야구장 전경을 비추는 영상이 보이기 시작했다. 화면으로만 봐도 엄숙한 분위기가 경기장을 가득 메우고 있었다. 잠시 뒤에 화면에서 박수 소리와 환호성이 들리기 시작하더니 밝게 불이 켜진 귀빈석에 중절모와 검은색 뿔테 안경을 쓴 나이 지긋한 남자가 나타났다. 히로히토였다. 그는 황후와 함께 나란히 서서 관중들을 둘러보며 중절모를 벗어 화답했다. 그러더니 화면이 그라운드를 비추었다. 경기의 심판들과 양 팀의 선수단 전원이 귀빈석을 향해 일렬횡대로 정렬하더니 일제히 고개를 숙여 천황 부부에게 경례했다. 그들 가운데에는 등번호 27번의 선수도 보였다. 히로히토는 가벼운 몸짓으로 답례했고, 선수단은 각자 양 팀의 더그아웃으로 뛰어 들어갔다. 그런데 그러한 광경을 가만히 지켜보던 윤경은 문득 이상하다는 생각이 들었다. 공교롭게도 텐란지아이로 개최된 시합에서 오우치 히데오가 두 번이나 선발 투수로 나선 것이 조금은 의아했던 것이다. 그녀가 모리야마 과장에게 물었다.

"혹시 히로히토가 야구를 좋아했나요?"

모리야마 과장이 리모컨의 일시 정지 버튼을 눌러 화면을 잠시 멈춘 뒤에 대답했다.

"아뇨, 쇼와 천황은 야구를 별로 안 좋아하셨습니다. 제가 알기로 쇼와 천황은 스모相撲를 매우 좋아하셨을 겁니다. 그래서 매년 정초에 고쿠기칸国技館에서 텐란 스모天覽相撲를 열었을 정도였고, 이런 전통이 지금까지 이어져 오고 있는 걸로 알고 있습니다."

설명을 들은 윤경이 다시 물었다.

"그럼 야구장은요?"

모리야마 과장이 고개를 갸우뚱하며 대답했다.

"제 생각으로는 쇼와 천황이 생전에 야구장을 찾은 경우가 별로 없었던 걸로 알고 있습니다. 아마 손가락에 꼽을 정도일 겁니다."

그러자 윤경의 의구심이 더 커졌다. 히로히토가 살아생전 야구장을 찾은 횟수가 겨우 손에 꼽을 정도인데, 하필이면 그 몇 차례 되지도 않는 경기에서 오우치 히데오는 두 번이나 선발 투수로 나섰다. 그게 과연 우연이었을까? 우연이라고 치부하기에는 조금은 기묘한 인연이었지만, 그래도 어쨌든 요미우리 자이언츠는 일본 프로야구를 상징하는 최고의 명문 구단이다. 그리고 당시 오우치 히데오는 그런 요미우리 자이언츠를 대표하는 에이스 투수였다. 그러니 구단 차원에서 최고의 투수가 선발로 나서는 경기를 관람할 수 있도록 배려해 주었을 가능성은 충분히 있었다. 모리야마 과장이 설명을 이어갔다.

"참고로 쇼와 천황은 텐란지아이를 관람할 때면 자기 앞에서 경기를 치르는 선수들에게 선물을 하사하곤 했습니다. 그래서 이 시합이 끝난 후에도 모든 선수에게 황실의 담배인 온시노타바코恩賜の煙草가 하사되었다고 합니다."

윤경은 며칠 전에 역시나 기타노 유키오 작가로부터 온시恩賜라는 단어를 접한 적이 있었다. 기타노 작가는 천황이 사람들에게 물품을 하사하는 걸 온시라고 설명했다. 그리고 윤경은 히로히토가 1940년 고시엔 개막전에서 오우치 히데오에게 온시노긴토케이恩賜の銀時計라는 회중시계를 줬다는 사실이 기억났다.

"그럼 다시 화면을 보실까요?"

모리야마 과장이 해당 경기의 테이프를 계속해서 재생하기 시작했다. 그런데 뜻밖에도 경기는 시작부터 전혀 예상치 못한 방향으로 전개되었다. 선발 투수인 오우치 히데오가 처음부터 심하게 흔들린 것이다. 첫 타자부터 도무지 스트라이크존에 공을 넣지 못했다. 스트라이크존에서 살짝 벗어나는 정도가 아니라 바닥에 크게 튀거나 포수가 펄쩍 뛰어올라야 겨우 잡을 수 있을 만큼 멀리 벗어났다. 그는 그렇게 연속해서 볼넷을 내주며 주자들을 출루시켰다. 결국 무사 만루에서 연속 밀어내기로 두 점을 헌납한 오우치 히데오는 1회에 단 한 개의 아웃카운트도 잡아내지 못한 채 불명예스럽게 강판되었다. 그런데 카메라 뒤에서 그 장면을 지켜보고 있던 석현이 무심결에 툭 하듯이 한 마디를 던졌다.

"아무래도 입스yips 같아요. 던지고 싶은 곳에 공을 던질 수 없어서 초조해하는 모습이 전형적인 입스의 증상 같아요."

입스. 며칠 전에 기타큐슈의 모지도서관 앞 운동장에서 석현과 캐치볼을 하면서 들었던 단어였다. 입스란 야구 선수가 원하는 곳에 제대로 공을 던지지 못하는 증상을 가리킨다. 미선의 통역을 통해 그의 발언을 들은 모리야마 과장이 다소 놀라는 표정으로 석현을 바라보며 이렇게 말했다.

"그걸 어떻게 아셨습니까? 사실 오우치 히데오 선수가 이 시합부터 입스 증상을 보였다고 합니다. 그래서 선발 투수로 나섰던 건 아쉽게도 이 시합이 마지막이었습니다. 그리고 이후로는 갑자기 다른 사람이 된 것처럼 실력이 형편없었다고 합니다. 그래서 결국 은퇴를 했죠."

모리야마 과장의 설명에도 화면을 지켜보던 윤경은 뭔가 조금 이상하다는 생각이 들었다. 이런 경기의 진행 내용이 낯설지 않았기 때문이다. 오우치 히데오는 1940년 카이소중학을 상대로 선발 등판했던 고시엔 개막전에서도 이렇게 똑같이 연속 볼넷을 남발하다가 그만 강판된 적이 있었다. 비록 당시에는 지금처럼 더그아웃으로 퇴장한 것이 아니라 중견수와 자리를 바꾸긴 했지만 말이다.

그런데 그것 말고도 그녀의 마음에 여전히 걸리는 게 하나 더 있었다. 그것은 바로 1940년 카이소중학을 상대했던 바로 그 고시엔의 개막전과 지금 화면으로 보고 있는 이 경기가 모두 텐란지아이라는 점이었다. 그 두 번의 시합은 모두 히로히토가 현장에서 직접 관람했다. 그리고 그 두 번의 시합에 모두 선발로 나선 오우치 히데오는 단 하나의 아웃카운트도 잡아내지 못한 채 연속 볼넷으로 점수를 헌납하며 조기에 강판되었다. 히로히토가 보고 있다는 사실에 지나치게 긴장했던 것일까? 석현은 그에게 입스 증상이 있는 것 같다고 지적했고, 모리야마 과장도 그렇다고 확인해 주었다. 그렇지만 설령 그렇다 하더라도 윤경은 그에게 묘한 징크스가 있다고 생각했다. 히로히토가 관람하는 시합에서 실력이 급격히 떨어진다는 징크스 말이다. 만약 그렇다면 악마의 재능을 가진 투수에게 매우 독특한 징크스가 있었던 셈이다.

그러한 결론에 이른 윤경은 참으로 기이한 이 영상을 가져가서 다시 한번 자세히 분석해 보고 싶다는 생각이 들었다. 그래서 그녀는 모리야마 과장에게 이 시합의 영상을 다큐에 사용할 수 있을지 물었다. 그러자 모리야마 과장이 흔쾌히 고개를 끄덕이며 대답했다.

"네, 저희 회사가 직접 촬영한 거라서 괜찮을 것 같습니다. 그런데 이게 보시다시피 원본이 VHS 테이프인데 영상을 어떻게 전달해 드리는 게 좋을까요?"

윤경은 잠시 생각에 잠겼다가 이렇게 말했다.

"혹시 가능하다면 디지털 파일로 받을 수 있을까요? 전체 영상은 필요 없고, 오우치 히데오가 투구하는 앞부분만 있으면 될 것 같습니다."

모리야마 과장도 잠시 뭔가를 생각한 뒤에 이렇게 대답했다.

"음, 그런 기술적인 건 제가 잘 모르지만 부하 직원에게 한번 물어보겠습니다."

그러자 윤경이 곧장 고개를 돌려 석현을 바라봤고, 석현은 손가락으로 오케이 사인을 그려 보였다. 윤경은 만족스러운 표정을 지으며 모리야마 과장에게 말했다.

"저희가 인코딩^{encoding}할 수 있을 것 같습니다."

모리야마 과장은 약간 어리둥절한 모습이었다.

"여기에서 직접 디지털 파일로 변환할 수 있으시다고요?"

윤경이 고개를 끄덕이며 대답했다.

"네, 저희에게 이 비디오 데크를 만질 수 있게 허락만 해주시면 됩니다."

모리야마 과장은 이번에도 흔쾌히 허가해 주었다. 그러자 윤경이 석현에게 눈짓을 보냈다. 석현은 촬영을 중단하고 구석에 놓아두었던 자신의 백팩을 뒤졌다. 그러더니 석현은 그 안에서 RCA 케이블과 HDMI 컨버터, HDMI 케이블, 그리고 외장하드처럼 생긴 캡처 카드^{capture card} 등을 꺼냈다. 오래된 영상 소스를 발견하는 경우를 대비하여 석현이 늘 갖고 다니는 장비들이었다.

　그러는 사이 윤경도 자신의 백팩에서 노트북과 무선 마우스를 꺼냈다. 그리고 전원 케이블도 꺼냈는데, 그 끝에는 사람들이 흔히 '돼지코'라고 부르는 전원 어댑터가 끼워져 있었다. 참고로 돼지코는 그녀가 일본 여행을 갈 때면 언제나 가장 먼저 챙기는 물건이었다. 그런 다음 두 사람은 신속하게 테이블 위에서 여러 대의 장비를 케이블로 연결하기 시작했다. 그 모습은 마치 꼼꼼하게 안무가 잘 짜인 2인무를 보는 것 같았다. 그리고 잠시 뒤 놀랍게도 윤경의 노트북 모니터로 방금 그들이 텔레비전 화면을 통해 시청했던 영상이 전송되어 들어오기 시작했다. 회의실에 함께 앉아 있던 모리야마 과장과 미선은 그 모든 일련의 과정을 마치 마술쇼를 감상하는 것처럼 넋을 놓은 채 바라보고 있었다.

치도리가후치 연못에서 카이보리[搔い掘り]
도중 불법 투기물 대량 발견

치도리가후치[千鳥ヶ淵] 연못에서 생각지도 못했던 투기물이 다량으로 발견되었다. 이곳은 메이지[明治] 시대까지만 하더라도 일부 주민의 생활용수로 사용되었을 정도로 깨끗한 연못이었다. 그러나 이곳을 찾는 방문객들의 무분별한 매너와 환경 오염으로 인해 수질이 심각하게 악화되었고, 그래서 환경성[環境省]은 연못의 수질 정화 작업인 카이보리[搔い掘り]를 진행하기로 결정했다.

그리하여 헤이세이[平成] 26년* 1월 18일 오전 10시부터 치도리가후치 연못의 물이 빠져나가기 시작했다. 바닥의 진흙이 조금씩 드러나면서 거대한 물고기들이 여기저기서 펄떡거리며 움직이는 모습이 보였다. 그런데 이곳에 살고 있는 것은 물고기들만이 아니었다. 불법적인 투기물들이 함께 모습을 드러냈기 때문이다.

가장 먼저 눈에 띈 것은 수많은 자전거였다. 작업에 투입된 인부들이 장장 나흘에 걸쳐 모두 200대가 넘는 녹슨 자전거를 진흙 속에서 꺼내 올렸다. 오토바이도 4대가 발견되었고 각종 건축용 자재, 사무용 프린터, 그리고 벚꽃 구경[花見] 후에 버린 것으로 추정되는 휴대용 가스레인지, 쇼핑카트도 있었다.

그리고 오후에는 인부 한 명이 바닥의 바위틈에 수류탄이 끼어 있는 것을 발견하여 곧바로 경찰에 신고하였다. 카이보리 작업은 일시 중단되었고 경찰이 주변을 통제하는 가운데 육상 자위대가 출동하여 수류탄을 안전하게 수거했다. 육상 자위대의 조사 결과, 해당 수류탄은 전쟁 당시 육군에게 제식용으로 지급하던 97식 수류탄九七式手榴弾으로 밝혀졌다.

참고로 경찰은 해당 수류탄의 뇌관이 이미 제거되어 있었기 때문에 애초부터 폭발 위험은 없었다고 전했다. 그리고 익명을 요구한 경시청 공안부 소속 모 관계자의 말에 따르면, 전쟁이 끝난 뒤에 일부 군인이 자신의 무기를 그렇게 미즈니나가스水に流す하는 경우가 종종 있었다고 한다.

한편, 이번 카이보리 작업은 금년 2월 말까지 진행될 예정이다. 그리고 환경성은 이후에도 몇 년마다 주기적으로 금번과 같은 카이보리 작업을 반복하여 적어도 헤이세이 29년**에는 맑고 깨끗한 연못을 완전히 되살리겠다고 밝혔다.

「주간 환경정의週刊環境正義」, 헤이세이平成 26년 1월 25일

23

요미우리 자이언츠 구단의 취재를 마치고 사무실을 나온 윤경 일행은 엘리베이터를 타고 같은 건물에 있는 요미우리신문사의 편집국으로 이동했다. 유리로 된 출입문 너머로 보이는 요미우리신문사의 사무실은 예상했던 것보다 훨씬 더 조용하고 차분했다. 그곳에서 미선이 약속했던 사람에게 휴대전화로 전화를 걸어 일행이 입구에 도착했음을 알렸다. 그러자 잠시 뒤 출입문이 열리고 말끔한 정장을 입은 40대 여성이 나타났다. 그녀는 요미우리신문 사회부 소속의 하시모토 료코橋本涼子 기자로, 윤경이 아시아평화연대에서 인터뷰했던 이시하라 미나미 교수의 친구였다.

하시모토 기자의 안내를 받아 일행은 편집국 안쪽 회의실로 들어갔고, 촬영 준비를 마친 뒤 인터뷰 상대를 기다렸다. 잠시 후 회의실 문이 열리더니 50대 중반으로 보이는 머리카락이 희끗한 남성이 들어왔다. 그들은 미선의 주선으로 명함을 주고받으며 인사를 나누었다. 그는 현재 요미우리신문의 사회부를 책임지고 있는 노타케 히데아키野武秀明 부장이었다. 그녀가 이런 요미우리신문사의 고위급 기자를 인터뷰하게 된

할머니의 야구공

이유는 그가 1989년 1월 6일 황거皇居 인근에서 체포된 유명 야구 선수 출신의 60대 남성에 관한 기사를 취재하고 작성한 당사자였기 때문이다. 윤경은 한국 취재진이 이곳에 온 이유를 다시 한번 간략하게 설명하고 본격적으로 그를 인터뷰하기 시작했다.

"먼저 당시 현장 상황이 어땠는지 설명을 부탁합니다."

노타케 부장은 덤덤하게 이야기를 풀어놓기 시작했다. 그에게서는 거의 아무런 감정의 흔들림도 느껴지지 않았다.

"쇼와昭和 천황이 서거하기 하루 전날이었으니, 1989년 1월 6일이었을 겁니다. 당시 저는 입사 3개월 정도 된 사회부 수습기자였습니다. 주로 사츠마와리察回り를 하면서 사건 사고를 취재하고 있었죠."

사츠마와리라는 표현은 방송계에 종사하는 윤경도 알고 있는 단어였는데, 기자들이 뉴스가 될 만한 사건이나 사고에 대한 정보를 얻어내기 위해 관내 여러 경찰서를 돌아다니는 걸 의미한다. 그 단어는 윤경이 대학 시절에 언론 고시를 준비하면서 처음 알게 된 용어였는데, 지금도 한국 언론계에서 은어隱語로 사용되는 일제 강점기의 잔재이자 병폐라는 비판을 받고 있었다. 아주 잠시 머릿속을 스쳐 지나간 그녀의 이런 상념과는 관계없이 노타케 부장은 설명을 이어가고 있었다.

"쇼와 천황은 1988년 가을부터 병세가 매우 위중해지기 시작했습니다. 그러다 신년이 되면서 쇼와 천황의 서거가 임박했다는 급보들이 나왔습니다. 그때 저는 천황의 서거 소식을 가장 먼저 보도하라는 당시 사회부장의 지시를 받고 황거 근처에서 며칠 동안 불철주야로 대기했습니다. 추운 겨울에 집에도 들어가지 못하고 며칠 동안 그렇게 노숙 생활을 하다 보니 지나는 사람들로부터 홈리스homeless로 오인을 받기도 했습니다. 1월 6일에도 그렇게 저는 다이칸초도리代官町通り를 배회하고 있었습니다."

"거기가 어디죠?"

"아, 다이칸초도리는 황거의 북쪽에 접한 도로인데, 치도리가후치千鳥ヶ淵 연못과 황거의 담장 사이를 지나가는 도로입니다."

"특별히 그곳을 배회하고 있었던 이유가 있나요?"

"아, 거기가 쇼와 천황이 병석에 누워 있던 후키아게오미야고쇼吹上大宮御所에서 가장 가까운 지점이거든요. 담장에서부터 고쇼까지의 직선거리가 200미터 정도밖에 안 됩니다. 아무튼 거기에 있는 경비초소에서 경찰들과 이런저런 이야기를 나누고 있었는데, 갑자기 경찰 무전기에서 다급한 목소리가 들렸습니다. 얼핏 들어보니 인근의 한조보리半蔵濠에서 60대로 보이는 남성이 수상한 행동을 하다 시민들에게 붙들려 있다는 신고가 들어왔다고 했습니다. 한조보리는 제가 있는 지점에서 멀지 않은 곳이었죠. 뭔가 사건의 낌새를 눈치챈 저는 곧장 그곳으로 뛰기 시작했습니다. 토교上橋를 건너가는데 맞은편의 치도리가후치경비파출소千鳥ヶ淵警備派出所에서도 여러 명의 경찰이 뛰어나와 그곳으로 정신없이 달려가더군요. 한조몬半蔵門을 경비하는 경찰들도 경계 태세를 취한 채 그곳을 예의주시하고 있었습니다. 전망대見晴らし台에 도착하니 십여 명의 사람이 우르르 몰려 있었고, 전망대 위쪽에 어떤 남자가 배를 깔고 엎드려 있었습니다. 그는 이미 행인들에 의해 제압된 상태였습니다. 그 남자는 신장이 무척 크긴 했지만 한눈에 봐도 몹시 야위었는데, 늙고 병약해 보이는 사람이었습니다. 경찰 두 명이 그의 양팔을 붙들어 일으켰고, 지휘관으로 보이는 경찰이 행인들에게 자초지종을 물었습니다. 그러자 그의 몸을 짓누르고 있었던 덩치 좋은 남성이 말하길, 그가 황거를 향해 뭔가 묵직한 쇳덩어리를 던졌다는 겁니다. 그리고 또 다른 남성은 그 쇳

할머니의 야구공

덩어리가 멀리 날아가지 않고 한조보리 연못 한가운데에 빠졌다고 말했습니다. 경찰은 일단 그를 경비파출소로 연행하기 시작했습니다. 그런데 그가 갑자기 각혈했습니다. 주변 사람들이 깜짝 놀라 뒷걸음을 쳤습니다. 경찰 지휘관이 급하게 무전을 보내 구급차를 요청했고, 잠시 뒤에 그 남자는 인근의 도쿄테이신병원東京逓信病院으로 겨우 이송되었습니다. 뭔가 사건의 냄새를 맡은 저는 공중전화로 회사에 보고한 뒤 급하게 택시를 타고 병원으로 달려갔습니다."

"병원에서는 어떤 일이 있었나요?"

노타케 부장은 역시나 덤덤한 표정으로 설명을 이어갔다.

"병원에서 응급조치를 한 덕분에 그 남자는 겨우 위급한 상황을 넘길 수 있었습니다. 그렇지만 상태는 여전히 심각했어요. 간신히 죽을 고비는 넘겼지만 인공호흡기를 단 채 힘겹게 숨을 쉬고 있었어요. 그러던 와중에 경찰이 그의 외투에서 지갑을 찾아냈고 거기에 그 사람의 운전면허증이 들어 있었습니다."

"그 사람이 오우치 히데오였나요?"

노타케 부장은 고개를 끄덕이며 말을 이었다.

"네, 그렇습니다. 응급실에 동행한 경찰이 무전으로 그 사람의 신원을 조회하더군요. 그래서 저도 슬쩍 옆으로 가서 면허증을 봤습니다. 거기에 분명히 오우치 히데오라는 이름이 보였습니다. 그리고 세월이 흘러 외모가 많이 변하긴 했지만 면허증 속의 사진도 제가 아는 그 오우치의 얼굴이 맞았습니다. 사실 제가 어렸을 때부터 요미우리 자이언츠의 열렬한 팬이었거든요. 다른 사람이라면 몰라도 과거 우리 요미우리의 에이스 투수였던 그 사람을 제가 알아보지 못할 수는 없었습니다. 경찰은 서둘러 그의 가족을 수소문했습니다. 그런데 그의 면허증에 있는 주소의 동사무소^{町役場}에 전화를 걸어보니 그가 독거노인이라는 답이 돌아왔습니다. 경찰이 상당히 난감해하더군요. 그 사이에 저도 회사에 전화를 걸어 상황을 보고했습니다. 자이언츠 출신 오우치 히데오가 경찰에 체포됐다가 병원 응급실로 이송되었다고 말이죠. 보고를 들은 부장은 심상치 않은 사건이라는 걸 직감했는지 저에게 병원에 대기하면서 상황을 지켜보라고 지시했습니다. 그래서 저는 부장의 지시대로 일단 응급실 밖에서 대기하고 있었습니다. 그렇게 한 시간 정도 지났을까, 갑자기 덩치 큰 중년의 사내가 응급실로 헐레벌떡 뛰어 들어오는 겁니다. 저는 그 사람이 누군지 단번에 알아봤습니다."

"가네다 세이이치였군요."

노타케 부장은 그 사실을 어떻게 알았는지 다소 놀랍다는 표정을 지으며 설명을 이어갔다.

"네, 맞습니다. 저희 요미우리 자이언츠가 낳은 불세출의 영웅이자 일본 야구의 살아 있는 전설 가네다 천황이었습니다. 나중에 알고 보니 제 보고를 들은 부장이 관계사인 자이언츠 측에 연락했고, 자이언츠가 다시 오우치와 친분이 있었던 가네다 선생에게 직접 연락했던 겁니다. 마침 그는 병원에서 그리 멀지 않은 시부야의 사무실에 앉아 있었고, 그래서 부랴부랴 택시를 타고 응급실에 올 수 있었다고 합니다. 아무튼 그렇게 하마터면 유가족도 없이 길거리에서 객사할 뻔했던 그는 지인이 지켜보는 가운데 사흘 뒤에 세상을 떠났습니다. 잠시 그가 병원에서 사라지는 소동이 일어나긴 했지만 말이죠."

그 이야기는 가네다에게 직접 들어 알고 있는 내용이었다. 가네다의 증언에 의하면 1월 7일 오전에 오우치 히데오는 '쇼와'에 관해 물어봤고, 그 뒤 갑자기 병원을 뛰쳐나갔다. 그리고 오후 늦게 도쿄타워 앞에서 다

할머니의 야구공

시 쓰러진 채 발견되었다고 했다. 윤경이 잠시 그 당시의 상황을 머릿속에 떠올려 보고 있었는데, 노타케 부장이 뜻밖의 이야기를 꺼냈다.

"그런데 세간의 관심에서 거의 잊혀 있던 이 사건이 25년이나 지나 뒤늦게 일부 커뮤니티에서 주목받는 일이 생겼습니다."

"어떤 사건이었나요?"

"2014년 치도리가후치 연못에서 수류탄이 하나 발견된 겁니다. 치도리가후치 연못은 에도성江戸城을 확장하면서 인공적으로 조성된 해자垓字입니다. 그런데 이곳의 관리 주체인 환경성이 2014년에 카이보리라고 하는 수질 정화 작업을 실시했습니다. 그리고 그 과정에서 수류탄이 하나 발견되었습니다. 경찰 조사에 의하면 그건 2차 세계대전 당시 육군에게 제식용으로 지급하던 97식 수류탄으로 밝혀졌습니다. 그런데 어떤 블로그에서 이 수류탄과 오우치 히데오가 체포되었던 사실이 연관되어 있을지도 모른다고 주장하는 글이 올라왔습니다. 1989년 1월 오우치가 치도리가후치에서 고쇼를 향해 수류탄을 던져 체포됐을 거라는 주장이었죠. 그래서 이 이야기가 인터넷에서 잠시 떠들썩하게 화제가 되었던 적이 있습니다. 특히 극우 성향의 커뮤니티에서 먹잇감으로 삼기에 아주 좋은 소재였죠."

수류탄 이야기를 들은 윤경은 문득 오우치 히데오가 1945년 8월에 탈영했다는 사실이 떠올랐다. 오우치의 병적전시명부에는 그가 탈영할 당시 소총 1정과 수류탄 1개를 소지한 상태였다고 기록되어 있었다. 윤경의 모골이 송연해지며 등줄기에 식은땀이 흘렀다. 어쩌면 그가 탈영하며 가지고 나왔던 수류탄을 어딘가에 꽁꽁 숨겨두었다가 실제로 황거를 향해 던졌을지도 모른다는 생각이 들었기 때문이다. 그렇다면 대체 그는 왜 그랬던 것일까? 윤경은 그러한 의문을 확실히 해소하고자 노타케 부장에게 질문을 던졌다.

"그 연못에서 발견된 수류탄이 실제로 오우치 히데오가 던진 수류탄일 가능성은 없나요?"

노타케 부장은 단호하게 고개를 가로저으며 대답했다.

"아뇨, 없습니다. 극우 성향의 네티즌^{netizen}들은 단편적인 두 개의 사실만을 결합해 오우치가 치도리가후치에서 황거를 향해 수류탄을 던졌다고 주장했는데, 사실은 전혀 그렇지 않습니다. 일단은 지도를 직접 보면서 말씀드릴게요."

노타케 부장이 옆자리에 앉은 하시모토 기자에게 신호를 보내자 그녀가 회의실 천장에 달린 빔프로젝터와 테이블 위에 놓인 노트북의 전원을 켰다. 그녀는 웹브라우저로 인터넷 지도 서비스에 접속했고, 능숙한 솜씨로 도쿄의 황거^{皇居}를 찾아내 위성 모드로 전환했다. 그러자 마치 하늘에서 지상을 내려다보는 것처럼 황거를 비롯한 주변의 모습이 널찍하게 펼쳐졌다. 그녀에게서 마우스를 넘겨받은 노타케 부장은 마우스 포인터로 지도 한 군데를 가리키며 설명을 이어갔다.

"여기가 바로 쇼와 천황이 사망한 장소인 후키아게오미야고쇼입니다. 제가 바로 여기 북쪽 담장 밖을 어슬렁거리고 있었죠."

그런 다음 그는 마우스를 드래그하여 지도를 아래로 끌어내리더니 황거의 북쪽에 붙어 있는 연못을 가리켰다.

"그리고 여기가 치도리가후치 연못입니다. 보시다시피 상당히 가까운 거리인 것은 맞습니다. 그리고 문제의 수류탄이 발견된 장소는 바로 여기 보트 선착장^{ボート場} 근처입니다. 그런데 오우치가 묵직한 쇳덩어리를 던진 장소는 여기가 아닙니다."

그는 마우스를 드래그해서 지도를 오른쪽 위로 끌어올렸다. 그러자

할머니의 야구공

황거의 서쪽에 있는 또 다른 연못이 나타났다.

"이 연못은 한조보리半藏濠라고 합니다. 오우치가 쇳덩어리를 투척한 위치는 바로 한조보리를 사이에 두고 황거를 마주 보고 있는 연못 건너편의 전망대입니다. 투척 후에는 곧바로 행인들과 경찰에 의해 체포되었죠. 그러면 두 지점 사이의 거리를 한 번 측정해 볼까요?"

노타케 부장이 마우스를 다시 하시모토 기자에게 건넸다. 그녀는 마우스 포인터를 지도의 전망대 위로 가져가더니 오른쪽 버튼을 클릭해 '거리 재기measure distance'라는 메뉴를 선택했다. 그런 다음 마우스 포인터를 오른쪽 위에 있는 치도리가후치 연못으로 가져가 왼쪽 버튼을 클릭했다. 그러자 지도 위에 반듯한 직선이 그어지면서 그 위에 흰색의 네모난 메시지창이 생겨났다. 노타케 부장이 메시지창에 표시된 숫자를 가리키며 설명했다.

"보시다시피 두 지점 사이의 거리는 약 600미터입니다. 우익 커뮤니티의 주장과는 다르게 그는 600미터나 떨어진 전혀 다른 지점에서 체포되었습니다."

"그런데 왜 그런 터무니없는 주장이 나온 거죠?"

"기묘한 말장난으로 왜곡한 겁니다. 한조보리는 원래 예전에 치도리가후치 연못과 하나로 연결되어 있던 해자였습니다. 그러다 1900년 다이칸초도리가 개통되고 둘 사이에 토교土橋가 축조되면서 분리되었습니다. 그래서 지금도 한조보리 연못 일대를 치도리가후치공원千鳥ヶ淵公園이라 부르고 있습니다. 극우 커뮤니티의 회원들은 오우치가 한조보리에서 체포되었다는 사실은 슬그머니 무시하고 그냥 치도리가후치에서 고쇼를 향해 수류탄을 던졌다고 왜곡했던 겁니다. 그리고 그들의 주장이 성립하지 않는 이유는 하나 더 있습니다."

그는 좀 더 넓은 시야에서 볼 수 있도록 지도를 줌아웃했다.

"여기에 보이는 것처럼 천황이 누워 있던 고쇼는 한조보리 건너편의 전망대로부터 거의 정동쪽에 위치해 있습니다. 그리고 수류탄이 발견된 치도리가후치 연못의 보트 선착장은 오우치가 체포된 지점에서 멀리 떨어진 북동쪽에 있습니다. 자, 그런데 오우치는 한조보리의 전망대에 있었습니다. 그리고 극우 성향의 네티즌들은 그가 고쇼를 향해 수류탄을 던졌다고 주장했습니다. 그렇다면 그 수류탄은 한조보리의 전망대로부터 동쪽의 고쇼를 향해 똑바로 날아가야 했습니다. 그러나 보시다시피 치도리가후치 연못은 북동쪽에 있습니다. 만약 그가 정말로 수류탄을 던졌다면 아예 엉뚱한 방향으로 날아간 겁니다. 이처럼 그들의 주장은 그 자체로 전혀 앞뒤가 맞지 않는 모순입니다. 고쇼를 향해 던졌지만 고쇼로 날아가지 않았다? 살짝 비켜 간 것도 아니고 이렇게 완전히 엉뚱한 곳으로 날아갔다는 것 자체가 말이 안 되는 주장이죠."

그러자 윤경의 뇌리에 갑자기 입스라는 단어가 떠올랐다.

"혹시 오우치 히데오에게 입스가 있었다면 가능하지 않을까요? 현역 시절의 그는 몇 차례의 경기에서 그런 증상을 보인 적이 있었거든요."

그러나 노타케 부장은 이번에도 단호한 표정으로 고개를 저었다.

"저도 그런 이야기는 알고 있었습니다. 오우치가 입스 증상을 겪다가 결국엔 은퇴했다고 말이죠. 그러나 설령 그렇다 하더라도 저기까지 날아간다는 건 불가능합니다. 보시다시피 두 지점 사이의 거리는 약 600미터입니다. 저도 혹시나 해서 예전에 찾아봤더니 97식 수류탄의 무게는 450그램 정도 나갔던 걸로 기억합니다. 그런데 아무리 괴물 같은 힘을 가진 사람이라고 하더라도 무게 450그램의 쇳덩어리를 600미터나 날아가게 던질 수는 없습니다."

할머니의 야구공

윤경은 잠시 눈을 가늘게 뜨며 생각에 잠겼다.

"잠시만요. 제가 지금 여기에서 직접 계산해 볼게요. 석현 감독님, 야구공의 무게가 얼마쯤 되나요?"

석현은 한 치의 머뭇거림도 없이 곧바로 대답을 내놓았다.

"야구 규정에는 142에서 148그램 사이라고 되어 있어요. 그냥 간단하게 145그램 정도 된다고 보시면 됩니다."

"그러면 리그 최고의 투수가 던지는 공의 속도는요?"

"음, 요즘에는 구속이 시속 160킬로미터를 넘는 투수도 간혹 있긴 한데, 그래도 150킬로미터를 넘으면 최고 수준으로 대접받죠."

그 말을 들은 윤경은 천천히 고개를 끄덕였다. 그리고 회의실 내의 사람들을 돌아보며 양해를 구했다.

"잠시만 실례 좀 할게요."

그녀는 테이블 위에 꺼내놓은 취재 노트의 빈 페이지를 펼쳤다. 그리고 펜을 들어 무언가를 써내려 가기 시작했다. 그녀는 취재 노트에 그림까지 그려가며 무언가를 열심히 계산했다. 때로는 곁에 놓아둔 스마트폰의 계산기 애플리케이션을 이용하기도 했다. 그렇게 3분 정도 지났을까. 그녀가 마침내 확신에 찬 표정으로 모두에게 결과를 들려주었다.

"방금 해주신 말씀이 맞습니다. 아무리 힘이 좋은 투수가 던진다고 하더라도 무게가 450그램인 물체는 겨우 47미터 정도밖에 날아가지 못했을 겁니다."

눈앞에서 신기한 장면을 지켜본 노타케 부장은 상당히 놀랍다는 표정을 지었다.

"당신은 상당히 놀라운 능력을 갖고 있군요. 그게 바로 제가 지금부터 설명해 드리려던 건데, 그 내용을 듣지도 않고 이렇게 수학적인 계산만으로 결과를 도출해 내셨어요. 대단히 인상적입니다."

윤경은 다소 지나친 칭찬에 몸 둘 바를 몰랐지만, 그것이 고등학교 1학년 수준의 과학 지식에 불과하다는 사실은 미처 말할 겨를이 없었다. 노타케 부장이 곧바로 설명을 이어받았기 때문이다. 그는 다시 한번 지도를 가리켰다. 마우스 포인터는 또다시 전망대 위를 맴돌고 있었다.

"아까도 말씀드렸지만 이곳은 해자입니다. 에도성의 방어를 위해 조성한 인공 연못이란 말입니다. 그러니까 애초부터 성을 둘러싼 적군들이 성벽 안으로 뭔가를 던져 넣기 힘들 만큼 폭이 아주 넓은 인공 연못을 만들어야 했던 겁니다. 그렇다면 여기 전망대부터 한조보리 건너편 성벽까지의 거리를 한번 측정해 볼까요?"

하시모토 기자가 이번에도 지도 위에서 두 지점 사이의 거리를 측정했고, 노타케 부장이 설명을 이어갔다.

"보시다시피 전망대부터 가장 가까운 성벽까지의 거리도 100미터가 넘습니다. 그러니 아무리 괴력을 가진 사람이라고 하더라도 연못 건너편의 성벽 너머로 이 무거운 쇳덩어리를 넘길 수조차 없었을 겁니다. 설령 투포환 선수가 던졌더라도 여기에 있는 기슭에도 닿지 않았을 겁니다. 피디님의 설명대로 여기 중간 어디쯤 떨어졌을 거예요. 그렇다면 이번에는 전망대부터 고쇼까지의 거리를 재볼까요?"

하시모토 기자가 역시나 능숙한 동작으로 두 지점의 거리를 측정했다.

"보시면 알겠지만 무려 300미터가 넘습니다. 애초에 사람이 무거운 수류탄을 던져서 닿을 수 있는 거리가 아닙니다. 정말로 테러할 의도가 있었다면 적어도 유탄발사기 정도는 가져왔어야 한다는 거죠."

그는 연못을 가리키며 설명을 계속 이어갔다.

"하지만 경찰의 수색 결과 그 의문의 쇳덩어리는 이 연못의 물속에

할머니의 야구공

서 발견되었습니다. 지나가던 행인들은 그가 투척한 쇳덩어리가 여기 한조보리의 한가운데에 떨어졌다고 증언했습니다. 그래서 현장에 출동한 경시청 특수 부대가 고무보트를 띄우고 금속 탐지기로 수상한 물체가 있는지를 조사했습니다. 그렇게 이틀 정도 수색한 끝에 마침내 문제의 쇳덩어리를 찾아냈습니다."

"그게 뭐였나요?"

노타케 부장은 잠시 뜸을 들인 뒤 대답했다.

"다행히 수류탄은 아니었습니다."

윤경은 잠시 생각에 잠겼다. 그녀의 두뇌가 잽싸게 생존모드로 가동되기 시작했다. 오우치 히데오는 히로히토가 누워 있는 황거를 향해 쇳덩어리를 던졌다. 그렇다면 그건 어쩌면 히로히토와 관계된 물건이었을지도 모른다는 생각이 들었다. 그러자 순간적으로 윤경의 뇌리에 온시^恩^賜라는 단어가 스쳐 지나갔다.

"혹시 회중시계였나요?"

노타케 부장은 이번에도 깜짝 놀라며 대답했다.

"네, 맞습니다. 대체 어떻게 회중시계인 걸 아셨죠?"

"취재하던 도중에 오우치 선수가 예전에 히로히토에게서 회중시계를 받았다는 사실을 알게 됐거든요."

노타케 부장은 천천히 고개를 끄덕이며 말을 이었다.

"그렇습니다. 경찰의 감식 결과, 그 회중시계는 예전에 황실에서 하사했던 온시였던 걸로 밝혀졌습니다. 전후에는 더 이상 제작되지 않은 물건이었죠."

윤경은 새롭게 알게 된 사실들을 차분히 정리해 보았다.

"그러니까 오우치 히데오는 천황의 거처가 보이는 곳에서 천황에게 받은 물건을 던져서 버린 거라고 봐야 하는 걸까요?"

노타케는 고개를 끄덕이며 대답했다.

"저는 그렇다고 생각합니다. 참고로 온시 회중시계의 무게는 60그램 정도밖에 되지 않았습니다. 전력으로 집어 던졌다면 훨씬 더 멀리 날아 갔을지도 모르지만, 보시다시피 연못 한가운데에 빠졌습니다. 그러니 그는 이 시계를 담장 너머로 던져 넣으려던 게 아니라 그냥 이 연못에 가볍게 툭 던져서 버린 거라고 보는 게 맞을 겁니다."

"그렇다면 치도리가후치 연못에서 발견된 수류탄은 어떻게 설명해야 하는 걸까요?"

노타케 부장이 잠시 고민한 뒤에 대답을 내놓았다.

"이것 역시 저의 개인적인 의견이긴 합니다만, 그 수류탄은 오우치와 관련이 없을 가능성이 크다고 생각합니다. 예전에 누군가 버렸거나 우연히 그곳에 유입되었을 가능성도 있습니다. 그리고 전후에는 그런 식으로 불발 수류탄이 발견되는 사례가 의외로 상당히 많습니다. 최근에만 하더라도 2019년 오키나와에서 초등학생들이 불발 수류탄을 발견해서 갖고 놀다가 자위대가 긴급히 출동하는 사건도 있었습니다. 그리고 일본의 육상 자위대가 매년 처리하는 불발탄의 수가 지금도 무려 연간 1,000개가 넘는다고 합니다. 게다가 치도리가후치 연못에서 발견된 그 수류탄은 뇌관이 이미 제거되어 있었습니다. 애초에 전혀 위험하지 않은 그냥 쇳덩이였을 뿐이죠."

윤경은 그의 설명을 들으며 스크린에 보이는 지도를 가만히 바라보았다. 그러다 그녀가 갑자기 노타케 부장에게 질문을 던졌다.

"한 가지 궁금한 게 있는데요, 혹시 그 회중시계가 발견된 정확한 지점이 어딘지 기억나시나요?"

노타케 부장은 마우스 포인터로 지도 위의 한 지점을 가리키며 대답했다.

"여기쯤이었던 것 같아요. 보시다시피 연못 한가운데였어요. 방향은 전망대의 바로 앞쪽보다는 북쪽으로 약간 치우친 지점이었고요."

윤경은 위성 지도에서 푸르스름한 연녹색으로 보이는 그 연못을 가만히 바라보았다. 그 위에는 하시모토 기자가 전망대부터 고쇼까지의 거리를 측정하기 위해 그어 놓은 반듯한 직선이 여전히 표시되어 있었다. 그런데 지도 위에서 회중시계가 발견된 지점을 가리키기 위해 노타케 부장이 옮겨 놓은 마우스 포인터의 화살표 끝부분은 하시모토 기자가 거리 재기를 위해 그어 놓은 직선과 맞닿아 있었다. 윤경은 지도에 시선을 고정한 채 천천히 고개를 끄덕이며 말했다.

"그렇다면 그가 던진 회중시계는 고쇼를 향해 똑바로 날아갔겠네요. 비록 중간에 연못에 빠지긴 했지만 말이죠."

노타케 부장은 윤경이 하는 말의 정확한 의미를 알 수 없었다. 그가 설명을 요청하자 윤경은 스크린의 지도를 가리키며 설명했다.

"회중시계가 발견된 지점이 전망대부터 고쇼까지를 잇는 일직선상에 놓여 있잖아요. 그러니까 만약 오우치 히데오가 고쇼를 겨냥해서 회중시계를 던졌다면 똑바로 날아갔다는 겁니다. 그가 원하는 방향으로 정확히 던졌다는 거죠. 그러니 그는 자신의 무의식에 불안감을 일으키던 마음의 장애물을 마침내 극복했던 건지도 모릅니다. 어쩌면 그는 수십 년 동안 자신을 괴롭히던 입스를, 비록 많이 늦기는 했지만 그래도 세상을 떠나기 전에 마침내 이겨냈을지도 모릅니다."

그런데 노타케 부장이 지도를 바라보면서 천천히 고개를 가로저으며 대답했다.

"그렇다고 하기에는 너무 가까운 곳에 떨어졌어요. 그래서 저는 그가 회중시계를 물속에 가볍게 던져서 버린 거라고 생각합니다."

그러나 윤경은 어쩌면 그가 있는 힘껏 최선을 다해 던졌을 수도 있다고 생각했다. 오우치 히데오는 그야말로 사력을 다해서 던졌을 것이다. 다만 죽음을 코앞에 둔 예순 살이 넘은 말기 암 환자였기에 회중시계는 얼마 날아가지 못하고 그만 연못 한가운데에 빠져버렸을 것이다. 그렇지 않고서야 그냥 쓰레기통에 버려도 되는 것을 굳이 쇠약한 몸을 이끌고 히로히토가 누워 있는 곳까지 찾아와 던지지는 않았을 것이다. 아무튼 노타케 부장이 그날의 사건에 대한 결말을 들려주었다.

"그렇게 이 사건은 용의자가 사망하면서 공소권公訴權 소멸消滅로 수사가 종결되었습니다. 그리고 뭐 설령 기소가 되었다고 해도 불법투기 혐의에 대해 폐기물처리법廃棄物処理法 위반으로 겨우 몇만 엔 정도의 벌금이 부과되었을 겁니다."

노타케 부장과의 인터뷰는 그렇게 끝났다. 길지는 않았지만 윤경으로서는 그래도 상당히 유익한 인터뷰였다. 윤경 일행은 촬영 장비를 챙겨 노타케 부장과 인사를 나누고 편집국 밖으로 나왔다. 그리고 복도에서 이시하라 교수의 친구인 하시모토 기자와 잠시 환담을 나눈 뒤 그들은 다시 지하 주차장으로 내려갔다. 장비를 자동차에 모두 실은 그들은 자동차의 시동을 걸고 요미우리신문사 건물을 빠져나왔다. 자동차가 도로에 접어들어 신호에 멈춰 서자 윤경이 미선에게 물었다.

"혹시 한조보리에 있다고 하는 그 전망대에 잠깐 들렀다 가도 될까요? 아까 지도를 보니까 여기에서 가까운 것 같던데 말이죠."

미선은 경쾌하게 고개를 끄덕이며 말했다.

"그렇게 하시죠. 사실은 저도 궁금해서 직접 한번 가보고 싶었어요."

미선은 황거 둘레를 반 바퀴 돌아 한조몬^{半蔵門} 건너편의 어느 건물에 있는 유료 주차장에 차를 세웠다. 그리고 일행은 횡단보도를 건너 한조 보리 호숫가에 있는 전망대로 걸어갔다. 그곳은 오우치 히데오가 1989 년 1월 6일에 묵직한 쇳덩어리를 던졌다가 체포된 장소였다. 일행은 마치 제단처럼 보이는 그 전망대의 계단을 걸어 올라갔다. 그곳에서는 한 조보리 해자가 내려다보였고 그 너머로는 황거의 성벽 토대와 그 위에 심어진 커다란 아름드리나무들이 보였다. 윤경이 그곳까지의 거리를 가 늠하며 말했다.

"과연 여기에서 저 멀리까지 무거운 수류탄을 던지기는 힘들 것 같 네요."

그런데 그녀의 곁에서 가만히 주변을 내려다보던 석현이 갑자기 뜻밖 의 이야기를 꺼냈다.

"그런데 말이죠. 저는 오우치 히데오가 어쩌면 입스가 아니었을지도 모른다는 생각이 들어요."

모두의 시선이 석현을 향했다. 윤경이 그에게 무슨 의미인지 되물었다.

"입스가 아니었다고요?"

"네. 제가 야구 선수 출신이기도 하고, 그리고 지금도 사회인 리그에 서 야구를 계속하고 있는 입장에서 생각해 보면 너무너무 이상해서 말 이죠. 아까 요미우리 자이언츠 회의실에서 경기 영상을 볼 때는 입스라 고 생각했는데, 요미우리신문사로 이동하는 엘리베이터 안에서 뭔가 이 상하다는 느낌이 들었어요. 그래서 그 이후로 계속 생각을 해봤어요. 그 런데 아무리 생각해도 역시나 뭔가 이상한 것 같아요."

윤경은 석현의 이야기에 강한 흥미를 느꼈다.

"계속 설명해 봐요."

"야구하다 보면 슬럼프를 겪는 사람도 많고, 실제로 입스 때문에 고생하는 사람도 종종 있어요. 저 자신도 바로 그 입스 때문에 고등학교 시절에 야구부를 그만뒀기에 입스가 어떤 건지 그 누구보다도 잘 알고 있어요. 원하는 곳에 공을 던지지 못할 때의 무기력감이 얼마나 엄청난 지를 잘 알고 있죠. 입스로 인한 공포가 얼마나 무시무시한 것인지를 아주 잘 알고 있어요. 그건 마치 머릿속에 섬뜩한 악마가 들어앉아 저의 존재 자체를 송두리째 갉아 먹는 그런 느낌이에요. 일반인들은 상상할 수 없을 정도로 끔찍한 고통이죠."

그러자 야구부 매니저 출신인 미선의 얼굴도 흥미롭다는 표정으로 바뀌었다. 석현이 설명을 계속했다.

"1940년 고시엔 대회에서 오우치 히데오가 1회에 강판당했다가 7회에 다시 마운드에 올라왔잖아요? 적어도 그 시합의 1회에는 오우치 히데오의 모습이 아까 우리가 요미우리 자이언츠 회의실에서 봤던 것과 거의 똑같았어요. 스트라이크를 단 한 개도 던지지 못하고 다섯 명의 타자를 줄줄이 볼넷으로 내보냈다가 강판당했죠. 1957년에도 마찬가지였어요. 적어도 두 경기에서 그의 상태는 입스처럼 보일 수 있어요. 하지만 이상한 건 오우치 히데오가 1940년 시합에서는 7회에 다시 올라와 멀쩡히 잘 던졌다는 거예요. 멀쩡히 잘 던진 정도가 아니라 여섯 명의 타자가 모두 삼구 삼진을 당했어요. 더할 나위 없이 완벽한 투구였죠. 그런데 1회에는 입스였던 사람이 갑자기 7회에는 멀쩡하게 최상의 컨디션을 회복했다는 이야기는 듣도 보도 못했어요. 입스는 잠깐 속이 더부룩했다가 소화제를 먹으면 낫는 그런 증상이 아니에요. 적어도 제가 아는 한 그런 종류의 입스는 없습니다."

그러자 이번에는 이야기를 듣고 있던 미선이 석현에게 질문을 던졌다.

할머니의 야구공

"그럼, 감독님 말처럼 입스가 아니었다면 그의 제구가 엉망진창이었던 건 어떻게 설명할 수 있을까요?"

석현은 조심스러운 태도로 말을 꺼냈다.

"아무래도 일부러 그런 것 같습니다."

두 사람이 모두 놀랍다는 반응을 보이는 가운데 윤경이 그에게 물었다.

"일부러 그랬다는 게 무슨 말이죠?"

석현은 다소 주춤하면서 설명을 덧붙였다.

"저의 개인적인 생각이기는 한데, 오우치 히데오는 그날 경기에서 공을 던지고 싶지 않았던 것 같아요."

"공을 던지고 싶지 않았다고요?"

"네, 저는 오우치 히데오가 1940년 고시엔 개막전에서 1회에 마운드를 내려갔다가 7회에 다시 등판했다는 사실이 자꾸 마음에 걸렸어요. 무엇보다도 저는 그가 왜 7회에 다시 마운드에 올라왔을까 궁금했어요. 왜 하필이면 7회였을까 하고 말이죠. 기록지를 보면 그날 시합은 오후 2시에 시작했어요. 그런데 8월 중순의 오후 2시면 1년 중에서도 가장 무더울 시간이에요. 그래서 저는 어쩌면 오우치 히데오가 더위에 약했을지도 모른다고 생각했어요. 그래서 더위가 최고조에 달했을 때는 맥을 못 추다가 시간이 지나면서 조금씩 기운을 차린 걸까? 그런 의문이 들었죠. 그러다 엊그제 고시엔구장을 직접 찾아갔던 일이 생각났어요. 그때 다나카 유우키 씨가 그랬잖아요. 고시엔구장이 남향이라고요. 그러니까 홈플레이트가 북쪽에 있고 외야가 남쪽에 있는 배치로 지어졌다고 말이죠."

"야구장 방향이 그날의 시합과 무슨 관계가 있는 거예요?"

"관계가 아주 많죠! 야구장에서는 관례로 홈팀이 1루 쪽 더그아웃을 사용하고, 원정팀이 3루 쪽 더그아웃을 써요. 그런데 엊그제 제 친구의 기록원 선배가 기록지를 보면서 설명해 주셨잖아요. 1940년 고시엔 개막전에서 영산상업이 원정팀이었다고요. 그렇다면 영산상업이 원정팀 자격으로 3루 쪽 더그아웃에 있었다는 거예요. 그리고 그 시합은 최고로 무더운 시간대인 오후 2시에 시작했어요. 그 선배님은 기록지에 날씨도 기재되어 있다고 하셨어요. 이날 시합할 때는 하늘에 구름 한 점 없이 맑았고, 기온도 섭씨 34도였다고 말이에요. 그러니 경기 내내 아마 3루 쪽 더그아웃으로 따가운 햇볕이 들어가고 있었을 거예요. 반면에 1루 쪽 더그아웃에는 시원한 그늘이 드리워져 있었겠죠. 그리고 이날 시합은 진행 시간이 2시간 55분이었다고 기록지에 적혀 있었어요. 오우치 히데오는 7회 말에 다시 올라왔는데, 그러면 그 시각은 대략 오후 4시 20분에서 30분 정도였을 거예요. 그러면 그가 다시 등판했을 때도 여전히 뜨거운 태양이 3루의 더그아웃을 직사광선으로 비추고 있었을 거예요. 오히려 태양의 고도는 더 낮아져서 아마 햇빛이 더그아웃에 앉아 있는 선수단의 눈을 강하게 찌르고 있었을 거예요. 고시엔구장의 다나카 유우키 씨도 그렇게 설명해 주셨던 걸로 기억이 나요. 정오가 지나면 3루 쪽 더그아웃으로 오후 내내 햇볕이 그대로 비추기 때문에 원정팀으로부터 종종 원성을 듣는다고 말이죠. 그러니까 7회 말이 되었다고 해서 날씨나 햇빛이 영산상업이나 오우치 히데오에게 더욱 유리하게 바뀌지는 않았다는 거예요.”

윤경과 미선은 석현의 설명을 들으며 적잖이 감탄하는 표정을 지어 보였다. 역시 직접 야구를 해본 사람이었기에 그런 것까지 파악할 수 있었을 것이다. 석현이 다시 설명을 이어갔다.

“그런데도 오우치 히데오는 7회 말이 되자 마운드에 다시 올라왔어

　　　　할머니의 야구공

요. 그것도 오히려 마치 만화 영화의 히어로가 갑자기 몇 단계 변신이라도 한 것처럼 괴물이 되어서 나타났어요."

"듣고 보니 정말로 이상하긴 하네요."

"그래서 저는 7회가 되면서 뭔가 바뀐 게 있지 않았을까 하는 생각이 들었어요. 분명히 뭔가 변화가 있었을 거라고 말이죠. 그러다 그 시합의 기록지에 적혀 있던 내용이 생각났어요. 바뀐 게 있었어요. 7회가 되면서 고시엔 야구장에서 무언가가 바뀐 거예요."

윤경은 그제야 석현이 말하려는 의중을 파악했다.

"히로히토가 경기장에서 떠났군요."

그날의 기록지에는 천황이 6회까지 관람했다고 적혀 있었다.

"맞아요. 7회부터는 고시엔구장에 히로히토가 없었어요. 그리고 오우치 히데오는 다시 마운드에 올라와 2이닝 동안 여섯 명의 타자를 완벽하게 제압했어요. 그가 던진 공은 타자들의 배트에 스치지도 않았어요. 아마도 신들린 듯한 투구였겠죠. 그런데 제가 조금 전에도 말했지만, 1회에는 입스였다가 7회에는 최상의 컨디션을 회복하는 경우는 없어요. 그런 입스는 절대 없어요."

"그러면 오우치 히데오는 대체 왜 히로히토가 보는 앞에서는 공을 제 실력대로 던질 수 없었던 걸까요?"

석현은 손가락을 흔들며 대답했다.

"던질 수 없었던 게 아니라, 제대로 던지지 않은 거예요. 제 생각에는 그가 일부러 엉망진창으로 던진 것 같아요."

윤경은 상당히 의외라는 생각이 들었다. 운동선수가 일부러 자신의 경기를 망친다는 것이 쉽게 납득되지 않았기 때문이다.

"그럼 대체 왜 일부러 아무렇게나 던졌을까요?"

석현이 조심스러운 태도로 말했다.

"이것도 개인적인 생각이기는 하지만, 오우치 히데오가 히로히토 앞에서는 공을 던지고 싶지 않았던 것 같아요. 그 이유까지는 잘 모르겠지만 말이에요."

윤경은 석현의 말에 나름의 일리가 있다고 생각했다. 비록 확실한 근거 없이 추정에 불과한 것이긴 했지만, 그래도 오락가락하는 입스 증상보다는 훨씬 더 설득력이 있다는 생각도 들었다. 윤경이 다시 석현에게 물었다.

"그런데 만약 던지기 싫었던 거라면 애초에 선발로 안 나가면 되는 거 아니에요? 그냥 시합에 안 나가겠다고 하면 되잖아요?"

그러자 석현이 눈을 약간 가늘게 뜨고 이야기했다.

"팀에서 대체 불가의 절대적인 에이스였기 때문에 중요한 경기에 선발로 나가지 않을 수는 없었을 거예요. 의료진이 대기하고 있었을 테니 어디가 아프다고 함부로 꾀병을 부릴 수도 없었을 거고요. 그래서 아마도 일찍 강판당하는 걸 선택했던 것 같아요."

그런 이야기까지 들은 윤경은 이제 석현의 추리에 상당한 설득력이 있다고 생각했다.

"그러니까 오우치 히데오는 히로히토가 지켜보는 경기에 뛰고 싶지 않아서 일부러 엉망으로 투구를 했다는 거네요. 본인은 등판하기 싫은데 최고의 에이스였기 때문에 팀에서는 강제로라도 등을 떠밀어 그를 마운드에 올려보냈을 거고요. 그래서 그는 최선을 다하지 않기로 결심했던 것 같네요. 공을 제멋대로 뿌려댔어요. 그렇다면 오우치 히데오는 히로히토가 보는 앞에서 일종의 태업息業을 한 거네요."

그러자 미선이 웃으며 대답했다.

"그럴 수 있겠네요. 일부러 열심히 안 던진 거니까요."

윤경은 다시 한번 머릿속으로 정리해 보았다. 1940년 고시엔 대회에서는 경기가 시작되기 직전에 히로히토가 오우치 히데오에게 은시계를 선물로 하사했다. 그런 경기에서 그는 대놓고 태업했다. 그런 두 사람은 1957년 고라쿠엔구장에서 재회했고, 오우치 히데오는 다시 한번 최악의 컨디션 난조를 보였다. 윤경은 오우치 히데오가 어쩌면 이번에도 태업을 벌였을지도 모른다는 생각이 들었다. 그는 어떨 때는 악마의 재능을 최대치로 끌어 올리며 상대 팀에게 견디기 힘들 정도의 굴욕을 안겼다. 그리고 때로는 마치 공을 던지기 싫다고 투정을 부리는 어린아이처럼 제멋대로 굴었다. 윤경은 그의 진짜 정체가 뭐였는지 도무지 속을 알수가 없다고 생각했다.

그리고 석현의 설명이 정말로 맞다면 그에게는 애초부터 입스라는 증상이 없었다는 말이 된다. 1940년과 1957년의 텐란지아이에서 보여준 형편없는 투구는 입스 때문이 아니라 일부러 엉망진창으로 던진 것이었다. 1957년 텐란지아이 이후의 실력 저하는 아마도 급격한 건강 악화 때문이었을 것이다. 그리고 1989년 1월 6일 그는 황거가 보이는 이곳 전망대에서 히로히토가 누워 있는 후키아게오미야고쇼를 향해 회중시계를 던졌다. 그 시계는 힘은 부족했지만 그래도 그가 의도한 방향으로 정확하게 날아갔다. 원래부터 그에게는 입스가 없었던 것이다.

어느덧 주변에 어스름이 깔리기 시작했다. 무척이나 길었던 하루였다. 윤경 일행은 다시 길 건너편 주차장으로 걸어가 자동차에 오른 다음 숙소가 있는 신주쿠 방향으로 출발했다. 윤경과 석현의 일본 취재는 그것으로 모든 일정이 마무리되었다. 퇴근 시간의 차량 정체를 뚫고 힘겹게 숙소에 도착한 그들은 일단 호텔에 차를 세워 두었다. 그리고 신오

쿠보^{新大久保}까지 걸어가 미선이 도쿄에 오면 자주 들른다는 한국 식당에서 저녁 식사 겸 조촐한 뒤풀이를 가졌다.

숙소에 돌아온 윤경은 미선이 먼저 욕실을 사용하는 사이에 자신의 침대에 누워 스마트폰으로 히노데^{Hinode}라는 애플리케이션을 실행했다. 히노데는 윤경이 「한국인의 술상」 연출팀으로 일하면서 전국 각 지역의 일출과 일몰 시각, 그리고 해가 뜨고 지는 방향을 확인하기 위해 유용하게 사용하는 애플리케이션이었다. 그녀는 혹시 옛날 기록도 검색할 수 있는지 궁금해서 애플리케이션의 시간을 과거로 돌려보았다. 그러자 놀랍게도 날짜를 설정하는 달력이 지난 세기의 중반까지 훌쩍 넘어가는 것을 확인할 수 있었다. 그래서 그녀는 1940년 8월 12일 오사카의 일출 시각과 일몰 시각을 확인해 보았다. 그에 따르면 1940년 8월 12일 오사카에서는 오전 5시 16분에 태양이 떠올랐으며 오후 6시 51분에 해가 졌음을 알 수 있었다. 그리고 히노데 애플리케이션으로 시간 경과에 따른 태양의 위치를 추적해 보니, 같은 날 오후 4시 30분경에는 태양이 거의 정서쪽에 떠 있었으며 당시 태양의 고도는 약 30도였다.

윤경은 이번에는 지도 애플리케이션을 열어 고시엔구장을 찾아보았다. 지도를 위성 모드로 전환해 보니 위에서 내려다본 고시엔구장의 전경이 비교적 선명하게 보였다. 다나카 유우키의 설명처럼 척 보기에도 남향으로 지은 야구장임을 쉽게 알아볼 수 있었다. 화면을 확대해 자세히 살펴보니, 고시엔구장의 3루 측 더그아웃은 거의 서쪽을 바라보면서 아주 약간 남쪽으로 기울어 있었다. 따라서 1940년 8월 12일 오후 4시 30분경 고시엔구장의 3루 측 더그아웃에는 햇빛이 낮은 각도에서 거의 정면으로 쏟아져 들어오고 있었을 것이다. 확실히 3루 측 더그아웃을 사용하던 원정팀의 투수에게는 결코 우호적이지 않은 환경이었으리라는 생각이 들었다.

다음 날 아침, 윤경 일행은 다시 도쿄역 근처로 가서 그들과 함께 수고한 렌터카를 반납했다. 그리고 윤경과 석현은 도쿄역에서 미선과 작별 인사를 나누었다. 그들은 계속해서 연락을 주고받기로 약속하고 미선은 오사카행 신칸센에 몸을 실었다. 그리고 윤경과 석현은 나리타공항으로 향했다.

7부

이이카와시타나카

고라쿠엔구장에서 토막 살인 사건 발생

일본의 수도인 도쿄 한복판에서 도저히 믿기 힘든 엽기적인 토막 살인 사건이 발생했다. 23일 오전, 도쿄도 분쿄구文京区에 위치한 고라쿠엔구장에서 이 야구장을 청소하던 50대 여성 청소원 한 명이 쓰레기통을 비우던 도중 사람의 잘린 팔 한쪽을 발견하여 곧바로 경찰에 신고했다. 현장에 출동한 경찰은 구장의 구석구석을 수색하여 다수의 잘린 사체를 찾아냈다. 그러나 현장을 수색한 경찰 관계자에 의하면 끝내 피해자의 머리에 해당하는 부분은 발견되지 않았다고 한다. 경찰은 현재 이 사건을 명백한 살인으로 규정하고 피해자의 신원을 파악하기 위해 노력하고 있다. 또한 현장에서 사건 관련 증거를 최대한 확보하기 위해 전면적인 감식 활동을 벌이고 있다.

『요미우리신문』, 쇼와 32년* 7월 24일

---

* 1957년.

24

어느덧 아침과 저녁으로는 서늘한 바람이 불기 시작했다. 한국으로 돌아온 윤경은 편집실에 틀어박힌 채 한국과 일본에서 촬영한 영상을 모아 회사 내부 시사회를 위한 가편집을 하고 있었다. 다큐멘터리 제목은 가제였던 「식민지 조선의 야구 소년들」이 정식 타이틀로 정해졌다.

그런데 테이블 위에 놓아둔 스마트폰에서 갑자기 해리 스타일스^{Harry Styles}의 노래가 울리기 시작했다. 화면을 보니 와이어^{WIRE} 메신저가 실행되어 있었고, 프로필 사진에는 역시 해리 스타일스의 사진이 보였다. 그녀는 와이어 메신저로 전화를 건 상대가 누구인지 이미 알고 있었다. 사실 윤경의 스마트폰 주소록에 해리 스타일스의 노래를 벨 소리로 설정해 놓은 사람은 딱 한 명뿐이었다. 그 사람은 바로 일본 아시아평화연대에서 인터뷰했던 이시하라 미나미 교수였다. 이시하라 교수 역시 해리 스타일스의 열렬한 팬으로, 와이어 프로필에까지 그의 사진을 올려두고 있었다. 윤경은 전화를 받아 영어로 크게 인사를 했다.

"안녕하세요, 이시하라 교수님!"

그러자 전화기 건너편에서 밝은 웃음소리가 들렸다. 그녀의 화사한 얼굴이 바로 눈앞에 보이는 것 같았다. 그들은 영어로 간단하게 서로의 안부를 물었다. 그렇게 근황을 확인한 이시하라 교수가 이렇게 말했다.

"사실 제가 다음 주에 한국에서 열리는 학회에 참석해요. 그러는 김에 어떤 장소를 한 번 들러볼까 해요. 그런데 그곳을 윤경 씨와 함께 꼭 가보고 싶은데, 윤경 씨는 일정이 괜찮을지 궁금하네요."

윤경은 취재 영상을 확인하던 컴퓨터 웹브라우저로 잽싸게 달력을 확인하고는 이시하라 교수에게 물었다.

"그러면 한국에는 언제 들어오시는 거예요?"

"학회가 20일이라서 그 전날인 10월 19일에 들어갈 건데, 첫날은 일단 제 친구를 만나야 할 것 같아요. 아시죠? 한국 외교부에 근무한다는 제 대학원 동기 말이에요."

이시하라 교수의 친구인 한국 외교부 공무원은 대전에 있는 국가기록원에까지 가서 옛날 자료를 찾아주었던 고마운 분이었다. 윤경은 귀국한 뒤에 이시하라 교수가 알려준 번호로 전화를 걸어 간단하게 감사 인사를 전한 적이 있었다.

"네, 기억합니다."

"그래서 학회 다음 날인 21일에 만났으면 하는데, 윤경 씨가 시간이 괜찮을까요?"

달력을 보니 21일은 금요일이었다. 윤경은 그날 하루 연차를 내야겠다고 생각했다.

"네, 가능합니다."

"아, 다행이다. 그런데 제가 죄송한 부탁을 하나 더 드려도 될까요?"

"네, 편하게 말씀하세요."

"윤경 씨 혹시 운전할 줄 아세요?"

할머니의 야구공

윤경은 운전을 자주 하진 않지만 그래도 필요한 경우에는 엄마 차를 빌려서 타고 다녔다.

"네, 할 줄 압니다."

"그러면 혹시 그날 제가 가보고 싶은 곳까지 윤경 씨가 저를 자동차로 데려가 주실 수 있을까요? 거기가 대중교통으로 찾아가기는 조금 어려운 곳인 것 같아서요."

"물론 가능하죠. 거기가 어딘데요?"

"이 발음이 맞나 모르겠는데, 화진포^{Hwajinpo}라는 곳이에요."

윤경은 「한국인의 술상」이라는 프로그램을 몇 년 동안 함께 만들면서 전국 팔도에 안 가본 곳이 거의 없었다. 그런데도 화진포라는 지명은 처음 들어보는 이름이었다.

"화진포라고요? 잠시만요, 제가 인터넷으로 찾아볼게요."

그녀는 잽싸게 인터넷 지도를 열어 화진포가 어디인지 찾아보았다. 그 결과 화진포는 강원도 고성에 있는 바닷가의 작은 마을임을 알 수 있었다. 거의 휴전선에 가까운 접경 지역이고 인근으로는 열차도 다니지 않아서 확실히 대중교통으로 접근하기에는 어려울 것 같았다. 그녀가 이시하라 교수에게 말했다.

"네, 어디인지 확인했습니다. 강원도 고성에 있는 화진포를 말씀하시는 거 맞죠?"

"네, 맞아요. 거기에 같이 가서 주변을 둘러보고 싶어요. 그리고 윤경 씨에게 들려주고 싶은 이야기도 있고요."

윤경은 이시하라 교수가 한국에 오는 진짜 목적은 어쩌면 그녀에게 바로 그 어떤 이야기를 들려주기 위함이 아닐까 하는 직감이 들었다. 그렇지만 일단은 그 이유를 묻지 않았다.

"알겠습니다. 그러면 제가 21일 금요일에 교수님이 묵으시는 숙소로 픽업하러 가겠습니다."

"네, 고마워요. 자세한 시간과 장소는 나중에 다시 말씀해 드릴게요."

그들은 잠시 소소한 이야기를 나눈 뒤 통화를 마무리했다.

그리고 다음 주 금요일이 되었다. 근래 들어 보기 힘들 만큼 맑고 상쾌한 가을 날씨였다. 회사에 미리 연차를 낸 윤경은 아침 9시가 조금 넘은 시각에 엄마의 차를 몰고 이시하라 교수가 알려준 명동의 한 호텔로 찾아갔다. 그리고 호텔에 도착해 지하 주차장에 차를 세워놓은 뒤 엘리베이터를 타고 1층 로비로 올라갔다. 윤경은 소파에 앉아 오늘 만나기로 한 상대를 기다렸다. 그런데 아침에 일어났을 때부터 윤경은 왠지 모르게 한껏 기분이 들떠 있었다. 무엇보다도 평일이었지만 쉬는 날이라는 게 믿기지 않을 만큼 기뻤다. 자기 일과 직업을 좋아하는 그녀였지만, 윤경 역시 평범한 직장인이었다. 그리고 동해안으로 놀러 간다고 생각하니 마치 소풍을 갈 때와 같은 설렘이 느껴졌다.

잠시 뒤 엘리베이터 문이 열리고 수려한 용모의 여성이 걸어 나왔다. 이시하라 미나미였다. 그녀는 깔끔한 흰색 셔츠에 연한 하늘색 블레이저 재킷을 걸치고 있었다. 그리고 하의는 다리에 착 붙는 블랙 진을 입고 있었으며 오른팔에는 재킷보다 약간 더 짙은 청색의 핸드백을 들고 있었다. 그리고 풍성한 머리카락은 머리끈을 사용하여 포니테일로 묶었고, 그 위에는 마치 헤어밴드처럼 선글라스를 꽂아두고 있었다. 로비 소파에 앉아 있던 윤경이 자리에서 일어나자 그녀를 확인한 이시하라 교수가 환하게 웃으며 손을 흔들었다. 윤경도 역시 한껏 밝은 웃음을 지으며 허리를 꾸벅 굽혀 인사했다. 윤경은 이시하라 교수와 잠시 간단한 환담을 나눈 뒤 그녀를 지하에 세워 둔 자신의 차로 데려갔다. 자동차의 시동을 건 윤경이 옆자리에 앉은 이시하라 교수에게 물었다.

"오늘 강원도 고성 화진포에 가보고 싶다고 하셨죠? 그러면 내비게이션 목적지를 화진포 어디로 설정하면 될까요?"

그러자 이시하라 교수가 고개를 돌려 커다란 눈망울로 윤경을 바라보았다. 그녀에게서는 기분 좋은 향기가 은은하게 풍겨왔다. 그런데 이시하라 교수가 또렷한 한국말로 이렇게 말했다.

"김일성 별장!"

너무나도 뜻밖의 단어였기에 윤경은 확인을 위해 되물을 수밖에 없었다.

"김일성 별장이요?"

이시하라 교수가 눈웃음을 지으며 다시 한번 한국말로 말했다.

"네, 김일성 별장."

그러자 윤경은 반신반의한 표정을 지으며 내비게이션에 '김일성 별장'이라는 단어를 입력했다. 그런데 놀랍게도 내비게이션이 보여주는 장소 목록에 그것과 정확히 일치하는 결과가 있었다. 주소도 강원도 고성 화진포였다. 윤경은 저도 모르게 입을 벌린 채 그곳을 목적지로 설정했다. 그리고 조심스럽게 차를 출발시켰다. 자동차가 호텔 건물을 빠져나와 커다란 도로에 진입하자 이시하라 교수가 영어로 이렇게 말을 꺼냈다.

"조금 놀라셨나 봐요?"

윤경은 멋쩍은 웃음을 지어 보이며 대답했다.

"네. 사실은 조금이 아니라 많이 놀랐어요. 그런 게 남한에 있을 거라고는 꿈에도 상상하지 못했거든요."

"아마 지도를 보시면 그 이유를 금방 아실 수 있을 거예요."

그러자 윤경은 지난주에 이시하라 교수에게서 화진포라는 지명을 처음 들었을 때 지도를 찾아봤던 기억이 났다. 그곳은 동해안에서 휴전선 가까이 북쪽에 붙어 있는 접경 지역이었다. 윤경은 그제야 비로소 이시하라 교수의 말이 이해됐다. 그곳은 38선보다 북쪽에 있는 지역이었던 것이다.

"한국전쟁 이전에는 북한 땅이었군요!"

이시하라 교수가 그녀를 돌아보며 환하게 웃었다.

"네, 맞아요. 전쟁이 끝나면서 남한 땅이 된 거죠."

윤경은 무척 흥미롭다는 생각이 들었다. 그 지역을 소재로 방송 프로그램을 만들어도 재밌을 것 같다는 느낌도 들었다. 그래서 이번에 가서 제대로 살펴보고 뭔가 건질 만한 게 있는지 찾아봐야겠다고 다짐했다.

윤경이 운전하는 자동차는 남산터널을 지나 한남대교를 건넜다. 그리고 올림픽대로로 진입해 동쪽을 향해 달리기 시작했다. 자동차 앞쪽으로 아침 햇살이 정면으로 내비치고 있었기 때문에 두 사람 모두 빛가리개를 내렸다. 그리고 이시하라 교수는 머리에 쓰고 있던 선글라스를 내려 두 눈을 가렸고, 거의 그와 동시에 윤경도 한 손으로 엄마가 선바이저에 꽂아둔 선글라스를 꺼내 착용했다. 그렇게 잠실을 지나 양양 고속도로 초입에 접어들 무렵, 이시하라 교수가 불쑥 이런 말을 꺼냈다.

"해리 스타일스 말고 또 어떤 가수들 좋아해요?"

뜻밖의 화제였지만 윤경은 전혀 머뭇거리지 않고 대답했다.

"원 디렉션은 당연히 좋아하고요, 웨스트라이프도 좋아해요. 그리고 최근에는 에드 시런^{Ed Sheeran}도 많이 들어요. 패신저^{Passenger}라는 가수의 「Let Her Go」도 좋아하고요."

그러자 이시하라 교수가 장난스럽게 웃으며 말했다.

"저도 에드 시런의 곡들은 좋아하는데, 해리 스타일스와는 다르게 에드 시런은 '노래만' 들어요."

이시하라 교수가 한 말의 의미를 단번에 이해한 윤경은 큰 소리로 웃음을 터트렸다. 이시하라 교수가 다시 물었다.

"그럼 에드 시런의 노래 중에서는 뭘 제일 좋아해요?"

윤경이 이번엔 잠시 곰곰이 생각해 본 뒤에 말했다.

"음, 처음에는 「Shape of You」에 확 꽂혀서 에드 시런을 듣기 시작했어요. 지금도 그 노래는 아주 좋아하고요. 그리고 「Thinking Out Loud」도 좋아하고, 「The A Team」도 좋아해요. 아, 그런데 최근 들어서는 「Photograph」가 너무 좋더라고요."

그러자 이시하라 교수가 반색하며 말했다.

"그쵸? 「Photograph」 너무 좋죠? 저도 제일 좋아하는 노래 가운데 하나예요."

그러더니 이시하라 교수가 자신의 스마트폰에서 그 노래를 찾아서 틀었다. 윤경은 슬쩍 곁눈질로 이시하라 교수의 스마트폰 기종을 확인했다. 자신과 같은 A사 제품이었다. 윤경은 오른손을 더듬어 충전이 필요할 경우를 대비해 자동차 콘솔에 연결해 놓았던 USB 케이블을 찾아 그녀에게 건넸다. 이시하라 교수는 윤경의 행동이 무슨 의미인지 단번에 이해했다. 그녀는 USB 케이블을 받아 자신의 스마트폰에 연결했다. 그 모습을 확인한 윤경이 자동차 오디오 전원을 켰다. 그러자 스피커에서 차분하면서도 잔잔한 어쿠스틱 기타 선율이 흘러나오기 시작했다. 윤경은 전방을 주시하면서 그 노래의 가사를 천천히 음미했다.

We keep this love in a photograph
We made these memories for ourselves

Where our eyes are never closing

Hearts are never broken

And time's forever frozen, still

So you can keep me

Inside the pocket of your ripped jeans

Holding me closer 'til our eyes meet

You won't ever be alone

Wait for me to come home

그렇게 음악에 흠뻑 빠져 있던 바로 그때, 윤경의 머릿속에서 문득 어떤 사진 한 장이 떠올랐다. 그녀의 외조부모가 도쿄타워 앞에서 찍은 사진이었다. 그것은 그녀의 할머니가 요양병원에서 생을 마치는 순간에도 마지막까지 자신의 곁에 놓아두었던 몇 안 되는 유품 가운데 하나였다. 그런데 지난달 도쿄에서 가네다 세이이치를 인터뷰할 때 오우치 히데오가 죽기 직전에 갑자기 병원 응급실에서 탈출했고, 같은 날 오후 도쿄타워 앞에서 쓰러진 채 발견됐다는 이야기를 들었다. 그래서 윤경은 그 시기와 장소가 기묘하게 일치한다는 생각이 들었기에 한국으로 돌아오면 그 사진을 다시 한번 찾아봐야겠다고 생각하고 있었다. 그러나 귀국하자마자 일본에서 촬영한 영상들도 정리해야 했고, 개인적으로 이런저런 일이 생기는 바람에 지금까지 깜빡 잊어버리고 있었다. 그래서 오늘은 집에 돌아가면 반드시 그 사진을 다시 살펴봐야겠다고 굳게 다짐했다.

윤경과 이시하라는 그렇게 서로 음악에 관한 이야기를 주고받으며

할머니의 야구공

양양고속도로를 부지런히 달렸다. 두 사람은 마치 사춘기 여고생들처럼 좋아하는 가수들에 대해 열심히 수다를 떨었다. 그리고 어떤 노래에 관한 이야기가 나오면 즉석에서 곧바로 그 음악을 감상했다. 그렇게 열심히 달리다 보니 양양고속도로의 마지막 터널을 빠져나왔고 저 멀리 앞쪽으로 바다가 보였다. 이시하라 교수가 일본어로 작은 감탄사를 내뱉었다. 잠시 뒤에 갈림길이 나왔고, 윤경은 왼쪽 차선을 선택하여 동해고속도로로 진입했다. 윤경이 운전하는 차는 오른편으로 푸른 바다가 얼핏얼핏 보이는 가운데 북쪽을 향해 달리기 시작했고, 그렇게 한참을 더 달린 끝에 그들은 마침내 화진포에 도착했다. 도로 왼편으로는 드넓은 화진포 호수가 은은하면서도 고고한 매력을 발산하고 있었다. 윤경은 화진포생태박물관 옆 주차장에 차를 세웠다. 주차장 앞쪽으로는 파아란 바닷물이 넘실대고 있었다.

두 사람은 주차안내소에서 입장권을 산 다음 '화진포의 성'이라는 안내 문구가 적힌 방향을 따라 야트막한 야산을 올라갔다. 언덕길의 보도에 올라서자 눈앞이 탁 트이면서 깨끗하고 아름다운 해수욕장이 보였다. 그리고 언덕길 오르막 맨 끝에는 돌담으로 외벽을 만든 고풍스러운 2층짜리 건물이 서 있었다. 그곳이 바로 오늘의 목적지인 김일성 별장이었다. 그 건물은 마치 옛날 드라마 속에 나오는 부잣집 별장처럼 보였다. 입구에 들어서자 한국전쟁에 대한 소개와 이 저택의 역사에 대한 안내가 보였다. 그리고 2층으로 올라가니 환하게 열린 창가가 나타났고, 그곳에 서자 화진포의 바닷가 일대가 한눈에 들어왔다. 그들은 다시 계단을 타고 옥상으로 올라갔다. 그러자 조금 전에 창문으로 확인했던 아름다운 화진포 일대를 이제는 온몸으로 체감할 수 있었다. 윤경은 화진포가 정말이지 절경지라는 생각이 들었다. 이곳은 바다와 하늘과 호수와 해변과 솔숲이 조화롭게 어우러진, 아주 독특하면서도 아름다운 자연 풍경을 보여주고 있었다.

김일성 별장을 구석구석 둘러본 두 사람은 건물을 빠져나와 저만치에 보이는 막국수 식당으로 걸어갔다. 그곳에서 간단하게 식사를 마친 뒤 두 사람은 다시 자동차를 세워 둔 주차장으로 걸어왔다. 그리고 주차장 구석의 가건물에 설치된 카페에서 따뜻한 커피를 주문했다. 두 사람은 커피를 받아 화진포 해수욕장 바로 옆에 있는 팔각형 지붕의 정자에 자리를 잡고 앉았다. 이시하라 교수의 분위기가 어쩐지 조금은 심각해져 있었다. 윤경은 이제 이시하라 교수가 자신에게 준비해 온 이야기를 꺼낼 시점이라는 예감이 들었다. 아니나 다를까, 이시하라 교수가 천천히 말문을 열었다.

"사실은 지난번에 윤경 씨가 한국으로 돌아가고 나서도 웬일인지 오우치 히데오에 관한 생각이 쉽게 사라지질 않더라고요. 뭔가 말끔하게 해소되지 않은 부분이 남아 있는 것 같았어요. 그래서 머릿속이 개운하지도 않아서 다른 일이 손에 잘 잡히지 않더라고요. 그러다 결국 저를 괴롭히는 그 문제가 뭔지를 알게 됐어요."

"그게 뭐였나요?"

"미국 CIA가 오우치를 감시하고 있었다는 사실이 마음에 걸렸던 거예요."

"그게 왜 마음에 걸리셨던 거예요?"

이시하라 교수가 다시 한번 더 커피를 마셨고, 윤경도 그녀와 보조를 맞추기 위해 커피를 마셨다. 그러고 나자 이시하라 교수가 설명을 이어갔다.

"종전 직후 일본에는, 그중에서도 도쿄에는 전 세계 스파이가 집결했거든요. 점령국인 미국은 당연히 가장 먼저 자국의 첩보원들을 파견했어요. 그리고 전후 일본을 관리했던 FEC*라는 위원회가 있는데 여기에 속한 영국, 소련, 중화민국, 인도, 필리핀, 오스트레일리아, 뉴질랜드, 네덜란드, 프랑스, 캐나다 등도 모두 일본으로 스파이를 보냈어요. 대부분 표면상으로는 외교관 신분이었죠. 그러니 종전 직후의 도쿄는 그야말로 스파이 천국이었어요. 심지어 도쿄 길거리에서 마주치는 대부분 외국인이 스파이라는 농담까지 나올 정도였죠. 물론 일본 정부도 가만히 있지만은 않았어요. 한국전쟁이 발발하자 자체 정보력 확보가 중요하다는 걸 절감한 일본은 1952년 PMRO**라는 정보기관을 창설했어요. 그리고 여기에 더해서 남한과 북한도 마찬가지로 첩보원들을 파견했어요. 전에도 말씀드렸지만 남한은 1949년 도쿄에 한국대표부^{Representative Office}를 설치했는데, 여기에 외교관들만 근무했던 건 당연히 아니었어요. 그리고 북한은 주로 조센소렌^{Chosen Soren}을 활용했죠."

이시하라 교수가 마지막에 조센소렌이라고 말했는데, 윤경은 지난번 인터뷰에서 그녀가 일본어로 말하는 그 단어를 이미 들어봤기 때문에 그것이 조총련을 의미함을 알 수 있었다. 그 단어를 들은 윤경은 그제야 비로소 이시하라 교수가 하려는 말의 취지가 무엇인지 파악했다. 정식 명칭이 재일본조선인총연합회^{在日本朝鮮人総聯合会}인 조총련은 북한을 조국으로 여기는 친북 단체이다. 그리고 1950년대에 남한 정부는 고국으로 들어가기 위해 여행증명서를 신청했던 오우치 히데오를 조총련 계열이

---

* 극동위원회(極東委員会, Far Eastern Commission).
** 내각총리대신관방조사실(内閣総理大臣官房調査室, Prime Ministers's Research Office), 현 내각정보조사실(内閣情報調査室, CIRO)의 전신.

라고 간주해 그의 입국 시도를 번번이 불허했다. 다름 아닌 그의 숙부 서진우가 북한의 정치보위부 부장이었기 때문이다. 그런 생각에 이른 윤경이 이시하라 교수에게 물었다.

"그러니까 북한이 오우치 히데오를 지켜보고 있었다는 건가요?"

이시하라 교수가 고개를 끄덕이며 대답했다.

"네, 제 생각에는 그래요. 그런데 저는 북한뿐만 아니라 어쩌면 일본 정부도 오우치 히데오를 예의주시^{close watch}하고 있었을지도 모른다는 합리적 의심^{reasonable doubt}이 들었어요."

"북한 정치보위부^{Political Security Agency}의 서진우 부장^{director} 때문인가요?"

"네, 그렇죠. 서진우 부장이 오우치의 숙부라는 사실은 당시 남한 정부도 알고 있었던 사항이기 때문에 저는 CIA가 일본에도 그 정보를 공유했으리라고 생각했어요. 그래서 제가 관련 자료를 찾아봤어요. 다행히 저에게는 일본 정부로부터 허가받은 시큐어리티 클리어런스^{security clearance}*가 있어요. 박사 학위 논문을 쓸 때 연구 용도로 취득해 놓은 액세스^{access} 권한이죠. 연구 목적에 부합하는 분야에만 제한적으로 접근할 수 있는 권한이긴 하지만, 그래도 이 사안에 대해서는 다소 민감한 내용도 살펴볼 수 있었어요. 그래서 우선 관방조사실의 자료부터 살펴봤어요. 그랬더니 실제로 1952년부터 오우치 히데오에 대한 사찰보고서^{inspection report}가 주기적으로 관방조사실에 올라왔다는 사실을 발견했어요."

윤경의 몸이 움찔하며 반응했다.

"그러니까 일본 정부도 어쨌든 북한의 서진우 정치보위부 부장이 오

---

* 특정비밀취급자격(特定秘密取扱資格), 한국의 비밀취급인가(秘密取扱認可)에 해당.

할머니의 야구공

우치 히데오의 숙부라는 사실을 알고 있었다는 건가요?"

"네, 맞아요. 사찰보고서에도 그런 내용이 적혀 있었고요. 그런 기록을 확인하다가 저는 문득 궁금한 생각이 들었어요."

"어떤 생각이요?"

"일본 정부가 서진우라는 사람의 정체를 대체 언제부터 알고 있었을까 하는 거였어요."

"왜 그런 의문이 드셨던 거예요?"

그러자 이시하라 교수가 커피를 한 모금 더 마신 뒤에 대답했다.

"이번에도 합리적인 의심이 들었거든요. 어쩌면 CIA가 알려주기 전에 일본 정부가 이미 그 사람의 존재를 알고 있었을지도 모른다는 생각이 들었어요. 왜냐하면 서진우는 김일성과 함께 88여단^{The 88th Brigade}에 소속되어 있던 사람이었어요. 그전에는 역시 김일성과 함께 동북항일연군^{Northeast Anti-Japanese United Army}에 있었고요. 그러다 관동군^{Kwantung Army}과 간도특설대^{Gando Special Force}의 추격을 피해 연해주^{Maritime Territory}로 건너갔고, 그곳에서 소련군 예하의 88여단에 합류했죠."

그러자 윤경은 얼마 전 영남역사문화연구소의 정회성 소장에게 동북항일연군과 간도특설대에 대해 들었던 기억이 났다. 당시 그는 간도특설대가 동북항일연군과 같은 항일 무장 세력을 토벌하기 위해 창설된 조선인 특수부대였다고 설명했다. 이시하라 교수가 설명을 이어갔다.

"그런데 김일성은 그런 동북항일연군의 지휘관이었어요. 그러니 당연하게도 관동군과 간도특설대가 제거하고자 했던 대상 가운데 하나였죠. 그래서 저는 김일성과 가까웠던 서진우 역시 그들의 추적 대상이 아니었을까 하는 의심이 들었어요. 그래서 당시 관동군의 첩보 자료를 뒤져봤어요. 그랬더니 1930년대 후반부터 관동군의 요주 인물^{blacklist} 목록에 서진우의 이름도 보이더군요. 그리고 관동군은 그런 위험인물 목록을 취합해 당시 전쟁을 이끌던 일본 제국총사령부^{Imperial General Headquarters}*에 주기적으로 보고했죠. 그리고 그 제국총사령부의 회의를 주재하던 사람은 바로 쇼와 천황이었어요."

윤경은 이시하라 교수가 무엇을 말하고자 하는 것인지 파악했다.

"그러니까 일본 정부가 이미 1930년대 후반부터 서진우의 존재를 알고 있었던 거군요."

이시하라 교수가 고개를 끄덕이며 대답했다.

"네, 맞아요. 그러면 이제 또 한 가지의 합리적인 의심을 해볼 수 있어요."

"어떤 합리적인 의심이요?"

"1930년대에 오우치 히데오는 조선^{Joseon}에 있었어요. 아직은 이름이 서영웅이었죠. 그런데 그의 숙부는 만주^{Manchuria}에서 일본군에 맞서 싸우며 요주 인물 목록에 올라가 있었어요. 그렇다면 과연 조선총독부^{Government-General of Joseon}가 서영웅을 가만히 놔두었을까 하는 생각이 드는 거죠. 만약 조선총독부에서 치안을 담당하는 관료가 서진우라는 요주 인물의 이름을 알게 되었다면 어떻게 했을까요? 저라면 당장 서진우의 호적^{family register}을 들춰봤을 거예요. 그리고 서진우에게 서영웅이라는 조카가 있다는 사실을 알 수 있었겠죠."

윤경은 정수리의 머리털이 쭈뼛하고 서는 느낌이 들었다.

"그러니까 조선총독부가 서영웅을 감시했다는 건가요?"

"그랬으리라고 충분히 합리적으로 의심해 볼 수 있죠. 그래서 저는 조선총독부의 감시 자료가 남아 있는지 찾아봤어요. 다행히 후테이센진^{Hutei Senjin}**들에 대한 사찰 자료가 남아 있더군요. 경상남도 경찰이 작

할머니의 야구공

성한 코토케이사츠칸케테키로쿠***라는 기록이었죠. 거기에서 찾아냈어요. 서영웅에 대한 사찰 기록을 말이죠. 거기에는 그가 서진우의 조카라는 사실이 분명하게 적혀 있었어요."

윤경의 등줄기에 식은땀이 흘렀다.

"그러니까 당시 일본 정부는 오우치 히데오가 조선에 있을 때부터 이미 그의 존재를 알고 있었다는 건가요?"

"네, 저는 그렇다고 생각해요."

두 사람은 거의 동시에 컵을 들어 커피를 마셨다. 그러자 그들의 눈에 화진포 해수욕장으로 들어서는 젊은 사람들의 모습이 얼핏 보였다. 해수욕을 즐길 만한 날씨는 아니었는데도 그들은 바닷물의 상태를 점검하는 것 같았다. 윤경은 그들이 아마도 서핑하려는 모양이라고 생각했다. 그런 모습을 가만히 지켜보던 이시하라 교수가 화제를 조금 다른 방향으로 돌렸다.

"사실 한국에 오기 전에 기타큐슈에 잠시 들렀다 왔어요."

"기타큐슈에는 왜요?"

"실은 기타노를 만나고 왔어요."

그녀가 말하는 기타노란 『그해 여름, 신기루 고시엔』의 저자 기타노 유키오 작가를 가리키는 것이었다. 그는 시모노세키와 기타큐슈의 모지 일대는 물론이고 그사이에 놓인 간몬해협의 해저터널까지 윤경 일행을 데리고 다니며 놀라운 이야기를 들려주었던 사람이다. 그리고 이

---

* 대본영(大本營).
** 불령선인(不逞鮮人). 불온한 조선 사람.
*** 고등경찰관계적록(高等警察關係摘錄).

시하라 교수와 기타노 작가는 같은 대학에 다녔던 동갑내기 캠퍼스 커플로, 서로 결혼했다가 현재는 이혼한 상태였다.

"기타노 작가님은 왜 만나신 거예요?"

"확인하고 싶은 사실이 있었거든요."

"어떤 사실이요?"

그러자 이시하라 교수가 커피를 한 모금 더 마신 뒤 설명했다.

"1940년 고시엔^{Koshien} 대회의 개회식에서 오우치가 쇼와 천황 앞에서 선수 대표로 선서^{oath}를 했다죠?"

"네, 맞아요."

"그런데 기타노는 여러 가지 정황으로 볼 때 당시에 쇼와 천황이 직접 오우치를 선수 대표로 지목^{designate}했으리라고 생각하더군요."

"네, 저도 그렇게 들었어요."

"그리고 기타노는 쇼와 천황이 출전 선수 명단에서 오우치 히데오의 이름만 보고 그를 가리켰다고 말했어요."

"네, 그러시더군요. 오우치라는 성씨가 백제^{Baekje} 왕실의 후손^{descendant}이어서 그를 지목했을 거라고 말이죠."

그러자 이시하라 교수가 고개를 가로저으며 말했다.

"그런데 만약 그게 전부가 아니었다면요?"

"그게 전부가 아니었다고요?"

"오우치라는 성씨가 백제 왕실의 후손이어서만이 아니라, 쇼와 천황이 이미 오우치 히데오라는 이름을 알고 있었다면요? 오우치 히데오가 누군지 비교적 잘 알고 있어서 그를 선수 대표로 지목했다면요?"

윤경은 순간 오한이 느껴지면서 정신이 아득해졌다. 그녀는 이시하라 교수에게 시선을 고정한 채 손을 더듬어 옆에 내려놓았던 컵을 찾은 다음 거기에 든 커피를 한 모금 꿀꺽 마셨다. 이시하라 교수가 설명을 이어갔다.

"조선총독부는 고등경찰관계적록을 바탕으로 불령선인들에 대한 현황을 주기적으로 정리해 본국인 일본 내각총리실Prime Minister's Office에 보고했어요. 내각총리PM는 종종 그 문제를 쇼와 천황과 논의했고요."

"그렇다는 말은 히로히토가 이미 오우치 히데오, 아니 서영웅의 존재를 알고 있었다는 건가요?"

"그럴 가능성이 있다는 거죠. 그래서 저는 어쩌면 쇼와 천황이 뛰어난 운동 능력을 가졌으며 신체 건강한 백제 왕실의 후손을 오래전부터 눈여겨보고 있었을지도 모른다고 생각해요."

윤경은 그러한 설명이 어디까지나 이시하라 교수의 추정에 불과한 것이긴 했지만, 그래도 전혀 설득력이 없지는 않다고 생각했다. 그리고 그녀의 설명이 사실이었다고 가정한다면, 지금까지 이해되지 않고 있던 여러 의문도 많은 부분에서 해소되는 측면이 있었다. 예를 들자면 1940년 고시엔 대회 개회식에서 기존의 관례를 깨고 오우치 히데오가 선수 대표로 지목된 것, 그리고 같은 대회의 개막전이었던 카이소중학과 영산상업의 경기가 텐란지아이로 결정된 것, 그리고 그 시합이 개시되기 전에 히로히토가 오우치 히데오를 불러 특별한 회중시계를 선물로 주었던 이유가 어느 정도 설명이 되었다. 그리고 그로부터 17년이 지난 1957년 오우치 히데오가 선발 투수로 등판하는 경기가 또다시 텐란지아이로 결정된 배경에도 어쩌면 그런 이유가 어느 정도 작용했을지도 모른다.

어느새 커피를 다 마신 이시하라 교수가 갑자기 또 다른 화제를 꺼냈다.

"그런데 그게 중요한 게 아니에요. 사실 저는 윤경 씨에게 쇼와 천황과 오우치 히데오의 관계에 대해 말해주러 한국에 온 게 아니에요. 그 정도의 이야기라면 아마 이메일로 적어 전송한 뒤 통화로 간단하게 설명했을 거예요. 제가 직접 윤경 씨를 만나야겠다고 생각한 이유는 그것보다 훨씬 더 중요한 이야기들을 들려주기 위해서예요."

이시하라 교수는 '훨씬 더 중요한 이야기들much more important stories'이라고 복수 형태로 말했다. 방금 들은 이야기도 충분히 놀라운 내용이었는데, 그것보다 훨씬 더 중요한 이야기들이 있을까? 대체 이시하라 교수는 무엇을 알아냈기에 이렇게 갑자기 분위기까지 바꿔가며 화두를 던지는 걸까? 윤경은 그 훨씬 더 중요한 이야기라는 게 뭔지 무척이나 궁금했지만, 그런 조급함을 최대한 들키지 않으려 노력하며 조심스럽게 물었다.

"그 중요한 이야기들이 뭔가요?"

이시하라 교수가 윤경의 두 눈을 똑바로 바라보며 설명을 시작했다.

"제가 아까 일본이 식민지 조선인들을 대상으로 작성한 사찰 기록을 봤다고 말씀드렸잖아요? 고등경찰관계적록 말이에요."

"네."

"그런데 오우치 히데오의 고등경찰관계적록에 유난히 여러 번 등장하는 어떤 여성의 이름이 있었어요."

어떤 여성이라는 말을 듣자마자 윤경의 심장이 조금씩 빨리 뛰기 시작했다.

"여성의 이름이요?"

"네. 그래서 혹시나 하고 그 이름에 해당하는 여성의 고등경찰관계적록이 있는지 찾아봤어요. 그런데 그 여성의 파일도 역시나 존재하더군요. 한 페이지짜리 아주 간단한 기록이었지만 말이죠. 그런데 거기에 그 여성의 사진이 첨부되어 있었어요. 외부로 반출이 금지된 자료라 사본을 갖고 나오진 못했지만, 아무튼 저는 그 사진을 보자마자 깜짝 놀라서 하마터면 소리를 지를 뻔했어요."

"왜요?"

이시하라 교수가 크게 한숨을 쉰 뒤에 천천히 대답했다.

"그건 바로 당신이었기 때문이에요! 거기 있는 건 윤경 씨의 얼굴이었어요."

그 말을 들은 윤경의 가슴 속에서 갑자기 울컥하는 느낌이 솟구쳐 올랐다. 그것은 윤경의 얼굴이 아니라, 사실은 자신과 똑 닮은 할머니의 젊은 시절 사진이었을 것이다. 일제의 경찰은 그녀의 할머니까지 감시하고 사찰했던 것이다.

'불쌍한 우리 할머니.'

그런 생각에 이르자 그녀의 눈가에 서서히 눈물이 고이기 시작했다. 그리고 그녀의 눈앞이 점차 흐려지기 시작하더니 이제는 눈물이 방울로 맺혀서 뚝뚝 떨어지기 시작했다. 이시하라 교수가 윤경의 어깨를 토닥이며 다시 설명을 시작했다.

"그 여성의 고등경찰관계적록에 적혀 있는 이름은 김순영이었어요. 다이쇼 14년, 그러니까 서기 1925년 경상남도 영산 출생. 윤경 씨의 할머니 맞죠?"

윤경은 말없이 고개를 끄덕거렸다. 눈앞의 해수욕장에서 파도가 일렁이는 게 얼핏 보였다. 이시하라 교수가 말을 이었다.

"사실 지난번에 저희 아시아평화연대^{Peace Solidarity of Asia} 사무실에서 인터뷰할 때 한국어라서 정확히 알아듣지는 못했지만, 어떤 특정한 포인트에서 윤경 씨의 어조가 살짝 날카롭게 바뀌는 게 느껴졌어요. 그래서 혹시 윤경 씨가 오우치 히데오에 대해 취재하는 게 아니라 조사하는 건 아닐까 하는 생각이 살짝 들었어요. 제가 오우치에 대해 개인적으로 조금 더 자료를 찾아보게 된 배경에는 그런 이유도 있었어요."

윤경은 이번에도 말없이 고개만 *끄덕거렸다*. 그러자 이시하라 교수는 더욱 놀라운 이야기를 꺼냈다.

"그리고 두 사람의 사찰 카드에는 둘 사이의 관계^{relationship}가 기록되어 있었어요."

윤경은 두 사람의 관계라는 말에 귀가 번쩍 뜨였다. 사실 할머니의 유품에서 야구공을 발견한 뒤부터 지금까지 조사한 여러 가지 다수의 기록에 의하면 두 사람이 서로에게 호감을 느끼고 있었던 건 확실해 보였다. 그러나 그것은 모두 정황적인 근거였을 뿐 확실한 건 아무것도 없었다. 그래서 혹시 두 사람의 관계가 제대로 시작도 못 한 풋사랑 정도에 불과한 것은 아니었을까 하는 생각도 하고 있었다. 그녀의 마음속 일각에서는 그것이 어쩌면 10대 소녀였던 할머니의 일방적인 짝사랑은 아니었을까 하는 의심도 있었다. 그래서 윤경의 마음 한구석에서는 할머니에게 절대로 잊히지 않는 가슴 아픈 사랑 같은 건 없는 게 아닐까 하는 일말의 의구심이 존재하는 게 사실이었다. 또한 오우치 히데오가 목숨을 걸고 병영을 탈주하여 조선으로 돌아가기 위해 최선을 다한 이유가 자신의 할머니 때문은 아닐지도 모른다는 합리적인 의심을 완전히 배제하지 못하고 있는 것이 사실이었다. 그러나 지금 자신의 옆에 앉은 이 총명하면서도 아름다운 여성은 그 대답을 들려주기 위해 일본에서부터 일부러 그녀를 찾아왔다. 그리고 옆에서 자신의 어깨를 따뜻하게 토닥여 주고 있었다. 방금까지 가슴 한구석이 한없이 무너져 내리며 펑펑 울음을 터트렸던 윤경은 이제 그 해답을 들을 용기가 생겼다고 판단했다. 그것이 어떤 결과라 하더라도 겸허히 받아들일 마음의 준비가 되었다.

"알려주세요. 두 사람의 관계 말이에요."

그러자 이시하라 교수가 가만히 고개를 끄덕이더니 일본어로 이렇게 말했다.

"이이카와시타나카 *書交わした仲*."

"그게 무슨 뜻이에요?"

이시하라 교수는 크게 한숨을 들이켰다가 내쉬더니 이번에는 영어로 이렇게 말했다.

"두 사람은 결혼을 언약한 사이였어요 *They were plighted lovers*. 두 사람의 사찰 카드에 모두 똑같이 분명하게 기록되어 있었어요."

결혼을 언약한 사이. 그 이야기를 들은 윤경은 방금까지만 해도 자신의 마음을 충분히 부여잡을 수 있다고 생각했었지만, 이번에도 다시 어쩔 수 없이 마음 한구석이 와장창하고 무너져 내렸다. 그녀의 두 눈에서 또다시 눈물이 흐르기 시작했다. 이번에는 아예 무릎 사이에 얼굴을 묻고 소리까지 내며 울었다. 속절없는 눈물이었다. 그러자 이번에도 이시하라 교수가 아무 말 없이 그녀의 어깨를 토닥여 주었다. 그렇게 윤경은 한참이나 눈물을 흘렸다.

그렇게 눈물을 쏟아내는 동안에도 윤경의 마음속 한구석에서는 이런 생각이 들었다. 두 사람의 사랑이 결국엔 결실을 보지 못해 무척이나 안타깝고, 또 외할아버지에게는 적잖이 미안한 마음도 들기는 했지만 한편으로는 두 사람이 결혼을 약속한 사이여서 정말이지 다행이라는 안도감이 들었다. 두 사람이 서로 사랑하는 사이였다는 사실이 비로소 확인되었기 때문이다. 할머니의 일방적인 짝사랑도 아니었고, 제대로 시작하지도 못한 어설픈 풋사랑도 아니었던 것이다. 그들은 서로를 사랑하고 있었다. 그것도 무려 일제의 비밀스러운 사찰 문서에 공식적으로 기재된 사실이었다.

오우치 히데오, 아니 서영웅이 고시엔에서 소중한 야구공을 챙겨온 이유, 목숨을 걸고 나가사키의 병영을 탈주했던 이유, 사흘에 걸쳐 밤중의 산길을 걸어 무려 150킬로미터나 멀리 떨어진 후쿠오카의 하카타 항구를 찾아갔던 이유, 그리고 다시 60킬로미터나 떨어진 기타큐슈의 모지까지 은밀히 걸어가 결국엔 어느 식당 앞에서 탈진하여 쓰러졌던 이유, 그리고 역시나 죽음을 무릅쓰고 간몬해협의 음습한 해저터널을 빠져나간 이유, 그리고 자신을 턱밑까지 추적해 오는 헌병대와 경찰을 간신히 따돌리고 부관연락선에 탑승하려 했던 이유, 그러다 한국과 일본 사이의 왕래가 가능해지자마자 매년 11월이 되면 일본의 법무성과 도쿄의 한국대표부에 한국으로 돌아가기 위한 서류 발급을 신청했던 이유, 그러한 시도가 번번이 무산되자 결국엔 일본으로 귀화한 이유, 그 모든 이유가 고국에 남겨두고 온 사랑하는 여인 때문이었다. 그 두 사람은 서로를 사랑하고 있었다.

그런데 그녀의 마음속 한구석에서는 여전히 말끔하게 해소되지 않는 커다란 궁금증이 되살아나기 시작했다. 그녀의 호기심을 짓누르고 있었던 가장 미스터리한 문제가 여전히 남아 있었기 때문이다. 그 미스터리란 다름이 아니라 1958년 9월의 영산상고 교정에서 대체 무슨 일이 있었던 것일까 하는 의문이었다. 두 사람은 거의 15년 만에 처음으로 그곳에서 서로를 마주했을 것이다. 그리고 어쩌면 이야기도 나누었을 것이다. 그런데 오우치 히데오는 모교 방문 행사 직후 곧바로 다시 일본으로 돌아갔고, 윤경의 할머니 순영은 그날 영산상고에 갔던 일을 한사코 부정했다. 대체 그날 영산상고에서는 무슨 일이 있었던 것일까? 왜 두 사람의 사랑은 결실을 보지 못했던 것일까? 피카의 독화살 때문이었을까? 죽음에 대한 두려움 때문이었을까? 오우치 히데오는 자신의 육체가 볼품없이 쇠락해 가는 과정을 들키기보다는 가장 젊고 건장했던 모습으로 기억되기를 바랐던 것일까? 하지만 그런 어떠한 추측도 윤경에게 모든 걸 명확히 설명해 주지는 못하고 있었다. 그런 생각을 하다 보니 윤경의 눈에서 흐르던 눈물은 어느새 모두 그쳐 있었다. 백사장에 파도가 철썩이는 소리도 비로소 다시 들리기 시작했다. 그녀가 진정된 것을 지켜보던 이시하라 교수가 또 다른 화두를 꺼냈다.

"일본 관방조사실 기밀서고에 보관된 오우치 히데오의 사찰보고서에는 놀라운 사실이 더 들어 있었어요. 그런데 이번에는 지금까지의 이야기보다 훨씬 더 충격적인 소식일 수도 있어요. 그래서 저는 윤경 씨가 마음의 준비가 되었는지를 확인하고 싶어요. 너무 힘들면 안 들으셔도 돼요."

윤경은 저 멀리 수평선을 바라보며 천천히 심호흡했다. 거기에는 툭 하고 건드리면 당장에라도 와장창 깨질 것 같은 파아란 하늘과 너무도 깊어 그 심연의 깊이를 가늠할 수 없는 시퍼런 바다가 서로 맞닿아 있었다. 그런데 그렇게 온 하늘과 바다를 물들이고 있는 파란 색상을 바라보고 있자니 어쩐지 윤경의 머릿속이 조금은 차분해졌다. 그녀는 그렇게 마음을 잔잔한 바다처럼 가라앉힌 후에 이시하라 교수를 바라보며 말했다.

"준비가 된 것 같아요. 그것이 무엇이 됐든 들려주세요. 교수님께서 알고 계신 모든 이야기를 들려주세요. 저는 우리 할머니에 대한 모든 걸 알고 싶어요."

이시하라 교수가 고개를 끄덕이더니 본격적으로 설명하기 시작했다.

"실은 북한의 정치보위부가 오우치 히데오를 북한으로 데려가려 했던 것 같아요. 일본 관방조사실은 설립 초기부터 이미 북한의 그런 의도를 인지하고 있었고요. 그런데 정치보위부는 북한을 대표하는 첩보 기관이잖아요. 그리고 그런 정치보위부 수장이 오우치의 숙부였고요. 그런데 서진우 정치보위부 부장으로서는 자신의 친조카^{paternal nephew}가 미국의 우방인 일본에서 미 제국주의^{American Imperialism}의 스포츠를 하고 있다는 사실이 상당히 껄끄러운 부분이었을 거예요. 그래서 문제가 더 부각되기 전에 오우치를 북한으로 데려오기로 계획했어요. 그를 북한으로 데려오는 게 정치적으로도 여러 가지 장점이 있었을 거예요. 당시 북한에서는 한반도 전역의 공산화에 실패한 책임을 두고 대대적인 숙청^{purge}이 벌어지고 있었어요. 박헌영^{Pak Hon-yong*}과 리승엽^{Yi Sung-yop**} 등이 그런 분위기 속에서 처형당했죠. 그래서 서진우도 오우치를 북한으로 데려온다면 당시 치열한 헤게모니^{hegemony} 싸움이 벌어지고 있었던 공산당 내부에 존재하는 정적^{political opponent}들의 의심 어린 시선을 깔끔하게 물리칠 수 있었을 거예요. 그리고 미국의 우방인 일본에서, 그것도 미 제국주의 문화가 만들어 낸 스포츠 종목에서 대단한 인기를 누리며 성공 가도를 달리고 있는 유명 인사가 북한으로 들어와 북한 국적을 갖게 된다면 그것만으로도 대단한 선전 효과^{propaganda effect}가 있을 거라고 판단했을 거예요. 그래서 관방조사실 사찰 기록을 보면 실제로 조총련 단원들이 수시로 그를 찾아가 북한으로 가자고 설득했음을 알 수 있었어요.

---

* 박헌영(朴憲永).
** 리승엽(李承燁).

할머니의 야구공

때로는 협박도 했고요. 그런데 그런 협박이 그에게는 통하질 않았어요."

"오우치 히데오는 남한으로 돌아가려고 최선을 다했으니까요."

"맞아요. 그래서 북한 정치보위부는 어느 시점부터 전략을 바꾸기로 한 것 같아요. 그들의 협박이 허언이 아님을 보여주기로 한 거죠."

"뭔가 다른 일을 꾸몄나요?"

"네. 끔찍한 일을 벌였죠. 1957년 7월 고라쿠엔구장에서 엽기적인 사건이 벌어졌어요. 토막 살인torso murder이었어요. 야구장에서 토막 난 시체가 발견된 거예요."

갑자기 섬뜩한 단어가 튀어나오는 바람에 윤경은 깜짝 놀랐다.

"토막 난 시체요?"

"네, 여러 조각으로 잘린 시체가 구장의 여기저기에 있는 쓰레기통에 분산되어 버려져 있었어요. 그런데 경찰이 구장 전체와 주변을 샅샅이 수색했는데도 사체가 전부 수거된 건 아니었어요. 끝내 피해자의 목 윗부분이 발견되지 않았거든요. 그런데 다행히 피해자의 두 팔이 남아 있어 지문을 채취할 수 있었죠. 그래서 살해된 피해자의 신원을 비교적 빨리 알아낼 수 있었어요."

"피해자가 누구였나요?"

"마츠모토 마사오Matsumoto Masao라는 35세 남성이었어요. 그런데 경찰이 어떻게 지문만으로 그 사람의 신원을 그렇게 빨리 알아낼 수 있었는지 궁금하지 않으세요? 일본은 한국과는 다르게 자국민의 지문을 강제로 수집하지 않는데 말이죠."

그러자 윤경의 두뇌가 생존모드로 가동되었고 재빠르게 나름의 해답을 내놓았다.

"혹시 외국인이었나요?"

이시하라 교수가 조금 놀라면서도 흐뭇한 표정을 지으며 대답했다.

"네, 맞아요. 재일한국인이었어요. 한국 이름은 송정남^{Song Jeong-nam}이었고요. 그런데 그는 그냥 재일한국인이 아니라 민단^{Mindan}* 계열의 한국인이었어요."

"그러면 남한 성향의 한국인이었다는 거네요?"

"네, 맞아요. 남한 성향의 한국인이 살해되었고 토막으로 잘려 고라쿠엔구장에 버려진 거예요."

"범인은 누구였나요?"

이시하라 교수가 잠시 뜸을 들이더니 설명을 재개했다.

"사실 그 부분이 중요해요. 범인이 결국 잡히긴 했어요. 그런데 경찰은 이미 수사 초기에 일찌감치 용의자를 특정해 놓고 있었어요. 잘린 사체가 담긴 쓰레기통에서 범인의 것으로 보이는 지문이 발견되었거든요. 그리고 경찰은 그 지문을 어떤 특정한 집단과 대조해 보기로 했어요."

윤경은 그 대상이 어디인지 쉽게 짐작할 수 있었다.

"혹시 조총련이었나요?"

"네, 맞아요. 사실 경찰은 피해자의 신원이 민단 계열의 한국인으로 확인된 직후부터 그 사건을 조총련이 벌인 소행으로 추정했어요. 그래서 사건 현장에서 수집한 지문을 가장 먼저 조총련 소속 조선인들의 지문과 대조했죠. 그래서 상당히 빠르게 유력한 용의자를 특정할 수 있었죠."

"용의자가 누구였나요?"

---

* 재일본대한민국민단(在日本大韓民国民団), 약칭 민단(民団).

"김철호^{Kim Cheol-ho}와 리두광^{Yi Du-kwang}이라는 두 명의 30대 남성이었어요. 둘 다 조총련 계열이었죠. 그러니까 이 사건을 요약하면 조총련이 민단 쪽 남성을 살해해 그 사체를 훼손한 다음 고라쿠엔구장에 유기^{dispose}한 거예요."

순간적으로 윤경의 머리털이 곤두섰다.

"고라쿠엔구장에서 활약하는 어떤 한국인에게 본보기^{discipline}를 보여주려던 거군요!"

이시하라 교수가 고개를 끄덕이며 말했다.

"네, 맞아요. 경찰도 그렇게 판단했어요. 그래서 당장 오우치 히데오에 대한 신변 보호에 착수했죠. 다행히 오우치에게는 아무 일도 벌어지지 않았지만 말이죠."

"그러면 범인은 어떻게 잡혔나요?"

이시하라 교수가 살며시 고개를 저으며 대답했다.

"쉽지 않았어요. 사건 초기만 하더라도 수사가 급물살을 타면서 범인이 쉽게 검거될 것처럼 보였는데, 그 이후로는 좀처럼 수월하게 진행되지 않았어요. 유력한 용의자로 특정된 조총련 청년들의 행적을 일본 내에서 도저히 찾을 수가 없었거든요. 조총련 사무실은 물론이고 친인척과 지인들의 집까지 모두 뒤졌지만 흔적이 나오질 않았어요. 출입국 기록도 없었고요."

"혹시 북한으로 밀항^{stowaway}한 건 아니었을까요?"

이시하라 교수가 고개를 끄덕이며 대답했다.

"용의자들의 행적을 도저히 찾을 수 없게 되자 일본 경찰들도 점차 그들이 북한으로 밀항했을 가능성에 무게를 두기 시작했어요. 그렇게 그 사건은 범인을 끝내 검거하지 못한 미제 사건^{unsolved case}으로 남게 될 거라는 이야기가 나오기 시작했죠. 그런데 며칠 뒤 뜻밖의 장소에서 그들의 이름이 들려 왔어요."

"어디였나요?"

"놀랍게도 남한이었어요. 그들이 남한에서 북한으로 월북^{defect}하려다 남한의 제22보병사단$^{The\ 22nd\ Infantry\ Division}$에 의해 검거됐다는 소식이 들려온 거예요. 그들은 무기를 들고 저항하다가 리두광은 사살되었고 김철호는 중상을 입었어요. 그런데 그들이 밀선$^{smuggling\ boat}$으로 월북을 시도했던 장소가 어디였는지 아세요?"

윤경의 두뇌가 빠르게 회전했다. 그리고 다시 한번 소름이 돋았다.

"설마."

이시하라 교수가 고개를 끄덕이며 대답했다.

"네, 바로 여기였어요. 화진포. 좀 더 정확히 말하자면 화진포 해수욕장의 백사장이었어요. 바로 저곳이죠."

"그러면 교수님이 화진포에 와보고 싶었던 이유가 그 사건 때문인 건가요?"

이시하라 교수가 천천히 고개를 끄덕거리며 대답했다.

"네, 뭐 물론 그 사건이 상당히 연관되어 있긴 하죠. 그렇지만 지금까지 들려드린 이야기는 그 사건을 둘러싼 전체적인 스토리의 일부에 불과해요."

이시하라 교수가 숨을 한 번 크게 쉬었다가 설명을 이어갔다.

"당시 오우치 히데오를 북한으로 데려가려던 정치보위부의 수정된 전략$^{modified\ strategy}$에는 또 한 가지의 계획$^{another\ plan}$이 있었어요."

"또 한 가지의 계획이요?"

"네. 그런데 지금부터는 진짜로 마음을 더욱 단단히 부여잡고 들으셔야 해요. 아까도 말씀드렸지만, 도저히 힘들면 안 들으셔도 돼요."

윤경은 단호한 표정을 지으며 말했다.

"아뇨, 들을게요. 전부 들려주세요."

그러자 이시하라 교수가 설명을 재개했다.

"오우치를 북한으로 데려가기 위한 정치보위부의 또 다른 계획은 바로 오우치가 가장 사랑하는 사람을 납치해서 북한으로 데려가는 거였어요. 그러면 오우치도 당장에 북한으로 넘어올 거라고 판단한 거죠."

그 말을 들은 윤경은 명치가 아파져 오며 다시 한번 두 눈에서 물줄기가 조금씩 흘러내리기 시작했다. 그 모습을 본 이시하라 교수가 잠시 말을 멈췄다. 그러나 윤경은 겨우겨우 눈물을 막아내며 울먹이는 목소리로 계속 설명해 달라고 부탁했다. 이시하라 교수가 차분한 목소리로 다시 설명을 이어갔다.

"한국 정보당국의 조사에 의하면 고라쿠엔구장 살인 사건의 유력한 용의자였던 조총련 청년들은 출입국 관리가 삼엄했던 부산을 피해 상대적으로 경계가 느슨한 통영으로 밀입국했던 것 같아요. 그리고 곧장 영산으로 이동해 김순영이라는 이름의 여성을 납치하려 했어요."

'불쌍한 우리 할머니.'

윤경의 눈물샘이 다시 한번 왈칵 열렸다. 이시하라 교수의 설명이 이어졌다.

"그런데 자세한 정황은 모르겠지만 그들의 납치 시도가 무위로 돌아갔다고 해요. 그리하여 경찰의 추격을 받게 된 그들은 곧바로 도주했고 이곳 화진포에서 월북을 시도했죠. 그런데 그들의 거동을 수상하게 여긴 주민들의 신고로 군인들이 출동했어요. 그래서 결국 한 명은 사살되고 다른 한 명은 중상을 입은 채 생포되고 말았죠."

윤경은 흐르는 눈물을 닦으며 울먹이는 목소리로 이시하라 교수에게 물었다.

"그런데 저는 그런 이야기는 전혀 몰랐어요. 저희 어머니도 그런 사실은 전혀 들어본 적이 없을 거예요. 할머니는 그런 비슷한 이야기도 한 적 없어요. 할머니는 왜 그러셨던 걸까요?"

이시하라 교수는 골똘히 생각하는 표정을 지으며 이렇게 말했다.

"윤경 씨의 할머니는 납치 미수^{attempted abduction} 사건의 피해자였음에도 아마 남한의 수사기관과 정보당국으로부터 상당히 고통스러울 정도로 시달렸을 거예요. 조사해 보니 그녀를 납치하려 했던 이들이 조총련이었는데, 그들이 그녀를 납북하려던 이유가 오우치 히데오 때문이었고 오우치의 숙부가 북한의 정치보위부 부장이라는 사실을 알게 됐을 테니까요. 그래서 할머니에게도 혹시 북한과의 연관성이 없는지 강도 높은 조사를 했을 거예요. 게다가 한국전쟁 이후 남한에서는 반공주의^{anti-communism}가 더욱 강화됐어요. 자칫하다간 윤경 씨의 할머니도 빨갱이^{commie}로 몰렸을 거예요. 그러니 아마 철저하게 함구하셨을 겁니다. 스스로가 피해자였던 사건이지만, 굳이 옛날 일을 들춰봐야 도움 되는 게 하나도 없으리라 생각하셨을 거예요."

윤경은 눈가에 맺힌 눈물을 손수건으로 닦아내며 가만히 고개를 끄덕였다. 그렇게 뼈아픈 고통을 겪었으면서도 하나뿐인 딸에게조차 아무 말도 하지 못하셨을 할머니를 생각하니 가슴이 사무치도록 저려 왔다. 그러다 문득 윤경은 이런 생각이 들었다. 지난번에 영남역사문화연구소 정회성 소장이 언급했던 할머니의 비밀이 어쩌면 이거였을지도 모른다고 말이다. 할머니는 이 사건의 내막을 자세히 조사하려는 정 소장에게도 아무런 증언을 하지 않으셨을 것이다. 할머니는 그저 그렇게 온갖 아품과 슬픔을 모두 한 평생 홀로 짊어지고 사시다 저세상으로 가셨을 것이다. 그런 생각을 하며 윤경은 저도 모르게 깊은 한숨을 토해냈다. 이시하라 교수의 설명이 이어졌다.

"아무튼 김철호는 겨우 목숨을 건졌고 남한에서 20년 형을 선고받아 수감됐어요. 그러다 10년쯤 뒤에 남한의 정보당국에게 사상전향서statement of ideology conversion를 제출하고 출소했다고 해요. 출소한 뒤에는 반공 교육을 하는 강사로 변신했다고 알고 있어요."

바로 그때 윤경은 문득 궁금한 점이 생겼다.

"혹시 그 사람은 이 사건에 대해 알고 있었을까요? 오우치 히데오 말이에요."

이시하라 교수가 천천히 고개를 끄덕이며 대답했다.

"아마 그랬을 가능성이 커요. 당시 그들의 검거 소식은 일본에서도 대대적으로 보도되었거든요. 일본 전역을 떠들썩하게 만든 엽기적인 토막 살인 사건의 범인들이 한 명은 사살되고 한 명은 생포됐으니까요. 그래서 저도 이 사건에 대한 세부적인 내용은 당시 일본 신문을 찾아보고 알게 된 거예요. 그리고 그들이 남한의 여성 한 명을 북한으로 납치하려 시도했다는 사실도 비교적 상세히 보도되었어요. 그래서 아마 오우치도 자신이 사랑하던 여성이 하마터면 북한으로 끌려갈 뻔했다는 사실을 알았을 거예요. 그리고 그녀를 납북하려던 범인들이 자신이 활약하는 고라쿠엔구장에서 끔찍한 토막 살인을 저지른 용의자임도 알게 되었겠죠."

"그러면 그 소식을 들은 오우치 히데오는 어떤 생각이 들었을까요?"

이시하라 교수는 곰곰이 생각하는 표정을 지으며 말했다.

"우선은 아마 두려움이 들었을 거예요. 냉전시대Cold War era에 북한 정부는 믿기 힘든 테러 사건을 얼마든지 저지르고도 남았으니까요. 사실 남한 정부도 여기에서는 자유로울 수 없었죠. 일본 도쿄에 머물고 있던 남한의 야당 지도자^{opposition leader}를 남한의 정보기관이 납치해 대한해협^{Korea Strait}에 빠트리려고 했으니까요. 아무튼 그래서 오우치는 일본에서 엽기적인 살인 사건을 저지른 흉악범들이 멀쩡히 남한에 들어가는 걸 보고 상당히 충격받았을 거예요. 본인은 물론이고 고국에 있는 자신의 연인도 언제든 목숨을 잃을 수 있다고 생각했을 거예요."

윤경은 가만히 고개만 끄덕거렸다. 온몸에 기력이 하나도 없었다. 이시하라 교수의 설명이 이어졌다.

"한편으로는 억울한 마음도 들었을 거예요. 본인의 선택이나 자기 잘못으로 일어난 것이 아닌 기구한 현실 때문에 자신은 물론이고 사랑하는 사람까지 목숨이 위험한 상황에 처하게 됐으니까 말이죠. 그러는 한편 오우치는 어쩌면 무력감도 들었을 거예요. 서슬 퍼런 이념 대결을 벌이고 있는 여러 나라의 틈바구니에 끼어 자신이 사랑하는 사람조차도 제대로 지켜낼 수 없다는 생각이 들었을 거예요. 게다가 그녀를 지켜주기 위해 고국으로 돌아가려 할 때마다 번번이 거절당했어요. 그러니 아마 상당한 무력감이 들었을 거예요."

이시하라 교수는 '무력감^{feeling of helplessness}'이라는 표현을 사용해 그의 심경을 추정했다. 그 무력감이라는 단어가 윤경의 마음을 무겁게 짓눌렀다. 그러니까 오우치 히테오는 당시 아무런 도움^{help}도 바랄 수 없는 속수무책^{helplessness}의 상태였을 것이다. 게다가 그는 당시 피폭으로 건강이 급격하게 악화되고 있었다. 자신이 너무나도 사랑하는 사람을 도저히 지켜줄 수 없다는 무력감이 들었을 것이다. 그러나 그녀와의 관계를 유지하는 한, 그리고 북한에 있는 자신의 숙부가 살아 있는 한 너무나

할머니의 야구공

도 사랑하는 그녀의 안전을 보장하지 못하리라고 생각했을 것이다. 그러한 위협에 맞서 자신이 할 수 있는 것은 아무것도 없다는 심각한 무력감에 빠졌을 것이다. 그리고 그로 인해 도저히 헤어 나올 수 없는 깊은 절망감에 빠졌을 것이다.

무력감. 사랑하는 사람을 지켜줄 수 없다는 무력감. 그리고 그로 인한 깊은 절망감. 그렇게 무력감과 절망감이라는 단어를 되뇌던 윤경은 어쩌면 자신의 할머니와 오우치 히데오를 둘러싼 가장 거대한 미스터리를 풀어낼 수 있을지도 모르겠다는 생각이 들었다. 그것은 바로 1958년 9월 12일 영산상고 교정에서 대체 무슨 일이 있었던 것일지에 대한 의문이었다. 두 사람은 아마도 그날 그곳에서 극적으로 상봉했을 것이다. 무려 15년 만에 다시 만나는 순간이었을 것이다. 그리고 어쩌면 가까이에서 마주 보고 이야기도 나누었을 것이다. 그런데 대체 그 자리에서 무슨 일이 벌어졌던 것일까? 두 사람의 사랑은 왜 끝내 결실을 보지 못했던 것일까? 윤경은 무력감과 절망감이라는 키워드를 통해 이 모든 문제의 운명적인 갈림길이 되었던 그날의 현장을 어렴풋하게나마 재구성할 수 있을 것 같았다. 무력감과 절망감이라는 열쇳말을 손에 쥐고 그녀는 1958년 9월 12일의 영산상고 교정을 떠올려 보았다. 그러자 육중한 철문으로 굳게 닫혀 도저히 들여다보이지 않았던 미스터리한 시공간의 틈이 조금씩 열리는 것 같았다.

'틈!'

그 틈이라는 단어가 윤경의 전두엽에 강하게 내리꽂혔다. 틈이 있었을 것이다. 오우치 히데오는 어쩌면 미세하게 갈라진 빈틈을 발견했을 것이다. 엄청난 무력감과 심각한 절망감에 빠져 있었던 오우치 히데오는 어느 순간에 기적적으로 어떤 한 가지 묘책을 떠올렸을지도 모른다. 끝모를 무기력에서 헤어 나오지 못하고 있던 어느 날, 그 빈틈으로 갑자기 한 줄기의 희미한 서광이 비치며 실낱같은 유일한 방법이 있을지도 모른다는 생각이 들었을지도 모른다. 윤경은 당시에 그가 도출해 낸 단한 가지의 해결책이 무엇인지 어렴풋이 알 것 같았다.

그것은 아마도 그녀를 놓아주는 일이었을 것이다.

자신이 너무나도 사랑하는 사람을 살릴 유일한 방법은 오직 그녀를 자유롭게 놓아주는 것뿐이라는 생각이 들었을 것이다. 죽을 것처럼 가슴이 아프지만, 아무리 그래도 자신이 사랑하는 사람이 혹여나 자기 때문에 죽게 놔둘 수는 없었을 것이다. 게다가 오우치 히데오 본인은 몇 년 전의 나카타 준페이가 그랬던 것처럼 어느 날 갑자기 황망하게 죽음을 맞이할 수도 있었다. 그는 설령 자기가 죽는 한이 있더라도 그녀까지 죽게 놔둘 수는 없었을 것이다. 지켜주고 싶어도 그럴 수 없는 무책임한 상황을 만들고 싶지는 않았을 것이다. 그래서 그는 그녀를 놓아주기로 결심했을 것이다.

그런데 한 가지 문제가 있었을 것이다. 오우치 히데오는 자신이 그렇게 마음만 먹어서는 아무런 효과가 없다는 사실을 깨달았을 것이다. 그것을 대외적으로 공표해야 했을 것이다. 자신이 그녀를 놓아주었다는 사실을 북한의 정치보위부에 어떻게든 알려야 했을 것이다. 완전하게 결별했다는 사실을 확실하게 알려야 했을 것이다. 그러나 그런 입장을 조총련의 단원들에게 구두로 통보한다고 해결될 문제는 아니었을 것이다. 오히려 그는 다수가 보는 앞에서 공개적으로 그 사실을 선언해야만 했을 것이다. 그래서 그는 남한으로 들어가 대대적인 이벤트를 벌이기로 결심했을 것이다.

그 행사는 영산에서 열려야 했을 것이다. 그녀가 쉽게 찾아올 수 있는 곳이어야 했기 때문이다. 그리고 자신이 영산을 방문한다는 소식을 그녀도 알아야 했을 것이다. 당사자 앞에서 그 사실을 발표해야 했기 때문이다. 그래서 그는 자신의 고국 방문 소식이 언론에도 보도되도록 했을 것이다. 아마 소속 구단의 계열사인 요미우리신문을 통해 가장 먼저 보도되었을 것이고, 한국의 매체들도 요미우리신문을 인용해서 보도했을 것이다.

그는 한시라도 빨리 그런 행사를 개최하고 싶어 했겠지만, 추진 과정은 결코 만만치 않았을 것이다. 평생을 야구만 생각하며 살아왔던 그가 어떤 행사를 직접 계획하고 사람들을 끌어모으는 일이 쉽지는 않았을 것이다. 거기에 더해 한국과 일본의 관계 당국에 필요한 서류를 제출하고, 그들로부터 허가와 협조를 구하는 일을 모두 혼자서 처리하기란 절대로 수월하지 않았을 것이다. 그래서 어쩌면 평소에 자신에게 관심을 두며 친분을 이어오고 있었던 샤롯데 그룹 신규호 회장에게 도움을 요청했던 것인지도 모른다. 그러한 노력 끝에 그가 최대한 빨리 확보한 날짜가 이듬해인 1958년 9월 12일이었을 것이다.

그리고 1957년 11월에 그가 일본으로 귀화했던 이유도 어쩌면 그러한 계획을 위한 초석礎石을 다지는 일이었을지도 모른다. 정식으로 일본 국적을 취득하여 자신을 조총련으로 간주하는 한국 정부의 의심을 없애는 동시에 일본 정부로부터 공식적으로 보호받는 효과를 얻을 수 있었을 것이다. 거기에 더해 자신은 이제 남한이든 북한이든 그 어느 곳으로도 돌아가지 않겠다는 명시적인 선언이기도 했을 것이다. 그런데 요미우리 자이언츠 구단으로서는 건강이 악화되며 실력이 형편없이 떨어진 오우치 히데오는 이제 더 이상 그들이 필요로 하는 특급 에이스 투수는 아니었을 것이다. 더구나 그는 1957년 시즌을 끝으로 팀에서 떠난 은퇴 선수였다. 그러나 아무리 은퇴한 선수라고 해도 그들은 오우치 히데오를 가족처럼 아끼며 도와주었을 것이다. 지난 10년간 팀에 기여한 공로에 대한 보상 차원에서 그가 일본으로 귀화할 수 있도록 적극적으로 도와주었을 것이다. 주식회사 요미우리교진군의 모리야마 슌스케 과장은 그것이 '구단주의 특별 지시 사항'이었다고 설명했다. 그리고 1989년 1월 그가 병원 응급실로 실려 갔다는 소식을 듣고 가장 먼저 달려온 이들도 바로 요미우리 자이언츠 구단이었다. 그는 영원한 거인巨人이었던 것이다.

아무튼 그러한 우여곡절을 겪은 끝에 마침내 행사 당일이 되었을 것이다. 두 사람은 마침내 영산상고 교정에서 재회했을 것이다. 오우치 히데오가 고국을 떠난 지 무려 15년 만이었을 것이다. 그 자리에는 행사를 취재하는 수많은 기자가 있었을 것이다. 어쩌면 사진 기자와 방송 기자도 있었을 것이다. 그리고 행사를 구경하는 일반인 무리에는 어쩌면 북한의 정치보위부 부장이 비밀리에 남파한 간첩이 섞여 있었을지도 모른다. 어쩌면 남한의 정보기관도 역시 먼발치에서 행사를 지켜보고 있었을 것이다. 어쨌든 이 모든 게 그가 계획한 대로 이루어졌을 것이다. 그래서 그는 마지막 결정타를 날렸을 것이다. 그 자리에서 그는 아마도 그녀에게 매몰차게 이별 통보를 했을 것이다. 주변에 있는 모든 사람이 들을 수 있도록 커다란 목소리로 분명하게 말했을 것이다. 그리고 단호하게 등을 돌린 후 뒤도 돌아보지 않고 곧장 일본으로 돌아갔을 것이다.

그녀는 그 모든 상황이 처음에는 어리둥절했을 것이다. 그녀는 전년도에는 그 사람 때문에 하마터면 북한으로 납치될 뻔했고, 그 일이 있었던 후로는 남한의 정보기관으로부터 좌익사범이 아닐까 하는 의심을 받아 왔을 것이다. 그런데도 그녀는 오랫동안 오매불망 기다렸던 첫사

할머니의 야구공

랑이자 결혼을 언약한 상대가 모교를 방문한다는 기사를 접하고 나서 이미 몇 달 전부터 가슴이 콩닥콩닥 뛰었을 것이다. 며칠 전부터는 꿈에도 그리던 그 사람을 다시 만날 수 있다는 생각에 설레어 밤잠을 설쳤을 것이다. 그리고 행사 전날에는 평소 아끼던 옷을 꺼내어 정성스럽게 다림질했을 것이다. 행사 당일이 되자 역시나 밤잠을 설친 그녀는 새벽부터 자리를 털고 일어나 정성스럽게 목욕재계를 했을 것이다. 그리고 전날 밤 잘 다려둔 옷을 입고 머리카락도 잘 빗어 넘겼을 것이다. 굳이 그렇게 꾸미지 않아도 저절로 빛이 나는 그녀였지만, 그래도 그날은 이 세상 그 누구보다도 아름다운 여성이 되어야만 했을 것이다. 당시 살고 있던 시골에서 읍내로 나가는 버스에 올라타서는 혹시 치마에 주름이라도 잡힐까 봐 좌석에 앉지도 못했을 것이다. 그렇게 그녀는 읍내까지 손잡이를 잡고 줄곧 일어서서 갔을 것이다. 그리하여 마침내 그녀는 영산상고 교정에 들어섰을 것이다. 거기에는 이미 수많은 사람이 몰려들어 있었을 것이다. 그리고 그녀는 드디어 그 사람을 발견했을 것이다. 아마도 카메라 플래시가 터지는 곳에 훤칠한 키의 그 남자가 서 있었을 것이다. 그녀가 15년 동안 꿈에도 그리던 바로 그 남자였을 것이다. 그녀는 공식적인 행사가 끝날 때까지 최대한의 인내심을 발휘하며 기다렸을 것이다.

억겁(億劫)과도 같은 시간을 기다린 끝에 드디어 행사는 무사히 마무리되었을 것이다. 그러자 그 남자가 끊임없이 주변을 둘러보기 시작했을 것이다. 그리고 마침내 그녀와 눈이 마주쳤을 것이다. 그리고 그녀를 향해 뚜벅뚜벅 걸어왔을 것이다. 그녀의 심장은 뛰는 소리가 밖으로 들릴 만큼 박동이 점점 더 고조되기 시작했을 것이다. 그 남자는 마침내 그녀 앞에 우뚝 서 자신을 내려다보고 있었을 것이다. 그러나 그가 자신을 더할 나위 없이 환한 미소로 반갑게 맞아주기는커녕 오히려 그녀는 그 남자로부터 청천벽력 같은 소리를 들었을 것이다. 수많은 사람이 지켜보는 가운데 난데없이 일방적으로 매몰찬 이별 통보를 받았을 것이다. 그녀는 그런 상황이 도저히 믿기지 않았을 것이다. 그래서 아무런 대응도 하지 못하고 그 자리에 한동안 그대로 얼어붙어 있었을 것이다. 가슴에 비수가 꽂히는 듯한 이별 통보를 전달한 그 남자는 행사 관계자들과 함께 다시 자동차에 올라타고는 서둘러 교정을 빠져나갔을 것이다. 그 모습을 지켜보던 다른 사람들도 모두 어리둥절한 표정을 지으며 학교 밖으로 하나둘 걸음을 옮겼을 것이다. 그래서 교정의 운동장에는 그녀 혼자서 덩그러니 서 있었을 것이다. 아마도 넋이 나간 표정으로 영문도 모른 채 한동안 그렇게 멍하니 서 있었을 것이다.

그러나 그녀는 차마 모르고 있었을 것이다. 사실은 그날 그 남자가 자신의 목숨을 살렸다는 것을 말이다. 그녀는 아마 30년이나 더 지나서야 비로소 그 사실을 깨달았을 것이다.

백사장에서 파도가 철썩이며 포말이 부서지는 소리가 유난히 크게 들렸다. 화진포 해수욕장 바다에서는 아까 얼핏 보았던 세 명의 젊은이가 어느새 까만 잠수복으로 갈아입은 채 서핑을 즐기고 있었다. 체형과 실루엣을 보아 짐작하건대 여성 한 명과 남성 두 명이었다. 그런데 가만 보니 남성 한 명과 여성은 서로 스스럼없이 스킨십을 하는 걸로 봐서 두 사람은 연인 사이로 보였다. 그리고 나머지 남성 한 명은 그들과 상당히 친한 관계로 보였지만, 두 명의 연인 사이에서 어쩐지 겉돌고 있다는 느낌이 들었다. 그 모습을 보면서 윤경은 어서 빨리 집으로 돌아가야겠다는 생각이 들었다.

We keep this love in a photograph
We made these memories for ourselves
Where our eyes are never closing
Hearts are never broken
And time's forever frozen, still

우리의 이 사랑을 사진에 담아요
우리의 두 눈이 결코 감기지 않는 곳에
우리의 마음이 결코 아프지 않을 곳에
시간이 영원히 얼어붙어 멈추는 곳에
지금의 순간을 기억으로 남겨요

So you can keep me
Inside the pocket of your ripped jeans
Holding me closer 'til our eyes meet
You won't ever be alone
Wait for me to come home

그러니 당신은 찢어진 청바지 주머니에
나를 간직할 수 있어요
두 눈이 닿을 만큼 나를 가까이 안아요
당신은 절대 혼자가 아닐 거예요
내가 집에 돌아오길 기다려 줘요

에드 시런 Ed Sheeran, 「사진 Photograph」 중에서

25

윤경은 이시하라 교수를 숙소에 내려주고 서둘러 집으로 돌아왔다. 그녀가 가족과 함께 사는 아파트에는 아무도 없었다. 인기척이 없는 집 안은 약간 쌀쌀했다. 아빠와 엄마는 오늘 저녁 부부 동반 모임에 참석해 늦을 거라는 이야기를 들었다. 남동생 기원은 대학원 워크숍에 간다고 했다. 엘리베이터에서부터 허겁지겁 뛰어온 윤경이 곧바로 찾은 것은 그녀의 엄마 신혜가 안방 화장대 옆으로 옮겨 놓은 할머니의 유품함이었다. 거기에는 그녀로 하여금 「식민지 조선의 야구 소년들」이라는 다큐멘터리를 기획하고 취재하게 만든 문제의 그 야구공이 들어 있었다. 그러나 그녀가 서둘러 안방으로 달려와 그 상자를 열어본 이유는 다른 것을 확인하기 위함이었다. 그녀는 야구공 파우치를 비롯한 다른 물품들을 꺼내어 상자 옆에 내려놓았다. 그러자 그 바닥에서 그녀의 할머니가 생의 마지막까지 고이 간직하고 있었던 사진첩이 모습을 드러냈다.

그녀는 그 노란색 사진첩에서 외할머니와 외할아버지가 도쿄타워를 배경으로 다정한 포즈를 취하며 찍은 사진을 찾았다. 할아버지의 얼굴은 붉은색으로 한껏 상기되어 있었는데, 그것은 추운 날씨 때문이기

할머니의 야구공

도 했겠지만, 어렵게 만든 여권으로 사랑하는 아내와 함께 생전 처음으로 외국 여행을 나왔다는 설렘 덕분이기도 했을 것이다. 그에 비해 두툼한 코트를 입고 따뜻해 보이는 목도리를 두른 할머니는 비교적 평온한 모습이었다. 할머니는 당신 특유의 서글서글한 표정으로 카메라 렌즈를 바라보고 있었다. 그리고 그 맞은편의 페이지에는 도쿄의 길거리를 오가는 인파를 찍은 사진도 보였다.

윤경은 사진첩 뒤표지에 끼워져 있는 종이봉투를 꺼냈다. '언양사진관'이라는 상호가 인쇄된 그 봉투에는 '김순영'이라는 손님이 1989년 2월 20일에 현상과 인화를 맡겼다고 적혀 있었다. 엄마에게 들은 바에 의하면 할머니는 일본 여행에서 돌아오자마자 한동안 심하게 앓으셨다고 했다. 그렇다면 병석에서 일어난 할머니가 가장 먼저 한 일은 바로 일본에서 찍은 필름을 사진관에 맡기는 일이었을 것이다.

그녀는 종이봉투를 열었다. 거기에는 현상된 필름이 비닐 홀더에 가지런하게 정돈되어 있었다. 필름은 다섯 컷씩 잘려 모두 6줄로 나란히 꽂혀 있었다. 그 필름을 형광등 불빛에 비추어 보았지만, 도쿄타워의 형상을 제외한 나머지 사진들은 제대로 분간하기가 힘들었다. 윤경은 그 필름을 들고 동생 방으로 건너갔다. 본인을 너드[nerd]라고 칭하는 남동생 기원의 방에는 온갖 잡동사니가 굴러다니고 있었다. 기본적으로는 데스크톱과 노트북이 골고루 구비되어 있었는데, 윈도와 맥OS용 제품이 뒤섞여 있었다. 철 지난 태블릿과 스마트폰도 동생은 버리지 않고 잘 모아두고 있었다. 그리고 웬만한 방송 장비 대부분을 다룰 줄 아는 그녀조차도 정체를 알 수 없는 부품부터 시작하여 각종 게임기, 무선 조종 자동차, 드론 등이 있었다. 동생은 여러 브랜드의 필름 카메라와 디지털 카메라는 물론이고 카메라 렌즈도 다양하게 있었는데, 그건 윤경이 그

방에서 자주 빌려 사용하는 유일한 종류의 기기들이었다.

그렇게 수많은 전자 제품이 굴러다니는 기다란 테이블의 한쪽에 그녀가 원하는 장치가 놓여 있었다. 그것은 바로 필름 스캐너였다. 엡손 EPSON에서 만든 그 스캐너는 재작년부터 필름 카메라의 매력에 푹 빠진 동생이 대학원생 신분으로는 나름 거금을 들여 구매한 제품이었다. 얼핏 보면 일반적인 문서 스캐너처럼 보였지만, 자세히 보면 문서 스캐너와는 다르게 상판 덮개가 상당히 두껍다는 걸 알 수 있었다. 윤경이 그 기계의 전원을 켜자 스캐너의 상판 사이에서 불빛이 움직이는 게 보였다. 그 스캐너는 책상 밑의 컴퓨터에 연결되어 있었는데, 윤경이 굳이 그 컴퓨터의 전원을 새로 켤 필요는 없었다. 정확한 이유는 모르겠지만 동생이 주로 사용하는 데스크톱은 그가 집에 없을 때도 거의 늘 전원이 켜진 상태로 동작하고 있었다.

필름 스캐너의 덮개를 들어보니 그 안에는 검은색 사각형의 플라스틱 프레임이 들어 있었다. 척 보니 현상된 필름을 끼우는 용도로 보였는데, 아마도 동생이 마지막으로 작업한 후에 그대로 놓아둔 것 같았다. 그리고 윤경은 그 프레임의 형태로 보건대 거기에 최대 4줄의 필름을 끼울 수 있음을 쉽게 알 수 있었다. 그녀는 그 플라스틱 프레임을 쪼개듯이 갈라 그 안에 할머니의 사진첩에 보관되어 있던 필름 6줄 가운데 위에 있는 4줄을 잘 끼워 넣었다. 그러고는 그 프레임을 스캐너의 유리판에 잘 고정한 다음 스캐너의 상판을 덮었다. 그리고 바탕화면 아이콘을 더블클릭해 엡손의 스캔 전용 프로그램을 실행했다.

스캔 프로그램의 인터페이스는 어렵지 않았는데, 일반적인 문서 스캔 작업을 할 때와 비슷했다. 그 정도 프로그램은 방송국에서 온갖 편집용 소프트웨어를 밥 먹듯이 다루는 윤경에게는 전혀 어렵지 않은 수

준이었다. 윤경은 동생이 마지막으로 작업한 설정을 그대로 적용한 다음 미리보기 버튼을 눌렀다. 그러자 자그맣게 위잉 거리는 소리를 내며 스캐너 안쪽에서 불빛이 움직이기 시작했다. 그리고 스캔 프로그램 화면 위에는 작업이 완료되기까지 4분 정도 소요될 것이라는 메시지 팝업창이 떠 있었다. 그렇게 하염없이 기다리다 보니 마침내 스캐너의 작은 소음이 사라지면서 불빛의 움직임도 멈추었다. 그리고 스캔 프로그램의 미리보기 창은 네거티브 필름을 포지티브 사진으로 한 컷씩 변환해서 보여주고 있었다. 그런데 어쩐 일인지 그렇게 아날로그 필름을 디지털로 변환한 이미지들은 전체적으로 누런색을 띠고 있었다. 아무래도 오래된 필름이다 보니 시간의 흐름에 의해 어쩔 수 없이 변색된 것 같았다.

그렇게 윤경은 스캔 프로그램의 미리보기 화면을 통해 현상된 필름을 한 컷씩 확인하기 시작했다. 대부분은 도쿄의 명소를 배경으로 할머니 또는 할아버지가 혼자 찍혀 있는 장면이었다. 아마도 두 사람을 함께 찍어줄 다른 사람이 없어서 두 분이 서로를 찍어주었을 것이다. 그리고 말도 잘 통하지 않아서 지나가는 사람에게 부탁하기도 만만찮았을 것이다. 그래서 윤경의 외조부모 두 분이 함께 찍은 사진은 그중에 딱 한 컷이 있었는데, 그것은 할머니의 사진첩에 끼워져 있는 도쿄타워를 배경으로 찍은 바로 그 사진과 같은 컷이었다.

그런데 나머지 부분에 뭔가 이상한 사진이 여러 장 들어 있었다. 중간에 구도와 초점이 전혀 맞지 않아서 무엇을 찍은 것인지 좀처럼 알수 없는 사진이 다섯 컷 정도 보였던 것이다. 윤경은 왠지 그 사진들이 카메라를 세로로 세워서 찍은 것 같다는 생각이 들었다. 그녀는 그 다섯 장의 사진만 선택해서 스캔하기 버튼을 눌렀다. 다섯 컷의 필름을 스캔하기까지는 1분 정도가 소요되었다. 그러고 나서 윤경은 스캔한 사진들이 저장된 폴더를 열었다. 이제 막 스캔을 완료한 사진 한 장을 마우스로 더블클릭하자 윈도 사진 뷰어 프로그램이 실행되었다. 윤경은 사진 뷰어의 아래쪽에 있는 버튼을 이용해 사진을 반시계 방향으로 90도 회전했다. 윤경의 생각대로 그 사진은 카메라를 세로로 세워 찍은 것이 맞았다. 방향을 바로잡은 사진 아래쪽에는 보도블록이 보였고, 거기에 사람의 옷으로 보이는 흐릿한 형체가 확인되었다. 나머지 네 장의 사진도 그렇게 회전하여 확인했는데, 역시나 동일한 장소에서 그렇게 촬영된 것으로 보였다. 그러나 윤경은 그녀의 외조부모가 그 사진들을 왜 찍은 건지, 무엇을 기록으로 남기고자 한 것인지는 알 수 없었다. 다만 그 다섯 장의 사진에는 모두 사람의 외투로 보이는 그 형체가 어떠한 형태로든 흐릿하게 담겨 있다는 것만 알 수 있었다.

'실수로 찍은 건가?'

윤경은 필름이 보관되어 있던 언양사진관의 봉투를 다시 한번 살펴보았다. 봉투의 겉면에는 윤경의 외할머니가 맡긴 필름의 브랜드가 표기되어 있었다. 그런데 사진관 주인으로 여겨지는 사람이 봉투의 겉면에 필름 종류를 '후지 퀵스냅'이라고 적어 놓았다. 필름 종류를 그냥 후지 또는 코닥이라고만 적어놔도 될 것 같은데, 사진관 주인은 굳이 퀵스냅이라는 상세한 모델명까지 병기해 놓았다. 그래서 그녀는 혹시나 하는 마음에 곧바로 동생 컴퓨터의 웹브라우저를 열어 후지 퀵스냅을 검색해 보았다. 그리고 그 결과를 보자마자 윤경은 언양사진관 주인이 왜 굳이 필름의 종류를 후지 퀵스냅이라고 적어 놓았는지를 알게 되었다. 그녀의 할머니가 언양사진관에 인화를 맡겼던 것은 동그란 통에 말려 있는 롤 형태의 필름이 아니라, 후지에서 생산된 '퀵스냅'이라는 일회용 카메라였던 것이다.

할머니의 야구공

2000년대에 태어난 젊은 세대에게는 일회용 카메라가 낯선 물건일지 몰라도, 지금처럼 스마트폰이 유행하기 전까지만 하더라도 유명한 관광지 같은 곳에 가면 기념품 가게나 매점에서 흔히 판매할 정도로 일회용 카메라는 대중적인 제품이었다. 윤경도 초등학생 때 수학여행을 갔을 때 일회용 카메라를 사서 친구들과 사진을 찍었던 기억이 났다.

그런데 그녀는 문득 궁금한 생각이 들었다.

'이 시절에도 일회용 카메라가 있었나?'

그래서 윤경은 구글에 '일회용 카메라'라는 단어를 입력하고 검색을 실행했다. 그리고 그 결과로부터 흥미로운 정보들을 얻을 수 있었다. 그녀는 우선 일회용 카메라의 역사가 생각보다 상당히 오래되었다는 사실을 알 수 있었다. 위키백과에 의하면 무려 1880년대 후반에 이미 미국의 코닥^{Kodak}이 휴대형 카메라를 선보였으며, 일회용 카메라의 조상 격이라고 할 수 있는 포토팩^{Photo-Pac}은 1948년에 출시되었다고 했다. 그리고 1980년대에 들어 일본의 후지필름^{富士フイルム}이 우츠룬데스^{写ルンです}라는 제품을 출시하며 일회용 카메라가 대중들에게 본격적으로 보급되기 시작했다고 적혀 있었다. 마지막으로 위키백과는 이 우츠룬데스가 일본 이외의 나라들에서는 퀵스냅^{QuickSnap}이라는 이름으로 판매된다고 알려주었다.

윤경은 그녀의 외조부모가 구입했던 일회용 카메라는 일본에서 산 우츠룬데스였으리라고 생각했다. 다만 디자인과 색상이 동일했기 때문에 언양사진관 주인은 필름 종류를 기입하는 칸에 그것을 그냥 후지 퀵스냅이라고 적어 놓았을 것이다. 아무튼 윤경의 외조부모는 일회용 카메라를 구입해 당신들의 첫 외국 여행을 기록했음을 알 수 있었다. 요즘에야 스마트폰으로 간편하게 사진을 찍어 곧바로 SNS에 업로드까지 할 수 있지만, 당시만 하더라도 사진을 찍으면 그 결과는 나중에 그 필름을 사진관으로 가져가 현상과 인화를 마친 후에나 확인할 수 있었다.

사진을 찍기 위해서도 상당히 번거로운 사전 작업이 필요했다. 일단은 카메라가 필요했다. 그리고 필름을 산 다음 카메라 뒷면을 열고 그 안의 톱니에 잘 맞춰 필름을 끼워 넣어야 했다. 필름을 잘 넣었으면 덮개를 닫고 뷰파인더 오른쪽에 있는 톱니바퀴처럼 생긴 감개를 돌려주어야 했다. 끼리릭 끼리릭 소리를 내며 회전하는 감개를 돌리면 카메라 안쪽의 필름이 렌즈의 프레임 쪽으로 돌아가기 시작하고, 그런 식으로 서너 번 정도 돌리면 어느 순간 감개가 더 이상 돌아가지 않는 상태가 된다. 그렇게 감개가 더는 돌아가지 않을 때까지 회전시켜 주어야만 카메라의 셔터를 누를 수 있다. 필름이 들어 있지 않거나 감개를 돌려주지 않으면 셔터가 눌리지 않는다. 셔터를 눌러 사진을 찍고 나면 똑같은 방법으로 다시 필름을 감아주어야 했다.

그런 과정들을 머릿속으로 떠올리던 윤경은 어느 순간 혼자 소스라치게 놀랐다. 목덜미에 소름이 돋으며 등줄기에 식은땀이 흘렀다. 그녀가 모니터 화면으로 지금 확인하고 있는 이 사진들이 절대 실수로 찍힌 것이 아닐지도 모른다는 생각이 들었던 것이다. 디지털 카메라라면 얼마든지 실수로 사진이 찍힐 수도 있다. 그러나 필름 카메라는 그렇게 작동하지 않는다. 적어도 우츠룬데스라면 절대로 그럴 수가 없다. 직접 손으로 필름을 감아주지 않으면 셔터가 눌리지 않기 때문이다. 다시 말해서, 지금 그녀가 보고 있는 그 사진들은 할머니 또는 할아버지가 귀찮을 정도로 일일이 손으로 필름을 감은 다음 손가락으로 셔터를 눌러 기록된 결과물이었다. 물론 한 장 정도는 우연히 찍힐 수도 있다. 필름을 감아놓은 상태에서 실수로 셔터를 누를 수도 있기 때문이다. 그러나 이렇게 연속으로 다섯 번이나 셔터가 눌리는 사건은 절대로 우연히 일어날 수는 없다고 생각했다. 할머니 또는 할아버지는 일부러 필름을 감은 다음 의도적으로 셔터를 눌렀다. 그것은 철저히 계산해 이루어진 일이었고 다분히 의식적인 행동이었다.

윤경은 그 의도가 대체 무엇이었을지 곰곰이 생각해 보았다. 그녀는 흐릿한 다섯 장의 사진에 그 힌트가 들어 있을 거라고 판단했다. 그들이 목표한 피사체가 보도블록은 아니었을 것이다. 길바닥을 찍을 생각이었다면 얼마든지 제대로 렌즈를 들이대고 선명한 이미지를 얻을 수 있었을 것이다. 윤경 자신도 일본 여행을 다니면서 도로 노면에 적힌 토마레止まれ*라는 표시를 찍은 기억이 있기 때문에 잘 알고 있었다. 그러나 지금 그녀가 보고 있는 그 사진은 초점이 맞지 않은 흐릿한 형체를 가리키고 있었다. 카메라가 찍고 싶어 했던 피사체는 아무래도 흐릿하게 형체가 드러난 그 사람인 것 같았다. 카메라는 분명히 그 사람을 향해 있었다.

윤경은 스캔 프로그램의 미리보기 화면에 떠 있는 다른 사진들도 마저 살펴보았다. 거기에는 도쿄 길거리의 군중을 찍은 사진이 한 장 있었다. 그것도 역시나 할머니의 사진첩에 보관된 사진이었다. 할머니가 생의 마지막까지 굳이 머리맡에 보관하고 있던 사진이었기에, 윤경은 그 사진에 분명히 뭔가 힌트가 들어 있으리라고 직감했다. 그래서 윤경은 그 사진만 선택해 스캔하기를 실행했다. 그리고 잠시 뒤 스캔이 완료된 그 사진을 찾아 사진 뷰어를 실행했다. 윤경은 사진을 크게 확대해 구

---

* 멈춤.

석구석을 살펴봤다. 그러다 윤경은 그 사진 속 한가운데에서 어마어마하게 강렬한 시선을 느꼈다. 인파 속 저 멀리에서 어떤 초로의 남성이 카메라를 정면으로 바라보고 있었던 것이다. 그 남자는 다른 사람들보다 머리 하나 정도 키가 컸으며 야구모자를 쓰고 있었다. 그런데 겨울용 외투를 입고 있었는데도 그 남자는 무척이나 비쩍 말랐다는 것을 알 수 있었다. 움푹 팬 한쪽 뺨은 햇빛에 의해 짙은 그림자가 드리워 있었다.

틀림없었다. 그 남자는 오우치 히데오였다. 지금까지 자료 취재와 일본 촬영을 하면서 그 모습을 여러 차례 확인했기 때문에 윤경은 그 남자를 한 번에 알아볼 수 있었다. 외조부모의 일회용 카메라가 남긴 그 사진 속에는 오우치 히데오가 찍혀 있었다.

'대체 어떻게?'

윤경은 마치 눈싸움이라도 하듯 그 남자의 얼굴을 자세히 들여다보았다. 그 사람이 어찌나 강렬한 시선으로 바라보고 있었는지, 만약 사람의 시선에 어떤 에너지가 있다면 카메라의 렌즈가 깨지거나 필름이 녹아버렸을지도 모른다는 느낌이 들었다. 그러다 윤경은 문득 그 남자가 그렇게 어마어마한 기운을 발산하면서 바라보고 있는 대상이 사실은 카메라가 아닐 수도 있다는 생각이 들었다. 그 초로의 남성이 뚫어져라 바라보고 있었던 것은 카메라가 아니라, 어쩌면 그 카메라를 들고 있던 사람이었을지도 모른다. 그리고 어쩌면 지금 자신을 찍고 있는 그 사람이 누구인지 정확히 알고 있었을지도 모른다는 생각이 들었다. 그러니까 윤경은 그 남자가 어쩌다 우연히 길거리에서, 하필이면 외조부모의 카메라에 포착되지는 않았을 것이라는 생각이 들었다. 사진을 좀 더 자세히 들여다보던 윤경은 조금 전에 스캔했던 다섯 장의 흐릿한 사진 속

할머니의 야구공

에서 보이던 의류가 지금 그 남성이 착용하고 있는 바로 그 외투임을 알 수 있었다. 색상과 재질이 모두 동일했다.

윤경은 웹브라우저를 열어 후지 퀵스냅에 관한 내용을 찾아보았다. 그에 따르면 퀵스냅은 피사체와의 간격을 적어도 1미터 이상 벌려두고 찍어야 함을 알 수 있었다. 어느 친절한 블로거는 후지 퀵스냅으로 사진을 찍을 때 피사체와의 거리가 1미터를 넘지 않으면 초점이 맞지 않아 흐릿하게 나온다고 알려주었다. 그러니까 외조부모의 카메라와 피사체의 그 남성은 한동안 그렇게 서로 가까이에 붙어 있었다는 말이다. 적어도 일회용 카메라로 다섯 장의 사진을 찍을 동안 그들은 무려 1미터 이내까지 다가가서 나란히 서 있었던 것이다. 그러므로 윤경의 외조부모와 오우치 히데오는 도쿄타워 앞에서 반경 1미터 이내에 한동안 같이 있었다는 말이다. 윤경은 세 사람이 대체 어떻게 만났을까 하는 의문이 들었다. 과연 그들이 순전히 우연에 의해 마주칠 수 있었을까? 그것도 생애 처음 외국으로 떠난 여행지의 수도에서? 방대한 인구를 가진 그 넓은 도쿄의 한복판에서?

'편지!'

윤경은 도쿄에서 취재할 때 가네다 세이이치가 보여주었던 편지가 떠올랐다. 할머니가 한국에서 일본으로 보낸 편지에는 1988년 12월 24일 날짜의 소인이 찍혀 있었다. 그리고 윤경은 그녀의 외조부모가 1989년 1월에 일본에 다녀왔다는 사실을 알고 있었다. 1988년 연말에 갑자기 결정해서 부랴부랴 떠난 여행이었다고 했다. 원래는 외할머니 혼자 다녀오겠다고 하는 것을 간신히 말려 외할아버지가 동행했던 것이라고 했다. 그렇게 떠난 두 분의 첫 번째 국외 여행의 목적지는 도쿄였다. 아니, 그곳은 도쿄여야만 했을 것이다. 그리고 그렇게까지 무리해서라도 서둘러 떠나야만 했을 것이다. 그러지 않으면 남은 평생 후회와 슬픔과 미련을 가득 안고 살아가야 하리라는 점을 알고 있었기 때문일 것이다.

할머니가 1988년 크리스마스이브에 발송한 편지는 오우치 히데오의 두 손에 무사히 도착했다. 그리고 그는 그 편지를 봉투 칼로 반듯하게 개봉해서 읽었다. 그 안에는 할머니가 보내는 어떤 메시지가 들어 있었을 것이다. 아마도 그 편지에는 할머니가 도쿄로 가겠다고, 지금 당장 도쿄로 가겠다고, 지금 내가 당장 도쿄로 날아가겠다고, 내가 지금 당장 당신을 만나러 도쿄로 날아가겠다는 강력하면서도 분명한 메시지가 들어 있었을 것이다. 그것은 그 누구도 꺾을 수 없는 강렬한 의지였을 것이다. 그리고 어쩌면 할머니는 그 편지글에서 어떤 날짜를 하나 알려주었을지도 모른다. 아마도 그녀가 가장 빨리 도쿄에 도착할 수 있는 날짜가 언제인지를 그에게 알려주었을 것이다. 그러니 적어도 그전까지는 죽지 말고 제발 살아 있으라는 메시지를 전달했을 것이다.

그런데 그 순간 갑자기 윤경의 뇌리에 어떤 생각이 스치며 그녀의 목덜미에 다시 한번 소름이 돋았다. 윤경은 부랴부랴 자신의 방으로 달려가 일본 취재에 가져갔던 DSLR 카메라를 찾았다. 그리고 동생의 방으로 돌아와 카메라 메모리 카드를 꺼내 컴퓨터에 꽂았다. 그리고 가네다 세이이치를 인터뷰했던 영상을 찾았다. 그녀는 의심이 드는 구간을 찾아내 동영상 플레이어로 재생했다. 화면에서는 가네다 세이이치가 말하고 있었다.

"…… 그러다가 창밖이 서서히 밝아 오고 있는데, 갑자기 병원 전체가 소란스러워졌소. 나는 무슨 사고라도 났나 싶었지. 그래서 대기실

할머니의 야구공

로 나가봤는데. 그 이른 아침에 테레비[テレビ]에서 긴급 속보가 나오고 있었소. 쇼와 텐노가 서거했다는 소식이었소. 그런데 텐노는 이미 예전부터 병세가 심각해지고 있었기 때문에 조만간 세상을 하직할 거라는 소문이 일찌감치 떠돌고 있었소. 충분히 예견된 일이었지. 바로 그때 갑자기 형님의 침상 쪽에서 끔찍하게 고통스러운 비명이 들리기 시작했소. 나는 헐레벌떡 그쪽으로 뛰어가서 다급하게 의료진을 불렀고, 간호사가 다시 한번 죠먀쿠츄사[静脈注射]로 모루히네를 놓았소. 그렇게 30분 정도 흐르니까 형님의 신음이 조금씩 줄어들었소. 그러더니 형님이 희미한 목소리로 뭐라고 말하는 소리가 들렸소. 그래서 몸을 바짝 기울여서 귀를 대봤지. 그랬더니 형님이 다 죽어가는 흐릿한 목소리로 '쇼와'라고 말하는 것 같았소. 그래서 내가 '맞아요, 형님, 쇼와 텐노가 오늘 7일 새벽에 죽었대요' 그랬지. 그랬더니 형님이 고개를 가만히 끄덕이시더니 알 수 없는 묘한 표정을 지으셨소. 기가 막힐 노릇이었지. 지금 본인이 세상을 하직할 형국인데, 한가로이 남의 생사를 따지고 있다니 말이오."

가네다는 오우치 히데오가 1월 7일 새벽 자신에게 '쇼와'라는 말을 했다고 회상했다. 그런데 윤경은 당시 생사가 오가며 숨조차 제대로 쉬지 못해 인공호흡기를 달고 있는 중환자였던 오우치 히데오의 발음을 가네다가 정확하게 듣지 못했을 수도 있다고 생각했다. 당시 가네다도 본인이 당장 죽을지도 모르는 그런 상황에서 굳이 다른 사람의 생사를 궁금해하는 형님을 이해할 수 없었다고 말했다.

윤경은 그 인터뷰 영상을 떠올린 순간부터 뭔가 의심 가는 구석이

있었다. 그래서 그녀는 동생 컴퓨터의 웹브라우저에서 일본어 사전 페이지를 열었다. 그리고 단어를 입력하는 칸에 '오늘'이라는 한글을 넣고 엔터키를 눌렀다. 그러자 여러 단어와 예시 문구가 출력되었는데, 윤경은 그중에서 '今日は'라는 항목을 선택해 발음 듣기 버튼을 눌렀다. 그러자 모니터 옆 스피커에서는 다소 건조한 목소리로 이러한 일본어 발음이 울려 나왔다.

"쿄오와."

그녀의 추측이 맞았다. 다시 눌러 들어보아도 그것은 '쿄오와'였다. 1월 7일 새벽의 병실 침상에 누워 죽어가던 오우치 히데오는 한가로이 쇼와의 죽음에 관해 물은 것이 아니었을 것이다. 그는 분명 "쿄오와"라고 말했을 것이다. 그는 단언컨대 '오늘이' 며칠이냐고 물었을 것이다. 그리고 오늘이 7일임을 확인한 그는 같은 날 오후에 병원에서 탈출했을 것이다.

어쩌면 전날부터 응급실에서 주기적으로 투여한 모르핀의 약효가 상당한 도움이 되었던 건지도 모른다. 아니 어쩌면 강력한 마약성 진통제인 모르핀을 투약받으려고 일부러 응급실에 실려 갔던 것인지도 모른다. 그는 '오늘' 만나기로 '언약'한 그 누군가에게 고통으로 힘겨워하는 모습을 보여주고 싶지 않았을 것이다. 그러나 집안에 보관 중이던 경구용^{經口用} 진통제만으로는 죽을 것 같은 끔찍한 고통을 견뎌낼 수 없었을지도 모른다. 그래서 행인들이 목격하는 가운데 일부러 히로히토가 누워 있는 고쇼를 향해 쇳덩어리를 집어 던지는 쇼를 벌였던 것인지도 모른다. 죽기 직전의 한 남자가 자신에게 남은 마지막 한 방울의 기력까지 쥐어 짜내기 위해 그에게는 강력한 마약성 진통제가 필요했던 것인지도 모른다.

모르핀을 투여받은 그는 그렇게 택시를 타고 허름한 단칸방으로 향했을 것이다. 그리고 환자복을 벗어 던지고 평상복으로 갈아입었을 것이다. 자신에게 남아 있는 옷 중에서도 그나마 가장 멀쩡한 외투를 골랐을 것이다. 그리고 항암 치료와 노화로 머리카락이 모두 빠져버린 민머리를 감추기 위해 야구 모자를 눌러 썼을 것이다.

그런 다음 그는 다시 택시를 타고 도쿄타워로 향했을 것이다. 그리고 그곳에서 그는 한국에서 온 동년배의 나이 지긋한 부부를 발견했을 것이다. 그녀는 '언약'한 대로 그 자리에 나와 있었을 것이다. 그는 천천히 몸을 이끌고 그 부부에게 다가가 아마도 한국말로 인사를 건넸을 것이다. 그는 자신의 건강이 괜찮은 것처럼 보이기 위해 그야말로 죽을힘을 다했을 것이다. 할아버지는 낯선 외국에서 우연히 만난 동포가 무척이나 반가웠을 것이다. 그렇게 대화를 나누던 그 남자는 호의를 베풀어 외조부모의 사진을 찍어주었을 것이다. 그런데 어쩌면 사실 그는 일회용 카메라를 제대로 들 힘조차 없었을지도 모른다. 그리고 사진을 찍는 순간에도 어쩌면 두 손이 덜덜 떨리고 있었을지도 모른다. 그리하여 겨우 셔터 하나를 누르는 데에도 어쩌면 죽을힘을 다해야 했을지도 모른다. 그러고 나서 그들은 그렇게 한동안 가까이 붙어서 다시 환담을 나누었을 것이다. 윤경이 스캔한 다섯 장의 흐릿한 사진이 그것을 간접적으로 증언하고 있었다.

그렇다면 오우치 히데오, 아니 서영웅이 이승에서 하직할 날을 코앞에 두고 윤경의 할머니에게 편지를 보냈던 이유는 무엇이었을까? 그리고 윤경의 할머니가 그 편지에 곧바로 답장을 보내고 급히 무리하면서까지 일본에 갔던 이유는 무엇이었을까? 적어도 서로에게 아쉬움의 말을 쏟아 내거나 제대로 된 해명을 듣기 위해서는 아니었을 것이다. 그러한 케케묵은 후회나 오해는 편지를 주고받는 순간에 이미 모두 자연스럽게 해소되었을 것이다. 윤경은 가만히 눈을 감고 당시의 두 사람에게 감정을 이입해 보았다. 두 사람의 마음을 정확히 헤아릴 수는 없겠지만, 그래도 윤경은 그 두 사람이 그렇게 편지를 주고받았던 이유를 어렴풋하게나마 짐작할 수 있을 것 같았다. 일단 그 두 사람은 후회를 남기고 싶지 않았을 것이다. 그리고 혹시라도 서로의 마음속에 남아 있을지도 모르는 응어리를 녹여내고 싶었을 것이다. 하지만 그 무엇보다도 가장 커다란 이유는 따로 있었을 것이다.

두 사람은 서로를 보고 싶었을 것이다.

오우치 히데오는, 아니 서영웅은 김순영을 보고 싶었을 것이다.

그리고 김순영도 서영웅을 보고 싶었을 것이다.

그런 생각에 이르자 윤경의 두 뺨에 뜨거운 눈물이 타고 흐르기 시작했다.

그렇게 어렵사리 두 사람은 다시 만나게 되었지만, 찰나와도 같은 시간은 금세 지나갔을 것이다. 할머니는 그렇게 속절없이 흘러가는 매 순간이 아쉬웠을 것이다. 1분 1초가 아까웠을 것이다. 그래서 할머니는 그렇게 이야기를 나누는 틈틈이 손에 들고 있던 카메라의 감개를 돌렸을 것이다. 그리고 어림짐작만으로 그 남자를 향해 카메라 렌즈를 맞추고 역시나 살포시 셔터를 눌렀을 것이다. 할머니는 그런 행동을 무려 다섯 번이나 반복했을 것이다. 필름을 감느라 끼리릭 끼리릭 하는 소리와 찰칵하는 소리를 곁에 있는 남편에게 들키지 않도록 최선을 다하면서 말이다. 혹시라도 카메라에 피사체의 모습이 제대로 담기지 않을까 걱정하면서 노심초사했을 것이다. 아쉽게도 할머니의 우려는 그대로 실현되었다. 그렇게 남들 모르게 찍은 다섯 장의 사진 가운데 그 남자의 모습이 제대로 담긴 건 단 하나도 없었기 때문이다.

무려 30년 4개월 만에 다시 만난 순간은 어느덧 그렇게 끝을 향해 달려가고 있었을 것이다. 할아버지까지 세 사람은 마지막으로 서로에게 작별 인사를 건넸을 것이다. 나이가 나이이니만큼 아마도 서로의 건강과 안녕을 기원하는 덕담도 건넸을 것이다. 그가 부디 안녕_{安寧}하기를 바라는 할머니의 인사말은 그야말로 진심이었을 것이다. 그리고 그러한 진심은 아마 그에게도 고스란히 전달되었을 것이다.

그리하여 그들은 마침내 서로에게 등을 돌렸을 것이다. 그런데 조용히 발길을 옮기는 것 같았던 할머니가 어느 순간 갑자기 돌발행동을 했을 것이다. 서로 인사를 나누고 헤어져 걸어가는 길에 그녀는 과감하게 다시 휙 돌아서 뒤에 홀로 남겨진 그 남성을 바라보았을 것이다. 그 남자는 키가 크고 야구모자까지 쓰고 있었기 때문에 쉽게 찾아낼 수 있었을 것이다. 그 남자는 요지부동 자세로 꼿꼿하게 선 채 할머니를 바라보고 있었을 것이다. 할머니가 떠나는 뒷모습을 바라보며 그녀를 마음속에 영원히 저장하고 있었을 것이다. 세월이 지나도 변치 않고 아름다운 그녀의 모습을 자신의 영혼에 깊이 각인하고 있었을 것이다. 그렇게 두 사람은 잠시나마 서로의 두 눈을 바라보고 있었을 것이다. 아마도 두 사람은 지금의 이 시간이 영원히 멈추었으면 하고 바랐을지도 모른다.

그러자 할머니가 또 한 번의 돌발 행동을 했을 것이다. 할머니는 다시 한번 재빠르게 카메라 감개를 돌렸을 것이다. 그 소리가 주위에 들려도 상관없다고 생각했을 것이다. 남편이 이상하게 생각하더라도 관계없다고 생각했을 것이다. 필름이 다 감긴 걸 확인한 할머니는 과감하게 우츠룬데스를 들어 그 남자를 프레임에 가두었을 것이다. 그리고 할머니는 거침없이 카메라 셔터를 눌렀을 것이다. 그러니까 그 사진은 도쿄의 길거리나 인파를 담은 것이 아니라 정확히 그 남자를 겨냥해서 찍은 사진이었을 것이다. 그 남자가 멀쩡히 서서 두 눈을 뜨고 자신을 똑바로 바라보고 있는 그 순간을 영원히 기록으로 남기려 했을 것이다. 그러나 일회용 카메라였던 우츠룬데스에는 줌 기능이 없었다. 그래서 역시나 아쉽게도 그 남자는 수많은 인파 속에 자그만 형체로 묻히게 되었을 것이다. 그것이 마지막이었을 것이다.

이틀 뒤, 그 남자는 세상을 떠났다.

그리고 한국에 돌아온 할머니는 한동안 심하게 아팠다.

에
필
로
그

26

매서운 찬바람이 불기 시작했다. 「식민지 조선의 야구 소년들」이 「오!
다큐」 채널에 정규 방송으로 편성되어 처음 방영된 지도 어느덧 한 달
정도가 지났다. 윤경은 처음부터 의도했던 것처럼 오우치 히데오를 중
심으로 작품의 서사를 끌어나갔지만, 할머니와 관련된 내용은 전혀 언
급하지 않았다. 그녀의 가족과 관련된 내용이어서가 아니라, 프로그램
의 기획 취지와 맞지도 않을뿐더러 이야기의 논점을 흐린다고 판단했기
때문이었다. 아무튼 그렇게 무사히 방영되었지만 첫 방송 당시에는 그
다지 관심을 끌지 못했고, 채널 번호 두 자릿수의 이름 없는 방송이 그
러하듯 1퍼센트에도 한참 못 미치는 저조한 시청률을 기록했다. 절망적
인 시대에 별다른 희망이 없었던 식민지의 고등학교 학생들이 야구를
하는 다소 어두운 이야기였기에 프로그램에는 별도의 협찬이나 광고도
붙지 않았다.

　회사 내에서 드러내놓고 비판받지는 않았지만, 동료 피디 사이에서는
식민지 시절의 아이템으로 일본 현지까지 취재를 가는 거라면 일본에
서 목숨을 걸고 저항했던 독립투사의 이야기라던가, 아니면 차라리 돈

　　　　　할머니의 야구공

가스나 우동 같은 먹을거리가 한반도에 건너온 과정을 소개하는 게 프로그램의 홍보나 광고 영업에는 훨씬 더 도움이 되었을 거라는 자조 섞인 이야기들이 떠돌았다. 그나마 다행이라면 윤경의 직속 상사인 박두수 부장과 일본 오타쿠라서 회사 이름을 「오! 다큐」라고 지었다는 우스갯소리가 있었던 모그룹의 회장이 이 프로그램에 상당히 만족했다는 사실이었다.

세밑으로 접어들면서 한반도에는 역대 가장 냉혹한 북서풍이 불어오기 시작했다. 기후 위기의 영향으로 인해 시베리아 한파가 그대로 남하해서 온 세상을 꽁꽁 얼어붙게 만들고 있었다. 사람들의 영혼까지도 얼려버릴 듯 서슬 퍼렇게 칼날을 세운 혹독한 삭풍朔風과 함께 윤경이 만든 프로그램은 사람들의 관심을 끌지도 못하고 그대로 묻혀버리는 듯했다.

그런데 그렇게 잊히는 듯했던 이 작품이 의외의 장소에서 주목을 받았다. 이듬해 10월 초 일본의 시모노세키와 기타큐슈의 모지 일대에서 개최되는 간몬국제다큐멘터리영화제関門国際ドキュメンタリー映画祭에 정식으로 초청받은 것이다. 윤경의 작품이 초대된 부문은 '시대의 발자국時代の足跡'이라는 카테고리였는데 영화제의 메인 행사인 국제경쟁 부문은 아니었지만, 그래도 세 편의 작품을 선정하여 시상하고 상금까지 수여하는 나름의 경쟁 부문이었다. 윤경은 자신의 작품이 간몬해협을 주요한 소재로 다루며 주변의 풍광을 많이 담아내고 있었기 때문에 영화제 측의 눈길을 끌었으리라고 생각했다.

그렇게 해가 바뀌었다. 그런데 좋은 소식은 여기서 그치지 않았다. 간몬영화제에 이어 그다음 주에 개최되는 오사카다큐멘터리페스티벌大阪ドキュメンタリーフェスティバル에도 윤경의 작품이 정식으로 초청되었던 것이다. 이

영화제는 금년에 '아시아의 기억과 미래アジアの記憶と未来'라는 주제로 개최될 예정이었는데, 「식민지 조선의 야구 소년들」은 비경쟁 부문의 특별 상영 작으로 초대되었다.

윤경은 반가운 소식이 연달아 이어지는 이런 상황이 다소 믿기지 않았는데, 한국의 독립영화와 다큐멘터리를 해외에 소개하는 에이전시의 설명에 의하면 윤경의 작품에서 일본이 주요한 공간적 배경으로 등장하고, 한국과 일본을 가로지르는 과거의 이야기를 흥미롭게 풀어내고 있으며, 일본인들이 가장 좋아하는 스포츠인 야구를 소재로 다루고 있었던 점이 일본 측 다큐멘터리 관계자들로부터 상당히 긍정적인 평가를 받았다고 했다.

윤경은 그렇게 신나고 반가운 소식으로 새해를 맞이했다. 그리고 다큐멘터리에서는 차마 소개하지 못했지만, 개인적으로 궁금했던 내용들에 대해서도 틈틈이 조사했다. 우선 그녀는 국립중앙도서관이 운영하는 '옛날 신문 아카이브'라는 웹사이트를 검색하여 1958년 9월 12일 영산상고에서 열린 행사에 관한 내용이 있는지 찾아봤다. 그 결과 경남의 한 지역 신문에서 해당 행사를 보도한 기사를 발견할 수 있었다. 그에 따르면 오우치 히데오의 강습회는 모교인 영산상고의 야구부 운동장에서 비교적 조촐하게 진행되었으며, 수십 명의 일반인이 행사를 지켜봤다고 한다. 그리고 행사가 끝난 뒤 오우치 히데오가 어떤 젊은 여성과 심하게 언쟁을 벌였다는 짤막한 언급이 있었는데 그 자세한 내용까지는 소개되어 있지 않았다.

그리고 윤경은 위키백과에서 서진우라는 사람에 대해 찾아보았다. 그에 따르면 오우치 히데오의 숙부였던 북한의 서진우 정치보위부장은 1959년 7월 당시 북한의 제2대 국가수반이자 김일성의 최측근이었던

할머니의 야구공

최용건崔庸健 최고인민회의 상임위원장에 의해 미제의 간첩으로 지목되어 처형당했다고 한다. 윤경은 서진우의 처형 시점이 조금은 절묘하다고 생각했다. 조카인 오우치 히데오의 북한행을 성사하지 못했던 것이 결정적인 요인은 아니었겠지만, 서진우가 조카를 북한으로 데려오기는커녕 오히려 오우치 히데오가 일본으로 귀화했던 것이 당시 치열한 헤게모니 투쟁이 벌어지고 있었던 북한 권력층의 정적들로부터 의심을 키우기에는 충분했을 것이다.

그리고 윤경은 회사에서 새롭게 방영하는 문화사 다큐멘터리 시리즈의 연출팀으로 발령받았다. 덕분에 그녀는 다시 여느 때처럼 전국 각지를 돌아다니며 흥미로운 소재들을 발굴해 시청자들에게 소개하는 일을 할 수 있었다. 참고로 그녀가 첫 번째로 취재해서 소개한 지역은 다름 아닌 바로 화진포였다. 회사 내부의 평가나 시청자들의 반응도 나쁘지 않았다. 윤경이 그렇게 일상을 보내는 사이에 계절은 두 번 더 바뀌었고, 어느새 북쪽에서 서늘한 바람이 불어오기 시작했다. 온 세상을 가득 뒤덮고 있던 푸르른 녹음 사이에서는 조금씩 울긋불긋한 이파리들이 산천의 색조를 더욱 다채롭게 물들여 나가고 있었다.

윤경은 두 차례의 다큐멘터리 영화제에 참석하기 위해 석현과 함께 일본으로 향했다. 석현은 「식민지 조선의 야구 소년들」의 촬영 감독 자격으로 이번 일정에 정식으로 동행하게 되었다. 덕분에 두 사람이 가져가는 짐과 수하물이 1년 전 늦여름에 작품을 촬영할 당시보다는 훨씬 더 단출했다. 그리고 일본에서의 첫 행선지는 지난해처럼 시모노세키로 같았지만, 그때처럼 부산에서 부관페리를 타고 바다를 건너가는 동선이 아니었다. 이번에는 인천공항에서 비행기를 타고 후쿠오카공항에서 내린 다음, 다시 열차로 갈아타고 시모노세키에 도착했다. 이번에도

DSLR 카메라를 챙기긴 했지만 윤경은 일본에 도착하자마자 가장 먼저 일회용 카메라 자판기 앞으로 걸어가 우츠룬데스^{写ルンです}를 구매했다.

간몬영화제에서 「식민지 조선의 야구 소년들」은 일요일 오후로 상영 일정이 계획되어 있었다. 윤경은 그곳에 두 명의 손님을 초대했는데, 한 명은 작품을 촬영할 때 일본 현지 코디네이터와 통역 역할을 훌륭히 수행해 주었던 미선이었다. 그리고 또 한 사람은 간몬해협과 간몬터널에 관련된 흥미로운 이야기를 작품에 담아내는 데 있어 결정적인 도움을 주었던 기타노 유키오^{北野幸男} 작가였다.

영화제에서는 또 하나의 좋은 소식이 있었다. 윤경의 다큐멘터리가 상영되고 나서 NHK 관계자들이 그녀에게 다가와 이 작품의 일본 내 방영권을 구매하고 싶다는 의사를 밝혀왔기 때문이다. 그래서 윤경은 귀국하여 회사와 논의한 뒤에 최대한 빨리 연락해 주겠다고 답변했다. 그렇게 영화가 끝난 뒤 윤경과 석현은 초대한 손님들과 함께 시모노세키의 시내에서 간단하게 뒤풀이 자리도 가졌다.

그리고 일요일을 끝으로 간몬영화제의 공식 일정은 모두 끝이 났고, 미선과 기타노 작가는 모두 본인들의 원래 터전으로 돌아갔다. 미선은 원래 윤경과 함께 호텔에 묵었다가 신칸센을 타고 같이 이동할 예정이었지만, 오사카의 집에서 급한 일이 생기는 바람에 일요일 밤늦게 출발하는 열차의 티켓을 겨우 구해 황급히 먼저 그곳을 떠났다. 다행히도 미선은 오사카영화제에서 그들과 다시 합류하기로 약속해 두었기에 아쉬운 마음을 달랠 수 있었다.

그렇게 윤경과 석현은 시모노세키에서 새로운 월요일 아침을 맞았다. 호텔에서 짐을 챙겨 나온 그들은 택시를 타고 신시모노세키역으로 향했다. 산요신칸센^{山陽新幹線}을 타기 위해서였다. 평일 오전이어서 그런지는 몰라도 역사의 내부는 생각했던 것보다 의외로 인적이 없어서 한산했다.

그들은 역사 내부에 설치된 승차권 발매기로 다가갔다. 윤경은 터치 스크린의 언어 설정을 한국어로 바꾼 다음 목적지를 신오사카역으로 설정하고 티켓을 검색했다. 그런데 환승하지 않고 신시모노세키에서 곧바로 신오사카까지 가는 가장 빠른 신칸센은 오후 1시 24분에 출발하는 고다마こだま 열차였다. 현재 시각을 보니 이제 겨우 오전 9시 30분을 지나고 있었다. 다른 열차로 갈아타면 오사카에 훨씬 더 빨리 도착할 수 있었지만, 피곤한 몸과 무거운 짐을 끌고 환승을 하기에는 적잖이 부담스러웠다. 게다가 영화제가 개막하는 목요일까지는 공식적인 일정도 없었기 때문에 상당히 여유 있는 편이었다. 그래서 윤경은 오후 1시 24분에 출발하는 티켓을 두 장 구입했다. 그리고 석현에게 말했다.

"우선 아침 식사를 하고 주변을 둘러보며 관광하는 기분이라도 내보자고요."

석현은 흔쾌히 고개를 끄덕였다. 그들은 역사 내부에 있는 코인 로커로 걸어가 가장 커다란 보관함 앞에 섰다. 그리고 각자의 소지품만 챙기고 코인 로커에 대부분 짐을 넣고는 자물쇠로 잠갔다. 그리고 윤경은 휴대전화의 지도 애플리케이션을 열어 주변 식당을 검색했다. 그랬더니 서쪽 출구西口에서 멀지 않은 곳에 위치한 돈카츠 가게가 비교적 이른 시간임에도 영업 중인 것 같았다. 그들은 지도를 보며 3분 정도를 걸어가 어렵지 않게 그 식당을 찾을 수 있었다. 다행히 가게의 처마에는 노렌暖簾이 내걸려 있었다.

문을 열고 안으로 들어가니 약간 작다고 여겨질 수 있는 소박한 가게였는데, 칸막이 뒤편의 조리실에 있던 주방장 겸 주인으로 보이는 사내가 두 사람을 반갑게 맞이했다. 두 사람은 볕이 잘 드는 출구 쪽에 자

리 잡고 앉았다. 테이블 위에 놓여 있는 메뉴판의 사진을 보며 윤경은 로스카츠 세트ロースカツセット를 골랐고 석현은 히레카츠 세트ヒレカツセット를 선택했다. 그리고 어설픈 일본어이지만 윤경이 주인을 바라보며 직접 석현의 메뉴까지 주문했다. 그것조차도 대단해 보였는지 석현은 그녀에게 존경의 눈빛을 보냈다. 그리하여 그들은 두툼한 돈카츠와 쌀밥과 미소장국으로 든든히 한 주의 첫 식사를 해결할 수 있었다.

비교적 만족스러운 식사를 마친 그들은 천천히 걸으며 주변을 둘러보았다. 그런데 한 블록 정도 걸어가자 오른쪽에 놀이터가 보였다. 두 사람의 발걸음이 자연스럽게 그곳으로 향했다. 그리고 놀이터 너머의 좁은 계단을 올라가니 널찍한 운동장이 나타났다. 월요일의 이른 시간이어서 그런지는 몰라도 운동장에는 아무도 없었다. 그렇지만 바닥에 흰색 분말로 그려져 있던 라인의 흔적이라든가, 운동장의 주변을 감싸고 둘려 있는 철망이라든가, 운동장 한가운데에 야트막하게 솟아 있는 봉분이라든가, 바닥 군데군데에 네모난 흰색 물체가 박혀 있는 것을 보아 하니 틀림없었다. 그곳은 야구장이었다. 석현이 소리쳤다.

"야구장이네요!"

윤경은 어쩐지 기시감이 들었다. 석현의 말대로 그곳은 얼핏 보면 동네의 흔한 놀이터나 비어 있는 공터처럼 보였지만, 그래도 최소한의 형식을 갖춘 어엿한 야구장이었다. 이번에도 석현은 반가운 표정으로 제안했다.

"캐치볼 하실래요?"

윤경은 휴대전화로 시간을 확인했다. 오전 10시 47분이었다. 신칸센 탑승 시각까지는 아직도 2시간이나 더 남아 있었다. 그래서 흔쾌히 고개를 끄덕였다.

　　　　할머니의 야구공

"그래요. 그런데 설마 이번에도 야구공이랑 글러브를 가지고 온 거예요?"

"베이스볼 이즈 마이 라이프 Baseball is my life! 야구는 제 삶이에요. 잠시만 기다리세요."

그러더니 석현은 신시모노세키역 방향으로 열심히 뛰어갔다. 윤경은 3루 측 파울라인의 뒤쪽에 줄지어 놓여 있는 연두색 플라스틱 의자에 앉았다. 하늘은 맑았고 때마침 기분 좋게 서늘한 바람이 운동장을 휘감고 지나갔다. 그렇게 멍하니 하늘과 구름과 바람과 주변의 나무들을 보며 5분 정도 지났을까, 운동장 반대쪽에서 석현이 환한 표정을 지으며 달려오는 모습이 보였다. 윤경은 이번에도 자연스럽게 마운드 쪽으로 걸어갔다. 그리고 그들은 다시 힘차게 캐치볼을 시작했다.

1 본 작품에 등장하는 경상남도 영산^{英山}은 가상의 지명이며, 영산상업고등학교도 창
   작으로 탄생한 허구의 학교이다. 그리고 일부 등장인물은 실제 현실의 인물을 모델로
   만들었지만, 모든 캐릭터는 작가가 만들어 낸 허구의 존재이다. 또한 본 작품에 인용
   된 언론 보도 및 보고서 등은 극히 일부를 제외하고는 모두 작가가 지어낸 내용이다.

2 1940년 개최된 제26회 전국중등학교우승야구대회(여름 고시엔)에 조선 대표로 출전
   했던 학교는 평양제일공립중학^{平壤第一公立中学}이었으며, 그들은 부전승으로 진출한 대
   회 2회전에서 일본의 카이소중학^{海草中学}과 대결하여 12대 1로 패배했다. 그리고 1941
   년 제27회 고시엔 대회는 일부 지역에서 예선이 진행되던 도중에 전면 취소되었다.

3 일본고등학교야구연맹^{日本高等学校野球連盟}은 2018년 100회를 맞는 고시엔을 기념하기
   위하여 과거의 대회 기록지들에 대한 전산화 작업을 시행했다. 이에 1968년 제50회
   고시엔 대회의 기록지부터 PDF 파일로 스캔하여 대중에게 공개하고 있다.

4 태평양전쟁 말기에 미국 전략정보국^{OSS}이 간몬철도터널^{關門鉄道トンネル}을 폭파하기 위하여 존 쉬언^{John Sheehan} 요원의 주도로 비밀리에 자바맨^{Javaman} 프로젝트를 추진했던 것은 사실이지만, 작전을 실행하기 전에 일본이 연합국에 항복하는 바람에 실제로 간몬철도터널을 파괴하지는 않았다.

5 북한의 정보기관인 정치보위국^{政治保衛局}은 1947년 2월 북조선인민위원회 보안국^{保安局}으로 출범하여 1948년 9월 정부 수립과 동시에 내무성^{內務省} 산하 정치보위국으로 편입되었고, 1949년 2월 정치보위부^{政治保衛部}로 격상되었다. 참고로 초대 정치보위부장은 이창옥^{李昌玉}이었는데 그는 보위부장으로 재직 중이던 1949년 8월 20일 황해도 해주^{海州}에서 남한으로 탈출했다. 이로 인해 보위부 내에서는 대대적인 숙청이 벌어졌고 결국 1949년 9월 12일 정치보위국으로 조직의 지위가 강등되며 사회안전부^{社會安全部} 산하로 편입되었다. 그러다 1973년 다시 국가정치보위부^{國家政治保衛部}로 독립했고, 이후 몇 차례 명칭을 바꾸며 현재의 국가보위성^{國家保衛省}이 되었다.

1 시작은 단편이었다. 2017년 연말, 갑자기 야구공을 소재로 이야기를 만들면 좋겠다는 아이디어가 떠올랐다. 그래서 약 한 달에 걸쳐 200자 원고지 160매 분량의 단편소설을 완성했다. 참고로 그 작품은 이 장편소설 1부의 원형이 되었다.

하지만 어디에 응모하거나 발표할 만한 곳을 찾지 못했고, 웹툰 같은 걸로 만들기에는 분량이 애매해 그냥 그렇게 내버려 두었다. 당시의 생각으로는 그런 단편들을 모아 나중에 작품집으로 만들려는 의도였던 것 같다.

그 단편소설은 어느 클라우드의 저장소에 그렇게 5년 동안 잠들어 있었다. 심지어 그런 단편을 썼다는 사실조차도 잊어버리고 있었다. 그러다 2022년 연말에 클라우드의 여기저기를 뒤져보다가 정말로 우연히 그 단편소설을 다시 찾아냈다. 그리고 별생각 없이 처음부터 끝까지 읽어봤다. 정말이지 단숨에 읽었다. 내가 쓴 글이었지만 상당히 재밌었고 매우 흥미진진했다. 그대로 묻어두기에는 너무나도 아까웠다. 그렇지만 여전히 어디에 응모하거나 발표할 만한 곳은 알지 못했다. 그래서 누가 됐든 읽었으면 좋겠다는 심경으로 필자의 개인 블로그에 올려놓았다. 누구라도 읽을 수 있도록 읽기 권한을 전체 공개로 설정해 두었다.

그로부터 약 한 달 뒤 어느 출판사 관계자로부터 이메일을 받았다. 이 책을 출간한 초봄책방의 대표님이었다. 그렇게 우리는 파주출판도시에서 만났다. 서로 이야기가 잘 통했다. 블로그에 올려둔 단편을 장편소설로 만들자는 데 합의했다. 그리고 그 직후부터 몇 개월 동안 나는 다른 일은 거의 아무것도 하지 않고 오로지 이 소설에만 집중했다. 정말이지 총력을 기울였다. 나의 영혼과 지식과 능력을 모조리 동원하여 여기에 몽땅 갈아 넣었다. 심신이 온통 거덜 날 지경이었다. 세세한 것까지 말하긴 어렵지만 정말이지 눈물겨운 노력이 있었다. 덕분에 개인적으로는 상당히 만족할 만한 작품을 만들 수 있었다고 생각한다. 그리고 이런 소설은 내 평생 다시는 못 쓸 것 같다.

2 개인적으로는 아이디어가 매우 좋았다고 생각한다. 좋은 소재는 스스로 이야기를 끌어가는 힘이 있다. 그리고 이 소설은 정말이지 야구공이라는 하나의 소재로부터 모든 것이 시작되었다.

그런데 사실 나는 글을 쓸 때 물성物性, physicality이라는 것을 매우 중요하게 생각한다. 내가 직접 보고 만지고 느껴봐야만 비로소 좋은 글이 써진다고 생각한다. 그래서 처음 단편소설을 쓸 때도 나는 인터넷으로 메이저 리그 공인구와 일본 프로야구 공인구를 사서 컴퓨터 모니터 옆에 놓아두고 직접 손으로 만져보면서 작품을 썼다. 지금, 이 글을 쓰고 있는 시점에도 역시 마찬가지이다.

그러한 차원에서 나는 이번 작품을 쓸 때 투구 연습용 그물망을 구매해 비좁은 집안에 놓아두었다. 한국 프로야구에서 사용하는 실전용 공인구도 한 다스 샀다. 글러브와 투구 교본도 구입했다. 그렇게 교본을 보면서 나는 포심, 투심, 커브, 체인지업 그립을 잡고 저녁마다 나 홀로 정해둔 시간에 집안의 그물망으로 열심히 야구공을 던졌다. 하루에 100개 이상의 투구를 했던 것 같다. 그렇게 보름 정도를 지속했더니 커브의 투구 매커니즘을 나 자신의 몸으로 조금은 받아들일 수 있게 되었다.

그런데 같은 아파트에 사는 사람들은 미처 몰랐을 것이다. 10층에 혼자 사는 어떤 미친 사람이 집안에서 야구 글러브를 착용하고 매일 저녁에 이상한 그물망을 향해 야구공을 마구 던져대고 있었다는 사실을 말이다.

3 나는 마치 귀신에라도 홀린 것 같았다. 내 손에 들린 야구공을 한동안 물끄러미 바라보고 있었더니 그 안에 봉인되어 있던 어떤 고상한 할머니의 정령이 소환되었고, 뒤이어 그녀를 꼭 닮은 외손녀가 내 눈앞에 나타났다.

그리고 그 외손녀가 신비한 마법을 부리며 나에게 이야기보따리를 풀어내기 시작했다. 나는 그 외손녀가 들려주는 엄청난 비밀과 흥미진진한 이야기들을 타이핑 하느라 손가락 마디가 아플 지경이었다.

아무튼 부디 독자 여러분들도 그들의 이야기에 진지하게 귀를 기울여주셨으면 하는 바람이다. 적어도 그들은 그 정도의 자격은 갖춘 사람들이기 때문이다.

2023년 가을, 강릉 초당에서
전리오

—
부록
—

기록지 1.
쇼와 15년 8월 12일,
제2b회 고시엔 본선 개막전, 영산상업 vs 카이소중학

기록지 2.
쇼와 1b년 7월 12일,
제27회 고시엔 조선 예선 최종전, 영산상업 vs 부산제일

쇼와 15년 8월 12일
제26회 고시엔 본선 개막전
영산상업 vs 카이소중학
영산상업 공격

Mon. Aug. 12, 1940
第26回全国中等学校優勝野球大会 開幕戦
甲子園

[Stadium Name]

| 栗山商業 | | VS | | 海草中学 | |

Start Time	14:00		Weather	晴	
End Time	16:55		Wind Dir.	西北西	
Time of Game	2:55		Wind Sp.	弱		Attend. 18,000

Umpire HP 任村浩志 1B 福田進一 LF 小澤征爾 RF 武藤徹

Scorer B.C 金リオ

기록지 1

471

海鴎中学

Team Name
柴山商業
海鴎中学

E Pos Inn

里岡誠也
野上俊夫
大江龍太郎
中田淳平
井上浩二
岡本信雄
北原耕治
水沢次郎
川瀬信雄

Total

AB H SO BB

Pitcher Name
中田淳平 #P

IP BF #P H SO BB R ER WP BK

9 35 140 6 11 2

[Home Run] -
[Triple] -
[Double] -

[Passed Ball] -
[Batting Interference] -
[Double Play] -

XBH

Others

쇼와 16년 7월 12일
제27회 고시엔 조선 예선 최종전
영산상업 vs 부산제일
영산상업 공격

Sat. Jul. 12, 1941

甲子園 朝鮮予選最終戦

釜山公設運動場

[Stadium Name]

△First Team

栗山商業　VS　釜山第一

Start Time	End Time	Weather	Wind Dir.	Start	Att.	Scorer
14:00	17:25	曇り 晴間	西	L:29分	3000	B.C

Umpire

HP	1B	2B	RF
大町龍一郎	保科洋	三石暢一	遠藤儀右

[Home Run]
[Triple] -
[Double] 朴海学元, 宮本成信, 大丙英雄, 朴金
[Double Play]

[XBH]
[Triple] -
[Double] 朴海学元, 宮本成信, 大丙英雄, 朴金

[Passed Ball]
[Batting Interference]
[Double Play]

Others

E	Pos.	Inn.	# R/LB.O	1	2	3	4	5	6	7	8	9

Pitcher Name

	AB	H	R	SO	BB	IP	#P	BF	#P	H	SO	BB	R	ER	WP	BK
大丙英雄	9						42	133		30	3	18	15	13	0	2		0

| Total | | | | | | | | | | | | | | | | |

기록지 2　　　　　　473

부산제일 공격

Team Name														Note
釜山雨菜														ノーヒットノーラン(大谷英雄)
釜山第一														

ノーヒットノーラン(大谷英雄)

E Pos. / ◇Second Team / Total

| Pos | Jon | 選手名 #P,LB,O | 1 | 2 | 3 | 4 | 5 | 6 | 7 | 8 | 9 | 10 | 11 | 12 | Total |

中本次郎
井上義紀
杉山英二
金光晶馬
西田義紀
近藤樹也
古舘新次郎
山口一雄
渡邉勝昭

Pitcher Name #P
金光昌男
山口英雄
渡邉勝昭

AB H R SO BB

XBH
[Home Run]
[Triple]
[Double]

Others
[Passed Ball]
[Batting Interference]
[Double Play]

474

할머니의 야구공

할머니의 야구공

초판 1쇄 발행 2024년 5월 10일

지은이 전리오
기획 김민호
디자인 이선영 | **표지 일러스트** 시현
지류 다올페이퍼 | **인쇄−제본** 명지북프린팅

펴낸곳 | 초봄책방
출판등록 | 제2022−000040호
주소 | 경기도 파주시 가온로 205, 717−703
전화 | 070−8860−0824 **팩스** | 031−624−8894
이메일 | chobombooks@hanmail.net

ISBN 979−11−985030−1−5 (03810)